BISSWUNDEN

GREG ILES

BISS-WUNDEN

Thriller

Weltbild

Die amerikanische Originalausgabe erschien 2005
unter dem Titel *Blood Memory*

Besuchen Sie uns im Internet:
www.weltbild.de

Genehmigte Lizenzausgabe für Verlagsgruppe Weltbild GmbH,
Steinerne Furt, 86167 Augsburg

Übersetzung: Axel Merz
Umschlaggestaltung: Alexandra Dohse (www.grafikkiosk.de), München
Umschlagmotiv: Getty Images, München; Corbis, Düsseldorf
Gesamtherstellung: Bagel Roto-Offset GmbH & Co.KG, Schleinitz
Printed in the EU

ISBN 978-3-8289-8298-7

2010 2009 2008 2007
Die letzte Jahreszahl gibt die aktuelle Lizenzausgabe an.

Dieser Roman ist den Frauen gewidmet, die irgendwann mitten in der Nacht erkennen, dass etwas nicht stimmt, und das schon sehr lange nicht. Mehr als die meisten anderen Menschen wissen diese Frauen um die Wahrheit der Worte William Faulkners: »Es gibt kein War, *nur ein* Ist. *Würde es ein War geben, gäbe es keine Trauer und keine Sorgen.«*
Ihr seid nicht allein.

Erinnerung ist der Wächter aller Dinge.
Cicero

Wenn das Böse die Wurzel aller Geheimnisse ist,
dann ist Schmerz die Wurzel allen Wissens.
Erasmus

1

Wo fängt Mord an?

Mit dem Betätigen eines Abzugs? Mit der Entstehung eines Motivs? Oder fängt er schon viel früher an, wenn ein Kind mehr Schmerz herunterschluckt als Liebe und sich für immer verändert?

Vielleicht spielt es keine Rolle.

Oder es ist wichtiger als alles andere.

Wir urteilen und strafen auf der Grundlage von Tatsachen, doch Tatsachen sind nicht die Wahrheit. Sie sind wie ein vergrabenes Skelett, das lange nach dem Tod exhumiert wird. Die Wahrheit ist fließend. Die Wahrheit ist lebendig. Die Wahrheit zu kennen erfordert Verständnis, die schwierigste aller menschlichen Künste. Die Wahrheit zu verstehen macht es nötig, alle Dinge zugleich zu sehen, zugleich nach vorn und nach hinten zu blicken, so wie Gott.

Nach vorn und nach hinten …

Also fangen wir in der Mitte an, mit einem läutenden Telefon in einem dunklen Schlafzimmer an der Küste des Lake Pontchartrain in New Orleans, Louisiana. Eine Frau liegt auf dem Bett, den Mund offen im tiefen, bewusstlosen Schlaf. Sie scheint das Telefon nicht zu hören. Schließlich aber dringt das Schrillen zu ihr durch wie der Stromschlag von Defibrillatoren, mit denen man versucht, einen komatösen Patienten zu wecken. Die Hand der Frau zuckt unter der Bettdecke hervor und tastet nach dem Hörer, ohne ihn zu finden. Sie schnappt nach Luft, stützt sich auf einen

Ellbogen. Dann stöhnt sie leise und nimmt den Hörer vom Telefon auf dem Nachttisch.

Die Frau bin ich.

»Dr. Ferry«, krächze ich.

»Hast du geschlafen?« Die Stimme ist männlich und klingt gepresst vor Zorn.

»Nein.« Ich leugne ganz von selbst, doch mein Mund ist trocken wie ein Baumwollbausch, und mein Wecker zeigt 8 Uhr 20.

Ich war neun Stunden wie bewusstlos. Der erste tiefe Schlaf seit Tagen.

»Er hat wieder zugeschlagen.«

Irgendetwas regt sich in meinem schläfrigen Hirn. »Was?«

»Es ist jetzt das vierte Mal, dass ich in der letzten halben Stunde angerufen habe, Cat.«

Die Stimme lässt Zorn, Verlangen und Schuldgefühle in mir aufwallen. Sie gehört dem Police Detective, mit dem ich in den vergangenen achtzehn Monaten geschlafen habe. Sean Regan. Ein verständnisvoller, faszinierender Mann mit Frau und drei Kindern.

»Was hast du davor gesagt?«, frage ich, bereit, Sean den Kopf abzubeißen, falls er mich zu fragen wagt, ob wir uns irgendwo treffen können.

»Ich sagte, er hat wieder zugeschlagen.«

Ich blinzle und versuche mich in der Dunkelheit zu orientieren. Es ist Anfang August, und der purpurne Schein der Abenddämmerung dringt schwach durch die Vorhänge. Gott, wie trocken mein Mund ist. »Wo?«

»Im Garden District. Der Besitzer einer Druckerei. Männlich, weiß.«

»Bisswunden?«

»Schlimmer als die anderen.«

»Wie alt?«

»Neunundsechzig.«

»Mein Gott. Er ist es.« Ich schwinge mich aus dem Bett. »Das alles ergibt überhaupt keinen Sinn.«

»Stimmt.«

»Sexualtäter töten Frauen oder Kinder, Sean. Aber keine alten Männer.«

»Wir hatten diese Unterhaltung schon. Wie schnell kannst du hier sein? Piazza sitzt mir im Nacken, und möglicherweise kommt der Chief persönlich vorbei, um sich die Sache anzusehen.«

Ich nehme die Jeans von gestern vom Stuhl und ziehe sie über mein Höschen. Victoria's Secret, Seans Lieblingswäsche, doch er wird sie heute Nacht nicht zu sehen bekommen. Vielleicht für lange Zeit nicht mehr. Vielleicht nie wieder. »Irgendein homosexueller Aspekt bei diesem Opfer? Hat er sich mit männlichen Prostituierten getroffen? Etwas in der Richtung?«

»Nicht der kleinste Hinweis«, antwortet Sean. »Er ist auf den ersten Blick genauso sauber wie die anderen.«

»Wenn er einen Computer zu Hause hat, lass ihn sicherstellen. Er könnte ...«

»Ich kenne meinen Job, Cat.«

»Ich weiß, aber ...«

»Cat.« Die einzelne Silbe ist wie ein tastender Finger. »Bist du nüchtern?«

Heiß steigt es mir das Rückgrat hoch. Ich habe seit fast achtundvierzig Stunden keinen Tropfen Wodka mehr getrunken, doch ich werde Sean nicht die Befriedigung geben, auf sein Verhör zu antworten. »Wie heißt das Opfer?«

»Arthur LeGendre.« Er senkt die Stimme. »Bist du nüchtern, Süße?«

Das Verlangen ist bereits wach in meinem Blut, wie kleine Zähne, die an den Wänden meiner Adern nagen. Ich brauche das anästhesierende Brennen eines Schusses Grey Goose. Aber das darf ich nicht mehr. Ich habe Valium genommen, um die körperlichen Entzugserscheinungen zu bekämpfen. Doch nichts kann den Alkohol richtig ersetzen, der mich so lange hat funktionieren lassen.

Ich verlagere den Hörer von einer Schulter zur anderen und ziehe eine Seidenbluse aus meinem Schrank. »Wo befinden sich die Bisswunden?«

»Rumpf, Brustwarzen, Penis und Gesicht.«

Ich erstarre. »*Gesicht?* Wie tief sind sie?«

»Tief genug, dass du deine Abdrücke nehmen kannst.«

Die plötzliche Erregung dämpft die schlimmsten Aufwallungen meines Verlangens nach Alkohol. »Ich bin unterwegs.«

»Hast du deine Medikamente genommen?«

Sean kennt mich zu gut. Niemand sonst in New Orleans ahnt auch nur, dass ich etwas nehme. Lexapro gegen Depressionen, Depakote zur Impulskontrolle. Ich habe vor drei Tagen aufgehört, die Medikamente zu nehmen, doch ich will nicht mit Sean darüber reden.

»Hör auf, dir wegen mir Sorgen zu machen, ja? Ist das FBI da?«

»Die halbe Sonderkommission ist vor Ort, und sie wollen wissen, was du von diesen Bisswunden hältst. Der Typ vom Bureau fotografiert alles, aber du hast die Ultraviolett-Ausrüstung. Außerdem bist du der Fachmann, wenn es um Zähne geht.«

Seans anerkennende, wenngleich absichtlich falsche Darstellung meines Geschlechts ist typischer Cop-Slang, und es verrät mir, dass er Zuhörer hat. »Wie ist die Adresse?«

»Siebenundzwanzig-siebenundzwanzig Prytania.«

»Hört sich nach einer Adresse mit Alarmanlage an.«

»Die ist abgestellt.«

»Genau wie beim Ersten. Moreland.« Unser erstes Opfer – vor einem Monat – war ein Army-Colonel im Ruhestand, ein in Vietnam hoch dekorierter Offizier.

»Ganz genau.« Seans Stimme sinkt zu einem Flüstern herab. »Schaff deinen hübschen Hintern hierher, okay?«

Heute erweckt seine irische Vertraulichkeit in mir den Wunsch, ihm eine zu langen. »Kein ›Ich liebe dich‹?«, frage ich mit vorgetäuschter Liebenswürdigkeit.

Seine Antwort ist fast unhörbar leise. »Du weißt, dass ich nicht allein bin.«

Wie üblich. »Ja. Ich bin in fünfzehn Minuten bei dir.«

Die Nacht senkt sich herab, während ich mit meinem Audi von meinem Haus am Lake Pontchartrain zum Garden District fahre, dem duftenden Herzen von New Orleans. Ich habe zwei Minuten im Badezimmer verbracht in dem Bemühen, mich vorzeigbar zu machen, doch mein Gesicht ist noch immer verschwollen vom Schlaf. Ich brauche Koffein. In fünf Minuten werde ich umgeben sein von Cops, FBI-Agenten, forensischen Technikern, dem Chef des Morddezernats und möglicherweise dem Chef des New Orleans Police Department, kurz NOPD. Ich bin an derartige Aufmerksamkeit gewöhnt, doch vor sieben Tagen – das letzte Mal, als dieses Raubtier zugeschlagen hat – hatte ich ein Problem am Tatort. Nichts allzu Ernstes. Eine Panikattacke aus heiterem Himmel, nach den Worten des Rettungssanitäters, der mich anschließend untersucht hat. Doch Panikattacken wecken in den harten Männern und Frauen, die mit der Untersuchung von Serienmorden beauftragt sind, nicht gerade Vertrauen. Ein beratender Experte, der sich nicht zusammenreißen kann, ist das Letzte, was sie gebrauchen können.

Die Nachricht von meiner kleinen »Episode« hat sich selbstverständlich verbreitet wie ein Lauffeuer. Sean hat es mir erzählt. Niemand wollte es glauben. Wieso verliert die Frau, die man beim Morddezernat die »Ice Queen« nennt, plötzlich am Schauplatz eines gar nicht allzu grässlichen Mordes die Fassung? Das wüsste ich selbst gerne. Ich habe eine Theorie, doch die Analyse der eigenen mentalen Verfassung ist ein Geschäft, das bekannt ist für seine Unzuverlässigkeit. Was den Spitznamen angeht: Ich bin keine Eiskönigin, doch in der Macho-Welt der Gesetzeshüter ist diese Rolle das Einzige, das mir Sicherheit verschafft – vor Männern und vor meinen eigenen unkontrollierten Impulsen. Bis auf die Tatsache, dass Sean diese kleine Strategie Lügen straft.

Vier Opfer inzwischen, rufe ich mir ins Gedächtnis, indem ich mich auf den Fall konzentriere. Vier Männer im Alter von zweiundvierzig bis neunundsechzig, alle ermordet im Abstand von einer Woche. In einer Zeitspanne von dreißig Tagen, um genau zu sein. Die Abfolge der Morde ist beispiellos, und wären die Opfer Frauen – die Stadt wäre von Entsetzen gepackt. Doch weil die Opfer Männer im mittleren Alter oder darüber sind, hat sich in New Orleans eine Art faszinierter Neugier breit gemacht. Jedes Opfer wurde ins Rückgrat geschossen, mit Bissen verstümmelt und schließlich mit einem Gnadenschuss in den Kopf erlöst. Die Bisse haben von Opfer zu Opfer an Brutalität zugenommen, und sie liefern außerdem die stärksten Beweise gegen jeden zukünftigen Verdächtigen – mitochondrische DNA aus dem Speichel des Killers.

Die Bisswunden sind der Grund dafür, dass ich an dem Fall mitarbeite. Ich bin forensische Odontologin, Expertin für menschliche Zähne und die Schäden, die sie anzurichten imstande sind. Ich habe meine Kenntnisse im Verlauf von vier langweiligen Jahren an der Universität und fünf faszinierenden Jahren der Feldforschung erworben. Wenn Leute mich fragen, womit ich meinen Lebensunterhalt verdiene, dann erzähle ich ihnen, ich wäre Zahnärztin, was der Wahrheit mehr oder weniger entspricht und alles ist, was sie erfahren müssen. *Odontologin* sagt niemandem etwas, doch im Amerika nach C. S. I. lockt das Beiwort *forensisch* so viele Fragen hervor, dass ich mit den Antworten nicht mehr hinterherkomme. Während also die meisten Bekannten mich als Zahnärztin kennen, die zu viel zu tun hat, um neue Patienten anzunehmen, gibt es eine Reihe von Regierungsbehörden – einschließlich FBI und der Kommission zur Bekämpfung und Aufklärung von Kriegsverbrechen der Vereinten Nationen –, für die ich als eine der weltweit führenden forensischen Odontologinnen beschäftigt bin. Was ziemlich angenehm ist. Ich kann mich damit identifizieren.

Die Sonderkommission möchte heute Abend meine Expertise in Sachen Bisswunden, doch Sean Regan will mehr. Als er vor zwei Jahren meine Hilfe bei einem Mordfall in Anspruch nahm, fand er bald heraus, dass ich mich nicht nur mit Zähnen auskenne. Ich habe zwei Jahre Medizin studiert, bevor ich gewechselt habe, und das hat mir eine gute Basis für das Selbststudium der Forensik verschafft. Anatomie, Hämatologie, Histologie, Biochemie – was immer ein Fall erfordert. Ich kann doppelt so viele Informationen aus einem Autopsiebericht herausholen wie jeder Detective, und doppelt so schnell. Nachdem Sean und ich uns näher gekommen waren, als die Regeln es erlauben, benutzte er mich öfter inoffiziell bei der Lösung schwieriger Fälle. Benutzen ist das richtige Wort: Sean lebt dafür, Killer zur Strecke zu bringen, und er benutzt alles und jedes, das ihm dabei helfen kann.

Doch Sean benutzt mich nicht nur. Er ist mein Waffenkamerad, mein Rabbi und mein Förderer. Er verurteilt mich nicht. Er kennt mich so, wie ich bin, und er gibt mir, was ich brauche. Ich bin wie Sean – eine geborene Jägerin. Ich jage allerdings keine Tiere. Ich habe Tiere gejagt, und ich hasse es. Tiere sind unschuldige Wesen, Menschen nicht. Ich bin eine geborene Menschenjägerin. Doch im Gegensatz zu Sean besitze ich keine Lizenz dazu. Nicht wirklich, heißt das. Die forensische Odontologie führt nur zu peripherer Berührung mit Mordfällen – es ist meine Beziehung zu Sean, die mich mitten in die blutigen Details bringt. Indem er mir Zutritt verschafft – unethischen und wahrscheinlich illegalen Zutritt – zu Tatschauplätzen, Zeugen und Beweisen, hat er mir ermöglicht, vier große Mordfälle zu lösen, einer davon mit einem Serientäter. Selbstverständlich hat Sean jedes Mal die Lorbeeren eingeheimst – plus die damit verbundenen Beförderungen –, und ich lasse es geschehen. Warum? Weil die Wahrheit unsere Liebesbeziehung offen gelegt hätte. Sean wäre gefeuert worden, und die Killer wären freigekommen. Doch die Wahrheit ist einfacher als das. Die Wahrheit lautet, dass mir die Lorbeeren egal sind. Ich habe das Adrenalin und den hämmernden Puls der Jagd auf Raubtiere gespürt, und ich bin so süchtig danach wie nach dem Wodka, den ich in diesem Augenblick so dringend gebrauchen könnte.

Aus diesem einen Grund habe ich unsere Beziehung weit über den Punkt hinaus laufen lassen, an dem ich Beziehungen normalerweise sabotiere. Weit genug, um eine meiner schmerzhaftesten Erfahrungen zu vergessen. *Ein Ehemann verlässt seine Frau nicht.* Jedenfalls nicht die Sorte von Ehemännern, die ich mir aussuche. Nur ist es diesmal anders. Sean hat sich wirklich alle Mühe gegeben, mich zu überzeugen, dass er es tun wird. Und ich bin dicht davor, ihm zu glauben. Dicht genug, um mich in den einsamsten, verwundbarsten Stunden der Nacht dabei zu ertappen, wie ich es mir verzweifelt wünsche. Doch jetzt … die Situation hat sich geändert. Das Schicksal hat eingegriffen. Und wenn Sean mich nicht sehr überrascht, ist unsere Beziehung zu Ende.

Ohne Vorwarnung überschwemmt mich eine Woge von Übelkeit. Ich versuche mir einzureden, dass es am Alkoholentzug liegt, doch tief in mir weiß ich es besser. Es ist Panik. Reine, nackte Panik angesichts der Vorstellung, Sean aufzugeben und allein zu sein. *Denk nicht darüber nach,* sagt eine zittrige Stimme in mir. *In zwei Minuten stehst du im Rampenlicht. Denk an den Fall …*

Während ich bremse, in die Ausfahrt der Interstate einbiege und schließlich auf der St. Charles Avenue herauskomme, summt mein Mobiltelefon zu den Eingangsnoten von U2's »Sunday, Bloody Sunday«. Ohne hinzusehen weiß ich, dass es Sean ist.

»Wo bist du?«, fragt er.

Ich bin noch gut fünfzehn Blocks von den stattlichen viktorianischen Häusern der Prytania Street entfernt, doch ich muss Sean beruhigen. »Bin nur noch einen Katzensprung vom Tatort entfernt.«

»Gut. Kannst du deine Ausrüstung alleine tragen?«

Mein Untersuchungskoffer wiegt voll beladen fast fünfzehn Kilo, und heute Nacht brauche ich außerdem meine Kameratasche und das Stativ. Vielleicht will Sean andeuten, dass ich ihn bitten soll, mir zu helfen. Es würde ihm Gelegenheit für ein paar private Worte geben, bevor wir uns umringt von anderen wiederfinden. Doch ein privates Gespräch ist heute Abend das Letzte, wonach mir der Sinn steht.

»Ich komme zurecht«, sage ich. »Du klingst so eigenartig. Was ist los bei euch?«

»Alle sind nervös. Du kennst die Geschichte.«

Tue ich. Es hat drei Fälle von Serienmord in der Baton-Rouge-Gegend von New Orleans in genauso vielen Jahren gegeben, und bei allen dreien haben sich im Verlauf der Ermittlungen schwere Fehler ereignet.

»Wir haben Detectives aus dem Sechsten Distrikt hier«, fährt Sean fort. »Aber die Sonderkommission hat vor Ort übernommen. Wir führen unsere Ermittlungen aus dem Hauptquartier, genau wie die anderen. Captain Piazza hat mich bereits bei den Eiern.«

Carmen Piazza ist eine harte Italoamerikanerin um die fünfzig, die durch die Ränge des Detective Bureau marschiert ist und nun das Morddezernat leitet. Wenn irgendjemand Sean jemals wegen seiner Beziehung zu mir feuert, dann ist es Piazza. Sie ist zwar beeindruckt von Seans Verhaftungen, doch sie denkt, er wäre ein Cowboy. Und sie hat Recht. Sean ist ein hartgesottener, verteufelter irischer Cowboy.

»Hat sie einen Verdacht, was uns angeht?«

»Nein.«

»Keine Gerüchte? Nichts?«

»Ich glaube nicht.«

»Was ist mit Joey?«, frage ich in Anspielung auf Seans Partner, Detective Joey Guercio. »Hat er zu irgendjemandem geplappert?«

Eine Millisekunde des Zögerns. »Bestimmt nicht. Hör mal, sei einfach cool, wie du's immer warst, außer beim letzten Mal. Meinst du, du schaffst das? Sind deine Nerven wieder in Ordnung?«

Ich schließe die Augen. »Waren sie, bis du gefragt hast.«

»Sorry. Beeil dich, okay? Ich gehe wieder rein.«

Wie aus heiterem Himmel überkommt mich ein Anfall von Verlangen. »Kannst du nicht auf mich warten?«

»Es ist wohl besser, wenn ich es nicht tue.«

Besser für dich, ja. »Auch gut.«

Konzentrier dich auf den Fall, sage ich mir und überprüfe die Hausnummern auf der Prytania, um mich zu orientieren. *Sie erwarten von dir, dass du dich in deiner Materie auskennst.*

Die Fakten sind schnell erzählt. In den vergangenen dreißig Tagen wurden drei Männer mit der gleichen Waffe erschossen, von den gleichen Zähnen zerbissen und dabei – in zwei Fällen – mit dem Speichel eines Mannes benetzt, dessen DNA mit siebenundachtzigprozentiger Wahrscheinlichkeit auf einen Weißen hindeutet. Das kriminaltechnische Labor des NOPD hat die ballistischen Untersuchungen durchgeführt und die Identität der Waffe bestätigt, während das Labor der Staatspolizei die mitochondrische DNA analysiert hat. Und ich habe die Bisswunden für identisch erklärt.

Das ist sehr viel schwieriger, als es im Fernsehen erscheinen mag. Wenn ich einem Detective meine Arbeit erkläre, erzähle ich meist von dem forensischen Pathologen, der ein künstliches Gebiss benutzt hat bei dem Versuch, perfekt übereinstimmende Bisswunden auf einem Leichnam zu hinterlassen. Es gelang ihm nicht. Die Lektion ist klar, selbst für einen Streifenpolizisten: Wenn es schon schwierig ist, zwei Bisswunden in Einklang zu bringen, von denen man weiß, dass die gleichen Zähne sie verursacht haben, dann ist es nahezu unmöglich, Bisswunden zu vergleichen, die von Millionen verschiedener Menschen herrühren können. Selbst wenn man die Zahl der Verdächtigen auf eine kleine Gruppe eingeengt hat, ist es immer noch viel problematischer, als mancher Odontologe zuzugeben bereit ist.

Speichel im Bissabdruck eines Killers kann die Dinge enorm vereinfachen, weil sich im Speichel DNA findet, die man mit der DNA von Verdächtigen vergleichen kann. Doch vor vier Wochen, als das erste Opfer gefunden wurde, konnte ich keinen Speichel an den beiden Bisswunden des Opfers entdecken. Ich nahm an, dass der Killer eine organisierte Persönlichkeit war – jemand, der den Speichel aus den Bissmalen wusch, um belastende DNA-Spuren zu beseitigen. Doch eine Woche später, als das zweite Opfer gefunden wurde, fiel meine Theorie in sich zusammen wie ein Kartenhaus. Ich fand Speichelreste in zweien der vier Bisswunden, die der Täter am Leichnam hinterlassen hatte. Dies eröffnete die Möglichkeit, dass wir es mit einer anderen, desorganisierten Killerpersönlichkeit zu tun hatten. Mithilfe reflektiver Ultraviolettfotografie und Elektronenmikroskopie der Bisswunden kam ich dennoch zu dem Schluss, dass der gleiche Täter beide Opfer ermordet hatte. Die ballistische Analyse der geborgenen Kugeln erhärtete meine Schlussfolgerung. Sechs Tage darauf, als das dritte Opfer gefunden wurde, bestätigte sich meine Vermutung aufgrund der DNA-Spuren in den Bisswunden am Leichnam: Es stand zweifelsfrei fest, dass ein und derselbe Killer die drei Männer ermordet hatte.

Die Bedeutung dieser Entdeckung lässt sich nicht hoch genug einschätzen. Das grundlegende Kriterium, um einen Serienmord als solchen zu klassifizieren, sind drei Opfer, die von ein und derselben Person getötet wurden – jedes Opfer an einem anderen Ort und mit einem gewissen zeitlichen

Abstand zwischen den einzelnen Taten. Ich hatte nun bewiesen, was ich gleich beim Augenblick des ersten Toten gewusst hatte: Ein weiterer Serienmörder war in New Orleans auf der Jagd.

Meine offizielle Verantwortlichkeit endete mit dem Vergleich der Bisswunden, doch ich hatte nicht vor, hier Halt zu machen. Während die Polizei von New Orleans und das FBI eine gemeinsame Sonderkommission bildeten, machte ich mich daran, die anderen Aspekte des Falles zu analysieren. Bei sexuell motiviertem Serienmord bildet die Auswahl der Kriterien, nach denen ein Mörder seine Opfer findet, den Schlüssel zu jedem Fall. Und wie bei allen Serienmorden waren die NOMURS – so getauft vom FBI für *N*ew *O*rleans *Mur*der*s* – ihrem Grunde nach sexuell veranlasste Morde.

Es gibt *immer* irgendetwas, das die Opfer eines Serienmörders verbindet, selbst wenn es nichts weiter ist als ein bestimmter Ort, wobei dieser Ort den Mörder anzieht. Doch die NOMURS-Opfer unterschieden sich stark im Alter, der Physis, ihrem Beruf und dem sozialen Status; darüber hinaus wohnten sie in unterschiedlichen Gegenden. Die einzigen Gemeinsamkeiten waren ihre weiße Hautfarbe, ihr männliches Geschlecht, ihr Alter über vierzig und die Tatsache, dass sie Familie hatten. Diese vier Fakten in Kombination schlossen jedes bekannte Zielprofil für Serienmörder aus. Mehr noch, keiner der Ermordeten hatte Angewohnheiten, die einen Serientäter zu einem untypischen Opfer gelockt haben konnten. Keines der Opfer war homosexuell, es gab keinerlei Hinweise auf perverse Neigungen. Keines der Opfer war jemals wegen eines Sexualdelikts verhaftet worden, wegen Kindesmissbrauchs angezeigt oder als Gast in Striptease-Clubs oder anderen anrüchigen Etablissements in Erscheinung getreten.

Aus diesem Grund hatte die NOMURS-Sonderkommission bisher keinerlei Fortschritte bei ihrer Suche nach einem Verdächtigen gemacht.

Ich bremse den Audi ab, um eine Hausnummer zu lesen, und meine Haut juckt vor Angst und Vorahnung. Der Killer war nur wenige Stunden zuvor hier auf dieser Straße unterwegs. Vielleicht ist er jetzt noch hier und beobachtet das Voranschreiten der Untersuchungen, wie Serientäter es häufig tun. Vielleicht beobachtet er *mich*. Darin liegt der Nervenkitzel. Ein Raubtier ist keine Beute. Wenn man ein Raubtier jagt, bringt man sich in eine Lage, die dazu führt, dass man selbst gejagt wird. Es gibt keinen anderen Weg. Wenn man einem Löwen in ein Dickicht folgt, begibt man sich zwangsläufig in Reichweite seiner Pranken. Doch mein Gegner ist kein Löwe. Mein Gegner ist die tödlichste Kreatur der Welt: ein männlicher Weißer, getrieben von Lust und Wut, und doch – zumindest zeitweilig – von Logik beherrscht. Er schleicht ungestraft durch unsere Straßen, voller Selbstvertrauen und Kühnheit; er plant akribisch im Voraus und ist arrogant, wenn es um die Ausführung geht. Und ich weiß bisher nur eines über ihn: Er wird wieder und wieder und wieder töten, genau wie alle seine Brüder vor ihm, bis jemand das Rätsel seiner Psyche löst, oder bis er sich durch die Intensität des Konflikts in seinem Bewusstsein selbst zerstört. Vielen Leuten ist es egal, auf welche Weise es endet, solange es nur schnell geht.

Mir ist es nicht egal.

Sean steht wartend am Bürgersteig. Er ist mir einen Block weit vom Haus des Opfers entgegengekommen. Schneid hatte er schon immer. Aber hat er auch genügend Schneid, sich unserer gegenwärtigen Situation zu stellen?

Ich parke meinen Audi hinter einem Toyota Landcruiser, steige aus und will meine Ausrüstung entladen. Sean umarmt mich flüchtig; dann lädt er die Sachen aus. Er ist sechsundvierzig, doch er sieht aus wie vierzig und besitzt die lässige, zuversichtliche Eleganz eines Athleten. Sein Haar ist größtenteils schwarz, die Augen sind grün mit einem Glitzern darin. Selbst nach achtzehn Monaten, die ich nun seine

Geliebte bin, erwarte ich immer noch einen irischen Akzent zu hören, sobald Sean den Mund öffnet. Stattdessen kommen die Worte in gedehntem Singsang, wie es für New Orleans typisch ist, eine Art Brooklyn-Slang mit einer Andeutung von Languste.

»Alles okay mit dir?«, fragt er.

»Hast du deine Meinung geändert?«

Er zuckt die Schultern. »Ich habe mich schlecht gefühlt.«

»Scheiße. Du wolltest dich nur selbst überzeugen, dass ich nüchtern bin.«

Ich sehe die Wahrheit meiner Worte in seinem Gesicht. Er mustert mich durchdringend, und er denkt gar nicht daran, sich zu entschuldigen.

»Erzähl weiter«, fordere ich ihn auf.

»Was?«

»Du wolltest etwas sagen. Schieß los.«

Er seufzt. »Du siehst mitgenommen aus, Cat.«

»Danke für dein Vertrauen.«

»Sorry. Hast du getrunken?«

Vor Zorn verkrampfen sich meine Wangenmuskeln. »Ich bin zum ersten Mal seit Ewigkeiten vollkommen nüchtern.«

Ich sehe Zweifel in seinen Augen. Doch als er mich dann mustert, verschwinden diese Zweifel. »Meine Güte. Vielleicht brauchst du einen Drink!«

»Es ist schlimmer, als du vielleicht glaubst. Aber ich werde nichts trinken.«

»Warum nicht?«

»Komm, bringen wir diese Sache hinter uns.«

»Ich muss trotzdem vor dir wieder rein.« Er wirkt verlegen.

Zornig wende ich den Blick zur Seite. »Wie lange? Reichen fünf Minuten?«

»Nicht so lange.«

Ich winke ihn weg und steige wieder in den Wagen. Er

kommt zur Fahrertür; dann ändert er seine Meinung und geht in Richtung Tatort davon.

Meine Hände zittern. Haben sie schon gezittert, als ich aufgewacht bin? Ich packe das Lenkrad und zwinge mich, tief zu atmen. Langsam beruhigt sich mein Puls, und mein Herzschlag wird stetiger. Ich klappe die Sonnenblende herunter und überprüfe mein Make-up. Normalerweise bin ich alles andere als zwanghaft, was mein Erscheinungsbild angeht, doch Sean hat mich nervös gemacht. Und wenn ich nervös bin, kommen mir verrückte Dinge in den Kopf. Körperlose Stimmen, alte Albträume, lange zurückliegende Fehler und Fehltritte, Dinge, die Therapeuten gesagt haben …

Ich überlege, ob ich Eyeliner auftragen soll, um meine Augen zu betonen, falls ich jemanden niederstarren muss. Eigentlich brauche ich das gar nicht. Männer sagen mir häufig, dass ich wunderschön bin, doch das erzählen sie bekanntlich allen Frauen. Eigentlich ist mein Gesicht ziemlich maskulin, mit schräg stehenden braunen Augen und geschwungenen Brauen. Mein Vater, der seit zwanzig Jahren tot ist, lebt in jedem Winkel meines Gesichts weiter. Ich habe ein Bild von ihm in der Brieftasche. *Luke Ferry, 1969.* Lächelnd, in seiner Army-Uniform, irgendwo in Vietnam. Ich mag die Uniform nicht – nicht mehr nach dem, was der Krieg aus ihm gemacht hat –, doch ich mag seine Augen auf dem Bild. Noch immer voller Gefühl, noch immer menschlich. So möchte ich ihn in Erinnerung behalten. Ein Kleinmädchenbild von einem Vater. Einmal hat er mir erzählt, dass ich beinahe sein Gesicht bekommen hätte, doch im letzten Moment wäre ein Engel herabgerauscht und hätte es hübsch gemacht.

Sean sieht die Härte in meinem Gesicht. Er hat mir gesagt, dass ich aussehe wie ein Raubvogel, wie ein Falke oder ein Adler. Heute Abend bin ich froh um diese Härte. Denn als ich aus dem Audi steige und meine Koffer und das Stativ schultere, sagt mir irgendetwas, dass Sean möglicherweise

Recht hat mit seiner Sorge um meine Nerven. Ich werde heute Nacht gewissermaßen nackt da drinnen stehen, ohne den Mantel von Betäubungsmitteln. Und ohne diese vertraute chemische Barriere, die mich vor den scharfen Ecken und Kanten der Realität bewahrt, fühle ich mich noch viel verletzlicher gegenüber dem, das beim letzten Mal meine Panikattacke ausgelöst hat.

Während ich über die im Halbdunkel liegende Straße gehe, mit ihren schmiedeeisernen Vorgartenzäunen und den Galerien im ersten Stock, spüre ich Blicke auf der Haut. Ich bleibe stehen und drehe mich um, doch es ist niemand zu sehen. Nur ein Hund, der an einem Laternenmast das Bein hebt. Ich suche die Galerien über mir ab, doch die Hitze hat die Bewohner ins Innere der Häuser getrieben. Du meine Güte. Ich fühle mich, als hätte ich meine ganzen einunddreißig Lebensjahre lang darauf gewartet, den Toten in dem Haus vor mir zu sehen. Oder vielleicht hat er auf mich gewartet. *Irgendetwas* jedenfalls wartet auf mich, so viel ist sicher.

Vor meinem geistigen Auge entsteht ein kristallklares Bild, als ich mich wieder in Bewegung setze, eine beschlagene blaue Dasani-Flasche mit sieben Zentimetern Grey Goose über dem Flaschenboden, wie Schmelzwasser von einem göttlichen Gletscher. Hätte ich das getrunken, hätte ich jede nur denkbare Situation überstanden.

»Du hast das schon hunderte Male getan!«, beschimpfe ich mich selbst. »Du warst mit fünfundzwanzig in Bosnien, als du noch von nichts eine Ahnung hattest!«

»Hallo! Sind Sie Dr. Ferry?«

Ein Cop in Uniform ruft mich von einer Veranda zu meiner Rechten. Das Haus des Opfers. Arthur LeGendre hat in einem großen viktorianischen Haus im Garden District gewohnt, vor dem die Fahrzeuge der Ermittlungsbeamten parken: der Kombi des Coroners, eine Ambulanz, Streifenwagen des NOPD und der Suburban des FBI, in dem das forensische Team unterwegs ist. Außerdem sehe ich zwei nicht gekennzeichnete Fahrzeuge der Polizei von New Orleans, eines davon der Wagen von Sean. Als ich die Treppen hinaufsteige, bin ich in dem Glauben, dass alles in Ordnung ist.

Doch drei Meter hinter der Haustür weiß ich, dass ich in Schwierigkeiten stecke.

2

Eine spröde Aura der Erwartung erfüllt die viktorianische Eingangshalle des Hauses, das dem Opfer gehört hat. Neugierige Blicke verfolgen jede meiner Bewegungen. Ein forensischer Techniker bewegt sich mit einer alternativen Lichtquelle durch den Raum, auf der Suche nach latenten Fingerabdrücken. Ich weiß nicht, wo die Leiche liegt, doch bevor ich den Streifenbeamten fragen muss, der hinter der Eingangstür postiert ist, betritt Sean aus einem angrenzenden Zimmer die Halle und winkt mich herbei.

Ich setze mich in Bewegung, vorsichtig, um mit meinem Gepäck nicht das Gleichgewicht zu verlieren. Ich wünschte, Sean würde meinen Arm drücken, sobald ich bei ihm bin, doch ich weiß, das kann er nicht. Er tut es aber trotzdem. Und ich erinnere mich wieder, warum ich mich in ihn verliebt habe. Sean weiß immer, was ich gerade brauche, manchmal, bevor ich selbst es weiß.

»Wie geht es dir?«, murmelt er.

»Ein wenig wacklig auf den Beinen.«

»Die Leiche liegt in der Küche.« Er nimmt mir den schweren Koffer aus der Rechten. »Diesmal ist es ein wenig blutiger als beim letzten Mal, aber letztlich ist er bloß ein weiterer Toter. Die Forensiker vom FBI haben ihren Job bereits gemacht, alles bis auf die Bisswunden. Kaiser sagt, das wäre deine Show. Das sollte dich doch aufbauen, oder?«

»Kaiser« ist John Kaiser, ein ehemaliger Profiler des FBI, der geholfen hat, den größten Fall von Serienmorden in New Orleans zu lösen. Damals verschwanden elf Frauen, während überall auf der Welt Ölgemälde ihrer Leichen auftauchten. Kaiser ist der Verbindungsmann des FBI für die NOMURS-Sonderkommission.

»Der Tatort ist beengter, als er es eigentlich sein dürfte«, murmelt Sean leise. »Piazza ist drin. Jede Menge Spannungen, wenn du genau hinsiehst. Aber das ist nicht dein Problem. Du bist Sachverständige, weiter nichts.«

»Ich bin so weit. Fangen wir an.«

Er öffnet die Tür in eine glitzernde Welt aus Granit, Travertin, glänzender Emaille und gebeiztem Holz. Küchen wie diese erinnern mich immer an Operationssäle, und hier gibt es tatsächlich irgendwo einen Patienten. Einen toten Patienten. Mein Blick schweift über ein verschwommenes Gewirr von Gesichtern, und ich nicke zur Begrüßung. Captain Carmen Piazza nickt zurück. Dann sehe ich die Blutspur am Boden. Jemand ist entweder über den Marmorboden gekrochen oder gezerrt worden, hinter die Kochinsel im Zentrum der Küche. *Gezerrt worden,* denke ich.

»Hinter der Insel«, sagt Sean neben mir.

Jemand hat einen Scheinwerfer aufgestellt. Als ich die Insel umrunde, erblicke ich ein bestürzendes Bild in Technicolor: ein nackter Toter auf dem Rücken. Die Details seines Oberkörpers treffen mein Bewusstsein in einem surrealen Schauer. Blaugraue Bisswunden auf der Brust, blutige Bisswunden im Gesicht, ein Loch von einer Kugel mitten im Bauch, eine Kontaktwunde von einer weiteren Kugel in der Stirn. Das superfeine Sprühmuster vom Einschlag eines Hochgeschwindigkeitsgeschosses überzieht die Marmorfliesen hinter dem Kopf des Opfers wie ein monochromes Gemälde von Pollock. Arthur LeGendres Gesicht ist eine erstarrte Maske aus Horror und Schmerz, erstarrt in der Zeit durch die Kugel, die durch seinen Hinterkopf ausgetreten ist.

Ich zwinge mich, den Blick von den Bisswunden auf der Brust abzuwenden. Der Unterleib erzählt seine eigene Geschichte. Arthur LeGendre ist doch nicht ganz nackt. Er trägt schwarze Socken, wie ein Mann in einem Porno-Streifen aus den 1940ern. Sein Penis ist eine bleiche Eichel in einem Nest aus grauem Schamhaar, doch ich sehe Blut und eine Verletzung. Ich trete einen Schritt vor, und der Atem stockt mir in der Kehle. Da stehen, quer über zwei Türen der Insel gegenüber dem Waschbecken, in Blut fünf Worte geschrieben.

MEINE ARBEIT IST NIEMALS GETAN

Dünne Nasen aus Blut sind entlang den Schranktüren nach unten gelaufen und verleihen der Botschaft einen beinahe komisch aussehenden Halloween-Look. Doch es ist nichts Komisches an der Lache aus Blut und Serum unter dem Ellbogen des Toten. LeGendres Ellbogen-Arterie wurde aufgeschlitzt, um das Blut für die Botschaft zu entnehmen. Die Spitze seines rechten Zeigefingers wurde offensichtlich in das Blut getaucht. Hat der Killer die Worte mit dem Finger seines toten Opfers geschrieben, um nicht seinen eigenen Abdruck im Blut zu hinterlassen? Oder hat er LeGendre vor seinem Tod gezwungen, die Botschaft zu schreiben? Untersuchungen auf freies Histamin werden diese Frage beantworten.

Ich muss mit meiner Arbeit anfangen, doch ich kann die Augen nicht von der Botschaft abwenden. *Meine Arbeit ist niemals getan.* Es ist eine gewöhnliche Phrase, so gewöhnlich, dass ich in Gedanken höre, wie meine Mutter sie ausspricht ...

»Brauchen Sie Hilfe, Dr. Ferry?«

»Wie?«

»John Kaiser«, stellt die gleiche Stimme sich vor.

Ich blicke zu einem großen, schlaksigen Mann von etwa

fünfzig Jahren auf. Er besitzt ein freundliches Gesicht mit haselnussbraunen Augen, denen nicht die kleinste Kleinigkeit entgeht. Er hat seinen Rang weggelassen. *Special Agent* John Kaiser.

»Brauchen Sie Hilfe bei der Beleuchtung? Für die UV-Fotografie?«

Ich fühle mich merkwürdig distanziert, als ich verneinend den Kopf schüttele.

»Er wird brutaler«, meint Kaiser. »Vielleicht verliert er die Kontrolle. Das Gesicht des Opfers ist diesmal förmlich zerrissen.«

Ich nicke erneut. »Auf der Wange sieht man subkutanes Fett.«

Der Fußboden zittert, als Sean meinen schweren Koffer neben mir abstellt. Zu spät versuche ich mein Zusammenzucken zu verbergen. Ich befehle mir, tief durchzuatmen, doch meine Kehle schnürt sich bereits zusammen, und Schweiß bricht mir aus allen Poren.

Ein Schritt nach dem anderen … nimm die Bisse mit der 105-Millimeter Quarzlinse auf … Zuerst normaler Farbfilm, dann die Filter und UV. Danach die Alginat-Abdrücke …

Als ich mich vorbeuge, um die Schlösser meines Koffers zu öffnen, kommt es mir vor, als bewegte ich mich mit halber Geschwindigkeit. Ein Dutzend Augenpaare beobachtet mich, und die Blicke scheinen meine Nervenimpulse zu behindern. Sean wird meine Unbeholfenheit bemerken, doch außer ihm niemand. »Es ist der gleiche Mund«, sage ich leise.

»Was?«, fragt Agent Kaiser.

»Der gleiche Killer. Er hat leicht schräg stehende laterale Schneidezähne. Ich erkenne es an den Bisswunden auf der Brust des Toten. Das ist kein abschließendes Urteil, nur eine … vorläufige Einschätzung.«

»Aha. Ja, natürlich. Sind Sie sicher, dass Sie keine Hilfe brauchen?«

Was zur Hölle habe ich denn gerade gesagt? Selbstverständlich ist es der gleiche Killer! Jeder hier in diesem Raum weiß das. Ich bin lediglich hier, um die Beweise mit der höchstmöglichen Genauigkeit zu dokumentieren und zu konservieren …

Ich habe den falschen Koffer geöffnet. Ich brauche meine Kamera, nicht mein Abdruck-Kit. *Mein Gott, reiß dich zusammen!* Doch ich kann nicht. Als ich mich weiter vornüberbeuge, um den Kamerakoffer zu öffnen, erfasst mich plötzlich Benommenheit, und beinahe verliere ich das Gleichgewicht und falle. Ich nehme die Kamera aus dem Koffer, richte mich auf, schalte sie ein. Dann bemerke ich, dass ich vergessen habe, mein Stativ aufzubauen.

Und da passiert es.

Binnen drei Sekunden steigere ich mich von anfänglicher Nervosität in Hyperventilation, wie eine alte Frau, die in der Kirche ohnmächtig wird. Was unglaublich ist. Ich kann effizienter atmen als 99 Prozent der menschlichen Bevölkerung. Wenn ich nicht als Odontologin arbeite, bin ich Freitaucherin – Weltklasse in einem Sport, bei dem die Besten allein mit der Luft in den Lungen hundert Meter tief tauchen. Manche Leute sagen, Freitauchen wäre sportlicher Selbstmord, und da ist etwas Wahres dran. Ich kann mit einem Bleigürtel sechs Minuten lang am Boden eines Swimmingpools liegen, was die meisten Menschen mit dem Leben bezahlen würden. Und doch stehe ich jetzt hier, auf Meereshöhe in der Küche eines schicken Stadthauses, und kann nichts von dem Ozean aus Sauerstoff trinken, der mich umgibt.

»Dr. Ferry?«, fragt Agent Kaiser. »Ist alles in Ordnung?«

Panikattacke, sage ich mir. *Ein Teufelskreis – die Angst verschlimmert die Symptome, und die Symptome steigern die Angst. Du musst den Kreis durchbrechen …*

Arthur LeGendres Leichnam wabert in meinem Blickfeld, als läge er am Boden eines seichten Flusses.

»Sean?«, fragt Kaiser. »Ist alles in Ordnung mit ihr?«

Bitte, lass das nicht passieren, flehe ich lautlos. *Bitte nicht.*

Doch niemand erhört mein Gebet. Was immer mit mir passiert, es hat seit langer Zeit auf diesen Augenblick gelauert. Ein langsamer schwarzer Zug, der seit geraumer Zeit auf mich zugekommen ist, von weit weg, und jetzt, nachdem er mich eingeholt hat, donnert er über mich hinweg, ohne Geräusch und ohne Schmerz.

Ringsum wird alles schwarz.

3

Eine weibliche EMT kniet über mir und liest ein Blutdruckmessgerät ab, dessen Luftkissen meinen Arm umschließt. Das Ablassen der Luft weckt mich aus meiner Ohnmacht. Sean Regan und Special Agent Kaiser stehen hinter der EMT und blicken besorgt drein.

»Ein bisschen niedrig«, sagt die EMT. »Ich nehme an, sie ist ohnmächtig geworden. Ihr EKG ist vollkommen normal. Der Blutzuckerspiegel ist zu niedrig, aber sie ist nicht hyperglykämisch.« Die EMT bemerkt, dass ich die Augen aufgeschlagen habe. »Wann haben Sie zum letzten Mal etwas gegessen, Dr. Ferry?«

»Ich weiß nicht.«

»Sie sollten ein wenig Orangensaft trinken. Das hilft Ihnen wieder auf die Beine.«

Ich sehe nach links. Die bestrumpften Füße des toten Arthur LeGendre liegen neben meinem Kopf. Seine Beine und der Rumpf liegen im rechten Winkel zu mir, entlang einer anderen Seite der Kochinsel. Ich blicke in die Richtung und lese erneut die blutige Botschaft.

MEINE ARBEIT IST NIEMALS GETAN

»Ist Orangensaft in dem Kühlschrank?«, fragt die EMT.

»Selbst wenn welcher drin wäre«, sagt Kaiser, »dürften wir ihn nicht nehmen. Hier ist ein Verbrechensschauplatz. Hat vielleicht jemand einen Schokoriegel?«

Eine männliche Stimme meldet sich zögernd. »Ich hab ein *Snickers*. War eigentlich als mein Abendessen gedacht.«

»Schon wieder auf Atkins-Diät?«, spöttelt Sean und lacht nervös auf. »Los, rück's raus.«

Jetzt lachen alle – dankbar, ein wenig Spannung abbauen zu können.

Als ich aufzustehen versuche, streckt Sean die Hand aus, um mich zu stützen. Ein dickbäuchiger Detective tritt vor und reicht mir sein *Snickers*. Ich danke ihm übertrieben und nehme ihn an, obwohl ich weiß, dass ich kein Blutzuckerproblem habe. Die ganze Scharade wird von einem gespannten Publikum verfolgt, einschließlich Captain Carmen Piazza, Chefin des Morddezernats.

»Es tut mir Leid«, sage ich in ihre Richtung. »Ich weiß nicht, was das war.«

»Das Gleiche wie beim letzten Mal, scheint mir«, beobachtet Piazza.

»Wird wohl so sein. Aber jetzt bin ich wieder okay. Ich bin bereit.«

Captain Piazza beugt sich zu mir vor. »Kommen Sie bitte für einen Augenblick mit mir nach draußen, Dr. Ferry«, sagt sie leise. »Sie ebenfalls, Detective Regan.«

Piazza geht in die Eingangshalle. Sean wirft mir einen warnenden Blick zu; dann wendet er sich um und folgt seiner Chefin.

Captain Piazza führt uns in ein Büro, das von der Halle abgeht. Sie lehnt sich mit dem Rücken an einen Schreibtisch und mustert uns mit verschränkten Armen und harten Wangenmuskeln. Ich kann mir durchaus vorstellen, wie diese olivhäutige Frau während ihrer Dienstzeit als Streifenpolizistin bewaffnete Straßenpunks mit ihren Blicken niedergestarrt hat.

»Das hier ist nicht der Ort, um über Komplikationen zu sprechen«, sagt sie. »Deswegen werde ich jetzt auch nicht damit anfangen. Ich weiß nicht, was zwischen Ihnen beiden vorgeht, und ich will es auch gar nicht wissen. Doch was immer es ist, es gefährdet diese Ermittlungen. Deswegen werden wir Folgendes tun: Dr. Ferry wird nach Hause fahren. Das FBI wird sich heute Nacht um die Bisswunden kümmern. Und vorausgesetzt, das Bureau hat keine Einwände, werde ich eine neue forensische Odontologin für die Sonderkommission anfordern.«

Ich will widersprechen, doch Piazza hat meine Episode in der Küche mit keinem Wort erwähnt. Sie spricht offensichtlich über etwas, gegen das ich mich nicht wehren kann. Irgendetwas, wovon Sean mir gesagt hat, ich solle mir deswegen keine Gedanken machen. Warum bin ich dann wütend? Ehebrecher denken immer, sie wären diskret, und trotzdem finden andere Menschen es heraus.

Ein Streifenpolizist kommt ins Büro und stellt mein Stativ und meine beiden Koffer auf den Boden. Wann hat Piazza ihm gesagt, dass er meine Sachen packen soll? Als ich bewusstlos war? Nachdem der Mann gegangen ist, sagt Piazza: »Sean, Sie bringen Dr. Ferry zum Wagen. Seien Sie in zwei Minuten zurück. Und morgen früh Punkt acht Uhr sind Sie in meinem Büro. Verstanden?«

Sean blickt seiner Vorgesetzten in die Augen. »Verstanden, Ma'am.«

Captain Piazza sieht mich an; in ihren Augen spiegelt sich Mitgefühl. »Dr. Ferry, Sie haben in der Vergangenheit bemerkenswerte Arbeit für uns geleistet. Ich hoffe sehr, dass Sie dieses Problem gelöst bekommen, was immer es sein mag. Ich schlage vor, Sie konsultieren einen Arzt, falls Sie es nicht bereits getan haben. Ich glaube nicht, dass ein paar Tage Urlaub für Sie reichen.«

Sie geht nach draußen und lässt mich mit meinem verheirateten Geliebten und dem Chaos zurück, das ich wieder einmal aus meinem Leben gemacht habe. Sean nimmt meine beiden Koffer und will zur Tür. Wir können nicht riskieren, hier miteinander zu reden.

Warmes Wasser tropft von den Eichenblättern, als wir schweigend den Block hinuntergehen. Es hat geregnet, als ich im Haus gewesen bin, ein typischer New-Orleans-Schauer, der nichts dazu beigetragen hat, die Stadt abzukühlen oder sauber zu waschen; stattdessen hat er die schwüle Feuchtigkeit noch erstickender gemacht und noch mehr Dreck in den Lake Pontchartrain gewaschen. Doch die Luft riecht nach Bananenstauden, und in der Dunkelheit wirkt die Straße täuschend romantisch.

»Was ist da drin passiert?«, fragt Sean, ohne mich anzusehen. »Wieder eine Panikattacke?«

Meine Hände zittern, doch ich vermag nicht zu sagen, ob es von meinem Anfall im Haus herrührt, vom Alkoholentzug oder der Konfrontation mit Captain Piazza. »Ich glaub schon. Ich weiß es nicht.«

»Sind es diese Morde? Es hat beim dritten Opfer angefangen, bei Nolan.«

Ich höre an seiner Stimme, dass er sich Sorgen macht. »Ich glaube nicht.«

Er sieht mich an. »Ist es unsere Beziehung, Cat?«

Selbstverständlich ist es unsere Beziehung! »Ich weiß es nicht.«

»Ich habe dir doch gesagt, dass Karen und ich darüber gesprochen haben, zu einem Anwalt zu gehen. Es ist nur wegen der Kinder, weißt du. Wir ...«

»Fang jetzt nicht damit an, okay? Nicht heute Abend.« Meine Kehle schnürt sich zu, und ein säuerlicher Geschmack füllt meinen Mund. »Ich bin in dieser Situation, weil ich mich selbst hineingebracht habe.«

»Ich weiß, aber ...«

»Bitte.« Ich balle die Faust, damit meine Rechte nicht zittert. »Okay?«

Diesmal spürt Sean die Hysterie in meiner Stimme. Als wir den Audi erreichen, nimmt er meine Schlüssel, schließt auf und lädt meine Koffer auf den Rücksitz. Dann blickt er in die Richtung, aus der wir gekommen sind, zum Haus von LeGendre, wahrscheinlich um sicherzugehen, dass Piazza uns nicht beobachtet. Dass er so etwas tun muss, selbst jetzt noch, ist wie ein Messer in meinen Leib.

»Sag mir, was das alles wirklich zu bedeuten hat«, fordert er mich auf, wobei er sich wieder zu mir umdreht. »Irgendetwas verschweigst du mir doch.«

Ja. Aber ich werde dir diese Szene nicht hier auf der Straße machen. Nicht jetzt. Nicht so. Selbst ich habe noch ein paar Träume, und diese nasse Straße, unmittelbar nach einem Mord, gehört nicht dort hinein. »Ich kann das nicht«, stoße ich hervor. Mehr schaffe ich nicht.

Seine grünen Augen weiten sich zu einem stillen Flehen. Sie können manchmal bemerkenswert intensiv sein. »Wir müssen uns unterhalten, Cat. Noch heute Nacht.«

Ich antworte nicht.

»Ich mache Feierabend, sobald ich kann«, verspricht er.

»In Ordnung«, sage ich in dem Wissen, dass es die einzige Möglichkeit ist, von hier wegzukommen. »Da ist Captain Piazza.«

Seans Kopf ruckt herum. »Wo?«

Ein weiterer Messerstich. »Ich dachte, ich hätte sie gesehen. Du siehst besser zu, dass du wieder zurück ins Haus kommst.«

Er drückt meine Oberarme; dann öffnet er die Fahrertür des Audi und hilft mir beim Einsteigen. »Fahr vorsichtig, ja?«

»Mach dir keine Gedanken um mich.«

Anstatt zu gehen, kniet er in der offenen Tür, packt mein linkes Handgelenk und redet drängend auf mich ein. »Ich mache mir aber Gedanken um dich! Was ist los, Cat? Ich kenne dich, verdammt. Rück mit der Sprache raus!«

Ich lasse den Motor hochdrehen und setze den Wagen langsam in Bewegung, sodass Sean keine andere Wahl bleibt, als meine Hand loszulassen.

»Cat!«, ruft er, doch ich schlage die Tür zu und fahre weiter, lasse ihn am nassen Straßenrand stehen, wo er hinter meinen Rücklichtern herstarrt.

»Ich bin schwanger«, sage ich viel zu spät.

Zwei Meilen vor meinem Haus am Lake Pontchartrain wird mir bewusst, dass ich nicht nach Hause fahren kann. Wenn ich in meine Wohnung komme, werden sich die Wände um mich herum zusammenziehen wie erstickende Kissen, und ich werde wie eine Verrückte auf und ab rennen, bis Sean seinen Wagen in die Garage fährt und das Tor mit seiner Fernbedienung herunterlässt. Bei jedem Wort, das er im Anschluss daran sagen wird, werde ich im Hintergrund die Uhr hören, die tickend die Sekunden abzählt, bevor er nach Hause zu seiner Frau und seinen Kindern muss. Und das kann ich heute Nacht ganz und gar nicht ertragen.

Normalerweise halte ich bei einem Spirituosenladen, nachdem ich an einem Verbrechensschauplatz gearbeitet habe, und kaufe mir eine Flasche Wodka. Nicht so heute. Die kleine Ansammlung von Zellen, die in mir heranwächst, ist das einzige Reine in meinem Leben, und ich werde ihm keinen Schaden zufügen. Selbst wenn es Schreikrämpfe und eine Gummizelle bedeuten sollte. Das ist das Einzige, was ich im Augenblick mit absoluter Sicherheit weiß.

Ich habe zu Anfang einen Totalentzug versucht, weil ich denke, es ist das Beste für das Baby. Zwanzig Stunden nach diesem Fehler fing ich so schlimm zu zittern an, dass ich nicht einmal mehr den Reißverschluss meiner Jeans aufbekam, um zu pinkeln. Noch ein paar Stunden später fing ich an, überall im Haus Schlangen zu sehen. Eine kleine Klapperschlange in einer Ecke der Küche, zusammengerollt zu einer tödlichen Spirale. Eine fette Cottonmouth Mokassin an einem Topffarn im Wohnzimmer. Eine leuchtend bunte Korallenschlange beim Sonnen im schmerzhaft grellen Licht hinter der Glastür im Wohnzimmer. Alle tödlich, ausnahmslos, und alle im Begriff, mich einzukreisen und ihre Zähne in mein Fleisch zu bohren, bis sie den allerletzten Tropfen Gift aus ihren Drüsensäcken in mich gepumpt haben.

Hallo, Delirium tremens ...

Totalentzug kam also nicht infrage. Ich versenkte mich in meine medizinischen Bücher, aus denen ich erfuhr, dass die ersten achtundvierzig Stunden des Entzugs die schlimmsten wären. Suchtspezialisten verschrieben Valium, um die körperlichen Symptome zu dämpfen, während die psychische Sucht abklingt, doch Valium kann bei Ungeborenen zu einem Wolfsrachen führen, wobei das Risiko von der Dosierung und der Dauer der Einnahme abhängt. Ein ausgewachsenes Delirium tremens auf der anderen Seite kann zu Herzinfarkt, Schlaganfall und Tod im Mutterleib führen. Diese Wahl zwischen verschiedenen Übeln erwies sich also letzten Endes als keine Wahl. Ich kenne ein Dutzend Chirurgen, die imstande sind, einen Wolfsrachen zu operieren, aber ich kenne niemanden, der einen Toten wieder auferwecken könnte. Als die Korallenschlange auf mich zukroch, kletterte ich auf einen Tisch, rief bei Rite Aid Pharmacy an und verschrieb mir selbst genügend Valium, um die ersten achtundvierzig Stunden zu überstehen.

Die Reifen des Audi kreischen, als ich den Wagen in eine 180-Grad-Kehre zwinge und am Fuß der Auffahrt zur Interstate 10 anhalte. Limousinen und Laster jagen vorüber und hupen wütend. Eine Stunde Fahrt in westlicher Richtung auf der I-10 würde mich nach Baton Rouge bringen. Von Baton Rouge aus verläuft der Highway 61 neunzig Meilen nördlich am Mississippi entlang bis Natchez, dem Ort meiner Kindheit. Ich habe diese Reise schon viele Male angetreten, ohne sie jemals zu beenden. Heute Nacht aber ...

Zuhause, sage ich lautlos. *Der Ort, wo du immer eingelassen wirst, wenn du dort auftauchst.* Ich kann mich nicht erinnern, wer das gesagt hat, doch es erschien mir stets passend. Auch wenn es eigentlich nicht der Fall war. Meine Familie hat mich stets angefleht, sie zu besuchen. Meine Mutter möchte allen Ernstes, dass ich wieder in das Haus einziehe, in dem ich aufgewachsen bin. (Haus ist eigentlich nicht der richtige Ausdruck. Es ist ein riesiges Anwesen, groß genug für mich und wenigstens zwölf weitere Familien.) Ich könnte nie wieder dort einziehen. Ich kann nicht einmal zurück nach Natchez. Warum nicht, weiß ich nicht. Es ist eine wunderschöne Stadt, in mancher Hinsicht viel schöner als New Orleans. Sicherer und friedlicher auf jeden Fall. Und viele sind nach Natchez zurückgegangen, die der Stadt im Lauf der Jahre den Rücken gekehrt hatten.

Nicht jedoch ich.

Man verlässt eine Stadt in jungen Jahren und weiß eigentlich gar nicht so recht, warum, nur, dass man wegmuss. Ich hatte die Highschool mit sechzehn abgeschlossen und bin weggegangen, um das College zu besuchen. Ich habe nie zurückgeblickt. Die ein oder zwei interessanten Jungs, die ich kannte, wollten genauso dringend aus Natchez fort wie ich, und sie haben genau wie ich alles hinter sich gelassen. Ich fuhr zu Thanksgiving und zu Weihnachten nach Hause, zwischendurch aber kaum einmal, und das hat meine Familie tief verletzt. Sie hat es nie verstanden, und sie hat es mich nie vergessen lassen. Zurückblickend über einen Abstand von fünfzehn Jahren denke ich, dass ich von zu Hause geflohen bin, weil Cat Ferry nur an einem anderen Ort – *an irgendeinem* anderen Ort – zu dem werden konnte, was ich aus ihr zu machen imstande war. In Natchez hätte ich eine erstickende Matrix aus Erwartungen und Verpflichtungen geerbt, die zu übernehmen mir unerträglich erschienen war.

Doch jetzt habe ich mein sorgfältig konstruiertes Refugium gründlich zerstört. Es war natürlich unausweichlich. Ich wurde von den Besten gewarnt. Wie vorhergesagt, sind meine Sorgen hier und heute um ein Vielfaches größer als das, was ich zurückgelassen habe, und meine Möglichkeiten sind bis auf eine erschöpft. Für einen Moment überlege ich, in mein Haus zurückzukehren und eine Tasche zu packen. Doch wenn ich das tue, werde ich niemals weggehen. Die Schwangerschaftsszene mit Sean wird stattfinden, und dann … vielleicht das Ende für uns. Oder vielleicht nur für mich. Ich werde also heute Nacht nicht die Treppe zu meiner Tür hinaufsteigen.

Mein Mobiltelefon summt »Sunday, Bloody Sunday«. Ich blicke auf das Display. *Det. Sean Regan* steht dort zu lesen. Ich bin versucht zu antworten, doch Sean ruft nicht wegen des Falles an. Er will mich sehen. Mich ausfragen wegen meiner »Episode« in der Prytania Avenue. Er will mit mir durchkauen, was Captain Piazza über uns und unsere Affäre weiß oder nicht weiß. Und Luft ablassen nach dem Ärger bei der NOMURS-Sonderkommission.

Mit anderen Worten, er will Sex.

Ich schalte das Mobiltelefon auf Lautlos und steuere die Auffahrt hinauf, um mich in den nächtlichen Verkehr aus der Stadt hinaus einzufädeln.

4

Im Süden ist man niemals weit von der Wildnis entfernt. Nach weniger als zehn Minuten verlässt die I-10 *Terra firma* und verläuft durch einen stinkenden Sumpf voller Alligatoren, Grubenottern, wilder Schweine und Raubkatzen. Die ganze Nacht schleichen sie umher, schlagen Beute und vollziehen das Ritual des Todes, das ihr eigenes Leben erhält. Jäger und Beute, ein ewiger Tanz. Was davon bin ich? Sean würde sagen Jäger, und damit läge er nicht falsch. Doch er hätte auch nicht ganz Recht. Ich war auch schon mal Beute. Ich trage Narben, die Sean niemals gesehen hat. Heute bin ich weder das eine noch das andere, sondern ein Hybridwesen, das sich im Bewusstsein sowohl des Jägers als auch des Gejagten auskennt. Ich jage Raubtiere, um die gefährdetste Spezies von allen zu schützen – die Unschuldigen.

Vielleicht ein naiver Begriff heutzutage.

Die Unschuldigen.

Niemand, der heutzutage bei geistiger Gesundheit das Erwachsenenalter erreicht, ist unschuldig. Trotzdem verdient keiner von uns, ein Opfer der wahrhaft Verdammten zu werden. Die älteren Männer, die in New Orleans gestorben sind, haben irgendetwas getan, das ihren Mörder angezogen hat. Vielleicht irgendetwas Unschuldiges – vielleicht aber auch etwas Grauenhaftes. Das interessiert mich allerdings nur insoweit, als dass es mir hilft, den Killer zu finden, der diese Männer getötet hat. Wobei es mich eigentlich gar nicht interessieren sollte. Weil Captain Piazza mich von dieser Jagd ausgeschlossen hat.

Nein. Du hast dich selbst ausgeschlossen, mahnt der Zensor in meinem Kopf.

Mein Mobiltelefon auf dem Beifahrersitz leuchtet grün. Wieder Sean. Ich drehe es um, damit ich das Leuchten des Displays nicht sehen muss.

Im vergangenen Jahr bin ich jedes Mal, wenn die Angst oder die Depressionen unerträglich wurden, zu Sean gerannt. Heute Nacht renne ich vor ihm weg. Ich renne, weil ich Angst habe. Wenn Sean erfährt, dass ich schwanger bin – und ich beabsichtige, das Baby zu behalten –, wird er entweder die Versprechen einlösen, die er gemacht hat, oder mich verraten. Und ich habe furchtbare Angst, dass er seine Familie nicht für mich aufgeben könnte. Diese Angst ist so spürbar, dass das Resultat bereits eine ausgemachte Sache scheint, etwas, das ich die ganze Zeit über gewusst habe. Wie dumm von mir, mich selbst zu belügen.

Sean hat seine Zweifel niemals versteckt. Er hat Angst wegen meines Alkoholkonsums. Wegen meiner Depressionen. Meiner gelegentlichen manischen Zustände. Er hat Angst, ich könnte sexuell nicht treu sein. Angesichts meiner Vergangenheit allesamt berechtigte Sorgen. Doch ich bin fest überzeugt, dass man es an irgendeinem Punkt im Leben einfach riskieren muss, dass man alles für den anderen Menschen aufs Spiel setzen muss, ganz gleich, wie groß die Ängste sein mögen. Außerdem – sieht Sean denn nicht, was er mit seinen Ängsten anrichtet? Dass er es mir noch viel schwerer macht, Vertrauen in mich selbst zu haben, wenn er immer noch Angst hat, obwohl er mich so intim kennen gelernt hat?

Meine Hände am Lenkrad zittern. Ich brauche noch eine Valium, doch ich darf nicht riskieren, auf der Interstate einzuschlafen. *Schluck es runter,* sage ich mir, das Mantra meiner Jugend und das ungeschriebene Motto meiner Familie. Schließlich ist es nicht so, als wäre mein gegenwärtiges Dilemma neu. Ich war vorher noch niemals schwanger, doch die Schwangerschaft ist lediglich eine neue Facette in einer alten Gewohnheit. Ich habe mir schon immer unerreichbare Männer ausgesucht. Auf gewisse Weise ist mein ganzes Leben eine Serie unerklärbarer Entscheidungen und ungelöster Paradoxe. Zwei Therapeuten haben verzweifelt die Hände hochgeworfen wegen meiner Fähigkeit, trotz aller selbstzerstörerischen Verhaltensweisen, die mich ständig am Rand der Katastrophe halten, auf meinem gegenwärtigen Niveau zu funktionieren. Meine Beziehung zu meiner derzeitigen Therapeutin, Dr. Hannah Goldman, hat nur deswegen überlebt, weil Hannah mir gestattet, meine festgelegten Termine zu überspringen und sie anzurufen, wann immer ich das Gefühl habe, sie zu brauchen. Ich brauche niemanden, den ich ansehen kann. Ich brauche eine verständnisvolle Stimme, weiter nichts.

Eigentlich wird es Zeit, dass ich Hannah wieder einmal

anrufe. Sie weiß nichts von meiner Schwangerschaft. Sie weiß auch nichts von meinen Panikattacken. Doch selbst nach vier Jahren bei ihr habe ich noch immer Schwierigkeiten, sie um Hilfe zu bitten. Ich stamme aus einer Familie, die Depressionen für eine Schwäche hält, nicht für eine Krankheit. Ich habe als Kind nie einen Therapeuten gesehen, als er mir wahrscheinlich wirklich hätte helfen können. Mein Großvater, ein Chirurg, ist der Meinung, dass Psychiater kränker sind als ihre Patienten. Mein Vater, ein Vietnamveteran, war vor seinem Tod bei mehreren Therapeuten der Veterans Administration in Behandlung, doch keiner von ihnen vermochte die Symptome seiner posttraumatischen Verhaltensstörungen zu lindern. Meine Mutter war ebenfalls gegen eine Therapie. Die Seelenklempner hätten ihrer älteren Schwester nicht helfen können, sagte sie, und einer von ihnen hätte sie sogar verführt. Als meine Selbstmordimpulse mich schließlich überzeugten, dass es an der Zeit war, Hilfe zu suchen – im Alter von vierundzwanzig –, waren weder die Ärzte noch die Psychologen imstande, meine Stimmungsumschwünge unter Kontrolle zu bringen, meine Albträume zu lindern, meinen Alkoholkonsum zu verringern oder mein gelegentlich unbesonnenes sexuelles Verhalten. Für mich war Therapie mehr oder weniger ein völliger Reinfall – abgesehen von Hannah Goldman und ihrem *Laisser-faire*-Stil. Und doch ... obwohl meine gegenwärtige Situation auch nach Hannahs Einschätzung eine Krise darstellt, bringe ich es nicht über mich, sie anzurufen.

Während der stinkende, flache Sumpf allmählich hügeligen Wäldern voller Eichen und Nadelhölzer weicht, spüre ich in der Dunkelheit draußen jenen mächtigen Fluss zu meiner Linken, der ungeachtet aller menschlichen Wehen und Plagen seit Millennien nach Süden fließt. Der Mississippi verbindet die Stadt meiner Geburt mit der Stadt meines Erwachsenenlebens, eine große, gewundene Arterie, welche die beiden spirituellen Pole meiner Existenz verknüpft, die Zeit der Kindheit und die der Unabhängigkeit. Doch wie unabhängig bin ich tatsächlich? Natchez – die Stadt stromaufwärts, zwei Jahre älter als New Orleans, 1716 kontra 1718 – ist die Quelle all dessen, was ich bin, ob es mir nun gefällt oder nicht. Und heute Nacht kehrt die verlorene Tochter mit fünfundachtzig Meilen in der Stunde nach Hause zurück.

Nach vorn und nach hinten …

Während ich durch die Kurven in den dunklen Wäldern jage, spüre ich, wie eine Art emotionaler Gravitation an meinen Knochen zerrt. Doch erst als das Schild mit der Aufschrift ANGOLA PENITENTIARY im Licht meiner Scheinwerfer aufleuchtet, wird mir der Grund dafür bewusst. Erst da weiß ich es. Unmittelbar südlich der von Nato-Draht umschlossenen Felder, die als Angola Farm bekannt sind, erhebt sich eine große Insel aus dem Fluss. Seit der Zeit vor dem Bürgerkrieg im Besitz meiner Familie, schwebt diese atavistische Welt wie eine dunkle Fata Morgana zwischen den vornehmen Städten Natchez und New Orleans. Ich habe seit mehr als zehn Jahren keinen Fuß mehr auf DeSalle Island gesetzt, doch ich spüre die Insel jetzt, wie man ein gefährliches Tier spürt, das aus dem Schlaf erwacht. Nicht mehr als ein Dutzend Meilen zu meiner Linken schnüffelt es in der feuchten Dunkelheit nach meinem Geruch.

Ich trete das Gaspedal durch und lasse die Gegend hinter mir, während ich in eine Art Trance falle, die mich den Rest meiner Fahrt im Griff hält. Ich erwache nicht in den Außenbezirken von Natchez, sondern auf dem geschwungenen, kurvigen, von hohen Böschungen umgebenen Weg, der durch die Wälder zum Zuhause meiner Kindheit führt. Früher einmal war das aus der Zeit vor dem Amerikanischen Bürgerkrieg stammende Anwesen, auf dem ich aufgewachsen bin, von mehr als achtzig Hektar ursprünglicher Wälder umgeben, doch davon sind nur noch landschaftlich gestaltete zehn Prozent geblieben. Das Land wird umschlossen vom

St. Catherine's Hospital, einem neuen Wohnviertel, sowie Elms Court, einer stattlichen alten Plantage. Trotzdem vermittelt die Fahrt durch den Tunnel aus Eichen, deren Blätterdach die Straße überdeckt, einem Touristen auch heute noch das Gefühl, sich einem abgelegenen europäischen Herrenhaus zu nähern.

Ein hohes, schmiedeeisernes Tor versperrt die letzten fünfzig Meter der Zufahrt, doch es war unverschlossen, solange ich mich zurückerinnern kann. Ich halte an und drücke auf einen Knopf am Torpfosten. Das Eisengitter schwingt wie von unsichtbaren Händen gezogen zurück. Als hätten die Götter persönlich meinen Weg nach Hause freigegeben.

Warum bist du hier?, frage ich mich.

Du kennst den Grund, antwortet eine tadelnde Stimme. *Du hast keinen anderen Ort mehr, an den du noch gehen könntest.*

Nachdem ich eine Valium trocken heruntergeschluckt habe, fahre ich langsam durch das Tor.

Hinter mir gleiten die Flügel wieder nach vorn und schließen sich mit einem lauten *Klang*.

5

Vor mir liegt eine weite Lichtung im Mondlicht. Mir bietet sich ein Anblick, der den meisten Leuten den Atem raubt. Ein französisches Schloss erhebt sich aus dem Nebel wie ein Gespenst, die Kalksteinmauern weiß wie Haut, die Fenster wie schwarze Augen, glasig vor Müdigkeit oder vom Alkohol. Der Maßstab der Anlage ist heroisch und erweckt den Eindruck unbegrenzter Macht und unermesslichen Reichtums. Durch das Prisma des modernen Auges betrachtet, entbehrt das Schloss nicht einer gewissen Absurdität.

Ein Palast aus der französischen Kaiserzeit in einer Mississippi-Stadt mit kaum zwanzigtausend Einwohnern? Nun, in Natchez gibt es mehr als achtzig solcher Anwesen, viele davon Herrenhäuser, und die Herkunft dieses Schlosses hier passt perfekt zur Stadt, ein lebender Anachronismus, von gewaltigem Überfluss kündend und zum größten Teil von Sklavenhand erbaut.

Meine Familie traf 1820 in Amerika ein – in Gestalt des jüngsten Sohnes eines Pariser Finanziers, ausgesandt in die Wildnis Louisianas, um dort sein Glück zu machen. Geschlagen mit einem grausamen Vater, arbeitete Henri Leclerc DeSalle selbst wie ein Sklave, bis er sämtliche elterlichen Erwartungen übertraf. Im Jahre 1840 besaß er Baumwollfelder, die sich auf mehr als zehn Meilen entlang des Mississippi erstreckten. Und in jenem Jahr begann er, wie die meisten anderen Baumwollbarone seiner Zeit, mit dem Bau eines königlichen Herrenhauses am Steilufer über dem Mississippi in der schillernden, aufblühenden Stadt Natchez.

Die meisten Baumwollbarone bevorzugten den protzigen englisch-klassizistischen Stil, doch Henri, unendlich stolz auf seine Herkunft, brach mit der Tradition und ließ eine perfekte Kopie von Malmaison errichten, dem Sommerpalast von Napoleon und Josephine. Ursprünglich dazu gedacht, DeSalles Vater zu demütigen, wenn er eines Tages Amerika besuchte, wurden Malmaison und die angrenzenden Gebäude zum Zentrum eines Baumwollimperiums, das – dank der Yankee-Sympathien meiner Familie – sowohl den Bürgerkrieg als auch den Wiederaufbau ohne größere Schäden überstand. Es dauerte bis 1927 an, als der Mississippi in einer Flut von biblischen Ausmaßen über seine Ufer trat. Das folgende Jahr brachte Feuersbrünste über die Baumwollfelder, und im Jahre 1929 vollendete der Zusammenbruch der Aktien- und Wertpapiermärkte die sprichwörtlichen »drei schlechten Jahre«, die selbst wohlhabende Familien fürchteten.

Die DeSalles verloren alles.

Der Patriarch jener Zeit schoss sich durchs Herz, und seine Nachkommen schufen sich eine ärmliche Existenz neben den Schwarzen und den besitzlosen Weißen, die sie noch bis vor kurzer Zeit ausgebeutet hatten.

Doch im Jahre 1938 kehrte das Glück zu den DeSalles zurück.

Ein junger Geologe mit texanischen Geldgebern im Rücken pachtete ein riesiges Stück des brachliegenden DeSalle'schen Landbesitzes. Aufgrund einer Laune der louisianischen Gesetze war es dem Landbesitzer möglich, noch zehn Jahre nach dem Verfall der Besitzrechte Anspruch auf die Mineralvorkommen zu erheben. Mein Urgroßvater war außer sich vor Freude über das Pachtgeld – doch neunzehn Tage vor dem Ablauf seiner Mineralrechte entdeckte der junge Geologe eines der größten Ölfelder Louisianas. Es wurde »DeSalle-Ölfeld« getauft und erbrachte mehr als zehn Millionen Barrel Rohöl. Mein Urgroßvater kaufte jeden einzelnen Hektar der DeSalle'schen Ländereien zurück, einschließlich der Insel im Mississippi. Er kaufte auch Malmaison zurück und restaurierte das Schloss, bis es in seiner alten Vorbürgerkriegspracht erstrahlte. Der gegenwärtige Besitzer von Malmaison, mein Großvater mütterlicherseits, hält das Anwesen im ursprünglichen Zustand, sodass es vor zehn Jahren sogar die Titelseite des *Architectural Digest* zierte. Doch die Stadt, die das Schloss umgibt, scheint wie jede andere Stadt des Südens, die an der Interstate liegt, von der Industrie verlassen und zum langsamen Niedergang verdammt, auch wenn sie genauso gepflegt und gut erhalten ist wie beispielsweise Charleston oder Savannah.

Ich fahre um das Haupthaus herum nach hinten und parke vor einem der beiden Nebengebäude aus Ziegelstein. Die östlichen Sklavenunterkünfte – ein zweistöckiges Gebäude, größer als so manches Vorstadthaus – waren mein Zuhause während meiner Kindheit. Das Kindermädchen unserer Familie, Pearlie, wohnt im westlichen Nebengebäude, dreißig Meter entfernt, auf der anderen Seite des Rosengartens. Pearlie hat zuerst meine Mutter und meine Tante aufgezogen; dann wurde ich ihrer Obhut übergeben. Sie ist inzwischen weit über siebzig und fährt einen babyblauen Cadillac, den Stolz ihres Lebens. Das Fahrzeug steht glänzend in der Dunkelheit hinter dem Haus, und das Chrom wird regelmäßiger poliert als die Nobelkarossen der vornehmen weißen Damen in der Stadt. Pearlie bleibt oft bis spät in die Nacht auf, um fernzusehen, doch inzwischen ist Mitternacht vorbei, und ihre Fenster sind dunkel.

Der Wagen meiner Mutter ist nirgends zu sehen. Sie ist wahrscheinlich in Biloxi und besucht ihre ältere Schwester, die in einer bitteren Scheidung steckt. Auch der Lincoln meines Großvaters ist nicht da. Mit seinen siebenundsiebzig Jahren ist Großpapa Kirkland immer noch bemerkenswert vital, doch ein Schlaganfall vor einem Jahr hat seine Zeit als Autofahrer beendet. Unbeeindruckt hat er einen Chauffeur eingestellt und mit der gleichen Energie weitergemacht wie immer – eine Energie, die einen Fünfzigjährigen erschöpft hätte. Großpapa könnte überall sein, doch ich nehme an, dass er auf der Insel ist. Er ist ein leidenschaftlicher Jäger, und DeSalle Island – das vor Rotwild, Wildschweinen und sogar Bären nur so wimmelt – war eine Art zweites Zuhause für ihn, seit er vor einem halben Jahrhundert in die Familie hineingeheiratet hat.

Als ich aus dem Audi steige, umfängt mich die Sommerhitze wie ein warmer, feuchter Umhang. Das Zirpen der Grillen und das Quaken der Frösche aus dem nahe gelegenen Bayou erfüllen die Nacht, doch diese Geräuschkulisse aus meiner Kindheit weckt gemischte Gefühle in mir. Mein Blick streift die Rückseite des Hauptgebäudes und bleibt an dem knorrigen Dogwood-Baum am Ende des Rosengartens hängen, der unser Haus von dem Pearlies trennt, und meine Kehle schnürt sich zu. Mein Vater ist unter diesem Baum gestorben, erschossen von einem Einbrecher, den er vor dreiundzwanzig Jahren dort gestellt hat. Ich kann diesen Baum nicht ansehen, ohne an jene Nacht denken zu müssen. Blaue Signallichter von Streifenwagen, die durch den Regen blitzen. Nasses, graues Fleisch. Glasige, blicklose Augen, die in den Himmel starren. Ich habe Großpapa viele Male gebeten, diesen Baum endlich zu fällen, doch er hat sich stets geweigert mit dem Argument, es wäre töricht, die Schönheit unseres berühmten Rosengartens aus Gründen der Sentimentalität zu zerstören.

Sentimentalität.

Ich hörte auf zu reden, nachdem mein Vater ermordet worden war. Wortwörtlich. Ich redete mehr als ein Jahr lang kein Wort mehr, während ich in meinem achtjährigen Gehirn ununterbrochen darüber nachdachte, was der Einbrecher gewollt haben konnte, das meines Vaters Leben wert gewesen wäre. Geld? Das Silber der Familie? Großvaters Kunst- oder Waffensammlung? Alles war möglich, doch wir stellten nie fest, dass irgendetwas gefehlt hätte, weder Geld noch Besitztümer. Als ich älter wurde, überlegte ich, ob es vielleicht meine Mutter gewesen sein könnte, die den Einbrecher angezogen hatte. Sie war damals eben erst dreißig und konnte leicht die Aufmerksamkeit eines Vergewaltigers auf sich gezogen haben. Doch da der Einbrecher niemals gefasst wurde, konnte auch diese Theorie nicht überprüft werden.

Nach meiner ersten depressiven Episode – ich war fünfzehn – beschlich mich eine neue Angst: *Dass es letztendlich überhaupt keinen Einbrecher gegeben haben könnte.* Mein Vater war mit seinem eigenen Gewehr erschossen worden, und die einzigen Fingerabdrücke auf der Waffe hatten Familienangehörigen gehört. Ich konnte nicht anders, als mich zu fragen, ob mein Daddy – seelisch zutiefst verwundet durch einen Krieg, den er nicht gewollt hatte – zu dem Entschluss gekommen war, seinem Leben ein Ende zu setzen. Ob er, obwohl er eine liebende Frau und eine liebende Tochter besaß, das Gefühl hatte, den Schmerz nur durch eine Kugel beenden zu können. Ich war damals diesem Punkt selbst sehr nahe; daher wusste ich, dass es möglich war. Ich habe diesen Punkt in den Jahren danach noch mehr als einmal erreicht – und doch hat mich irgendetwas immer wieder davon abgehalten, den Tod meines Vaters als Selbstmord zu akzeptieren. Manchmal denke ich, dass die Kraft, die mich in jenen grauenvollen Nächten am Leben gehalten hat, ein Geschenk meines Vaters an mich war, das einzige Erbe, das er mir hinterlassen hat.

Ich hasse diesen verdammten Rosengarten. Gestaltet nach dem ursprünglichen Garten von Malmaison, den Josephine selbst angelegt hat und in dem jede Rosenart zu finden ist, die es gibt. Der Garten erfüllt die Luft von Malmaison mit einem Duft, der Touristen vor Entzücken den Atem verschlägt. Doch für mich wird der Geruch der Rosen für immer mit dem Gestank des Todes verknüpft sein.

Ich wende mich vom Garten ab und lade meine Zahnarztkoffer mit jener Paranoia aus dem Wagen, die aus Jahren des Lebens in der Großstadt geboren ist. Erst auf halbem Weg zur Tür unseres ehemaligen Sklavenquartiers fällt mir ein, dass ich in Natchez wahrscheinlich alles einen ganzen Monat lang im unverschlossenen Wagen liegen lassen könnte, und alles wäre bei meiner Rückkehr so, wie ich es verlassen hätte.

Die Tür ist verschlossen. Ich habe keinen Schlüssel. Ich gehe ums Haus herum zu meinem alten Schlafzimmer, stelle meine Koffer ab und schiebe das Fenster hoch. Der abgestandene Geruch, der mir durch die Vorhänge entgegenschlägt, versetzt mich augenblicklich fünfzehn Jahre zurück in die Vergangenheit. Ich hebe meine Koffer über das Fenstersims, stelle sie innen ab, klettere hinterher und taste mich durch die Dunkelheit zum Lichtschalter neben der Tür. Es ist nicht weiter schwierig, weil mein Zimmer noch genauso aussieht wie im Mai 1989, als ich die Highschool abgeschlossen habe.

Die Wände sind braun verkleidet im Stil der 1970er, und

der Teppichboden ist noch der gleiche marineblaue Belag, der im Jahr meiner Geburt verlegt wurde. Seidene Schmetterlinge in unzähligen Farben hängen an hauchdünnen Fäden von der Decke, und Poster von Rockstars verzieren die Wände: U2, Sinead O'Connor, R. E. M., Sting. An der Wand gegenüber vom Schrank stehen Regale voller Fotos und Pokale – chronologische Zeugnisse einer Wettkampfkarriere, die mit fünf anfing und mit sechzehn zu Ende war. Die älteren Fotos zeigen meinen Vater – einen dunklen, attraktiven Mann mittlerer Größe – neben einem schlaksigen jungen Mädchen mit langen Gliedmaßen ohne erkennbare Muskeln. Als der Leib des Mädchens sich zu füllen beginnt, verschwindet mein Vater von den Bildern, und ein älterer Mann mit silbernem Haar, gemeißelten Gesichtszügen und durchdringenden Augen nimmt seine Stelle ein. Mein Großvater, Dr. William Kirkland. Ich betrachte die Fotos jetzt, und plötzlich erscheint es mir seltsam, dass meine Mutter auf so wenigen Bildern zu sehen ist. Doch Mutter hatte noch nie sonderliches Interesse am Schwimmen, einer »unsozialen« Aktivität, die viel Zeit verschlang – Zeit, die man in »angemessenere« Dinge investieren konnte.

Ich schaue in den Schrank und sehe Kleidung, die ich in der Highschool getragen habe. Unter der Kleiderstange steht ein Wäschekorb aus Weidengeflecht, gefüllt mit Louisiana Rice Creatures. Der Anblick der Kleidung macht mir nichts aus, doch die farbenprächtigen Stofftiere schnüren mir den Hals zu. Ursprünglich ausgestopft mit getrocknetem Reis, waren die Rice Creatures die einheimischen Vorläufer der Beanie Babies, die später im ganzen Land der allerletzte Schrei wurden. Es müssen gut dreißig Stück dieser kleinen Stofftiere im Korb liegen, doch das einzige, das mir wirklich etwas bedeutet, fehlt. Lena die Leopardin. Lena war mein Lieblingstier, auch wenn ich den Grund dafür nicht zu nennen vermag. Vielleicht, weil sie eine Katze war, genau wie ich. Ich habe Lenas Flecken geliebt, ihre Schnurrhaare, und wie sie sich an meiner Wange angefühlt hat, wenn ich schlafen ging. Ich trug sie überall mit mir herum, sogar beim Begräbnis meines Vaters. Dort, umgeben von Erwachsenen im Totenzimmer vor der Beisetzung, sah ich meinen Vater in seinem Sarg.

Er sah nicht mehr aus wie mein Vater. Er sah älter aus, und er wirkte sehr einsam. Als ich dies gegenüber meinem Großvater erwähnte, schlug er vor, dass Daddy sich vielleicht weniger einsam fühlen würde, wenn ich ihm Lena als Gesellschaft ausleihen würde, solange er schlief. Die Vorstellung, an einem einzigen Tag nicht nur meinen Vater, sondern auch Lena zu verlieren, machte mir Angst, doch Großvater hatte Recht. Lena hatte mich Nacht für Nacht weniger einsam gemacht, und ich war sicher, dass sie das Gleiche für Daddy tun konnte. Also fragte ich Mom, ob es okay wäre, und dann reckte ich mich über den Rand des Sargs und schob Lena zwischen meines Vaters Wange und Schulter, dorthin, wo sie auch bei mir Nacht für Nacht gelegen hatte. Ich vermisste sie später sehr, doch ich tröstete mich mit dem Gedanken, dass Daddy ein klein wenig von meinem Herzen bei sich hatte, das ihm Gesellschaft leistete.

Als ich nun in diesem Schlafzimmer stehe, beschleicht mich Unbehagen, wie jedes Mal, wenn ich zu Hause zu Besuch bin. Warum lässt meine Mutter es so, wie es ist? Sie ist Innenarchitektin, du meine Güte! Mehr oder weniger manisch in dem Bestreben, jedes Zimmer zu verändern, über das man ihr die Herrschaft überlässt. Ist es die Erinnerung an meine Kindheit? An eine einfachere Vergangenheit? Oder ist es eine offene Einladung an mich, nach Hause zurückzukehren und an jenem Punkt neu anzufangen, an dem ich »aus den Gleisen gesprungen« bin? Wann genau das war – mein persönliches Versagen als »DeSalle-Frau« –, ist ein Streitpunkt innerhalb meiner Familie. In den Augen meines Großvaters habe ich nicht versagt, bevor ich an der Universität aufgefordert wurde, mich zu exmatrikulieren, was es mir unmöglich machte, in seine Fußstapfen als Chirurg zu treten. Doch in den Augen meiner Mutter geschah es schon viel früher, an irgendeinem Punkt während meiner Pubertät. Ich mag dem Namen nach keine DeSalle sein – mein Vater war ein Ferry –, doch ich werde mehr oder weniger als De-Salle-Frau betrachtet, und der Name allein bringt eine Legion von Traditionen und Erwartungen mit sich. Tausend kleine Entscheidungen haben mich immer weiter fortgetragen von jener vorherbestimmten Straße auf eine andere, die mich niemals näher als auf Steinwurfweite an einen Ehemann herangeführt hat – eine Tatsache, die meine Mutter mich nie vergessen lässt. Offen gestanden bin ich dankbar dafür, dass ich heute Nacht angekommen bin und Mutter nicht im Haus ist.

Ich starre auf ein Foto, auf dem mein Vater triumphierend meine Hand hält, während das Valium in meine Blutbahn dringt und ich von einer gesegneten Ruhe übermannt werde. Mein Vater starb, als ich acht war; deshalb ist er der Einzige, den ich nie enttäuscht habe. Ich stelle mir gerne vor, er wäre noch am Leben und stolz auf das, was ich erreicht habe. Was meine Probleme angeht – nun ja, Luke Ferry hatte selbst Probleme gehabt.

Ich schlage die Tagesdecke von meinem permanent bezogenen Bett zurück und nehme mein Mobiltelefon aus der Tasche. Ein Anflug von Schuldgefühl erfasst mich, als ich auf das Display sehe. Dreizehn versäumte Anrufe. Ich drücke die 1, um meine Mailbox abzurufen, und lausche der ersten Nachricht. Sean hat mich angerufen, noch bevor ich Arthur LeGendres Haus verlassen habe. Mit beruhigender Stimme beschwört er mich, Ruhe zu bewahren, und dass Piazza sein Problem wäre und nicht meines, und dass ich mich zusammenreißen solle, bis er da wäre. Mit »da« ist mein Haus am Lake Pontchartrain gemeint. Ich überspringe mehrere Nachrichten. Die Veränderung in Seans Stimme ist erstaunlich.

»Ich bin's wieder«, sagt er ärgerlich. »Ich bin immer noch

vor deinem Haus, und ich habe nicht die geringste Ahnung, wo du steckst. Ruf mich bitte zurück, selbst wenn du mich nicht sehen willst. Ich weiß nicht, ob du betrunken in irgendeiner Absteige im Quarter rumhängst oder tot in einem Straßengraben liegst! Redest du eigentlich nicht mehr mit deinen Ärzten? Irgendetwas stimmt nicht, Cat, das weiß ich, und damit meine ich nicht die Morde. Hör zu ... du musst mir vertrauen. Du weißt, dass du mir vertrauen kannst.« Eine Pause, Knistern. »Verdammt, Cat, ich liebe dich, und das ist doch alles Scheiße! Das ist der Grund, warum wir nicht schon längst zusammen sind! Ich sitze in diesem leeren Haus und ...« Ein Klicken, dann Stille. Die Nachrichten waren länger als der zur Verfügung stehende Speicher des Anrufbeantworters.

Ich schlüpfe aus meiner Hose und ziehe mir die Bettdecke bis ans Kinn. Ich will Sean anrufen und ihm sagen, dass alles in Ordnung ist, aber die Wahrheit ist – nichts ist in Ordnung. Die Wahrheit ist, ich habe das Gefühl, als würde ich den Verstand verlieren. Und es gibt nichts, was Sean daran ändern könnte.

Das Mobiltelefon fällt mir aus der Hand, und ich sehe ein Bild des toten Arthur LeGendre auf dem Boden in seiner glänzenden Küche liegen, die schwarzen Socken über den weißen, stockdünnen Unterschenkeln. Über seinem Leichnam die Botschaft des Killers, in Blut gemalt: *Meine Arbeit ist niemals getan.* Erneut sehe ich die Bisswunden in LeGendres blutleerem Fleisch, eine weitere Serie in der endlosen Prozession von Narben und Verstümmelungen, die im Verlauf der letzten sieben Jahre an mir vorübergezogen ist. *Ist das wirklich meine Arbeit? Wie kann jemand sein Lebenswerk darin sehen, etwas so Brutales, Kleines, irritierend Spezielles zu analysieren?* Es muss mehr hinter meiner Berufswahl stecken. Doch was? Der mysteriöse Tod meines Vaters? Zu offensichtlich. »*Meine Arbeit ist niemals getan*«, murmle ich vor mich hin, während ich spüre, wie das Valium seine Wirkung entfaltet. Das Sedativum, das ich früher am Tag geschluckt habe, um gegen meine Entzugssymptome anzukämpfen, hat mir ein unerwartetes Geschenk bereitet: traumlosen Schlaf. Ich habe seit Jahren keine derartige Erleichterung mehr verspürt.

»Danke«, flüstere ich der Droge zu, als wäre sie der Gott des Schlafes. Meine linke Hand gleitet über meine Hüfte und kommt auf meinem Unterleib zu liegen. Meine rechte Hand schlüpft unter der Decke hervor und greift nach einer anderen Hand – einer Hand, die nicht da ist.

»Daddy?«, flüstere ich. »Bist du das?«

Er antwortet nicht.

Er antwortet nie, doch heute Nacht ist die sehnsüchtige Einsamkeit, die jeden Gedanken an meinen Vater begleitet, nicht ganz so unerträglich. Das Valium nimmt dem Schmerz die Schärfe und erleichtert meinen Abstieg in den Schlaf. Seit Jahren leide ich an Albträumen, und in jüngster Zeit scheint der Alkohol, den ich benutzt habe, um sie abzutöten, alles nur noch schlimmer zu machen. Doch das Valium ist eine unvertraute Droge, so frisch und wirksam wie der erste Drink, den ich damals zu mir genommen habe.

Heute Nacht umfängt mich der Schlaf wie die Tiefen des Ozeans bei einem Freitauchgang, eine helle obere Schicht, die sich in Intensität und Farbe vertieft, je weiter ich hinabsinke, nach unten schwimme, weiter und weiter, weg von dem Chaos der Oberfläche, hinein in die blaue Kathedrale der Tiefe. Mein Sanktuarium, meine Zuflucht vor der Welt und vor mir selbst. Keinerlei Gedanken, die über die nackten Anforderungen an das Überleben hinausgehen. Nichts als Frieden, der Segen, einen Ort zu betreten, den nur wenige Menschen ohne Luft aus der Flasche erreichen können, wo der Tod ein beständiger Begleiter ist und das Leben um so viel süßer durch das Bewusstsein, wie zerbrechlich es doch ist.

Hier bin ich gewichtslos.

Gestaltlos.

Ein Astronaut, der ohne Sicherheitsleine durch den tiefen Weltraum schwebt, ohne Angst, weil die Lebenserhaltungssysteme sich abgeschaltet haben, dass der Leib selbst das Überleben bewerkstelligen muss, weil sonst der Tod lauert. Jeder, der einen Funken Vernunft besitzt, würde wie irrsinnig strampeln, um an die Oberfläche zurückzukehren.

Ich nicht.

Weil ich hier unten frei bin.

Ich weiß nicht, wie lange ich auf diese Weise schwebe, weil die Zeit hier keine Bedeutung besitzt. Ich weiß nur, dass ich anscheinend schlafe, weil die Zeit bei einem echten Freitauchgang von allergrößter Bedeutung ist. Zeit ist gleich dem verbliebenen Sauerstoff im Blut, der einzigen Währung, die einem Tiefe erkaufen kann, und Tiefe ist der Heilige Gral, der einzige Sinn dieser ganzen verrückten Übung. Oder zumindest ist es nach außen hin so.

Dieser Teil verwirrt mich, offen gestanden. Weil man den Boden niemals erreichen kann. Nicht in einem realen Ozean. Nur auf dem Land ist das möglich.

Ich kehre an die Oberfläche zurück. Ich weiß es, weil das Meer unversehens seine Versuche einstellt, meinen Nassanzug in jede meiner Körperöffnungen zu pressen, und weil über mir blau-weißes Licht blitzt. Ein plötzlicher Sturm? Ich spanne mich an gegen das unausweichliche Donnerrollen, doch es bleibt aus. Als der Blitz erneut aufzuckt, dringt ein merkwürdiges Geräusch in mein Bewusstsein. Kein Donnern – nicht einmal das Plätschern der Wellen gegen den Rumpf meines Tauchboots. Es ist mehr das leise Klicken eines Kameraverschlusses. Als ich schließlich die Oberfläche durchbreche, rieche ich Aceton und nicht das Ozon, das normalerweise einem Blitzschlag folgt. Ich blinzele verwirrt. »Sean?«, rufe ich. »Sean, bist du das?«

Eine dunkelbraune Stirn und untertassengroße Augen tauchen hinter dem Fußende meines Bettes auf. Eine Nase und ein Mund folgen, ein verwunderter, weit offen stehender Mund. Ich blicke in das Gesicht eines schwarzen Mädchens von vielleicht acht Jahren. Es besitzt das erstarrte Aussehen eines Kindes, das einen vertrauten Hof zum Spielen betritt und sich unversehens einem fremden Hund gegenübersieht.

»Wer bist du?«, frage ich, während ich noch überlege, ob das Mädchen echt ist oder ob ich träume.

»Natriece«, sagt sie mit beinahe trotziger Stimme. »Natriece Washington.«

Ich blicke mich in meinem Zimmer um, doch außer Sonnenlicht, das durch die Ritzen zwischen zwei Vorhangbahnen flutet, erkenne ich nichts. »Was machst du hier, Natriece?«, frage ich.

Die Augen des Mädchens sind noch immer weit. »Ich bin mit meiner Oma hier. Ich wollte keine Unordnung machen.«

»Deiner Oma?«, frage ich. Der Geruch nach Aceton wird immer stärker.

»Miss Pearlie.«

Plötzlich stürzt alles wieder auf mich ein. Der Anruf von Sean. Die Leiche in dem Haus in der Prytania Street. Die irrsinnige nächtliche Fahrt nach Natchez. Was für eine Ironie festzustellen, dass man im nüchternen Zustand verrücktere Dinge tut als jemals im betrunkenen.

»Wie spät ist es?«

Das Kind zuckt übertrieben die Schultern. »Ich weiß nicht. Morgen.«

Ich schiebe das Laken zur Seite und krieche nach unten zum Fußende des Bettes. Der Inhalt meiner beiden forensischen Koffer liegt verstreut auf dem Boden. Natriece hat meine Kamera in den Fingern; der Blitz scheint die Ursache für mein Aufwachen zu sein. Unter den Flaschen mit Chemikalien und den Instrumenten am Boden liegt auch eine Sprühflasche mit Luminol, einer giftigen Substanz, die benutzt wird, um unsichtbare Blutspuren nachzuweisen.

»Hast du dieses Zeug versprüht, Natriece?«, frage ich das Mädchen.

Natriece schüttelt feierlich den Kopf.

Sanft nehme ich ihr die Kamera aus der Hand. »Es ist nicht schlimm, falls du es getan hast. Ich muss es nur wissen.«

»Vielleicht ein klitzekleines bisschen.«

Ich stehe auf und schlüpfe in meine Hose. »Das ist nicht schlimm, aber du musst aus dem Zimmer, während ich sauber mache. Das ist eine gefährliche Chemikalie in der Flasche.«

»Ich helfe dir sauber machen. Ich weiß, wie man sauber macht.«

»Ich sag dir was. Wir gehen deine Tante Pearlie besuchen, und dann gehe ich allein zurück und räume auf. Ich hab Pearlie schon lange nicht mehr gesehen.«

Natriece nickt. »Tante Pearlie hat mir gesagt, hier wäre niemand. Sie hat nur aufgesperrt, um die Wäsche von Mrs. Ferry zu holen.«

Ich nehme die Kleine bei der Hand und führe sie zur Tür, wo ich das Licht ausschalte, bevor wir nach draußen in den Flur treten. Natriece steht hinter mir und starrt zurück in das dunkle Zimmer. »Hast du irgendwas vergessen?«, frage ich.

»Nein, Ma'am. Ich sehe mir nur das da an.«

»Was denn?«

»Das da. Hab ich das gemacht?«

Ich blicke über den Kopf des Mädchens zurück in das Zimmer. Auf dem Boden in der Nähe des Fußendes meines Bettes fluoresziert etwas schwach grünlichblau in der Dunkelheit. Das Luminol hat mit irgendetwas auf dem Teppich reagiert. Die Chemikalie liefert falsche Positiv-Reaktionen mit mehreren verschiedenen Substanzen, eine davon gewöhnliche Haushaltsbleiche.

»Schon gut«, sage ich zu Natriece, während ich bereits

jetzt die Reaktion meiner Mutter auf das Chaos fürchte, das die Kleine angerichtet hat.

»Unheimlich«, sagt Natriece. »Das sieht aus wie bei *Ghostbusters* oder so.«

Ich trete um Natriece herum und blicke hinunter auf die Fluoreszenz am Boden. Sie ist nicht diffus, wie ich zuerst geglaubt habe, sondern zeigt definierte Umrisse. Plötzlich breitet sich in meinem Körper eine geradezu unheimliche Taubheit aus.

Ich blicke auf einen Fußabdruck.

Die gleiche Taubheit habe ich vor dreiundzwanzig Jahren gespürt, als mein Großvater sich von der ersten Leiche abwandte, die ich jemals im Leben gesehen habe. Als er sich vor mir hinkniete und sagte: »Baby, dein Daddy ist tot.«

»Bleib zurück, Natriece.«

»Ja, Missus.«

Genau genommen ist es kein Fußabdruck, sondern ein Stiefelabdruck. Diese Tatsache springt mir nur deshalb ins Bewusstsein, weil inzwischen ein weiteres geisterhaftes Bild neben dem ersten Abdruck Gestalt angenommen hat. Das Bild eines nackten, sehr viel kleineren Fußes.

Eines Kinderfußes.

Mit langsamer Beharrlichkeit dringt ein prasselndes Geräusch in meine Konzentration. Ganz leise, fast unmerklich zuerst, dann lauter und lauter, bis es zu einem stetigen Rauschen angeschwollen ist. Es ist das Geräusch von Regen, der auf ein Blechdach trommelt. Was keinen Sinn ergibt, weil das Sklavengebäude erstens ein Ziegeldach besitzt und ich zweitens im Erdgeschoss stehe, nicht im ersten Stock. Doch ich kenne dieses Geräusch bereits, und ich weiß, was es zu bedeuten hat. Eine akustische Halluzination. Ich habe das gleiche metallische Prasseln vor einer Woche gehört, am Tatort des Nolan-Mordes, unmittelbar vor meiner Panikattacke. Ich habe hinuntergestarrt auf den nackten Leichnam des ehemaligen Wirtschaftsprüfers und …

Schnelle Schritte reißen mich aus meinen Gedanken. Natriece rennt den Korridor entlang. Ein Schrei durchschneidet die Luft im Haus.

»Nanna! Nanna! Nanna!«

Ich blicke auf meine Uhr und warte, dass die leuchtenden Fußabdrücke verschwinden. Falsche positive Reaktionen verschwinden in der Regel schnell wieder, während die Lumineszenz, die von echtem Hämoglobin aus Blut hervorgerufen wird, wie ein anklagender Finger stundenlang sichtbar bleibt.

Dreißig Sekunden vergehen.

Ich blicke mich im Schlafzimmer um, jenem seltsamen Schrein meiner Kindheit. Dann sehe ich wieder zu der Stelle am Boden. Eine Minute ist inzwischen vergangen, und die Spuren sind kein bisschen verblasst.

»Kommt schon«, flüstere ich. »Macht schon.«

Meine Hände zittern. Ich will ebenfalls weglaufen, zu Pearlie rennen, aber ich bin kein Kind mehr. Meine Augen fangen an zu tränen vor Anstrengung. Könnte es sein, dass der kleinere Abdruck von meinem eigenen Fuß stammt? Blutflecken können auf manchen Oberflächen jahrzehntelang erhalten bleiben.

»Los, verschwindet!«, flehe ich. Doch mein Betteln und Flehen nutzt nichts.

Ich habe fünfzehn Jahre lang getrunken. Inzwischen bin ich seit achtundvierzig Stunden nüchtern, doch nie zuvor habe ich einen Drink so dringend gebraucht.

6

Meine Instinkte sind in hellem Aufruhr. Während ich auf die beiden fluoreszierenden Fußabdrücke starre, will eine Hälfte von mir davonlaufen, während die andere am liebsten die Tür versperren würde. Ich will Fotos von diesen Abdrücken, doch dazu muss ich rasch handeln. Nachdem die chemische Reaktion, die das verborgene Blut im Teppich zum Fluoreszieren bringt, erst einmal abgeklungen ist, lässt sie sich nicht wiederholen.

Die Eingangstür des Sklavenhauses fliegt krachend ins Schloss. *Pearlie.* Ich durchquere das Schlafzimmer und verschließe die Tür. Dann öffne ich den Koffer mit meiner Kamera, nehme meine Spiegelreflex hervor, befestige ein 35-Millimeter-Standardobjektiv und einen Kabelauslöser daran. *Verdammt.* Ich habe vergessen, mein Stativ aus dem Kofferraum des Wagens mitzunehmen.

Jemand klopft energisch an meine Zimmertür. Ein vor meinem geistigen Auge aufsteigendes Déjà-vu sagt mir, dass der Rhythmus zu Pearlie gehört.

»Catherine Ferry?«, ruft eine kehlige Stimme, die mir so vertraut ist wie die meiner Mutter. »Bist du da drin, Mädchen?«

»Ich bin hier, Pearlie.«

»Was machst du zu Hause? Das letzte Mal warst du vor … ich weiß nicht einmal mehr, wie lange es her ist! Warum hast du nicht vorher angerufen?«

Ich habe keine Zeit, ihr die Situation zu erklären. »Ich komme gleich raus, okay?«

Ich packe meine Wagenschlüssel, schiebe das Fenster hoch, steige hinaus und renne zum Wagen. Mit dem Stativ in der Hand klettere ich in mein Zimmer zurück, schließe die Vorhänge und baue das Stativ fast genau über den Abdrücken auf. Pearlie klopft immer noch an die Tür. Nachdem ich die Kamera befestigt und auf die Abdrücke gerichtet habe, schalte ich das Licht ein und schieße ein Referenzfoto der Stelle am Boden. Dann schließe ich das Objektiv um zwei Blenden und nehme ein Lineal aus meinem Koffer, das an den Zollmarkierungen mit Kupferdraht umwickelt ist. Das Kupfer fluoresziert, wenn es mit Luminol besprüht wird. Ich lege das Lineal neben den Fußabdruck und sprühe sowohl Lineal als auch Abdruck mit weiterem Luminol ein. Dann warte ich.

»Was machst du da drin?«, verlangt Pearlie zu erfahren. »Hat Natriece Unsinn angestellt?«

»Alles in Ordnung«, entgegne ich. »Ich komme gleich raus, nur noch eine Minute!«

Ich höre die leisen, drängenden Worte, als Pearlie ihre Enkeltochter verhört.

Als das grünlich weiße Leuchten an Intensität zunimmt, öffne ich den Kameraverschluss mit dem Kabelauslöser und blicke auf meine Taucheruhr. Um das schwache Leuchten der Verbindung aus Luminol und Blut in der Dunkelheit einzufangen, muss ich sechzig Sekunden lang belichten. Meine Hände zittern schrecklich, doch der Kabelauslöser verhindert, dass die Bilder verwackeln. Diesmal kommt der Tremor nicht von Medikamenten oder vom Alkoholentzug. Diesmal ist es Angst. Dieselbe scheußliche Angst, die mich in der Küche des ermordeten LeGendre überfallen hat, und davor am Schauplatz der Ermordung von Nolan. Wäre nicht der Fußabdruck des Kindes daneben, würde ich wahrscheinlich annehmen, dass der Stiefelabdruck vom Blut von Rotwild herrührt. Die Tiere streifen oft über das Gelände von Malmaison, und es ist bekannt, dass mein Großvater hin und wieder einen Bock schießt, manchmal sogar aus dem Fenster seines Arbeitszimmers. Doch neben dem Stiefelabdruck ist der des Kindes …

Als meine Uhr sechzig Sekunden anzeigt, schließe ich den Verschluss. Dann, um ganz sicher zu sein, dass die Fußabdrücke auch auf dem Bild sind, öffne ich die Blende um eins und wiederhole den Vorgang. Pearlie draußen hält es offensichtlich nicht länger aus.

»Catherine DeSalle Ferry! Mach sofort die Tür auf!«

Das vertraute Ritual der Tatortfotografie beruhigt meine

Nerven. Gewohnheiten haben einen wundervoll beruhigenden Einfluss – selbst schlechte Gewohnheiten, wie ich vor langer Zeit herausgefunden habe.

»Gib Antwort, Mädchen! Ich kann deine Gedanken nicht mehr lesen wie früher mal. Du bist zu erwachsen geworden, und du warst zu lange fort!«

Ich muss trotz meiner Angst lächeln. Im Jahr nach dem Tod meines Vaters – dem Jahr, in dem ich nicht mehr geredet habe – war allein Pearlie imstande, mit mir zu kommunizieren. Das stoische Kindermädchen konnte meine Emotionen aus einem Blick oder dem Schürzen der Lippen bis hin zum Winkel meiner nach unten gerichteten Augenlider ablesen.

»Ich komme ja schon!«, rufe ich und gehe zur Tür.

Sobald ich den Knopf herumgedreht habe, stößt Pearlie die Tür auf und steht mit in die Hüften gestemmten Händen vor mir. Sie ist immer noch groß, dünn und zäh wie Knorpel, trotz ihrer mehr als siebzig Jahre, mit schokoladenbrauner Haut und eindeutigen Spuren weißer Vorfahren in den Gesichtszügen. In ihren Augen blitzt noch immer Intelligenz und Schlagfertigkeit, und ihr Bellen – dazu gedacht, Fremde einzuschüchtern – ist beträchtlich schlimmer als ihr Beißen. Im Beisein meines Großvaters und meiner Mutter legt Pearlie die stille Würde einer Dienerin aus dem neunzehnten Jahrhundert an den Tag. Sie kann so leise wie ein Geist verschwinden, wenn gewisse Weiße einen Raum betreten, doch in meiner Gegenwart ist sie viel lebhafter, und sie behandelt mich beinahe so, als wäre ich eine Tochter. Sie trägt noch immer ihre gestärkte weiße Uniform, was man heutzutage nicht mehr häufig sieht, und eine glänzende, rotbraune Perücke, um ihr weiß gewordenes Kraushaar zu verbergen.

Ich habe Pearlie mehr vermisst, als mir bewusst gewesen ist. Ich sehe eine Mischung aus Zorn und Aufregung in ihren Augen, als wüsste sie nicht genau, ob sie mich umarmen oder übers Knie legen solle. Wären nicht Natrieces Angst und die merkwürdige Szene in meinem Zimmer, hätte sie mich ohne Zweifel an sich gedrückt und zerquetscht.

»Antworte, auf der Stelle!«, verlangt sie von mir. »Du warst seit dem Begräbnis deiner Großmutter nicht mehr zu Hause, und das ist schon ein ganzes Jahr her!«

»Fünfzehn Monate«, verbessere ich sie und kämpfe gegen eine neuerliche Woge von Emotionen, die ich mir im Augenblick nicht leisten kann. Letzten Juni ist meine Großmutter auf DeSalle Island ertrunken. Ein Teil der Sandbank, auf der sie stand, ist einfach in den Mississippi gerutscht. Es gab keinerlei Vorwarnung. Vier Leute haben es gesehen, und keiner war imstande, ihr zu helfen. Niemand hat sie zurück an die Oberfläche kommen sehen, nachdem die Sandbank weggebrochen war. Catherine Poitiers Kirkland war in ihrer Jugend eine exzellente Schwimmerin – sie hat mir das Schwimmen beigebracht –, doch mit fünfundsiebzig war sie der gewaltigen Strömung des Mississippi offensichtlich nicht mehr gewachsen gewesen.

»Gütiger Gott.« Pearlie seufzt. »Nun, Catherine ... Warum hast du nicht angerufen und Bescheid gesagt, dass du kommst? Ich hätte für dich gekocht!«

»Es war ein Impuls.«

»Ist es das bei dir nicht immer?« Sie schenkt mir einen wissenden Blick, dann schiebt sie sich an mir vorbei ins Schlafzimmer. »Was geht hier drin vor? Natriece hat mir erzählt, dass es hier drin einen Geist gibt?«

Ich sehe das kleine Mädchen draußen auf dem Gang stehen. »Gibt es auch, bestimmt! Sieh nur auf den Teppich am Fuß vom Bett!«

Pearlie geht zu dem Stativ mit der Kamera, beugt sich vor und untersucht den Boden mit den Adleraugen einer Frau, die Jahrzehnte damit verbracht hat, den kleinsten Schmutzfleck aus »ihrem« Haus zu verbannen.

»Warum sieht der Teppich so aus?«

»Blut. Alte Blutflecken, verborgen in den Teppichfasern.

Das Blut reagiert mit der Chemikalie, die Natriece versehentlich versprüht hat.«

»Blut?«, fragt Pearlie skeptisch. »Ich sehe kein Blut. Das da sieht eher aus wie diese Zähne, die du als Kind häufig zu Halloween getragen hast. Vampirzähne, wie Graf Dracula.«

»Es ist das gleiche Prinzip. Aber hier ist Blut im Teppich, verlass dich drauf.«

»Kann nur Blut dieses Zeugs leuchten lassen?«

»Nein«, räume ich ein. »Bestimmte Metalle ebenfalls. Und Haushaltsbleiche. Hast du hier drin Clorox verschüttet? Oder im Wäscheraum? Und hast du es dann hier hereingeschleppt?«

Pearlie schürzt die Lippen. »Kann ich nicht sagen. Ich weiß es nicht. Könnte schon sein.«

»Ich habe viele Flecken wie den hier gesehen. Blut entwickelt zusammen mit Luminol ein ganz besonderes Leuchten. Und ich bin zu fünfundneunzig Prozent sicher, dass wir hier Blut vor uns haben.«

»Blut hin, Blut her, ich sehe kaum noch was.«

»Es verblasst ziemlich schnell wieder. Deshalb habe ich Bilder davon gemacht.«

Pearlie hat schon immer die negativen Aspekte einer jeden Situation heruntergespielt. Ich nehme an, dass sie teilweise auch dafür bezahlt wird. Ich habe sogar gehört, wie sie einen alten Song von John Mercer bei der Arbeit vor sich hin gesungen hat, mit genau dieser Anweisung: *You got to accent-tu-ate the positive, e-lim-i-nate the negative …*

»Könnte Hirschblut sein«, mutmaßt sie nun. »Oder vielleicht von einem Gürteltier. Dr. Kirkland hat eine Menge Gürteltiere auf dem Gelände geschossen. Sie wühlen den Boden auf, diese lästigen kleinen Mistviecher.«

»Es gibt Untersuchungsmethoden, mit denen ich feststellen kann, ob es sich um Menschenblut handelt oder um Blut von Tieren. Um einen so definierten Stiefelabdruck zu erzeugen, braucht es eine Menge Blut. Hier ist ein Stiefelabdruck, und daneben ein Abdruck von einem nackten Kinderfuß.«

Pearlie starrt in stummem Zweifel auf den Boden.

»Waren andere Kinder hier drin, seit ich weggegangen bin?«, frage ich. Ich war ein Einzelkind, und meine Tante Ann hat trotz dreier Ehen keinen Nachwuchs. »War Natriece oft zum Spielen hier?«

Pearlie schüttelt entschieden den Kopf. »Meine Kinder leben in Los Angeles und Chicago, wie du weißt. Und Natriece war vorher nur zweimal auf Malmaison. Sie war noch nie hier draußen … jedenfalls nicht, dass ich wüsste.« Sie dreht sich um und funkelt das kleine Mädchen an. »Warst du je in diesem Raum, Kind?«

»Nein, Ma'am!«

»Sag die Wahrheit, auf der Stelle! Ich bin keine von diesen weichen Lehrerinnen, die ihr heutzutage an der Schule habt!«

»Aber ich sage die Wahrheit!«

Natriece schiebt schmollend die Unterlippe vor, und ich knie mich hin und studiere das verblassende Abbild des nackten Kinderfußes. Pearlie hat Recht – er ist inzwischen fast verschwunden. »Natriece, kannst du bitte deinen Flipflop ausziehen und den Fuß hierher halten?«

»In das *Blut?*«

»Nein, nicht in das Blut. Halt deinen Fuß einfach nur über den Teppich.«

Das kleine Mädchen zieht den gelben Flipflop aus und hält mir den schwieligen Fuß hin. Ich nehme ihn in die Hände und platziere ihn dicht über dem verblassenden Fluoreszieren des Abdrucks. Die Größe stimmt nahezu perfekt.

»Wie alt bist du, Natriece?«

»Sechs. Aber ich bin groß für mein Alter.«

»Das denke ich auch.« Ich hatte sie auf acht geschätzt, also besitzt ihr Fuß wahrscheinlich die Größe einer normalen Achtjährigen.

Pearlie beobachtet mich mit besorgter Miene.

»Wo ist Mom, Pearlie?«

»Was glaubst du denn? Sie ist wieder mal nach Biloxi gefahren.«

»Um Tante Ann zu besuchen?«

»Was sonst? Ann zieht den Ärger an wie meine Sheba Kater.«

»Was ist mit Großpapa?«

»Dr. Kirkland ist auf einer Reise. Er wollte allerdings später am Tag wieder zurück sein.«

»Wo ist er hin? Auf die Insel?«

»Gütiger Gott, nein! Er war schon ziemlich lange nicht mehr auf DeSalle Island.«

»Wohin ist er dann?«

Pearlies Gesicht wird verschlossen. »Das darf ich nicht sagen.«

»Nicht einmal mir?«

»Ich weiß nicht.«

»Pearlie …«

Die Amme seufzt und blickt mich mit zur Seite geneigtem Kopf an. Sie und ich haben unsere gegenseitigen Geheimnisse über all die Jahre bewahrt. Pearlie hat geschwiegen, wenn ich als Teenager aus dem Haus geschlichen bin, was sie üblicherweise mitbekam, wenn sie in den späten Abendstunden rauchend auf ihrer Veranda saß. Und ich habe geschwiegen, wenn sie gelegentlich Männerbesuch erhielt, der über Nacht in Pearlies Haus schlief. Pearlie wurde niemals offiziell geschieden, doch sie war allein, seit sie dreißig wurde, und wie sie schon damals häufig sagte: Sie mochte vielleicht alt sein, doch sie war nicht tot.

»Du wirst nicht sagen, dass ich es dir verraten habe?«, fragt sie.

»Du weißt, dass ich das niemals tun würde.«

»Dr. Kirkland ist nach Washington gefahren.«

»Washington, Mississippi?« Washington ist eine kleine

Stadt ungefähr fünf Meilen östlich von Natchez und war früher einmal die Hauptstadt von Mississippi.

Pearlie schnaubt verächtlich. »Dr. Kirkland würde nicht einmal fünf Minuten seiner Zeit dort draußen verschwenden, es sei denn, er könnte dort ein gutes Geschäft machen.«

»Wohin ist er dann?«

»In Washington, D. C., Mädchen. Er fährt in letzter Zeit ständig dorthin. Ich glaube, er kennt den Präsidenten.«

»Er kennt den Präsidenten, ja. Aber er trifft sich bestimmt nicht dauernd mit ihm. Wer ist es?«

»Ich kann dir nicht sagen, was ich nicht weiß. Ich glaube nicht, dass irgendjemand etwas weiß.«

»Nicht einmal Mom?«

»Sie tut jedenfalls, als wüsste sie es nicht. Du kennst ja deinen Großvater.«

Ich will weitere Fragen stellen, doch Natriece muss sie nicht unbedingt hören. Ich werfe einen Seitenblick zu der Kleinen, die versucht, einen der seidenen Schmetterlinge zu erhaschen, die in der Ecke des Zimmers von der Decke hängen. Pearlie versteht die Andeutung.

»Treecy, geh nach draußen und spiel ein bisschen allein, ja?«

Natriece schiebt erneut die Unterlippe vor. »Du hast gesagt, ich krieg ein Eis, wenn ich brav bin.«

Ich muss trotz meiner Ungeduld lachen. »Sie hat mir oft das Gleiche versprochen.«

»Und?«, fragt Natriece todernst. »Hast du es bekommen?«

»Wenn ich brav war, ja.«

»Was nicht allzu häufig vorkam«, sagt Pearlie und macht einen Schritt auf Natriece zu. »Wenn du jetzt nicht nach draußen spielen gehst, bekommst du überhaupt nichts. Und heute Abend gibt es Rosenkohl.«

Natriece verzieht das Gesicht; dann flitzt sie an Pearlie vorbei, wobei sie geschickt der züchtigenden Hand der alten

Frau ausweicht. Ich schließe hinter ihr die Tür. Pearlie studiert erneut den Teppich, wo die Blutflecken inzwischen verschwunden sind.

»Wie ist Natriece mit dir verwandt? Enkeltochter?«

Pearlie lacht; ein tiefer, rasselnder Laut. »Urenkel.«

Ich hätte es mir denken können.

»Das ist heutzutage das Problem mit uns Schwarzen in dieser Gegend«, sagt sie. »Diese kleinen Dinger werden mit zwölf zum ersten Mal schwanger.«

Ich traue meinen Ohren nicht. »Das tun sie ja wohl nicht allein, oder? Was ist mit den Männern, die sie schwängern?«

Sie winkt ab. »Ach, Männer. Das ist immer das Gleiche. Sie ändern sich nie, ganz egal, wie viele Shows Oprah über kindliche Mütter bringt. Es ist die Aufgabe von uns Alten, den Kindern beizubringen, wie sie sich verhalten sollen. Aber sie haben sich alle viel zu weit von der Kirche entfernt, diese jungen Leute. M-hm.«

Die beiden letzten Silben sind derart endgültig, dass ich weiß, es ist sinnlos, dagegen zu argumentieren. »Pearlie, ich möchte mit dir über die Nacht reden, als Daddy starb.«

Sie wendet sich nicht ab, sagt aber auch kein Wort. Sie reagiert nicht auf irgendeine Weise, die mir etwas verraten würde, auch wenn ich bemerke, dass ihre schwarzen Augen dunkler werden. In Pearlies Augen gibt es unterschiedliche Wahrnehmungsebenen, wie bei den meisten Schwarzen ihrer Generation. In Natchez vor 1965 konnte ein Schwarzer eine tödliche Schießerei zwischen zwei Weißen beobachten, ohne etwas zu sehen. Ein derartiges Ereignis war »Sache der Weißen«, und damit basta. Ich hasse den Gedanken, welche Sünden unter dieser altmodischen Sichtweise verborgen bleiben. Statt weiterzubohren, warte ich schweigend ab.

»Du hast mich tausend Mal danach gefragt, Kleines«, sagt sie schließlich und schließt die Augen vor meinem prüfenden Blick.

»Und du bist mir tausend Mal ausgewichen, Pearlie.«

»Ich habe dir alles gesagt, was ich in jener Nacht gesehen habe.«

»Damals war ich ein Kind. Aber jetzt frage ich dich erneut. Heute bin ich einunddreißig Jahre alt, Pearlie, Herrgott noch mal! Erzähl mir, was in dieser Nacht passiert ist, Pearlie. Erzähl mir alles, was du gesehen hast!«

Endlich schlägt sie die Augen auf, und ich blicke in jene dunkelbraunen Iris, die wahrscheinlich mehr vom Leben gesehen haben, als ich jemals sehen werde. »Na schön«, sagt sie müde. »Vielleicht findest du dann endlich Ruhe …«

7

Pearlie sitzt auf der Kante meines alten Bettes und starrt an die Wand, während die Erinnerungen in ihr aufsteigen. »Die Wahrheit ist, ich hab nicht viel gesehen. Hätte ich in meinem Haus geschlafen, wär's wahrscheinlich mehr gewesen, aber ich war im großen Haus und hab mich um deine Großmutter gekümmert.«

Sie unterbricht sich, und für einen Augenblick fürchte ich, sie könnte nicht fortfahren. Dann aber schluckt sie und erzählt weiter.

»Mrs. Kirkland hatte starke Schmerzen. Wie sich herausstellte, war es ihre Gallenblase. Sie musste in der nächsten Nacht operiert werden. Dein Großvater wollte es selbst tun, aber das wollte sie nicht. Wie dem auch sei, ich habe einen Schuss gehört.«

»Um wie viel Uhr?«

»Gegen halb elf. Ein Gewehr, dachte ich. Dieses krachende Geräusch, weißt du? Es hat deine Großmutter geweckt. Ich habe gesagt, dass Dr. Kirkland wahrscheinlich einen Bock geschossen hat, der aus dem Wald aufs Gelände gewandert ist, aber Mrs. Kirkland sagte, ich solle die Polizei rufen.«

»Hast du?«

»Ja.«

»Wie lange hat es gedauert, bis die Polizei da war?«

»Zehn Minuten. Vielleicht ein wenig länger.«

»Und du bist erst nach unten in den Garten gegangen, nachdem die Polizei da war?«

Pearlie nickt zögernd. »Aber ich habe hier im Haus angerufen, um sicher zu sein, dass mit dir und deiner Mama alles okay war.«

»Wer hat den Anruf entgegengenommen?«

»Dr. Kirkland. Er hat gesagt, es wäre nicht alles okay, aber ich sollte trotzdem bei Mrs. Kirkland bleiben. Ich geriet in Panik und habe ihn versprechen lassen, dass euch nichts passiert wäre. Dann kam ich darauf, dass Mr. Luke irgendetwas zugestoßen sein musste.«

Mr. Luke … Pearlies Anrede für meinen Vater.

»Er wollte eigentlich gegen neun Uhr zur Insel aufbrechen, aber ich hatte ein schlechtes Gefühl. Ich bin zur rückwärtigen Galerie des großen Hauses gegangen und hab nach unten geschaut. Als ich Mr. Luke unter dem Baum entdeckt habe, brach es mir das Herz. Mein Gott, Kind, lass uns nicht weiter darüber reden.«

»Hast du auch mit Mama gesprochen, als du unten angerufen hast?«

»Nein.«

Ich schließe die Augen. Vor mir blitzt blaues Polizeilicht und erhellt das große U, das die Rückseite von Malmaison und die beiden Sklavenquartiere bilden. Der strömende Regen leuchtet in Intervallen saphirblau. Große Männer in Uniformen und Schirmmützen stehen mitten zwischen den Rosen und sprechen mit meinem Großvater wie Soldaten zu einem vorgesetzten Offizier. Ich öffne hastig die Augen, bevor die Erinnerung mich ganz übermannt.

»Ich erinnere mich an die Geschichte, die man mir erzählt hat«, sage ich leise. »Daddy und Großvater hörten beide, wie jemand über das Grundstück schlich. Daddy war hier unten, Großvater war im Haupthaus. Sie trafen sich draußen, redeten ein paar Sekunden, dann gingen sie getrennt los, um nachzusehen. Beide waren bewaffnet, doch Daddy wurde von dem Einbrecher überrascht. Sie kämpften im Dunkeln, und Daddy wurde mit seinem eigenen Gewehr erschossen.«

Pearlie nickt traurig. »Das ist es, was Dr. Kirkland mir erzählt hat.«

»Hat er der Polizei die gleiche Geschichte erzählt?«

»Selbstverständlich, Kind. Es ist das, was passiert ist. Warum fragst du mich das?«

Ohne dass es mir bewusst geworden wäre, habe ich bereits eine Antwort auf ihre Frage formuliert. »Weil ich denke, dass dieser nackte Fußabdruck auf dem Teppich von mir stammt. Und weil ich denke, dass ich ihn in jener Nacht hinterlassen habe.«

Pearlie schüttelt den Kopf. »Das ist Unsinn, Kind. Du bist nie über den Verlust deines Daddys hinweggekommen, das ist alles. Du versuchst seit zwanzig Jahren, einen Sinn dahinter zu erkennen, aber solche Dinge *haben* einfach keinen Sinn. Es sei denn, du bist Gott, dann verstehst du es. Dann verstehst du alles. Aber wir Menschen … für dich und mich gibt es hier nichts zu verstehen.«

Ich ignoriere Pearlies simplifizierende Philosophie, ganz gleich, wie treffend sie klingen mag. »Ich hab in jener Nacht versucht, mit Mom zu reden, aber ich musste ihr jeden Wurm aus der Nase ziehen. Sie hat widersprüchliche Geschichten von sich gegeben. Einmal hat sie den Schuss gehört, dann wieder nicht. Einmal hat sie was gesehen, dann wieder nicht. Was hältst du davon?«

Pearlie mustert mich mit offenem Blick. »Du sagst, du wärst inzwischen erwachsen … und ich schätze, das bist du. Jedenfalls alt genug, um alles zu erfahren. Deine Mama hat in jener Nacht überhaupt nichts gesehen, Baby. Sie hatte die Schlaftabletten deines Vaters genommen. Oder seine Schmerztabletten. Was immer er eingenommen hat wegen seiner Kriegsverletzung und der Nerven.«

Nerven … Pearlies Euphemismus für posttraumatisches Stresssyndrom. »Du sagst, es wäre Gewohnheit gewesen?«

»Mädchen, deine Mama hat so gut wie alles geschluckt, was Mr. Luke damals vom Arzt verschrieben bekam. Sie hatte selbst Probleme mit den Nerven. Dein Daddy war bei Dr. Tom Cage in Behandlung, und ich glaube, Dr. Cage hat immer genug für beide verschrieben. Deine Mama ist kaum jemals zu einem Arzt gegangen.«

Ich nehme mir vor herauszufinden, ob Dr. Cage noch am Leben ist. »Also war Mama bewusstlos, als Daddy erschossen wurde?« Ich schließe die Augen und versuche mich an etwas zu erinnern – irgendetwas –, bevor die blauen Lichter zu blitzen anfangen, aber da ist nichts. »Also hast du mich erst zu der Leiche gehen sehen, als du nach unten gekommen bist?«

»Das ist richtig.«

»Woher kam ich?«

Pearlie zögert. »Aus diesem Haus, glaube ich. Oder von der Rückseite. Ich bin nicht sicher.«

Ich versuche erneut, mich an irgendetwas zu erinnern, doch das unüberwindliche Tor, das meine Erinnerungen vom Bewusstsein trennt, bleibt verschlossen. »Was glaubst du, wer dieser Einbrecher gewesen ist, Pearlie? Was hatte er hier zu suchen?«

Die Amme seufzt in tief empfundenem Fatalismus; dann senkt sich der Blick ihrer dunklen Augen in meinen. »Du willst wirklich wissen, was ich denke?«

»Ja.«

»Ich denke, er war ein Freund deines Daddys. Entweder das – oder jemand, der hergekommen ist, um Dr. Kirkland zu ermorden.«

Für einen Moment verschlägt es mir die Sprache. In all den Jahren seit dem Tod meines Vaters habe ich niemals gehört, dass irgendjemand diese Geschichte ausgesprochen hätte. »Großvater ermorden? Aber warum sollte jemand das tun?«

Pearlie seufzt tief. »So lieb dein Großvater sein kann, Kind, er ist ein harter Geschäftsmann. Er hat einige Leute ruiniert, und in einer so kleinen Stadt wie Natchez holt einen das manchmal ein.«

»Hat seit jener Nacht jemand versucht, ihm etwas zu tun?«

»Nicht dass ich wüsste.« Sie zuckt die Schultern. »Vielleicht irre ich mich ja auch. Aber jetzt hat er diesen Fahrer, diesen Billy Neal. Ich mag den Burschen überhaupt nicht.«

Ich bin dem Fahrer meines Großvaters nur ein einziges Mal begegnet, und das auch nur kurz. Hageres Gesicht, muskulös; er erinnert mich an die Männer, denen ich immer wieder in irgendwelchen Bars begegne. Stille Männer, deren Schweigen nicht bemüht, sondern bedrohlich ist, irgendwie aggressiv. »Glaubst du, Billy Neal ist eine Art Leibwächter?«

Pearlie schnaubt. »Ich *weiß*, dass er ein Leibwächter ist! Er ist viel zu bösartig, um ihn als irgendetwas anderes zu beschäftigen. Ganz bestimmt nicht nur als Fahrer.«

Die Vorstellung, dass mein Großvater einen Leibwächter benötigt, erscheint mir lächerlich, doch genau das war der Eindruck, den ich von Billy Neal hatte, als ich Großvater mit seinem neuen Fahrer in New Orleans sah. Doch es ist Pearlies andere Theorie, die mein Herz schneller schlagen lässt. »Warum glaubst du, der Einbrecher könnte ein Freund von Daddy gewesen sein?«

»Es muss so gewesen sein, Kind«, antwortet sie fest. »Um nahe genug an deinen Daddy heranzukommen, um ihn mit seinem eigenen Gewehr zu erschießen.«

»Wieso?«

»Weil ich noch nie einen so aufmerksamen Mann gesehen

habe wie deinen Daddy. Mr. Luke schlief mit offenen Augen. War immer auf der Hut vor Gefahr. Ich schätze, der Krieg hat das bei ihm bewirkt. Dr. Kirkland hält sich vielleicht für einen großen Jäger, aber dein Daddy ... er konnte durch die Wälder laufen, ohne einen einzigen Grashalm zu verbiegen. Die ersten paar Jahre, nachdem er aus dem Krieg zurück war, streifte er die ganze Nacht über sein Land. Auch über die Insel, wie ich gehört habe. Er hat mich manchmal zu Tode erschreckt. Er tauchte einfach vor einem auf, wie ein Geist, ohne das leiseste Geräusch. Niemand konnte sich Mr. Luke nähern, ohne dass er es gemerkt hätte. Ganz bestimmt nicht, nein. Das weiß ich mit Sicherheit.«

»Ein Freund ...«, murmele ich, während ich versuche, mich mit diesem Gedanken anzufreunden. »Ich erinnere mich nicht, dass Daddy Freunde gehabt hätte.«

Pearlie lächelt bedauernd. »Sie waren keine richtigen Freunde. Sie waren Jungen wie er selbst, die im Krieg gewesen sind. Nicht mit ihm zusammen, aber wie er. Es waren gute Jungen, aber viele von ihnen kamen aus Vietnam zurück und waren süchtig nach diesem Dope. Schwarze und Weiße, ohne Unterschied. Mein Neffe war auch so einer. Jedenfalls, diese Freunde haben wahrscheinlich gewusst, dass Daddy Pillen im Haus hatte. Und wahrscheinlich haben sie sich gedacht, dass Dr. Kirkland ebenfalls Drogen hier aufbewahrt. Schließlich ist er Arzt. Der Rest ist nicht schwer auszurechnen, oder?«

Ich blicke mich in dem verlassenen Schlafzimmer um. Ein Kinderzimmer ohne Kind darin. Ich bin nicht klaustrophobisch, aber manchmal schlagen mir bestimmte Umgebungen auf die Nerven, und dann muss ich mich bewegen. Weggehen oder ausflippen. »Lass uns nach draußen gehen, Pearlie.«

Sie nimmt meine Hand. »Was ist denn, Baby?«

»Ich brauche frische Luft.«

»Gut, dann gehen wir an die frische Luft.«

Ich lasse Pearlie den Vortritt, dann schließe ich hinter uns die Tür. »Geh nicht wieder in dieses Zimmer«, sage ich zu ihr. »Ich muss noch ein paar Dinge untersuchen.«

»Was für Dinge?«

»Dinge wie auf meiner Arbeit in New Orleans. Vielleicht findet sich da drin noch mehr Blut.«

Sie wird ängstlich und zieht die Schultern nach vorn.

»Was ist denn?«, frage ich.

Sie bleibt in der Küche stehen und legt mir eine Hand auf den Arm. »Baby, es nützt niemandem, wenn du die Vergangenheit ausgräbst. Selbst einfache Leute wie ich wissen das. Und du bist kein einfacher Mensch.«

»Ich wünschte manchmal, ich wäre es.«

Pearlie gluckst leise. »Eine Sache können wir nicht ändern auf dieser Welt. Unsere Natur. Wir kommen auf die Welt, wie wir sind, und wir bleiben so, bis wir sterben.«

»Glaubst du das wirklich?«

In ihren Augen ist tiefe Weisheit zu lesen. »Das glaube ich, ja. Ich habe zu viele Kinder von der Wiege bis zum Grab beobachtet, um es nicht zu glauben.«

Ich bin anderer Meinung, widerspreche ihr aber nicht. Pearlie Washington ist viel älter als ich. Sie hat viel mehr erlebt. Wir gehen nach draußen in den Rosengarten und ins Sonnenlicht.

»Ich habe noch eine Frage«, sage ich zu ihr. »Und ich möchte, dass du mir die Wahrheit sagst.«

Die Augen der Amme werden dunkel wie ein tiefer See. »Ich versuch's, Baby.«

»Hältst du es für möglich, dass Daddy sich das Leben genommen hat?«

Sie zuckt zurück. »Was redest du denn da, Mädchen?«

»Ich frage dich, ob es in jener Nacht tatsächlich einen Eindringling gegeben hat, oder ob ihr alle mich all die Jahre belogen habt, um mich vor mir selbst zu schützen. Ob das, was Daddy im Krieg durchgemacht hat, vielleicht zu viel war für ihn. So schlimm, dass … dass selbst Mom und ich nicht genug waren, dass er weiterleben wollte.«

Pearlie hebt die Hand und wischt mit ihren langen, schlanken braunen Fingern die Tränen von meinen Wangen. »Oh, Baby, denk niemals so etwas! Für Mr. Luke ist die Sonne in deinen Augen auf- und untergegangen. Glaub mir, Mädchen!«

Ich versuche die Nässe aus meinen Augen wegzublinzeln. »Tatsächlich? Ich kann mich nicht erinnern.«

Sie lächelt. »Ich weiß, dass du dich nicht erinnerst. Er wurde dir viel zu früh genommen. Aber Mr. Luke hat den Krieg nicht durchgemacht, um sich zu erschießen, als er wieder zu Hause war. Er hat dich und deine Mom mehr geliebt, als du dir jemals vorstellen kannst. Also schlag dir diesen dummen Gedanken ganz schnell wieder aus dem Kopf, verstanden?«

»Ja, Ma'am.« Ich bin überrascht vom kindhaften Klang meiner eigenen Stimme.

»Ich gehe Natriece holen«, sagt Pearlie, strafft die Schultern und blickt auf Malmaison. »Du rufst mich, wenn du etwas brauchst.«

8

Während Pearlie zum Haupthaus geht, nehme ich mein Mobiltelefon hervor und überprüfe das Display. Acht weitere Anrufe in Abwesenheit, ausnahmslos von Sean. Er gibt nicht auf.

Ich öffne mein digitales Telefonbuch und wähle die Nummer meiner Mutter. Sie antwortet durch knackende, rauschende Statik hindurch.

»Cat! Was ist passiert?«

»Warum glaubst du, dass etwas passiert ist?«

»Warum sonst solltest du mich anrufen?«

Gütiger Gott. »Wo bist du, Mom?«

»Ungefähr dreißig Meilen nördlich von Natchez, auf dem Rückweg über den Liberty Road Way. Ich war deine Tante Ann besuchen.«

»Wie geht es ihr?«

»Nicht so gut. Es würde zu lange dauern, die Geschichte am Handy zu erzählen. Wo bist du?«

»Zu Hause.«

»Arbeitest du an diesen Mordfällen unten im Süden? Ich hab es in den Nachrichten gesehen.«

»Ja und nein. Genau genommen bin ich im Augenblick in Natchez.«

Statik klang noch niemals so leer. »Was machst du in Natchez?«

»Das erzähle ich dir, sobald du hier bist.«

»Komm mir nicht auf diese Tour! Ich will es sofort erfahren!«

»Sobald du hier bist. Auf Wiedersehen, Mom.«

Ich klicke das Gespräch weg und sehe zum Haus. Ich möchte den Rest meines Zimmers nach verborgenen Blutspuren absuchen, aber ich habe nicht die richtigen Chemikalien bei mir. Luminol kann die genetischen Fingerabdrücke beschädigen, die erforderlich sind, um die Person zu identifizieren, von der das Blut stammt. Andere, schnell verdunstende Lösungsmittel beschädigen oder verdünnen die Blutflecken nicht. Ich habe einige in New Orleans, aber nicht hier bei mir.

Mein Mobiltelefon meldet sich erneut. Ich nehme das Gespräch an, ohne auf das Display zu blicken. »Ich erzähle es dir, sobald du hier bist, Mom.«

»Ich bin nicht Mom«, sagt Sean. »Aber ich schätze, jetzt weiß ich, warum du endlich geantwortet hast.«

Ich spüre einen Anflug von Schuld in mir aufsteigen. »Hey, es tut mir Leid wegen der verpassten Anrufe.«

»Schon okay. Ich hätte dich heute nicht weiter genervt, wenn es nicht wichtig wäre.«

»Was denn?«

»Sitzt du?«

»Erzähl einfach, was los ist, verdammt!«

»Wir haben endlich eine Verbindung zwischen den NOMURS-Opfern.«

Mein Herz stockt. »Was?«

»Du würdest es nicht glauben! Es sind die Frauen.«

»Frauen? Was für Frauen?«

»Weibliche Verwandte der Opfer.«

Ich blicke mich im Garten von Malmaison um, und mein Verstand ist zu sehr überflutet mit Gedanken an die Vergangenheit, um zu verstehen, was Sean mir da sagt. »Erzähl es mir von Anfang an. Ich bin schließlich nicht bei dir in New Orleans, schon vergessen?«

»Wenn jemand ermordet wird, der nicht in eine Risikogruppe passt, muss man die Familie unter die Lupe nehmen, okay? Und diese Opfer gehörten keiner Risikogruppe an. Die Sonderkommission hat das Leben jedes Einzelnen untersucht ... und das jedes Familienangehörigen, in immer weiterem Umkreis. Heute Morgen haben wir herausgefunden, dass weibliche Angehörige zweier Ermordeter zum gleichen Psychiater gehen.«

Meine Haut fühlt sich plötzlich heiß an. »Welche Opfer?«

»Nummer zwei und Nummer vier. Riviere und LeGendre.«

»Und in welcher Beziehung stehen sie zueinander?«

»Rivieres Tochter und LeGendres Nichte.«

»Ach herrje. Und wie heißt der Seelenklempner?«

»Nathan Malik.«

Ich überlege, ob ich den Namen irgendwoher kenne. »Nie gehört.«

»Das überrascht mich. Er ist ziemlich bekannt und ziemlich umstritten. Außerdem hat er zwei Bücher geschrieben.«

»Zu welchem Thema?«

»Unterdrückte Erinnerungen. Genauer gesagt, das Zu-Tage-Fördern unterdrückter Erinnerungen.«

Die Antwort kitzelt irgendetwas in meinem Unterbewusstsein. »Das steht üblicherweise im Zusammenhang mit sexuellem Missbrauch.«

»Richtig. Denkst du das Gleiche wie ich?«

»Sühnemorde. Unsere Opfer haben Kinder missbraucht und wurden von ihren Opfern ermordet. Oder von einem männlichen Verwandten der Missbrauchsopfer. Aus diesem Winkel betrachtet ergibt das fortgeschrittene Alter der NOMURS-Opfer plötzlich einen Sinn.«

»Das dachte ich ebenfalls«, sagt Sean. »Wir überprüfen jeden Verwandten von jedem Opfer, ob es Sitzungen bei Nathan Malik oder einem anderen Therapeuten gegeben hat. Es ist nicht ganz einfach. Die beiden Frauen, die wir bisher mit Malik in Verbindung bringen konnten, haben zu verschleiern versucht, dass sie zu einem Psychiater gehen. Sie haben ihre Sitzungen bar bezahlt und ihre Familien belogen. Wir fanden es nur heraus, weil sie zwanghaft versucht haben, mit ihrem Geld hauszuhalten. Sie hatten beide erstaunlich genaue Ausgabenbücher.

Der FBI-Psychiater in Quantico meint, es bestünde eine große Wahrscheinlichkeit, dass Dr. Malik hinter den Morden steckt. Es gibt ein Phänomen, das sich Kontertransferenz nennt und durch das der Psychiater indirekt den Schmerz seiner Patienten durchlebt. Der FBI-Psycho sagt, das könnte der Auslöser gewesen sein, der Malik zu den Sühnemorden veranlasst hat. Als wäre er selbst missbraucht worden. Und Malik hatte das erforderliche Wissen, um die Tatorte nach ganz gewöhnlichem sexuellen Serienmord aussehen zu lassen.«

»Hat schon jemand mit Dr. Malik gesprochen?«

»Nein, aber wir überwachen ihn.«

»Wie alt ist er?«

»Dreiundfünfzig.«

Das ist weit oberhalb des normalen FBI-Serienkiller-Profils, doch basierend auf der Literatur immer noch innerhalb der Wahrscheinlichkeitsspanne. Ich kann nicht glauben, wie viel Adrenalin plötzlich in meinen Kreislauf schießt. »Was passiert als Nächstes?«

»Deshalb rufe ich dich an. Wir möchten, dass du Nathan Maliks zahnärztliche Unterlagen überprüfst. Herausfindest, ob die Bisswunden an den Opfern mit seinem Zahnprofil übereinstimmen.«

»Ihr habt das Profil schon?«

»Nein.«

»Wann habt ihr es?«

»Das weiß ich noch nicht genau.«

»Ich verstehe nicht ... Was hat das zu bedeuten, Sean?«

»Wir haben den Namen von Maliks Zahnarzt. Und weil du so gut wie jeden verdammten Zahnarzt in New Orleans und Umgebung kennst, hatten wir gehofft, dass du dich inoffiziell mit diesem Zahnarzt unterhalten könntest. Vielleicht einen Blick auf ein paar gefaxte Aufzeichnungen werfen. Nur genug, um sagen zu können, ob Malik der Killer ist oder nicht.«

In meinem Kopf leuchtet plötzlich eine rote Warnlampe. »Eine ›inoffizielle Unterhaltung‹? Du willst mich auf den Arm nehmen.«

»Nein.«

»Wer will diese Unterhaltung, Sean? Die Sonderkommission? Oder du?«

Die Pause, die nun entsteht, ist lang genug, um mir die Antwort zu liefern. »Hast du den Verstand verloren? Auf gar keinen Fall wird mir irgendein Zahnarzt ohne einen Gerichtsbeschluss seine Unterlagen überlassen! Bis wann kannst du einen Gerichtsbeschluss besorgen?«

»Die Sonderkommission diskutiert derzeit darüber. Das Problem ist, sobald wir nach diesen Unterlagen fragen, weiß Malik, dass wir uns für ihn interessieren.«

»Na und? Wenn sein Zahnprofil zu den Bisswunden an den Opfern passt, spielt das doch keine Rolle mehr. Aber wenn wir gegen irgendwelche Bestimmungen verstoßen und einen ›inoffiziellen‹ Blick auf seine Unterlagen werfen – oder wenn Maliks Zahnarzt sie uns illegal zur Verfügung stellt – und das wird bei Gericht vorgebracht, geht Malik als freier Mann nach Hause.«

»*Wenn* es bei Gericht vorgebracht wird, ja. Aber du bist Teil des alten Beziehungsgeflechts in dieser Stadt. Zumindest, was Zahnärzte angeht.«

»Da irrst du dich gewaltig, Sean. Ich werde vielleicht toleriert, vielleicht sogar widerwillig respektiert. Deswegen gehöre ich aber noch lange nicht dazu, und wenn ich …«

»*Cat.*« Seine Stimme ist voller Drängen.

»Willst du diesen Killer wirklich so dringend aufhalten? Oder geht es dir lediglich um den Ruhm, ihn geschnappt zu haben?«

»Das ist nicht fair, Cat.«

»Unsinn. Dieser Killer hat bis jetzt einmal pro Woche zugeschlagen. Der letzte Mord liegt erst vierundzwanzig Stunden zurück. Wir haben also noch etwas Zeit. Die Sonderkommission, meine ich.«

Sean antwortet nicht sogleich. In der entstehenden Pause versuche ich, mir über seine wirklichen Motive klar zu werden. Er liebt den Ruhm, aber hier verbirgt sich etwas Tiefergehendes. Sean spricht erneut, doch ich höre ihm nicht zu, weil mir plötzlich klar wird, um was es geht.

»Du versuchst deinen Hintern zu retten.«

Das nun einsetzende Schweigen verrät mir, dass ich ins Schwarze getroffen habe. »Hat Captain Piazza vor, dich wegen unserer Affäre zu feuern?«

»Piazza wird mich niemals feuern«, antwortet er mit gespieltem Stolz. »Ich sorge schließlich dafür, dass sie verdammt gut aussieht.«

»Vielleicht. Aber sie wird dich so sicher wie das Amen

in der Kirche aus der Sonderkommission entfernen. Und den Killer positiv zu identifizieren, bevor das FBI es kann, würde deinen Stand bei ihr wieder in ein günstigeres Licht rücken, richtig?«

Erneutes Schweigen. »Ich brauche diesen Fall, Cat.«

»Vielleicht. Aber diesen Killer ins Gefängnis zu bringen, ist wichtiger als dein Job.«

»Das weiß ich selbst. Ich will ja nur …«

»Nein, Sean, auf keinen Fall. Ich habe für dich gegen eine Menge Vorschriften verstoßen, aber ich habe dabei niemals eine Verurteilung gefährdet, und das werde ich auch diesmal nicht tun.«

»Okay, okay. Aber du könntest mir wenigstens verraten, ob du diesen Zahnarzt kennst. Er heißt Shubb. Harold Shubb.«

Ich spüre, wie erneut Erregung in mir aufsteigt. Harold Shubb gehört einer Freiwilligeneinheit an, der DIU, die im Katastrophenfall Leichen identifiziert. Ich habe diese Gruppe gegründet. Shubb hat eines meiner Seminare in forensischer Odontologie besucht, und er würde sich ganz sicher über einen Anruf von mir freuen.

»Du kennst ihn. Ich spüre es«, sagt Sean.

»Ich kenne ihn.«

»Ist er okay?«

»Ja. Aber das ändert überhaupt nichts. Besorg deinen Gerichtsbeschluss, und Shubb wird dir helfen. Außerdem solltest du herauszufinden versuchen, ob dieser Malik sich als Heranwachsender oder später einer kieferorthopädischen Behandlung unterzogen hat. Kieferorthopäden bewahren ihre Abdrücke viele Jahre lang auf, als Rückversicherung gegen spätere Schadensersatzklagen vor Gericht.«

Sean seufzt schwer. »Ich werde es weitergeben.«

»Kaiser weiß es wahrscheinlich längst.« Ich sehe in Gedanken den ehemaligen Profiler des FBI vor mir. Ich kann nicht glauben, dass ihm so etwas entgeht.

»Ich weiß, dass du nicht anrufen willst«, sagt Sean in schmeichelndem Ton. »Aber ich könnte dir doch wenigstens faxen, was ich über Malik habe. Das willst du doch bestimmt sehen, oder?«

Ich antworte nicht. Meine Gedanken sind zurückgewandert zu den blutigen Fußabdrücken in meinem Schlafzimmer.

»Cat? Bist du noch da?«

»Schick mir, was du hast.«

»Gib mir eine Faxnummer.«

Ich gebe ihm die Faxnummer meines Großvaters. Ich kenne sie auswendig, weil wir manchmal Dokumente hin und her schicken, wenn es um meinen Treuhandfonds geht.

»Ich schicke sie dir, sobald ich kann«, verspricht Sean.

»Prima.«

Verlegenes Schweigen entsteht. »Kommst du heute Nacht zurück?«, fragt er schließlich.

Ich höre tatsächlich so etwas wie Einsamkeit in seiner Stimme. »Nein.«

»Dann morgen?«

»Ich weiß es nicht, Sean.«

»Warum nicht? Du fährst kaum jemals nach Hause, und wenn, dann gefällt es dir nicht.«

»Es ist etwas passiert hier oben.«

»Was denn? Ist jemand krank?«

»Ich kann es jetzt noch nicht erklären. Ich muss aufhören.«

»Dann ruf mich später wieder an.«

»Wenn ich etwas Interessantes in den Unterlagen finde, die du mir zugefaxt hast, melde ich mich. Ansonsten wird es frühestens morgen, bevor du wieder von mir hörst.«

Sean schweigt. Dann, einige Augenblicke später, sagt er: »Auf Wiedersehen, Cat.«

Ich klicke das Gespräch weg und blicke zu den Sklavenquartieren. Dann wende ich mich um und sehe die Rückfront von Malmaison an. Ich will mit meiner Mutter reden, doch sie ist noch immer wenigstens zwanzig Minuten entfernt. Plötzlich entsteht inmitten der diffusen Masse aus Gedanken, die mein Bewusstsein in diesem Moment erfüllen, ein vollkommen klares Bild. Ich setze mich in Bewegung, trotte in Richtung der Bäume auf der Ostseite der ausgedehnten Rasenfläche, indem ich einem Pfad folge, den ich vor fünfzehn Jahren mit meinen eigenen Füßen getrampelt habe.

Ich muss unter Wasser.

Während ich zwischen den Bäumen hindurchjogge, erspähe ich eine dunkle Gestalt im Schatten ungefähr vierzig Meter entfernt. Einen Schwarzen in Arbeitskleidung. Ich weiche nach links aus, sodass ich ihm nicht allzu nahe komme; dann aber erkenne ich Mose, den Gärtner, der schon auf Malmaison gearbeitet hat, als ich noch nicht geboren war. Früher einmal war er ein muskulöser Riese, der Bahnschwellen auf dem Rücken tragen konnte, doch heute ist sein Kreuz gebeugt, und sein weißer Stoppelbart wächst fast bis unter die wässrigen gelben Augen. Mose wohnt allein in einem kleinen Haus auf der Rückseite des Besitzes, doch einmal in der Woche kommandiert er eine Armee jüngerer Männer, die das Grundstück mit beinahe militärischer Präzision in Schuss halten. Ich winke, als ich ihn passiere. Der alte Mann hebt unsicher den Arm – er scheint mich nicht zu erkennen. Wahrscheinlich denkt er, ich wäre eine von diesen Vorstadt-Hausfrauen aus Brookwood. Das Unheimliche daran ist, dass ich inzwischen alt genug bin, um tatsächlich eine zu sein. Ich beschleunige meine Schritte, während mein Verstand vorausjagt zu einem Ort, den ich viel zu lange nicht mehr besucht habe.

Die Jahre fallen von mir ab, während ich renne.

9

Ich stapfe zwischen den Bäumen am östlichen Rand des Grundstücks hindurch, das Malmaison umschließt, und komme plötzlich hinter den Häusern von Brookwood Estates hervor, einem Vorort auf ehemaligem DeSalle-Land, das während der 1930er Jahre an eine Entwicklungsfirma verkauft wurde, als Malmaison nicht in den Händen der Familie war. Die Häuser von Brookwood stammen größtenteils aus den 1950er Jahren, einstöckige Ranch Houses, doch ein paar weiter hinten sind zweistöckig und im Kolonialstil errichtet. Eines der Kolonialhäuser gehört den Hemmeters, einem älteren Ehepaar, das einen Swimmingpool im Garten hat.

Ich bin früher hierher gelaufen, weil mein Großvater sich trotz seines gewaltigen Reichtums und meiner fanatischen Begeisterung für das Schwimmen – drei aufeinander folgende Staatsmeisterschaften – weigerte, mir einen Pool zum Üben bauen zu lassen. Meine Bitte war nicht die eines verzogenen Kindes: Meine Highschool, St. Stephen's, hatte kein eigenes Schwimmbad, und so war unsere Mannschaft gezwungen, zu verschiedenen Zeiten des Jahres an den verschiedensten Orten zu trainieren, wo immer wir eine Genehmigung dazu erhielten. Meine Mutter und Großmutter unterstützten meine Bitte auf die übliche, unentschlossene Weise, doch weil das ursprüngliche Malmaison keinen Pool hatte, weigerte sich Großvater rundheraus, »sein« Land mit einem Pool zu »verschandeln«. Um das Problem zu lösen, absolvierte ich meine täglichen Trainingsbahnen im Pool der Hemmeters in Brookwood. Das alte Paar saß jedes Mal hinten auf der Veranda und sah mir dabei zu, und die beiden wurden zu meinen größten Fans bei regionalen Meisterschaften. Mr. Hemmeter starb vor ein paar Jahren, doch seine Witwe hat das Haus behalten.

Irgendetwas am Haus der Hemmeters ist anders, als ich mich nähere, doch das ist wohl zu erwarten, nachdem der Mann gestorben ist. Wenigstens ist der Pool noch in Schuss. Mrs. Hemmeter selbst schwimmt seit einigen Jahren nicht mehr, und so erscheint mir das klare, in der Sonne glitzernde Wasser ein wenig wie mein Schlafzimmer – etwas, das in der Hoffnung erhalten wird, dass ich eines Tages dorthin zurückkehre. Vielleicht ist es nur meine Eitelkeit, doch ich vermute, dass ich richtig liege.

Ich jogge um das Haus herum und sehe in der Garage nach. Leer. Ich kehre zum Pool zurück, streife meine Jeans und meine Bluse ab und springe in den tiefen Bereich des Beckens, ohne mehr als einen winzigen Spritzer zu verursachen. Der Schwung bringt mich halbwegs bis zur anderen Seite. Ich schwimme mit kräftigen Zügen bis zum Rand, steige nach draußen und gehe zum Blumenbeet, wo ich nach einem dicken, flachen Stein suche, der ungefähr so groß ist wie ein Serviertablett. Ich finde ihn und trage ihn die Stufen ins Wasser hinunter. Nach einer kurzen Meditationspause, wie ich sie immer vor dem Tauchen einlege, wobei mein Pulsschlag auf sechzig Schläge die Minute absinkt, lege ich mich im Wasser auf den Rücken und den Stein auf meine Brust.

Die Wassertemperatur beträgt gut dreißig Grad Celsius, wie das Meer unter der Äquatorsonne. Ich liege drei Minuten lang am Boden, bevor meine Brust sich in ihrem ersten »physischen Schrei« nach Sauerstoff verkrampft. Freitaucher trainieren darauf hin, diesen Reflex zu ignorieren, der einen Ungeübten in Todesangst versetzen würde. Wer lernt, eine bestimmte Anzahl solcher Reflexe zu beherrschen, kann auf eine ursprünglichere Ebene der Existenz zurückkehren – ein Zustand, an den der Körper sich dunkel aus seinem genetischen Erbe als wasserbewohnendem Tier erinnert. Zu Anfang musste ich mehr als zwanzig dieser Krämpfe überwinden, bevor ich einen solchen Zustand erreichte. Heutzutage kommt die wunderbare Verwandlung fast schmerzlos.

Im »Tauchzustand« verlangsamt sich mein Herzschlag dramatisch, manchmal bis auf fünfzehn Schläge in der Minute. Mein Blutkreislauf versorgt nur noch die lebenswichtigsten Organe, und langsam füllt Blutplasma meine Lungen, um dem zunehmenden Druck der Tiefe standzuhalten.

Ich spüre ihn jetzt, jenen stetigen Abstieg in einen Zustand der Entspannung, den ich sonst nirgendwo in meinem Leben zu finden vermag. Nicht im Schlaf, wo ich von Albträumen heimgesucht werde. Nicht beim Sex, dessen rasender Drang mich in einen tauben Schmerz treibt, den ich nicht einmal benennen kann. Und nicht bei der Jagd nach Raubtieren, wo der Triumph, meine Beute in die Falle getrieben zu haben, nur vorübergehende Linderung bringt. Irgendwie entlädt sich das Chaos, das an der Oberfläche in meinem Bewusstsein herrscht, sobald ich unter Wasser bin, und meine Gedanken werden ruhig oder ordnen sich zu einem erkennbaren, verständlichen Muster. Das Wasser des Pools wiegt meinen Körper sanft hin und her, und die wahnsinnigen Ereignisse der vergangenen Woche werden allmählich klar.

Ich bin heute nicht alleine. Ein Kind wächst in meinem Leib heran, isst, was ich esse, atmet meine Luft. Hier unten ist der Gedanke, schwanger zu sein, längst nicht so beängstigend. Die Empfängnis des Kindes ist schließlich kein Geheimnis. Eine einfache Kombination von Sorglosigkeit und Lust. Seans Kinder sind ins Sommerlager gefahren, seine Frau ist zu Besuch bei ihrer Mutter in Florida ... und er ist von Donnerstag bis Sonntag bei mir im Haus geblieben. Am Samstagmorgen hatte ich eine Zystitis von zu viel Sex – das, was man an der medizinischen Fakultät Honeymoon-Syndrom nannte –, also nahm ich eine geringe Dosis Cipro, um die Entzündung zu behandeln. Das Antibiotikum hat die Wirkung meiner Antibabypille gestört, und das war's. Ich war plötzlich empfängnisfähig. »Mit Kind«, wie meine Großmutter immer zu sagen pflegte.

Das Rätsel ist, warum ich bisher noch nicht mit Sean dar-

über gesprochen habe. Ich liebe ihn. Er liebt mich. Bis zu diesem Augenblick haben wir jeden Gedanken und jedes Gefühl geteilt. Wir haben uns sogar unsere Geheimnisse gestanden, ein schmerzlicher Prozess, jedoch die einzige Möglichkeit, nicht wahnsinnig zu werden in einer Beziehung, die im Verborgenen geführt werden muss. Es muss eine gewisse Ehrlichkeit geben inmitten all der Lügen. Meine Angst besteht darin, dass Sean denken könnte, ich wurde absichtlich schwanger. Dass ich ihn auf diese Weise unter Druck setzen wollte. Und selbst wenn er mir die Wahrheit glaubt – wird er tatsächlich seine Familie verlassen, um bei mir zu sein? Wird er Vater unseres Kindes sein wollen, obwohl er bereits drei Kinder hat? Wird er erkennen, dass unsere Beziehung auch dann erfolgreich sein könnte, wenn wir uns nicht mehr verstecken?

Ich frage mich, ob ein Teil meines Eifers, Sean beim Lösen seiner Fälle zu helfen, daher rührt, dass ich mich unentbehrlich für ihn machen wollte. Falls es stimmt, dann war es erbärmlich. Und doch … falls es so ist, dann habe ich diesmal selbst darin versagt. Nachdem die NOMURS-Opfer endlich in eine Verbindung zueinander gebracht wurden, ist es nur eine Frage der Zeit, bis der Killer gefunden wird. Falls Nathan Maliks Zahnabdrücke mit den Bisswunden auf den Toten übereinstimmen, ist alles gelaufen – bis auf die tödliche Injektion, die Malik in vielleicht zehn Jahren bekommt …

Die Vorstellung von einem mordenden Psychiater fasziniert mich. Es gibt ähnliche Fälle in der Literatur, und ich frage mich, ob Dr. Malik sich dessen bewusst ist. Ich hatte schon mehrere Therapeuten, bei denen ich einen tief sitzenden Wahnsinn vermutet habe. Da gab es einen Dr. DeLorne, einen Psychologen mit sanfter, einschmeichelnder Stimme, ein Mann um die sechzig, dessen Augen jedes Mal zu funkeln begannen, wenn er mich über sexuelle Dinge ausfragte. Seine Anstrengungen blieben vergeblich, doch im Verlauf der Sitzungen fand ich wenigstens eine Ablenkung von meinen Problemen, während ich zu lesen versuchte, was hinter jenen Augen vorging. Was hätte DeLorne zu meinen Panikattacken an den Tatorten gesagt? Wahrscheinlich hätte er sie meiner Schwangerschaft zugeschrieben. Doch die erste Attacke hatte sich bereits zwei Tage, bevor ich von meiner Schwangerschaft wusste, ereignet. Falls nicht ein leicht erhöhter Hormonspiegel Panik auslösen kann, muss die Ursache woanders liegen. Alkohol wäre ein weiterer möglicher Schuldiger – entweder zu viel oder zu wenig –, doch ich hatte meine erste Attacke, während ich behaglich eingelullt war von Grey Goose, und die zweite, als ich stocknüchtern war. Ich hatte schon immer gelegentliche Blackouts vom Trinken, aber noch nie Panikattacken. Tatsächlich verleiht mir der Alkohol mehr Mut, als ich eigentlich habe. Angetrunkenen Mut, wie sie es in den alten Filmen nennen.

Während die Sauerstoffkonzentration in meinem Gewebe weiter sinkt, steigen tiefergehende Fragen aus meinem Unterbewusstsein empor. Was für eine Bedeutung hat der Regen auf einem Blechdach? Warum höre ich dieses Geräusch? Und warum ausgerechnet zu den Zeiten, zu denen ich es höre? Das einzige Blechdach auf Malmaison ist auf der Scheune, die mein Vater als Studio benutzt hat, und meine Erinnerungen an diesen Raum sind so kostbar wie heilig. Nichts an dieser Scheune ruft Panik in mir hervor. Und meine Albträume? Seit Jahren werde ich im Schlaf heimgesucht von den Bildern grauenvoller Kreaturen – manchmal menschlich, manchmal halb Mensch, halb Bestie –, die in mein Haus einzubrechen versuchen, um mich zu töten. Dieses Szenario kommt in tausenden verschiedenen Variationen, die alle ausnahmslos so »real« sind wie meine Erfahrungen in der »wachen« Welt. Außerdem habe ich wiederkehrende Träume, als würde mein Unterbewusstsein versuchen, mir eine Botschaft zu senden. Doch weder ich noch meine Therapeuten waren bis heute in der Lage, die Bilderfolgen zu entschlüsseln. Vor zwei Wochen, kurz vor meiner ersten Panikattacke, träumte ich von einem Sommertag auf DeSalle Island. Ich fahre in dem alten Pick-up, den mein Großvater für die Arbeit auf der Insel benutzt. Großvater sitzt hinter dem Steuer, und ich bin gerade groß genug, um über das Armaturenbrett zu sehen. Der Truck riecht nach altem Motoröl und handgedrehten Zigaretten. Wir fahren durch eine Ackerlandschaft einen sanften Hügel hinauf. Auf der anderen Seite des Hügels liegt ein kleiner See, an dem die Kühe saufen. Jedes Mal, wenn der Traum zurückkehrt, fahren wir den Hügel ein kleines Stück weiter hinauf. Doch wir erreichen niemals den Kamm.

Der leuchtende Fußabdruck aus meinem Schlafzimmer erfüllt mein sich verdunkelndes Bewusstsein. Stammt er von meinem eigenen acht Jahre alten Fuß? Wer sonst könnte den Abdruck hinterlassen haben? Dieses Zimmer war mein Zimmer, fast sechzehn Jahre lang. Der Teppich wurde in dem Jahr verlegt, als ich geboren wurde und das ganze Zimmer umgebaut worden war. Kein anderes Kind hat nach mir auf Malmaison gelebt, und soweit ich weiß, hat kein anderes Kind je in diesem Zimmer geschlafen. Die Schlussfolgerung erscheint unausweichlich – doch benutze ich Logik, um zu ihr zu gelangen? Jenes überwältigende Gefühl von Déjà-vu, das mich überkam, als ich die leuchtenden Abdrücke zum ersten Mal sah, ist aller Beweis, den ich brauche.

Dieser blutige Abdruck stammt von mir.

Die Frage lautet, wessen Blut hat an meinem Fuß geklebt? Das meines Vaters? Falls genügend genetische Marker Natrieces Luminol-Bad überlebt haben – und falls ich von irgendwoher eine DNA-Probe meines Vaters bekommen kann, ein Haar von einer alten Bürste vielleicht –, kann ein DNA-Test den Nachweis erbringen, ob es sein Blut war oder nicht. Große Fragezeichen. Außerdem, selbst mit meinen Kontakten zu den kriminaltechnischen Labors im gesamten Staat könnte ein DNA-Vergleich mehrere Tage in Anspruch nehmen. Und in der Zwischenzeit habe ich nur meine Erinnerung – beziehungsweise den Mangel daran –, um weiterzumachen.

Ich erinnere mich kaum an Einzelheiten aus der Nacht, in der mein Vater gestorben ist; ich weiß praktisch nur noch, dass ich durch den Regen zu dem Dogwood-Baum gehe und seinen

Leichnam vor mir am Boden liegen sehe. Es ist, als wäre ich mitten im nassen Gras materialisiert, aus dem Nichts. Ohne Stimme. Und es hat mehr als ein Jahr gedauert, bis ich wieder gesprochen habe. Warum? Wo war ich, als mein Vater starb? Habe ich geschlafen? Oder habe ich irgendetwas beobachtet? Irgendetwas, das zu schrecklich war, zu grauenvoll, um sich zu erinnern oder gar darüber zu sprechen? Pearlie weiß mehr über jene Nacht, als sie mir gegenüber zugegeben hat. Doch was hält sie zurück? Und warum? Wenn sie erst einmal von irgendetwas gesagt hat, es wäre die Wahrheit, macht sie nur selten kehrt und korrigiert ihre Version der Ereignisse. Doch vielleicht brauche ich Pearlie auch gar nicht. Zum ersten Mal im Leben habe ich einen Zeugen für die Ereignisse jener Nacht, der weder etwas verschweigen noch etwas verzerren kann. Blut. Das älteste Zeichen von Mord. Abels Blut, das vom Boden heraufschreit …

»Mayday!«, ruft eine Stimme in meinem Kopf. »Mayday! Mayday!«

Die Stimme ist das Ergebnis von fünf Jahren Tauchtraining. Sie sagt mir, wann ich mich dem kritischen Punkt nähere. Wann die Konzentration an Sauerstoff in meinem Körpergewebe so weit abgesunken ist, dass die meisten Menschen längst das Bewusstsein verloren hätten. Tatsächlich wären die meisten Menschen, die so lange unter Wasser geblieben wären wie ich jetzt, inzwischen ertrunken. Doch ich verfüge immer noch über eine Sicherheitsreserve. Meine Gedanken sind von einem hellen bewussten Strom zu einer schmalen Linie aus pulsierendem Licht kondensiert. Die Botschaft in dieser Linie hat nichts mit meiner Vergangenheit zu tun. Sie handelt von meinem Baby. Es ist hier bei mir, eingehüllt in die schützende Höhle meines Uterus, ein lebenswichtiges Organ, wenn es überhaupt eines gibt. Die meisten Frauen würden mich dafür verdammen, auf diese Weise das Leben meines Babys zu riskieren. In einer anderen Situation würde ich vielleicht das Gleiche tun. Doch ich bin nicht in einer anderen Situation. Viele Frauen, die sich in meiner Situation wiedergefunden hätten, schwanger von einem verheira-

teten Mann, hätten bereits einen Termin für die Abtreibung festgemacht. Das habe ich nicht getan, und das werde ich nicht tun. Dies ist mein Baby, und ich will es austragen. Ich riskiere sein Leben nur, weil ich mein eigenes riskiere. Was mein Motiv angeht … der pulsierende blaue Faden aus Licht in meinem Bewusstsein sagt mir, dass mein Baby diese Situation überleben wird. Wenn wir aus dem Wasser steigen, werden wir eins sein, und nichts, was Sean Regan sagt oder tut, wird etwas daran ändern können …

Mein Körper spannt sich. Ich öffne die Augen und sehe eine dunkle Gestalt über mir, über dem Wasser. Langsam löst sich ein goldener Speer von der Gestalt und senkt sich dem Wasser entgegen, direkt über mir. Ich stoße den Felsen von meiner Brust und explodiere durch die Oberfläche ans Licht und die Luft, spuckend vor Schreck. Ein großer Mann mit einer drei Meter langen Stange in der Hand steht am Rand des Pools und starrt mich an. Er sieht aus, als wäre er noch erschrockener als ich.

»Ich dachte, Sie wären ertrunken!«, sagt er wütend. Dann läuft er rot an und wendet sich ab.

Ich verschränke die Arme vor meinen Brüsten, als mir bewusst wird, dass ich nur mit meinem Höschen in den Pool gestiegen bin. »Wer sind Sie? Wo ist Mrs. Hemmeter?«, frage ich.

»Magnolia House.« Er blickt immer noch weg. »Das Altenpflegeheim. Sie hat mir dieses Haus verkauft. Würden Sie sich bitte etwas anziehen?«

Ich knie mich in den Pool, bis das Wasser meine Blöße bedeckt. »Sie können sich jetzt umdrehen.«

Der Mann dreht sich zu mir um. Er besitzt sandbraunes Haar und blaue Augen, und er trägt Khakis und ein blaues Button-down-Hemd im Oxford-Stil. Aus seiner Hemdentasche ragen mehrere Zungenspatel. Er sieht aus wie Anfang dreißig, und irgendetwas an ihm erscheint mir vertraut.

»Kenne ich Sie?«, frage ich.

Er grinst. »Kennen Sie mich?«

Ich mustere ihn von oben bis unten, doch ich weiß nicht, wo ich ihn einordnen muss. »Ich kenne Sie irgendwoher. Oder kannte Sie.«

»Ich bin Michael Wells.«

»Michael? Ich habe dich ...«

»Nicht erkannt, ich weiß. Ich habe im Verlauf der beiden letzten Jahre vierzig Kilo abgespeckt.«

Ich mustere ihn erneut von Kopf bis Fuß. Es fällt mir schwer, das, was ich sehe, mit dem Bild von der Highschool in Einklang zu bringen, doch es ist genug vom alten Michael übrig, das mir bekannt erscheint. Es ist, als würde man einen Mann in der normalen Welt treffen, den man bis dahin nur als Krebspatient während einer Steroid-Therapie gesehen hat – aufgedunsen und weich zu jener Zeit, doch jetzt wunderbarerweise erholt, frisch, munter und gesund.

»Meine Güte, du siehst ... *blendend* aus.«

Michael errötet noch tiefer als zuvor. »Danke, Cat.«

Er war drei Jahre über mir in der St. Stephen's und dann am University Medical Center in Jackson. »Bist du bei der Pädiatrie geblieben?«, frage ich, während ich in meiner Erinnerung nach Einzelheiten krame.

Er nickt. »Ich war in North Carolina niedergelassen, aber dann kam das St. Catherine's Hospital und hat mir eine Stelle angeboten. Die Stadt sucht händeringend nach weiteren Kinderärzten.«

»Ich bin froh, dass du zurückgekommen bist. Das Haus gehört jetzt dir?«

»Ja.«

»Ich bin früher ständig hier geschwommen.«

Er lächelt. »Ich weiß. Mrs. Hemmeter hat es mir erzählt.«

»Und? Wie gefällt es dir? Das Haus, meine ich?«

»Gut. Ich mag es auch, weiter hinten zu wohnen. Es ist natürlich kein Malmaison.«

»Sei froh. Wenn ich dir sage, was der Unterhalt von diesem Kasten kostet ...«

»Kann ich mir vorstellen. Hast du je woanders in Natchez gewohnt?«

»Nein. Mein Dad ist mit einem posttraumatischen Stresssyndrom aus Vietnam zurückgekehrt. Er konnte keine Arbeit annehmen, also hat meine Mutter das College abgebrochen und ist nach Hause gekommen, und sie sind in eines der früheren Sklavenquartiere gezogen. Ich kam vier Jahre später zur Welt, und ich bin dort aufgewachsen.«

»Was hat dein Vater vor dem Krieg gemacht?«

»Er war Schweißer.«

»Kommen seine Skulpturen daher?«

»Ja.« Ich bin überrascht, dass Michael Wells sich daran erinnert. Nach zwei Jahren des Wanderns durch die Wälder und des Fernsehens machte mein Dad sich wieder daran, mit seiner Schweißerausrüstung zu arbeiten. Zu Anfang produzierte er riesige, scheußliche Stücke – asiatische Dämonen aus Eisen und Stahl, doch im Lauf der Zeit wurden seine Arbeiten weicher und bei einigen Sammlern sehr gefragt.

»Ist das ein Felsbrocken da unten?«, fragt Michael und deutet auf den Grund seines Pools.

»Ja. Dein Felsbrocken. Ich hab ihn benutzt, um unter Wasser zu bleiben. Ich bin Freitaucherin.«

»Was ist denn das?«

»Ich tauche im Meer so tief es geht, nur mit der Luft meiner Lungen.«

Michael betrachtet mich fasziniert. »Wie tief?«

»Ich war schon auf hundertsechs Metern.«

»Meine Güte! Ich betreibe ein wenig Flaschentauchen, aber ich war noch nie tiefer als dreißig Meter, und das mit Pressluft!«

»Ich benutze einen Schlitten mit Gewichten, um schnell nach unten zu kommen.«

»Von diesem Extremsport hab ich noch nie gehört.«

»Es ist eine ziemlich intensive Erfahrung. Man ist so einsam, wie man auf diesem Planeten nur sein kann, denke ich.«

Er hockt sich neben den Pool, und in seinen Augen steht Neugier. »Magst du das? Die Einsamkeit, meine ich?«

»Manchmal. Zu anderen Zeiten ertrage ich es nicht, allein zu sein. Buchstäblich.«

»Ich habe vor fünf Jahren Fliegen gelernt. Ich hab eine kleine Cessna 210 draußen auf dem Flugfeld. Da oben kriege *ich* meine Einsamkeit.«

»Siehst du? Fliegen bereitet mir Todesängste! Wenn ich in deine Cessna steigen würde, hätte ich schon nach zwei Minuten die erste Tüte voll gemacht.«

Michael lacht und errötet gleichzeitig. »Du versuchst nur, meinen Stolz zu retten.«

»Nein, ganz bestimmt nicht. Ich hab Angst vor dem Fliegen, besonders in kleinen Maschinen.« Ich blicke in Richtung der Bäume, hinter denen Malmaison verborgen liegt. »Bist du meinem Großvater schon begegnet?«

Er lächelt auf eine Weise, die schwer zu deuten ist. »Dem Lord des Herrenhauses? Ja. Er kommt immer noch hin und wieder zu Personalversammlungen des Krankenhauses, auch wenn er inzwischen mehr ein ausgekochter Geschäftemacher als ein Chirurg ist, soviel ich gehört habe.«

»Seit mehreren Jahren, ja. Chirurgie war schon mit vierzig nur noch ein prestigebehaftetes Hobby für ihn.«

Michael folgt meinem Blick zu den Bäumen, als könnte mein Großvater dort stehen und uns beobachten. »Ich habe ihn vor einer Weile mal beim Laufen gesehen. Er hat mich nicht erkannt. Ich sage dir, er ist ein zäher alter Bursche. Wie alt ist er eigentlich, siebzig?«

»Siebenundsiebzig.«

»Mein Gott. Er würde mich in Grund und Boden laufen. Und er läuft nicht wie ein alter Mann, er *rennt*.«

»Großvater ist ziemlich stark.«

»In letzter Zeit scheint er nicht mehr so häufig unterwegs zu sein. Offensichtlich ist er viel außerhalb der Stadt.« Michael beugt sich vor und taucht die Hand ins Wasser. »Es gibt Gerüchte, dass er die ganze Innenstadt von Natchez aufkauft.«

»Was?«

»Als die Papiermühle dichtgemacht hat, ist der Immobilienmarkt mehr oder weniger zusammengebrochen, und eine Vermarktungsgesellschaft hat die Häuser gleich blockweise gekauft, wie in den besten Boomzeiten. Es heißt, hinter der Gesellschaft steckt in Wirklichkeit dein Großvater.«

Das passt überhaupt nicht zu dem Bild, das ich von meinem Großvater habe. »Warum sollte er das tun? Wo liegt für ihn der Gewinn?«

Diesmal zuckt Michael die Schultern. »Das weiß anscheinend niemand. Aber manche Leute sagen, er hätte große Pläne, um die Stadt zu retten.«

Ich schüttele den Kopf. »Er hat schon immer viel für die Stadt getan, aber das erscheint mir doch ein wenig verrückt angesichts der hiesigen Wirtschaftslage.«

»Vielleicht weiß er etwas, das wir nicht wissen?«

»Das tut er immer.«

Wir sehen einander an, ohne zu reden. Michael fühlt sich nicht veranlasst, das Schweigen zu füllen, wie manche Männer es tun. Schließlich ist das hier sein Besitz. Ich bin der Eindringling.

»Du weißt, dass ich die Universität nicht abgeschlossen habe, oder?«, frage ich vorsichtig.

»Ich hab davon gehört.«

»Was hast du gehört?«

Er wiederholt es in neutralem Tonfall, vorsichtig darauf bedacht, keinerlei Urteil aus seiner Stimme klingen zu lassen. »Depressionen, hieß es. Nervenzusammenbruch. Das Übliche.«

»Sonst nichts?«

»Irgendetwas von wegen einer Affäre mit einem Oberarzt. Oder einem Professor … etwas in der Art. Er ist über dich gestolpert und hat seinen Job verloren, und du wurdest rausgeworfen oder so. Ist mir egal, ich mache mir nicht viel aus Gerede. Jeder hat eine Vergangenheit.«

Ich grinse. »Du auch?«

»Sicher.« Er lacht leise. »Vielleicht nicht ganz so farbenfroh wie deine.«

Wir lachen beide.

»Ich war auf der Highschool schrecklich in dich verliebt«, sagt er. »Ich muss es dir einfach sagen. Damals hatte ich nicht den Nerv. Das schönste Mädchen an der St. Stephen's … mein Gott.«

»Und jetzt stehe ich in Unterwäsche in deinem Swimmingpool. Wie sehe ich aus?«

Er antwortete nicht sogleich. Ich bin überrascht, wie nervös mich das Warten macht. Warum gebe ich so viel darauf, was ein praktisch Fremder denkt?

»Du hast dich überhaupt nicht verändert«, sagt Michael.

»Jetzt lügst du aber. Du hättest mir damals etwas von deinen Gefühlen sagen sollen.«

Er schüttelt den Kopf. »Nein. Du hast dich damals nur mit Sportskanonen oder mit bösen Jungs getroffen.«

»Und was warst du?«

»Der pummelige Blödmann. Das weißt du.«

Ich will ihn nicht beleidigen, indem ich widerspreche. »Du hast dich neu erfunden, wie es scheint.«

Er nickt, und sein Blick wird besinnlich. »Manchmal muss man das. Es ist nicht leicht, weißt du?«

»Du bist bestimmt verheiratet, nicht wahr?«

»Nein. Während der ganzen Studienzeit hatte ich nur eine Freundin, aber wir haben uns getrennt.«

»Du musst der begehrteste Junggeselle in ganz Natchez sein.«

Michael stößt in offensichtlicher Frustration den Atem

aus. »Die einheimischen Damen und geschiedenen Frauen betrachten mich so, ja. Es ist eine neue Erfahrung für mich.«

Mein Mobiltelefon läutet in meiner Hosentasche auf der anderen Seite des Pools. Ich gleite auf den Knien nach drüben und werfe einen Blick auf das Display. Es ist meine Mutter.

»Mom?«

»Ich bin jetzt zu Hause, Cat. Wo steckst du?«

»Ich bin schwimmen, bei den Hemmeters.«

»Das Haus gehört nicht mehr den Hemmeters.«

»Ich weiß. Ich habe gerade Dr. Wells kennen gelernt.«

»Tatsächlich? Nun, komm jetzt nach Hause und erzähl mir, was passiert ist.«

Ich lege auf und blicke Michael an. »Ich muss aus dem Wasser.«

Er geht für mich ein Handtuch von der Veranda holen, reicht es mir und wendet sich dann ab. Ich steige rasch aus dem Pool, streife meine Unterwäsche ab und trockne mich ab. Dann ziehe ich meine anderen Sachen an und wringe Büstenhalter und Höschen aus, um beides in der Hand nach Hause zu tragen.

»So, jetzt bin ich wieder anständig angezogen.«

Michael dreht sich um. »Du kannst den Pool benutzen, wann immer du magst.«

»Danke. Aber ich werde nicht lange in der Stadt bleiben.«

»Das ist wirklich schade. Hast du ...« Er verstummt, und erneut steigt Röte in seine Wangen.

»Was?«

»Hast du jemanden in New Orleans?«

»Ich weiß es nicht ... wirklich nicht.«

Er scheint darüber nachzudenken; dann nickt er offensichtlich zufrieden.

Ich wende mich zum Gehen, doch irgendetwas veranlasst mich, ihn noch einmal anzusehen. »Michael, hattest du schon mal Patienten, die einfach aufgehört haben zu sprechen?«

»Ja. Aber meine Patienten sind allesamt Kinder.«

»Das ist der Grund, weshalb ich gefragt habe. Was bringt ein Kind dazu, mit dem Reden aufzuhören?«

Er kaut auf der Unterlippe. »Manchmal geschieht es aus Scham vor den Eltern. Manchmal aus Wut. Wir nennen es freiwillige Stummheit.«

»Was ist mit Schock?«

»Schock? Sicher. Und Trauma. Aber das ist im strengen Sinne nicht freiwillig.«

»Hast du je erlebt, dass es ein ganzes Jahr anhält?«

Er denkt über meine Frage nach. »Nein. Warum?«

»Nachdem mein Vater erschossen wurde, habe ich ein ganzes Jahr lang kein Wort gesprochen.«

Er mustert mich sekundenlang, ohne ein Wort zu sagen. In seinen Augen liegt ein Ausdruck tiefen Mitgefühls. »Warst du deswegen bei einem Therapeuten?«

»Nicht als Kind, nein.«

»Nicht einmal bei eurem Hausarzt?«

»Nein. Mein Großvater war Arzt. Mom hat erzählt, er hätte immer wieder gesagt, das Problem würde sich von selbst lösen. Tja, ich muss jetzt los. Ich hoffe, wir sehen uns irgendwann wieder.«

»Ich auch.«

Ich gehe ein paar Schritte rückwärts, schenke Michael ein letztes Lächeln, dann wende ich mich ab und renne in Richtung Wald davon. Als ich unter den Bäumen bin, halte ich an und drehe mich noch einmal um.

Er steht immer noch da und starrt mir hinterher.

10

Meine Mutter wartet in der Küche des ehemaligen Sklavenquartiers. Sie sitzt an dem antiken Frühstückstisch aus Herzpinie und ist makellos gekleidet in einen maßgeschneiderten Hosenanzug, doch sie hat dunkle Ringe unter den Augen, und ihr kastanienbraunes Haar sieht aus, als wäre sie den ganzen Weg von der Golfküste bis hierher mit heruntergelassenem Fenster gefahren. Sie sieht älter aus als beim letzten Mal, als ich sie gesehen habe – bei einem Mittagessen in New Orleans vor vier Monaten. Trotzdem wirkt Gwen Ferry noch immer jünger als zweiundfünfzig Jahre – eher um die vierzig. Ihre ältere Schwester Ann war einst mit dem gleichen Geschenk gesegnet, doch als sie fünfzig wurde, hatte das unruhige Leben ihr die lang anhaltende blühende Jugend gestohlen. Früher einmal waren die beiden DeSalle-Schwestern die Königinnen von Natchez gewesen, die wunderschönen Töchter eines der reichsten Männer in der Stadt. Heute trägt nur noch meine Mutter, was von diesem Banner geblieben ist, und besetzt den gesellschaftlichen Gipfel der Stadt: Präsidentin des Garden Club, ein täuschend harmloser Name für eine Organisation, die früher mehr Macht in den Händen gehalten hat als Bürgermeister und Ratsversammlung zusammen. Sie besitzt außerdem ein Zentrum für Innenarchitektur und Raumausstattung namens Maison DeSalle, das die kleine Clique wohlhabender Familien bedient, die in Natchez geblieben sind.

Sie steht auf und drückt mich an ihre Seite, dann fragt sie: »Was ist passiert, um alles in der Welt? Ich habe dir immer gesagt, du sollst öfter nach Hause kommen, und jetzt tauchst du plötzlich auf, ohne vorher anzurufen?«

»Ich bin auch froh, dich zu sehen, Mom.«

Ihr Gesicht legt sich in verdrießliche Falten. »Pearlie hat

erzählt, du hättest blutige Fußspuren in deinem Zimmer gefunden.«

»Das stimmt.«

Sie blickt mich perplex an. »Ich bin in dein Zimmer gegangen, aber ich habe nichts auf dem Boden entdecken können. Außer einem schlechten Geruch.«

»Du warst in meinem Zimmer?«

»Warum nicht?«

Der Kaffeeautomat blubbert auf der Küchentheke, und das Aroma von Canal Street Coffee steigt mir in die Nase. Ich versuche, meinen Ärger zu unterdrücken. »Ich würde es zu schätzen wissen, wenn du nicht dort hineingehst«, sage ich. »Nicht, bevor ich fertig bin.«

»Fertig? Womit?«

»Mit der Untersuchung des restlichen Zimmers auf Blutspuren.«

Mom verschränkt die Finger auf der Tischplatte, als wollte sie verhindern, dass sie zappeln. »Wovon redest du überhaupt, Catherine?«

»Von der Nacht, in der Daddy gestorben ist.«

Zwei rote Flecken erscheinen auf ihren Wangen. »Was?«

»Ich denke, dass diese Fußspuren in der Nacht entstanden sind, als Daddy starb.«

»Also das ... das ist ja völlig verrückt!« Sie schüttelt den Kopf, doch ihre Augen blicken mit einem Mal abwesend.

»Ist es das, Mom? Woher willst du das wissen?«

»Ich weiß nun mal, was in jener Nacht passiert ist.«

»Tatsächlich?«

Sie blinzelt verwirrt. »Selbstverständlich.«

»Warst du nicht k. o. von Daddys Pillen?«

Ihre Wangen verlieren die Farbe. »Wage es nicht, auf diese Weise mit mir zu reden! Ich mag damals vielleicht das eine oder andere Beruhigungsmittel genommen haben ...«

»Du warst nicht abhängig von Daddys Medikamenten?«

»Wer hat dir das erzählt? Dein Großvater? Nein, er ist

nicht in der Stadt. Du hast mit Pearlie geredet, habe ich Recht? Ich kann nicht glauben, dass sie etwas so Gemeines gesagt haben soll!«

»Spielt es denn eine Rolle, mit wem ich gesprochen habe? Wir müssen uns irgendwann mit der Wahrheit auseinander setzen.«

Mom richtet sich auf und strafft die Schultern. »Du solltest dir vielleicht an die eigene Nase fassen, Missy. Es besteht nicht der geringste Zweifel, wer in diesem Haus die meisten Lügen erzählt hat.«

Mit zitternden Händen wendet sie sich um und schenkt sich eine Tasse Kaffee aus der Glaskanne ein. Vielleicht ist das Zittern der Hände in unserer Familie erblich.

Ich atme tief ein und stoße die Luft langsam wieder aus. »Wir haben auf dem falschen Fuß angefangen, Mom. Wie geht es Tante Ann?«

»Sie hat schon wieder so einen Bastard geheiratet. Das dritte Mal hintereinander. Dieser Mistkerl hier schlägt sie.«

»Hat sie dir das erzählt?«

»Ich habe Augen im Kopf. Mein Gott, ich will nicht darüber reden. Ich will nicht mal darüber nachdenken! Ich muss mich hinlegen. Ich brauche Schlaf.«

»Wenn du schlafen willst, solltest du den Kaffee vielleicht besser weglassen.«

»Wenn ich den Kaffee nicht trinke, bekomme ich Kopfschmerzen.« Sie nimmt einen Schluck aus der dampfenden Tasse und verzieht das Gesicht. »Du solltest doch am besten wissen, wie das mit einer Sucht so ist.«

Ich kämpfe gegen das Verlangen an, zurückzufauchen. »Ich bin seit fast drei Tagen absolut nüchtern.«

Sie hebt ruckhaft den Kopf und starrt mich an. »Was ist der Grund?«

Ich kann ihr nicht sagen, dass ich schwanger bin. Noch nicht. Ich senke den Blick, und plötzlich spüre ich ihre Hand, die meinen Oberarm drückt.

»Was immer es sein mag, ich stehe zu dir«, sagt sie leise. »Wenn wir mehr wissen, verhalten wir uns besser. Das sagt Dr. Phil immer. Genau wie bei mir und diesen Schlafmitteln.«

»Dr. Phil? Mom, bitte.«

»Du solltest dir seine Sendung wirklich hin und wieder ansehen, Honey. Wir schauen sie uns heute Nachmittag gemeinsam an, ja? Bevor ich mich hinlege. Dr. Phil entspannt mich immer so.«

Ich kann mir das keine Sekunde länger anhören. Ich muss raus aus dieser Küche. »Ich habe ein Fax bekommen; es ist noch in Großvaters Büro. Ich bin gleich wieder da.«

»Er kommt bald nach Hause«, sagt sie. »Du weißt, er mag es nicht, wenn andere in sein Büro gehen, während er unterwegs ist.«

»Wann kommt er denn zurück?«, frage ich auf dem Weg zur Tür.

»Heute. Mehr weiß ich auch nicht.«

Ich erreiche die Tür, dann bleibe ich stehen und drehe mich noch einmal um. »Mom, hast du irgendwelche persönlichen Dinge von Dad zurückbehalten?«

»Welche denn? Bilder oder was?«

»Beispielsweise eine alte Haarbürste.«

»Eine Haarbürste? Wozu denn das, um Himmels willen?«

»Ich hatte gehofft, Haare von ihm zu finden. Manchmal behalten die Menschen eine Haarlocke, wenn sie einen geliebten Angehörigen verlieren.«

Plötzlich erstarrt sie mit weit aufgerissenen Augen. »Du willst eine DNA-Probe!« Es ist eine Feststellung, keine Frage.

»Ja. Ich will das Blut auf dem Boden in meinem Zimmer damit vergleichen.«

»Ich habe aber nichts dergleichen.«

»Der Teppich ist doch noch der gleiche wie damals, als ich hier gewohnt habe, oder?«

Die beiden roten Flecken auf ihrer Wange sind immer dunkler geworden. »Du erinnerst dich nicht?«

»Ich will nur sicher sein, Mom. Ist es das gleiche Bett?«

»Herrgott noch mal, Catherine!«

»Ist es das gleiche?«

»Der Rahmen ist der gleiche. Die Matratze habe ich entsorgt.«

»Warum?«

»Urinflecken. Du hast häufig ins Bett gemacht, als du noch klein warst.«

»Habe ich?«

Jetzt steht Verblüffung in ihren Augen. »Du erinnerst dich nicht daran?«

»Nein.«

Sie seufzt müde. »Nun ja, ist auch besser so. Gehört wohl dazu, wenn man ein Kind ist.«

»Was hast du mit der Matratze getan?«

»Der Matratze? Ich bin sicher, Pearlie hat Mose gesagt, er soll sie zum Sperrmüll geben.«

»Ich habe Mose vorhin draußen gesehen. Ich kann nicht glauben, dass er immer noch arbeitet!«

»Er will nicht aufhören. Er ist nicht mehr so stark wie früher, aber er schafft noch eine ganze Menge.«

Ich hasse es, sie zu drängen, doch was habe ich jetzt schon zu verlieren? »Ich weiß, es klingt vielleicht weit hergeholt, Mom, aber … wäre es möglich, dass Dad Sperma in eine Samenbank gegeben hat oder irgendwas in der Art?«

Meine Mutter starrt mich an, als könnte sie nicht glauben, dass ich ihr Kind bin.

»Es tut mir Leid, Mom«, flüstere ich. »Ich muss das tun. Ich habe keine Wahl.«

Sie mustert mich lange und schweigend, dann wendet sie sich ab und nimmt einen weiteren Schluck von ihrem Kaffee.

Ich weiß, dass kein Wort von mir ihr jetzt helfen kann, deswegen gehe ich nach draußen und durch den Rosengarten zum linken Flügel von Malmaison. Das Büro meines Großvaters befindet sich im Erdgeschoss.

Ich betrete das Herrenhaus und wandere in gelangweilter Vertrautheit vorbei an unschätzbaren Antiquitäten in die Bibliothek, die zugleich das Arbeitszimmer meines Großvaters ist. Es ist eine Welt aus dunklen Holzsäulen, dicken Polstern und breiten französischen Fenstern, die hinaus auf die Frontgalerie führen, ausgestattet nach dem Vorbild von Napoleons Bibliothek. An Deckenbalken hängen Musketen aus dem Bürgerkrieg, und zwei Kristallleuchter erhellen den Raum. In den Regalen reihen sich ledergebundene Folianten, davor hängen an Samtschnüren Gemälde. Einige der Leinwände zeigen englische Jagdszenen, doch die meisten stellen Schlachtszenen aus dem Bürgerkrieg dar – allesamt Triumphe der Konföderierten. Die einzige Konzession an die Moderne ist ein langer Tisch aus Zypressenholz neben dem Rollladenschreibtisch meines Großvaters. Darauf stehen ein Computer, ein Drucker, ein Kopierer und ein Faxgerät. Der Papierauffangbehälter des Faxgeräts ist leer. Ich nehme mein Mobiltelefon heraus und betätige Seans Schnellwahltaste.

»Cat?«, fragt er über dem allgemeinen Lärm der Unterhaltungen im Squad Room.

»Ich stehe hier neben dem Fax«, sage ich zu ihm. »Bis jetzt ist nichts angekommen.«

»Ich schicke es gleich los. Es gibt eine Menge öffentlicher Informationen über Malik, aber es ist hauptsächlich wissenschaftliches Zeug. Es fällt schwer, ein Gefühl dafür zu entwickeln, was diesen Burschen antreibt.«

»Wann wird die Sonderkommission mit ihm reden?«

»Sie hat noch keine Entscheidung getroffen. Wie du gesagt hast, sie glauben, dass sie noch ein wenig Zeit haben, bevor er wieder zuschlägt. Niemand will bei dieser Sache Mist bauen.«

»Okay. Ich melde mich wieder bei dir, wenn ich etwas Interessantes finde.«

»Hey?«, fragt Sean.

»Ja?«

»Melde dich auf jeden Fall. Ich vermisse dich.«

Ich schließe die Augen, als eine Hitzewelle meinen Nacken hinaufläuft. »Okay.«

Ich lege auf; dann setze ich mich an den Schreibtisch meines Großvaters und warte darauf, dass das Fax durchkommt. Das Zimmer riecht nach frischen Zigarren, altem Leder, gutem Bourbon und Limonenöl. Neugierig geworden durch Michael Wells' Geschichte von einer Vermarktungsgesellschaft, die die gesamte Innenstadt von Natchez aufkauft, ziehe ich in Erwägung, in den Schreibtischschubladen meines Großvaters zu schnüffeln, doch sie sind verschlossen.

Irgendwann bin ich es leid, auf Seans Fax zu warten. Ich ziehe mein Mobiltelefon hervor und lasse mir die Nummer von Dr. Harold Shubb in New Orleans geben. Bevor ich es mir anders überlegen kann, lasse ich mich automatisch verbinden und identifiziere mich gegenüber der Sprechstundenhilfe von Dr. Shubb als eine Zahnarzt-Kollegin.

»Einen kleinen Augenblick bitte, Doktor Ferry«, sagt die Frau.

Ich warte einige Sekunden, dann meldet sich ein Mann, der im ersten Moment ungehalten wirkt, weil er von seinem Patienten weggerufen wurde. »Cat Ferry! Ich wusste immer, dass dieser Anruf irgendwann kommen würde! Ich habe mich zugleich darauf gefreut und mich davor gefürchtet. Was ist passiert? Hat es einen Flugzeugabsturz gegeben?«

Dr. Shubb hat natürlich angenommen, dass ich anrufe, um die DIU zu aktivieren, da es einen Katastrophenfall gegeben hat. »Nein, Harold«, antworte ich. »Allerdings ist der Grund meines Anrufs fast genauso ernst.«

»Was ist denn los? Was kann ich für Sie tun?«

»Haben Sie die Nachrichten über den Mörder verfolgt, der seit vier Wochen in New Orleans sein Unwesen treibt?«

»Ja, sicher.«

»Es gibt Bisswunden an den Leichen.«

»Tatsächlich? Davon wusste ich nichts.«

»Die Polizei bewahrt der Öffentlichkeit gegenüber Stillschweigen. Was ich Ihnen jetzt erzähle, bleibt unter uns, ja?«

»Das ist doch selbstverständlich, Cat.«

»Wir – das heißt, die Sonderkommission, die an dem Fall arbeitet – haben einen Verdächtigen. Er ist einer von Ihren Patienten, Harold.«

Betäubtes Schweigen am anderen Ende der Leitung. »Gütiger Gott!«, stößt Harold schließlich aus. »Nehmen Sie mich auf den Arm, Cat?«

»Nein.« Ich höre seinen Atem, flach und unregelmäßig.

»Darf ich fragen, wer es ist?«

»Noch nicht, Harold. Das ist ein inoffizieller Anruf, wenn Sie verstehen.«

Eine weitere Pause. »Ich bin nicht sicher, Cat.«

»Das FBI wird sich wahrscheinlich im Laufe des Tages mit Ihnen in Verbindung setzen – offiziell –, um einen Blick auf Röntgenaufnahmen zu werfen, die Sie möglicherweise von diesem Patienten gemacht haben. Das NOPD allerdings möchte, dass Sie und ich zuvor eine kleine, inoffizielle Unterhaltung miteinander führen.«

»Ich höre.«

»Ich fürchte, dass jedes Gespräch über Röntgenaufnahmen oder Zähne, das wir miteinander führen, später die Gerichtsverhandlung platzen lassen könnte.«

»Damit könnten Sie Recht haben«, sagt Dr. Shrubb. »Falls Sie keinen Gerichtsbeschluss besitzen, meine ich.«

»Nun, ich habe mir gedacht, wir könnten eine ganz allgemeine Unterhaltung über diesen Patienten führen, ohne in seinen Mund zu blicken. Hätten Sie ein Problem damit?«

»Schießen Sie los, Cat. Ich werde es keiner Menschenseele verraten.«

Ich bete, dass er die Wahrheit sagt. »Der Name des Verdächtigen lautet Nathan Malik. Er ist ...«

»Ein Seelenklempner«, beendet Shubb meinen Satz. »Heilige Scheiße! Er ist ein Psychiater, kein Psychologe, und er achtet peinlich darauf, dass man es in den ersten fünf Sekunden erfährt. Ich habe Malik ziemlich häufig in meiner Praxis gehabt. Allein dieses Jahr zwei Wurzelbehandlungen. Ärzte achten selten auf ihre Zähne, wie Sie wahrscheinlich wissen. Ich wünschte nur …«

Harold Shubb verstummt. Dann stößt er einen lang gezogenen Pfiff aus, als würden ihm jetzt erst die Implikationen unserer Unterhaltung bewusst. Ich kämpfe gegen das Bedürfnis an, die Bisswunden auf den Opfern zu beschreiben. Wir könnten wahrscheinlich in weniger als einer Minute Nathan Malik als Täter der NOMURS-Morde festnageln oder ausschließen. Doch in einem so sensiblen Fall müssen wir die Vorschriften bis auf den Buchstaben getreu beachten.

»Was für ein Mensch ist Nathan Malik, Harold?«

»Ein seltsamer Vogel. Unglaublich clever. Ein wenig beängstigend, um die Wahrheit zu sagen. Kennt sich mit allem ein wenig aus. Sogar mit Zähnen.«

»Tatsächlich?« Es kommt selten vor, dass ein Arzt sich mit Zähnen auskennt.

»Der Bursche ist mir nicht geheuer. Er steht nicht sonderlich auf Smalltalk, auch wenn er einen verschlagenen Sinn für Humor besitzt. Und er strahlt eine unglaubliche Intensität aus. Sie kennen den Typ?«

»Ich denke schon. Hat Malik über seine Herkunft gesprochen?«

»Nicht viel. Ich glaube, er kommt ursprünglich aus Mississippi. Genau wie Sie.«

»Tatsächlich? Liege ich mit dreiundfünfzig Jahren ungefähr richtig?«

»Ungefähr, ja. Er ist in guter Verfassung, mit Ausnahme seiner Zähne. Ich könnte in meinen Aufzeichnungen nachsehen …«

»Tun Sie das nicht!«, sage ich hastig.

»Ah, richtig. Sie haben Recht, Cat. Verdammt, ich werde schon nervös, wenn ich nur mit Ihnen rede.«

»Wir sind fast durch, Harold. Wissen Sie irgendetwas über Maliks Therapiemethoden? Worauf er sich spezialisiert hat? Irgendwas?«

»Unterdrückte Erinnerungen. Geistiger und körperlicher Missbrauch von Frauen. Und auch Männern, glaube ich. Wir hatten mehrere Unterhaltungen darüber. Er ist Experte im Ausgraben von verlorenen Erinnerungen. Er setzt Medikamente ein, Hypnose … alles, was ihm geeignet erscheint. Ziemlich kontroverses Zeug. Es gibt eine Menge Streitigkeiten auf diesem Gebiet.«

»Das dachte ich mir.«

»Ich sage Ihnen so viel, Cat: Wenn dieser Malik Ihr Täter ist, dann hoffe ich sehr, dass Sie unumstößliche Beweise gegen ihn in der Hand haben. Er wird sich weder vom FBI noch von sonst jemandem einschüchtern lassen. Wenn es um Dinge wie die Privatsphäre von Patienten geht, lässt er sich lieber ins Gefängnis sperren, als dass er auch nur ein verdammtes Wort sagt. Er ist fanatisch, was das angeht. Er hasst die Regierung.«

Ich zucke zusammen, als das Faxgerät neben mir plötzlich zum Leben erwacht. »Diese unumstößlichen Beweise ruhen möglicherweise jetzt in diesem Augenblick in Ihren Röntgenaufzeichnungen, Harold.«

Er stößt einen weiteren Pfiff aus. »Ich hoffe es, Cat. Ich meine …«

»Ich weiß, was Sie meinen. *Falls* Malik der Täter ist.«

»Genau.«

»Hören Sie, das FBI muss nichts von unserer kleinen Unterhaltung erfahren.«

»Was für einer Unterhaltung?«

»Danke, Harold. Sehen wir uns bei meinem nächsten Seminar?«

»Ich kann es kaum abwarten.«

Ich lege auf und beobachtete das Papier, das langsam aus dem Faxgerät quillt. Jemand hat eine detaillierte Zusammenfassung sämtlicher zugänglicher Informationen über Dr. Nathan Malik verfasst. In mir brennt das fast unwiderstehliche Verlangen, zum Sideboard meines Großvaters zu gehen und mir einen schnellen Wodka zu genehmigen, bevor ich zu lesen anfange, doch es gelingt mir, diesen Impuls zu unterdrücken. Als das zweite Blatt aus dem Apparat kommt, werfe ich einen Blick darauf, und plötzlich scheint der Boden unter mir zu schwanken. Ich muss mich an der Tischkante festhalten, um nicht zu fallen.

Auf der unteren Hälfte der Seite findet sich ein Schwarz-Weiß-Foto von Nathan Malik, einem kahlköpfigen, stiernackigen Mann mit tief liegenden dunklen Augen. Bei manchen Männern übermittelt Kahlheit einen Eindruck von Schwäche oder voranschreitendem Alter, doch bei Malik wirkt der Glatzkopf eher wie eine Herausforderung – genauso, wie es bei Yul Brynner der Fall gewesen ist. Stolz, durchdringend und herausfordernd bedeuten Maliks Augen dem Betrachter, einen Schritt zurückzuweichen. Maliks Nase war irgendwann einmal gebrochen, und seine Lippen sind zu einem ironischen Grinsen verzogen, das nichts als Verachtung für die Kamera zum Ausdruck bringt. Er hat die arrogante Aura eines Aristokraten, doch das ist es nicht, was mir den Atem geraubt hat. Das waren die Augen. Ich habe sie – und dieses Gesicht – schon einmal gesehen, vor fast einem Jahrzehnt, am University Medical Center in Jackson, Mississippi.

Ich zerre die erste Seite aus dem Apparat und überfliege den Lebenslauf des Psychiaters. Geboren 1951. Zwei Jahre in der Army, eine Dienstzeit als Angehöriger des Sanitätskorps in Vietnam. Highschool, Tulane University. Abschluss an der Tulane Medical School 1979. Assistenzarzt am Ochsner Hospital. Mehrere Jahre praktischer Tätigkeit folgen. Im Anschluss daran – mein Herz hämmert bis zum Hals, als ich diese Zeilen lese – Anstellung bei der Psychiatrischen Fakultät des Medical Center der University of Mississippi, kurz UMC.

»Gütiger Gott …«, flüstere ich.

Malik war am UMC gewesen während der zwei Jahre, die ich dort verbracht habe. Ich *kannte* ihn. Doch irgendetwas ist anders. Ich kannte diesen Mann auf dem Bild nicht als Nathan Malik, sondern als Dr. Jonathan Gentry. Und Gentry war nicht kahlköpfig, nicht einmal annähernd. Weiter oben auf der Seite finde ich, wonach ich gesucht habe. Nathan Malik wurde als Jonathan Gentry in Greenwood, Mississippi, geboren. Er änderte seinen Namen 1994 auf legale Weise, ein Jahr, nachdem ich die Universität verlassen musste. Ich zücke mein Mobiltelefon und tippe Seans Schnellwahlnummer, während mir der kalte Schweiß ausbricht.

»Hast du etwas gefunden?«, fragt Sean ohne Umschweife.

»Sean? Ich kenne ihn! *Kannte* ihn, meine ich.«

»Wen?«

»Malik!«

»Was?«

»Damals nannte er sich noch nicht Malik. Damals hieß er noch Gentry. Jonathan Gentry. Er war am UMC in Jackson, als ich dort studiert habe! Er hatte damals noch Haare auf dem Kopf, aber es ist der gleiche Mann! Diese Augen werde ich niemals vergessen. Er kannte den Professor, mit dem ich die Affäre hatte. Er hat selbst einige Male versucht, sich mit mir zu verabreden. Ich meine …«

»Okay, schon gut. Du musst …«

»Ich weiß. Ich fahre von hier los, sobald ich kann. Ich müsste in drei Stunden in New Orleans sein.«

»Warte nicht zu lange, Cat. Die Sonderkommission muss sich dringend mit dir unterhalten.«

Die Ruhe, die ich im Pool gespürt habe, hat sich endgültig verflüchtigt. Ich kann kaum einen logischen Gedanken fassen. »Sean, was hat das zu bedeuten? Wie kann das möglich sein?«

»Ich weiß es nicht. Ich werde John Kaiser anrufen. Du meldest dich, sobald du unterwegs bist. Wir finden es heraus, Cat.«

Obwohl ich allein in Großvaters Büro bin, nicke ich dankbar. »Ja, mache ich. Ich bin bald zurück.«

»Bye, Baby. Halt durch. Wir bringen diese Sache wieder in Ordnung.«

Ich beende das Gespräch, lege das Handy zur Seite und sammele die restlichen Blätter aus dem Fax. Es sind inzwischen drei. Als ich mich zur Tür wenden will, öffnet sie sich plötzlich wie von Geisterhand.

In der Tür steht mein Großvater, Dr. William Kirkland, das kantige Gesicht sorgenvoll. Seine blauen Augen mustern mich von oben bis unten, dann schweifen sie durch den Raum.

»Hallo Catherine«, sagt er mit tiefer, gemessener Stimme. »Was machst du hier drin?«

»Ich habe dein Fax gebraucht, Großpapa. Ich bin im Begriff, nach New Orleans zurückzufahren.«

Ein kleinerer Mann Mitte dreißig steht hinter ihm und späht ihm über die breite Schulter. Billy Neal, der unangenehme Fahrer, über den Pearlie sich bei mir beschwert hat. Sein Blick huscht über meinen Körper, und auf seinem Gesicht erscheint ein Grinsen. Sanft, doch nachdrücklich schiebt Großvater den Fahrer nach draußen, dann betritt er das Zimmer und schließt hinter sich die Tür. Er trägt eine weiße Leinenjacke und eine Krawatte. Auf der Insel zieht er sich immer an wie ein Arbeiter, doch in der Stadt ist er stets äußerst formell gekleidet.

»Ich kann mir nicht denken, dass du wieder abfahren willst, bevor wir Gelegenheit hatten, uns ein wenig zu unterhalten«, sagt er.

»Es ist sehr dringend, Großvater. Ein Mordfall.«

Er lächelt wissend. »Wenn es so dringend wäre, wärst du wohl erst gar nicht nach Natchez gekommen, oder? Es sei denn, jemand wurde ermordet, während ich weg war?«

Ich schüttele den Kopf.

»Das ist beruhigend zu erfahren. Auch wenn ich mir denken kann, dass ein paar Einheimische nichts dagegen hätten, wenn ihre heimlichen Verwünschungen endlich in Erfüllung gingen.« Er tritt zum Sideboard. »Setz dich, Catherine. Was trinkst du?«

»Nichts.«

Er dreht sich um und mustert mich mit neugierig erhobener Augenbraue.

»Ich muss wirklich wieder los, Großpapa.«

»Deine Mutter hat erzählt, du hättest Blutspuren in deinem alten Schlafzimmer gefunden?«

»Das stimmt. Es war reiner Zufall, aber es handelt sich definitiv um Blut.«

Er schenkt sich einen Scotch aus. »Menschliches Blut?«

»Das weiß ich noch nicht.« Ich blicke sehnsüchtig zur Tür.

Großvater zieht seine Jacke aus. Darunter kommt ein maßgeschneidertes Hemd zum Vorschein mit aufgekrempelten Ärmeln. Selbst in seinem hohen Alter besitzt er noch die starken Unterarme eines Mannes, der sein Leben lang mit den Händen gearbeitet hat. »Aber du nimmst an, dass es menschliches Blut ist.«

»Warum sagst du das? Ich nehme niemals vorschnell irgendetwas an.«

»Ich sage das, weil du aufgeregt wirkst.«

»Es ist nicht das Blut, Großvater. Es ist der Mordfall in New Orleans.«

Er hängt seine Jacke auf einen Ständer in der Ecke. »Bist du da völlig ehrlich mit dir selbst? Ich habe eben mit deiner Mutter gesprochen. Ich weiß, wie sehr dich der Verlust deines Vaters geschmerzt hat, wie sehr dich das alles verfolgt hat. Bitte setz dich, Catherine. Wir sollten uns über deine Vermutungen unterhalten.«

Ich blicke hinunter auf die gefaxten Seiten in meiner Hand. Die hypnotisierenden Augen von Nathan Malik starren zu mir herauf, fordern mich auf, loszufahren nach New Orleans. Doch dann kommt mir ein anderes Bild in den Sinn – das Bild der fluoreszierenden Fußabdrücke in meinem Zimmer, einer winzig und nackt, der andere groß und von einem Stiefel erzeugt. Einem Arbeitsstiefel vielleicht oder einem Jagdstiefel. Die NOMURS-Morde mögen mich fesseln, doch ich kann Malmaison unmöglich verlassen, ohne mehr über diese Fußabdrücke in Erfahrung zu bringen.

Ich atme tief durch und zwinge mich Platz zu nehmen.

11

Mein Großvater sitzt in einem ledernen Clubsessel und betrachtet mich interessiert. Er ist eine imposante Gestalt, und er weiß das. William Kirkland sieht Stück für Stück genauso aus, wie sich die Leute ihren Chirurgen vorstellen: zuversichtlich, imponierend und frei von jedem Zweifel. Als könnte er beim Operieren knöcheltief im Blut stehen und nur noch ruhiger werden, je kritischer die Situation wird. Gott hat meinen Großvater mit jener magischen Kombination aus Hirn, Kraft und Glück ausgestattet, die keine noch so große Armut in Schach zu halten vermag, und seine persönliche Geschichte ist legendär.

Geboren im erzkonservativen, baptistischen Farmgürtel von Texas, überlebte er auf der Fahrt zu seiner Taufe einen Autounfall, bei dem seine Eltern starben. Er wurde von seinem verwitweten Großvater aufgenommen und wuchs zu einem Knaben heran, der im Sommer von Sonnenaufgang bis Sonnenuntergang arbeitete und im Winter so ausgezeichnete Noten in der Schule erzielte, dass er die Aufmerksamkeit des Schuldirektors erweckte. Nachdem er ein Stipendium in Sport an der Texas A&M erhalten hatte, log er, was sein Alter betraf, und schrieb sich mit siebzehn Jahren bei den U. S. Marines ein. Zwölf Wochen später war Private Kirkland auf dem Weg zu den Pazifischen Inseln, wo er einen Silver Star und zwei Purple Hearts errang, während er sich in blutigen Kämpfen Japan näherte. Er erholte sich von seinen Verwundungen und benutzte schließlich die GI-Abfindung, um seinen Abschluss an der A&M fertig zu machen, wo er ein weiteres Stipendium an der Tulane Medical School in New Orleans gewann. Dort lernte er meine Großmutter kennen, die sittsame Prinzessin von Tulanes Schwesternkolleg H. Sophie Newcomb.

Als Presbyterianer und Mittelloser wurde mein Großvater zunächst vom katholischen Patriarchen der DeSalle-Familie misstrauisch beäugt, doch durch die schiere Ausstrahlung seiner Persönlichkeit gewann er seinen zukünftigen Schwiegervater für sich und heiratete schließlich Catherine Poitiers DeSalle, ohne auch nur seine Religion zu wechseln. Meine Großeltern hatten zwei Töchter, noch bevor Großvater seine Ausbildung beendet hatte, und doch gelang es ihm irgendwie, seine Zeit als Assistenzarzt mit den höchsten Auszeichnungen abzuschließen. 1956 zog er mit seiner jungen Familie in die Heimatstadt seiner Frau – Natchez – und trat in die Praxis eines bekannten einheimischen Chirurgen ein. Die Zukunft schien in Stein gemeißelt, was meinem Großvater als überzeugtem Anhänger der calvinistischen Doktrin von der Vorbestimmung durchaus nicht unrecht war.

Dann starb der Vater seiner Frau. Da es keinen männlichen Erben gab, der die ausgedehnten landwirtschaftlichen und geschäftlichen Unternehmungen der DeSalles hätte übernehmen können, begann mein Großvater, sich um diese

Angelegenheiten zu kümmern. Er zeigte die gleiche Begabung für das Geschäft, die er für alles andere besaß, und es dauerte nicht lange, bis er das Vermögen der Familie um ein Drittel vergrößert hatte. Bald verkümmerte die Chirurgie fast zu einem Hobby, und Großvater bewegte sich in immer höheren Geschäftskreisen. Doch er ließ seine ländliche Vergangenheit niemals hinter sich. Er kann noch immer zusammen mit einer Gruppe von Feldarbeitern eine Flasche Bourbon niedermachen, ohne dass sie auch nur ansatzweise ahnen, wer da mit ihnen zusammensitzt – nämlich der Mann, der ihre Löhne zahlt.

Er leitet das DeSalle-Imperium – einschließlich seiner Familie – wie ein Feudalherr, doch ohne Söhne oder Enkel, die sein Erbe eines Tages antreten könnten, hat sich die gesamte Last seiner frustrierten dynastischen Ambitionen auf mich niedergeschlagen.

»Wo warst du?«, frage ich, nachdem ich alle schweigenden Blicke erduldet habe, die ich ertragen kann.

»Washington«, antwortet er. »Innenministerium.«

Die offene Antwort überrascht mich. »Ich dachte, es wäre ein großes Geheimnis?«

Er nippt prüfend an seinem Scotch. »Für manche Leute ist es das auch. Aber im Gegensatz zu deiner Mutter und ihrer Schwester weißt du, wie man ein Geheimnis bewahrt.«

Ich spüre, wie Röte in meine Wangen steigt. Mein Status als Liebling meines Großvaters war für mich stets mehr eine Bürde als ein Segen, und es rief regelmäßig Eifersucht bei meiner Mutter und meiner Tante hervor.

»Ich möchte dir etwas zeigen, Catherine. Etwas, das außerhalb von Atlanta bisher noch nie jemand gesehen hat.«

Er steht auf und geht zu einem großen Waffensafe, der in die Wand eingelassen ist. Mit präzisen Drehungen des Kombinationsschlosses öffnet er die Tür. Ich habe ein dringendes Bedürfnis, endlich nach New Orleans aufzubrechen, doch wenn ich irgendetwas über die Nacht herausfinden will, in der mein Vater starb, dann muss ich ein paar Minuten Geduld für meinen Großvater aufbringen. Großvater Kirkland rückt nichts ohne Gegenleistung heraus, ganz besonders nicht Informationen. Er ist Anhänger des Prinzips *Quid pro quo. Dieses für jenes,* sage ich mir im Geiste vor, aus dem Lateinischen übersetzend. Großvater war derjenige, der darauf bestanden hat, dass ich in der Schule Latein lerne.

Er hantiert an irgendetwas in seinem Waffenschrank, und ich muss an das denken, was Michael Wells über die Kraft meines Großvaters gesagt hat. Die meisten Männer altern zuerst in den Schultern und an der Brust, während ihre Muskeln schwinden, die Leibesmitte fülliger wird und die Knochen allmählich so brüchig werden wie die ihrer Frauen. Doch mein Großvater hat sich irgendwie die Fitness eines fünfundzwanzig Jahre jüngeren Mannes erhalten. Er ist Mitglied jener exklusiven Bruderschaft, die nur halb so schnell zu altern scheint wie der Rest der sterblichen Menschheit – eine epische Gestalt wie Charlton Heston oder Burt Lancaster.

Statt der kostbaren Antiquität oder Muskete, die ich erwarte, hält er ein großes architektonisches Modell in den Händen, als er sich schließlich wieder zu mir umdreht. Es sieht aus wie ein Hotel, mit zwei großen Flügeln, die einen Zentralbau im klassizistischen, vor dem Bürgerkrieg in Natchez so beliebten Stil einrahmen.

»Was ist das?«, frage ich, während er das Modell zu einem Pokertisch in der Ecke trägt.

»Maison DeSalle«, sagt er voller Stolz.

»Maison DeSalle?« Das ist der Name des Inneneinrichtungshauses meiner Mutter. Ich trete zu dem Pokertisch. »Das sieht viel zu groß aus, um Mutters Geschäft darin unterzubringen.«

Er kichert amüsiert. »Du hast völlig Recht, Catherine. Aber mir gefiel der Name. Dieses Maison DeSalle ist ein Hotel- und Casino-Komplex. Ein Resort.«

»Warum zeigst du mir das?«

Großvater deutet mit schwungvoller Geste auf das Modell wie ein Eisenbahnbaron, der auf die Karte des ganzen Kontinents zeigt. »In sechzehn Monaten von heute an steht dieses Gebäude mitten in Natchez, mit Ausblick auf den Mississippi.«

Ich blinzle ungläubig. Nach dem Gesetz muss jedes Casino im Staat Mississippi – selbst die Vegas-artigen Paläste an der Golfküste – auf einer schwimmenden Plattform errichtet werden. Natchez hat sein eigenes Riverboat-Casino, das am Fuß der Silver Street permanent festgemacht hat. »Wie ist das möglich? Verbannen nicht die Staatsgesetze das Spielen strikt auf das Wasser?«

Er grinst gerissen. Michael Wells hat Recht – mein Großvater weiß etwas, das sonst niemand weiß. »Es gibt ein Schlupfloch in diesem Gesetz.«

»Und das wäre?«

»Glücksspiellizenzen für Indianer.«

»Du meinst Glücksspiel in Reservaten, wie in Louisiana?«

»In Louisiana und ungefähr zwanzig weiteren Staaten. Wir haben bereits ein Casino in Mississippi. Oben bei Philadelphia. Es nennt sich Silver Star.«

»Aber es gibt kein Indianerreservat in Natchez.«

Großvaters Grinsen wird triumphierend. »Das wird es aber bald.«

»Wir haben keine Native Americans in Natchez.«

»Was glaubst du, woher diese Stadt ihren Namen hat, Catherine?«

»Von den Natchez-Indianern«, schnappe ich. »Aber sie wurden von den Franzosen 1730 massakriert. Abgeschlachtet, bis auf das letzte Kind.«

»Nicht ganz, meine Liebe. Einige konnten entkommen.« Er streicht mit seinen langen Fingern über das Dach eines Flügels des Modells, dann die Zentralsektion seines geplanten Casinos. »Ich habe die letzten vier Jahre damit verbracht, ihre Nachkommen aufzuspüren, und ich habe für DNA-Analysen bezahlt, um ihre Blutlinie zu beweisen. Ich denke, das würde dich interessieren. Wir haben dreihundert Jahre alte Gebisse benutzt, um die Basis-DNA zu bestimmen.«

Ich bin zu betäubt, um zu reden.

»Beeindruckt?«, fragt er.

Ich schüttele voll Verwunderung den Kopf. »Wohin sind die Überlebenden entkommen?«

»Einige sind in die Sümpfe von Louisiana verschwunden. Andere zogen nach Norden, nach Arkansas. Manche kamen sogar bis Florida. Andere wurden nach Haiti in die Sklaverei verkauft. Die meisten Überlebenden gingen in den anderen Indianerstämmen auf, doch das beeinträchtigt mein Unternehmen nicht im Geringsten. Falls die Bundesregierung ihre Nachkommen als authentisch anerkennt, gilt jedes Gesetz, das für die Cherokee oder die Apachen gilt, auch für die Nachkommen der Natchez.«

»Wie viele von ihnen gibt es?«

»Elf.«

»*Elf*? Und das reicht?«

Er tippt entschieden auf sein Modell. »Absolut. Es gibt Stämme, die mit weniger überlebenden Mitgliedern anerkannt wurden. Dass es nur so wenige Überlebende gibt, ist schließlich nicht ihre Schuld, sondern die der Regierung.«

»Der französischen Regierung, in diesem Fall«, sage ich trocken. »Übrigens heißen sie nicht mehr Indianer, sondern Native Americans, eingeborene Amerikaner.«

Er schnaubt. »Es kümmert mich nicht, wie sie sich nennen. Aber ich weiß, was sie für diese Stadt bedeuten. Die Erlösung.«

»Das ist der Grund, warum du das machst? Um die Stadt zu retten?«

»Du kennst mich gut, Catherine. Ich garantiere dir, der Umsatz bei dieser Operation beträgt bis zu zwanzig Millionen Dollar im Monat. Aber ganz gleich, was du denkst – das ist nicht der Grund, warum ich das tue.«

Ich habe keine Lust auf eine der selbstgerechten Rationalisierungen meines Großvaters für seinen Ehrgeiz. »Zwanzig Millionen *im Monat?* Woher sollen denn so viel Leute kommen? Die Spieler, meine ich. Der nächste zivile Flughafen liegt neunzig Meilen von hier, und wir haben noch nicht einmal einen vierspurigen Highway von dort nach hier.«

»Ich kaufe das Flugfeld von Natchez.«

»*Was?*«

Er lacht. »Ich privatisiere ihn, genau genommen. Ich habe bereits eine Chartergesellschaft unter Vertrag, die Natchez anfliegen will.«

»Warum widersetzt sich das County nicht gegen dieses Vorhaben?«

»Ich habe ihnen gesagt, dass ich mit den Dienstleistungen Arbeitsplätze schaffe.«

»Es ist wie in *Feld der Träume*, hm? Du bist überzeugt, dass sie kommen, wenn du es baust.«

Er fixiert mich mit funkelndem Blick. »Ja. Aber es ist kein dummer, sentimentaler Traum. Die Menschen wollen Glamour und Stars, und ich gebe ihnen beides. Die Prominenz wird mit ihren Learjets in die Baumwollhauptstadt des Alten Südens fliegen und drei Tage am Stück *Vom Winde verweht* leben. Aber das ist alles nur Makulatur. Weswegen die Leute wirklich kommen, ist der alte Traum, etwas aus nichts zu machen. Als armer Schlucker herzukommen und mit den Taschen voller Geld zu gehen.«

»Das ist ein leerer Traum. Weil am Ende immer das Haus gewinnt.«

Jetzt zeigt sein Lächeln pure Befriedigung. »Da hast du allerdings Recht. Und dieses Mal sind wir das Haus, meine Liebe. Und im Gegensatz zu dieser Abscheulichkeit unten am Ufer, die den Bewohnern von Natchez die Schecks der Sozialfürsorge aus den Taschen zieht und den Profit direkt nach Las Vegas überweist, wird Maison DeSalle seinen Gewinn in Natchez belassen. Ich werde die Infrastruktur dieser Stadt wieder aufbauen. Als Erstes kommt ein hochmoderner Industriepark. Anschließend …«

»Was ist mit den Indianern?«, frage ich unverblümt.

Die kühlen blauen Augen versenken sich in die meinen, und ich spüre, wie er mich im Stillen tadelt. »Ich dachte, sie hießen heute eingeborene Amerikaner?«

»Ich dachte, du würdest meine Frage beantworten?«

»Diese elf Indianer werden mit zu den reichsten Einwohnern von Mississippi zählen. Selbstverständlich erhalte ich eine anständige Provision dafür, dass ich das Unternehmen in Gang gebracht und das Anfangskapital vorgeschossen habe.«

Jetzt begreife ich. Mein Großvater wird als der Retter von Natchez gefeiert werden. Und trotz des vorgeblichen Edelmuts seines Projekts fühle ich mich unwohl wegen der Art und Weise, wie er es anzugehen gedenkt. »Kann im Augenblick noch irgendetwas schief laufen?«

»Oh, das kann immer passieren. Jeder alte Soldat weiß das. Doch meine Kontakte in Washington haben mir versichert, dass die Anerkennung der Nation der Natchez durch die Bundesbehörden innerhalb der nächsten sieben Tage vorliegen wird.«

Ich entferne mich vom Pokertisch, und mein Blick fällt auf eine Flasche Absolut im offenen Sideboard.

»Sicher, dass du keinen Drink möchtest?«, fragt Großvater.

Ich schließe die Augen. Ich hatte gehofft, heute um das Valium herumzukommen, doch ich brauche doch noch eins für die Fahrt nach New Orleans. »Ganz sicher.«

Er wirft einen letzten Blick auf sein Modell; dann trägt er es zurück zum Waffensafe. Während er mir den Rücken zuwendet, nehme ich eine Pille aus der Tasche und schlucke sie trocken. Bis mein Großvater wieder auf dem Sessel sitzt, ist sie in meinem Magen angekommen.

»Erzähl mir von der Nacht, in der mein Vater gestorben ist.«

Großvaters Augenlider scheinen mit einem Mal schwer zu werden. »Ich habe dir diese Geschichte schon wenigstens ein Dutzend Mal erzählt.«

»Lass mir doch meinen Willen. Erzähl es mir noch einmal.«

»Du denkst an das Blut, das du in deinem Zimmer gefunden hast, wie?« Er hebt sein Glas an den Mund und trinkt einen weiteren Schluck von seinem Scotch. »Es war spät am Abend. Ich habe hier in der Bibliothek gesessen und gelesen. Deine Großmutter war oben; sie litt an Unterleibsschmerzen. Pearlie war bei ihr. Ich hörte ein Geräusch hinter dem Haus. Ein metallisches Geräusch. Ein Herumtreiber hatte ein Metallfass umgestoßen, draußen im Patio, im Rosengarten.«

»Hast du es gesehen?«

»Selbstverständlich nicht. Ich fand das Fass, als ich nach draußen ging.«

»Warst du bewaffnet?«

»Ja. Ich nahm einen Smith & Wesson .38 mit nach draußen.«

»Was war in dem Fass?«

»Pestizid, für die Rosen. Es war ein schweres Fass, also dachte ich, ein Hirsch hätte sich erschreckt, während er an den Rosen fraß, und hätte es umgestoßen.«

»Warum hast du nicht die Polizei gerufen?«

Er zuckt die Schultern. »Ich dachte, ich könnte selbst damit fertig werden. Dein Vater stand draußen vor eurem Haus. Ich dachte, er wäre zur Insel gefahren, aber er war in der Scheune und hatte an einer seiner Skulpturen gearbeitet. Er hatte ebenfalls etwas gehört. Luke hielt einen alten

Remington-Karabiner in der Hand, den er aus Vietnam mitgebracht hatte.«

»Den Karabiner, der bei uns über dem Kamin hing?«

»Ja. Ein Remington 700.«

»Also ist er ins Haus gegangen, um seinen Karabiner zu holen?«

»Dem Anschein nach, ja.«

»Und dann?«

»Wir haben uns getrennt. Ich bin hinter Pearlies Haus nachsehen gegangen, und Luke hat hinter eurem Haus gesucht. Ich war hinter Pearlies Haus, als ich den Schuss hörte. Ich rannte nach vorn zum Garten und fand Luke tot unter dem Baum liegen. Ein Schuss in die Brust.«

»Bist du sicher, dass er schon tot war, Großvater? Hast du seinen Puls überprüft?«

»Ich habe ein Jahr im Pazifik gekämpft, Catherine. Ich weiß, wenn jemand von einem Schuss auf der Stelle getötet wurde, wenn ich die Wunde sehe.«

»Hast du den Eindringling gesehen?«

»Du weißt, dass ich ihn gesehen habe.«

»Erzähl mir bitte nur, was du gesehen hast.«

»Ein Mann, der zwischen den Bäumen hindurch nach Brookwood gelaufen ist.«

»Hast du ihn gejagt?«

»Nein. Ich bin ins Haus gelaufen, um mich zu überzeugen, dass du und Gwen in Ordnung waren.«

Ich versuche mir die Szene vorzustellen. »Und? Waren wir?«

»Deine Mutter hat geschlafen, aber du warst nicht in deinem Bett.«

»Was hast du dann getan?«

Er schloss die Augen, während er weiter erzählte. »Das Telefon läutete. Es war Pearlie, die aus dem Haupthaus anrief. Sie und deine Großmutter waren in Panik geraten. Sie wollte wissen, ob mit dir alles in Ordnung wäre. Ich sagte Ja, obwohl ich das zu diesem Zeitpunkt noch nicht wusste.«

»Hast du ihr gesagt, dass sie die Polizei rufen soll?«

»Sie hatte die Polizei bereits angerufen.«

»Was ist dann passiert?«

»Ich habe das Haus nach dir abgesucht.«

»Und?«

»Ich habe dich nicht gefunden. Ich machte mir Sorgen, aber der Mann, den ich gesehen hatte, trug kein Kind unter dem Arm, deswegen war ich nicht in Panik. Ich dachte mir, dass du dich wahrscheinlich irgendwo versteckt hättest.«

»Hast du Mom geweckt?«

»Nein. Ich wusste, dass Gwen nur unnötig in Panik geraten würde. Aber sie ist dann von allein aufgewacht. Sie wollte mir nicht glauben, dass Luke tot war, also brachte ich sie nach draußen, damit sie seinen Leichnam ansehen konnte.«

»Hat sie gefragt, wo ich bin?«

»Willst du die Wahrheit hören? Zuerst nicht, nein. Sie war in keiner besonders guten Verfassung. Sie hatte ein Schlafmittel genommen. Wahrscheinlich nahm sie an, dass du im Bett liegst und schläfst.«

Wie viele Mütter würden unter diesen Umständen so etwas annehmen? »War viel Blut um Daddys Leichnam?«

Großvater neigt den Kopf von einer Seite zur anderen, als würde er durch Jahrzehnte chirurgischer Erfahrung hindurch in seiner Erinnerung nach Einzelheiten von Vaters Leichnam suchen. »Die Kugel hatte die Lungenarterie zerfetzt, und es gab eine relativ große Austrittswunde. Ja, es war viel Blut.«

»Wie viel?«

»Genug, um Blut an den Füßen in dein Zimmer zu tragen?«, antwortet er mit einer Gegenfrage. Seinem Gesicht ist nichts anzumerken.

»Wann bin ich aufgetaucht?«

»Unmittelbar nach dem Eintreffen der Polizei. Ich war gerade dabei, dem Beamten zu erzählen, was passiert war, als du aus der Dunkelheit erschienen bist.«

»Aus der Richtung unseres Hauses?«

»Ich habe nicht gesehen, woher du gekommen bist. Aber ich erinnere mich an das östliche Sklavenquartier hinter dir, also schätze ich, dass du aus dem Haus gekommen sein musst, ja.«

»Hatte ich Schuhe an?«

»Ich habe nicht die geringste Ahnung, Catherine. Aber ich glaube nicht.«

»War ich dicht bei Daddys Leichnam?«

»Du hast praktisch auf ihm gesessen, bevor jemand dich bemerkt hat.«

Ich schließe die Augen, versuche jenes Bild in die Dunkelheit meiner Erinnerung zurückzudrängen, wo ich alles andere aufbewahre. »War der Eindringling, den du davonlaufen sehen hast, ein Weißer oder ein Schwarzer?«

»Ein Schwarzer.«

»Bist du sicher?«

»Absolut.«

»Was für Schuhe hattest du in jener Nacht an?« Ich will diese Frage eigentlich nicht laut stellen, aber dann rutscht sie heraus, und es ist zu spät.

»Ich hatte tagsüber Arbeitsstiefel an, aber in der Nacht … Ich erinnere mich nicht genau.«

»Warst du nach dem Mord in meinem Zimmer?«

»Ja. Ich wollte deiner Mutter helfen, dich zu beruhigen.«

»War ich aufgebracht?«

»Ein Fremder hätte es vielleicht nicht bemerkt. Du hast keinen Laut von dir gegeben. Aber ich habe es dir angesehen. Pearlie war die Einzige, die dich halten durfte. Sie musste dich im Stuhl schaukeln wie ein Baby. Das war die einzige Möglichkeit, dich zum Schlafen zu bringen.«

Ich erinnere mich an dieses Gefühl, wenngleich nicht aus jener besonderen Nacht. Pearlie hat mich in vielen Nächten in den Schlaf gewiegt, und noch lange, nachdem ich kein Baby mehr gewesen war.

»Nun …« Er atmet abschließend durch. »Habe ich dir jetzt alles gesagt, was du wissen möchtest?«

Ich habe noch längst nicht die Antworten, die ich will, doch an diesem Punkt bin ich nicht sicher, wie die richtigen Fragen lauten. »Was glaubst du, wer dieser Eindringling war, Großvater?«

»Keine Ahnung.«

»Pearlie glaubt, es könnte ein Freund von Daddy gewesen sein, auf der Suche nach Drogen.«

Großvater scheint mit sich selbst zu debattieren, ob er etwas dazu sagen soll oder nicht. Schließlich sagt er: »Das ist eine durchaus mögliche Hypothese. Luke hat eine Menge verschreibungspflichtige Medikamente genommen. Und ich habe ihn mehr als einmal dabei ertappt, wie er auf der Insel Marihuana angebaut hat.«

»Das wusste ich nicht.«

»Natürlich nicht. Wie dem auch sei, ich habe mich oft gefragt, ob er das Zeug vielleicht verkauft. Als er getötet wurde, überlegte ich, ob ich der Polizei sagen sollte, dass sie in dieser Richtung Nachforschungen anstellt, doch am Ende entschied ich mich dagegen.«

»Warum?«

»Was hätte es genutzt, außer den Namen der Familie zu beschmutzen?«

Natürlich. Der Name der Familie ist wichtiger als alles andere. Selbst als die Gerechtigkeit. Ich will ihm eine letzte Frage stellen, die ich auch Pearlie gestellt habe. Doch Großvater sah meinen Vater immer als Schwächling, und wenn er geglaubt hätte, dass Vater sich selbst erschoss, hätte er seine Überzeugung bestimmt nicht für sich behalten … nicht einmal, um den Namen der Familie zu schützen. Weil er meinen Vater nicht als echten Teil der Familie sah. Und doch … es könnte noch eine Reihe von Faktoren geben, von denen ich bisher nichts weiß. Meine Mutter beispielsweise.

»Hast du in jener Nacht tatsächlich einen Eindringling gesehen, Großpapa?«

Seine Augen weiten sich, und für einen Moment bin ich sicher, dass mein Schuss ins Blaue ein Treffer ins Schwarze ist. Bevor er spricht, streckt er die Hand nach seinem Glas aus und trinkt den restlichen Scotch darin in einem Schluck. »Warum stellst du mir diese Frage, Catherine?«

»Hat Daddy sich in jener Nacht selbst erschossen? Hat er Selbstmord begangen?«

Großvater hebt eine Hand zum Kinn und massiert das Fleisch darunter. Seine Augen verraten keinerlei Emotion, doch ich spüre eine Andeutung von einem Konflikt darin. »Wenn du mich fragst, ob ich denke, Luke wäre zum Selbstmord imstande gewesen, lautet meine Antwort Ja. Er litt einen großen Teil der Zeit an schweren Depressionen. Doch in jener Nacht … Es war alles ganz genauso, wie ich es gesagt habe. Er starb in dem Versuch, sein Heim und seine Familie zu schützen. Das rechne ich dem Jungen hoch an.«

Erst als ich ausatme, wird mir bewusst, wie lange ich die Luft angehalten habe. Ich spüre eine solche Erleichterung, dass es einer fast übermenschlichen Willensanstrengung bedarf, um nicht aufzustehen und einen Schluck Wodka aus der Flasche im Sideboard zu nehmen. Stattdessen erhebe ich mich gemessen und sammle meine Faxseiten vom Tisch.

»Du hebst kaum noch Geld von deinem Treuhandfonds ab«, bemerkt Großvater. »Gibst du etwa nichts mehr aus?«

Ich zucke die Schultern. »Ich mag es, mein eigenes Geld zu verdienen.«

»Ich wünschte, der Rest der Familie würde sich ein Beispiel daran nehmen.«

Ich nehme diese Bemerkung als das, was sie ist, nämlich eine kaum verhüllte Beleidigung an die Adresse meiner Mutter und meiner Tante und mehr noch, an die meines Vaters. »Du mochtest ihn wirklich nicht, stimmt's? Dad, meine ich. Sag die Wahrheit, Großvater.«

Er blinzelt nicht einmal, als er antwortet. »Ich denke nicht, dass ich ein Geheimnis daraus gemacht habe. Vielleicht hätte ich deinem Vater eine Chance geben sollen, aber ich bin nun mal kein Heuchler.«

»Warum mochtest du ihn nicht? Hat einfach nur die Chemie nicht gestimmt?«

»Es lag am Krieg, nehme ich an. Lukes Krieg. Vietnam. Seine mentalen Probleme, schätze ich.«

»Er wurde ebenfalls verwundet, genau wie du.« Ich erinnere mich gut an die Narben auf Vaters Rücken, verursacht durch Splitter von einem Artillerie-Blindgänger, den der Vietkong mit einer Sprengfalle versehen hatte. Mir lief immer ein Schauer über den Rücken, wenn Daddy das Hemd auszog.

»Lukes körperliche Verwundung war nicht das Problem, Catherine.«

»Du weißt doch gar nicht, was er in Vietnam durchgemacht hat!«, rufe ich aufgebracht, auch wenn ich selbst es ebenfalls nicht weiß.

»Das stimmt«, räumt Großvater ein. »Ich weiß es nicht.«

»Ich habe ein paar Dinge mitgehört, die du zu ihm gesagt hast. Dass Vietnam kein richtiger Krieg gewesen wäre. Dass es nicht annähernd so schlimm gewesen wäre wie Iwo oder Guadalcanal.«

Er starrt mich neugierig an, verwundert, dass ein achtjähriges Kind sich daran erinnern konnte. »Ich habe diese Dinge gesagt, Catherine. Und in der Zeit seither ist mir bewusst geworden, dass ich mich vielleicht geirrt habe. Zumindest bis zu einem gewissen Grad. Vietnam war eine andere Art von Krieg, und das war mir damals nicht klar. Aber bei Gott, ich habe Dinge gesehen im Pazifik, wie sie schlimmer nicht vorstellbar wären, und ich habe mich davon nicht betäuben lassen! Einige andere schon – gute Männer sogar –, und ich schätze, dass Luke vielleicht so war wie sie. Kriegsneurose, haben es die Ärzte damals genannt. Oder Explosionstrauma. Wir nannten es, fürchte ich …«

»*Gelb!*«, beende ich seinen Satz und versuche, den aufsteigenden Emotionen zu widerstehen. Meine Wangen brennen. »Warum hast du Daddy nicht erzählt, dass du gute Männer gesehen hast, die sich genauso verhalten haben wie er? Du hast ihm ins Gesicht gesagt, dass du ihn für einen Gelben hältst! Ich habe es gehört! Ich wusste damals nicht, was das bedeutet, aber ich habe es später erfahren.«

Großvater verschränkt die immer noch kraftvollen Hände und fixiert mich mit einem Blick, in dem nicht eine Spur von Reue steht. »Hör mir zu, Catherine. Vielleicht war ich zu hart zu deinem Vater. Aber irgendwann spielt es keine Rolle mehr, was man alles durchgemacht hat. Man muss sich am Riemen reißen und weiterleben. Weil nämlich eines sicher ist – niemand sonst tut es für einen. Die Aufgabe deines Vaters war es, für dich und deine Mutter zu sorgen, und darin hat er ganz erbärmlich versagt.«

Mir fehlen fast die Worte vor Empörung. »Wolltest du überhaupt, dass er Erfolg hat?«

»Was willst du damit sagen? Ich habe ihm nacheinander drei unterschiedliche Jobs gegeben, und er kam nicht mit einem davon zurecht.«

»Wie konnte er auch? Du hast ihn verachtet! Und hast du es nicht geradezu genossen, dass du der große Mann warst, der für jedermanns Essen und das Dach über dem Kopf gezahlt hat? Der uns alle kontrolliert hat?«

Er sinkt tiefer in seinen Lehnsessel, und seine gemeißelten Gesichtszüge sind so hart wie Felsrippen. »Du bist noch immer voller Schmerz. Wir setzen diese Unterhaltung ein andermal fort. Wenn es sein muss.«

Ich will widersprechen, doch welchen Sinn hätte es? »Ich muss zurück nach New Orleans. Bitte geh nicht in mein Zimmer, bevor ich wieder hier bin. Es gibt nichts zu sehen ohne spezielle Chemikalien. Und lass bitte niemand anderen hinein. Mom bringt es fertig und scheuert das ganze Zimmer von oben bis unten mit 409 ab.«

»Keine Sorge, ich passe auf dein Zimmer auf. Teste und analysiere meinetwegen, so viel du willst.«

Ich sammle meine Papiere ein und gehe zur Tür der Bibliothek.

»Hast du inzwischen jemanden kennen gelernt, der wie ein potenzieller Ehemann aussieht?«, fragt Großvater mir hinterher.

Eine Hitzewelle schießt mir die Wirbelsäule hinauf.

»Ich frage mich allmählich, ob ich überhaupt noch einmal Kinder hier auf Malmaison zu Gesicht bekomme, bevor ich sterbe.«

Wenn er wüsste, dass ich schwanger bin, würde er sich wahrscheinlich nicht einmal daran stören, dass ich unverheiratet bin. »Mach dir keine Gedanken deswegen«, antworte ich, ohne mich umzudrehen. »Du wirst doch ewig leben, oder nicht?«

Ich öffne die Tür und stehe Großvaters Leibwächter gegenüber, der mich mit einem Grinsen anstarrt.

»Hey«, sagt er.

Ich schiebe mich wortlos an Billy Neal vorbei, und als ich davongehe, glaube ich, ihn etwas murmeln zu hören, das nach *»Frigides Miststück«* klingt.

An jedem anderen Tag hätte ich kehrtgemacht und ihm den Kopf abgebissen, doch heute nicht; es ist die Mühe nicht wert.

Heute gehe ich weiter.

12

Ich bin zwanzig Meilen südlich von Natchez, als das Valium allmählich meine überstrapazierten Nerven beruhigt. Sean hat in der Zwischenzeit zweimal angerufen, doch ich habe nicht geantwortet. Ich brauchte ein paar Minuten

Ruhe, um nach dem Zusammentreffen mit meinem Großvater den angestauten Druck abzulassen und mich auf die Befragung nach Nathan Malik durch das FBI vorzubereiten. Wie auch immer die Nacht in Wirklichkeit verlaufen sein mag, in der mein Vater starb, ich muss es für den Augenblick beiseite legen und über meine beiden Jahre an der Medical School nachdenken. Sie werden bald das Thema intensiver Fragen durch das FBI sein.

Die Fakten sind relativ einfach. Wie Michael Wells durch Hörensagen erfahren hat, hatte ich eine Affäre mit einem verheirateten Professor, die außer Kontrolle geriet. Nach vier Monaten versuchte ich die Geschichte zu beenden, doch er wollte mich nicht gehen lassen. Um meinen Standpunkt zu verdeutlichen, schlief ich mit einem Arzt aus der Unfallstation, den der Professor kannte. Prompt unternahm er einen Selbstmordversuch. Es gelang ihm zwar nicht, sein Leben zu beenden, doch er beendete seine Karriere und meine Zeit an der Medical School. Mein Großvater hätte wahrscheinlich seinen Einfluss geltend machen können, um mich wieder aufzunehmen, doch in Wirklichkeit wollte ich gar nicht zurück. Ganz sicher nicht auf diese Art und Weise.

Das FBI wird sich für alles interessieren, was ich über Nathan Malik weiß – oder Jonathan Gentry, wie er sich damals noch nannte –, doch ich erinnere mich nicht an viel. Ich war damals häufig betrunken. Das, woran ich mich aus jener Zeit erinnere, wirft eine Frage auf. Warum habe ich mich immer nur mit verheirateten Männern eingelassen? Therapeuten erzählen, es wäre die Aussichtslosigkeit einer derartigen Beziehung, die mich anlockt. Männer ohne Partnerinnen verlieben sich, und es endet damit, dass sie Besitz ergreifen und mich für immer haben wollen. Ich will das nicht – jedenfalls damals nicht –, und verheiratete Männer sind eine pragmatische Lösung. Sie sind romantisch, sexuell erfahren und mit jemand anderem zusammen. Ich bin mir durchaus der Freud'schen Implikationen meines Lebensstils bewusst. Ich wuchs die längste Zeit meines Lebens ohne Vater auf, also fühle ich mich zu älteren Männern hingezogen. Na und? Die moralischen Probleme machen mir manchmal zu schaffen, doch das ist letzten Endes das Problem des Mannes, der sich auf mich einlässt. Was mich viel mehr bestürzt hat ist die Erfahrung aus erster Hand, wie wenig Liebe es in zahlreichen Ehen gibt – selbst jenen, die erst relativ kurze Zeit bestehen. Und doch stehe ich nun hier und will Sean für mich. Für mein Baby. Für immer. Die Ironie ist beinahe zu viel. Und trotz meiner Träume von einer glücklichen Zukunft habe ich in meiner Existenz stets nach einer dunklen, verborgenen Wahrheit gesucht: Es gibt kein Happy End für Frauen wie mich.

Mein Mobiltelefon meldet sich erneut. Diesmal antworte ich.

»Wo bist du?«, fragt Sean.

»Auf halbem Weg nach Baton Rouge. Ich fahre fünfundachtzig Meilen in einer Fünfundvierziger-Zone. Ich habe meine Warnlichter an. Wenn die Highway Patrol mich stoppt, sage ich, dass du mich nach New Orleans gerufen hättest.«

»Kein Problem. Hör zu, das FBI hat den Gerichtsbeschluss erwirkt. Der FBI-Odontologe ist bereits unterwegs zur Praxis von Dr. Shubb. Er wird wahrscheinlich damit fertig sein, bevor du hier eintriffst.«

»Verdammt.« Ich hasse den Gedanken, dass nicht ich es sein werde, der den Vergleich vornimmt, doch es geht in erster Linie darum, den Killer zu stoppen, wie ich Sean heute Morgen klar gemacht habe. »Gut. Das ist gut. Aber vielleicht sind die Röntgenaufnahmen nicht ausreichend. Er sollte Alginat-Abdrücke von Maliks gegenwärtigem Gebiss nehmen.«

»Das ist im Gerichtsbeschluss vermerkt. Wenn er Abdrücke benötigt, um die Identifikation vorzunehmen, bekommt er sie. Außerdem werden sie Malik eine Speichelprobe zur DNA-Analyse abnehmen.«

Ich trete das Gaspedal bis zum Anschlag durch, und der Audi beschleunigt auf hundert Meilen die Stunde. Selbst wenn ich den Vergleich nicht selbst vornehme, muss ich bei dieser Sache dabei sein. »Will das FBI immer noch mit mir reden?«

»Absolut. Special Agent Kaiser würde dich am liebsten auf der Stelle anrufen und über Malik befragen.«

»Ich bin bereit.«

»Sei ganz und gar aufrichtig zu ihm, Cat. Er ist zwar vom FBI, aber er ist einer von den Guten. Du kannst ihm vertrauen. Er war in Vietnam, wie dein Dad.«

Diese Ermahnung macht mich gereizt. »Absolut aufrichtig, sagst du? Also auch dann, wenn er mich nach dir und mir fragt ...?«

»Du weißt, was ich meine, Cat. Wir reden später miteinander.«

Sean unterbricht das Gespräch. Weniger als eine Minute darauf leuchtet das Display erneut. Es ist Kaiser. Die Stimme des FBI-Mannes klingt dunkler als die von Sean, und sein Sprechrhythmus ist gemessener. Er bittet mich, meine Zeit in der Medical School und meine Kontakte zu Nathan Malik kurz zusammenzufassen. Ich gebe ihm einen knappe Schilderung, und er lässt mich reden, ohne mich zu unterbrechen.

»Also sind Sie ihm nur ein paar Mal begegnet«, schließt er, als ich fertig bin. »Und nie allein?«

»Das ist richtig. Das heißt, er hatte mich ein paar Mal in eine Ecke gedrängt in einem Nachbarraum, wenn wir uns auf einer Dinnerparty begegnet sind. Aber das war alles. Er hat sein Glück bei mir versucht, mehr nicht.«

»Was ist Ihnen an Besonderheiten im Gedächtnis geblieben?«

»Er hat nicht getrunken. Keinen Tropfen.«

»Warum erinnern Sie sich ausgerechnet daran?«

»Weil *ich* getrunken habe. Eine Menge. Wir alle haben getrunken. Nicht jedoch Malik. Er war der Beobachter-Typ. Arrogant und reserviert. Hat sich zurückgelehnt und über uns andere geurteilt, wissen Sie? Hinterrücks. Er kam zu mir, als ich schon betrunken war. Was mich überrascht hat, weil ich vorher eigentlich dachte, er wäre schwul.«

»Tatsächlich?« Kaiser zögert für einige Sekunden. Ich nehme an, er macht sich auf einem Block Notizen. »Und Sie haben ihn in New Orleans nie gesehen? Sie sind ihm nie begegnet? Weder im Supermarkt noch im Einkaufszentrum? Nichts dergleichen?«

»Nein. Daran würde ich mich bestimmt erinnern.«

»Haben Sie eine Vermutung, warum er seinen Namen geändert hat?«

»Nein. Woher kommt der Name Malik?«

»Malik ist der Mädchenname seiner Mutter.«

»Hm. Das ist ziemlich normal, schätze ich?«

»Bei Männern eigentlich nicht, nein«, antwortet Kaiser. »Aber es kommt vor.«

Der FBI-Agent schweigt erneut. »Also, fassen wir zusammen. Nathan Malik, damals noch Jonathan Gentry, war mit dem Arzt befreundet, mit dem Sie eine Affäre hatten. Also sollte ich auch mit diesem Arzt sprechen.«

»Definitiv.«

»Können Sie mir seinen Namen buchstabieren?«

»Christopher Omartian. Er ist Hals-Nasen-Ohren-Arzt. Ich glaube, er praktiziert heute in Mobile, Alabama.«

»Woher wissen Sie das?«

»Christopher hat mir vor ein paar Jahren einen Brief geschrieben.«

»Haben Sie geantwortet?«

»Ich habe ihn weggeworfen.«

Kaiser dankt mir für meine Zeit, merkt an, dass er mich vielleicht noch einmal anrufen wird, und will sich dann verabschieden.

»Agent Kaiser?«

»Ja?«

»Was ist mit den beiden weiblichen Verwandten der Opfer? Den Frauen, mit deren Hilfe Sie die Verbindung zu Malik hergestellt haben?«

»Was soll mit denen sein?«

»Haben Sie bereits mit ihnen gesprochen?«

»Wir haben es bei einer der beiden versucht, aber sie war sehr misstrauisch, fast schon paranoid. Sie wollte uns kein Wort über Malik erzählen. Hören Sie, ich muss jetzt wirklich Schluss machen, Dr. Ferry. Ich danke Ihnen für Ihre Hilfe.«

Kaiser legt auf.

Ich rechne damit, dass Sean sofort wieder anruft, doch mein Telefon bleibt stumm. Ich unterdrücke das Verlangen, ihn anzurufen, und verlangsame den Audi auf der gewundenen Straße nach St. Francisville, wo John James Audubon zahlreiche seiner berühmten Vogelbilder gemalt hat.

Zu meiner Rechten blitzt das Hinweisschild des ANGOLA PENITENTIARY auf, und mein Magen krampft sich ein wenig zusammen. Angola hat in mancher Hinsicht Bedeutung für mich. Als Kind habe ich das Gefängnis-Rodeo besucht und mich daran erfreut, wie tollkühn die Sträflinge beim Reiten der Broncos und Bullen ihr Leben aufs Spiel setzten. Doch mehr noch ist es die Insel, die ich mit Angola verbinde: Die Gefängnisstraße ist zugleich der Weg, den wir nahmen, um vom Ostufer des Mississippi nach DeSalle Island zu gelangen. Der alte Kanal, der das östliche Ufer der Insel vom Festland trennt, musste die meiste Zeit des Jahres mit dem Boot überquert werden, doch während des Sommers betrieb eine Ölgesellschaft einen Niedrigwasserdamm, um die Förderpumpen auf der Insel zu warten. Dieser Damm führte in eine exotische Welt aus Licht und Schatten, aus Freude und Angst, aus Erinnerung und Vergessen. Ich hatte in meiner Kindheit Freunde auf jener Insel – Schwarze hauptsächlich –, die ich später durch die Realitäten einer Gesellschaftsordnung wieder verlor, von der ich nicht einmal wusste, dass ich ein Teil davon war. Ich beackerte den Boden, nur um mit ansehen zu müssen, dass von den Fluten davongespült wurde, was ich angebaut hatte. Ich kümmerte mich um die Tiere, um dann mit ansehen zu müssen, dass sie geschlachtet und zu Nahrung verarbeitet wurden. Ich lernte zu jagen und zu töten – und dann das Töten zu hassen.

Der Tod und die Insel sind in meiner Erinnerung untrennbar verbunden. Als ich zehn Jahre alt war, gelang vier hartgesottenen Mördern die Flucht aus dem Gefängnis, indem sie sich an einen Baumstamm geklammert den Fluss hinuntertreiben ließen. Die Bosse des Gefängnisses benachrichtigten meinen Großvater über Funk, dass die Flüchtigen möglicherweise von der Strömung nach DeSalle Island getrieben werden könnten. Sie schickten Männer mit Hunden, die einen ganzen Tag lang die Insel durchkämmten. Sie fanden nichts. In der folgenden Nacht ritten Großvater, sein weißer Vormann und zwei handverlesene schwarze Arbeiter mit vier preisgekrönten Bluthunden in die Dunkelheit. Bei Anbruch der Morgendämmerung hockten zwei der Flüchtlinge eingesperrt im Hundezwinger hinter der Scheune, an Händen und Füßen mit Draht gefesselt. Die beiden anderen lagen tot in der Scheune, die Leichen zerfetzt von Hundebissen und durchsiebt von Kugeln.

Vergangenes Jahr starb meine Großmutter während eines Picknicks auf der Sandbank. Im einen Augenblick saß sie noch lachend da, im nächsten war sie verschwunden. Zusammen mit zehn Metern Sandbank in die Strömung gerissen. Ihre Leiche wurde nie gefunden. Ich war damals nicht dabei, und das war für mich wahrscheinlich besser so. Sonst wäre ich wohl selbst ertrunken bei dem Versuch, sie zu retten. Ich kenne den Mississippi auf eine Weise, wie die meisten Menschen ihn niemals kennen lernen. Die meisten fürchten die schmutzigbraunen Fluten – ich respektiere sie. Als ich sechzehn war, habe ich den Mississippi durchschwommen – eine Mutprobe, um zu beweisen, dass ich vor nichts Angst hatte. Mein Leichtsinn hätte mich an jenem Tag fast umgebracht.

Die Insel und der Fluss haben noch viele weitere Leben genommen, nicht nur das meiner Großmutter und der beiden Ausbrecher, doch ich will jetzt nicht darüber nachdenken. Denk nicht über die Probleme anderer nach, wie meine Großmutter immer zu sagen pflegte.

Südlich von St. Francisville ist die Straße vierspurig ausgebaut. Ich beschleunige wieder und jage mit Höchstgeschwindigkeit in Richtung Baton Rouge. Ich passiere die Ausfahrt der LSU, als Sean endlich wieder anruft.

»Ich bin jetzt in Baton Rouge«, sage ich zu ihm. »Noch eine Stunde.«

»Du kannst dir Zeit lassen, Cat.«

Meine Brust zieht sich zusammen. Ich erkenne an seiner Stimme, dass es eine schlechte Nachricht ist. »Was ist passiert?«

»Maliks Gebissabdruck passt nicht zu den Bisswunden auf den Opfern.«

Ich blinzle verwirrt. »Bist du sicher? Wer hat den Vergleich vorgenommen?«

»Ein Typ vom FBI namens Abrams. Er sagt, die Abdrücke wären sich nicht mal ähnlich.«

»Scheiße. Abrams versteht sein Handwerk.«

»Sieht so aus, als wäre die Verbindung mit Malik nicht der Durchbruch, den wir erhofft hatten.«

Ich schere nach links aus und passiere einen klappernden Winnebago. »Sean, die Verbindung zwischen Malik und den Opfern kann unmöglich Zufall sein. Sie ist der Schlüssel zum gesamten Fall. Wir haben nur noch nicht herausgefunden, wie alles zusammenpasst.«

»Hast du eine Idee?«

Ich überlege fieberhaft. »Vielleicht passt Maliks DNA zu den Speichelspuren, die wir in den Bissen gefunden haben.«

»Aber seine Zähne passen nicht zu den Spuren.«

»Vielleicht hat er die Zähne von jemand anderem benutzt.«

»Was?«

»Wie in diesem Buch, *Roter Drache*. Die Zahnfee hat die falschen Zähne seiner Großmutter benutzt, um die Opfer zu verstümmeln. Bei ihm gehörte es zur Mordfantasie dazu, aber bei Malik könnte es durchaus sein, dass er eine falsche Spur legen will.«

»Woher sollte Malik falsche Zähne bekommen?«

»Von irgendwoher! Er könnte ein Modell aus Dr. Shubbs Praxis gestohlen haben, könnte einen kurzen Abstecher ins Labor gemacht haben auf dem Weg nach draußen, und schon hat er ein funktionierendes Gebiss.«

»Und der Speichel könnte trotzdem von ihm stammen? Als hätte er die Wunden geleckt oder wie?«

»Genau. Vielleicht ist es auch der Speichel von jemand anderem, um uns von der Fährte abzulenken.«

»Ich gehe der Sache nach, aber sie scheint mir ziemlich abwegig. Das FBI hat dem DNA-Test von Malik oberste Priorität eingeräumt, aber du weißt ja, was das bedeutet.«

»Verdammt.« Ich jage den Audi um einen Sattelschlepper herum. »Hat Malik Alibis für die Mordnächte?«

»Für zwei der vier. Er war bei Patienten, behauptet er.«

»Haben sie das bestätigt?«

»Scheiße, er verrät uns noch nicht einmal, wer diese Patienten waren! Er mauert, wo er kann.«

»Kommt er damit durch?«

»Nicht lange. Aber er ist ein verdammt harter Hundesohn, und bis jetzt zeigt er keine Spur von Nachgeben.«

»Hm. Vielleicht ist er ja tatsächlich unschuldig.«

»Warum sollte ein Unschuldiger so beharrlich Dinge vor uns verheimlichen? Ganz besonders, wenn das Leben weiterer Opfer auf dem Spiel steht?«

»Du denkst wie ein Cop, Sean. Wir alle haben etwas zu verbergen, das weißt du selbst sehr genau.«

»Ja, sicher. Ich bin ein Cop. Und ich will wissen, was dieser Hundesohn uns verheimlicht.«

»Vielleicht ist er der Ansicht, dass der Schutz der Privatsphäre seiner Patienten wichtiger ist. Er könnte denken, dass selbst die bloße Nennung der Namen die Gefahr für sie erhöht.«

»Er ist bloß ein Arschloch.«

Ich muss an den kalten Fisch denken, den ich unter dem Namen Jonathan Gentry kannte. »Du könntest Recht haben. Hör mal, wenn ich weiter so durchkomme, bin ich in vierzig Minuten in New Orleans. Wohin soll ich kommen?«

»Ich weiß es nicht. Kaiser ist nicht sicher, ob er die Trumpfkarte jetzt schon ausspielen will, und die Sonderkommission ist im Augenblick ziemlich paralysiert. Am besten ist wahrscheinlich, wenn du zuerst einfach nach Hause fährst.«

»Wo bist du?«

Statik knackt in die Stille. »Ich wäre gerne dort und würde auf dich warten.«

Ich schließe die Augen. Wenn wir uns in meinem Haus treffen, kann ich das Thema unter keinen Umständen vermeiden, das ich während der letzten drei Tage für mich behalten habe. Nicht ohne zu trinken jedenfalls. »Hilf mir, lieber Gott«, flüstere ich.

»Was?«, fragt Sean. »Hast du wieder einen Zusammenbruch?«

Irgendetwas in mir gibt nach. Die Ereignisse dieses Morgens auf Malmaison zusammen mit der Erwartung, Malik wegen der Morde festzunageln, hat für Stunden nahezu alles andere aus meinem Bewusstsein verdrängt. Jetzt stürzt die Realität über mir zusammen wie eine dunkle Flut. Ich bin schwanger – von einem verheirateten Mann. Und ganz gleich, unter welchem Gesichtspunkt ich die Sache auch betrachte, am Ende kommt immer das Gleiche heraus: *Ich bin eine verdammte Närrin. Eine Schlampe. Nein, schlimmer noch, eine Hure …*

»Cat? Bist du noch da?«

»Ich weiß nicht.«

»Was hast du gesagt?«

»Ich sagte, wir sehen uns in einer Stunde.«

13

Ich betätige den Funköffner für mein Garagentor und beobachte nervös, wie sich die weißen Paneele nach oben schieben. Seans Wagen parkt in meiner Garage. Ein dunkelgrüner Saab Turbo, zehn Jahre alt.

Ich gehe mit meiner Handtasche in der einen und einer Papiertüte in der anderen Hand ins Haus. Die Papiertüte enthält eine Flasche Grey Goose, bereits zur Hälfte leer. Ich schlurfe an der Küche und am Esszimmer vorbei wie ein erschöpfter Soldat und steige die Treppe zum Wohnzimmer hinauf, dessen Fenster einen wunderbaren Ausblick über den Lake Pontchartrain bieten. Sean wartet auf dem Sofa, das zum See hin zeigt. Auf dem Panoramafenster hat sich Kondensation gesammelt von der Klimaanlage, doch ich sehe immer noch Segel am Horizont.

Sean beobachtet nicht die Segel. Er verfolgt ein Golfturnier auf ESPN. Er deutet auf die Papiertüte. »Haben dich die Neuigkeiten über Maliks Zähne so umgehauen?«

Ich stelle meine Handtasche auf einen Glastisch in der Ecke. Dann nehme ich ein Longdrinkglas von einem Regal an der Wand, gieße zwei Fingerbreit Wodka hinein und nehme einen bittersüßen Schluck.

»Ich denke nicht über Malik nach.«

»Hey.« Sean steht auf und kommt zu mir. »Du brauchst eine Umarmung.«

So ist es tatsächlich, allerdings nicht von der Sorte, die

ihm vorschwebt. Als er mich an sich zieht, spüre ich die Versuchung, mich seiner Umarmung hinzugeben. Er drückt mich, zuerst sanft, während er mit den Fingerspitzen die Muskeln meines unteren Rückens bearbeitet. Noch vor einer Woche hätte ich es geliebt. Heute jedoch spüre ich einen irrsinnigen Druck, der sich in mir aufstaut. Vorhersehbar wie die abendliche Flut drückt seine Erektion gegen meinen Unterleib. Ich spüre nichts als Abscheu.

»Hey«, sagt er, als ich ihn von mir drücke. »Was ist los?«

»Ich mag das nicht.«

Seine grünen Augen werden weich. »Kein Problem. Ich kann warten.«

»Ich will es auch später nicht.«

Sean lehnt sich nach hinten, um mich zu mustern, doch er lässt die Arme um meine Taille. »Was ist los, Baby? Was hat das zu bedeuten? Eine weitere depressive Phase?«

Der gedankenlose Gebrauch medizinischer Worte macht mich noch gereizter. »Ich will einfach nicht, das ist alles, okay?«

»Aber normalerweise willst du immer.«

»Nein, *du* willst immer. Ich sage nur nie Nein.«

Er starrt mich ungläubig an. »Du meinst, du schläfst mit mir, auch wenn du es gar nicht willst?«

»Manchmal.«

»Manchmal? Wie oft ist manchmal?«

»Ich weiß es nicht. Mehr als ein paar Mal. Ich weiß, wie wichtig es für dich ist.«

Seine Hände sinken von meiner Hüfte. »Und du hast mehr als ein Jahr lang gewartet, bevor du es mir sagst?«

»Sieht so aus.«

Der Ausdruck von Schmerz in seinem Gesicht erinnert mich an den dumpfen Schmerz eines Tieres, das ohne ersichtlichen Grund geschlagen wurde. *Mein Gott,* denke ich. *Gibt es etwas Zerbrechlicheres auf der Welt als männlichen Stolz?*

Sean schluckt mühsam und starrt hinaus auf den See. Nach einer Weile sieht er mich wieder an, und sein Gesicht wirkt gefasst. »Du und ich, wir haben zusammen 'ne Menge durchgestanden. Deine Stimmungsschwankungen, ein paar schlimme Streitereien ... Ich habe Nächte hier verbracht und nichts anderes getan, als dich zu halten, wenn deine Depressionen so unerträglich waren, dass du an Selbstmord gedacht hast.«

Das stimmt, obwohl er in den meisten jener Nächte auch versucht hat, mit mir zu schlafen.

»Du musst mir erzählen, was in dir vorgeht!«, drängt er weiter.

Das will ich ja. Und trotzdem kann ich nicht. Ich nehme noch einen Schluck aus meinem Glas.

»Warum hattest du mit dem Trinken aufgehört? Ich meine, ich finde das großartig, aber was steckt dahinter? War es nur wieder eine von deinen verrückten Ideen, wie Yoga? Und warum trinkst du jetzt wieder?«

Es wäre so leicht, ihm alles zu sagen. Aber warum muss ich das überhaupt? Er ist ein Detective, Herrgott noch mal. Warum findet er nicht selbst heraus, was los ist, und sagt mir, dass es in Ordnung ist, ohne dass ich mit ihm darüber reden muss? Ist die Antwort denn so schwer zu erkennen? Gab es schon Mal *irgendetwas* anderes, das mich dazu veranlasst hätte, mit dem Trinken aufzuhören?

»Cat«, fleht er leise. »Bitte.«

»Ich bin schwanger«, sprudelt es aus mir hervor, und Tränen füllen meine Augen.

Sean blinzelt. »Was?«

»Du hast mich verstanden.«

»Aber ... wie? Ich meine, du nimmst doch die Pille, oder nicht?«

»Ja. Habe ich. Aber als ich die Blaseninfektion hatte, habe ich Antibiotika geschluckt, und sie haben die Wirkung der Pille beeinträchtigt.«

Er nickt wortlos, dann hält er inne. »Wusstest du denn nicht, dass das passieren kann?«

Jetzt kommt es. Die Anschuldigung. »Ich habe nur drei Cipros genommen. Ich wusste nicht, dass es so einen Unterschied macht.«

»Aber du bist Ärztin! Ich meine …«

Ich verliere endgültig die Fassung, und plötzlich schreie ich. *»Ich habe es nicht absichtlich getan, okay? Du bist schuld daran, dass ich diese verdammte Infektion hatte! Du bist derjenige, der drei Tage lang ununterbrochen nichts anderes als Sex wollte!«*

Sean ist eindeutig nicht auf das Ausmaß meiner Wut vorbereitet. Er weicht zwei Schritte zurück. »Ich weiß, dass du es nicht absichtlich getan hast, Cat. Es ist nur … mir geht so viel auf einmal durch den Kopf. Wie lange weißt du es schon?«

»Seit drei Tagen, glaube ich. Inzwischen fast vier. Ich bin nicht sicher. Mein Zeitgefühl funktioniert im Moment nicht besonders gut. Ich habe meine Medikamente seit drei Tagen nicht mehr genommen, so viel weiß ich mit Sicherheit.«

»Kein Lexapro?«

»Und kein Depakote. Es kann Spina bifida hervorrufen, wenn man es in den ersten zwölf Wochen der Schwangerschaft nimmt.«

»Ja, gut, aber du musst das Lex wieder nehmen. Du weißt, was passiert, wenn du es weglässt!«

Ja, ich weiß. Ich werde manisch.

»Du hast aufgehört zu trinken, als du festgestellt hast, dass du schwanger bist«, denkt Sean laut.

Ich weiß nicht, was ich antworten soll.

»Aber jetzt trinkst du wieder. Hast du das Baby verloren?«

»Nein! Ich konnte dir nicht sagen, dass ich schwanger bin, ohne vorher zu trinken. Ist das nicht erbärmlich? Außerdem habe ich Valium genommen.«

Seine Augen verengen sich zu ärgerlichen Schlitzen. »Warum denn das, zur Hölle?«

»Um zu verhindern, dass ich ein Delirium tremens kriege!«

Er versucht mir das Wodkaglas aus der Hand zu nehmen. Als ich mich weigere, packt er mein Handgelenk und entreißt es mir mit der anderen Hand. Ich lasse es geschehen, gehe dann aber zum Tisch und nehme die Flasche. »Versuch nur, mir die wegzunehmen, und ich schlag dir damit den Schädel ein!«

Er kommt auf mich zu, hält dann aber inne. »Mein Gott, Cat. Denk doch an das Baby!«

Mein Lachen hat einen Beiklang von Hysterie. »Machst du dir über das Baby Gedanken? Denkst du nicht vielmehr an die Frau und die Kinder, die du schon hast? Und ob du dein Verhältnis zu mir trotz allem immer noch verheimlichen kannst?«

Er reibt sich mit beiden Händen die Stirn; dann streicht er sich mit den Fingerspitzen durchs Haar, wobei ich neue graue Strähnen entdecke. »Hör mal, ich brauche ein bisschen Zeit, um das zu verdauen. Um über die Konsequenzen nachzudenken.«

»Die Konsequenzen!«, äffe ich ihn nach. »Warte mal, was haben wir denn da ... A, ich bin schwanger. B, ich behalte das Baby. C, ein Baby braucht genauso sehr einen Vater wie eine Mutter. D, dieses Baby wird entweder mit oder ohne Vater aufwachsen.«

»Klingt einfach«, stimmt Sean mir zu. »Ist es aber nicht. Das weißt du. Hör mal, meine ehrliche Antwort jetzt in diesem Augenblick lautet, dass ich nicht weiß, was ich tun soll.«

»Ja, das habe ich begriffen.«

Er blickt mich flehend an. »Hast du geglaubt, ich würde es sofort wissen?«

»Das hatte ich gehofft.«

Er versucht erneut, mich in die Arme zu nehmen, doch ich hebe abwehrend die Hände. »Geh einfach, okay? Lass mich allein.« Die nächsten Worte kommen fast ohne mein Zutun. »Und lass deinen Schlüssel hier, wenn du gehst.«

»Was? Cat ...«

»Du hast mich verstanden!«

Sean starrt mich fast eine Minute lang schweigend an. In seinen Augen sehe ich Schmerz und Verwirrung. Er wendet den Blick ab, als er den Schlüssel aus der Tasche zieht und auf den Glastisch legt. »Ich komme morgen wieder und sehe, wie es dir geht. Selbst wenn du es nicht willst.«

Dann geht er nach unten.

Als ich höre, wie er in der Garage den Wagen anlässt, schnürt es mir fast die Brust zu. Aber ich habe ein Gegenmittel. Ich nehme die Flasche Grey Goose aus der Papiertüte, gehe nach unten in mein Schlafzimmer und lege mich auf die Tagesdecke. Mit der freien Hand streiche ich in kleinen Kreisen über meinen Unterleib.

»Jetzt sind nur noch wir beide übrig, Baby, du und ich«, sage ich mit betrübter Stimme. »Nur du und ich.«

Ich trinke aus der Flasche, genieße das betäubende Brennen, das sich in meiner Mundhöhle ausbreitet. Ich hasse mich dafür, schlucke den Alkohol aber trotzdem herunter. Selbsthass ist mir vertraut, und Vertrautheit bringt Beruhigung mit sich. Während die chemische Wärme sich in meinen Adern ausbreitet, höre ich erneut das Geräusch von trommelndem Regen. Der Regen aus meinen Tagträumen. Nicht das leise Plätschern von Tropfen auf meine Dachziegel, sondern das durchdringende, laute Prasseln von Regen auf einem Blechdach.

Ich hoffe nur, dass ich bald wegdämmere.

Ich erwache vom Geräusch des Regens, doch diesmal ist der Regen echt. Mein Schlafzimmerfenster steht offen, und Sean Regan lehnt darin, das Haar und die Schultern durchnässt bis auf die Haut. Hinter ihm eine Korona aus grauem Licht. Ich schaue auf den Wecker: zehn vor zwölf, kurz vor Mittag. Ich war sechzehn Stunden weggetreten.

»Du bist nicht ans Telefon gegangen«, sagt Sean.

»Tut mir Leid wegen gestern Abend«, entgegne ich mit trockener Kehle. Meine Stimme ist ein Krächzen. »So habe ich das alles nicht gewollt.«

»Das ist nicht der Grund, weswegen ich hier bin.«

Die Flasche Grey Goose hat sich in der Nacht selbstständig gemacht; der Wodka ist ausgelaufen. Mein Bettlaken ist feucht. Selbstverachtung steigt in mir auf wie Gift. »Warum bist du dann gekommen?«

»Unser Täter hat heute Morgen erneut zugeschlagen.«

»Bestimmt nicht.« Ich reibe mir die Augen; ich vermag es nicht zu glauben. »Es ist erst zwei Tage her. Bist du ganz sicher?«

»Diesmal war das Opfer ein fünfundsechzig Jahre alter männlicher Weißer. Bisswunden überall auf der Leiche. Kein gewaltsames Eindringen, wie es aussieht. Die Haushaltshilfe hat den Toten gefunden. Wir haben bisher keinen ballistischen Vergleich, aber wir haben das hier.«

Sean hebt die Hand und hält ein Blatt Papier in Richtung des Bettes. Es ist ein Foto. Selbst aus dieser Entfernung sehe ich, dass es ein Fenster zeigt. Auf dem Glas direkt über dem Rahmen stehen in Blut geschrieben die Worte: *Meine Arbeit ist niemals getan.*

»Heilige Scheiße.«

»Wir haben es bisher nicht an die Medien herausgegeben«, fährt Sean fort. »Deshalb würde ich sagen, der ballistische Vergleich ist mehr oder weniger eine Formalität. Das gilt auch für die Bisswunden.«

Ich rolle mich herum und versuche aufzustehen, doch mein ganzer Körper fühlt sich verkatert an. Vielleicht habe ich den Wodka nicht vertragen, nachdem ich vorher drei Tage lang nüchtern geblieben bin. Aber es war genügend übrig, um mein Bettlaken zu durchnässen, also habe ich die Flasche nicht ganz geleert. »Wo war Nathan Malik in der vergangenen Nacht?«

»Malik war die ganze Nacht zu Hause.«

»Seid ihr sicher, dass er ununterbrochen in seinem Haus gewesen ist?«

»Er wurde überwacht. Wir hatten natürlich niemanden, der bei ihm im Bett geschlafen hat, aber er war dort.«

Ich winke Sean herein und richte mich in eine sitzende Haltung auf. »Was soll ich tun? Ich will irgendetwas tun. Ich will helfen.«

Er klettert durch das Fenster und setzt sich mit untergeschlagenen Beinen auf den Boden. Die Haltung lässt ihn zwanzig Jahre jünger wirken, doch sein abgespanntes Gesicht verrät sein Alter. Anhand der dunklen Ringe um seine Augen – die doppelt so viel seelische Last mit sich herumtragen als noch gestern – schließe ich, dass er seit unserer letzten Begegnung höchstens drei Stunden am Stück geschlafen hat.

»Möchtest du über das Baby reden?«, fragt er.

Ich schließe die Augen. »Nicht jetzt. Nicht hier und jetzt.«

»Dann sollten wir tun, was wir immer tun.«

»Und was?«, frage ich misstrauisch.

»An dem Fall arbeiten. Gleich jetzt.«

Ich spüre Erleichterung und einen merkwürdigen Funken von Aufregung. »Am Küchentisch?«

»Das hat immer funktioniert.« Er hebt die Fernbedienung vom Boden auf, schaltet den Fernseher ein und wechselt zu den Lokalnachrichten. Auf dem Bildschirm ist Captain Carmen Piazza zu sehen, die soeben aus einem blauen zweistöckigen Wohnhaus kommt. Special Agent John Kaiser geht einen Schritt hinter ihr.

»Das ist der Tatort«, sagt Sean. »Old Metairie. Die Medien bauschen die Sache auf. Die Story wird landesweit ausgestrahlt. Einige Cops nennen unseren Killer inzwischen Vampire Lestat.«

»Sag mir, dass das ein Witz ist!«, murmele ich und wünsche mir sehnlich, ich hätte eine Flasche Wasser neben meinem Bett stehen.

Sean lacht düster. »Hey, wir sind in New Orleans. Und es passt, wenn man genau darüber nachdenkt. Keine Zeugen, kein gewaltsamer Zutritt, wohlhabende weiße Opfer, Bisswunden überall.«

Ich frage mich, was der Killer von seinem neuen Spitznamen halten wird. Wenn meine Erfahrungen aus der Vergangenheit mich nicht täuschen, wird der Name ihm gefallen.

»Warum gehst du nicht duschen?«, fragt Sean. »Ich erzähle dir die Einzelheiten, wenn du wieder zurück bist.«

Langsam rolle ich mich aus dem Bett und gehe zum Badezimmer. Im Gehen knöpfe ich meine mit Wodka besudelte Bluse auf.

»Hey, Cat?«

Ich drehe mich um.

Seans grüne Augen fokussieren mich aufmerksam. »Wenn du bereit bist, über das Baby zu reden, bin ich es auch.«

Mein Herzschlag setzt für einen Sekundenbruchteil aus. »Okay.«

Dann richtet er den Blick wieder auf den Fernseher.

14

Sean und ich sitzen uns an meinem Küchentisch gegenüber. Zwischen uns liegen Akten und Fotos. Wir haben dieses Ritual schon viele Male aufgeführt, auch wenn wir in der Vergangenheit stets auf der gleichen Seite des Tisches gesessen haben. Heute jedoch erscheint mir dieses neue Arrangement mehr angemessen.

Während der letzten fünfzehn Monate war es Seans Angewohnheit, für jeden größeren Mordfall, der ihm zugeteilt wurde, eine private Akte anzulegen. Er verwahrt diese Akten in einem verschlossenen Schrank in meinem Haus und aktualisiert sie selektiv, wenn er neue Informationen und Beweise findet. Er fotografiert digital, was er mir nicht ohne Probleme beschaffen kann, und er kopiert die Tonbandaufzeichnungen der meisten Zeugenvernehmungen und Verhöre. Auf diese Weise hat er gegen zahllose Vorschriften und wahrscheinlich auch gegen mehrere Gesetze verstoßen, doch das Ergebnis war, dass mehr Mörder ihrer gerechten Strafe zugeführt wurden, und deswegen hat er keine allzu großen Probleme mit dem moralischen Aspekt seines Tuns.

Sean hat Kaffee aufgesetzt, während ich unter der Dusche war, und als ich in abgewetzten Jeans und einem Pearl Jam Sweatshirt wieder aus dem Bad komme, erwartet mich eine Tasse Kaffee auf meinem Platz. Diese Art von Aufmerksamkeit hatte sich nach den ersten paar Monaten unserer Beziehung verflüchtigt, doch heute überrascht sie mich nicht weiter. Meine Schwangerschaft macht ihn vorsichtig, als würde er über Eierschalen laufen.

Captain Piazza hat Sean nicht offiziell von der Sonderkommission suspendiert, doch sie hat ihn in seiner Funktion als leitender NOPD-Detective bei diesem Fall abgesetzt. Sie hat ihn an diesem Morgen allein deswegen am Tatort zugelassen, weil er eine so hohe Aufklärungsquote bei seinen Fällen vorweisen kann. Piazza weiß nicht, dass Sean dies zu einem großen Teil mit meiner Hilfe bewerkstelligt, doch nach dem Vortrag, den sie mir im Haus von LeGendre gehalten hat, nehme ich an, dass sie es vermutet.

Wie dem auch sei, Sean wurde nicht vom Informationsfluss ausgesperrt. Sein Partner fährt zwischen dem Police Headquarter und der Zentrale der Sonderkommission im Gebäude des FBI hin und her und informiert Sean per Mobiltelefon über sämtliche neuen Entwicklungen. Ironischerweise liegt die neue, festungsartige FBI-Außenstelle keine fünf Minuten von meinem Haus entfernt, ebenfalls am Ufer des Lake Pontchartrain. Und in diesem Gebäude studieren wenigstens fünfzig Leute die gleichen Informationen, die wir jetzt vor uns liegen haben.

»James Calhoun«, lese ich den Namen des fünften Opfers. »Was unterscheidet ihn von den anderen?«

»Nichts«, antwortet Sean und kippt seinen Stuhl auf die Hinterbeine, um zu schaukeln. »Er war allein im Haus. Kein Anzeichen von gewaltsamem Zutritt. Ein lähmender Schuss in das Rückgrat, dann die Bisse vor dem eigentlichen Tod, genau wie bei den vier anderen ...«

Es ist ein Akt von unglaublicher Brutalität, menschliches Fleisch mit den Zähnen zu zerreißen. *Anbringen* ist ein höchst steriles Wort dafür, doch diese Art von semantischer Distanz ist bei der Aufklärungsarbeit von Verbrechen ständig anzutreffen, genau wie in der Medizin. Wenn ich an Mord denke, versuche ich stets, mir die Unmittelbarkeit der Gewalt vor Augen zu halten.

»... gefolgt vom Gnadenschuss in den Kopf«, beendet Sean seine Zusammenfassung. »Ende der Geschichte.«

»Spuren?«

»Abgesehen von der mit Blut geschriebenen Botschaft – mit dem Blut des Opfers – nichts Neues.«

»Dieser Bursche ist einfach zu gut«, sage ich frustriert. »›Meine Arbeit ist niemals getan.‹ Er muss einen Raumanzug tragen, während er seine Arbeit macht.«

»Und wie beißt er seine Opfer?«

»Hat er wieder Speichel in den Bisswunden hinterlassen?«

»Ja.«

»Hm. Wäre es möglich, dass Nathan Malik sich in der vergangenen Nacht aus dem Haus schleichen konnte, ohne dass das Observationsteam etwas davon bemerkt hat?«

»Ich glaube nicht.« Sean beugt sich vor, und die Vorderbeine seines Stuhls kehren an den Boden zurück. »Aber es gibt immer einen Weg, nehme ich an.«

»Keine Thermobildkamera, um sicherzustellen, dass ein menschlicher Körper im Haus war?«

»Nein. Sie wollen heute Abend erst damit anfangen. Wie du schon gesagt hast, bisher lag zwischen den einzelnen Taten jeweils eine Woche. Ich glaube nicht, dass irgendjemand gestern Nacht das Gefühl von Dringlichkeit hatte.«

»Berühmte letzte Worte. Todeszeit?«

»Ungefähr gegen sieben Uhr heute Morgen.«

Ich blicke überrascht auf. »Also hat sich das Verbrechen bei Tag ereignet. Um diese Zeit sind schon eine Menge Leute unterwegs. Kaufen ihre *Times Picayune* und machen sich auf den Weg zur Arbeit.«

Er starrt mich auf merkwürdige Weise an, dann schüttelt er den Kopf. »Es ist Sonntag, Cat. Heute gehen die Leute nicht zur Arbeit.«

»Dann eben zur Kirche«, antworte ich rasch, während meine Wangen heiß werden vor Verlegenheit.

Seans Blick wankt nicht, und ich spüre, dass er meinen mentalen Zustand abzuschätzen versucht. »Keine Zeugen bisher«, sagt er schließlich. »Wir haben wie verrückt alles abgegrast. Wir suchen noch immer nach zwei Nachbarn, einem Ehepaar, aber bis jetzt hat niemand etwas beobachtet.«

»Der Killer könnte nachts ins Haus eingedrungen sein«, sage ich. »Und vielleicht ist er erst wieder gegangen, nachdem es draußen bereits hell war.«

»Lassen wir Calhoun für einen Augenblick beiseite«, sagt Sean und klopft mit einem Stift auf die Papiere, die er vor sich ausgebreitet hat. »Diese Kette – die fünf Opfer –, was denkst du? Was kommt dir in den Sinn? Einfach so?«

»Ich denke, es ist Malik«, sage ich. »Und falls er Calhoun heute Morgen nicht selbst erledigt hat, hilft ihm irgendjemand.«

»Vielleicht der gleiche Täter, der die Bisswunden hinterlässt? Ein Komplize?«

»Vielleicht, aber nicht unbedingt. Das könnte immer noch Malik sein.«

Sean blinzelt, als würde er nicht verstehen, was ich sage. »Gestern hast du gesagt, dass der Killer möglicherweise falsche Zähne benutzt, um die Bisswunden hervorzurufen. Ich hab irgendwie nicht alles richtig mitgekriegt. Und als du zu Hause warst …« Er verstummt, und ich sehe, dass er die grauenvolle Szene nicht erwähnen will, die wir gestern miteinander hatten, als ich betrunken war.

»Ich habe gesagt, der Killer könnte die Zähne von jemand anderem benutzen.«

»Du meinst eine Vollprothese?«

»Das würde funktionieren.«

»Aber wie stellt er es an, dass die Spuren echt aussehen? Das Gebiss über den eigenen Zähnen tragen?«

»Das wäre eine Erklärung. Doch dabei kommt unweigerlich sein eigener Speichel in die Wunde. Es gibt noch eine zweite Möglichkeit. Wenn Zahnärzte Abdrücke nehmen, befestigen sie diese an einem Gerät mit einem Gelenk, einem Artikulator. Damit simulieren wir das Öffnen und Schließen des Kiefers. Wir benutzen den Artikulator, um das Gebiss auf richtige Okklusion abzustimmen.«

»Okklusion?«

»Die Art und Weise, wie die Zähne sich überlappen. Der Biss. Malik hätte die Spuren mit einem Artikulator erzeugen können.«

Sean wirkt fasziniert. »Wäre es leicht für ihn, sich so einen Apparat zu beschaffen?«

»Kann man im Internet bestellen. Oder er hat einen aus Dr. Shubbs Labor gestohlen, wie ich gestern schon sagte. Du solltest dich mit Dr. Shubb in Verbindung setzen und überprüfen, ob im Verlauf der beiden letzten Jahre ein Artikulator aus seiner Praxis verschwunden ist. Vielleicht ist es ihm bis jetzt noch gar nicht aufgefallen.«

Sean macht eine Notiz auf einem kleinen Spiralblock. »Und das Gebiss?«

»Das Gleiche. Malik könnte es gestohlen haben. Oder es

gehört einem Verwandten, wie Francis Dolarhydes Großmutter.«

Sean starrt mich verständnislos an. »Wer?«

»Der Killer in *Roter Drache*.«

»Ach ja. Du hast es bereits erwähnt. Ich habe den Film gesehen, aber ich kann mich nicht mehr an Einzelheiten erinnern.«

»Du hättest das Buch lesen sollen. Es ist eine entscheidende psychologische Geschichte, dieses Gebiss. Für uns von Interesse ist allerdings lediglich die Tatsache, dass Malik ein Gebiss benutzt haben könnte, und das kann er von beinahe überall her haben. Ein Familienmitglied – lebend oder tot – ist nur eine Möglichkeit. Ich möchte, dass du sämtliche Informationen durchgehst, die du über Maliks Verwandtschaft hast.«

»Sofort. Du kannst nicht feststellen, ob die Bisswunden von echten Zähnen oder einem Gebiss herrühren?«

»Nein.«

»Was ist mit dem Speichel in den Wunden?«

»Auch das könnte durchaus der Speichel von Malik sein. Allerdings halte ich es für wahrscheinlicher, dass er von einem Komplizen stammt, falls es einen gibt. Oder von einer dritten Person, die möglicherweise völlig ahnungslos ist.«

»Wie soll er das denn angestellt haben?«

Ich zucke die Schultern. »Vielleicht stammt er von einem seiner Patienten? Bisher wissen wir von diesen Speichelproben nichts weiter, als dass sie von einem männlichen Weißen stammen.«

Sean denkt über meine Worte nach. »Ich nehme an, Malik braucht nur ein wenig Speichel von jemandem, von dem er weiß, dass wir ihn niemals überprüfen würden. Ich verstehe.« Er nimmt einen Schluck von seinem Kaffee. »Ich muss immer wieder über den lähmenden Schuss ins Rückgrat nachdenken.«

»Er ist nicht immer lähmend.« Ich blättere durch die Autopsieberichte früherer Opfer. »Sagen wir, er nimmt den Opfern die Möglichkeit wegzulaufen.«

»Das ist doch Haarspalterei. Worauf ich hinauswill, ist die Treffsicherheit des Schützen.«

»Aus dem Fax, das du mir geschickt hast, geht hervor, dass Malik in Vietnam gewesen ist. Als Sanitäter, glaube ich. Was bedeutet, dass er möglicherweise auch in Kämpfe verwickelt war.«

»Was ihn noch längst nicht zu einem guten Schützen macht. Ganz besonders nicht mit einer Pistole.«

»Besitzt Malik auf seinen Namen registrierte Handfeuerwaffen?«

»Eine .45er Automatik.«

Die Morde wurden mit einer .32er begangen. »Und Maliks Haus wurde bereits durchsucht?«

»Von oben bis unten. Wir haben keine andere Waffe in seinem Besitz gefunden.«

»Was habt ihr denn gefunden? Ich meine, wir reden hier von der Wohnung eines *Seelenklempners!* Da muss es doch das eine oder andere seltsame Zeug geben?«

Sean winkt ab, als wollte er im Augenblick nicht gestört werden. Er hat schon immer mehr geradeaus gedacht als ich. »Bleiben wir für den Augenblick bei der Pistole. Eigenartige Waffe für ein derartiges Verbrechen, wenn du mich fragst.«

»Eher eine Samstagsabends-Ausgeh-Pistole als die Waffe eines kaltblütigen Killers.«

Er nickt. »Oder vielleicht die Ersatzwaffe eines Cops im Stiefel.«

»Nun ja, offensichtlich erfüllt sie ihren Zweck.« Ich deute auf ein Bild von Colonel Frank Morelands nacktem Leichnam mit dem glatten kleinen Loch in der Stirn. »Wir sollten herausfinden, ob Malik zu irgendwelchen Schießständen in der Gegend fährt. Herauszufinden versuchen, ob jemand weiß, wie gut er im Schießen ist.«

»Die Sonderkommission arbeitet bereits daran. Wir müssen aus diesem Schema ausbrechen, Cat. Denk an Dinge, die sie übersehen. Beispielsweise das Gebiss.«

»Wirst du der Sonderkommission von meiner Theorie darüber erzählen?«

»Selbstverständlich«, sagt Sean beiläufig. »Ich rede mit John Kaiser. Er ist einer von den Guten.«

»Wirst du ihm auch sagen, dass es meine Idee war?«

Sean erstarrt, und sein Gesichtsausdruck wird unsicher. »Möchtest du das?«

»Was, wenn ich Ja sage?«

»Wenn du willst, sag ich es ihm.«

Ich halte seinem Blick stand, ohne zu blinzeln. »Ja.«

»Okay. Ich werd's ihm sagen.« Er sieht aus, als meinte er es ernst, doch ich frage mich, ob er es wirklich fertig bringt.

Colonel Morelands Foto bringt mich auf einen weiteren Gedanken. Manchmal erweist sich die genaue Analyse der Tatschauplätze als der Schlüssel zu einem Serienmord. Der Grund ist einfach: Serienmörder werden, genau wie jeder Hobbyist, mit zunehmender Übung immer besser. Häufig sind sie bei ihrem ersten Mord extrem nervös und ängstlich – vielleicht hatten sie nicht einmal vor, ihr erstes Opfer zu töten –, und sie begehen dumme Fehler. Fehler, die sich bei späteren Morden nicht wiederholen. Doch der NOMURS-Killer ist anders.

»Zurück zum ersten Opfer«, sage ich. Sean kann meinem Gedankensprung folgen.

»Ja?«

»Es hat uns nirgendwohin geführt.«

»Richtig.«

»Warum?«

»Der Typ ist ein Wunderkind.« Sean schüttelt in einer Art widerwilligem Respekt den Kopf. »Es ist, als taucht er aus dem Nichts mitten auf dem Wurfmal im Yankee Stadium auf und wirft gleich einen Ball, der unmöglich zu schlagen ist. Und seitdem hat er nur noch solche Bälle geworfen.«

»Was verrät uns das?«

»Entweder hat er schon früher gemordet, oder …«

»Oder er weiß eine ganze Menge über Mord«, beende ich seinen Satz.

Sean nickt. »Ja.«

»Wer kommt dafür infrage?«

»Ein Cop.«

»Wer noch?«

»Kriminaltechniker. Forensiker. Pathologen. Leser von Tatsachen-Krimis.«

»Und Psychiater«, sage ich leise.

Sean sieht wenig beeindruckt aus. »Kann sein. Worauf willst du hinaus?«

»Darauf, dass *jeder* Killer beim ersten Mal einen Fehler macht. Vielleicht keinen technischen Fehler. Vielleicht sucht er sich einfach nur das falsche Opfer aus. Warum wurde Colonel Moreland als erstes Opfer ermordet? War es Zufall? Ich glaube nicht. Es muss einen Grund dafür geben.«

»Kaiser sitzt an diesem Problem, Cat. Die Sonderkommission nimmt die Familie jedes einzelnen Opfers unter die Lupe.«

»Warte, nicht so schnell. Gibt es in Morelands Familie mögliche Verdächtige? Er stammt nicht von hier, richtig? Er hat sich nur hier zur Ruhe gesetzt.«

»Ja. Aber er hat eine Tochter, die hier lebt, und einen Sohn in Biloxi. Die Tochter heißt Stacey Lorio und ist geprüfte Krankenschwester.« Sean blättert durch den Papierstapel auf dem Tisch und zieht schließlich einen 13x18-Abzug hervor. Darauf ist eine blonde Frau Mitte dreißig mit hartem Gesicht zu sehen. »Sechsunddreißig Jahre alt, geschieden. Hat zwei Jobs gleichzeitig. Einen in einer Privatklinik und Nachtschichten im städtischen Krankenhaus.«

»Alibis für die Morde?«

»Bombensicher.«

»Der Sohn?«

Sean kramt ein weiteres Foto heraus, diesmal ein passbildgroßer Abzug von einem gut aussehenden jungen Mann in einer blauen Uniform. »Frank Moreland Junior. Major bei der Air Force. Stationiert bei der Kessler Air Force Base. Ein richtiger Familienmensch. Seine Alibis sind kugelsicher.«

»Keiner hat eine Verbindung zu Malik?«

»Keine, die wir finden könnten.«

»Scheiße.« Ich verlagere mein Gewicht im Stuhl und nehme einen Schluck Kaffee. »Okay, vergessen wir das für jetzt. Reden wir über Maliks Patienten. Wisst ihr schon, ob James Calhoun Familienangehörige besaß, die bei Malik in Behandlung waren?«

Um Seans Lippen spielt die Andeutung eines Lächelns. »Das wird dir gefallen.«

»Was?«

»Malik weigert sich, uns diese Informationen zu überlassen.«

»Er hat euch die Namen seiner Patienten nicht gegeben?«

»Nein. Er beruft sich auf seine ärztliche Schweigepflicht.«

»Damit kommt er bei einem Fall wie diesem nicht durch, oder?«

Sean schüttelt den Kopf. »Keine Chance. Wir können einem Richter zeigen, dass der Killer seine Opfer mit hoher Wahrscheinlichkeit anhand von Maliks Patientenstamm auswählt. Dadurch befinden sich die restlichen Patienten in unmittelbarer Lebensgefahr, was schwerer wiegen sollte als die Schweigepflicht.«

Sean weiß, wovon er redet. Vor drei Jahren hat er einen juristischen Abschluss an einer Abenduniversität gemacht. Er wollte eigentlich nicht, aber nachdem er im Dienst verletzt worden war, ließ er sich von seiner Frau überzeugen, dass eine berufliche Veränderung keine schlechte Idee wäre. In der Hoffnung, seine eheliche Situation zu verbessern – ganz zu schweigen von seiner finanziellen – besuchte Sean die Abenduniversität, während er tagsüber seiner Arbeit als

Detective nachging. Er schloss als Siebtbester ab, nahm seinen Abschied vom NOPD und arbeitete für eine Kanzlei, die sich auf Strafverteidigung spezialisiert hatte. Nach sechs Monaten hatte er die Nase voll. Seine Frau versuchte ihn zu überreden, es bei der Staatsanwaltschaft zu versuchen, doch Sean erklärte, er wolle zurück zur Polizei, und dass sie sich damit arrangieren müsse, ob es ihr gefiel oder nicht. Es gefiel ihr überhaupt nicht.

»Unser UNSUB tötet ja nicht die Patienten von Dr. Malik«, werfe ich ein, wobei ich den FBI-Jargon für »unknown subject« benutze, *unbekannte Person.* »Er hat die Angehörigen zweier Patienten von Dr. Malik getötet. Mehr könnt ihr im Augenblick nicht beweisen. Vielleicht verlässt Malik sich darauf, dass es ausreicht, um seine Patientendaten vor dem Zugriff der Polizei zu schützen.«

»Es reicht nicht«, entgegnete Sean mit Bestimmtheit. »Ein Richter wird zwar das Recht auf Privatsphäre abwägen, doch nachdem unser UNSUB so häufig zuschlägt, bekommen wir allerwenigstens die Namen von Maliks Patienten.«

»Aber nicht die Aufzeichnungen?«

»Die müssten wir ebenfalls bekommen. Alles bis auf private Notizen, die Malik während der Sitzungen gemacht hat.«

»Könnten die nicht ebenfalls wichtig sein?«

»Selbstverständlich. Aber die bekommen wir nicht. Es gibt jede Menge Präzedenzfälle dafür.«

Ich erhebe mich und gehe in der Küche auf und ab. »Die eigentliche Frage lautet doch: Warum versucht Malik, uns seine Unterlagen vorzuenthalten?«

»Er behauptet, das Leben seiner Patienten könnte zerstört werden, wenn Dinge, die sie ihm unter dem Siegel der Verschwiegenheit anvertraut haben, an die Öffentlichkeit geraten. Er sagt, einige von ihnen wären bereits in Gefahr, wenn nur bekannt würde, dass sie in Therapie sind.«

Gestern habe ich Sean gegenüber genauso argumentiert, doch heute – nach dem neuen Mord – erscheint es mir ziemlich weit hergeholt. »In Gefahr?«, frage ich. »Von wem droht ihnen denn Gefahr?«

»Das will er nicht sagen. Ich nehme an, es ist familiär bedingt, denn die beiden Frauen, von denen wir wissen, verheimlichen ihre Besuche bei Malik vor ihrer Familie. Vielleicht droht ihnen Ärger von ihren Freunden.«

»Und wenn Malik nicht der Killer ist, sondern den Killer schützt?«, werfe ich ein.

»Dann macht er sich der Beihilfe zum Mord schuldig. Wenn er von einem drohenden Kapitalverbrechen weiß, ist er durchs Gesetz verpflichtet, die Tat zu verhindern. Was bedeutet, dass er zur Polizei gehen muss.«

Ich bleibe stehen. »Und wenn er erst nach der Tat davon erfahren hat? Ist es dann wie bei einem Priester, der eine Beichte abnimmt?«

Sean blickt auf den Tisch und schürzt die Lippen. »Ja. Ich glaube, er hätte dann das gleiche Recht wie ein Priester.«

Ich spüre, dass ich auf einer Fährte bin. »Was, wenn ein Patient vier Wochen nacheinander in seine Praxis kommt und sagt, dass er vor einigen Tagen jemanden ermordet hat?«

»Vergangene Straftaten sind durch dieses Gesetz abgedeckt. Wäre das nicht so, würde niemand je seinem Therapeuten etwas anvertrauen. Oder seinem Priester ... oder dem Anwalt. Ausnahmen gelten nur, wenn ein konkretes Risiko für das Leben anderer besteht.«

Ich nehme eine Banane aus einer Schale auf dem Tresen und schäle sie, lege sie dann aber wieder zurück. »Okay. Es könnte also sein, dass Malik den Killer abschirmt. Vor dem Gesetz. Warum könnte er das tun?«

»Weil er ein arrogantes Arschloch ist. Ein Akademiker, der sich auch nicht annähernd die Realität dieser Morde vorstellen kann.«

»Ein Sanitäter, der in einem Kriegsgebiet Dienst geleistet hat, kann sich wahrscheinlich ziemlich genau vorstellen, wie diese Morde aussehen.«

Sean räumt seufzend ein, dass ich wohl Recht habe, und plötzlich bin ich ganz aufgeregt. »Und wenn er den Mörder schützt, weil er überzeugt ist, dass die Morde *gerechtfertigt* sind?«

»Du meinst, ein verzerrter moralischer Standpunkt?«

»Vielleicht ist er gar nicht so verzerrt. Ein Missbrauchsopfer tötet den Mann, der es jahrelang vergewaltigt hat. Für das Opfer ist es Selbstverteidigung. Notwehr.«

»Und für Malik eine gerechtfertigte Tat«, fügt Sean hinzu, und meine Aufregung überträgt sich auf ihn. »Das Problem ist, wir haben fünf Opfer. Denkst du, dass eine von Maliks Patientinnen von allen fünf Mordopfern missbraucht wurde?«

»Möglich wär's. Wenn es eine Art pädophilen Ring gegeben hat oder so.«

»Du sagst, die Morde sind die Rache für etwas, das sich vor längerer Zeit ereignet hat?«

»Malik ist auf unterdrückte Erinnerungen spezialisiert, nicht wahr? Reden wir doch mal für ein paar Augenblicke über Sex.«

In Seans Augen glitzert es; er hat mich missverstanden. Er will einen Witz machen, doch dann wird ihm unsere gegenwärtige Situation bewusst, und er schweigt.

»Behandelt Malik Männer und Frauen?«, frage ich. »Ich meine, Dr. Shubb hat etwas in der Richtung gesagt.«

»Wir wissen, dass er eine Reihe von Männern behandelt hat. Wir wissen nicht, wie viele es sind. Die Sonderkommission spricht mit jedem Psychologen und Therapeuten in Louisiana und Mississippi auf der Suche nach jemandem, der Patienten an Malik überwiesen hat. Sie hat bereits einen Psychologen gefunden, der im vergangenen Jahr einen Patienten zu Malik geschickt hat.«

»Wegen sexuellen Missbrauchs?«

»Das wollte der Seelenklempner ohne Gerichtsbeschluss nicht sagen.«

»Verdammt. Wie lange kann es dauern – realistisch betrachtet – bis ihr Malik zwingen könnt, die Namen seiner Patienten preiszugeben?«

»Kaiser schätzt, dass er den Richter bis heute Nachmittag zu einem entsprechenden Beschluss bringen kann. Vielleicht nicht nur die Namen, sondern auch die Aufzeichnungen.«

»Und wenn Malik sich dann immer noch weigert?«

»Widersetzt er sich dem Gericht.«

»Was passiert dann? Sofort ins Gefängnis?«

»Nein. Zuerst gibt es eine Anhörung. Aber er kommt ins Gefängnis, ja.«

»Gibt es in derartigen Fällen Verurteilungen?«

»Nein. Wenn jemand in Beugehaft genommen wird, kann er jederzeit aus dem Gefängnis freikommen. Er muss sich lediglich dem Gerichtsbeschluss fügen.«

»Meinst du, Malik würde ins Gefängnis gehen, um die Namen seiner Patienten zu schützen?«

Sean lächelt wissend. »Ich nehme an, wir haben die Namen spätestens heute Abend.«

»Gut. Hey, habt ihr auch Maliks Praxis durchsucht? Nach Waffen, meine ich?«

»Ja. Malik war bei der Durchsuchung zugegen, um sicher zu sein, dass niemand einen Blick in seine Unterlagen wirft. Die Patientenakten waren in unserem Durchsuchungsbefehl ausdrücklich ausgenommen. Wir wollten keine Zeit verschwenden, indem wir mit dem Richter darüber streiten.«

»Aber es gab Aufzeichnungen? Habt ihr Akten in den Schränken gesehen?«

»Ich war nicht dabei. Ich werde es nachprüfen, aber ich bin sicher, irgendjemand hätte etwas gesagt, wenn keine da gewesen wären.«

»Das ist nur eine Vermutung, Sean. Ich gehe jede Wette ein, dass Malik die fraglichen Unterlagen bereits beiseite geschafft hat. Steht seine Praxis unter Überwachung, um Patienten zu finden, die bei ihm zu Sitzungen auftauchen?«

»Verdammt, ja. Aber bisher ist niemand erschienen. Wir stehen vor einem Rätsel. Woher wissen seine Patienten, dass sie nicht kommen dürfen? Wir haben Maliks Telefone angezapft, seit wir ihn in Verdacht haben, und er hat niemanden angerufen und den Termin abgesagt. Er hat nicht einmal eine Sprechstundenhilfe!«

»Ihr wart natürlich bei den Familien der Opfer und habt geradeheraus gefragt, ob jemand bei Malik in Behandlung ist?«

»Sicher. Aber wir sind vorsichtig, was das betrifft. Für den Fall, dass Malik Recht hat mit seiner Annahme, seine Patienten wären gefährdet. Es würde nicht gut aussehen, wenn Malik uns warnt, und einer von ihnen würde bei einem häuslichen Streit getötet.«

»Vorsichtig inwiefern? Versucht ihr, die weiblichen Angehörigen allein zu sprechen?«

»Genau. Aber es ist schwer zu sagen, wer mit wem in welcher Verbindung steht wegen Scheidungen und neuen Eheschließungen und allem.«

Meine Gedanken schweifen ein paar Wochen zurück in die Zeit, nachdem das zweite Opfer getötet worden ist. Andrus Riviere, der Apotheker im Ruhestand. Ich war mit Sean bei der Familie, und dort bot sich mir ein seltsamer Anblick. Eine Enkeltochter von Riviere rannte fröhlich durch das Haus, als bereitete sie sich auf eine Geburtstagsparty vor, und nicht, als wäre ihr Großvater gestorben. Und es war kein momentaner Energieschub – sie verhielt sich während unseres gesamten Besuchs so merkwürdig. Sie war vielleicht sieben Jahre alt, und sie ist mir im Gedächtnis geblieben, weil sie mir nicht als unsensibles Kind erschien. Tatsächlich sprach ich mit ihr und gewann eher den gegenteiligen Eindruck. Die ruhige Bedachtsamkeit in ihren Blicken erweckte in mir das eigenartige Gefühl, als redete ich mit einer Erwachsenen.

»Was hältst du von der Möglichkeit, dass eine Frau diese Verbrechen begangen hat?«, frage ich Sean.

Er erhebt sich und geht zum Kühlschrank, doch anstatt ihn zu öffnen, dreht er sich zu mir um. »Mir gefällt die Idee von Rachemorden, doch ich kann mir nur schwer eine Frau als Täterin vorstellen. Nicht angesichts dieser Taten. Es gibt in der Literatur kaum ein Beispiel für etwas so Abscheuliches. Weibliche Serienmörder? Aileen Wuornos war so ziemlich die Einzige.«

»Das stimmt nicht ganz. Ungefähr fünf Prozent aller Serienmörder sind weiblich.«

Sean blickt mich erwartungsvoll an. Er ist ein instinktiver Ermittler, und er ist sehr tüchtig, doch der größte Teil seines Wissens basiert auf seinen eigenen Erfahrungen oder der anderer Ermittler im Land – üblicherweise Männern, zu denen er eine persönliche Beziehung hat. Ich hingegen habe es mir zur Aufgabe gemacht, mich in die Literatur über Serienmörder einzulesen, und mein Wissen ist viel breiter, häufig zu Seans Ärger. Doch er ist pragmatisch genug, um zu nutzen, was ich weiß.

»Weibliche Serienmörder operieren im Schnitt acht Jahre lang, bevor sie gefasst werden«, kläre ich ihn auf. »Also doppelt so lang wie männliche Täter. Eines ihrer Markenzeichen ist ein nahezu spurenfreier Tatort.«

»Okay«, räumt er ein. »Aber haben nicht die meisten weiblichen Täter einen männlichen Komplizen?«

»Sechsundachtzig Prozent haben einen Komplizen, doch er ist nicht immer männlich. Was in unserem Fall gegen eine Frau als Täterin spricht, das ist die Art des Verbrechens. Die meisten Serientäterinnen sind so genannte ›Schwarze Witwen‹, die ihre Ehemänner umbringen, oder ›Todesengel‹, die Krankenhauspatienten ermorden. Häufig handelt es sich bei den Opfern um Familienangehörige. Es gibt in der Literatur nur einen einzigen Fall von einer weiblichen Serientäterin, die sexuell motiviert gemordet hat, mit Fremden als Opfern und ohne jeden Komplizen. Aileen Wuornos.«

Seans Blick zeigt eine unterschwellige Selbstgefälligkeit.

»Aber ich denke, sie wurde falsch klassifiziert«, fahre ich fort. »Aileen Wuornos hat gemordet, weil sie Männer dafür bestrafen wollte, dass sie von ihnen sexuell missbraucht wurde. Das Gleiche könnte für eine von Nathan Maliks Patientinnen gelten.«

»Ich sage nicht, dass es unmöglich ist«, antwort Sean. »Allerdings spricht die Art und Weise der Ausführung dagegen. Die Präzision des Schützen, das nackte Opfer, die Folter ...«

»Rache«, entgegne ich. »Es gibt nur eine sehr kurze Abkühlphase bei Rachemorden, und das passt zu diesem Fall. Die Bisse wurden den Opfern nach dem ersten Schuss ins Rückenmark zugefügt, das ist so gut wie sicher. Eine Frau muss ihr Opfer bewegungsunfähig machen, bevor sie nahe genug herankommt, um so zuzubeißen.«

»Glaubst du tatsächlich, dass eine Frau diese Männer mit den Zähnen zerrissen hat?«

Ich hatte selbst schon so manches Mal ziemlich gewalttätige Vorstellungen. »Eine sexuell missbrauchte Frau schleppt wahrscheinlich eine Menge unterdrückter Wut mit sich herum, Sean.«

»Ja, aber bei Frauen ist die Wut in der Regel nach innen gerichtet. Deshalb begehen sie Selbstmord, nicht Mord.«

Damit hat er natürlich Recht. »Was ist mit Colonel Morelands Tochter, Stacey Lorio? Sie ist die Tochter eines Armeeangehörigen und macht einen ziemlich harten Eindruck. Du sagst, sie hätte Alibis für alle Morde?«

»Ja. Ausnahmslos überprüft und bestätigt. Zweimal war sie mit Freunden zusammen, zweimal mit ihrem Exmann. Er mag sie zwar nicht mehr lieben, doch er hat ihr Alibi bestätigt. Ich habe selbst mit ihm geredet. Er sagte wortwörtlich: ›Um Ihnen die Wahrheit zu sagen, ich kann dieses Miststück nicht mehr ausstehen, aber hin und wieder vögele ich noch ganz gerne mit ihr.‹«

»Hört sich wirklich großartig an.« Frustration erweckt in

mir das Bedürfnis nach Alkohol. »Also gut, dann eben ein männlicher Patient von Malik. Jemand, der als Junge missbraucht wurde. Ein hoher Prozentsatz aller Serientäter wurde im Kindesalter sexuell missbraucht.«

»Jetzt kommen wir der Sache näher«, sagt Sean und wird munter. »Sobald wir die Patientenliste in den Händen halten, mache ich mich an die Arbeit.« Er beugt sich vor und streckt sich, und seine Rückenwirbel knacken wie chinesische Feuerwerkskörper. »Sollen wir eine Pause machen?«

Ich spanne mich innerlich an. Normalerweise würden wir bei einer Gelegenheit wie dieser, wo wir längere Zeit allein miteinander sind, einen Großteil der Zeit im Bett verbringen. Doch heute ist die Schlafzimmertür geschlossen, und so wird es auch bleiben.

Meine Augen scheinen meine Gedanken zu verraten, weil Sean hastig hinzufügt: »Ich dachte daran, dass ich rüber zu R and O laufe und uns zwei Portionen Austern hole.«

Ich entspanne mich ein wenig.

»Ich bin in zwanzig Minuten zurück.«

»Hör mal, du musst nicht den ganzen Tag hier bleiben. Ich möchte Maliks Buch lesen.«

Sean blickt mich in ruhiger Ernsthaftigkeit an. »Ich möchte aber bleiben. Fall du es auch möchtest, heißt das.«

Ich kann nicht anders, ich muss lächeln. »Okay. Warum gehst du dann nicht das Essen holen?«

Er nimmt seine Schlüssel und geht nach draußen in die Garage. Kein Kuss, nur ein flüchtiges Streicheln am Unterarm.

Ich gehe ins Schlafzimmer, streife die wodkagetränkten Laken vom Bett und bringe sie zur Waschmaschine. Der Alkoholdunst, der aus der Baumwolle aufsteigt, reicht aus, um jede Zelle meines Körpers mit Verlangen zu erfüllen. Meine Gedanken schweifen zum Valium in meiner Handtasche, doch es ist an der Zeit, auch damit aufzuhören. Ein Geburtsfehler ist nicht gerade das erste Geschenk, das ich dem in mir heranwachsenden Baby machen möchte.

Um mich von meinem Verlangen abzulenken – als wäre das überhaupt möglich –, kehre ich an den Küchentisch zurück und nehme Nathan Maliks Buch zur Hand, das Sean in der Bibliothek der Tulane Medical School ausgeliehen hat. Es trägt den Titel: *Der Strom Lethe: Unterdrückte Erinnerung und Mord an der Seele*. Es ist ein dünnes Buch von lediglich hundertdreißig Seiten Umfang. Der dunkle Einband zeigt eine unheimliche, vom Mondlicht erhellte Szene: ein alter Fährmann mit einem Umhang, der in seinem Boot mitten auf einem Fluss steht, und eine zerbrechlich wirkende junge Frau, die darauf wartet, an Bord steigen zu können. Das Bild erscheint mir nicht gerade geeignet, Wohlbefinden in jemandem auszulösen, der sexuell missbraucht wurde. Doch vielleicht legt es einen Schalter um in den Opfern, sodass sie herausfinden möchten, was sich zwischen vorderem und hinterem Einband verbirgt.

Auf mich hat es die gegenteilige Wirkung. Trotz meines Verlangens, mehr über die innere Funktionsweise von Maliks Verstand herauszufinden, ist die Aussicht, mich durch hundertdreißig Seiten Kindesmissbrauchs zu kämpfen, im Augenblick zu viel für mich. Vielleicht liegt es an meiner Schwangerschaft. Außerdem ist Sean wahrscheinlich bald zurück. Besser, ich fange später an zu lesen, wenn ich es in einem Zug durcharbeiten kann.

Während ich auf Seans Rückkehr warte, überfliege ich eine Liste mit Maliks Publikationen. Seine frühesten Artikel befassen sich mit bipolarer Verhaltensstörung und fassen seine ausführlichen Untersuchungen bei Manisch-Depressiven zusammen. Danach hat er eine Studie über das posttraumatische Stresssyndrom bei Vietnam-Veteranen verfasst. Nach den Abstracts seiner Artikel zu urteilen waren es die Ergebnisse dieser Arbeiten, die ihn dazu führten, das gleiche Phänomen bei Menschen zu studieren, die sexuell missbraucht wurden. Und dies wiederum führte zu Pionierarbeiten auf dem Feld der multiplen Persönlichkeitsstörungen.

»Die Austern sind da!«, ruft Sean von der Garagentür her. Er kommt mit einer braunen Tüte herein, die von Fettflecken übersät ist. Er öffnet sie auf dem Küchentisch, als sein Mobiltelefon summt. Mit einem Blick auf das Display sagt er: »Das ist Joey.« Detective Joey Guercio ist Seans Partner. »Joey? Was hast du herausgefunden?«

Das Grinsen verschwindet von Seans Gesicht. »Kein Scheiß? War Kaiser dabei, als ihr es erfahren habt? … Okay, ich rede später mit ihm. Das könnte wichtig werden … Ich weiß es zu schätzen, danke … Ja. Sämtliche anderen Opfer werden ebenfalls überprüft? … Gut. Ruf mich an, sobald ihr etwas Neues habt.« Er beendet das Gespräch und blickt mich an. »Es gibt eine weitere Verbindung zwischen zweien der Opfer. Dem ersten und dem von heute. Colonel Moreland und Calhoun.«

»Über Malik?«, frage ich hoffnungsvoll.

»Nein.«

»Was dann?«

»Vietnam.«

Ich hätte nicht mehr überrascht sein können, wenn Sean »Harvard« gesagt hätte. »Vietnam? Was ist mit Vietnam?«

»Beide haben dort Dienst geleistet. Sowohl Moreland als auch Calhoun.«

»Zur selben Zeit?«

»Ihre Dienstzeiten überschneiden sich. Colonel Moreland war Berufssoldat. Er hat von 1966 bis 1969 in Vietnam gedient. James Calhoun war von 1968 bis 1969 da.«

»Welche Waffengattung?«

»Keine. Calhoun war Zivilist. Ein Techniker, der beim Verteidigungsministerium unter Vertrag stand.«

Es fällt mir schwer zu glauben, dass diese Verbindung etwas mit unserem Fall zu tun haben könnte. »Vietnam ist ein großes Land, Sean. Wir hatten zeitweise fünfhunderttausend Soldaten dort. Gibt es irgendwelche Hinweise, dass die beiden Männer sich gekannt haben?«

»Noch nicht. Die Sonderkommission arbeitet daran. Aber es scheint seltsam, findest du nicht?«

»Nein, eigentlich nicht. Die meisten Opfer haben das richtige Alter, um in Vietnam gewesen zu sein.«

»Sicher. Aber die meisten Leute in diesem Alter *waren* nicht in Vietnam. Zwei Freunde meines älteren Bruders waren dort, aber das sind auch schon alle, die ich kenne. Und jetzt sind von fünf Mordopfern zwei in Vietnam gewesen?«

Ich antworte nicht. Ich denke über meinen Vater und seinen Dienst in Vietnam nach. Wie viele Väter oder Onkel meiner Klassenkameraden waren in Vietnam? Ich kann mich an keinen erinnern. Doch ich war auf einer Privatschule. Wahrscheinlich hatten viele Kinder von öffentlichen Schulen Väter, die während dieses Krieges in Vietnam waren.

»Wir vergessen noch etwas«, sagt Sean. »Nathan Malik hat ebenfalls in Vietnam gedient. In der gleichen Zeit wie Calhoun, was bedeutet, dass er auch zur gleichen Zeit wie Colonel Moreland dort war. Was sagst du dazu?«

»Jetzt klingt es schon weniger nach Zufall.«

»Wir könnten uns völlig irren, was das Motiv angeht, Cat. Jetzt haben wir eine direkte Verbindung zwischen den Opfern, keinen Umweg über die Frauen, die zufällig mit ihnen verwandt sind.«

»Aber Malik ist ein Teil dieser Verbindung, und wir sind durch die weiblichen Verwandten auf Malik gestoßen.«

Sean nickt. »Du hast Recht. Und wenn diese Morde mit Vietnam zu tun haben, warum sehen wir dann offensichtlich Sexualmorde?«

»Vielleicht ist das nur Verschleierung. Denk mal darüber nach. Es hat keinerlei sexuelle Penetration stattgefunden, bei keinem der Opfer. Kein Sperma an irgendeinem der Tatorte, was bedeutet, dass der Täter auch nicht masturbiert hat, es sei denn, in ein Kondom. Aber ich habe einfach nicht das Gefühl, wenn ich diese Tatorte ansehe. Für mich sehen diese

Morde aus wie Bestrafungen. Unser UNSUB bestraft seine Opfer für etwas, das sich in der Vergangenheit ereignet hat. Die Bisse vor dem Tod … es könnte Folter sein, aber auch Strafe. Oder Demütigung. Genau wie die Nacktheit der Opfer … Demütigung.«

»Du bist zu schnell«, sagt Sean.

»Was ist mit den Schüssen?«, frage ich. »Warum haben die Nachbarn die Schüsse nicht gehört?«

»Wir gehen von einem Schalldämpfer aus.«

»Für eine Hosentaschenwaffe?«

»Verdammt, heutzutage kriegt man für alles Schalldämpfer, sogar für Elektrogeräte in der Garagenwerkstatt.«

»Klingt jedenfalls nach etwas, womit sich ein Vietnam-Veteran auskennen könnte. Calhouns Leichnam wurde von der Haushaltshilfe gefunden?«

»Richtig. Sie arbeitet seit sieben Jahren für ihn.«

Während ich ohne Ergebnis nach neuen Blickwinkeln auf die bekannten Fakten suche, summt Seans Mobiltelefon erneut. Er blickt auf das Display und dann zu mir. »Es ist John Kaiser. Kaiser hat ebenfalls in Vietnam gedient. Ich frage mich, was er von dieser Sache hält.«

Sean nimmt das Gespräch entgegen und lauscht für einige Sekunden. Als er das Telefon weglegt, steht sein Mund fassungslos offen.

»Was ist? Was ist passiert?«

Er schüttelt den Kopf, als stünde er unter Schock. Jegliche Farbe ist aus seinem Gesicht gewichen. »Vor zwanzig Minuten hat Nathan Malik bei der Sonderkommission angerufen und gesagt, er will mir dir reden.«

Mein Blutdruck sinkt um zwanzig Punkte, und ich weiß, dass etwas Unangenehmes auf mich zukommt. »Du hast noch nicht alles gehört. Kaiser ist draußen.«

»Wo, draußen? Hier? Vor meinem Haus?«

»Er wusste, dass ich hier bin, Cat.«

»O Gott! Wirst du beschattet?«

»Ich hab nicht die geringste Ahnung. Vielleicht hat Joey ihnen erzählt, dass ich hier bin.«

Ein energisches Klopfen hallt durchs Haus. Wir wirbeln beide herum in Richtung Garagentür, als erwarteten wir, dass sie jeden Moment auffliegt, doch nichts dergleichen geschieht.

Sean starrt mich in benommener Panik an.

Ich zucke resignierend die Schultern. »Ich schätze, es ist besser, wenn wir den Mann hereinlassen.«

15

Special Agent John Kaiser ist größer als Sean, und er füllt den Raum in meiner Küche auf eine andere Weise aus. Er wirkt irgendwie weniger flüchtig. Und obwohl er sich reservierter gibt als Sean, scheint er durchaus imstande zu sein, blitzartig zu reagieren, falls erforderlich. Das freundliche Gesicht vom Mordschauplatz von LeGendre ist verschwunden, verdrängt von einem durchdringenden Blick, dem nicht die kleinste Kleinigkeit entgeht.

»Dr. Ferry«, sagt er und nickt knapp in meine Richtung.

»Ist das ein Witz oder was?«, frage ich. »Haben Sie sich das ausgedacht, um Sean und mich zu erschrecken?«

»Kein Witz. Nathan Malik hat um ein persönliches Gespräch mit Ihnen gebeten.« Kaisers Augen verraten mir, dass er nicht lügt. »Haben Sie eine Erklärung dafür?«

»Nein! Selbstverständlich nicht!«

»Haben Sie mir wirklich alles erzählt aus der Zeit an der Universität in Jackson, als Sie und Jonathan Gentry dort waren?«

»Absolut.«

Kaiser wirft einen Blick zu Sean, bevor er mich wieder ansieht. »Würden Sie sich an alles aus jener Zeit erinnern?«

»Was meinen Sie?«

»Es heißt, Sie hätten damals viel getrunken.«

Der Versuch des FBI-Mannes, taktvoll zu bleiben, schmälert nicht mein Gefühl, angegriffen zu werden. Ich sehe zu Sean hinüber, doch er starrt blicklos und mit hartem Unterkiefer geradeaus. »Was wollen Sie damit andeuten, zum Teufel?«, brause ich auf. »Was hat das zu bedeuten?«

Kaisers Blick wankt nicht eine Sekunde. »Sie haben mich ganz genau verstanden.«

Ich weiche einen Schritt zurück und versuche mit äußerster Mühe, mich zu beherrschen. »Ob ich mich an alles erinnere, was bei den Dinnerpartys damals passiert ist? Sie meinen jedes Wort und jede Geste? Selbstverständlich nicht. Aber an alles Wichtige erinnere ich mich sehr wohl.«

»Sie haben nie in Gegenwart von Nathan Malik ein Blackout gehabt?«

»Verdammt, nein! Hat er das behauptet?«

»Dr. Malik hat kein Wort gesagt, Dr. Ferry. Ich versuche lediglich so viel herauszufinden, wie ich kann.«

»Ich hatte in Maliks Gegenwart niemals ein Blackout, okay?«

»Erinnern Sie sich jedes Mal daran, wenn Sie ein Blackout hatten?«

»Woher wissen Sie überhaupt, dass ich Blackouts hatte?«, frage ich und funkele Sean an. »Hören Sie, ich habe Malik vor mehr als zehn Jahren unter einem anderen Namen gekannt. Er hat mich ein paar Mal angegraben. Ich hab ihn abgewiesen. Das ist alles.«

Kaiser sieht aufrichtig verblüfft aus. »Warum will er dann jetzt ausgerechnet mit Ihnen sprechen? Das scheint mir ein eigenartiger Zeitpunkt zu sein, ausgerechnet jetzt eine alte Bekanntschaft zu erneuern, meinen Sie nicht?«

»Stellen Sie diese Frage Malik, nicht mir.«

»Er will aber nicht mit uns reden. Er will nur mit Ihnen reden.«

Plötzlich weiß ich, warum Kaiser hergekommen ist. »Sie wollen, dass ich mit ihm spreche, habe ich Recht? Mit Malik?«

Das Gesicht des FBI-Mannes ist eine Maske. »Möchten Sie mit ihm reden?«

»Diese Frage beantworte ich nicht.«

»Warum nicht?«

Ich schüttele aufgebracht den Kopf. »Spielen Sie keine Spielchen mit mir, Agent Kaiser. Es gibt keine richtige Antwort auf Ihre Frage. Wenn ich sage, dass ich mit Malik reden will, dann verdächtigen Sie mich, irgendetwas mit ihm zu tun gehabt zu haben. Wenn ich Nein sage, fragen Sie mich nach dem Grund, als würde ich etwas verbergen. Möchten Sie, dass ich mit diesem Kerl rede oder nicht?«

Kaiser hebt entschuldigend die Hände. »Tut mir Leid. Warum setzen wir uns nicht für einen Moment?« Er deutet zum Küchentisch.

Als ich stehen bleibe, nimmt er sich einen Stuhl und wartet. Ich sehe Sean an, der die Schultern zuckt und rechts von Kaiser Platz nimmt. Nach einem Augenblick setze ich mich dem FBI-Mann gegenüber.

»Ich weiß, dass diese Situation schwierig ist«, sagt Kaiser. »Aber es ist nichts im Vergleich zu dem, was draußen vor der Tür auf Sie wartet. Wir hatten zwei Morde innerhalb von drei Tagen. Die Medien sind hysterisch. Wenn sie herausfinden, dass Malik darum gebeten hat, mit Ihnen zu reden, ist das schon schlimm genug. Wenn Sie allerdings herausfinden dass Sie und ...«, Kaiser nickt mit dem Kopf in Richtung Sean, »etwas miteinander haben, können Sie sich von Ihren Jobs verabschieden.«

»Warum denn das?«, fragt Sean. »Schön, wir haben eine Affäre. Das hat noch lange nichts mit unserer Arbeit zu tun.«

Kaisers Blick schweift zum Tisch, der übersät ist mit Bildern von den verschiedenen Tatorten und Kopien von Polizeiberichten.

»Scheiße«, murmelt Sean. Ich sehe an seinem Gesicht, dass er nicht so recht glauben kann, was gerade passiert. Er denkt an seine Frau und seine Kinder. Und an seine Pension. Ich fühle mich noch mehr allein gelassen als in der vergangenen Nacht.

»Ich kann Ihre Situation besser nachempfinden, als Sie vielleicht glauben«, sagt Kaiser. »Ich habe die Frau, mit der ich heute zusammen bin, ebenfalls während einer wichtigen Morduntersuchung kennen gelernt. Ich war zwar damals nicht verheiratet, aber ich habe Einblick in das Problem, okay? Im Augenblick müssen wir uns allerdings ausschließlich auf den Fall konzentrieren. Wenn wir ihn lösen, kriegen wir damit gleichzeitig eine Menge anderen Mist vom Tisch.«

»Woher wissen Sie von uns?«, fragt Sean. »Woher wussten Sie, dass ich hier bin?«

Kaiser wirft ihm einen Blick zu, als wollte er sagen: *So unfähig bin ich nun auch wieder nicht.* Dann wendet er sich mir zu. »Sie haben Recht, Dr. Ferry. Wenn Sie nichts dagegen haben, hätte ich gerne, dass Sie mit Malik reden. Der Richter wird noch im Verlauf des Tages anordnen, dass Malik wegen Missachtung des Gerichts in Beugehaft genommen wird, das ist so gut wie sicher. Er hat sich rundweg geweigert, die Namen seiner Patienten zu nennen, geschweige denn, uns Einblick in seine Unterlagen zu gewähren. Ich würde zwar vorziehen, ihn jetzt noch nicht zu verhaften, doch auf uns lastet ein immenser politischer Druck, und wir müssen einen Schritt vorankommen in diesem Fall. Wir sind gegenüber Malik bereits jetzt als Gegner aufgetreten. Bevor wir ihn ins Gefängnis stecken und eine schlechte Situation noch weiter verschlimmern, würde ich gerne alles von ihm erfahren, was wir erfahren können. Und weil er darum gebeten hat, mit Ihnen zu reden, bietet sich eine einzigartige Gelegenheit für uns.«

»Aber …?«

»Ein Treffen wie dieses ist riskant, und das in mehr als einer Hinsicht. Bevor wir weitermachen, muss ich ganz offen zu Ihnen sein. Kein Raum für verletzte Gefühle.«

John Kaiser ist nur drei oder vier Jahre älter als Sean, doch er scheint eine Aufrichtigkeit und Tiefe zu besitzen, die Sean neben ihm wie einen Jungen aussehen lässt. Eine Abgeklärtheit, die nichts mit reinem Älterwerden zu tun hat. Doch Sean ist kein Junge. Er ist ein erfahrener Detective beim Morddezernat und hat viel menschliches Elend gesehen. Was hat dieser FBI-Mann erlebt, dass er so viel abgeklärter wirkt?

»Ich verstehe«, sage ich merkwürdig aufgeregt ob der Aussicht, mit Nathan Malik persönlich zu reden. »Schießen Sie los.«

»Ihr Vater war in Vietnam, richtig?«

»Ja.«

»1969 bis 1970?«

»Ja.«

»Und er wurde 1981 ermordet?«

Ich widerstehe dem Impuls, unbehaglich auf meinem Stuhl zu rucken. »Ja. Ich war damals acht.«

»Ich habe versucht, eine Kopie vom Autopsiebericht über Ihren Vater zu erhalten, doch der Staat Mississippi scheint das Original verloren zu haben. Gab es bei der Ermordung Ihres Vaters einen Aspekt, der möglicherweise in Verbindung stehen könnte mit den Morden, die sich hier in New Orleans im Verlauf der vergangenen vier Wochen ereignet haben?«

»Sie meinen Bisswunden oder so etwas?«

»Irgendeine Gemeinsamkeit.«

»Nichts. Wollen Sie andeuten, dass mein Vater und Nathan Malik sich in Vietnam gekannt haben?«

»Es wäre möglich. Vielleicht sogar vor Vietnam. Nathan Malik und Ihr Vater wurden beide 1951 in Mississippi geboren. Verschiedene Städte, zugegeben, zweihundert Meilen auseinander, doch ihre Wege können sich bereits vor Vietnam gekreuzt haben, vielleicht nachdem sie eingezogen wurden.«

Sean wirkt ungeduldig. »Was steht denn in den Unterlagen der Army?«, fragt er. »Wäre es möglich?«

»Wenn es so einfach wäre«, sagt Kaiser. »Ich habe Maliks Akte eingesehen, aber Luke Ferrys Militärakte ist beim Verteidigungsministerium unter Verschluss und versiegelt bis 2015.«

Ich fühle mich plötzlich von der Welt ringsum entrückt. »Das … das kann ich nicht glauben.«

»Womit haben wir es hier zu tun, John?«, fragt Sean.

»Ich habe bis jetzt nicht die geringste Ahnung.« Kaiser sieht unglücklich aus. »Aber wir können wohl mit Sicherheit sagen, dass dieser Fall wesentlich komplizierter ist, als es den Anschein hatte.« Er wendet sich mir zu. »Ich weiß, dass es aufwühlend ist, wenn das ganze Privatleben durchleuchtet wird, Dr. Ferry«, sagt er. »Aber wenn es möglich wäre …«

»Fragen Sie, was Sie fragen müssen«, sage ich. »Ich weiß, dass es noch schlimmer kommt.«

Kaiser sieht aus, als zöge er es vor, lieber nicht auf dem Weg weiterzugehen, den er eingeschlagen hat. »Nach unserem gestrigen Gespräch habe ich bei Dr. Christopher Omartian angerufen und herausgefunden, dass er sich an Malik erinnert.«

Ich schließe die Augen und wappne mich innerlich. Chris Omartian hat damals versucht, sich wegen mir umzubringen. Er hat Kaiser wahrscheinlich eine Menge erzählt, und bestimmt nichts Gutes.

»Dr. Omartian hat ein paar sehr unschöne Dinge über Sie erzählt«, bestätigt Kaiser meine Vermutung. »Ich konnte spüren, dass er eine Reihe ungelöster Probleme mit sich herumträgt, insbesondere was Sie angeht. Trotzdem muss ich Ihnen ein paar Fragen stellen zu dem, was er gesagt hat.«

»Nur zu.«

»Er hat behauptet, Sie wären manisch-depressiv.«

»Das bin ich nicht. Allerdings wurde ich als zyklothym diagnostiziert.«

Kaiser sieht mich fragend an. »Zyklo-was?«

»Zyklothymie ist eine schwache Form bipolarer Persönlichkeitsstörung. Ich leide unter manischen Symptomen, die weit schwächer sind als bei wirklich manisch-depressiv Erkrankten. Man nennt es Hypomanie. Die Diagnose hängt von der Häufigkeit und Schwere der manischen Phasen ab.«

Der FBI-Mann möchte offensichtlich genauere Informationen.

»Hören Sie, ich leide unter Depressionen und gelegentlich unter Phasen manischen Verhaltens. Diese Phasen wechseln sich in unregelmäßigen Abständen ab und dauern unterschiedlich lang. Sean hat diese Extreme inzwischen seit zwei Jahren mitgemacht. Ich kann tief deprimiert sein und mich mit Selbstmordgedanken tragen, und eine Woche später fühle ich mich, als wäre ich unverwundbar, als läge mir die ganze Welt zu Füßen, und gehe die verrücktesten Risiken ein. Manchmal tue ich unschöne Dinge. Und *manchmal* – nicht sehr häufig – erinnere ich mich nicht an diese Dinge.«

Kaiser sieht Sean an, der mich mit den Worten überrascht: »Es ist nicht so dramatisch, wie Cat es jetzt darstellt. Sie ist eigentlich die meiste Zeit ziemlich normal.«

»Dr. Ferry«, sagt Kaiser vorsichtig. »Besteht die Möglichkeit, dass Sie irgendwann einmal als Patientin bei Nathan Malik gewesen sind?«

»Was?«

»Ich muss Ihnen diese Frage stellen.«

»Warum? Glauben Sie, dass ich schizophren bin oder etwas in der Art?«

»Ich versuche lediglich, mir ein Bild zu machen.«

»Nathan Malik und ich passen aber nicht in das gleiche Bild! Ich kenne diesen Kerl nicht!«

»Also gut.« Kaiser legt die Fingerspitzen zusammen und blickt mich unsicher an. »Glauben Sie, dass Sie ein Zusammentreffen mit Malik durchstehen?«

Ich will zu einer Antwort ansetzen, doch er hebt die

Hand. »Ich denke dabei an Ihre Panikattacke an den Tatorten. Wir können nicht vorhersagen, welche Spielchen Malik mit Ihnen treiben wird.«

»Wo soll dieses Treffen stattfinden?«

»Malik hat seine Praxis vorgeschlagen. Sie ist nicht weit von hier. Auf der Ridgelake, die vom Veterans' Boulevard abgeht. Er will von Angesicht zu Angesicht und allein mit Ihnen reden.«

»Das soll wohl ein Witz sein«, wirft Sean ein.

Kaiser schüttelt den Kopf, doch sein Blick bleibt unverwandt auf mich gerichtet. »Wir würden Sie selbstverständlich verkabeln, und ein Sondereinsatzkommando würde draußen warten. Sie könnten mit einer vorher vereinbarten Redewendung die Rettungsaktion auslösen, sobald Sie um Ihre Sicherheit besorgt sind.«

»Auf keinen Fall!«, sagt Sean. »Malik könnte sie erschießen, bevor Ihre Leute auch nur die Tür überwunden haben. Ich habe so etwas schon erlebt, John. Und Sie ebenfalls.«

Kaiser wirft Sean einen wütenden Blick zu. »Dr. Malik hat gesagt, Dr. Ferry könnte bewaffnet zu der Unterredung kommen, wenn sie möchte. Und er hat weiter gesagt, dass er keine Einwände hat, wenn wir die Unterhaltung auf Band mitschneiden.« Der FBI-Agent sieht wieder zu mir. »Ich denke, Sie wissen, warum ich geneigt bin, ein Treffen in Maliks Praxis zuzulassen.«

»Es ist sein Territorium. Je sicherer er sich fühlt, desto wahrscheinlicher ist es, dass er irgendetwas für Sie Nützliches sagt.«

Kaiser lächelt. »Wie angenehm, wenn man es zur Abwechslung mal nicht mit Laien zu tun hat.« Er deutet auf die blutigen Verbrechensfotos auf dem Tisch. »Fünf Morde im vergangenen Monat, zwei davon in den letzten drei Tagen. Ich würde sagen, unser Killer dekompensiert verdammt schnell. Ich bin bereit, ein Risiko einzugehen, wenn sich dadurch die Chance bietet, ihn aufzuhalten.«

»Das ist doch völliger Mist!«, begehrt Sean auf. »Wählen Sie einen neutralen Treffpunkt, den Sie kontrollieren können!«

Ich lege ihm die Hand auf den Arm. »Lass nur, Sean. Wann soll dieses Treffen stattfinden?«

Kaiser erhebt sich und blickt zu mir herab. »Malik ist zurzeit in seiner Praxis. Ich habe ein Abhörteam mit einem Wagen draußen. Wie schnell können Sie angezogen sein?«

Erwartung und Nervenkitzel durchzucken mich. Zum ersten Mal seit drei Tagen ist die Sucht nach Alkohol zu etwas reduziert, das im Hintergrundrauschen untergeht. Fünf Männer wurden ermordet. Hunderte von Gesetzesbeamten arbeiten rund um die Uhr, um den Mörder zu finden. Bis jetzt haben sie nichts in den Händen. Und nun stehe ich im Begriff, mich auf seinem eigenen Territorium mit dem Mann zu treffen, der aller Wahrscheinlichkeit nach hinter den Morden steckt. Ein normaler Mensch sollte ein wenig Angst spüren. Oder zumindest Beunruhigung. Doch ich spüre nichts als Aufregung, die reine und destillierte Essenz des Gefühls, lebendig zu sein. Das einzige Gefühl, das dem nahe kommt, ist der beinahe sinnliche Rausch von Hyperbewusstheit, der den Beginn einer manischen Phase signalisiert. Kein normaler Mensch hat eine Vorstellung, wie das ist.

Kaiser und Sean beobachten mich mit dem Misstrauen von Psychiatern in einer geschlossenen Abteilung. Beinahe hätte ich aufgelacht.

»Geben Sie mir zehn Minuten, okay?«

16

Ich stehe zusammen mit John Kaiser am Boden einer Metalltreppe, die hinauf in Nathan Maliks Praxisgebäude führt. Der verputzte Bau besitzt nur eine Etage, doch er ruht auf Betonsäulen, sodass Maliks Patienten unter dem Gebäude parken können.

»Alles in Ordnung?«, fragt Kaiser hinter mir. »Stört der Sender?«

»Alles in Ordnung«, antworte ich. Ein FBI-Techniker hat mir den Sender mit Klebeband an der Innenseite des Oberschenkels befestigt, unter meinem Rock. Fast wäre ich in Freizeitkleidung gekommen, doch im letzten Augenblick entschied ich mich für einen engen Rock und ein dazu passendes Top. Wenn Malik sich während meiner Zeit an der Medical School von mir angezogen gefühlt hat, dann kann subtile Sinnlichkeit mir bei meiner Suche nach Informationen heute gute Dienste leisten.

Der Sender an meinem Oberschenkel ist die geringste meiner Sorgen. Zwei Dutzend Cops halten sich in Fahrzeugen verborgen, die vor den angrenzenden Gebäuden parken; acht dieser Cops sind Mitglieder eines Spezialkommandos. Sobald ich in Maliks Praxis bin, werden diese Männer unbemerkt in das Gebäude vordringen und mich aus dem Nachbarzimmer decken. Ich müsste also sicher sein – es sei denn, Malik hat vor, eine Waffe zu ziehen, sobald ich den Raum betrete, und mich zu erschießen – in dem Wissen, dass draußen die Polizei wartet. Trotzdem – jetzt, nachdem das Treffen unmittelbar bevorsteht, hat die Realität meine frühere Aufregung gedämpft. Ich fühle mich, als wollte ich in den Käfig eines gezähmten Tigers steigen. Die Kreatur mochte dressiert sein, Unterwürfigkeit zu zeigen, doch wer glaubt, dass man einem Raubtier die Wildheit abgewöhnen kann, macht sich etwas vor.

»Cat?«, fragt Kaiser nervös.

In der vergangenen halben Stunde ist mir klar geworden, dass John Kaiser die NOMURS-Sonderkommission leitet. Es mag dem Namen nach ein Gemeinschaftseinsatz sein, doch in der Hierarchie der tatsächlichen Befehlskette ist Kaiser der Alpha-Rüde. Ich habe mich vor Sean sehr zurückhaltend gegenüber Kaiser benommen. Es ist ein altes Problem bei mir, ein Zwang, in jeder Situation den jeweils dominanten Mann dazu zu bringen, dass er mich will.

»Alles in Ordnung«, versichere ich Kaiser, während ich im Stillen die verabredete Phrase wiederhole, die er mir vor wenigen Minuten genannt hat. *Verfolgen Sie die Spiele der Saints?* Dieser banale Satz soll – zumindest theoretisch – den blitzartigen und explosiven Zugriff des Sondereinsatzkommandos der Polizei von New Orleans nach sich ziehen.

»Wann immer Sie so weit sind«, sagt Kaiser. »Von nun an ist es Ihre Show.«

Ich steige ohne Zögern die Treppe hinauf; dann öffne ich die Tür am oberen Ende, bevor ich Zeit finden kann, mir die Sache anders zu überlegen. Der FBI-Mann klopft mir ein letztes Mal auf die Schulter, und ich bin dankbar für die Berührung. Sie erinnert mich an meinen Schwimmtrainer, der mir immer Glück gewünscht hat, bevor ich meinen Platz auf dem Startblock einnahm.

Hinter der Tür befindet sich ein Gang mit Türen zu beiden Seiten. Ein abgewetzter grüner Teppichboden, braune Paneele an den Wänden. Es riecht wie in einer Arztpraxis, was mich überrascht. Die meisten Sprechzimmer von Therapeuten, die ich bisher kennen gelernt habe, rochen nach Zuhause oder nach Wohnung.

»Hallo?«, ruft eine männliche Stimme. »Sind Sie das, Dr. Ferry?«

»Ja«, antworte ich und bemerke verlegen, wie dünn meine Stimme in der toten Luft des Korridors klingt.

»Ich bin hier hinten. Ganz am Ende des Gangs.«

Die Tür am Ende des Gangs steht einen Spaltbreit offen. Ich nähere mich ihr bis auf zwei Schritte, dann bleibe ich stehen und streiche meinen Rock glatt. Er hat während der Fahrt hierher Falten geschlagen.

»Kommen Sie herein«, sagt die Stimme. »Es gibt keinen Grund, Angst zu haben.«

Richtig, sage ich mir und gehe durch die Tür.

Nathan Malik sitzt der Tür zugewandt an einem großen Schreibtisch. Trotz der sommerlichen Hitze trägt er eine schwarze Hose und einen schwarzen Rollkragenpullover, wahrscheinlich aus Seide. Sein muskulöser Körper weist kein Gramm überflüssiges Fett auf, und sein kahler Schädel ruht auf dem mächtigen Rumpf wie eine Büste auf einem Sockel. Seine Haut ist hell, fast weiß, was gar nicht leicht ist angesichts des Sommers in New Orleans. Die Blässe betont seine Augen auf dramatische Weise: Seine Iris sind so dunkelbraun, dass sie schwarz wirken. Seine Hände sind klein und wirken fast so zierlich, als gehörten sie einer Frau. Ich versuche mir diese Hände vorzustellen, wie sie Kugeln in das Rückgrat von Männern schießen, fünfmal im vergangenen Monat, um sie anschließend mit einem Schuss in den Kopf endgültig zu töten.

Mit einer einzigen fließenden Bewegung erhebt sich Nathan Malik aus seinem Sessel und deutet auf ein Sofa gegenüber dem Schreibtisch. Schwarze Lederquader in einem verchromten Rohrrahmen – ein Möbel von Mies van der Rohe, vielleicht auch nur eine Kopie. Während ich mich setze, werfe ich einen raschen Blick in den Raum, doch es gibt so wenig Dekorationen, dass ich kaum Einzelheiten erkenne. Warmweiße Wände, Teakholzregale, zwei große Gemälde in extremem Hochformat, die chinesisch aussehen. Zu meiner Linken hängt ein Samuraischwert, dessen Klinge bedrohlich funkelt. Zu meiner Rechten steht auf einem Sideboard ein Steinbuddha, der echt genug aussieht, um irgendwo in einem asiatischen Dschungel gestohlen worden zu sein.

»Der Buddha gefällt jedem«, sagt Malik und nimmt wieder hinter seinem Schreibtisch Platz.

»Woher haben Sie ihn? So einen Buddha habe ich noch nie gesehen.«

»Ich habe ihn aus Kambodscha mitgebracht. Er ist fünfhundert Jahre alt.«

»Wann waren Sie dort?«

»Neunundsechzig.«

»Als Soldat?«

Ein dünnes Lächeln spielt um Maliks Lippen. »Als Eroberer. Ich bedaure, dass ich den Buddha gestohlen habe, auch wenn ich heute froh bin, ihn zu besitzen.«

Hinter dem Psychiater hängt ein großes gemaltes Mandala, ein rundes geometrisches Muster aus leuchtenden Farben, die in einem labyrinthartigen Muster verflochten sind und dazu dienen sollen, Kontemplation im Betrachter zu erwecken. C. G. Jung war fasziniert von Mandalas.

»Ich bin außerordentlich froh, dass Sie gekommen sind«, sagt Malik.

»Tatsächlich?«

»Ja. Ich dachte eigentlich, Sie würden auftauchen, um meinen Gebissabdruck zu nehmen, aber stattdessen kam ein ziemlich hässlicher kleiner FBI-Zahnarzt.«

Ich bin verwirrt. »Man hat Abdrücke von Ihrem Gebiss genommen?«

»Nein, merkwürdigerweise nicht. Ich nehme an, es liegt daran, dass meine Röntgenaufnahmen ausgereicht haben, um mich als Verdächtigen auszuschließen. Allerdings hat man mir eine Speichelprobe entnommen, für eine DNA-Analyse.«

Ich sitze auf meinem Platz wie Lauren Bacall in den alten Filmen, die Knie zusammen, aber sichtbar unter dem Rocksaum, die Füße in den Sandalen ein klein wenig nach hinten, unter mich geschoben. Während Maliks Blicke auf meinen Knien verweilen, dämmert es mir, dass ich hier bin, um die übliche Dynamik einer psychiatrischen Praxis umzudrehen und dem Arzt Informationen zu entlocken anstatt umgekehrt. Und da Malik aller Wahrscheinlichkeit nach ein Experte in verbalen Spielchen ist, beschließe ich, direkt zu sein.

»Woher wussten Sie, dass ich etwas mit diesem Fall zu tun habe, Dr. Malik?«

Er winkt ab, als hätte ich ihn mit einer Trivialität belästigt. »Das FBI wollte auch ein paar Haare, aber wie Sie sehen …« Er deutet auf seinen kahlen Schädel und lacht.

Malik testet mich. »Wenn das FBI hergekommen ist, um Haare von Ihnen zu nehmen, hat es sie auch bekommen. Auf die eine oder andere Weise. Es sei denn, Sie sind zwischen den Beinen ebenfalls kahl, was ich bisher noch nicht erlebt habe.«

»Oje. Sie scheuen wirklich nicht zurück vor den irdischen Realitäten, wie?«

»Haben Sie etwas anderes erwartet?«

Er zuckt die Schultern, offensichtlich amüsiert. »Ich weiß es nicht. Ich war neugierig, wie Sie sich entwickelt haben. Ich meine, ich habe Sie anhand von Zeitungsberichten verfolgt, aber in solchen Storys finden sich nur selten bedeutungsvolle Einzelheiten.«

»Und? Was denken Sie?«

»Sie sind immer noch ausgesprochen attraktiv. Darüber hinaus sehe ich nichts, das ich nicht schon vorher gewusst hätte.«

»Ist das der Grund, weshalb ich hier bin? Sie wollten wissen, wie ich mich entwickelt habe?«

»Nein. Sie sind hier, weil nichts von alledem zufällig ist.«

»Was?«

»Unsere Juxtaposition in Raum und Zeit. Wir kannten uns vor einer Reihe von Jahren, scheinbar flüchtig nur, und nun begegnen wir uns erneut. Synchronizität, wie C. G. Jung es nannte. Ein scheinbar nichtkausaler Zusammenhang zwischen Ereignissen, die auf Menschen und ihr Leben große Auswirkung haben können.«

»Ich nenne so etwas Zufall. Wir sind uns nicht begegnet, bevor Sie nicht um dieses Treffen gebeten haben.«

»Es wäre früher oder später geschehen.«

In mir keimt der Wunsch auf, Malik zu fragen, ob er meinen Vater kannte, doch mein Instinkt führt mich zunächst in eine andere Richtung. »Fahren Sie auf mich ab, Dr. Malik?«

»Wie bitte?« Gespieltes Unwissen steht dem Psychiater nicht sonderlich gut.

»Kommen Sie schon. Interessieren Sie sich für mich? Sind Sie in mich verliebt? Scharf auf mich?«

»Reagieren viele Männer so auf Sie?«

»Genug.«

Er nickt unmerklich. »Das kann ich mir denken. Die Männer haben Ihnen schon an der UMC aus der Hand gefressen. All diese Ärzte in den Vierzigern haben nach Ihnen gegeifert wie nach einer läufigen Hündin.«

Malik benutzt das Wort Hündin wie jemand, der Hunde züchtet, als spräche er über eine unterlegene Spezies, weit unter ihm auf der Leiter der Evolution.

»Wenn ich mich recht entsinne, waren Sie einer von ihnen«, entgegne ich.

»Sie sind mir aufgefallen. Das gebe ich gerne zu.«

»Warum bin ich Ihnen aufgefallen?«

»Sie waren ungewöhnlich. Wunderschön, höchst sinnlich, Sie haben getrunken wie ein Fisch und konnten bei Unterhaltungen mit zwanzig Jahre älteren Leuten mithalten. Außerdem war ich gelangweilt.«

»Sind Sie heute auch gelangweilt?«

Ein dünnes Lächeln. »Nein. Es kommt nicht oft vor, dass ich mich vor einem Livepublikum unterhalte.«

Ich schiebe meinen Rock ein wenig hoch und öffne die

Beine weit genug, dass Malik den Sender sehen kann, der an die Innenseite meines Oberschenkels geklebt ist.

»Hallo, alle zusammen«, sagt er. »Einer wie der andere, alles Voyeure.«

»Wenn wir fertig sind mit den Erinnerungen an alte Zeiten, hätte ich ein paar Fragen an Sie«, sage ich.

»Nur zu. Ich hoffe, es sind tatsächlich *Ihre* Fragen. Die Vorstellung, dass Sie sich als Sprachrohr für das FBI zur Verfügung gestellt haben, würde mir gar nicht gefallen. Das wäre unter Ihrer Würde.«

»Es sind meine Fragen.«

»Zu Ihren Diensten.«

»Behandeln Sie ausschließlich Patienten mit unterdrückten Erinnerungen?«

Malik scheint zu überlegen, ob er diese Frage beantworten soll. »Nein«, sagt er schließlich. »Ich habe mich zwar auf die Wiederherstellung verlorener Erinnerungen spezialisiert, doch ich behandle auch Patienten mit bipolaren Verhaltensstörungen und posttraumatischem Stresssyndrom.«

»PTSD allein in Zusammenhang mit sexuellem Missbrauch?«

Erneutes Zögern. »Ich behandle auch einige Kriegsveteranen.«

»Vietnam-Veteranen?«

»Ich möchte mich nicht in Einzelheiten über Patienten ergehen.«

Ich will ihn nach seiner Dienstzeit in Vietnam fragen, doch der Zeitpunkt erscheint mir noch nicht günstig. »Ich frage Sie freiheraus – warum wollen Sie der Polizei nicht die Namen Ihrer Patienten geben?«

Jegliche Spur von Gutmütigkeit verschwindet aus dem Gesicht des Psychiaters. »Weil ich meinen Patienten Loyalität und Schutz schulde. Ich würde sie unter keinen Umständen auf diese Weise verraten.«

»Wäre die bloße Enthüllung ihrer Namen denn schon Verrat?«

»Selbstverständlich. Die Polizei würde sich unverzüglich auf sie stürzen und ihr Leben von innen nach außen kehren. Viele meiner Patienten sind extrem instabil. Sie leben in schwierigen Familienverhältnissen. Für einige von ihnen ist Gewalt eine tägliche Erfahrung. Für andere ist sie eine allgegenwärtige Möglichkeit. Ich habe nicht die Absicht, sie wegen irgendwelcher Launen des Staates in Gefahr zu bringen.«

»Irgendwelche Launen des Staates? Die Polizei versucht einen Serienmörder aufzuhalten, der seine Opfer aller Wahrscheinlichkeit nach unter Ihren Patienten auswählt.«

»Keiner meiner Patienten wurde ermordet.«

»Es sind die Verwandten Ihrer Patienten, die ermordet wurden. Von zweien wissen wir es mit Sicherheit, und vielleicht gibt es noch mehr.«

Malik blickt an die Decke. »Vielleicht.«

Seine offensichtliche Selbstgefälligkeit lässt Zorn in mir aufsteigen. »Vielleicht? Für *Sie* ist es alles andere als vielleicht, oder? Sie *wissen,* wer sonst noch in Gefahr schwebt, und doch weigern Sie sich, mit der Polizei zusammenzuarbeiten.«

Malik starrt mich schweigend an. Seine dunklen Augen sind völlig ausdruckslos.

»Wie viele der Mordopfer waren verwandt mit Patienten, die Sie behandeln, Doktor?«, frage ich ihn.

»Glauben Sie allen Ernstes, ich würde diese Frage beantworten, Catherine?«

»Bitte nennen Sie mich nicht Catherine. Für Sie bin ich Dr. Ferry.«

Ein Ausdruck der Verwunderung huscht über sein Gesicht. »Ah. Sie sind tatsächlich Doktor?«

»Ja. Ich bin forensische Odontologin.«

»Also im Grunde genommen Zahnärztin.« Maliks Augen funkeln.

»Mit einem höchst spezialisierten Fachgebiet.«

»Trotzdem … das ist nicht ganz das Gleiche wie ein Doktor, nicht wahr? Haben Sie je bei einer Geburt geholfen? Die Hand in den Brustkorb eines Verwundeten geschoben und sein Herz massiert, damit es weiterschlägt?«

»Nein. Und das wissen Sie.«

»Das weiß ich in der Tat. Sie haben die Universität im zweiten Jahr verlassen. Bevor die klinische Ausbildung überhaupt angefangen hat.«

Malik amüsiert sich unübersehbar. »Haben Sie mich herkommen lassen, um mich zu beleidigen, Dr. Malik?«

»Nein. Ich wollte lediglich klarstellen, wer wir beide sind. Ich hätte gerne, wenn Sie mich Nathan nennen, und ich würde es vorziehen, Catherine zu Ihnen zu sagen.«

»Was halten Sie davon, wenn ich Sie Jonathan nenne? So hießen Sie jedenfalls damals, als wir uns kennen gelernt haben. Jonathan Gentry.«

Die Augen des Psychiaters werden erneut ausdruckslos. »Das ist nicht mehr mein Name.«

»Es ist der Name, mit dem Sie geboren wurden, oder nicht?«

Malik zuckt die Schultern. »Nennen Sie mich, wie Sie wollen, Catherine. Doch bevor wir fortfahren, lassen Sie uns ein für alle Mal diese Frage der Vertraulichkeit zwischen Arzt und Patient klären. Ich sage Ihnen, ich bin durchaus darauf gefasst, ein Jahr ins Gefängnis zu gehen, bevor ich die Privatsphäre auch nur eines einzigen Patienten verletze.«

Es hört sich an, als meinte er es ernst, doch ich kann nicht glauben, dass dieser gebildete, kultivierte Mann tatsächlich bereit ist, für ein Prinzip ins Gefängnis zu gehen. »Sie sind tatsächlich willens, ein Jahr im New Orleans Parish Prison zu verbringen?«

»Ich sehe, dass es Ihnen schwer fällt, dies zu verstehen.«

»Waren Sie jemals im Parish Prison?«

Malik dreht die Handflächen auf seinem Schreibtisch

nach oben, als wollte er einem Kind einen komplizierten Sachverhalt erklären. »Ich habe sechs Wochen in der Gefangenschaft der Roten Khmer verbracht. Ein Jahr in einem amerikanischen Gefängnis ist ein Urlaub dagegen.«

Ein Teil meines Selbstvertrauens schwindet. Hinter Nathan Malik steckt offensichtlich eine Menge mehr, als man mich glauben gemacht hat. Während ich nachzudenken versuche, wie ich weitermachen soll, stützt der Psychiater seine Ellbogen auf den Tisch, legt die Hände zusammen und beginnt mit einer Stimme zu sprechen, die Jahre der schwer erarbeiteten Weisheit enthält.

»Hören Sie mir zu, Catherine. Sie sind aus der Welt des Lichts hier hereinspaziert. Der Welt der Einkaufspassagen, Restaurants und Feuerwerke zum Vierten Juli. Aber Sie sehen Schatten an den Rändern von allem. Sie wissen, dass schlimme Dinge geschehen, dass das Böse existiert. Sie haben an einer Reihe von Mordfällen mitgearbeitet. Aber das ist größtenteils abstrakt. Die Polizisten, denen Sie Ihr Fachwissen zur Verfügung stellen, sehen mehr von der Realität, doch Cops arbeiten hart daran, sie zu verdrängen. Jedenfalls diejenigen, die sich nicht irgendwann mit der eigenen Dienstwaffe das Leben nehmen.«

Maliks bleiche Wangen röten sich vor Leidenschaft. »Doch hier gibt es keine Verdrängung. In dieser Praxis wird nichts ausgesperrt. Hier kommen die Schatten zum Vorschein und spielen ihr Spiel. Diese Wände haben die verderbtesten Dinge gehört, zu denen Menschen fähig sind, mit allen widerlichen Einzelheiten.« Er lehnt sich im Sessel zurück und spricht leise weiter. »Hier in dieser Praxis, Catherine, habe ich mit dem Schlimmsten zu tun, das es auf der Welt gibt.«

Ich verschränke die Hände vor den Knien. »Meinen Sie nicht, dass Sie die Sache dramatisieren?«

»Glauben Sie?« Malik kichert humorlos. »Was ist die schlimmste Geißel der Menschheit? Krieg?«

»Ich nehme es an. Der Krieg und die Dinge, die mit dem Krieg einhergehen.«

»Ich habe den Krieg gesehen.« Er deutet auf den Steinbuddha, der uns mit leerem Blick vom Sideboard aus anstarrt. »Barbarische Auseinandersetzungen, Mann gegen Mann, und anonymes Gemetzel. Ich wurde angeschossen. Ich habe menschliche Wesen getötet. Doch was ich in dieser farblosen kleinen Praxis gehört habe, ist schlimmer. *Viel schlimmer,* Catherine.«

Der Psychiater spricht mit solcher Überzeugung, dass ich nicht weiß, was ich erwidern soll. »Warum erzählen Sie mir das alles?«

»Um Ihre Frage zu beantworten.«

»Welche Frage?«

»Die gleiche Frage, die all Ihre Freunde da draußen in der Welt stellen. ›Warum gibt er uns nicht die Namen seiner Patienten? Was ist schon dabei?‹«

Schweigen breitet sich aus, während ich darauf hoffe, dass Maliks Leidenschaft ein wenig abklingt. »Ich denke, dass die unmittelbare Gefahr für das Leben unschuldiger Menschen stärker wiegt als das Recht Ihrer Patienten auf Privatsphäre«, sage ich schließlich.

»Das sagt sich so leicht dahin, Catherine. Was, wenn ich Ihnen sage, dass die Mehrheit meiner Patienten Überlebende des Holocaust sind? Überlebende von Konzentrationslagern, die niemals befreit wurden, und dass einige von ihnen noch immer mit ihren Nazi-Schergen zusammen leben?«

»Das ist keine faire Analogie. Es stimmt einfach nicht.«

»Sie irren sich.« Maliks Augen blitzen. »Kinder, die über einen längeren Zeitraum hinweg unter wiederholtem sexuellen Missbrauch leiden, *leben* in Konzentrationslagern. Sie sind der Willkür von Despoten ausgeliefert, von denen ihr schieres Überleben abhängt. Sie erleiden tagtäglich Folter und Qualen. Ihre eigenen Geschwister – oft sogar die eigene

Mutter – verraten sie in ihrem Kampf ums Überleben. Jede Identität dieser Kinder wird systematisch zerstört, und Hoffnung ist für sie nicht einmal mehr eine Erinnerung. Vertun Sie sich nicht, Doktor, rings um uns her ist ein Holocaust im Gange. Doch die meisten von uns ziehen es vor, die Augen davor zu verschließen.«

Nathan Maliks fast übernatürliche Ruhe ist einer tiefen, dauerhaften Wut gewichen. Er ist vollkommen anders als die Psychiater, die ich als Patientin besucht habe. In gewisser Weise habe ich diese Art von Leidenschaft bei meinen Therapeuten immer gesucht. Doch in Wirklichkeit ist es nicht ihre richtige Rolle. Diese Art von Leidenschaft bei einem Therapeuten ist gefährlich.

Mit neutraler Stimme sage ich: »Wenn ich mich richtig an die Vorlesungen der Med School erinnere, sollten Therapeuten unter allen Umständen neutral bleiben. Sie klingen mehr nach einem Anwalt der Patienten als nach einem leidenschaftslosen Kliniker.«

»Soll man im Angesicht des Holocaust leidenschaftslos bleiben? Nur weil man zufällig Arzt ist? Wissen Sie, wie viele amerikanische Frauen als Kind sexuell missbraucht wurden? Jede dritte. Jede dritte! Das sind Millionen Frauen! Frauen in Ihrer Familie, Catherine. Bei Männern ist es jeder vierte bis siebte.«

Ich zwinge mich, weiter neutral zu klingen. »Sagt wer?«

»Das sind Fakten, keine Propaganda von irgendeiner Opfervereinigung. Die durchschnittliche Dauer des Missbrauchs beträgt vier Jahre. Die Hälfte aller missbrauchten Kinder ist ein Opfer gleich mehrerer Täter. Möchten Sie noch mehr erfahren, *Doktor?*«

»Ich bin ein wenig verwirrt«, gestehe ich leise. »Behandeln Sie Kinder oder Erwachsene?«

Mit einer explosiven Bewegung erhebt Malik sich hinter seinem Schreibtisch, als könnte der Sessel ihn nicht mehr bändigen. Er ist knapp eins achtzig groß, doch er strahlt eine Kraft und eine Energie aus, die ihren Ursprung in seiner übernatürlichen Ruhe zu finden scheint. Er projiziert eine Zentriertheit, die ich bisher nur bei Menschen gesehen habe, die ihr ganzes Leben den Kampfkünsten widmen.

»Sie sprechen in einem chronologischen Konsens«, sagt er mit einer Stimme, die so leise ist, dass ich ihn fast nicht verstehe. »Ich kann mir solche Unterscheidungen nicht leisten. Die emotionale Entwicklung eines Kindes bricht typischerweise in dem Stadium ab, in dem es sich befunden hat, als der Missbrauch begann. Manchmal weiß ich selbst nicht, ob ich es mit einem Erwachsenen oder einem Kind zu tun habe, bis der Patient anfängt zu reden.«

»Also … also sprechen wir jetzt über unterdrückte Erinnerungen, richtig?«

Malik hat sich nicht von der Stelle bewegt, doch plötzlich scheint er viel näher als zuvor. Und das Sondereinsatzkommando scheint viel weiter weg als noch vor einem Augenblick. Meine Blicke wandern zu dem Samuraischwert an der Wand zu meiner Linken. Sein Platz gegenüber dem Steinbuddha an der rechten Wand erzeugt einen bestürzenden Eindruck von Extremen: Krieg und Frieden, Gelassenheit und Gewalt.

»Sie wissen sehr genau, worüber ich spreche, *Doktor*«, sagt Malik.

Zum ersten Mal, seit ich seine Praxis betreten habe, spüre ich Angst. Mein Haaransatz kitzelt, und meine Handflächen sind feucht. Der Mann vor mir ist nicht mehr der, den ich an der Medical School gekannt habe. Physisch, ja, doch emotional hat er sich zu etwas anderem entwickelt, und seine Agenda bleibt mir ein Rätsel.

»Ich muss auf die Toilette«, sage ich lahm.

»Den Gang hinunter«, antwortet Malik mit unverändertem Gesichtsausdruck. »Die letzte Tür auf der rechten Seite.«

Auf dem Weg nach draußen habe ich das Gefühl, als stammten seine Worte aus den primitivsten Zellen in seinem Gehirn, während die höheren Denkfunktionen vollkommen konzentriert bleiben. Konzentriert auf seine innere Landschaft, zu der ich ohne Zweifel gehöre.

Allein im Korridor atme ich aus, als hätte ich fünfzehn Minuten lang die Luft angehalten. Ich muss nicht Wasser lassen, gehe aber trotzdem den Gang hinunter, weil ich fürchte, dass Malik das fehlende Geräusch von Schritten bemerken würde. Ich komme an einer offenen Tür zu meiner Linken vorbei und sehe einen Mann in einem schwarzen Körperpanzer mit einer kurzläufigen Maschinenpistole, der direkt hinter der Tür kauert. Seine Blicke verfolgen mich, als ich an ihm vorbeikomme, doch ansonsten rührt er sich nicht.

Ich öffne die Tür zum Bad und stehe vor John Kaiser, der mich auf der Toilette erwartet. Hastig und lautlos bedeutet er mir, die winzige Toilette zu betreten.

»Müssen Sie wirklich?«, fragt er, als ich die Tür hinter mir geschlossen habe.

»Nein. Ich musste nur raus dort. Er ist hinter seinem Schreibtisch aufgesprungen, und ich bekam es mit der Angst zu tun.«

Der FBI-Agent drückt meinen Oberarm, und seine haselnussbraunen Augen blicken mich beruhigend an. »Glauben Sie, dass Sie in Gefahr sind?«

»Ich weiß es nicht. Eigentlich hat er mich nicht bedroht. Es war nur ... *unheimlich.*«

»Sie halten sich großartig, Cat«, sagt Kaiser. »Glauben Sie, dass Sie noch einmal hineingehen können?«

Ich drehe den Wasserhahn des kleinen Waschbeckens auf und spritze mir kaltes Wasser über den Hals. »Nutzt es denn überhaupt etwas?«

»Machen Sie Witze? Diese Unterhaltung ist unser einziges Fenster in den Kopf dieses Burschen!«

Ich lehne mich gegen die Wand und trockne meinen Hals mit einem Papiertaschentuch ab. »Okay.«

»Fühlen Sie sich sicher genug, um ihn ein wenig zu provozieren?«

»Meine Güte, wie soll ich das denn anstellen?«

Kaiser schenkt mir ein Lächeln, mit dem er mir verrät, dass er mich besser kennt, als ich gedacht hätte. »Ich glaube nicht, dass Sie in dieser Hinsicht Vorschläge von uns brauchen. Oder?«

»Ich schätze nicht, nein.«

»Wenn Sie sich bedroht fühlen, zögern Sie nicht und geben Sie das Zeichen. Wir haben ihn binnen fünf Sekunden mit dem Gesicht nach unten auf dem Boden.«

»Tot oder lebendig?«

»Das ist allein seine Entscheidung.« Kaisers Augen glitzern hart.

»Tatsächlich?«

Der FBI-Agent greift hinter sich und betätigt die Toilettenspülung. »Sie sind genau da, wo Sie gerne sind, Cat. An der Kante. Gehen Sie rein und nageln Sie den Kerl fest.«

17

Nathan Malik steht beim Sideboard und zündet einen kleinen Räucherkegel auf einem Halter vor dem Buddha an. Ein dünner Rauchfaden steigt in die Höhe, und das Aroma von Sandelholz breitet sich aus. Als Malik zu seinem Schreibtisch zurückkehrt und dahinter Platz nimmt, ist die bedrohliche Aura, die ihn umgeben hat, wieder verschwunden. Mit seinem rasierten Schädel, dem schlanken Leib und der schwarzen Kleidung wirkt er beinahe wie der Choreograph irgendeiner Broadway-Show. Das ist eine Illusion, rufe ich mir ins Gedächtnis. Dieser Mann war im Krieg und hat Menschen getötet, wenn nicht sogar draußen in der Stadt außerhalb seines Büros.

»Halten Sie es für möglich, Catherine, dass man traumatische Erinnerungen verlieren kann?«

Vor meinem geistigen Auge sehe ich die blauen Blitzlichter der Streifenwagen in der Nacht, in der mein Vater starb, und ich spüre die grauenvolle Schwärze der Stunden davor. »Ich weise den Gedanken nicht von der Hand. Ich vermute allerdings, dass ich ein wenig misstrauisch bin.«

»Das geht den meisten Menschen so. Das Wort *Repression* ist mit allen möglichen Freud'schen Obertönen beladen. Wir sollten es gänzlich fallen lassen. Erinnerungen gehen durch einen komplizierten neurologischen Vorgang verloren, den man Dissoziation nennt – ein wohl bekannter Abwehrmechanismus der menschlichen Psyche. Ich bin sicher, Sie erinnern sich aus Ihrer Zeit an der Universität daran.«

»Frischen Sie mein Gedächtnis auf.«

»Tagträumen ist ein verbreitetes Beispiel für Dissoziation. Sie sitzen in einem Unterrichtsraum, doch Ihre Gedanken sind tausend Meilen entfernt. Ihr Körper ist an einem Ort, Ihr Geist an einem anderen. Wenn Sie in diesem Moment aufgerufen werden, ist es genauso, als hätten Sie geschlafen. Wir alle haben diese Erfahrung gemacht.«

»Sicher.«

»Oder was halten Sie davon, wenn Sie mit Ihrem Wagen unterwegs sind und sich auf irgendetwas im Innenraum konzentrieren? Den CD-Player? Ein Kind? Das Programmieren Ihres Mobiltelefons? Ihr Körper und Ihr Gehirn sind mit dem Steuern des Wagens beschäftigt, während Ihr Bewusstsein vollkommen in etwas anderem aufgeht. Ich für meinen Teil habe große Entfernungen im Wagen zurückgelegt, ohne auch nur ein einziges Mal bewusst auf die Straße vor mir zu sehen.«

»Das geht mir nicht anders. Aber ich habe keine Amnesie bezüglich der Dinge, die ich währenddessen getan habe.«

»Dann haben Sie sich nicht in einer traumatischen Situation befunden.« Malik schenkt mir ein väterliches Lächeln. »Wenn Dissoziation als Mechanismus zur Bewältigung eines Traumas eingesetzt wird, sind die Folgen sehr viel tiefgreifender. Wenn Menschen unter so großen Stress gesetzt werden, dass die einzig möglichen Reaktionen Kampf oder Flucht sind, müssen sie das eine oder das andere tun. Und wenn sie in einer Lage sind, in der weder das eine noch das andere möglich ist, wird das Gehirn – beziehungsweise das Bewusstsein – den Versuch unternehmen, alleine zu flüchten. Der Körper erleidet das Trauma, doch das Bewusstsein ist effektiv nicht anwesend. Es mag sehr wohl beobachten, wie das traumatische Ereignis stattfindet, doch es wird nichts davon verarbeiten. Jedenfalls nicht auf konventionelle Weise.« Malik bewegt außer den Lippen und dem Unterkiefer keinen einzigen Muskel, während er spricht. »Finden Sie es schwierig, diese Vorstellung zu akzeptieren?«

»Sie ist einleuchtend. Theoretisch zumindest.«

»Dann wenden wir uns jetzt den praktischen Beispielen zu. Stellen Sie sich ein dreijähriges Mädchen vor, das wiederholt sexuell missbraucht wird. Mehrere Nächte in der Woche – es weiß nie vorher, wann es geschehen wird – schlüpft ein Mann in ihr Zimmer, der zehnmal so schwer und so stark ist wie sie, und stellt Dinge mit ihrem Körper an. Zuerst mag sie es genießen, sich geschmeichelt fühlen. Sie empfindet Vergnügen und nimmt teil. Doch schließlich wird ihr die heimliche Natur dieser Aktivitäten bewusst, und sie bittet ihn aufzuhören. Doch er hört nicht auf. Er stößt Drohungen aus. Droht mit Gewalt, mit Verlassen, mit Mord. In ihrem Bewusstsein staut sich eine riesige Menge negativer Antizipationen. Sie erträgt unvorstellbare Angst. In welcher Nacht wird er das nächste Mal kommen? Kommt er, wenn sie sich vom Schlaf übermannen lässt? Doch ganz gleich, was sie tut, um es zu verhindern, er kommt trotzdem. Dieser große, Furcht einflößende Mann – üblicherweise ein

Mann, der sie eigentlich lieben und beschützen müsste – steigt auf sie und beginnt, ihr Schmerzen zuzufügen. Sie ist inzwischen vielleicht vier oder fünf, doch sie ist längst nicht stark genug, um sich gegen ihn zu wehren oder vor ihm wegzulaufen. Was geschieht also? Genau wie in einem Kampf, wie in einer Schlacht versucht das Gehirn, so gut wie möglich mit dem Unerträglichen fertig zu werden. Massive Verteidigungsmechanismen werden in Gang gesetzt. Und Dissoziation ist der mächtigste Verteidigungsmechanismus, der dem Menschen zur Verfügung steht. Das Bewusstsein des Mädchens verlässt den Ort des Verbrechens, und nur sein Leib erträgt die Vergewaltigung. Und im extremsten Fall entwickelt das Mädchen DIS.«

»DIS?«

»Dissoziatives Identitätssyndrom. Das, was wir früher multiple Persönlichkeitsstörung genannt haben. Das Bewusstsein wird so geschickt darin, sich von der Realität zu lösen, dass eine eigenständige Psyche entsteht. Sexueller Missbrauch über einen verlängerten Zeitraum ist bisher die einzige bekannte Ursache für die Entwicklung einer multiplen Persönlichkeitsstörung.«

»Diese traumatischen Erinnerungen«, sage ich in dem Versuch, zum Hauptthema unserer Unterhaltung zurückzukehren. »Sie bleiben erhalten? Auch wenn die betroffene Person sich ihrer Existenz nicht bewusst ist? Sie bleiben so weit erhalten, dass man zu einem späteren Zeitpunkt darauf zugreifen kann? Jahre später?«

Malik nickt. »Das Ausmaß der Erinnerung variiert selbstverständlich, doch nicht der Wahrheitsgehalt. Die tatsächliche Erinnerung lässt sich nicht löschen. Sie sitzt lediglich in einem anderen Teil des Gehirns. Diese Vorstellung ist die Grundlage der gesamten Debatte über unterdrückte Erinnerungen.«

»Schön, und wie helfen Sie nun Ihren Patienten dabei, diese verlorenen Erinnerungen zurückzugewinnen?«

»Sie sind nicht wirklich verloren, wie gesagt. Wenn eine erwachsene Frau sich in einer Situation wiederfindet ähnlich der, in welcher der Missbrauch stattgefunden hat – sagen wir, beim normalen Sex mit ihrem Ehemann –, und er probiert etwas Neues aus, beispielsweise Oral- oder Analverkehr, dann kann es sein, dass sie plötzlich Panik, Schmerz, Herzrhythmusstörungen und dergleichen mehr erfährt. Ein spezieller Geruch kann die gleichen Reaktionen auslösen. Ein Haargel, das ihr Peiniger benutzt hat, beispielsweise. Badezimmer vermögen es zu bewirken. Der sensorische Teil des Gehirns erinnert sich an das Trauma, doch der bewusste Verstand tut es nicht.«

»Und wie bringen Sie diese Erinnerungen ins Bewusstsein? Gesprächstherapie? Hypnose?«

»Hypnose ist inzwischen großenteils in Verruf geraten als ein Werkzeug zur Rückgewinnung verlorener Erinnerungen. Unerfahrene Ärzte haben damit zu viele falsche Erinnerungen eingepflanzt. Was eine Schande ist, denn meiner Meinung nach wird auf diese Weise das Kind mit dem Bad ausgeschüttet.«

»Setzen Sie Drogen ein?«

Malik wirkt ungeduldig. »Ich setze ein, was immer mir in einer gegebenen Situation bei einem gegebenen Patienten am sinnvollsten erscheint. Drogen, Gesprächstherapie, EMDR, Hypnose – ich könnte Sie jetzt stundenlang mit klinischen Fachausdrücken bewerfen, die genauso präzise wie sinnlos sind. Ich finde es nützlich, Symbolismus zu verwenden, wenn ich über meine Arbeit spreche. Mythologie größtenteils. Die Griechen wussten einiges über Psychologie. Insbesondere über den Inzest.«

Maliks Blick wandert erneut zu meinen Beinen. Ich ziehe den Rock über die Knie. »Ich bin ganz Ohr.«

»Sind Sie mit dem Konzept der Unterwelt vertraut? Dem Styx? Charon, dem Fährmann der Toten? Kerberos, dem Höllenhund?«

»Ein wenig, ja.«

»Wenn Sie meine Arbeit verstehen wollen, dann betrachten Sie sie auf diese Weise. Opfer von chronischem sexuellen Missbrauch sind nicht die lebenden Verwundeten – sie sind die lebenden Toten. Die bereits beschriebenen wiederholten Traumata und Dissoziationen haben ihren Geist effektiv getötet. Einige Kliniker beschreiben diese Pathologie als ›Seelenmord‹. Ich betrachte die Seelen dieser Patienten als in der Unterwelt gefangen. Nennen Sie es Unterbewusstsein oder wie auch immer. Die Kinder, die diese Menschen einst waren, wurden von der Welt des Lichts ausgesperrt und wandern im ewigen Schatten. Und obwohl ihre Seelen den Fluss überquert und das Land der Toten betreten haben, sind ihre Körper zurückgeblieben. Hier bei uns.«

Der Einband von Maliks Buch kommt mir in den Sinn, der alte Mann auf dem Boot und die junge Frau, die darauf wartet, an Bord gehen zu können. »Welchen Fluss überqueren sie?«, frage ich. »Den Styx? Oder den *Lethe*, wie der Titel Ihres Buches andeutet?«

Malik lächelt überrascht. »Die Unterwelt wurde von fünf Flüssen gesäumt. Der Styx war lediglich derjenige, bei dem die Götter ihre unverbrüchlichen Eide schworen. Meine Patienten haben den Lethe überquert, den Fluss des Vergessens. Und meine Aufgabe ist es, das zu tun, was kein Lebender darf: in das Land der Toten zu reisen und die Seelen dieser armen Kinder zurückzubringen.«

»Sehen Sie sich auf diese Weise? Ein klassischer Held, der die Launen des Schicksals rückgängig macht?«

»Nein. Doch es ist ein heldenhaftes Unterfangen, glauben Sie mir. In den Mythen hat allein Orpheus es beinahe geschafft, doch selbst er hat am Ende versagt. Ich selbst sehe mich als Charon, den Fährmann. Ich kenne die Unterwelt so wie die meisten Menschen die reale Welt da draußen, und ich führe die Reisenden zwischen beiden Welten hin und her.«

Ich denke eine Weile über die Metapher nach. »Interessant, dass Sie sich mit Charon identifizieren«, sage ich schließlich. »Ich erinnere mich nur daran, dass er Geld dafür genommen hat, die Toten über den Fluss zu bringen.«

»Sind Sie jetzt mit Beleidigungen an der Reihe?« Malik lächelt abschätzig. »Sie haben Recht, Charon wurde bezahlt. Mit einer Münze im Mund. Doch sie interpretieren die Metapher falsch. Mein Honorar ist nicht der Preis für die Reise des Patienten in die Unterwelt. Diesen Preis haben meine Patienten in der Regel längst bezahlt, bevor sie zu mir kommen.«

»An wen?«

»An die Dunkelheit. Sie haben den Preis in Schmerz und Tränen bezahlt.«

Ich weiche Maliks herausforderndem Blick aus und starre den Steinbuddha an. »Die Therapie unterdrückter Erinnerungen ist ziemlich kontrovers. Fürchten Sie sich nicht vor gerichtlichen Klagen?«

»Anwälte sind Parasiten. Ich fürchte mich nicht vor ihnen. Mein Geschäft ist die Wahrheit, Catherine. Ich reise in das Land der Toten und kehre mit Erinnerungen zurück, welche selbst die Mächtigsten unter den Menschen in Angst versetzen. Sie haben nicht den Mumm, mich zu verklagen. Sie wissen, dass es sie selbst zerstören wird, sollten sie es trotzdem tun. Zerstört vom Blick in den Spiegel, auf ihre eigene Verderbtheit.«

»Was ist mit Ihren Patienten?«

»Ich wurde noch nie von einem Patienten verklagt.«

»Haben Sie noch nie einen Fehler gemacht? Ich meine, selbst wenn die zeitlich verzögerte Erinnerung ein tatsächliches Phänomen ist, so gibt es doch eine ganze Serie dokumentierter Fälle, in denen bewiesen wurde, dass die Erinnerungen falsch sind. Widerrufe durch Patienten. Richtig?«

Der Psychiater winkt ab. »Ich werde mich nicht mit Ihnen auf diese Kontroverse einlassen. Widerrufe sind ein

Problem für unerfahrene Therapeuten, die fehlgeleitet oder schlecht ausgebildet sind oder keinen Mumm in den Knochen haben.«

Ich begreife, warum Harold Shubb mich gewarnt hat, dass das FBI seinen Fall besser absolut wasserdicht macht, will es gegen Malik vorgehen. Dieser Mann kennt keine Furcht, und er stellt seine eigene Urteilskraft niemals infrage. Doch vielleicht ist das seine schwache Stelle. »Ich bin nun seit einer geraumen Weile hier, und Sie haben mir noch keine einzige Frage wegen der Morde gestellt.«

Malik sieht mich überrascht an. »Hatten Sie damit gerechnet?«

»Ich dachte, es würde Sie zumindest aus der Perspektive des Psychiaters interessieren.«

»Sexuell motivierter Mord ist in der Regel vorhersehbar. Ich vermute, der Versuch, die Täter zu identifizieren und zu überführen, bietet ein gewisses Maß an Spannung – den Kitzel der Jagd –, doch ich interessiere mich nicht für diese Dinge.«

Maliks subtile Andeutungen und unterschwellige Beleidigungen erinnern mich an meinen Großvater an einem schlechten Tag. »Sie betrachten Sexualmord nicht als eine extreme Form sexuellen Missbrauchs?«

Er zuckt die Schultern. »Es ist nicht mehr als das Ausziehen des anderen Schuhs, wenn Sie verstehen. Das ausgestreute Gift fällt auf seinen Urheber zurück. Bei fast allen Serienmorden spielt sexueller Missbrauch in der Kindheit die entscheidende Rolle. Und Sexualmörder haben häufig die systematischste und gewalttätigste Form sexuellen Missbrauchs erdulden müssen. Die Wut, die sie in sich tragen, ist unaussprechlich. Sie richten diese Gewalt auf die Welt und geben sie dorthin zurück, woher sie gekommen ist. Das ist so unausweichlich wie der tägliche Sonnenuntergang.«

Plötzlich fällt mir wieder ein, dass Kaiser und die anderen unser Gespräch über mein »verstecktes« Mikrofon belauschen. Ich habe die einzigartige Möglichkeit, ihren wichtigsten Verdächtigen auf die Probe zu stellen, und diese Gelegenheit möchte ich nicht vertun. Ich schließe die Augen, während ich versuche, auf meinen Instinkt zu lauschen, doch die Stimme, die ertönt, ist nicht meine eigene.

»Leiden Sie unter Albträumen, Catherine? Wiederkehrenden Albträumen?«

Bevor ich heucheln oder es abstreiten kann, sehe ich die Blaulichter der Streifenwagen und meinen toten Vater im Regen, die Augen leer und in den Himmel gerichtet. Gesichtslose Gestalten tollen am Rand der Szene umher – die dunklen Wesen, die in zahllosen Träumen versucht haben, in mein Haus einzubrechen. Dann verschwindet das Bild, und ich sehe mich zusammen mit meinem Großvater in unserem alten, runden, nach Moder und selbst gedrehten Zigaretten riechenden Pick-up durch eine grasbewachsene Landschaft fahren. Wir schinden uns einen Hügel hinauf in Richtung See, der auf der anderen Seite liegt. Mein Großvater lächelt, doch die Angst in meiner Brust ist wie ein wildes Tier, das sich mit Klauen einen Weg aus meinem Körper zu bahnen versucht. Ich will nicht sehen, was auf der anderen Seite des Hügels wartet. Diesen Traum hatte ich das erste Mal vor zwei Wochen, und immer wenn er zurückkehrt, kommt der Pick-up ein kleines Stück weiter den Hügel hinauf …

»Warum fragen Sie danach?«

Malik beobachtet mich mit einem Ausdruck von Mitgefühl. »Ich spüre in manchen Menschen Bedürfnisse und Nöte. Ich spüre Schmerz. Es ist eine empatische Begabung, die ich schon immer hatte. Genau genommen mehr eine Bürde als eine Begabung.«

»Ich erinnere mich nicht, dass Sie besonders mitfühlend gewesen wären. Oder verständnisvoll, was das angeht. Ich erinnere mich hauptsächlich daran, dass Sie ein arroganter Klugscheißer waren.«

Ein Lächeln legt sich auf sein Gesicht. »Sie sind immer

noch alkoholabhängig, nicht wahr? Aber Sie sind keine gewöhnliche, öffentliche Trinkerin. Sie trinken heimlich.« Auf seinem Gesicht steht das traurige Mitgefühl eines Menschen, für den das Leben keine Geheimnisse hat. »Ja, das sind Sie. Nach außen hin eine Aufsehen erregende Karriere, privat ein Wrack.«

Am liebsten würde ich das Mikrofon aus dem Sender an meinem Oberschenkel reißen. John Kaiser und das Abhörteam des FBI sind die Einzigen, die das hier im Augenblick hören, aber Gott allein weiß, wie viele Leute später der Aufzeichnung auf den Bändern lauschen werden.

»Ich habe vorhin die EMDR-Therapie erwähnt«, sagt Malik. »Haben Sie schon mal davon gehört?«

Ich schüttele den Kopf.

»EMDR steht für Eye Movement Desensitization and Reprocessing. Es ist eine relativ neue Therapie, die bei Patienten mit posttraumatischen Störungen Wunder gewirkt hat. Sie erlaubt es dem Betreffenden, sein Trauma erneut zu durchleben, ohne so sehr von Schmerz überwältigt zu werden, dass er die Information nicht mehr handhaben kann. Diese Therapie könnte bei Ihnen von großem Nutzen sein.«

Ich bin nicht sicher, ob ich richtig verstanden habe. »Bitte?«

»Sie haben in Ihrem Leben offensichtlich ein schlimmes Trauma erlitten, Catherine. Sie zeigten schon damals in Jackson eindeutige Anzeichen von PTSS. Ganz ähnlich den Vietnam-Veteranen, mit denen ich damals gearbeitet habe. Das ist ein weiterer Grund, weshalb Sie mir aufgefallen sind.«

Ich will Malik nicht spüren lassen, wie nah er der Wahrheit gekommen ist, doch er hat mich auch neugierig gemacht. »Und was für eine Art von Trauma habe ich Ihrer Ansicht nach erlitten?«

»Den Mord an Ihrem Vater zum Beispiel. Darüber hinaus habe ich keine Idee. Doch allein schon das Zusammenleben mit ihm in den Jahren vor seinem Tod könnte schlimmen Stress bewirkt haben.«

Ich spüre Angst in mir aufsteigen, als wären plötzlich meine geheimsten Gedanken für diesen Mann sichtbar geworden, der da vor mir sitzt. »Was wissen Sie über meinen Vater?«

»Ich weiß, dass er in Vietnam verwundet wurde und unter einem schwerem posttraumatischen Stresssyndrom gelitten hat.«

»Woher wissen Sie das? Hat Chris Omartian es Ihnen erzählt?«

Ein weiteres Lächeln voll unendlichen Mitgefühls. »Spielt das denn eine Rolle?«

»Für mich schon.«

Malik lehnt sich seufzend zurück. »Nun ... vielleicht können wir ein andermal mehr in die Details gehen.«

»Warum nicht jetzt?«

»Wir sind nicht gerade allein.«

»Ich habe nichts zu verbergen«, sage ich mit einer Tapferkeit, die ich nicht empfinde.

»Wir alle verbergen irgendetwas, Catherine. Manchmal vor uns selbst.«

Seine Stimme fühlt sich an wie ein steifer Finger, der das schwammige Gewebe meines Gehirns abtastet. »Hören Sie«, sage ich. »Wenn wir je darüber sprechen wollen, ist jetzt die einzige Gelegenheit dazu.«

»Tut mir Leid, das zu hören. Ich dachte, Sie würden vielleicht in Betracht ziehen, als Patientin zu mir zu kommen.«

Meine Kopfhaut juckt schon wieder. »Machen Sie sich über mich lustig?«

»Ich meine es vollkommen ernst.«

Ich schlage die Beine übereinander und versuche, mir nichts anmerken zu lassen. »Das ist ein Scherz, nicht wahr? Ich weiß nicht einmal, was ich hier mache. Ich weiß nur, dass Sie hinter mir her waren, als ich ein dummes junges Ding gewesen bin, das eine Affäre mit einem fünfundzwanzig Jahre älteren Mann hatte.«

»Er war nicht nur fünfundzwanzig Jahre älter, sondern auch verheiratet«, bemerkt Malik.

»Und verheiratet. Na und?«

»Darüber sind Sie heute hinweg, nicht wahr? Über Affären mit verheirateten Männern?«

Ich will nicht lügen, aber Sean steckt bereits genügend in Schwierigkeiten. »Ja. Darüber bin ich hinweg.«

»Eine kleine Verfehlung aus Ihrer Studentenzeit, weiter nichts. Sie sind völlig darüber hinweg?«

»Gehen Sie zur Hölle! Was soll das?«

»Eine offene Unterhaltung, Catherine. Vertraulichkeiten auszutauschen ist die Grundlage gegenseitigen Vertrauens.«

»Austauschen? Sie haben mir nichts erzählt, überhaupt nichts.«

Malik grinst mich breit an. »Was würden Sie denn gerne hören? Wir können uns Geschichten erzählen. Ich erzähle Ihnen meine, und Sie erzählen mir Ihre.«

»Tun Sie das immer mit Ihren Patienten? Horrorgeschichten austauschen?«

»Ich tue, was immer erforderlich ist. Ich habe keine Angst vor Experimenten.«

»Finden Sie das ethisch?«

»In der finsteren Zeit, in der wir leben, betrachte ich es als unbedingt erforderlich.«

»Also schön, meinetwegen. Tauschen wir ein paar Geschichten aus. Ihr Gequassel vorhin, Sie wären der Fährmann zur Unterwelt, hat für mich ein wenig abgenutzt geklungen. Das über den Holocaust kam von Herzen. Sie sind mehr als nur ein passiver Beobachter, was sexuellen Missbrauch angeht, richtig?«

Malik sieht mich fasziniert und zornig zugleich an, doch die Faszination überwiegt. »Was wollen Sie andeuten?«

»Dass Sie persönliche Erfahrungen haben.«

»Sie sind sehr scharfsinnig.«

»Sie wurden als Kind sexuell missbraucht?«

»Ja.«

Ich spüre ein eigenartiges Zittern in den Gliedmaßen, wie von einem schwachen Stromschlag. Das sind die Dinge, die Kaiser will und braucht. »Von wem?«

»Von meinem Vater.«

»Das tut mir Leid. Haben Sie die Erinnerungen daran unterdrückt?«

»Nein. Aber es hat mich dennoch zerstört.«

»Können Sie darüber reden?«

Malik winkt ein weiteres Mal ab. »Der eigentliche Missbrauch ... welchen Sinn macht es? Es sind nicht die Verbrechen an uns, die uns zu etwas Einzigartigem machen, sondern unsere Reaktionen darauf. Als ich sechzehn war, habe ich mit meiner älteren Schwester darüber geredet, was mir widerfahren war. Ich habe es zumindest versucht. Ich war ziemlich betrunken, und sie hat mir kein Wort geglaubt.«

»Warum nicht?«

»Sarah war zum damaligen Zeitpunkt bereits verheiratet. Sie hatte mit siebzehn geheiratet ... vor allem natürlich, um so schnell wie möglich aus dem Haus zu kommen. Ich fragte sie, ob unser Vater auch mit ihr so etwas getan hätte. Es hat sie völlig umgehauen. Sie wusste überhaupt nicht, wovon ich redete.«

»Vielleicht hat sie nur so getan, als wüsste sie es nicht.«

»Nein. Ihre Augen waren so leer wie die einer Puppe. Zwei Jahre später wurde ich eingezogen und nach Vietnam geschickt. Ich fand mich dort gut zurecht. Ich hatte eine Menge Wut in mir, aber auch das Verlangen, Menschen zu helfen. Ein ziemlich verbreiteter Widerspruch bei Missbrauchsopfern. Man hat mich zu den Sanitätern gesteckt, aber es gelang mir trotzdem, ein paar Vietnamesen zu erledigen.«

»Vietkong?«

Malik hebt eine Augenbraue. »Tote Vietnamesen waren per Definition Vietkong. Das wissen Sie doch sicher.«

»Warum sollte ich das wissen?«

Ein weiteres rätselhaftes Lächeln.

Mein Gefühl von emotionaler Nacktheit ist zurückgekehrt. »Hören Sie, wenn Sie mir etwas über meinen Vater zu sagen haben, warum tun Sie es dann nicht? Sie kannten ihn, habe ich Recht?«

»Ich kenne jeden Mann, der in Vietnam gedient hat, mehr oder weniger jedenfalls. Wir sind allesamt Brüder im Geiste.«

»Sie haben meine Frage nicht beantwortet.«

Malik seufzt. »Ich kannte Ihren Vater nicht.«

»Meinen Sie das wörtlich oder im übertragenen Sinn?«

»Spielt das eine Rolle?«

»Hören Sie, Sie waren im gleichen Alter, kamen aus dem gleichen Staat, und Sie wurden beide nach Vietnam geschickt ...«

»An was erinnern Sie sich von jener Nacht, in der Ihr Vater starb, Catherine?«

»Das ist nicht Ihre Angelegenheit.«

»Ich würde es aber gerne zu meiner Angelegenheit machen. Ich glaube, ich könnte Ihnen helfen. Wenn Sie mir vertrauen, heißt das ...«

»Ich bin nicht wegen einer Therapie zu Ihnen gekommen, Doktor.«

»Sind Sie sicher? Sie sehen aus, als könnten Sie einen Drink gebrauchen. Ich habe Sake im Haus. Keinen Wodka, fürchte ich ...«

Woher weiß er, dass ich Wodka trinke? Erinnert er sich noch von damals daran? »Kommen Sie zum Ende mit Ihrer Geschichte«, versuche ich die Unterhaltung wieder auf sicheren Boden zu lenken.

»War ich das nicht bereits?«

»Ihre Schwester wurde ebenfalls missbraucht, richtig? Aber sie hat die Erinnerung daran verdrängt?«

Malik betrachtet mich eine halbe Minute lang. Dann beginnt er mit weicher Stimme zu erzählen. »Als ich in Vietnam war, bekam ich einen Brief von Sarah. Sie hatte seit längerer Zeit Albträume, die sich zu Halluzinationen gesteigert hatten, wie sie meinte ... Wachträume, Bilder von unserem Vater, der ihr die Kleider auszog und sie anfasste. Natürlich waren es Rückblenden von wahren Begebenheiten, keine Halluzinationen. Am Ende des Briefes schrieb sie mir, sie hätte daran gedacht, sich selbst etwas anzutun. Ihrem Leben ein Ende zu setzen.«

»Was hat das alles ausgelöst? Ihr Gespräch mit Ihrer Schwester?«

»Nein. Sie hatte in der Zwischenzeit eine Tochter bekommen, und das Mädchen war gerade drei Jahre alt geworden – wahrscheinlich das Alter, in dem mein Vater anfing, Sarah zu missbrauchen. Ein sehr verbreiteter Auslöser für das Wiederauftauchen verschütteter Erinnerungen bei jungen erwachsenen Frauen.«

»Was haben Sie getan?«

»Ich habe versucht, Sonderurlaub aus familiären Gründen zu bekommen, um in die Staaten zurückzukehren. Die Armee genehmigte ihn nicht. Ich schrieb Sarah jeden Tag Briefe und versuchte sie aufzumuntern, wies sie auf all das hin, wofür es sich zu leben lohnte. Manches davon muss hohl geklungen haben, weil auch ich meine suizidalen Momente hatte. Ich rannte unter Beschuss zu verwundeten Männern, obwohl ich fast sicher war, mir eine Kugel einzufangen. Ich rannte durch Mörserbeschuss und Maschinengewehrfeuer. Ich bekam einen Orden für meine Todessehnsucht, einen Bronze Star. Wie dem auch sei ... meine Briefe waren nicht genug. Sarahs Rückblenden, ihre ›Halluzinationen‹, wurden immer schlimmer, und endlich begriff sie, dass sie Dinge sah, die ihr tatsächlich widerfahren waren. Das konnte sie nicht ertragen. Sie hat sich erhängt, als ihr Mann und ihre Tochter im Zoo waren.«

Malik hat den Blick von mir genommen. Seine Augen

sind in die Ferne gerichtet, und der Schleier darüber verrät mir, dass sein Bewusstsein weit, weit weg ist. Ich unternehme nicht einmal den Versuch, meinem Mitgefühl Ausdruck zu verleihen.

»Ich möchte wissen, was ich hier tue«, sage ich leise.

Ein beinahe unmerkliches Lächeln umspielt seine Lippen, und endlich richten seine Blicke sich wieder auf mich. »Das möchte ich ebenfalls wissen, Catherine.«

Es ist Zeit, jede Ähnlichkeit mit einer Scharade zu beenden. »Ich bin hier, weil ich denke, dass Sie fünf Menschen ermordet haben.«

Maliks Augen flackern über dem lächelnden Mund. »Glauben Sie das wirklich?«

»Wenn Sie diese Männer nicht ermordet haben, wissen Sie zumindest, wer es war. Und Sie schützen die Täter.«

»*Die* Täter?«

»Die oder den, was auch immer. Sie verstehen genau, was ich sagen will.«

»Oh, Catherine. Von Ihnen hätte ich wirklich viel mehr erwartet.«

Seine Herablassung ist mehr, als ich ertragen kann. »Ich glaube, dass unsere Mordopfer allesamt männliche Verwandte Ihrer Patienten sind – Verwandte, die Ihre Patienten sexuell missbraucht haben –, und dass Sie sich als eine Art Kreuzritter gegen etwas Böses sehen, das Sie nur zu gut kennen.«

Der Psychiater beobachtet mich schweigend. »Was würden Sie von mir denken, wenn das stimmt? Pädophilie hat die höchste Rückfallquote aller Verbrechen. Diese Leute hören *niemals* auf, Catherine. Sie suchen sich lediglich neue Opfer. Sie können nicht rehabilitiert werden.«

»Wollen Sie damit sagen, dass es gerechtfertigt wäre, sie zu ermorden?«

»Ich sage lediglich, dass nur der Tod oder Altersschwäche sie aufhalten können.«

Ich bete, dass der Sender das alles zu Kaiser und den anderen überträgt.

»Sind Sie ein guter Schütze, Doktor?«

»Ich treffe, worauf ich ziele.«

»Praktizieren Sie Kampfkünste?«

Er blickt zu dem Samuraischwert an der Wand. »Ich könnte Ihnen damit den Kopf abschlagen, bevor das Sondereinsatzkommando draußen im Gang den Raum betreten kann, falls Sie das meinen.«

Mich durchläuft ein Schauer. Ich werfe einen Blick auf die geschlossene Tür hinter mir und bete, dass dahinter ein SWAT-Beamter wartet. Ich habe den Satz vergessen, der sie herbeiruft. Irgendetwas mit Fußball …

Fast springe ich vom Sofa auf, als Malik sich unvermittelt erhebt, doch er verschränkt lediglich die Arme vor der Brust und betrachtet mich mitleidig. »Bevor Sie gehen, vergessen Sie nicht, dass wir gerade erst die Oberfläche dieses Themas angekratzt haben. Wir haben bisher nicht ein Wort über die Schuldigen verloren.«

»Die Schuldigen?«

Er nickt. »Wie kann mitten unter uns ein ständiger Holocaust stattfinden, ohne dass wir alle uns erheben, um ihn zu beenden?«

»Nun …«

»Denken Sie darüber nach, Catherine. Ich habe jetzt andere Termine. Sie können mir Ihre Gedanken bei unserer nächsten Sitzung mitteilen.«

»Es wird keine nächste Sitzung geben!«

Malik lächelt. »Aber selbstverständlich. In den nächsten Tagen wird sehr viel auf Sie einstürmen. So funktioniert es nun mal.« Er greift hinter sich und nimmt etwas von einem Beistelltisch. Dann beugt er sich über den Schreibtisch nach vorn und reicht es mir.

Es ist eine Visitenkarte.

Aus reiner Neugier stehe ich auf und nehme sie entgegen.

Auf der Karte steht Maliks Name, darunter zwei Telefonnummern.

»Rufen Sie mich an«, sagt er. »Und keine Sorge, falls man beschließen sollte, mich in Beugehaft zu nehmen. Ich kann ganz gut auf mich selbst aufpassen.«

Die Sitzung ist zu Ende. Ich gehe zur Tür und drehe mich ein letztes Mal zu Malik um. Er sieht merkwürdig aus, wie er dort steht, von Kopf bis Fuß in Schwarz gekleidet und so reglos, dass er wie aus Stein gemeißelt wirkt. Ich bin nicht sicher, ob er während der gesamten Unterhaltung auch nur ein einziges Mal geblinzelt hat.

»Machen Sie sich keine Selbstvorwürfe«, sagt er.

18

Ich sitze auf dem Rücksitz eines Crown Victoria des FBI und lehne mich an Sean, während der Wagen über die West Esplanade jagt und den Lake Pontchartrain auf dem Weg zur FBI-Außenstelle umrundet. John Kaiser sitzt vorne neben dem jungen Fahrer und spricht in ein großes Mobiltelefon, das jedes gesprochene Wort augenblicklich verschlüsselt.

»Finden Sie alles heraus, was es über Maliks Schwester und ihren Tod herauszufinden gibt«, befiehlt Kaiser seinem Gesprächspartner am anderen Ende der Leitung. »Malik hat Dr. Ferry gesagt, sie hätte Selbstmord begangen. Außerdem will ich alles über Maliks Vater wissen. Und setzen Sie sich mit dem Verteidigungsministerium in Verbindung. Ich will mehr über Maliks Gefangenschaft in Kambodscha erfahren, und ob er die Wahrheit darüber gesagt hat. Ich habe nichts davon in seiner Akte gesehen. Möglich, dass er dem einen oder anderen Opfer in einem Gefangenenlager begegnet ist …«

Ich verdränge Kaisers Stimme aus meinen Gedanken und setze mich gerade hin. Während des gesamten Treffens mit Malik habe ich mich gut geschlagen, doch als ich wieder draußen auf der Straße war, habe ich zu zittern angefangen wie ein Soldat nach seiner ersten Schlacht.

»Das gibt sich bald wieder«, versichert Sean mir und drückt meine Hand. »Du hast dich großartig geschlagen.«

»Hast du alles gehört?«

»Jedes Wort. Ich denke, Malik könnte unser Täter sein.«

Ich schließe die Augen und packe den Türgriff. Jeder Nerv in mir fühlt sich an, als knisterte er vor elektrischer Statik. »Ich fühle mich eigenartig«, sage ich zu Sean.

»Eigenartig?«

»Zittrig. Ich möchte jetzt eigentlich niemanden sehen.«

Sean verzieht das Gesicht. »Sie wollen aber mit dir reden, Baby. Schaffst du das?«

»Ich weiß nicht. Im Augenblick würde ich am liebsten aus dem Wagen springen.«

Er packt mein Handgelenk, fest genug, um mich zu halten, falls ich tatsächlich zu springen versuche. Ich habe diesen Zwang schon früher gespürt, während depressiver Phasen, und ein paar Mal stand ich dicht davor, ihm nachzugeben.

»Ich tue alles, was du möchtest, Cat. Sag es einfach.«

Kaiser telefoniert inzwischen mit dem Chief des NOPD. In etwa einer Stunde wird es eine Anhörung vor einem Distriktsrichter geben, und das FBI wird argumentieren, dass Malik durch Beugehaft gezwungen werden soll, die Namen seiner Patienten zu nennen. Malik hat offenbar vor, keinen gesetzlichen Vertreter hinzuzuziehen und sich selbst zu verteidigen. Kaiser scheint zuversichtlich, dass der Richter zugunsten des FBI entscheiden wird, doch irgendetwas sagt mir, dass er seinen Gegenspieler möglicherweise unterschätzt hat. Und ich frage mich, ob Malik tatsächlich lieber ins Gefängnis gehen wird, bevor er seine Patienten »verrät«.

»Alles in Ordnung, Dr. Ferry?«, fragt Kaiser, während er auflegt und sich im Sitz nach mir umdreht.

»Sie kann im Augenblick nicht in die Außenstelle«, sagt Sean.

Kaisers Blicke bleiben auf mich gerichtet. »Warum nicht?«

»Sie ist zu erschüttert. Sie braucht ein wenig Zeit, um sich zu sammeln.«

Der FBI-Agent nickt, doch seine Augen bleiben sachlich. »Es ist völlig normal, dass man nach einer Begegnung wie dieser zittrig wird. Wir nehmen uns ein wenig Zeit in meinem Büro und entspannen uns, bevor wir mit dem Leitenden Special Agent oder sonst jemandem sprechen.«

Ich will es ihm erklären, doch aus irgendeinem Grund gelingt es mir nicht. Sean sieht mich an; dann blickt er zu Kaiser. »Sie verstehen nicht, John. Wenn sie sagt, sie kann im Augenblick nicht, dann kann sie nicht.«

Kaisers Augen betasten mich wie die Hände eines Arztes. Erneut fühle ich mich an den Schwimmtrainer aus meiner Mädchenzeit erinnert. Harte Augen, die meine Fähigkeit abzuschätzen versuchen, nach einer Verletzung weiter zu schwimmen. »Soll das heißen, Sie können es nicht tun?«

»Ich wollte, ich könnte Ihnen eine andere Antwort geben. Es tut mir Leid. Später vielleicht.«

»Die FBI-Außenstelle liegt nur fünf Minuten die Küste hinauf von ihrem Haus entfernt«, sagt Sean, als wäre Kaiser nicht erst vor einer Stunde bei mir gewesen. »Ich bringe sie zu Ihnen, sobald sie sich besser fühlt.«

Kaiser mustert mich noch ein paar Sekunden, dann sieht er den Fahrer an. »Bringen Sie uns zu Dr. Ferrys Haus.«

Ich drücke Sean dankbar die Hand.

»Macht es Ihnen denn etwas aus, wenn Sie mir jetzt ein paar Fragen beantworten?«, fragt Kaiser und sieht mich wieder an.

»Nein. Schießen Sie los.«

»Wurde Ihr Vater in Übersee je gefangen genommen?«

»Ich glaube nicht. Aber ich bin nicht sicher. Er wollte nicht mit uns über die Dinge reden, die er durchgemacht hat. Ich war ja erst acht, als er starb. Er hat nie mit meiner Mutter darüber gesprochen. Jedenfalls hat sie das gesagt.«

»Vielleicht hat Ihre Mutter lediglich versucht, Sie vor Dingen zu schützen, von denen sie glaubte, Sie würden nicht damit fertig?«

Noch vor einer Woche hätte ich mich entschieden dagegen gewandt, doch nachdem ich die Blutflecken in meinem Schlafzimmer gefunden habe, bin ich mir nicht mehr sicher. Soweit ich es sagen kann, haben meine Mutter, mein Großvater und Pearlie mich jahrelang vor einer Wirklichkeit abgeschirmt, von der ich niemals erwartet hätte, dass es sie gibt. Angefangen bei der Wahrheit über den Tod meines Vaters …

»Malik macht immer noch die gleiche Unterscheidung wie alle, die in Vietnam waren«, sagt Kaiser zu dem Agenten, der am Steuer des Wagens sitzt. »Ist Ihnen das aufgefallen?«

»Welche Unterscheidung?«, fragt Sean.

»Zwischen dem, wo er ist, und dem Rest der Welt. Er sagt: zurück in der Welt, oder draußen in der Welt – genau wie die GIs es sagen. Als wäre er in einem Krieg. In einer Feuerzone. An einem Ort, an dem die normalen Regeln menschlichen Zusammenlebens außer Kraft sind.«

»Er war unglaublich ruhig«, sage ich. »Jedenfalls die meiste Zeit. Es war unheimlich.«

»Er war damals nicht so, als Sie ihn kannten?«

»Ich glaube nicht, nein.«

Der Fahrer biegt rechts ab, und zu unserer Linken erscheint der Lake Pontchartrain. Stahliges Blau mit weißen Schaumkronen auf den Wellen. Nicht viele Segelboote unterwegs heute.

»Was für ein Gefühl haben Sie wegen Malik?«, fragt Kaiser. »Sie haben ihm in die Augen gesehen, ich nicht. Hat Malik diese Männer umgebracht?«

Eine Möwe streift im Tiefflug über die Straße und sinkt der Wasseroberfläche entgegen. »Wenn Sie mich fragen, ob er es getan haben könnte, lautet meine Antwort Ja. Ich glaube, er könnte töten, ohne mit der Wimper zu zucken. Doch wenn Sie wissen wollen, ob ich ihn für den Killer halte – ich kann es nicht sagen. Er scheint irgendwie über diesen Morden zu stehen. Er würde es nicht im Zorn tun. Nicht im heißen Zorn jedenfalls. Wenn Malik unser Killer ist, dann ist alles, was wir bis heute über Serienmörder herausgefunden haben, völlig nutzlos für uns.«

»Da stimme ich Ihnen zu.«

»Was denken Sie denn?«, frage ich Kaiser.

Er sieht nachdenklich aus. »Ich war früher Profiler in Quantico«, sagt er leise. »Ich war verdammt gut in meinem Job, aber ich musste aufhören. Wusste das einer von Ihnen?«

Sean sieht mich an; dann nickt er zögernd.

»Wissen Sie auch, warum ich aufhören musste?«, fragt Kaiser.

»Ich habe gehört, Sie wären ausgebrannt gewesen«, sagt Sean.

»Das könnte man so sagen. Ich habe einen Kerl im Gefängnis angegriffen. Einen Kindesmörder. Ich saß zusammen mit dem Chief meiner Einheit im Verhörraum. Wir nahmen uns den Typen vor, füllten Vernehmungspapiere aus und dergleichen. Und der Killer saß dort und beschrieb in aller Seelenruhe, wie er den kleinen Jungen mit Elektrowerkzeugen bearbeitet hatte. Ich erspare Ihnen die Details. Wie dem auch sei, ich verlor die Nerven. Bevor ich wusste, was ich tat, war ich über den Tisch gesprungen und versuchte dem Kerl den Kopf abzureißen. Ich hab ihm ein paar Knochen gebrochen und ein Auge ausgeschlagen. Mein Boss musste mich mit einem Kaffeebecher niederschlagen, um mich von dem Mistkerl runterzuholen.«

Kaisers braune Augen blicken in entrückte Ferne, als würde er aus einem vergangenen Leben erzählen. »Als ich

Malik zugehört habe, stieg in mir das gleiche Gefühl auf. Nicht der Hass wie damals auf den Gefangenen, sondern meine Nerven. Bei uns allen gibt's einen bestimmten Punkt, an dem wir durchdrehen. Man sitzt jahrelang da und hört sich diesen obszönen Kram an, ist professionell, wahrt Distanz. Und dann, eines Tages, noch bevor Sie merken, wie Ihnen geschieht, platzt die dünne Schale. Es ist genauso, wie Sie in Maliks Praxis gesagt haben, Dr. Ferry. Wenn Malik diese Kerle umbringt, dann deswegen, weil er glaubt, im Recht zu sein. Es ist ein Kreuzzug. Sie sind Kinderschänder, und er hat beschlossen, dass es nur eine wirksame Antwort auf das Problem gibt, nämlich, sie auszuschalten.«

»Glauben Sie, dass es sich so abspielt?«

»Falls ja, dann hoffe ich, dass die Öffentlichkeit es niemals herausfindet.«

»Warum nicht?«

»Weil eine Menge Leute wahrscheinlich der gleichen Meinung wären wie er.« Kaiser seufzt wie ein Mann, der mit seinen eigenen Dämonen ringt.

Bevor ich erneut sprechen kann, läutet Kaisers Mobiltelefon. Er nimmt das Gespräch an, dreht sich nach vorn und ist augenblicklich in logistischen Details gefangen.

Wir sind inzwischen ganz in der Nähe meines Hauses angekommen. Ich lasse Seans Hand los und halte Ausschau nach dem Haus, sobald wir in die Straße eingebogen sind. Zuerst entdecke ich die Bäume, die Trauerweiden, die die Westseite beschatten, und die Gruppe Pinien auf der anderen Seite. Obwohl ich Nachbarn sowohl rechts als auch links habe, erweckt die Biegung des Dammes den Anschein von Abgeschiedenheit, und das ist einer der Hauptgründe, warum ich es gekauft habe. Das und der Ausblick auf den See aus dem ersten Stock. Ich muss in der Nähe von Wasser wohnen.

Der Crown Vic hält vor dem geschlossenen Garagentor, das Seans Wagen stets vor neugierigen Blicken abgeschirmt hat. Jetzt macht es nicht mehr viel Sinn, den Wagen zu verstecken. Bis heute Abend weiß jeder im Department über uns Bescheid.

Sean greift über mich hinweg und öffnet meine Tür. Ich warte, um mich von Kaiser zu verabschieden, doch seine Unterhaltung ist im vollen Gang, also steige ich aus und setze mich in Richtung meiner Haustür in Bewegung. Ich bin fast da, als ich hinter mir Schritte klappern höre.

»Dr. Ferry!« Es ist Kaiser, der mir hinterhertrottet.

Ich bleibe stehen und warte. »Vor Maliks Praxis haben wir uns mit Vornamen angeredet«, sage ich.

»Das ist auch gut und richtig«, antwortet er. »Doch in einer Situation wie dieser ist es besser, gewisse professionelle Grenzen aufrechtzuerhalten.«

Was für eine Situation?, überlege ich, während auch Sean hinter Kaiser herankommt.

»Ich weiß zu schätzen, was Sie heute für das FBI getan haben«, sagt Kaiser. »Ich würde Sie gerne nachher in unserer Außenstelle sehen, sobald Sie sich erholt haben.«

Ich höre gar nicht richtig zu. »Agent Kaiser«, sage ich. »Halten Sie es für möglich, dass ich auf irgendeine Weise mit diesen Morden zu tun habe? Oder mit Nathan Malik?«

Kaisers Gesichtsausdruck ändert sich kein bisschen. Wahrscheinlich ist er ein sehr guter Pokerspieler. »Ich denke, Sie haben heute getan, was Sie konnten, um uns bei der Aufklärung dieses Falles zu unterstützen«, sagt er. »Und ich glaube, die entsprechenden Leute werden das nicht übersehen.«

»Warum hat Malik mir gesagt, ich solle mir keine Vorwürfe machen? Was meinen Sie?«

»Keine Ahnung. Was glauben Sie, was er gemeint haben könnte?«

Das ist ja fast, als würde ich mit einem Seelenklempner reden. »Ich habe nicht die leiseste Ahnung.«

Kaiser blickt zu Boden; dann sieht er mich wieder an. »Wir müssen wohl oder übel versuchen, das gemeinsam herauszufinden.«

Das ist alles, was er preisgibt. Ich reiche ihm die Hand, und er schüttelt sie. Dann betrete ich mein Haus, ohne einen Blick zurückzuwerfen.

19

Ich stehe an meinem Panoramafenster und blicke hinaus auf den See. Mein Zusammentreffen mit Malik hat mich zutiefst aufgewühlt, und ich weiß nicht, warum. Seine kryptischen Kommentare über meinen Vater haben eine Vielzahl bruchstückhafter Erinnerungen geweckt, doch keine davon hat mir irgendetwas Nützliches verraten. Ich bin nicht einmal sicher, ob die Bilder in meinem Verstand real sind, oder ob ich sie mir aus alten Fotos und Erzählungen zurechtgestückelt habe. Ein paar Dinge weiß ich mit Sicherheit – hängen geblieben aus jenen Nächten, in denen ich im Dachgebälk der Scheune saß, die mein Vater als Atelier nutzte und wo ich ihm bis in die frühen Morgenstunden bei der Arbeit zuschaute.

Ich höre immer noch das Brüllen des Acetylengasbrenners und das Zischen von Dampf, wenn er rotglühendes Metall in den Trog tauchte, den er zum Tempern benutzte. Ich rieche die Säuren zum Ätzen und höre den Niethammer, mit dem er verschiedene Einzelteile seiner Skulpturen zu einem Ganzen verband, das nur in seiner Vorstellung existierte. Es gab keine Skizzen, keine Pläne, nichts. Nur unbearbeitetes Metall und die fertige Plastik in seinem Kopf.

Hin und wieder setzte er die Maske ab und blickte hinauf zu mir im Gebälk. Manchmal lächelte er. Dann wieder starrte er nur nach oben und beobachtete mich mit einem Ausdruck der Furcht in den Augen. Selbst in meinen jungen Jahren ahnte ich bereits, dass mein Vater mich als eine weitere seiner Schöpfungen betrachtete, eine Schöpfung, die zu zerbrechlich war, um sie auf die gewohnte Weise zu behandeln. Er schien zu fürchten, dass ich im Gegensatz zu dem Metall, das er mit solcher Sicherheit formte, schon durch ein falsches Wort oder eine falsche Bewegung einen irreparablen Schaden davontragen könnte.

Die Scheune war für mich immer das Studio meines Vaters gewesen, doch in Wirklichkeit schlief er die letzten Jahre seines Lebens auch dort. Die Scheune lag nur zweihundert Meter vom Haupthaus und den Sklavenquartieren entfernt, wo ich bei meiner Mutter schlief, doch die Trennung war vollkommen. Niemand durfte die Scheune betreten, wenn Vater dort arbeitete. Niemand außer mir. Als ich Mutter einmal nach einer Erklärung fragte, warum Vater in der Scheune schlief, sagte sie, es wäre wegen des Krieges. Mehr nicht. Mein Vater erzählte mir, dass er des Nachts schlimme Träume hätte und manchmal, wenn er davon aufwachte, nicht wüsste, wo er war. Und dann, sagte er, war es jedes Mal so, als hätte der Krieg niemals geendet und als wäre er nie zurück nach Hause gekommen. Und wenn dies geschähe, fuhr er fort, wäre es besser für Mutter und mich, wenn wir nicht mit ihm zusammen im Haus wären. Für meinen Vater war der Krieg nie zu Ende. Er war niemals wirklich nach Hause zurückgekehrt.

»Was denkst du?«, fragt Sean hinter mir.

Ich drehe mich nicht zu ihm um. Um diese Zeit sind nicht viele Boote draußen, doch ich muss sie trotzdem beobachten. Es ist wie ein innerer Zwang. Ein Segel, das sich langsam über den Horizont bewegt, gibt mir etwas, worauf ich mich konzentrieren kann, wenn ich den seelischen Zusammenhalt zu verlieren drohe. Wie jetzt. Das unkontrollierte Gefühl, das mich beim Verlassen von Maliks Praxis übermannt hat, ist immer noch da.

»Wegen meines Vaters«, sage ich leise.

»Was ist mit ihm?«

»Nichts. Irgendwelche Bruchstücke. Mehr habe ich nicht an Erinnerungen.«

Sean legt mir die Hand auf die Schulter und drückt leicht zu. Ich zucke bei seiner Berührung zusammen, doch es gelingt mir, mich nicht loszureißen.

»Ich brauche einen Drink«, sage ich leise.

Er wartet ein paar Sekunden, bevor er antwortet. »Was ist mit dem Baby?«

»Entweder einen Drink oder Valium. Ich bin im Moment nicht sicher, was schlimmer ist.«

»Wäre denn ein Drink so schlimm?«

»Es ist nicht nur ein Drink. Es ist der erste Schritt über einen Abgrund.«

Sein Griff an meiner Schulter wird fester. »Wir müssen dich davon ablenken. Was kann ich tun?«

»Ich weiß es nicht.« Das Segel am Horizont, das ich beobachtet habe, ist verschwunden. Das Boot hat eine Halse durchgeführt und kämpft sich den Weg zurück zum Ufer. »Vielleicht sollten wir ins Bett gehen.«

Seans andere Hand legt sich auf meine andere Schulter. »Meinst du das im Ernst?«

»Nein. Aber ich brauche irgendwas, um dieses Gefühl in mir zu betäuben.«

»Was ist es denn?«

»Ich weiß es nicht. Ich glaube nicht, dass ich jemals so etwas gefühlt habe. Es war alles in Ordnung, bevor ich zu Malik gegangen bin. Und es war auch noch alles in Ordnung, als ich bei ihm in der Praxis war. Aber jetzt … es ist, als hätte er in meinem Kopf einen Schalter umgelegt. So viele Gefühle durchfluten mich … zu viele Gefühle.«

Sean dreht mich zu sich um und tritt so dicht vor mich, dass wir uns an der Brust berühren. Ich blicke in seine Augen und versuche, mich darin zu verlieren. Das ist mir schon früher gelungen. Mich zu verlieren in diesen grünen Kugeln wie ein kleines Kind, das in einem smaragdfarbenen See schwimmt. Schwimmt und treibt …

Ich reiße mich los. Sean hat mich geküsst, und die Berührung hat mich durchzuckt wie ein elektrischer Schlag.

»He«, sagt er besorgt. »Was ist denn los?«

»Ich weiß es nicht.« Ich spüre Tränen auf den Wangen. »Ich weiß es wirklich nicht. Ich habe das Gefühl, als gäbe es irgendeinen Zusammenhang zwischen allem, aber ich sehe nicht, wie …«

»Was für einen Zusammenhang?«

»Irgendeinen. Alles steht in irgendeinem Zusammenhang! Die Morde, ich, Malik. Kaiser ist auch der Meinung. Er sieht nur keinen Vorteil darin, es mir jetzt schon zu sagen.«

»Komm schon, Cat. Wie kann das alles in einem Zusammenhang stehen?«

»Wie kann es das *nicht?* Vor einem Monat haben diese Morde angefangen. Dann bekomme ich Panikattacken an jedem Tatort, was mir vorher nie passiert ist. Und die einzige Verbindung zwischen den Mordopfern ist ein Psychiater, den ich rein zufällig vor zehn Jahren gekannt habe … ein Seelenklempner, der hinter mir her war. Dann findet ihr eine weitere Verbindung zwischen den Opfern. Vietnam. Und wer war in Vietnam? Mein Vater, Nathan Malik und zwei der Opfer. Vielleicht auch mehr. Und alle im *gleichen* Jahr! Wie stehen die Chancen für so einen Zufall, Sean?«

»Ich bin kein Mathematiker, aber unmöglich ist es nicht. Solche Zufälle gibt es am laufenden Band.«

Sein Versuch, die Bedeutung dieser Fakten herunterzuspielen, macht mich wütend. »Mein Vater wurde ermordet, Sean! Und ich weiß nicht, warum!« Ich berühre die Scheibe des Panoramafensters. Das kühle Glas beruhigt mich irgendwie. »Ich erinnere mich an nichts aus jener Nacht … erst wieder, als ich Vaters Leichnam im Garten gesehen habe. Aber ich habe Blutspuren in meinem alten Zimmer gefunden. Und ich habe Albträume, die sich wiederholen … und Halluzinationen, die immer schlimmer werden. Der verdammte Regen … er hört nicht auf. Und worauf hat sich Malik spezialisiert? Verlorene Erinnerungen.«

Sean blickt mich seltsam an. »Von was für einem Regen redest du? Und wo hast du Blutspuren gefunden?«

Ich habe vergessen, dass er noch gar nichts von meinem Besuch in Natchez weiß. »In meinem alten Zimmer, wo ich aufgewachsen bin. Altes Blut. Ich glaube, es stammt aus der Nacht, in der mein Vater starb.«

»Cat … wovon redest du? Das liegt zwanzig Jahre zurück!«

»Dreiundzwanzig. Ich habe das Blut ganz zufällig gefunden. Als ich vor ein paar Tagen nach Hause gefahren bin … gütiger Gott, das war gestern! … hat ein kleines Mädchen etwas von meinem Luminol im Zimmer versprüht. Ich glaube, sie haben mich all die Jahre angelogen … meine Mutter, unser Kindermädchen, mein Großvater. Eine Zeit lang hatte ich befürchtet, mein Vater könnte sich selbst das Leben genommen haben, aber das glaube ich jetzt nicht mehr. Ich glaube vielmehr …«

Sean packt meine Schultern so fest, dass ich verstumme. »Du musst dich beruhigen, Cat. Ich möchte deine Geschichte hören, aber du musst dich erst beruhigen.«

Er hat Recht. Meine Gedanken überschlagen sich, aber ich will nicht, dass sie langsamer werden. Ich habe während meiner manischen Phasen erstaunliche Epiphanien gehabt. Aus der Schwindel erregenden neurochemischen Höhe betrachtet ordnen sich scheinbar belanglose Einzelheiten, die für normale Menschen keinen Sinn ergeben, zu kohärenten Mustern. Ich bin sicher, dass mir die Verbindung zwischen mir, Malik, seinen Patienten und den Opfern bewusst wird, sobald mein Gehirn die nächste Bewusstseinsebene erreicht.

»Erzähl mir von Natchez«, fordert Sean mich auf. »Was ist in Natchez passiert?«

»Ich glaube, ich habe gesehen, wie mein Vater ermordet wurde, Sean.«

»Warum glaubst du das?«

»Weil ich noch in der Nacht, in der er umgebracht wurde, zu reden aufgehört habe – ein ganzes Jahr lang. Und nachdem ich heute mit Malik gesprochen habe, denke ich, dass ich möglicherweise von dem, was ich in jener Nacht gesehen habe, so traumatisiert war, dass es zu einer Dissoziation führte. Dass die Wahrheit über den Tod meines Vaters irgendwo in meinem Kopf eingesperrt ist, wo ich sie nicht erreichen kann.«

»Was willst du jetzt tun?«

»Ich will noch einmal mit Malik reden.«

Sean blinzelt ungläubig. »Gütiger Gott, Cat! Der Kerl ist bald im Gefängnis!«

»Das ist mir egal. Ich glaube, dass er etwas über mich weiß.«

»Was könnte er denn über dich wissen?«

»Den Grund, warum mein Vater starb.«

»Du hast mir erzählt, dein Vater wäre von einem Eindringling erschossen worden. Und deine Albträume erzählen die gleiche Geschichte. Gesichtslose Männer, die sich Zutritt zu eurem Grundstück verschaffen und durch euer Haus streifen.«

»Was, wenn sie auch eine andere Geschichte erzählen?«

»Was für eine Geschichte beispielsweise?«

»Ich weiß es nicht. Vielleicht hatte der Tod meines Vaters irgendetwas mit Vietnam zu tun. Unser Kindermadchen glaubt, dass vielleicht einer der Freunde meines Vaters wegen Drogen gekommen ist und dass sie in Streit geraten sind. Aber was, wenn es um irgendetwas anderes ging, das sich damals in Vietnam ereignet hat?«

»Was soll das denn sein? Der Vietnamkrieg ist seit mehr als dreißig Jahren zu Ende.«

»Sicher. Aber er war noch keine zehn Jahre zu Ende, als mein Vater ermordet wurde. Und ich habe überhaupt keine Ahnung, was er im Krieg gemacht hat.«

Sean will mir eindeutig helfen, aber er hat keine Ahnung,

was er tun soll. Wir waren schon früher in derartigen Situationen.

»Hör zu«, sage ich zu ihm, unsicher, ob ich dieses Geständnis machen soll. »Ich habe Kaiser nichts davon erzählt, aber ich habe das Gefühl, als wäre ich Malik schon früher begegnet.«

Sean sieht mich verwirrt an. »Du bist ihm schon früher begegnet. Am University Medical Center in Jackson.«

»Nein, woanders. Und noch früher.«

»Scheiße. Wie das?«

»Das ist es, was ich Malik fragen will.«

»Du machst mir Angst, Cat, weißt du das? Der Typ hat sich tatsächlich so verhalten, als wüsste er Dinge über dich. Hat Kaiser Recht? Könnte es sein, dass du mehr Kontakt mit Malik hattest, als du glaubst, und die Erinnerung daran irgendwie verdrängt hast?«

Ich drehe frustriert die Handflächen nach oben.

»Cat?«

»Ich möchte ins Bett. Sofort.«

»Was denn, Liebe machen?«

»Nein. Schlafen.«

Sean schließt die Augen, dann öffnet er sie wieder und schenkt mir ein leidendes Lächeln. »Okay. Bringen wir dich ins Bett.«

Ich schaffe ein dankbares Lächeln, dann gehe ich an ihm vorbei und die Treppe zu meinem Schlafzimmer hinunter. Ich will mich in mein Bett fallen lassen, doch mein Hygiene-Ritual ist eines der Dinge, die mich in Augenblicken wie diesem zusammenhalten. Es gelingt mir, den größten Teil zu beenden, doch meine Körperlotion muss bis morgen warten. Während ich unter die Decke krieche, kommt Sean herein und setzt sich ganz vorn auf die Bettkante, um nur ja nicht bedrohlich zu wirken.

»Besser jetzt?«, fragt er.

»Nein. Was werden wir tun?«

»Wegen dem, worüber wir eben gesprochen haben?«

Ich schüttele den Kopf. »Wegen uns.«

Er schenkt mir das, was er wahrscheinlich für ein tapferes Lächeln hält. »Ich weiß es nicht, Cat. Jetzt, nachdem Kaiser über uns Bescheid weiß … niemand kann vorhersagen, was für Geschichten über uns verbreitet werden.«

»Kannst du sie verlassen, Sean? Sag mir einfach nur die Wahrheit. Kannst du deine Frau und deine Kinder verlassen, um bei mir zu sein?«

Er atmet tief ein und ganz langsam wieder aus. »Ich kann. Ich kann alles aufgeben, um mit dir zusammen zu sein.«

Ich sehe in seinen Augen, dass es die Wahrheit ist. »Aber willst du es auch? Ist es das Beste?«

»Das Beste für wen? Für mich? Ja. Für die Kinder? Das kann ich nicht sagen. Es könnte durchaus das Schlimmste sein, was ihnen jemals widerfahren ist. Es könnte ihr Leben ruinieren.«

Ich schließe die Augen. Ich will niemandes Leben ruinieren. Aber ich will mein eigenes auch nicht verlieren. »Du hast drei Tage, um dich zu entscheiden. Danach bist du entweder ganz in meinem Leben – oder ganz draußen.«

Sean hat bereits viele schlimme Dinge in seinem Leben erfahren, doch meine leisen Worte scheinen einen Schock bei ihm ausgelöst zu haben.

»Ich bin schwanger, Sean. Ich kann nicht länger warten. Ich muss ein richtiges Leben führen.«

Er nickt zögernd. Er begreift. »Kannst du schlafen?«

»Ich würde besser schlafen, wenn du bei mir wärst.«

»Ich kann bleiben.«

»Wie lange?«

»Es ist erst Nachmittag. Fünf oder sechs Stunden vielleicht. Es sei denn, der Killer schlägt erneut zu. Dann muss ich weg.«

»Wenn das geschieht, dann möchte ich, dass du gehst. Aber ich glaube nicht, dass es geschieht.«

Sean tätschelt mir die Schulter, was ich hasse. »Geh schlafen. Ich bin draußen und sehe fern.«

»Weck mich, bevor du gehen musst. Ich will nicht alleine aufwachen.«

»Mach ich.«

Er küsst mich über dem Ohr, was ich mag. Als er das Schlafzimmer verlässt, rücke ich ein Kissen so zurecht, dass es das Licht vom Fenster aussperrt, dann drehe ich mich zur Wand und warte darauf, dass mir die Augen zufallen. Maliks Worte schießen kreuz und quer durch meinen Verstand wie Fledermäuse durch eine Höhle. Wie konnte er mir so unter die Haut gehen? Was weiß er über mich, das ich nicht weiß? Und *woher* weiß er es?

Seit ich ein Kind war, hatte ich immer das Gefühl, dass die Welt einen Sinn ergibt, einen Sinn, der einer Logik folgt, die sich mir nicht erschließt. Dass die Region meines Verstandes, die die Symbole des Lebens zu dekodieren vermag, durch das chemische Ungleichgewicht in meinem Gehirn für mich nicht zugänglich ist. Nur im Schlaf erreiche ich diese Region, und selbst dann sind die Gesichter verdeckt, die ich sehe, und die Worte verstümmelt, die ich höre, als würden sie unter Wasser gesprochen. Als Teenager habe ich mit Methoden experimentiert, die den Menschen angeblich ermöglichen, ihre Träume zu lenken, doch ich hatte damit kein Glück. Bis heute bleibt mein Unterbewusstsein für meinen wachen Verstand verschlossen, wie zwei feindliche Nationen, die sich an einer schwer bewachten Grenze gegenüberstehen. Wenn ich träume, sind Angst und Verwirrung die vorherrschenden Emotionen. Ich bin eine Fremde in einem fremden Land, die versucht, Zeichen in einer fremden Sprache zu lesen, und darum betet, den Weg zurück in die Sicherheit der wachen Welt zu finden. Nichts von dem, was ich in meinen Träumen gesehen habe, scheint mit dem Tod meines Vaters in Verbindung zu stehen, zumindest nicht der Geschichte zufolge, die man mir stets erzählt hat.

Während der Schlaf sich langsam über meinen fiebernden Verstand senkt, frage ich mich erneut, ob die Erwachsenen in meinem Leben vor langer, langer Zeit beschlossen haben, mich vor einer Realität zu beschützen, die ihnen zu niederschmetternd erschien, als dass ich sie hätte ertragen können.

Nathan Malik scheint dies zu denken.

Wann das Wachsein dem Schlaf weicht, kann ich niemals genau sagen, denn meine Träume sind genauso lebendig wie nur irgendetwas, das ich während meines Wachseins erlebe. Diesmal bin ich zurück auf der Insel, in dem uralten Pick-up meines Großvaters, und fahre zusammen mit ihm über das Land. Er deutet auf Kühe, die neben einem Zaun grasen, während andere in dumpfer Zufriedenheit in einem Wassertümpel stehen. Der beißende Gestank von Tabak brennt in meiner Nase. Die runde Haube des Trucks ist rostig orange und von hunderten von Zusammenstößen verbeult. Der Motor heult gequält, als Großvater den Wagen den langen Hang hinauf zum Kamm des Hügels lenkt.

Auf der anderen Seite des Hügels liegt ein See. Ich habe viele Male darin gespielt, doch heute fürchte ich mich davor. Irgendetwas Schreckliches erwartet mich dort. Irgendetwas, das ich nicht ertragen kann. Ich weiß, dass es dort ist, doch mein Großvater weiß es nicht. Ich kann ihn nicht warnen. Mein Mund ist zugeklebt. Ich kann nur auf dem abgewetzten Sitz aus Plastikleder sitzen, die Augen fest zusammengepresst, und dafür beten, dass Gott uns vor dem Entsetzen verschonen möge, das uns erwartet …

Plötzlich ertönt ein Donnerschlag, und ich erwache in gewalttätiger Dunkelheit. Rings um mich herum tobt eine Schlacht, massige Arme schlagen um sich, Fäuste zerbrechen Knochen. Ich will davonrennen, doch ich bin an mein Bett gefesselt. Die Kämpfenden toben in lautloser Raserei um mich herum und über mich, und ihre Absichten sind nichts als töten. Ich habe diese Schlacht auch früher schon gesehen, doch dieses Mal – im Gegensatz zu all den anderen Nächten davor – sehe ich das Weiß zweier Augen unter der schwarzen Maske vor einem Gesicht. Als das Gesicht sich dem Schlafzimmerfenster zuwendet, erkenne ich meinen Vater.

Und ich schreie.

20

Ich öffne die Augen, und es ist dunkel. Ich weiß, dass die Albträume vorbei sind, weil die kleinen Zähne wieder an meinen Adern nagen.

Ich brauche etwas zu trinken.

Die Uhr auf meinem Nachttisch zeigt 5:53 morgens. Ich habe mehr als zwölf Stunden geschlafen. Sean ist wahrscheinlich längst weg. Er hat versprochen, mich zu wecken, bevor er fahren muss, doch es ist Morgen, und ich liege allein in meinem Haus. Es überrascht mich nicht sonderlich. Sean hat schon früher Versprechen mir gegenüber gebrochen. Ich habe selbst ein paar gebrochen. Ehebruch ist schließlich nichts Märchenhaftes.

Sean liegt in diesem Augenblick wahrscheinlich mit seiner Frau im Bett. Bald wird er aufwachen und zur Außenstelle des FBI fahren, um mit Kaiser und den anderen weiter an der Lösung des Falles zu arbeiten. Sie werden die Bänder meiner Unterhaltung mit Malik auseinander pflücken und ein weiteres Mal jedes Indiz und jede Spur von den Tatorten analysieren, während sie darauf warten, dass ich mich in der Lage fühle, eine Abschlussbesprechung durch das FBI über mich ergehen zu lassen.

Doch das wird heute nicht geschehen.

Ich liege in der Dunkelheit da, und eines weiß ich mit absoluter Gewissheit. Ich muss nach Malmaison zurück.

Heute. Ich glaube vielleicht, dass der kleinere der beiden blutigen Fußabdrücke von mir selbst stammt, dass ich ihn vor dreiundzwanzig Jahren dort hinterlassen habe, doch solange das keine bewiesene Tatsache ist, kann ich mit der Information nichts anfangen. Ich verfüge über die Werkzeuge und das Wissen, den Beweis zu erbringen, und ich werde keinen Frieden finden, bevor ich es nicht getan habe. Weil ich meine forensischen Utensilien ständig mit mir führe und einsatzbereit halte – selbst die Substanzen für Tests, die nicht direkt mit meinem Fachgebiet in Verbindung stehen – kann ich in zwanzig Minuten auf der Straße sein. Ich habe nicht vor, länger zu brauchen. Es ist Montag, und ich will es vor dem Berufsverkehr schaffen.

Ich gehe durch den Flur zur Küche, um mir Kaffee zu machen, als ich Zigarettenrauch rieche. Dann höre ich ein Husten aus dem Esszimmer. Sean hat vor einem Jahr mit dem Rauchen aufgehört.

Ich schleiche zum Ende des Flurs. Das Esszimmer liegt im Dunkeln. Als meine Augen sich an die Dämmerung gewöhnt haben, sehe ich einen Mann auf dem Sofa sitzen.

Ich strecke die Hand aus und schalte das Licht ein.

Sean trägt Boxershorts und sein Oxford-Hemd, das von oben bis unten aufgeknöpft ist. Sein Gesicht ist so eingefallen, wie ich es noch nie gesehen habe. Er sieht aus wie ein Mann, der Zeuge eines grauenvollen Unfalls geworden ist. Eines Unfalls, in den seine eigene Familie verwickelt war.

»Sean? Was machst du?«

Er sieht nicht in meine Richtung. »Ich denke nach.«

Ich tappe zum Sofa und blicke auf ihn hinab. Auf dem kleinen Tisch steht eine Flasche Bushmills, daneben eine Untertasse voll mit ausgedrückten Zigaretten. Die Flasche war neu, doch sie ist jetzt zu einem Drittel leer. Daneben liegt eine aufgeschlagene Zeitung, und aus den Seiten starrt mich das Gesicht von Nathan Malik an. Darunter ist ein weiteres Bild, das zeigt, wie der Psychiater in die Kamera winkt, während er von der Polizei durch die Gravier Street geführt wird – den sogenannten Hollywood Walk vom Hauptquartier des NOPD zur Central Lockup Unit, dem Polizeigewahrsam.

»Ist alles in Ordnung?«, frage ich.

»Nein.«

»Warst du die ganze Nacht hier? Im Haus, meine ich?«

»Nein.« Er sieht mich immer noch nicht an.

»Du hattest versprochen, mich zu wecken, bevor du gehst.«

»Ich hab's versucht. Du warst nicht wach zu kriegen.«

»Wann bist du gegangen?«

Endlich sieht er auf. Seine Augen sind glasig. »Sie wissen es, Cat.«

»Was wissen sie? Wer weiß was?«

»Alle.«

»Was ist passiert, Sean? Wovon redest du überhaupt?«

»Von uns. Alle wissen Bescheid.«

Ich weiche einen Schritt zurück. »Wie meinst du das?«

»Irgendjemand hat geredet.« Er zuckt die Schultern, als wäre es ihm egal. »Ich bezweifle, dass Kaiser dahintersteckt. Vielleicht sein Fahrer, keine Ahnung. Aber die Sonderkommission hat davon Wind bekommen, und bis Feierabend ging es durch das ganze Department.«

»Wegen ein paar Gerüchten im Department würdest du dich bestimmt nicht so verhalten.«

Er schüttelt den Kopf. »Irgendjemand hat Karen angerufen. Die Frau dieses Detectives, die ich vor ungefähr einem Jahr zur Sau gemacht habe. Sie hat Karen angerufen und hat es so übel aussehen lassen, wie sie nur konnte.«

Mit etwas in dieser Art rechne ich seit Monaten. Jetzt, da es endlich passiert ist, spüre ich eine eigenartige Taubheit in der Brust. »Und?«

»Karen hat mich gestern Abend auf dem Handy angerufen. Sie hat gesagt, ich solle nicht nach Hause kommen.«

»Was hast du getan?«

»Ich habe versucht, mit ihr zu reden.«

»Von Angesicht zu Angesicht? Du bist nach Hause gefahren?«

Er nickt. »Sie wollte mich nicht ins Haus lassen.«

»Du hast einen Schlüssel.«

Sean kichert glucksend, ein Geräusch, dem jeglicher Humor fehlt. »Sie hat die Schlösser austauschen lassen.«

Gut für dich, Karen, denke ich.

»Sie hat einen Schlüsseldienst außerhalb der Ladenzeiten gerufen und jedes verdammte Schloss auswechseln lassen.«

Ich blicke hinüber zum Panoramafenster. Ein schwacher blauer Lichtschein erhellt die Schwärze über dem linken Seeufer. Die Sonne geht bald auf. Ich muss los.

»Hör mal, ich weiß, dass jetzt ein schlechter Moment ist … aber ich muss weg.«

Er blinzelt verwirrt. »Weg?«

»Ja.«

»Du bist bereit, mit dem FBI zu reden?«

»Nein. Ich fahre noch einmal nach Hause. Nach Natchez.«

Er reibt sich die Augen wie jemand, der nach langem Schlaf aufwacht. »Wovon redest du da? Du bist doch gerade erst dort gewesen? Warum willst du schon wieder nach Natchez?«

Der Versuch, einem betrunkenen Sean meine Beweggründe zu erklären, geht über das hinaus, womit ich mich im Augenblick befassen will. »Hör mal, ich werde im Augenblick nicht gebraucht. Ich muss nach Hause.«

Er winkt ausladend. »Ich dachte, das hier wäre dein Zuhause?«

»Ich muss herausfinden, was in diesem Zimmer passiert ist. Was in der Nacht passiert ist, als mein Vater starb.«

»Aber du kannst jetzt nicht einfach fahren. Malik denkt, er hätte irgendeine Verbindung zu dir. Du bist wichtig für die Lösung des Falls.«

Vor meinem geistigen Auge entsteht ein Bild des Psychiaters – eine schwarz gekleidete Gestalt, die einen Korridor entlangblickt wie ein besorgter Vater. »Wo ist Malik jetzt?«, frage ich. »Was steht in diesem Zeitungsartikel?«

»Er wurde ins Orleans Parish Prison überführt. Er hat sich geweigert, der gerichtlichen Anordnung Folge zu leisten. Die *Picayune* hat einen Artikel über seinen moralischen Standpunkt und seinen Widerstand gegen das FBI gebracht. Manche Leute halten Malik für einen Helden, weil er seine Patienten vor dem Staat schützt. Andere glauben, er selbst wäre der Killer oder würde den Killer zumindest schützen. Das Einzige, worin sich alle einig sind, ist die Tatsache, dass er die einzige gottverdammte Spur in dieser Geschichte ist.«

Nichts von alledem kommt überraschend für mich. »Hör mal, ich habe getan, was Kaiser von mir wollte. Das ist alles, was ich im Augenblick tun kann. Ich bin Expertin für Gebissabdrücke, aber sie haben jemand anderen für diesen Job genommen. Ich kann nichts tun, das irgendetwas ändern würde. Ich bin fertig. Ich fahre nach Hause.«

Sean schüttelt den Kopf, als könnte er dadurch nüchtern werden. »Gestern Abend hast du mich gefragt, ob ich für dich alles aufgeben könnte. Ich habe dir geantwortet, dass ich es könnte.«

Ich nicke, doch ich sage nichts.

»Nun … wir können jetzt zusammen sein. Auf der Stelle. Kein Warten mehr.«

Ich habe seit über einem Jahr davon geträumt, dass er diese Worte irgendwann einmal zu mir sagen würde, doch jetzt, wo er sie ausgesprochen hat, empfinde ich nichts außer Traurigkeit. »Du hast deine Wahl nicht aus freien Stücken getroffen, Sean. Du wurdest erwischt. Das ist eine ganz andere Geschichte.«

Er blickt mich ungläubig an. »Meinst du das ernst?«

»Außerdem bist du betrunken. Du weißt nicht, wie du darüber denken wirst, sobald du erst wieder nüchtern bist. Soweit es mich betrifft, wäre es durchaus möglich, dass du Karen um Verzeihung anflehst und heute Nacht wieder bei dir zu Hause schläfst. Ich will mich nicht wie ein Miststück anhören, Sean, okay? Ich liebe dich. Aber ich habe etwas Wichtiges zu erledigen, und ich kann es nicht verschieben, nur weil du gestern Nacht erwischt worden bist.«

»Du *hörst* dich wie ein Miststück an.«

Mein Lachen ist ein kurzes, raues Bellen, das selbst mich überrascht. »Danke, dass du es mir leichter machst.«

21

Als ich vor Malmaison ankomme, finde ich das schmiedeeiserne Tor offen. Ist etwa eine Besichtigung im Gang? Doch es ist die falsche Jahreszeit dafür. Vorsichtig biege ich um die nicht einsehbaren Kurven der Straße, umrunde das Haus bis zur hinteren Zufahrt und steuere auf den großen Kiesplatz hinter den Sklavenquartieren und dem Rosengarten.

Mutters Maxima, Pearlies blauer Cadillac und der Town Car meines Großvaters stehen hier. Außerdem ein Acura, den ich nicht kenne. Der Motor des Town Car läuft. Der Fahrer meines Großvaters sitzt hinter dem Steuer. Billy Neal macht keine Anstalten zu grüßen, sondern starrt mich mit eigenartiger Feindseligkeit an.

Ich will gerade zu ihm gehen und fragen, was er für ein Problem mit mir hat, als Großvater durch das Spalier auf der Rückseite des Rosengartens kommt. Er trägt einen schicken Anzug aus der Fabrikation des Hongkonger Schneiders, der zweimal im Jahr durch Natchez kommt und in einem örtlichen Hotel die Maße nimmt. Der dunkle Stoff kontrastiert zu Großvaters silbernem Haar, und in der Brusttasche trägt er ein weißes Seidentaschentuch.

Billy Neal steigt aus dem Lincoln und öffnet die hintere Beifahrertür, doch da hat mein Großvater mich bereits erblickt und steuert in meine Richtung. Neal lehnt sich gegen den Wagen und zündet sich eine Zigarette an. Sein Verhalten ist geradezu unverschämt.

»Catherine!«, ruft Großvater. »Zwei Besuche in drei Tagen! Was ist denn los?«

Ich habe nicht vor, den Grund für meine Anwesenheit zu verschweigen, auch wenn er sich möglicherweise deswegen aufregt. »Ich bin hergekommen, um die Arbeit in meinem Schlafzimmer zu Ende zu bringen.«

Er bleibt dicht vor mir stehen, und in seinen blauen Augen glitzert es interessiert. »Du meinst das Blut, das du gefunden hast?«

»Ja. Ich will den Rest des Zimmers nach Spuren von Blut und anderen Beweisen absuchen. Vielleicht das ganze restliche Sklavenquartier.«

Das Glitzern verschwindet. »Was für Beweise? Beweise wofür?«

»Ich bin nicht sicher. Aber ich bin entschlossen, alles zu finden, was nach dreiundzwanzig Jahren noch erhalten ist.«

Er blickt auf seine Armbanduhr. »Du machst es selbst?«

»Ich denke nicht, nein. Ich hatte es eigentlich vor, und ich habe meine forensische Ausrüstung im Kofferraum. Aber wenn irgendetwas von dem, was ich finde, für ein Gericht von Belang ist, dann …«

»Für ein Gericht?« Jetzt habe ich seine volle Aufmerksamkeit. »Was könnte denn für ein Gericht von Belang sein?«

Warum zwingt er mich, das zu sagen? »Hör zu, ich weiß, du bist der Meinung, dass wir beide, du und ich, das Blut wahrscheinlich selbst in jener Nacht aus dem Garten ins Haus geschleppt haben, aber …«

»Aber was?«

»Es hat geregnet in dieser Nacht, Großpapa. Ziemlich heftig.«

Er nickt, als erinnerte er sich erst jetzt daran. »Du hast Recht.«

»Es ist nicht, dass ich dir nicht glaube, aber ich muss immer wieder an diesen Regen denken. Wie kann jemand so viel Blut durch dreißig Meter nasses Gras ins Haus schleppen, um diese Abdrücke zu hinterlassen?«

Er lächelt. »Du bist genauso hartnäckig und besessen wie dein Großvater.«

Ich kann nicht anders, als das Lächeln zu erwidern. »Das Problem ist die Objektivität, wenn ich es selbst mache. Wenn es zu irgendwelchen gerichtlichen Aktionen kommt, die mich einbeziehen, werden die Beweise bestenfalls suspekt sein, schon allein dadurch, dass ich sie gefunden habe. Aber ich kenne Leute drüben im State Crime Lab in Baton Rouge. Sie machen ein paar Arbeiten nebenbei, rekonstruieren Tatorte, fungieren als Experten vor Gericht ...«

»Mississippi oder Louisiana?«

»Louisiana.«

Großvater nickt mechanisch, als hätte er plötzlich andere Dinge im Kopf.

»Sie könnten mein Schlafzimmer in einem halben Tag untersuchen und das Ganze auf Video aufnehmen. Jeder Beweis, den sie finden, wäre über alle Zweifel erhaben. Ganz ehrlich, Großvater, ich kann nicht einmal annähernd so tun, als wäre ich objektiv in dieser Angelegenheit.«

»Ich verstehe.« Er blickt zu seinem Fahrer, dann sieht er mich wieder an.

»Hast du ein Problem damit, wenn ich es so mache, Großpapa?«

Er scheint mich nicht gehört zu haben. Der Schlaganfall, den er vor einem Jahr erlitten hat, hat seine geistigen Fähigkeiten angeblich nicht beeinträchtigt, doch manchmal bin ich mir dessen nicht so sicher.

»Wem gehört der Wagen dort?«, frage ich und deute auf den Acura.

»Ann«, antwortet Großvater mit abwesendem Blick.

Tante Ann kommt nur selten nach Malmaison. Ihr stürmisches Leben hat sie vor langer Zeit von meinen Großeltern entfremdet. Meine Mutter ist diejenige, die sich bemüht, einen positiven Einfluss auf Anns Leben auszuüben, doch ihre Anstrengungen sind größtenteils vergeblich. Ann wurde, als sie Mitte zwanzig war, als bipolar diagnostiziert und zu einem mahnenden Beispiel in der einheimischen Gesellschaft, einem Beispiel, dass großer Reichtum nicht notwendigerweise Glück zur Folge hat.

»Ist sie zu Besuch bei Mom?«, frage ich.

»Sie ist jetzt bei Gwen, aber eigentlich ist sie hergekommen, weil sie zu mir wollte.«

»Weswegen?«

Großvater seufzt erschöpft. »Warum kommt sie denn jedes Mal?«

Geld. Mom hat mir erzählt, dass Tante Ann schon vor langer Zeit den Treuhandfonds aufgebraucht hat, den mein Großvater für sie eingerichtet hatte. Und trotzdem hat sie keine Bedenken, ihn immer wieder um Geld zu fragen, wenn sie welches braucht. »Mom hat erzählt, Tante Ann würde von ihrem neuen Ehemann geschlagen?«

Großvaters Gesicht wird starr, und ich spüre die schwelende Wut eines Mannes, der die Menschen nach seinem eigenen strengen Kodex beurteilt. »Wenn sie mich mit diesem Problem um Hilfe bittet, dann werde ich eingreifen.«

Ich will ihn fragen, ob er Ann das Geld gegeben hat, das sie haben wollte, doch ich lasse es. Wahrscheinlich würde er es mir nicht sagen.

Er blickt erneut auf seine Armbanduhr. »Catherine, ich habe ein Meeting mit einem Mitglied der Glücksspielkommission von Mississippi. Es geht um Maison DeSalle. Ich darf nicht zu spät kommen.«

Jetzt fällt mir wieder das architektonische Modell ein, das er mir in seinem Arbeitszimmer gezeigt hat, und sein Plan der Zertifizierung einer Indianischen Nation der Natchez.

»Oh, richtig. Viel Glück, schätze ich.«

Auf der anderen Seite des Parkplatzes hebt Billy Neal den Arm und deutet auf seine Uhr. Großvater winkt zustimmend, dann blickt er mir tief in die Augen, als wollte er mir etwas Wichtiges vermitteln. Die hypnotischen blauen Augen machen mir einmal mehr das Charisma meines Großvaters bewusst. Seine geistigen Fähigkeiten haben absolut nicht gelitten.

»Catherine«, sagt er mit ernster Stimme. »Ich möchte, dass du deine Pläne aufschiebst, bis ich von diesem Meeting zurück bin. Es dauert nicht viel länger als eine Stunde.«

»Warum?«

Er ergreift meine Hand und hält sie fest. »Es ist eine delikate Geschichte. Eine persönliche Geschichte. Persönlich für dich, mein Kind.«

»Für mich?« Ein eigenartiges Summen breitet sich in meinem Kopf aus. »Dann sag es mir jetzt. Ich wollte eben im Crime Lab anrufen und die Dinge in Bewegung setzen.«

»Jetzt ist nicht der richtige Zeitpunkt, mein Liebes. Wir sollten uns in meinem Büro unterhalten.«

»Also gehen wir in dein Büro.«

»Ich kann jetzt nicht, Catherine. Ich muss zu diesem Meeting.«

Ich schüttele frustriert den Kopf. »Ich bin es leid, im Dunkeln herumzutappen, Großpapa. Wenn du mich daran hindern willst, dass ich das tue, dann sag mir auf der Stelle den Grund dafür.«

Ein Anflug von Ärger huscht über sein Gesicht, doch anstatt mich zu ermahnen, geht er langsam um den Audi herum und steigt auf der Beifahrerseite ein. Sein Wunsch ist klar. Ich setze mich neben ihm auf den Fahrersitz, doch er sieht mich nicht an. Er starrt mit verlorenem Blick durch die Windschutzscheibe nach vorn.

»Hör zu«, sage ich. »Seit ich dieses Blut entdeckt habe

– eigentlich schon lange davor –, hatte ich das Gefühl, dass du und Mom und Pearlie irgendetwas vor mir verheimlicht – irgendetwas, das mit dieser Nacht zu tun hat. Wahrscheinlich, weil ihr glaubt, mich beschützen zu müssen. Aber ich bin kein Kind mehr, okay? Ich bin nicht einmal mehr jung. Also bitte erzähl mir endlich, was das alles zu bedeuten hat.«

Seine Blicke bleiben auf das Meer von Rosenblüten im Garten gerichtet, als er mit leiser Stimme zu reden beginnt. »Der Regen«, murmelt er. »Wie dumm von uns zu glauben, wir könnten dich belügen und damit für immer durchkommen.« Seine massige Brust sinkt mit einem tiefen Seufzer in sich zusammen. »Du hattest schon immer einen scharfen Verstand und gute Instinkte, selbst als Kind.«

Meine Gliedmaßen jucken. »Bitte komm zur Sache.«

Plötzlich wendet Großvater sich mir zu, die Augen ernst, wie ein Arzt, der im Begriff steht, schlechte Neuigkeiten zu verkünden. »Darling, dein Vater ist nicht dort gestorben, wo wir gesagt haben.«

Ein merkwürdiges Taubheitsgefühl breitet sich von meinem Herzen her durch meinen Rumpf aus. »Wo ist er gestorben?«

»Luke starb in deinem Schlafzimmer.«

In meinem Schlafzimmer ... Die Taubheit in mir verwandelt sich in eisige Kälte. Innere Kälte. Ich wende den Blick ab, sehe zu den Rosen, die ich seit so langer Zeit hasse. »Wie ist er gestorben?«

»Sieh mich an, Catherine. Sieh mich an, und ich sage dir alles, was ich weiß.«

Ich zwinge mich, ihn anzusehen, mich auf das von Linien durchzogene Patriziergesicht zu konzentrieren, und mit leiser Stimme beginnt er zu reden.

»Ich war unten und habe gelesen. Dann hörte ich einen Schuss. Er klang gedämpft, doch ich wusste sofort, was es war. Es klang genauso wie unsere M1 geklungen haben, wenn wir die Bunker der Japse nach dem Flammenwerfereinsatz gesäubert haben. Ich bin sofort nach draußen gerannt. Ich habe einen Mann gesehen, der von eurem Haus in die Dunkelheit geflüchtet ist. Ich bin ihm nicht gefolgt. Ich bin direkt rüber zu euch gelaufen, um zu sehen, ob jemand verletzt wurde.«

»War der Flüchtende ein Schwarzer, wie du erzählt hast?«

»Ja. Als ich in euer Haus kam, fand ich deine Mutter schlafend in ihrem Bett. Dann bin ich in dein Zimmer, um nach dir zu sehen. Luke lag auf dem Boden und blutete aus der Brust. Sein Gewehr lag neben ihm auf dem Boden.«

»Wo war ich?«

»Ich weiß es nicht. Ich habe Luke untersucht, und seine Schusswunde war tödlich.«

»Hat Daddy noch etwas gesagt?«

Großvater schüttelt den Kopf. »Er konnte nicht mehr sprechen.«

»Warum nicht?«

»Catherine …«

»*Warum nicht?*«

»Er ertrank in seinem eigenen Blut.«

»Wegen einer Wunde an der Seite seiner Brust?«

»Liebling, das Gewehr war mit Jagdmunition geladen, die sich beim Aufprall zerlegt. Die inneren Verletzungen waren katastrophal.«

Ich verdränge den Schmerz, indem ich mich auf Einzelheiten konzentriere. »Hast du das Gewehr angerührt?«

»Ich habe es hochgehoben und am Lauf gerochen, um festzustellen, ob es die Waffe war, aus der geschossen wurde. Es gab keine Zweifel.«

»Hast du die Polizei gerufen?«

»Das hat Pearlie getan. Sie war zuerst unten, um nach dir zu sehen, wie ich schon sagte. Der Rest war mehr oder weniger so, wie ich es dir bereits erzählt habe. Deine Mutter wachte auf, und Augenblicke später bist du in das Schlafzimmer spaziert.«

»Wo war ich? Ich meine … es ist in meinem Schlafzimmer passiert, oder?«

Er nimmt sich einen Moment Zeit zum Nachdenken, bevor er spricht. »Draußen, glaube ich.«

»Wer hat Daddys Leiche in den Rosengarten getragen?«

»Das war ich.«

»Warum?«

»Um dich zu schützen.«

»Wie meinst du das?«

Großvater rutscht unbehaglich auf dem Sitz hin und her, doch seine Blicke bleiben unverwandt auf mich gerichtet, todernst und voller Überzeugung. »Du warst acht Jahre alt, Catherine. Dein Vater wurde von einem Einbrecher in deinem Schlafzimmer erschossen. Wäre diese Story im *Examiner* abgedruckt worden, hätten die morbiden Spekulationen kein Ende gefunden. Was ist passiert, bevor Luke in deinem Zimmer eintraf? Wurdest du auf irgendeine Weise unsittlich berührt? Vielleicht sogar vergewaltigt? In dieser kleinen Stadt hätte dich das bis an dein Lebensende verfolgt. Ich sah keine Veranlassung, dich dem auszusetzen, genauso wenig wie deine Mutter. Luke war tot. Es machte keinen Unterschied, wo die Polizei seinen Leichnam fand.«

»Mom weiß es?«

»Selbstverständlich.«

»Und Pearlie auch?«

»Es war Pearlie, die mir half, Lukes Blut vom Boden und von den Wänden zu wischen, bevor die Polizei kam. Nicht, dass es eine Rolle gespielt hätte – niemand hat auch nur einen Fuß in das Haus gesetzt.«

»Warum nicht?«

Er sieht mich an, als wäre die Antwort offensichtlich. »Sie glaubten mir, was ich ihnen erzählte. Luke lag tot unter dem Dogwood-Baum im Rosengarten. Ich erzählte ihnen, wie es passiert war, und das war alles.«

Eine derart passive Reaktion der Polizei wäre selbst damals, 1981, in New Orleans unvorstellbar gewesen. Doch im Natchez von vor zwanzig Jahren? Welcher einheimische Cop sollte es wagen, das Wort von Dr. Kirkland infrage zu stellen, insbesondere angesichts der Tatsache, dass der Ermordete Kirklands eigener Schwiegersohn war?

»Hat es überhaupt eine Spurensicherung gegeben? Wurde das Gelände nach Blut oder anderen Beweisen abgesucht?«

»Ja, aber wie du selbst gesagt hast, es regnete stark in dieser Nacht. Sie unternahmen keine allzu großen Anstrengungen. Es war eine traurige Nacht, und jeder wollte, dass sie zu Ende ging.«

Ich starre über den Rosengarten auf das Sklavenquartier, das sechzehn Jahre lang mein Zuhause war. Dann blicke ich nach rechts, zu dem Dogwood-Baum, von dem ich mein ganzes Leben lang dachte, mein Vater wäre unter ihm gestorben. *Luke war tot. Es machte keinen Unterschied, wo die Polizei seinen Leichnam fand.* Doch für mich macht es einen Unterschied. Es macht jeden Unterschied in der Welt.

»Aber Großpapa … was, wenn mir irgendetwas passiert ist? Hast du je darüber nachgedacht?«

Bevor er antworten kann, kommt der Lincoln Town Car auf der Beifahrerseite heran und hält. Billy Neal wirft meinem Großvater einen unmissverständlichen Blick zu.

»Was hat dieser Kerl für ein verdammtes Problem?«, fauche ich.

Großvater runzelt missbilligend die Stirn wegen meiner Wortwahl, doch er bedeutet Billy, sich zu entfernen. Nach etwa zehn Sekunden gehorcht der Fahrer.

»Selbstverständlich habe ich über diese Möglichkeit nachgedacht, Liebes«, sagt mein Großvater. »Ich habe dich selbst untersucht, nachdem die Polizei wieder weg war.«

»Und?«

»Ich fand keinerlei Hinweise darauf, dass dir Gewalt angetan wurde.«

»Du hast mich auch auf sexuelle Misshandlung untersucht?«

Er seufzt erneut, offensichtlich abgestoßen von der Direktheit meiner Frage. »Ich habe dich gründlich untersucht, ja. Dir war nichts geschehen. Körperlich, meine ich. Der seelische Schock war vernichtend. Du hast ein ganzes Jahr lang kein Wort mehr gesprochen.«

»Was glaubst du, habe ich gesehen?«

»Ich weiß es nicht. Wenn es glimpflich abgelaufen ist, hat sich der Einbrecher vor dir entblößt. Vielleicht hat er dich befummelt oder dich gezwungen, ihn anzufassen. Am anderen Ende des Spektrums ... Vielleicht hast du mit ansehen müssen, wie dein Vater erschossen wurde.«

Ich will meine zitternden Hände verbergen – Großvater verabscheut Schwäche –, doch ich weiß nicht, wohin mit ihnen. Er legt einer seiner starken, von Altersflecken übersäten Hände auf die meinen und beendet das Zittern mit festem Griff. »Hast du irgendwelche Erinnerungen an jene Nacht?«

»Nicht vor dem Moment, wo ich Daddys Leiche gesehen habe. Ich leide unter Albträumen. Ich sehe Daddy, wie er mit einem gesichtslosen Mann kämpft und ... andere Sachen. Aber nichts von alledem ergibt einen Sinn.«

Er drückt meine Hände fester. »Das sind keine Albträume, Liebes. Es sind Erinnerungen. Ich habe eine Reihe von schlimmen Dingen über Luke gesagt, ich weiß. Und Gott hilf mir, ich habe dich ebenfalls belogen. Ich hoffe nur, dass der Grund gut genug war. Doch auf eines schwöre ich einen heiligen Eid. Dein Vater starb bei dem Versuch, dein Leben zu retten. Wahrscheinlich *hat* er dir das Leben gerettet. Kein Mann hätte mehr tun können als er.«

Ich schließe die Augen, doch die Tränen kommen trotzdem. Ich habe mein ganzes Leben lang eine gewisse Verlegenheit gespürt wegen der Probleme, die mein Vater aus dem Krieg mit nach Hause brachte. Jetzt zu erfahren, dass er als

Held starb … es ist beinahe zu viel. »Wer hat es getan, Großpapa? Wer hat ihn ermordet?«

»Das weiß niemand.«

»Hat die Polizei wirklich nach dem Täter gesucht?«

»Das solltest du annehmen. Ich habe ihnen schwer zugesetzt. Aber sie haben nichts gefunden.«

»Ich kann den Tatort heute mit Werkzeugen auseinander nehmen«, sage ich leise, »die es damals noch gar nicht gab.«

Großvater betrachtet mich mit kummervoller Miene. »Da bin ich sicher, Catherine, aber was sollte es nutzen? Was, wenn du DNA von einer unbekannten Person findest? Es gab niemals auch nur einen Verdächtigen. Willst du vielleicht Blutproben von jedem Schwarzen in ganz Natchez nehmen? Das könnten fünftausend Leute sein. Und der Killer ist inzwischen vielleicht längst tot. Oder er hat die Stadt vor Jahren verlassen.«

»Willst du damit sagen, ich sollte nicht versuchen, den Mörder meines Vaters zu finden?«

Großvater schließt die Augen. Gerade als ich glaube, er wäre eingeschlafen, öffnet er sie wieder und richtet den Blick mit erstaunlicher Intensität auf mich. »Catherine, du hast dich dein ganzes Erwachsenenleben nur auf den Tod konzentriert. Und jetzt stehst du im Begriff, eine Grenze zu überschreiten, die Grenze zur Besessenheit. Ich möchte, dass meine Enkeltochter *lebt!* Ich möchte, dass du eine Familie hast und Kinder …«

Ich schüttle heftig den Kopf, nicht, weil ich diese Dinge ablehne, sondern weil ich im Augenblick einfach nicht imstande bin, mich damit zu beschäftigen. Und weil außerdem schon ein Kind in mir heranwächst …

»*Das* hätte dein Vater gewollt«, sagt Großvater. »Nicht irgendeine späte Suche nach Gerechtigkeit, die keinerlei Aussicht auf Erfolg hat.«

»Es ist nicht Gerechtigkeit, die ich will.«

»Was dann?«

»Der Mann, der meinen Vater ermordet hat, ist die einzige Person auf der Welt, die mir sagen kann, was in meinem Zimmer passiert ist.«

Endlich schweigt mein Großvater.

»Irgendetwas *ist* in jener Nacht mit mir passiert«, sage ich. »Irgendetwas Schlimmes. Und ich muss wissen, was es war.«

Großvater antwortet, doch ich verstehe seine Worte nicht. Seine Stimme klingt, als würde sie vom Wind über ein Feld herangeweht. Ich ziehe eine Hand aus seinem Griff, öffne die Tür und will aussteigen. Er versucht mich an der anderen Hand festzuhalten, doch ich mache meine Finger ganz locker, und meine Hand kommt frei. Ich stemme die Füße in den Boden, springe auf und renne in Richtung des Sklavenquartiers.

Billy Neal spürt, dass irgendetwas nicht in Ordnung ist. Er springt aus dem Lincoln und verstellt mir den Weg.

»Verschwinde, du Scheißkerl!«, schreie ich ihn an.

Er will nach mir greifen, doch ich drehe mich um die eigene Achse und weiche in Richtung der Gebäude aus. Ohne mich umzusehen, renne ich den Hügel hinunter in Richtung Bayou, wo im Schatten einer Wand aus Bäumen die alte Scheune steht, die meinem Vater in seinen letzten Jahren nicht nur als Atelier, sondern auch als Schlafplatz gedient hat. Hier bin ich sicher. Hinter mir ertönen Rufe. Ich erkenne Pearlies Stimme darunter, doch ich renne weiter und rudere dabei mit den Armen wie ein von Panik erfülltes kleines Mädchen.

22

Ich komme nicht in die Scheune. Zum ersten Mal in meinem Leben ist der Zufluchtsort meines Vaters für mich versperrt. Das Haupttor ist mit einem Vorhängeschloss gesichert, und die geheimen Zugänge, die ich jahrelang benutzt habe, sind vernagelt. Wenn ich eine Leiter finden könnte, würde ich es mit der Giebeltür versuchen, doch als ich mich suchend umsehe, höre ich Pearlie nach mir rufen, die sich vom Haus her nähert.

Sie kommt in ihrer weißen Uniform den Hügel hinuntergerannt. Dass sie weit über siebzig ist, scheint ihre Geschwindigkeit in keiner Weise zu beeinträchtigen. Ihre Bewegungen sind ungelenk und abgehackt und verleihen ihr das Aussehen einer Marionette, die durch unsichtbare Fäden kontrolliert wird, doch sie ist schnell. Ich warte vor der Scheune und beobachte sie, während ich überlege, was sie mir so Wichtiges zu sagen haben mag. Die Luft hier riecht nach dem Bayou hinter der Scheune – verwitternde Vegetation, tote Fische, Frösche, Schlangen, Skunks. Die Moskitos waren schon immer eine Plage hier unten, doch Daddy schienen sie nie etwas auszumachen.

»Was machst du hier?«, ruft Pearlie mir entgegen.

»Ich will in die Scheune.«

Sie bleibt hechelnd ein paar Schritte vor mir stehen. »Warum?«

Weil ich meinem Vater nah sein will. Weil sein Grab mir nichts gibt. Weil ich hier, wo seine letzten Skulpturen lagern – auf meine Bitte hin nicht verkauft –, eine Verbindung zu ihm empfinde, die niemals abgestorben oder auch nur verblasst ist …

»Ich will eben hinein«, sage ich schroff. »Warum ist sie abgesperrt?«

»Weil alle Metallarbeiten von Mr. Luke hier drin verwahrt werden.«

»Alle? Ich dachte, es wären nur noch ein paar nicht verkaufte Stücke übrig?«

»Das war einmal so. Doch dein Großvater hat die anderen alle aufgekauft. Wann immer ein Stück zum Verkauf kommt, erwirbt er es. Er hat mindestens zehn davon in der Scheune stehen. Auch ganz große.«

»Aber warum?«, frage ich fassungslos. »Großvater mochte Daddys Arbeiten nie.«

Pearlie zuckt die Schultern. »Anscheinend steckt Geld dahinter, irgendwie. Diese Statuen sind doch Geld wert, oder? Ein paar davon hat er von weit her, aus Atlanta.«

»Ein paar Sammler halten sie für wichtig, ja. Aber sie sind nicht die Sorte Geld wert, die sie für Großvater interessant machen würden.«

Pearlie kommt näher und blickt mir in die Augen. »Was ist da oben im Wagen passiert? Warum bist du so davongerannt?«

Ich wende mich ab und blicke zum Scheunentor. »Großpapa hat mir erzählt, wo Daddy wirklich gestorben ist.«

Pearlie kommt um mich herum, bis sie wieder Blickkontakt hat. Ich entdecke Angst in ihren Augen.

»Wovor fürchtest du dich, Pearlie? Was glaubst du, hat er mir erzählt?«

»Ich fürchte mich vor gar nichts! Du sagst mir auf der Stelle, was er gesagt hat!«

»Er hat mir erzählt, dass Daddy nicht unter dem Baum gestorben ist. Er wurde in meinem Zimmer erschossen, als er versucht hat, mich vor dem Einbrecher zu retten.«

Pearlie steht wie erstarrt da. »Was hat er sonst noch gesagt?«

»Er hat gesagt, dass du ihm geholfen hast, Daddys Blut von den Wänden und vom Boden abzuwaschen.«

Die alte Frau senkt den Kopf.

»Wie konntet ihr das tun? Wie konntet ihr mich all die Jahre belügen?«

Pearlie schüttelt den Kopf, ohne den Blick zu heben. »Ich bin nicht traurig, dass ich das Blut weggemacht habe. Es hätte dir nicht gut getan, wenn du etwas anderes erfahren hättest als das, was wir dir gesagt haben.«

»Woher willst du das wissen? Ist es nicht immer besser, die Wahrheit zu kennen, ganz gleich, wie sie aussieht?«

Sie blickt auf, und ihre Augen glänzen feucht. »Vielleicht bist du noch nicht alt genug, um es gelernt zu haben, aber manchmal ist es besser, nichts zu wissen. Ganz besonders, wenn man eine Frau ist.«

»Was soll das nun wieder bedeuten?«

»Wenn jeder wüsste, was alle wirklich die ganze Zeit tun und denken, wären eine ganze Menge mehr Leute im Gefängnis. Und es wäre kaum noch eine Familie zusammen. Kaum jemand wäre noch mit irgendjemandem zusammen, ganz besonders bei uns Schwarzen.«

»Ich will aber die Wahrheit, Pearlie! Ich will nicht beschützt werden. Ich will nicht, dass man mich belügt! Ich will die Wahrheit, ganz egal, wie schlimm sie ist!«

»Du weißt nicht, was du sagst, Mädchen! Du denkst, du weißt es, aber du weißt gar nichts.«

Ich packe sie am Arm. »Du weißt alles, was jemals in dieser Familie passiert ist. Was hast du mir sonst noch alles verschwiegen?«

»Nichts! Was Dr. Kirkland in dieser Nacht getan hat, das war richtig! Es hätte doch niemandem genutzt, wenn alle darüber reden, dass du vielleicht vergewaltigt worden bist! All die alten weißen Ladys hätten jedes Mal, wenn du einen Raum betrittst, hinter deinem Rücken giftiges Zeug getuschelt. Das wollten wir dir nicht aufbürden. Nicht in dieser kleinen Stadt.«

»Es ist mir völlig egal, was andere Leute tuscheln oder

denken! Es ist mir heute egal, und es war mir damals egal. Das weißt du!«

Pearlie nickt. »Du bist ein starkes Mädchen, ja, ja. Warst schon immer stark. Aber dieser Skandal war überflüssig. Wir wollten nicht, dass er dir nachhängt. Und jetzt komm mit zurück ins Haus. Dr. Kirkland hat den einzigen Schlüssel zu der alten Scheune. Du musst warten, bis er dich reinlässt, und er ist jetzt zu seinem Meeting gefahren.«

Ich zucke zusammen, als mein Mobiltelefon »U2« piepst. Es ist Sean. Mein erster Impuls ist, den Anruf zu ignorieren, doch irgendetwas lässt mich das Gespräch entgegennehmen.

»Was gibt's?«, frage ich.

»Halt dich fest«, sagt Sean, und seine Stimme klingt rau vom Alkohol der vergangenen Nacht. »Um acht Uhr heute Morgen hat Nathan Malik sein Schweigen gebrochen und die Namen seiner Patienten genannt.«

Ich kann es nicht glauben. Ich kann mir nicht vorstellen, dass ein Mann, der bei den Roten Khmer in Gefangenschaft gewesen ist, nach einer einzigen Nacht im Parish Prison nachgibt. »Ist er schon aus dem Gefängnis?«

»Jepp. Und wir waren genauso misstrauisch, wie du es jetzt bist. Warum sollte Malik für ein Prinzip ins Gefängnis gehen und dann plötzlich anfangen zu reden? Es ist beinahe so, als hätte er es um der Publicity willen getan – und nachdem er sie hatte, gab er nach. Na ja, und Kaiser hat plötzlich gemerkt, dass wir ohne die medizinischen Aufzeichnungen Maliks keine Möglichkeit haben, die Namenliste auf Vollständigkeit zu überprüfen. Also hat er einen weiteren Gerichtsbeschluss besorgt, der uns ermächtigt, die Liste mit Maliks Computerdateien zu vergleichen. Und was soll ich dir sagen? Es gab keine Aufzeichnungen. Die Festplatten in Maliks Büro waren leer. Absolut sauber.«

Das glaube ich gerne. »Die Daten können doch bestimmt wiederhergestellt werden. Ihr müsst nur ...«

»Du hörst mir nicht zu, Cat. Die Daten sind verloren.

Weg. Alle. Der FBI-Techniker sagt, um so etwas zu bewerkstelligen, braucht man jemanden, der sich wirklich gut mit Computern auskennt.«

»Malik könnte es selbst getan haben.«

»Warte ... ich muss weg, Cat. Die Dinge überschlagen sich im Augenblick. Ich vermisse dich.«

Er beendet das Gespräch, und ich fühle mich plötzlich völlig aus meinem alten Leben gerissen.

»Schlechte Neuigkeiten?«, fragt Pearlie.

»Keine guten jedenfalls«, antworte ich, während ich mich frage, ob die Liste von Patienten, die Malik der Polizei übergeben hat, auch nur einen einzigen aktuellen Namen enthält.

Zögernd wende ich mich von der alten Scheune ab und folge Pearlie den Hügel hinauf.

Als wir den Parkplatz erreichen, kommen meine Mutter und Tante Ann aus dem Rosengarten. Jede der beiden Frauen rollt eine Hälfte eines zueinander passenden Sets von Louis-Vuitton-Koffern. Auf diese Entfernung hin könnten sie Zwillinge sein, doch als wir näher kommen, zeigt sich Anns wirkliches Alter in ihrem Gesicht. Sie ist nur vier Jahre älter als meine Mutter, doch sie zahlt den Preis für Jahre des Alkoholmissbrauchs und des ausschweifenden Lebens. Eine Freundin von mir aus Natchez hat ein Buch über ihre bewegte Familie geschrieben. Eine Zeile darin lautet: Schöne Frauen sind wie Spukschlösser. Ich muss immer an diese Zeile denken, wenn ich Tante Ann sehe. Sie war diejenige, der die Jungs immer nach Hause gefolgt sind. Ihr Gesicht hat auch heute noch jene klassischen Proportionen, die gewöhnliche Kleinstadt-Attraktivität übersteigen, doch ihre Schönheit hat ihr stets mehr Sorgen als Glück gebracht, und mit fünfzig war sie größtenteils verschwunden. Heute hängen ihre Backen über den so oft bewunderten Wangenknochen wie die zerfetzten Segel an den Masten eines einst stolzen Clippers.

Ich sehe das Spinnengeflecht von kleinen Äderchen in ihrem Gesicht und betaste mein eigenes in dem Wissen, dass ich eines Tages den gleichen Preis für meinen heimlichen Alkoholismus zahlen werde.

»Was hattet ihr beide unten beim Bayou zu suchen?«, ruft meine Mutter uns entgegen. »Die Moskitos fressen euch da unten bei lebendigem Leibe!«

»Ich wollte einen Blick in die Scheune werfen«, antworte ich. »Ich wollte mir einige von Daddys Arbeiten ansehen.«

Das Lächeln verschwindet aus Moms Gesicht. »Die Scheune ist abgesperrt.«

Ann stellt ihren Koffer ab, kommt zu mir und umarmt mich fest und schwesterlich – nicht so flüchtig, wie meine Mutter es vorzieht. Dann macht sie einen Schritt zurück und blickt mich an. Ihre Augen sind so blau wie die meines Großvaters und beinahe genauso durchdringend. »Wenn ich es nicht besser wüsste, Cat, würde ich sagen, dass du geweint hast!«

Ich schüttele den Kopf, während ich mich frage, ob Ann ebenfalls weiß, wo Dad wirklich gestorben ist.

»Gut. Das ist nämlich meine Domäne. Wie geht es dir denn so in New Orleans?«

»Prima. Alles bestens.«

Sie nickt, doch es ist unübersehbar, dass sie mir nicht glaubt. »Und? Triffst du dich hin und wieder mit einem Vertreter des männlichen Geschlechts?«

»Ich habe einen Kerl, ja.«

»Hübsch?«

Ich zwinge mich zu einem Lachen, nach dem mir nicht zumute ist. »Ja.«

»Das freut mich für dich. Jeder Mann bringt einen mit der Zeit ein Stück weiter runter, also kannst du dir genauso gut einen aussuchen, der wenigstens ein halbwegs hübscher Anblick ist.«

Ann schenkt mir ein verschwörerisches Zwinkern, doch

ich schaffe es nicht, mich zu einem weiteren Lacher aufzuraffen. In ihren Augen bemerke ich ein Glitzern, das in mir die Frage weckt, ob sie gerade in einer manischen Phase steckt.

»Ann fährt bald zurück zur Küste«, sagt meine Mutter in diesem Augenblick. »Vorher werden wir zusammen im Castle brunchen. Warum ziehst du dir nicht ein paar hübsche Sachen an und leistest uns dabei Gesellschaft?«

Das ist wirklich das Letzte, was ich im Moment möchte. Auf der anderen Seite ist das Betrachten einiger Skulpturen meines Vaters in den Augen meiner Mutter keine ausreichende Entschuldigung. »Das würde ich wirklich gerne – aber ich habe noch ein paar Dinge zu erledigen.«

Mom sieht mich verärgert an. »Zum Beispiel?«

Ich suche nach einer Ausrede, irgendeiner, um das Essen ausfallen zu lassen. »Dr. Wells hat mich zum Schwimmen in seinen Pool eingeladen.«

Ann zwinkert erneut. »Das klingt viel besser, als mit uns zusammen zu essen. Geh nur, Cat. Wir sehen uns dann später.«

Im beiläufigsten Tonfall, der mir nur irgendwie möglich ist, frage ich meine Mutter: »Mom, wo überall in der Stadt sind Vaters Skulpturen ausgestellt?«

»Oh … in der Bücherei steht eine. Und drüben im Gebäude der Vietnam-Veteranen im Duncan Park haben sie auch noch eine, den Helikopter. Bis auf diese beiden und das Zeug in der Scheune ist alles in Privatbesitz. Die meisten Stücke sind weit weg von Natchez.«

Ich umarme Ann ein weiteres Mal, dann werfe ich einen Blick zu Pearlie, die unserer Unterhaltung wie ein schweigender Wächter gefolgt ist – und mache mich auf den Weg zwischen den Bäumen hindurch in Richtung von Michael Wells' Haus.

Mein Plan ist es, kehrtzumachen, sobald Ann und meine Mutter davongefahren sind, doch sie stehen beim Acura und unterhalten sich mit Pearlie, als hätten sie alle Zeit der Welt.

Mir bleibt nicht viel anderes übrig, als meine Scharade weiter zu spielen, und so wandere ich tiefer in den Wald.

Zu meiner Rechten bewegt sich irgendetwas zwischen den Stämmen, und ich schrecke zusammen. Dann erkenne ich Mose, unseren alten Gärtner. Er stellt Maulwurfsfallen im dürren Gras unter den Bäumen auf, keine dreißig Meter von mir entfernt. Als ich ihn so gebeugt dastehen sehe, muss ich an Großvaters Beschreibung des Eindringlings denken, der in der Nacht von Daddys Tod davongerannt ist. Er war ein Schwarzer. Könnte es sein, dass es Mose war? Er lebt seit Jahrzehnten auf dem Besitz, und er hat schon immer eine Menge getrunken. Mir kommt der Gedanke, dass er vielleicht mit meinem Vater irgendwelche Drogengeschäfte gemacht hat.

Ich weiche vom Weg ab und nähere mich dem alten Mann bis auf ein paar Meter, doch dann lässt mich irgendetwas anhalten. Mose hatte immer ein offenes Fenster in mein Leben, tiefe Einblicke von frühester Kindheit an bis zu meinem Auszug mit sechzehn. Ist es möglich, dass er scharf auf mich war? So sehr, dass er sich in mein Zimmer geschlichen und versucht hat, mich zu belästigen? War er vielleicht sogar schon vor jener schicksalhaften Nacht in meinem Zimmer? Oder hat er mir irgendwo auf dem Gelände von Malmaison aufgelauert, beispielsweise unter dem Blechdach der alten Scheune? Könnte es ein so traumatisches Erlebnis gewesen sein, dass ich es verdrängt habe? Vor meiner Unterhaltung mit Nathan Malik hätte ich jeden Gedanken in dieser Richtung von mir gewiesen, doch jetzt, angesichts der Albträume, die mich seit Jahren verfolgen – gesichtslose schwarze Gestalten, die in unser Haus einbrechen –, komme ich ins Grübeln. Die Vorstellung, dass ein zufälliger Einbrecher den ganzen Weg vom Highway durch den Regen bis nach Malmaison zurückgelegt haben soll, hat mich schon immer irgendwie gestört. Doch wenn dieser »Einbrecher« Mose war, hätte er nicht mehr als ein paar

Hundert Meter zurücklegen müssen. Könnte er der gesichtslose Schwarze aus meinen Albträumen sein? Der Dämon, der im Dunkeln mit meinem Vater kämpft?

Ich muss Pearlie danach fragen.

Mose hat mich noch nicht bemerkt. Auf der Rückseite von Malmaison unterhalten sich Ann und meine Mutter noch immer neben dem Wagen. Vielleicht schaffe ich es, Michael Wells' Haus zu erreichen, ohne dass Mose mich sieht, aber Michael ist wahrscheinlich jetzt auf der Arbeit. Ich darf seinen Pool trotzdem benutzen. Ich denke an den flachen Stein in seinem Blumenbeet. Fünf oder sechs Minuten am Grund des Pools sind wahrscheinlich genau das Richtige, um mich zu beruhigen. Ich überlege gerade, ob ich den Rest des Weges im Sprint zurücklegen soll, als ich durch die Bäume hindurch das Geräusch eines Motors höre. Anns Acura setzt zurück. Ich höre, wie sie die Gänge wechselt, und dann rollt der Wagen langsam die geschwungene Auffahrt zum Tor hinunter.

»Miss Catherine?«, krächzt eine Stimme, die rau ist von tausenden handgedrehter Zigaretten.

Ich fahre erschrocken herum. Mose steht aufgerichtet da und starrt mich hinter seinem Haufen von Maulwurfsfallen an.

»Sind Sie das, Miss Catherine? Meine Augen sind nicht mehr so gut, wissen Sie?«

»Ich bin es, Mose«, rufe ich und wende mich ab, um nach Malmaison zurückzugehen. »Arbeite nicht zu schwer in dieser Hitze.«

»Hitze macht dem guten alten Mose nichts.« Er lacht. »Ich hab Hitze viel lieber als Kälte.«

Ich winke ihm aufmunternd zu, dann renne ich zurück in Richtung Haus.

23

Das Veterans Building liegt näher an Malmaison als die öffentliche Bücherei, also wende ich mich zuerst dorthin. Das kleine, einstöckige Gebäude befindet sich im größten öffentlichen Park der Stadt und war früher der Pro Shop des öffentlichen Golfplatzes. Die Vietnam-Veteranen haben es übernommen, als der Golfplatz auf achtzehn Löcher ausgebaut und in einem anderen Teil des Parks ein neuer Pro Shop errichtet wurde. Es wurde für die Treffen benutzt, für Partys und als Ort, an dem die Veteranen außerhalb der eigenen vier Wände herumhängen konnten.

Das heruntergekommene Gebäude liegt auf einem langen Hang unterhalb des öffentlichen Spielplatzes, den die Kinder von Natchez seit sechzig Jahren nutzen. Oberhalb des Spielplatzes liegt Auburn, ein Herrenhaus aus der Vorbürgerkriegszeit, das einem der einheimischen Garden Clubs als Vereinshaus dient. Auf der anderen Seite von Auburn steht eine alte Dampflok, eine Art lebendes Museum für Kinder. In der Ferne sehe ich das öffentliche Schwimmbad, das einzige anständige Becken, wo die Kinder von Schwarzen in der Stadt schwimmen gehen konnten. Es ist seit vier Jahren geschlossen, weil das Geld für Reparaturen fehlt. Ein Stück weit den Hang vom Veterans Building hinunter braten rote und grüne Tennisplätze in der Hitze, umgeben von eingezäunten Rasenflächen.

Ich habe eigentlich erwartet, die Skulptur meines Vaters im Innern des Veterans Building zu finden, wo ich sie zum letzten Mal gesehen habe – doch als ich den Audi auf den Parkplatz lenke, sehe ich die glänzenden Rotorblätter, die die Skulptur krönen, übers Dach aufragen. Haben die Veteranen es vielleicht auf einen Sockel gestellt? Ich steige aus und umrunde das Gebäude.

Auf dem Rasen steht eine Konstruktion, so groß wie ein Haus, errichtet aus Holzpfeilern und behängt mit Fallschirmen und Tarnnetzen. Unter den Netzen befindet sich eine Strohhütte, und vor der Hütte bildet ein Army-Zelt die Mitte eines simulierten Militärcamps. Aus dem Zentrum dieses Arrangements ragt eine Stahlstrebe auf, an deren Spitze die Skulptur meines Vaters angebracht ist: Ein Huey-Helikopter aus gebürstetem Stahl mit einem verwundeten Soldaten, der an einer Winde unter der Maschine hängt. Es ist eines der realistischsten Werke, die mein Vater jemals angefertigt hat. Der größte Teil seiner Arbeiten – insbesondere der späteren Arbeiten – war wesentlich abstrakter, wie beispielsweise der große Baum zwischen der Zwillingstreppe bei der öffentlichen Bücherei. Doch der aufsteigende Helikopter hatte damals jedem gefallen. Es ist mir rätselhaft, was er hier inmitten dieses zusammengewürfelten Displays zu suchen hat.

»Kann ich Ihnen helfen, Miss?«

Ein massiger Mann mit einem wirren Bart kommt mir entgegen. Er trägt Army-Hosen, ein schwarzes T-Shirt und Harley-Davidson-Motorradstiefel. In seinem linken Ohrläppchen glänzt ein goldener Ring, und über seiner rechten Schulter hängt ein geflochtener grauer Pferdeschwanz. Er sieht nach Ende fünfzig aus.

»Ich hoffe es. Mein Dad hat diesen Hubschrauber gemacht. Ich bin vorbeigekommen, um ihn mir anzusehen.«

Ein Lächeln erhellt die Miene des Mannes. »Sie sind Luke Ferrys Tochter?«

Es fühlt sich gut an, nicht immer nur als William Kirklands Enkeltochter erkannt zu werden. »Ja. Kannten Sie meinen Vater?«

»Sicher. Nicht allzu gut, aber er kam zu ein paar unserer Meetings. Hat sich ziemlich abgesondert von den anderen. Aber er hat diesen Helikopter für uns gemacht. Ich sag Ihnen, für jeden, der in Vietnam war, ist der Huey Medevac voller Schönheit. Wie ein Schutzengel, der vom Himmel steigt, um dich aus der Hölle zu retten.«

Ich nicke, während mir Zweifel kommen, warum ich eigentlich hier bin. »Ich dachte, Sie hätten ihn im Gebäude aufgebaut?«

»Das haben wir auch, den größten Teil des Jahres. Aber an jedem Vierten Juli segnet der Priester von St. Mary's die Flotte draußen auf dem Lake St. John. Es gibt eine Bootsparade und Wettbewerbe für die schönsten Flöße. Wir bauen jedes Jahr eins für unsere MIAS. Um sie im Gedächtnis der Leute zu behalten, verstehen Sie? Wir haben den Chopper Ihres Vater seit vier Jahren für dieses Fest auf dem Floß.«

»Hat er den ganzen letzten Monat hier draußen gestanden?«, frage ich.

Der Bärtige sieht mich beinahe verlegen an. »Er war bis heute mit Planen abgedeckt. Ich bin eigentlich hier, um das Floß abzubrechen. Wir haben es auf einem Tieflader vom See hergebracht, und weiter als bis hier sind wir nicht gekommen. Alle waren ein wenig betrunken. Aber die Leute lieben es, wenn sie den Huey über den See herankommen sehen. Gibt ihnen ein gutes Gefühl. Besonders in den letzten beiden Jahren, wo all die vielen Jungs in Übersee Dienst leisten.«

Ich muss lächeln. »Daddy hätte es gemocht.«

Der Veteran nickt, dann streckt er mir die Hand hin. »Jim Burley, Miss. Ich bin stolz, Sie kennen zu lernen.«

»Cat Ferry.«

Ein weiteres Lächeln. »Cat, hm?«

»Kurzform von Catherine.«

»Ah, kapiert. Nun, was kann ich für Sie tun?«

Mir sagen, dass mein Vater ein guter Mann war … »Nun ja, ich war erst acht, als mein Vater starb, und er hat mir nie erzählt, wie es im Krieg war. Wissen Sie vielleicht, was er in Vietnam gemacht hat?«

Burley denkt ein paar Sekunden nach; dann kratzt er sich

an seinem dichten Bart. »Kommen Sie, gehen wir da drüben in den Schatten und setzen uns ein wenig.«

Ich folge ihm zu einem olivgrünen Picknicktisch unter einer Eiche und nehme ihm gegenüber Platz. Ein Autoaufkleber auf dem Tisch verkündet: FÜR ALLE, DIE DAFÜR GEKÄMPFT HABEN, HAT FREIHEIT EINEN GESCHMACK, DEN DIE, DEREN FREIHEIT BESCHÜTZT WIRD, NIEMALS KENNEN LERNEN.

»Ihr Dad war ein stiller Bursche«, beginnt Burley. »Aber ich nehme an, das wissen Sie bereits. Er war ein paar Jahre jünger als ich, der alte Luke. Hat seine Dienstzeit in Nam zwei Jahre nach mir abgeleistet. Viele von den Jungs, die hierher kommen, sind stille Typen, aber in der Regel öffnen sie sich nach einer Weile. Luke blieb still. Er war nicht unfreundlich oder so, nein. Aber er hat ein wenig mehr Raum gebraucht als die meisten anderen, verstehen Sie? Der Krieg hat das bei einigen von uns bewirkt.«

Ich nicke, während ich versuche, mir meinen Vater in dem kleinen Gebäude vorzustellen oder vielleicht sogar an diesem Picknicktisch hier. Er brauchte eine Menge mehr Platz als andere Leute.

»Alles, was ich wirklich weiß«, fährt Burley fort, »ist, dass Luke keine normale Dienstzeit in Nam geleistet hat. Wie ich gehört habe, war er ein erstklassiger Schütze, lange bevor er eingezogen wurde. Hat wahrscheinlich sein ganzes Leben lang draußen in Cranfield gejagt. Sie haben ihn zur Fallschirmjäger-Eingreiftruppe gesteckt und zum Scharfschützen ausgebildet.«

»Einem Scharfschützen?« Das hat mir bis heute niemand gesagt.

Burley nickt. »Das ist ein verdammt harter Job. Man sieht ganz genau, wen man erledigt. Und nicht in der Hitze des Gefechts. Um so etwas zu tun, muss man imstande sein, kaltblütig zu töten. Und wenn man nicht gewaltig eine Schraube locker hat, ist man danach nie wieder der gleiche.«

Ich kann nicht glauben, dass mir niemand in der Familie davon erzählt hat. Aber vielleicht wussten sie es ebenfalls nicht. »Erinnern Sie sich noch an etwas anderes?«

Burley holt tief Luft und seufzt. »Ein paar von den Jungs haben Luke ein paar Einzelheiten aus der Nase gezogen. Ihr Dad wurde in eine Spezialeinheit aufgenommen. Eine Art Überfallkommando. Die Sorte von Einheit, die man dorthin schickt, wo sie eigentlich nicht sein dürfen.«

»Beispielsweise?«

»Beispielsweise Laos und Kambodscha.«

Ein unerklärliches Frösteln durchfährt mich. Ich schließe die Augen und sehe Nathan Malik vor mir sitzen, wie er mir von seinem Steinbuddha erzählt. *Ich habe ihn aus Kambodscha mitgebracht. Er ist fünfhundert Jahre alt …*

»Wissen Sie mit Sicherheit, dass mein Vater in Kambodscha war?«

»Ich weiß überhaupt nichts mit Sicherheit, Honey. Aber das war einer von diesen Orten, wo wir eigentlich nicht sein durften. Und irgendwie gab es dann Scherereien wegen dieser Einheit, in der Ihr Dad war. Gerüchte über Gräueltaten … Anschuldigungen und so weiter.«

Ich schüttele den Kopf, mehr aus Überraschung als aus Unglauben.

»Die Regierung hat eine Untersuchung angeleiert und wollte ein paar Leute vors Kriegsgericht stellen, aber dann hat sie alles fallen lassen. Die ganze Geschichte durch den Pentagon-Lokus runtergespült.«

»Wann war das?«

»Teilweise schon während des Krieges, glaube ich. Kurz nachdem diese Gerüchte aufkamen. Und dann später noch einmal. Ich glaube allerdings, zu diesem Zeitpunkt war Luke schon tot.«

»Hören Sie, Mr. Burley, ich möchte, dass Sie ehrlich zu mir sind. Glauben Sie, dass mein Dad in Kriegsverbrechen verwickelt war?«

Der Veteran denkt eine Weile nach, bevor er antwortet. »Ich sage Ihnen eins, Cat, im Rückblick heute erscheint mir eine Menge von dem, was ich getan hab, als ein Verbrechen. Aber damals, als ich drüben war, da habe ich nicht eine Sekunde darüber nachgedacht. Es gehörte zum Job. Die Regeln für den Kampfeinsatz haben nicht die Hälfte aller Situationen abgedeckt, in die wir geraten sind. Es ging um unser Überleben. Wir hatten nicht den Luxus, in Ruhe überlegen zu können. Heute zeigen viele Hollywoodfilme GIs, die den armen Vietkong Ohren abschneiden und Frauen und Kinder killen. Und das ist hin und wieder auch passiert … und Schlimmeres. Aber die meisten Jungs haben nur ihren Dienst abgeleistet und sich alle Mühe gegeben, trotzdem ehrenwerte Leute zu bleiben.«

»Da bin ich sicher. Aber deswegen bin ich nicht hier. Ich will mehr über meinen Vater erfahren.«

Burley lächelt mich schwermütig an. »Ich rede von Ihrem Vater, auch wenn es vielleicht nicht so klingt, Miss. Ich sage Ihnen – was immer Luke getan hat, Sie können es nicht verstehen, nicht rückblickend aus den USA und fünfunddreißig Jahre später. Ich versuche nicht, Gräueltaten und Verbrechen zu entschuldigen, ich sage nur … verdammt, ich weiß nicht, was ich sagen will.«

Ein Gefühl von tiefer Frustration steigt in mir auf. »Könnte ich mit jemandem reden, der ein bisschen mehr weiß? Irgendjemand, dem mein Vater sich anvertraut haben könnte?«

Burley zuckt die Schultern. »Da gab es einen Schwarzen, mit dem Luke für eine Weile ziemlich eng befreundet war. Viele der Kameraden kommen nicht zu uns, obwohl sie es könnten. Wir versuchen alles, um sie willkommen zu heißen – ein Vet ist schließlich ein Vet, verstehen Sie? Aber es war drüben schon genauso. Ganz besonders nach achtundsechzig, nachdem Dr. King ermordet worden war.«

»Erinnern Sie sich an den Namen dieses Mannes?«

»Jesse irgendwas. Der Nachname ist mir entfallen.« Burley winkt in Richtung des Gebäudes. »Müsste ihn eigentlich irgendwo drinhaben, aber unsere Aufzeichnungen sind im Augenblick nichts wert. Der Computer ist kaputt. Jesse war auch bei den Fallschirmjägern, daran erinnere ich mich. Aber 'ne andere Einheit als die von Ihrem Daddy, Miss. Die Einheit, in der Jimi Hendrix gewesen ist. Jesse war richtig stolz darauf.«

»Kam Jesse von hier?«

»Nein, aus Louisiana. Ein Stück den Fluss runter. St. Francisville vielleicht.«

»Sie erinnern sich wirklich nicht an seinen Nachnamen?«

Burley blinzelt angestrengt wie ein Mann, der in die tief stehende Sonne blickt. »Warten Sie, gleich hab ich's ... nein, doch nicht. Ich komme einfach nicht drauf. Gedächtnisschwund, wissen Sie? Warten Sie ... Billings? Nein. Billups? *Billups,* das ist es! Genau wie die Tankstelle, die wir früher hier hatten. Jesse Billups, 101. Fallschirmjägerdivision.«

Ich hatte gehofft, dass mir der Name etwas sagen würde, aber dem ist nicht so. Ich blicke den Hügel hinunter zu den Tennisplätzen und wische mir den Schweiß aus den Augen. Früher habe ich ein paar Mal dort gespielt – in einem anderen Leben, wie mir heute scheint. Ich schaue zu meinem Wagen, habe aber keine Lust, irgendwohin zu fahren. »Brauchen Sie Hilfe beim Zerlegen des Floßes?«

Burley lacht. »Nein, brauche ich nicht, aber ich würde mich über Ihre Gesellschaft freuen, Miss! Nur ... Sie haben bestimmt Besseres zu tun, als hier herumzuhängen?«

»Ich bin nicht sicher.«

»Hey!« Er hämmert eine fleischige Hand auf die Platte des Picknicktisches. »Eigentlich müssten Sie Jesse ziemlich leicht finden können, wissen Sie?«

»Wie das?«

»Sie sind doch die Enkeltochter von Dr. Kirkland, oder? Sie sind doch drüben in dem großen Schloss aufgewachsen, Malmaison, wo Luke in der Scheune gewohnt hat?«

»Ja.«

»Also, Jesse … er war mit der Haushälterin von Malmaison verwandt. Cousin zweiten Grades oder Neffe oder so was in der Art.«

Meine Kopfhaut und meine Handflächen sind plötzlich wie elektrisiert. »Mit der Haushälterin? Sie meinen Pearlie?«

»*Pearlie!* Das ist der Name!« Burley lacht. »Jesse hat hin und wieder von ihr erzählt, und nicht nur Gutes! Seine Mama war irgendwie mit Pearlie verwandt.«

Ich springe so plötzlich auf, dass mir für eine Sekunde schwindlig wird. »Verzeihen Sie, Mr. Burley, aber ich muss los.«

»Sicher, Miss. Kein Problem.«

»Ich danke Ihnen jedenfalls sehr.« Ich bin bereits auf dem Weg zu meinem Wagen.

»Hey, hören Sie!«, ruft Burley mir hinterher. »Zerbrechen Sie sich nicht den Kopf darüber, was Ihr Dad drüben in Nam getan hat. Er ist lebend zurückgekommen, und das ist die Hauptsache.«

Tatsächlich?, frage ich mich, während ich zu meinem Audi gehe. *Ist es das wirklich?*

»Er hat uns diesen Huey gebaut«, sagt Burley noch. »Jeder, der so was Schönes bauen kann und dann auch noch verschenkt, ist im Grunde ein herzensguter Kerl, wissen Sie?«

Nein, weiß ich nicht, denke ich, während ich in den Wagen steige. *Ich weiß überhaupt nichts mehr.*

24

Pearlie Washington sitzt auf ihrer Veranda und liest die Zeitung, als ich den Audi auf den Parkplatz hinter den Sklavenquartieren steure. Der Acura von Tante Ann ist noch nicht wieder da – oder er war inzwischen da und ist wieder weg –, doch der Lincoln meines Großvaters steht dort. Allerdings kann ich Billy Neal nirgendwo sehen, und darüber bin ich froh.

»Wo warst du?«, fragt Pearlie, ohne von ihrer Ausgabe des *Natchez Examiner* aufzublicken. Sie trägt Straßenkleidung und eine Lesebrille. Es ist ein teures Modell, im Gegensatz zu den Wal-Mart-Sonderangeboten, die meine Mutter trägt.

»Unterwegs.«

»*Unterwegs?* Das klingt wie eine von den Antworten, die du mir gegeben hast, wenn du als Teenager hinter den Jungen her warst.«

»Ich war nie hinter Jungen her. Die Jungen waren hinter mir her.« Auf Pearlies Veranda stehen zwei Schaukelstühle. Ich setze mich in den freien.

»Frag gar nicht erst«, sagt sie. »Ich hab dir alles erzählt, was ich weiß.«

»Worüber?«

»Was immer du fragen willst.«

Ich blicke zu den blühenden Rosenbüschen. »Pearlie, ich denke, du könntest von heute bis nächste Woche reden und hättest mir längst noch nicht alles erzählt, was du über diese Familie weißt.«

»Ich werde nicht fürs Reden bezahlt, Mädchen. Ich werde dafür bezahlt, das Haus sauber zu halten.« Sie leckt sich den Zeigefinger und blättert eine Seite um. »Dr. Overtons Frau ist gestern gestorben. Sie war eine verschrobene alte Kuh.«

»Erzähl mir von Jesse Billups.«

Pearlie erstarrt – wie ein Rotwild, das plötzlich Gefahr wittert.

»Versuch erst gar nicht, so zu tun, als wüsstest du nicht, von wem ich rede.«

Endlich blickt sie von ihrer Zeitung auf. »Mit wem hast du gesprochen?«

»Mit einem Mann, der in Vietnam gedient hat. Jesse Billups kannte Daddy, Pearlie. Ich möchte, dass du mir sagst, wer er ist und wo ich ihn finde. Du weißt, dass ich es auf die eine oder andere Art herausfinde. Ich kann nicht glauben, dass du mir nie ein Wort über ihn erzählt hast.«

Pearlie schließt die Augen, als hätte sie plötzlich Schmerzen. »Jesse ist der Sohn meiner Schwester. Halbschwester eigentlich. Wir hatten die gleiche Mutter und unterschiedliche Väter.«

»Deine Schwester auf DeSalle Island?«

Pearlie nickt. »Ivy ist meine einzige Schwester.«

Ich sehe ein Bild von einer kleinen, starken schwarzen Frau, die sich das Kraushaar zu einem Dutt zurückgebunden hat. Mit diesem Bild kommt der Geruch nach medizinischem Alkohol und die Erinnerung an Schmerz. Ivy hat mir als Kind eine Spritze gegen Tetanus gesetzt, nachdem ich im See in einen Nagel getreten war.

»Wo ist sie heute?«

»Ivy ist gestorben, Baby. Erinnerst du dich? Ist schon fast vier Jahre her.«

Ich erinnere mich nicht, von Ivys Tod gehört zu haben, doch ich erinnere mich sehr gut an die Frau – nicht vom Namen her, sondern wegen ihrer Arbeit.

Ivy hat auf DeSalle Island als Assistentin meines Vaters gearbeitet, in dem kleinen Gebäude, das wir »die Klinik« nannten. Großvater betreibt die Klinik auch heute noch, für Notfälle und um die schwarze Bevölkerung der Insel zu behandeln, wann immer er sich dort aufhält. Zu bestimmten

Zeiten haben mehr als hundert Menschen auf der Insel gewohnt und gearbeitet, und viele von ihnen benutzten täglich Kettensägen und andere gefährliche Farmwerkzeuge. Ich habe Großvater beim Nähen so vieler Schnittwunden zugesehen, dass ich mit zwölf selbst eine Wunde hätte nähen können, wäre es nötig gewesen. Großvater nahm kein Geld für seine Dienste, deswegen warteten die meisten Inselbewohner lieber auf seine Besuche, als aufs »Festland« überzusetzen und dort medizinische Hilfe in Anspruch zu nehmen.

Ivy hatte damals keine richtige medizinische Ausbildung, doch sie war klug, verschwiegen und besaß geschickte Hände. Großvater brachte ihr genug bei, um während seiner Abwesenheit »herumzudoktern«. Ihre größte gemeinsame Leistung war die Blinddarmoperation an meiner Tante Ann im Jahre 1958 im Laternenlicht während eines Sturms, der die Insel vom Festland abschnitt.

»Was ist mit Jesse Billups?«, frage ich. »Ist er noch in der Gegend?«

Pearlie seufzt und reibt sich die Stirn. »Baby, warum nur musst du in all den alten Geschichten graben?«

Ich lasse mich nicht ablenken. »Lebt Jesse noch?«

»Jesse ist heute Vormann auf der Insel. Oder Aufseher oder Verwalter, wie auch immer sich das nennt.«

»Jesse Billups ist Verwalter auf der Insel? Er leitet das Jagdcamp und all das?«

»Ist wohl so.«

»Wie alt ist er?«

»Fünfzig und irgendwas, schätze ich.«

»Wenn er Ivys Sohn war, warum erinnere ich mich dann nicht an ihn?«

Pearlie zuckt erneut die Schultern. »Zum einen hat er den Nachnamen seines Vaters angenommen, obwohl er ein uneheliches Kind war. Außerdem war er während deiner Kindheit viel unterwegs. Ist mit irgendeinem großen Plan in die Stadt gezogen, aber außer großem Ärger hat er nichts erreicht. Sie haben ihn ein paar Jahre lang in Angola eingesperrt, direkt gegenüber der Insel. Lustig, wenn man drüber nachdenkt, meinst du nicht?«

Ich kann nichts Lustiges am Angola Penitentiary finden. »Du hörst dich nicht so an, als würde er dir viel bedeuten.«

»Jesse geht es einigermaßen, schätze ich. Ich hab's dir doch vor ein paar Tagen erzählt. Ein paar gute Jungs sind in den Krieg gezogen und kamen völlig verändert zurück. Es war nicht ihre Schuld.«

»Was war mit ihm im Krieg?«

»Er hat sich eben verändert. Innerlich und äußerlich. Er hat nie darüber geredet. Genau wie Mister Luke.«

»Hast du Jesse und Daddy miteinander reden sehen?«

»Ich hab sie oft zusammen gesehen, ja. Eine Weile waren sie die besten Freunde. Mister Luke verbrachte viel Zeit auf der Insel. Meinte, die Stille dort draußen würde ihm gut tun.«

»Was haben Daddy und Jesse zusammen gemacht?«

»Dieses Dope geraucht, schätze ich.« Pearlies Stimme klingt bitter. »Das war so ungefähr alles, was Jesse gemacht hat, nachdem er aus dem Krieg kam.«

»Und Daddy?«

»Mister Luke hat auch Dope geraucht. Nicht so viel wie Jesse. Dein Daddy hatte oft Schmerzen von seiner Verwundung ... auch im Kopf. Ich glaube, er hat dieses Kraut geraucht, weil es ihm geholfen hat. Keine harten Drogen.«

»Wann hast du Jesse zum letzten Mal gesehen?«

»Das ist lange her, Baby. Er bleibt auf der Insel, und ich fahre nicht auf die Insel.«

»Nie?«

Pearlie schüttelt den Kopf. »Ich mag die Insel nicht. Ich mag die Leute nicht, und sie mögen mich nicht.«

»Warum nicht? Du wurdest doch auf der Insel geboren?«

Pearlie schnaubt. »Ich bin ein Hausnigger, Mädchen.«

»Du machst wohl Witze. Das ist doch Schnee von vorgestern.«

Sie späht mich über den Rand ihrer Brille hinweg an. »Nein, nicht auf DeSalle Island. Auf der Insel hat die moderne Welt nie Einzug gehalten. Dr. Kirkland gefällt es so, und ich denke, die Schwarzen dort mögen es ebenfalls. Sie können Veränderung nicht ausstehen.«

»Ich werde jedenfalls nach DeSalle Island fahren.«

Pearlies Augen weiten sich. »Wann?«

»Heute noch. Ich werde Jesse besuchen.«

»Kind, misch dich nicht in die Dinge auf der Insel ein. Dabei kommt nichts Gutes heraus.«

»Du glaubst, es könnte etwas Schlimmes herauskommen?«

Pearlie faltet ihre Zeitung zusammen und legt sie beiseite. »Wenn du mit einem Stock in einem Loch herumstocherst, musst du damit rechnen, dass eine Schlange herauskommt.«

Ich will sie gerade fragen, vor was sie sich fürchtet, als mein Mobiltelefon summt. Der Bildschirm zeigt, dass eine SMS eingegangen ist. Ich klappe das Gerät auf und drücke auf »Anzeigen«. Die Nachricht lautet: *Ich rufe gleich an. Denk erst gar nicht dran, nicht zu antworten. Es geht um Malik. Sean.*

»Jemand versucht dich anzurufen?«, fragt Pearlie. »Ich hasse diese kleinen Dinger.«

»Ja. Jemand ruft gleich an.«

Wie auf mein Zeichen summt das Gerät.

»Schieß los«, sage ich.

»Die Kacke ist in den Ventilator geflogen«, berichtet Sean. »Kurz nach elf hatten wir einen anonymen Anruf. Jemand empfahl uns, eine Wohnung in Kenner zu überprüfen. Der Anrufer meinte, Malik hätte sie unter falschem Namen angemietet. Wir besorgten uns einen Durchsuchungsbefehl und sind zusammen mit ein paar Detectives von Jefferson Parish hingefahren. Der Vermieter erkannte Malik auf einem Foto, und wir sind in die Wohnung gegangen.«

»Was habt ihr gefunden?«

»Zum einen jede Menge Videoausrüstung. Professionelles Zeugs, außerdem einen Computer mit Software für digitale Filmproduktion.«

Videoausrüstung? »Was noch?«

»Die Mordwaffe, Cat.«

Meine Kehle ist mit einem Mal wie zugeschnürt. »Was?«

»Einen Revolver, Kaliber .32 Charter Arms. Die Waffe, mit der unsere fünf Opfer erschossen wurden. Die Seriennummer ist herausgefeilt. Wir versuchen im Augenblick, sie mithilfe von Säure wieder sichtbar zu machen, aber bis jetzt wissen wir nicht, woher sie stammt.«

»Habt ihr Malik verhaftet?«

»Ja. Wir haben ihn in seinem Haus erwischt.«

»Hat er Widerstand geleistet?«

»Nein. Er war zahm wie ein Lamm.«

»Meine Güte. Was glaubt ihr, wer euch den Tipp gegeben hat?«

»Das wissen wir nicht. Vielleicht einer von Maliks Patienten? Ein Mädchen, das er in diese Wohnung mitgenommen hat?«

»Oder ein Junge«, schlage ich vor.

»Es war eine weibliche Stimme. Davon abgesehen war Malik bereits auffällig geworden, weil er sich einem Gerichtsbeschluss widersetzt hat und in Beugehaft gegangen ist, sodass wir gleich mit der Anklageerhebung durchgekommen sind. Der Bezirksstaatsanwalt hat dafür plädiert, keine Kautionsverfügung zu erlassen, aber der Richter hat trotzdem eine Kaution festgesetzt. Eine Million Mäuse.«

»Kann er die bezahlen?«

»Wahrscheinlich. Er besitzt ein Haus auf der anderen Seite des Sees, das er als Sicherheit hernehmen kann. Er war zuerst im Central Lockup, aber sie haben ihn eben ins Parish Prison überführt.«

Irgendwie macht mich der anonyme Hinweis auf den Ort, an dem die Mordwaffe versteckt war, misstrauisch. Das war viel zu einfach. »Sean, glaubst du wirklich, dass Malik der Killer ist?«

»Ich glaube es jedenfalls mehr als gestern. Ich habe herausgefunden, dass Maliks Vater übel zusammengeschlagen wurde – keine zehn Tage, nachdem Malik aus Vietnam zurück war. Sein Vater hat zwei Monate im Krankenhaus verbracht und sich nie wieder ganz erholt.«

»Hat Maliks Vater den Angreifer identifizieren können?«

»Er hat ausgesagt, er hätte nichts gesehen. Es ist in seiner Wohnung passiert, aber es wurde nichts gestohlen.«

»Hatte Malik ein Alibi?«

»Niemand hat ihn nach einem Alibi gefragt. Es war in Columbus, Mississippi, nicht in Berkeley, Kalifornien. Malik war ein Held, der gerade aus dem Krieg nach Hause gekommen war. Warum hätte man einem Kriegshelden an den Karren fahren sollen?«

Während ich über Seans Worte nachdenke, taucht Billy Neal direkt unter Pearlies Veranda auf. »Dr. Kirkland will Sie sehen«, sagt er, obwohl ich offensichtlich telefoniere. »Er hat gesagt, ich soll Sie in sein Büro bringen.«

»Sagen Sie ihm, dass ich später komme. Ich muss vorher noch irgendwo hin.«

»Was?«, fragt Sean.

Ein sonderbares Grinsen spielt um Billy Neals Mund. »Die Insel, meinen Sie?«

»Sean, ich rufe dich zurück.« Ich stecke das Telefon in meine Tasche und sehe den Fahrer an. »Haben Sie gelauscht?«

Neal ignoriert meine Frage. »Er wartet auf Sie. Jetzt. Er mag es nicht, wenn man ihn warten lässt.«

Ich wende mich an Pearlie. »Was geht hier vor? Was hat es mit der Insel auf sich, das alle vor mir verheimlichen wollen?«

Pearlie steht aus ihrem Schaukelstuhl auf und umarmt mich. »Es ist nicht meine Insel, Baby. Geh und sprich mit deinem Großvater. Wenn du danach immer noch auf die Insel möchtest, komme ich vielleicht mit dir.« Sie tritt an das Geländer der Veranda und starrt Neal vernichtend an. »Verschwinde aus meinen Augen, Abschaum.«

Der Fahrer lacht auf; es ist ein sprödes Geräusch, das mich an einen Knaben erinnert, den ich einmal dabei beobachtet habe, wie er in einem Sandkasten eine Katze gequält hat.

Pearlie wendet sich ab und geht ohne ein weiteres Wort ins Haus.

»Ihr Großvater wartet«, wiederholt Neal.

»Sagen Sie ihm, ich bin gleich bei ihm.«

»Er hat gesagt, dass ich Sie mitbringen soll.«

»Hören Sie zu, Arschloch, wenn Sie da warten wollen, meinetwegen. Warten Sie von mir aus den ganzen Tag.«

Billy Neal grinst unverschämt. »Das macht überhaupt nichts. Sie sind kein schlechter Anblick, Süße.«

Die Tür hinter mir fliegt krachend auf, und Pearlie kommt mit einem Gewehr heraus. Ihre Augen sind zusammengekniffen und ihr Unterkiefer entschlossen vorgereckt. »Mach, dass du von hier wegkommst, elender Mistkerl!«, sagt sie mit drohender Stimme.

»Das ist bloß ein Luftgewehr«, erwidert Neal, und sein Grinsen wird noch breiter. »Ein dämliches Luftgewehr, weiter nichts.«

»Ganz recht«, antwortet Pearlie und hebt die Waffe, bis sie auf Neals Unterleib zeigt. »Ich hab damit die Ratten erledigt, die den Müll auseinander gerissen haben. Aber wenn ich dir damit in die Eier schieße, werden sie so dick wie Wassermelonen, und du wirst uns Frauen eine ganze Weile nicht mehr belästigen.« Um ihre Worte zu betonen, legt sie die Wange an den Kolben und zielt auf Neals Genitalien.

Das Grinsen verschwindet vom Gesicht des Fahrers. »Dein Tag kommt noch, Nigger.«

»Wenn ich Dr. Kirkland erzähle, dass du seine Enkeltochter belästigst, dann ist dein Tag längst da, Arschloch. Verschwinde aus meinen Augen!«

Billy Neal lacht erneut, dann wendet er sich ab und wandert langsam in Richtung Malmaison davon.

»Warum hast du das getan?«, frage ich. »Ich kann sehr gut auf mich selbst aufpassen.«

»Dieser Billy Neal ist ein schlimmer Finger. Ich weiß nicht, warum Dr. Kirkland ihn behält.«

»Du hast selbst gesagt, er wäre ein Leibwächter.«

Pearlie spuckt übers Geländer. »Dieser Kerl hat sogar einen Abschluss in Jura, soll man das für möglich halten?«

Die Enthüllung lässt mich an Sean denken und seine Abendschule. Er hat mir von Betrügern und Kriminellen erzählt, die mit ihm die gleichen Vorlesungen besucht und den gleichen Abschluss gemacht haben wie er. »Ich halte es durchaus für möglich, ja.«

»Ich glaube, er hat irgendetwas über Dr. Kirkland in der Hand«, sagt Pearlie leise.

»Was meinst du damit? Erpresst er Großvater?«

Sie nickt kurz und entschlossen.

»Was könnte er über Großvater in der Hand haben?«

Pearlie schüttelt den Kopf, ohne die Blicke von der sich entfernenden Gestalt zu nehmen. »Seine Mutter hat früher für deinen Großvater gearbeitet. Sie war Sekretärin oder Buchhalterin, irgendwas in der Art. Sie weiß gewisse Dinge.«

»Was könnte sie wissen? Illegale Geschäfte?«

Endlich sieht Pearlie mich an, und ihre Augen sind hart. »Ich weiß es nicht. Dr. Kirkland ist sehr vorsichtig, was die Geschäfte der Familie angeht. Aber es muss irgendetwas geben. Dein Großvater würde einem Abschaum wie diesem sonst nicht mal erlauben, ihm die Schuhe zu binden.«

Ihre Bemerkung erinnert mich daran, dass mein Großvater – ein Mann, der Integrität so hoch schätzt, dass er Millionen-Dollar-Geschäfte mit einem Handschlag tätigt – die Karrieren mehrerer Männer zerstört hat, die ihm in die Quere gekommen sind oder ihn übers Ohr zu hauen versucht haben. »Ich für meinen Teil hätte nicht den Mumm, meinen Großvater erpressen zu wollen.«

»Gott weiß, wie Recht du damit hast. Es ist so ziemlich das Dümmste, was man in dieser Gegend tun kann.«

»Du hältst dich besser von diesem Fahrer fern, Pearlie.«

Sie ergreift mein Handgelenk und drückt es. »Du auch, Baby. Die Dinge haben sich verändert hier.«

»Haben sie das?«, frage ich und schüttele den Kopf. »Ich glaub nicht. Ich glaube, die Dinge waren schon immer so. Ich war damals nur zu jung, um es zu sehen.«

25

Großvater erwartet mich in seinem Arbeitszimmer. Er sitzt im gleichen ledernen Chefsessel, in dem er auch vor zwei Tagen gesessen und mir die ewig gleichen alten Lügen über den Tod meines Vaters erzählt hat. Was will er mir heute sagen?

Er spricht nicht, als ich eintrete. Er sitzt aufrecht in seinem Sessel, ein Glas Scotch in der linken Hand, und seine blauen Augen sehen eigenartig feucht aus. Er trägt noch immer seinen Anzug und die Krawatte, und seine gebräunte Haut und das silberne Haar verleihen ihm das Aussehen eines Hollywood-Veterans, der auf seinen Auftritt wartet – keine Nebenrolle, sondern ein alternder Hauptdarsteller.

»Dein Fahrer hat gesagt, du wolltest mich sprechen?«

»Das stimmt«, antwortet Großvater mit einer Stimme, die eine eindrucksvolle Mischung aus Bariton und Bass darstellt. »Ich muss dir eine Frage stellen, Catherine. Bitte setz dich.«

Irgendetwas in mir will ihm die Initiative für diese Unterhaltung nehmen. »Warum beschäftigst du diesen Abschaum?«, frage ich.

Offensichtlich hat meine Frage Großvater überrascht. »Wen? Billy?«

»Ja. Er gehört nicht hierher, und das weißt du sehr wohl.«

Großvater blickt zu Boden und schürzt die Lippen, als würde er zögern, mit mir darüber zu sprechen. Dann sagt er in bedauerndem Tonfall: »Das Casino-Geschäft ist nicht so wie die übrigen Geschäfte unserer Familie, Catherine. Las Vegas mag heutzutage nach außen hin das Bild von achtbaren Konzernen vermitteln, doch die alten zwielichtigen Praktiken sind immer noch da. Die großen Bosse in Nevada mögen keine Konkurrenz, und sie haben ziemliches Interesse an Mississippi. Ich brauche jemanden, der diese Welt in- und auswendig kennt. Billy hat zwölf Jahre in Las Vegas gearbeitet und drei weitere in einem indianischen Casino in New Mexico. Ich will nicht zu sehr auf seine Erfahrungen dort eingehen. Ich bin nicht stolz darauf, doch manchmal muss man mit dem Teufel auf Tuchfühlung gehen, wenn man etwas Positives erreichen will. So ist das eben beim Glücksspiel-Geschäft.«

»Es überrascht mich sehr, dich so reden zu hören, Großpapa.«

Er zuckt in seinem Sessel die Schultern. »Diese Stadt befindet sich in einer verzweifelten Lage. Wir können uns unsere hohen Ideale nicht länger leisten. Bitte setz dich doch, meine Liebe.«

Ich nehme in einem Clubsessel Platz und blicke ihn über den echten russischen Bukhara hinweg an.

»Noch immer weg vom Alkohol?«, fragt er und nickt in Richtung seines Sideboards.

»Bis jetzt ja.«

»Ich wünschte, ich hätte deine Willenskraft. Muss das Tauchen sein, das dir diese Disziplin gibt.«

»Du hast gesagt, du müsstest mir eine Frage stellen.«

»Ja. Heute Morgen hast du erwähnt, dass du ein professionelles Team zu beauftragen gedenkst, dein altes Schlafzimmer auf Spuren zu untersuchen. Nach Blut und anderen Beweisen, hast du gesagt.«

Ich nicke schweigend.

»Hast du deinen Plan aufgegeben angesichts dessen, was ich dir heute Morgen über Lukes Tod erzählt habe?«

»Nein.«

Zuerst reagiert Großvater überhaupt nicht. Dann hebt er sein Glas und nimmt einen großen Schluck Scotch. Beim Schlucken schließt er die Augen. Nach einigen Sekunden öffnet er sie wieder und stellt das Glas auf einem Tisch neben seinem Sessel ab.

»Ich kann das nicht zulassen«, sagt er schließlich ganz leise.

Was meinst du damit?, frage ich lautlos. Und laut: »Warum denn nicht?«

»Weil *ich* deinen Vater erschossen habe, Catherine. Ich habe Luke getötet.«

Ich begreife nicht, was er sagt. Ich meine, ich *höre* seine Worte, ich erkenne sie in der Reihenfolge, in der sie ausgesprochen werden, doch ihre wirkliche Bedeutung bleibt mir verschlossen.

»Ich weiß, dass es ein Schock ist für dich, Catherine«, fährt Großpapa fort. »Und ich wünschte, es gäbe eine andere Möglichkeit, damit umzugehen, sodass du es niemals erfährst. Aber du hast das Blut entdeckt, und jetzt gibt es keinen anderen Weg mehr, um diese Sache zu beenden. Ich kenne dich, Catherine. Du bist genau wie ich. Du gibst nicht eher Ruhe, als bis du die Wahrheit herausgefunden hast. Also werde ich dir jetzt die Wahrheit erzählen.«

»Ich dachte, das hättest du heute Morgen bereits getan?«

Er rutscht unbehaglich auf seinem Stuhl hin und her. »Ich habe dich auch schon früher belogen, Liebes. Wir beide wissen es, und du fragst dich wahrscheinlich, warum du mir jetzt glauben sollst. Ich kann dir nur eines sagen: Wenn du gehört hast, was ich dir jetzt erzählen werde, dann weißt du, dass es die Wahrheit ist. Du wirst es in deinen Knochen spüren. Ich wünschte bei Gott, es wäre eine andere Wahrheit.«

»Aber was redest du denn da, Großpapa? Was hat das zu bedeuten?«

Großvater reibt sich mit der Rechten durch das gebräunte Gesicht und drückt den Unterkiefer mit Daumen und Zeigefinger, bevor er zu reden anfängt. »Catherine, eines Tages wirst du alt sein, und dann wirst du von irgendeinem Arzt erfahren, dass du sterben musst. Doch das, was du jetzt erfahren wirst, ist schlimmer als diese Nachricht. Ein Teil von dir wird bereits heute sterben, mein Kind. Ich möchte, dass du dich innerlich wappnest.«

Meine Gliedmaßen sind mit einem Mal eisig kalt. So ähnlich habe ich mich gefühlt, wenngleich stark abgeschwächt, als mein Schwangerschaftstest positiv ausfiel. Eine vorübergehende Lähmung breitete sich in mir aus, während mein Verstand noch versuchte, sich mit der vollkommenen Veränderung anzufreunden, die auf mich und mein Leben zukommen würde. Ich spüre jetzt die gleiche Lähmung, doch verbunden mit einer grauenvollen Vorahnung. In mir ist plötzlich Angst, dass meine ganze Welt durch etwas auf den Kopf gestellt werden könnte, das man mein ganzes Leben lang vor mir verheimlicht hat. Und das Merkwürdige daran ist – es überrascht mich nicht im Mindesten. Es ist, als hätte ich gewusst, dass dieser Morgen kommen würde, seit ich ein kleines Mädchen war. Als hätte ich gewusst, dass ich mich eines Tages in diesem Raum wiederfinden würde – oder einem ähnlichen Raum –, während irgendjemand mich über das schreckliche Geheimnis aufklärt, warum ich so bin, wie ich bin.

»Es gab keinen Eindringling auf Malmaison in jener Nacht, als Luke starb«, sagt Großvater. »Du hast es bereits vermutet – das ist der Grund, warum du mich gefragt hast, ob Luke Selbstmord begangen hat.«

»Hat er?«, fragt eine verzagte Stimme, die aus meiner Kehle zu stammen scheint.

»Nein. Wie ich bereits sagte, Catherine – *ich* habe ihn getötet.«

»Aber warum? Habt ihr euch gestritten? War es ein Unfall?«

»Nein.« Großvater strafft die Schultern und sieht mir direkt in die Augen. »Vor zwei Tagen hast du mich gefragt, warum ich Luke nie gemocht habe. Ich habe dir nicht die ganze Wahrheit gesagt. Ja, mir gefiel die Veränderung nicht, die der Krieg an ihm bewirkt hatte – und die Tatsache, dass er nicht imstande war, für deine Mutter und für dich zu sorgen, machte es nicht besser. Auf der anderen Seite hatte ich von Anfang an ein schlechtes Gefühl in Bezug auf diesen Jungen. Irgendetwas an ihm war nicht richtig. Deine Mutter konnte es nicht sehen, weil sie ihn liebte, doch ich sah es. Ich konnte nicht genau sagen, was es war, aber ich spürte etwas, das mich – als Mann – zurückschrecken ließ.«

»Ich ertrage das nicht, Großvater. Bitte sag es einfach, was immer es ist.«

»Erinnerst du dich, dass du die einzige Person warst, die er in seiner Nähe geduldet hat, wenn er seine schlimmen Phasen hatte – seine *Anfälle*, wie Pearlie es nannte? Dass du die Einzige warst, die zu ihm in die Scheune durfte, während er dort arbeitete?«

»Natürlich.«

»Luke hat eine Menge Zeit mit dir verbracht, Catherine. Du warst seine Verbindung zur Realität. Ihr beide hattet eine sehr ungewöhnliche Beziehung. Und je mehr Zeit verstrich, desto mehr begann ich zu argwöhnen, dass es keine angemessene Beziehung war.«

Die Taubheit erfasst nun auch mein Herz. »Wie meinst du das?«

»Jene Nacht, als Luke starb … ich saß nicht unten und las. Ich hatte alle Lichter ausgeschaltet und tat, als wäre ich zu Bett gegangen, doch das war ich nicht. Ich hatte bereits ein paar Nächte hintereinander heimlich gewacht. Luke wollte zur Insel fahren. In jener Nacht setzte ich mich mit einer Taschenlampe draußen ins Gras, anstatt die Vorgänge durchs Fenster zu beobachten.«

Ein weiterer Schluck Scotch. »Nach etwa einer Stunde sah ich Luke aus Richtung der alten Scheune den Hügel hinaufkommen. Er bewegte sich irgendwie anders als normal. Im ersten Augenblick dachte ich tatsächlich, er wäre ein Einbrecher. Doch es war Luke. Er ging durch die Tür in euer Haus, ohne das leiseste Geräusch zu machen. Ich umrundete euer Haus und ging zu deinem Fenster. Ich bemerkte den schmalen Lichtspalt, als er deine Zimmertür öffnete. Ich dachte, er sieht nur nach, wie du schläfst … aber das war es nicht. Die Tür öffnete sich weiter und schloss sich ganz schnell wieder, und ich wusste, dass er in dein Zimmer geschlüpft und dort geblieben war.«

Ich träume nur. Wenn ich jetzt aufwache, muss ich mir das alles nicht mehr anhören. Aber ich kann nicht aufwachen. Ich sitze reglos da, wie angekettet, und mein Großvater redet und redet.

»Ich schlich ins Haus. Gwens Tür stand offen, doch deine Mutter schlief tief und fest. Dann öffnete ich die Tür zu deinem Zimmer und schaltete meine Taschenlampe ein …«

»*Nein*«, flüstere ich. »*Nicht.*«

»Luke lag bei dir im Bett, Catherine. Ich hoffte noch in diesem Augenblick, dass es eine Art psychischer Abhängigkeit war, irgendwas in der Art. Dass er zu dir ins Bett musste, um einschlafen zu können. Aber das war es nicht. Als ich die Bettdecke wegriss …«

»*Nein! Nicht!*«

»Er hatte keine Hose an, Catherine. Und dein Nachthemd war bis zur Brust hochgeschoben.«

Ich schüttele den Kopf wie ein Kind, das die Zeit umzukehren versucht, um einen Hund wieder lebendig zu machen, der von einem Auto überfahren wurde, oder einen Elternteil, dessen Sarg sich gerade in die Erde senkt. Doch es nutzt nichts.

Großvater steht auf und blickt auf die französischen Fenster. Seine Stimme ist belegt, als er weitererzählt. »Er hat dich unsittlich berührt, Catherine. Bevor ich irgendetwas sagen konnte, sprang er auf und versuchte mir die Situation zu erklären. Dass es nicht so wäre, wie es aussah. Doch er konnte den Zustand nicht verbergen, in dem er sich befand. Ich packte ihn am Arm und zerrte ihn zur Tür. Er drehte durch. Er fing an, nach mir zu schlagen.«

Großvater wendet sich zu mir um, und seine Augen glänzen feucht. »Luke war die meiste Zeit so teilnahmslos, dass ich völlig überrascht war. Doch er konnte unglaublich wild sein, wenn er wollte. Ohne diese Fähigkeit zur Gewalt hätte er den Krieg wahrscheinlich nicht überlebt.«

Großvater kommt in meine Richtung, bleibt einen Meter vor mir stehen und blickt auf mich herab – aus gewaltiger Höhe, wie es mir scheint. »Ich wollte dich aus diesem Zimmer schaffen, Catherine, doch Luke hatte mich bereits mehrere Male empfindlich getroffen und machte keine Anstalten aufzuhören. In diesem Augenblick erinnerte ich mich an das Gewehr, das im Esszimmer über dem Kamin hing. Ich rannte nach draußen und riss es von der Wand. Ich lud die Waffe durch und kehrte zurück, um dich zu holen.

Luke war in der Ecke bei deinem begehbaren Schrank. Er war auf den Knien. Dein Bett war leer. Ich wusste, dass du völlig verängstigt sein musstest und wahrscheinlich versucht hattest, durch den Schrank zu entkommen. Damals hatte der Schrank noch keine Rückwand, genau wie in den alten Landhäusern, wo die Schranktüren von angrenzenden Schlafzimmern praktisch in den gleichen begehbaren Schrankraum münden. Wie dem auch sei, ich sagte Luke, er solle dich in Ruhe lassen und aus der Ecke weggehen. Als er nicht reagierte, ging ich mit dem Gewehr in der Hand zu ihm und sagte ihm, er solle sich von meinem Grund und Boden scheren und niemals zurückkommen.«

Großvater schüttelt den Kopf, und seine Augen sind in

weite Ferne gerichtet, während er seine Geschichte erzählt. »Vielleicht war es der Anblick des Gewehrs, der ihn dazu brachte. Oder er konnte die Vorstellung nicht ertragen, bloßgestellt zu werden. Wie dem auch sei, er griff mich erneut an. Er sprang aus der Ecke auf wie ein wildes Tier. Ich drückte ab. Es war ein Reflex, mehr nicht.« Großvaters Hand zuckt, wie um seine Worte zu unterstreichen. »Den Rest kennst du. Die Kugel traf Luke in die Brust, und er starb sehr schnell.«

Das Schweigen in Großvaters Arbeitszimmer ist vollkommen. Dann erhebt sich aus dem Vakuum, das ich in diesem Augenblick bin, eine leise Frage. »Habe ich zugesehen, wie es passiert ist?«

»Ich weiß es nicht, Kind. Als ich zum Schrank ging, warst du nicht drin. Offensichtlich warst du auf der anderen Seite ins Schlafzimmer deiner Mutter geschlichen. Ich nehme an, du hast versucht, sie zu wecken, und sie kam nicht zu sich. Erinnerst du dich denn an gar nichts?«

»Vielleicht, dass ich versucht habe, Mutter zu wecken«, flüstere ich. »Aber vielleicht war es auch nicht in jener Nacht. Ich weiß es nicht. Ich glaube, ich bin damals oft bei ihr im Zimmer gewesen und habe versucht, sie zu wecken.«

»Du erinnerst dich nicht daran, dass er dich missbraucht hat?«

Ich schüttele mit maschinenhafter Präzision den Kopf.

»Das dachte ich mir. Trotzdem, du hast dich nie richtig von jener Nacht erholt, niemals. Es hat dich dein Leben lang verfolgt. Ich habe dich all die Jahre beobachtet und mir gewünscht, ich könnte etwas für dich tun. Aber ich wusste nicht, was. Ich sah nicht, wie es dir hätte helfen können, wenn ich dir die Wahrheit über deinen Vater erzählt hätte. Es gibt ein Sprichwort, dem zufolge Wahrheit frei macht, aber ich bin mir da nicht so sicher. Ich bezweifle, dass ich es dir jemals gesagt hätte, wenn du nicht die Blutspuren in deinem Zimmer entdeckt hättest.«

Er geht zum Sideboard, schenkt ein Glas fast bis zum

Rand mit Wodka voll und hält es mir hin. Doch der Wodka könnte genauso gut Wasser sein. Ich bin so betäubt durch diesen Schock, dass selbst mein Verlangen nach Alkohol verschwunden ist.

»Nimm«, sagt Großvater. »Er tut dir gut.«

Nein, ich nehme den Drink nicht, sage ich zu mir. *Er schadet mir. Er vergiftet mein Baby.*

»Was denkst du, Catherine?«

Ich schweige weiter. Ich habe nicht vor, mein einziges reines, unschuldiges Geheimnis mit irgendjemandem zu teilen.

»Ich weiß nicht recht, was ich jetzt tun soll«, sagt Großvater. »Du hattest in der Vergangenheit immer wieder Probleme mit Depressionen, und ich war dir eine verdammt geringe Hilfe. Ich bin von der alten Schule. Was nicht palpiert, bestrahlt, herausgeschnitten oder amputiert werden kann, das war damals kein medizinisches Problem. Heute weiß ich es besser. Ich habe Angst, dass dich das, was ich dir soeben gesagt habe, in tiefe Depressionen stürzen könnte. Nimmst du immer noch Antidepressiva, wenn du eine von deinen Phasen hast?«

Ich antworte nicht. Mein Schweigen scheint ihn an das wortlose Jahr zu erinnern, das auf den Tod meines Vaters folgte, denn es macht ihm Angst.

»Catherine?«, fragt er besorgt. »Kannst du reden?«

Ich weiß es nicht. Rede ich jetzt?

»Du hast doch bestimmt Fragen. Du hast immer Fragen.«

Aber ich bin nicht mehr ich.

»Ich denke, wenn du erst ein wenig Zeit hattest, das alles zu verdauen, wirst du verstehen, warum ich nicht möchte, wenn du Außenseiter herbringst, die dein Zimmer nach weiteren Spuren absuchen. Es kann nichts Gutes dabei herauskommen, wenn jemand erfährt, was ich dir anvertraut habe. Absolut nichts. Im Gegenteil, der Schaden könnte gewaltig sein.«

»Wer weiß sonst noch davon?«, flüstere ich.

»Niemand.«

»Auch nicht Pearlie?«

Ein ernstes Kopfschütteln. »Sie hat vielleicht einen Verdacht, aber sie weiß nichts.«

»Mutter?«

»*Niemand,* Catherine.«

»Hast du mich in jener Nacht wirklich untersucht? Nachdem die Polizei wieder weg war?«

Er nickt traurig.

»Was hast du festgestellt?«

Ein tiefer Seufzer. »Vaginale und anale Irritationen. Alte Narben. Dein Hymen war nicht mehr intakt. Das für sich allein genommen ist kein Beweis, doch ich weiß, was ich gesehen habe. Hätte ich zehn Minuten länger gewartet, bevor ich in dein Zimmer kam, hätte ich noch eindeutigere Beweise gefunden. Und wenn ein Spurensicherungsteam damals deine Bettlaken untersucht hätte …«

»Bitte hör auf.«

»In Ordnung, Liebling. Sag mir einfach nur, was ich tun kann.«

»Nichts.«

»Ich bin nicht sicher, ob das stimmt. Jetzt, nachdem du die Wahrheit über deine Vergangenheit weißt, könnte es hilfreich sein, wenn du mit jemandem sprichst. Ich kann dir die besten Leute im ganzen Land verschaffen.«

»Ich muss gehen.«

»Wohin?«

»Irgendwohin.«

»Warum bleibst du nicht für eine Weile auf Malmaison? Ich lasse Pearlie oben ein Zimmer für dich fertig machen. Du musst nie wieder zurück in das Sklavenquartier. Ihr hättet von Anfang an nicht dort gewohnt, wenn ich etwas zu sagen gehabt hätte. Aber Luke hat sich geweigert, in dieses Haus zu ziehen. Ich habe ihm einen ganzen verdammten Flügel angeboten. Ich schätze, jetzt kennst du den Grund. Wie dem auch sei, nimm dir ein paar Tage und versuch wieder einen halbwegs klaren Kopf zu bekommen. Es könnte noch eine ganze Weile dauern, bis du wirklich darüber hinweg bist.«

Ich kann nicht glauben, dass ich hier meinen Großvater reden höre. Seine Philosophie war immer eindeutig. *Wenn das Leben einen angeschnittenen Ball nach dir schleudert, dann schlag ihn so zurück, dass er dem Fänger im Hals stecken bleibt.* Ich habe ihn oft genau diesen Satz sagen hören. Und doch steht er hier vor mir und redet, als hätte er zusammen mit meiner Mutter vor dem Fernseher gesessen und *Dr. Phil* gesehen.

»Ich muss jetzt gehen, Großpapa.«

Ich wende mich ab und gehe rasch zu den französischen Fenstern, die nach draußen auf den Rasen führen. Ich höre seine Schritte, die mir folgen, doch dann bleibt er stehen. Sekunden später bin ich draußen im hellen Sonnenlicht und auf einer scheinbar endlosen Ebene aus frisch gemähtem Rasen.

Und dann kommen die Tränen.

Quälende Schluchzer, dass mir der Brustkorb schmerzt. Ich sinke in die Knie und beuge mich vornüber, als wäre ich betrunken und müsste mich übergeben. Doch ich bin nicht betrunken. Ich bin zutiefst verzweifelt. Was ich mir jetzt am meisten wünsche, ist herauszukönnen aus meiner Haut. Ich will ein Messer nehmen, will mich von oben bis unten aufschlitzen und aus diesem widerlichen, ekelhaften Körper steigen.

»Catherine?«, ruft eine besorgte Frauenstimme. »Was ist denn los? Hast du dir wehgetan?«

Es ist meine Mutter. Sie kniet in der Nähe des Vordereingangs von Malmaison in den Blumenbeeten. Ihr bloßer Anblick versetzt mich in Panik. Als sie sich erhebt, raffe ich mich auf und eile zur anderen Seite des Hauses.

Ich umrunde die Gebäudeecke und renne entlang der Rückseite unseres Sklavenquartiers. Mein Schlafzimmerfenster blitzt zu meiner Linken auf, und ich erschauere beim bloßen Anblick. Dort steht mein Wagen. Meine Verbindung nach New Orleans. Meine Fluchtmöglichkeit. Moms Rufe bleiben hinter mir zurück, als ich hinter das Steuer gleite und die Tür zuschlage. Das Aufheulen des Motors ist das Erste, was die irre Panik in meiner Brust ein klein wenig dämpft.

Ich werfe den Gang ein und jage den Audi vom Parkplatz. Kieselsteine spritzen gegen die Wand des Sklavenquartiers. Niemals habe ich mir so sehr gewünscht, einen Ort hinter mir zu lassen, wie jetzt bei Malmaison. Doch es gibt nur einen Weg, dies wirklich zu bewerkstelligen.

Sterben.

26

DeSalle Island hebt sich aus dem Mississippi wie der Rücken eines schlafenden Hundes. Die lang gestreckte, flache Reihe von Bäumen erstreckt sich vier Meilen von Nord nach Süd und drei Meilen von Ost nach West. DeSalle Island ist so groß, dass man nicht glaubt, sich auf einer Insel zu befinden, ohne sie zu umrunden.

DeSalle Island ist der Ort meiner Kindheitssommer und genauso sehr ein Teil von mir wie Natchez oder New Orleans, auch wenn es sich deutlich von den beiden abhebt. Von allem anderen abhebt, um ehrlich zu sein. Nominal gehört die Insel zu Louisiana, doch in Wirklichkeit hat sie nie einer anderen Autorität unterstanden als der meiner Familie. Die Insel ist entstanden, als der Mississippi, nachdem er sich zuvor eine weite Schleife gegraben hatte wie eine sich windende Schlange, bei einem Hochwasser diese Schleife selbst durchbrochen und damit seinen Lauf um volle fünf Meilen verkürzt hat. In der Folge der Überschwemmung blieb eine große Insel zurück, mit Bäumen, Wild, fruchtbarem Boden und den Hütten dutzender schwarzer Familien, die seit hundertfünfzig Jahren für meine Vorfahren arbeiten – zunächst als Sklaven, dann als Pächter und schließlich als Lohnempfänger. Die regelmäßigen Überschwemmungen überdeckten den Boden mit Sand und Kies und töteten die Eichen und Tannen ab, doch die Schwarzen arbeiteten weiter, züchteten Vieh, statt Baumwolle anzubauen, unterhielten ein Jagdrevier und unternahmen auch sonst alles, um ihre Kinder satt zu kriegen. Die einzigen Weißen, die jemals nach DeSalle Island kommen, sind Angehörige meiner Familie oder gelegentlich Geschäftsfreunde von Großvater, die er zur Jagd dorthin eingeladen hat.

Ich habe dort geparkt, wo sich der schmale alte Flussarm durch eine verräterische Ebene aus Schlamm windet. Hier gibt es einen nicht asphaltierten Damm zur anderen Seite, der in jedem Frühjahr vom Hochwasser weggespült und jeden Sommer neu errichtet wird. Die Kosten dafür teilen sich mein Großvater und die Ölgesellschaft, die mehrere Pumpen auf der Insel betreibt. Der Fluss ist hoch für die Jahreszeit, und das aufgestaute Wasser plätschert gegen die Oberkante des Damms. Es fehlen nicht viel mehr als ein paar Zentimeter, um ihn zu überspülen.

Zwanzig Minuten lang habe ich am Ende des Damms im Wagen gesessen und überlegt, ob es sicher ist, ihn zu überqueren. Im Verlauf der letzten Stunde haben sich von Süden her dunkle Gewitterwolken genähert. Wenn ein Sturm losbricht und genügend Regen mit sich bringt, könnte der Damm unter den steigenden Fluten verschwinden. Es wäre nicht das erste Mal.

Ich bin die siebzig Meilen bis hierher in einem Zustand der Trance gefahren, mit dem einzigen Ziel, diesen Ort zu erreichen, wo mein Vater so viel Zeit verbracht hat, und irgendwie diese tragischen Mysterien seines und meines Lebens zu lösen. Ich hatte noch genügend Verstand, um Sean zweimal anzurufen, doch er hat nicht geantwortet. Was bedeutet, dass er bei seiner Frau ist. Wäre er bei einem Meeting der Sonderkommission oder sogar an einem neuen Tatort gewesen, hätte er mir zumindest eine SMS zurückgeschickt. Also ... der Vater meines Babys versucht so gut wie sicher, seine Ehe zu retten.

Nachdem ich Sean nicht erreichen konnte, spürte ich den unwiderstehlichen Zwang, mit Nathan Malik zu reden. Ich rief auf seinem Handy an, wurde jedoch mit seiner Mailbox verbunden. Ich wollte zuerst eine Nachricht hinterlassen, tat es dann aber doch nicht. Falls der Psychiater immer noch im Gefängnis sitzt, liegt sein Mobiltelefon wahrscheinlich auf dem Schreibtisch irgendeines FBI-Agenten. Oder womöglich steckt es in John Kaisers Tasche. Wer immer es hat – er hat wahrscheinlich längst die technische Maschinerie des FBI in Gang gesetzt und versucht die Nummer der Person zurückzuverfolgen, die den Hauptverdächtigen anrufen wollte.

Nachdem ich Malik ebenfalls nicht erreichen konnte, blätterte ich mein digitales Telefonbuch durch. So etwas tut man, wenn man deprimiert ist. Oder besser, *ich* tue so etwas. Blättere mein Telefonbuch durch und rufe Freundin auf Freundin an, während ich bete, eine mitfühlende Stimme zu erwischen. Ich rufe Leute an, die ich seit Monaten, manchmal seit Jahren nicht gesehen habe. Doch heute ... diesmal habe ich es nicht getan. Als ich die sanften Hügel von Mississippi hinter mir gelassen und die Grenze nach Louisiana überschritten hatte, rief ich die Auskunft an und ließ mir die Nummer von Michael Wells' Praxis geben. Es kostete mich ein wenig Überzeugungsarbeit, doch schließlich wurde ich von seiner Sprechstundenhilfe durchgestellt. Ich sagte Michael, dass ich mich wirklich gerne mit ihm unterhalten würde, falls er ein wenig Zeit für mich hätte.

»Ich stecke im Augenblick bis zum Hals in Arbeit, lauter Alligatoren«, sagte er lachend. »Genau genommen keine Alligatoren, sondern kranke Kleinkinder, aber das kommt aufs Gleiche raus. Ich würde mich gerne später mit dir treffen,

Cat … darf ich dich zum Abendessen einladen? Wir haben in Natchez seit neuestem sogar ein Thai-Restaurant.«

Ich schwieg für einen Moment, vielleicht auch etwas länger, weil Michael schließlich fragte: »Cat? Stimmt was nicht?«

»Äh … ja. Deswegen wollte ich mit dir reden. Aber wir können das auch auf ein andermal verschieben.«

»Sag mir, was los ist.«

»Du erinnerst dich an unser Gespräch über unterdrückte Erinnerungen?«

»In Zusammenhang womit? Normalerweise kommt das nur bei Kindesmissbrauch vor.«

»Genau. So etwas in der Art.«

Er schwieg ein paar Sekunden. »Ist das eine hypothetische Frage?«

Ich wusste nicht genau, wie ich darauf antworten sollte. »So ähnlich.«

»Vergiss das Essen. Komm in meine Praxis, jetzt gleich. Du findest mich auf dem Jeff Davis Boulevard – du weißt noch, wo das ist?«

»Sicher, aber es ist schon okay. Vergiss einfach, dass ich angerufen habe. Ich bin im Augenblick außerhalb der Stadt.«

»Wo bist du? New Orleans?«

»Nein. Hör mal … wenn ich rechtzeitig zurück bin, rufe ich später noch mal an, okay?«

»Cat …«

Ich legte auf und schaltete mein Handy auf »Lautlos«. Warum hatte ich versucht, einen Kinderarzt in meine Geschichte hineinzuziehen, der nichts über mich und meine Probleme weiß? Weil wir uns aus der Schulzeit kennen? Weil er ein freundliches Gesicht hat? Weil er Kinder behandelt und ich mich in diesem Augenblick fühlte, als wäre ich vier Jahre alt?

Auf der anderen Seite des Flussbetts gleitet ein grünes Skiff im Schatten der Zypressen am Ufer entlang. Ich kneife die Augen zusammen und erkenne die Silhouette eines schwarzen Teenagers mit nacktem Oberkörper. Er paddelt ein paar Meter, beugt sich vor, arbeitet an etwas, richtet sich auf und paddelt weiter. Als er einen fetten grauen Fisch aus dem Wasser zieht, erkenne ich, was er tut. Er kontrolliert eine Fischerleine. Die verankerte Leine ist mit dutzenden von Haken versehen, alle fünfzig bis sechzig Zentimeter einer, geködert mit irgendetwas Stinkendem, um die Welse anzulocken, die es in diesem alten Flussarm zuhauf gibt. Es ist sicher zehn Jahre her, dass ich zum letzten Mal auf der Insel gewesen bin, aber das Leben dort scheint sich nicht verändert zu haben.

Während der Teenager sich die Leine entlangarbeitet, nehme ich mein Mobiltelefon zur Hand und betätige die Schnellwahl von Dr. Hannah Goldman. Hannah ist sozusagen meine letzte Zuflucht. Ich rufe sie nicht häufig an, aber wenn, antwortet sie sofort oder ruft mich innerhalb einer Stunde zurück. So viel Engagement findet man nicht allzu oft bei Therapeuten.

»Cat?«, fragt sie. Offensichtlich hat sie auf das Display geblickt und meine Nummer erkannt.

»M-hm«, sage ich kleinlaut.

»Wo sind Sie, Cat? Wir haben eine schlechte Verbindung.« Ihre Worte werden von einem kurzen Ausbruch von Statik untermauert.

»Ich bin außerhalb der Stadt. Aber das spielt keine Rolle.«

»Was ist passiert, Cat?«

»Ich habe eben etwas herausgefunden.«

»Möchten Sie mit mir darüber reden?«

»Ich weiß nicht.«

»Nun, Sie haben mich angerufen, nicht wahr? Also nehme ich an, dass Sie mit mir reden wollen.«

»Okay.«

»Zwanzig Worte oder weniger.«

»Mein Großvater hat meinen Vater erschossen.«

Es gibt nicht viel, das Dr. Goldman die Sprache verschlägt, doch jetzt ist es passiert. Es dauert mehrere Sekunden, bis sie wieder spricht. »Bitte erzählen Sie mir ein paar Details. Ich dachte, Ihr Vater wäre von einem Einbrecher erschossen worden?«

»Das dachte ich auch immer. Aber heute hat mein Großvater mir eine andere Geschichte erzählt. Es ist ziemlich kompliziert. Ich habe zufällig in meinem Kinderzimmer Blut entdeckt. Altes Blut, nach dem ich nicht gesucht habe. Aber ich fing an, über jene Nacht nachzudenken, verstehen Sie? Ich stellte Fragen. Ich wollte ein Team von außerhalb mit der Spurensicherung beauftragen, und da beschloss er, mir die Wahrheit zu erzählen.«

»Wer? Dr. Kirkland?«

»Ja.«

»War es ein Unfall?«

»Mehr oder weniger. Er hat meinen Vater dabei überrascht, wie er mich missbraucht hat. Sexuell missbraucht. Und er hat ihn erschossen.«

»Ich verstehe«, sagt Dr. Goldman mit ihrer professionellsten Stimme.

Sie sagt »Ich verstehe«, um nicht »Mein Gott!« oder irgendwas in der Art zu rufen. Hannah versucht Distanz zu wahren, doch es gelingt ihr nicht. Deswegen darf ich sie auch so anrufen. Hannah Goldman ist irgendwo in der Mitte zwischen professioneller Distanz und dem leidenschaftlichen Engagement von Nathan Malik.

»Glauben Sie, was Ihr Großvater Ihnen erzählt hat?«

»Er hat mich noch nie angelogen, außer in dieser Sache. Er sagt, er hätte die Wahrheit vor mir verborgen, um mich zu schützen. Und ich hatte immer das Gefühl, dass irgendwas mit der Geschichte nicht stimmt, die sie mir als Kind erzählt haben.«

»Haben Sie irgendwelche Erinnerungen an die Ereignisse, die Ihr Großvater beschrieben hat?«

»Nein. Aber ich denke in letzter Zeit viel über unterdrückte Erinnerungen nach.«

»Warum?«

»Es hat mit einem Mordfall zu tun, an dem ich zurzeit arbeite.«

»Die Morde hier in New Orleans?«

»Richtig.«

»Ich verstehe.«

»Glauben Sie, dass es so etwas wie unterdrückte Erinnerungen gibt, Hannah? Ich meine, halten Sie es für möglich, dass jemand eine Erinnerung völlig aus seinem Bewusstsein ausblenden kann?«

»Ja. Es ist allerdings ein kontroverses Thema. Wir wissen nur wenig über die Neuromechanik der Erinnerung. Doch unsere derzeitigen Erkenntnisse deuten darauf hin, dass ein traumatisiertes Opfer während der verursachenden Ereignisse dissoziiert und sich später an nichts mehr erinnern kann. Eine Amnesie sozusagen. Das Eigenartige an Ihrem Fall ist, dass es verkehrt herum geschieht. Sie haben die Bestätigung erhalten, dass man Sie missbraucht hat, bevor Sie auch nur anfangen konnten, sich wieder zu erinnern. Angesichts der Probleme, mit denen wir seit so langer Zeit kämpfen, könnte sich diese Information als das größte Geschenk Ihres Lebens erweisen. Ich weiß, es fällt Ihnen im Moment schwer, es so zu sehen, aber ich denke, dass ich Recht habe.«

»M-hm.«

»Hören Sie mir zu, Cat. Dies ist eine sehr gefährliche Zeit für Sie. Ich möchte Sie sehen, so schnell Sie mich in meiner Praxis besuchen können.«

»Wie ich bereits sagte, ich bin im Moment nicht in der Stadt.«

»Sie müssen kommen, auf jeden Fall. Trinken Sie?«

»Ich habe nicht mehr getrunken seit … schon eine ganze Weile nicht. Ich bin schwanger.«

»*Was?*« Diesmal gelingt es Hannah nicht, ihren Schock zu verbergen.

»Ich weiß, ich hätte Sie schon früher anrufen müssen. Aber es geht mir ganz gut dabei.«

»Hören Sie, Cat. Ich denke, wir sollten eine stationäre Entgiftung in Betracht ziehen. Gefolgt von einem Entziehungsprogramm. Das schaffen Sie nicht alleine. Nach dem, was Sie mir heute erzählt haben, kann niemand wissen, was noch alles passieren wird. Flashbacks, körperliche Erinnerungen, Selbstmordimpulse. Bitte sagen Sie mir, wo Sie sind.«

»Es geht mir gut, wirklich. Ich wollte Sie nur etwas fragen.«

»Was?«

»Falls mein Daddy das wirklich mit mir gemacht hat … wie kann meine Mutter nichts davon wissen?«

Dr. Goldman nimmt sich Zeit, bevor sie antwortet. »Es gibt unter den gegebenen Umständen in der Regel zwei oder drei Szenarien, die das Verhalten der Mutter erklären. In gewisser Hinsicht *weiß* sie von dem Missbrauch. Doch ohne weitere Informationen vermag ich nicht zu sagen, ob Ihre Mutter es nicht wahrhaben wollte oder ob sie die Tat schweigend gebilligt hat … Wie dem auch sei, das oberste Ziel jeder Mutter ist es, ihre Familie zusammenzuhalten, koste es, was es wolle. Trotzdem wäre es natürlich möglich, dass Ihre Mutter tatsächlich nichts von diesen Vorgängen gewusst hat.«

»Hatten *Sie* einen Verdacht, Hannah? Ist *Ihnen* je der Gedanke gekommen, dass ich als Kind vielleicht sexuell missbraucht worden sein könnte?«

»Es ist mir ein-, zweimal durch den Sinn gegangen, ja. Doch heutzutage fangen wir nicht von uns aus mit dieser Idee an, solange der Patient uns nicht dorthin führt. Und das haben Sie nie getan. Ich dachte, der Mord an Ihrem Vater wäre ausreichend traumatisch gewesen, um die Probleme zu verursachen, die wir gesehen haben. Doch nun, angesichts dieser neuen Erkenntnisse, können wir eine Menge Arbeit verrichten. Wir müssen sogar. Ich kenne ein paar Leute, die auf diesem Gebiet wirklich ganz ausgezeichnet sind, Cat.«

»Kennen Sie Dr. Nathan Malik?«

»Warum fragen Sie nach Dr. Malik?« Hannahs Tonfall ist plötzlich misstrauisch. »Kennen Sie ihn?«

»Ich bin ihm begegnet.«

»Haben Sie ihn als Patientin besucht?«

»Nein. Glauben Sie, dass er gut ist auf seinem Gebiet?«

»Er hat eine Reihe interessanter Artikel publiziert. Und er hatte mehrere spektakuläre Erfolge mit aufgedeckten Erinnerungen. Allerdings benutzt er radikale Techniken. Sie sind nicht anerkannt und vielleicht sogar gefährlich. Ich würde Sie nicht in der Obhut von jemandem wie Malik wissen wollen, Cat. Dazu sind Sie nicht stabil genug.«

»Ich habe nur gefragt.«

»Cat, sind Sie in Ihrem Wagen? Ich halte es für keine gute Idee, in Ihrem Zustand zu fahren.«

Dr. Goldman hat viele Anrufe von Parkplätzen und Standstreifen auf Highways erhalten. »Nein. Ich sitze nur im Auto.«

»Sind Sie an einem sicheren Ort?«

Ich blicke hinüber zur Insel, die unter den grauen Wolken geheimnisvoll und bedrohlich wirkt. »Ja.«

»Wo sind Sie in ihrem Zyklus? Oben oder unten?«

»Weder noch. Ich bin betäubt.«

Ein scharfes Einatmen verrät mir ihre Besorgnis. »Cat, meine Sorge ist, dass diese neuen Informationen eine manische Phase auslösen könnten. Sie befinden sich in einem Schock. Sie haben keine Abwehrkräfte mehr außer der Manie. Indem Sie in eine manische Phase wechseln, spiegelt Ihr Gehirn Ihnen Unverwundbarkeit vor. Und wenn dann etwas passiert, wenn Sie dann zusammenbrechen …« Statik übertönt Hannahs Stimme. »Das Wichtigste für Sie in diesem Augenblick ist, sich stets ins Gedächtnis zu rufen, dass es nicht *Ihre* Schuld ist, was zwischen Ihnen und Ihrem Vater geschah, Cat. Sie waren ein Kind. Sie hatten keine freie

Wahl. Sie …« Die Statik kehrt zurück, und diesmal verharrt sie in meinem Ohr wie intermittierende Explosionen.

»Danke für Ihre Zeit«, sage ich in das Rauschen. »Danke, dass Sie immer …«

Ein lautes Hupen wirft mich fast aus dem Sitz. Ich starre in den Innenspiegel und sehe einen großen weißen Pick-up hinter mir.

»*Hannah?*«

Die Verbindung ist unterbrochen.

Der Truck hupt erneut. Er wartet darauf, dass ich ihn vorbeilasse, damit er über den Damm kann. Der Fahrer hinter mir mag dem schlammigen Stück vertrauen – ich tue es nicht. Ich will zurücksetzen und ihm aus dem Weg fahren, doch ich kann mich nicht bewegen. Meine Hände liegen reglos in meinem Schoß wie die eines Quadriplegikers. Ein neuerliches Hupen.

Ich kann mich nicht bewegen.

Eine halbe Minute vergeht. Dann steigt ein Schwarzer aus dem Pick-up. Der Mann sieht aus, als wöge er hundertfünfzig Kilo. Er kommt nach vorn zu meinem Wagen. Er trägt ein T-Shirt, das sich eng über einer Brust spannt, die größer ist als meine, und er sieht nicht aus, als wäre er froh über die Verzögerung. Als er meine Tür erreicht, klopft er an die Seitenscheibe.

Aus der Nähe hat der Mann ein freundliches Gesicht. Er sieht aus wie um die fünfzig, und obwohl es unwahrscheinlich ist, frage ich mich, ob das Schicksal mich hier und jetzt mit Jesse Billups zusammengebracht hat. Unter großer Anstrengung betätige ich den Schalter, der meine Seitenscheibe nach unten fährt.

»Sie seh'n aus, als hätten Sie sich verfahren, Lady«, sagt er mit tiefer, melodischer Stimme.

»Sind Sie Jesse Billups?«

Der Mann verzieht den Mund zu einem breiten Lächeln. »Du lieber Gott, nein! Jesse is' mein Cousin.«

»Ist er heute auf der Insel?«

»Jesse is' immer auf der Insel.«

»Ich muss mit ihm reden.«

Der Mann neigt sich nach hinten und mustert meinen Audi, dann lacht er. »Sie machen Geschäfte mit Jesse? Das ist kaum zu glauben.«

»Aber es ist so.«

»Warten Sie ... Sie sind von diesen Leuten von *Sports Illustrated,* die letztes Jahr im Frühling diese Bikini-Kollektion geschossen haben?«

»Nein. Ich bin Catherine Ferry.«

Ein verständnisloser Blick, dann ein Funke von Erkennen in seinen Augen.

»Catherine *DeSalle* Ferry«, nenne ich meinen vollen Namen.

Das Grinsen verschwindet. Der Mann richtet sich kerzengerade auf und stopft hastig sein T-Shirt in die Hose. »Bitte entschuldigen Sie, Ma'am, dass ich Sie nicht erkannt hab. Ich bin Henry Washington. Was kann ich für Sie tun? Möchten Sie, dass ich Sie über den Damm bringe und Jesse für Sie suche?«

»Ist der Weg über den Damm sicher?«

Washington legt den Kopf zur Seite. »Na ja, das ist ein dehnbares Wort, *sicher.* Ich bin schon oft über dieses alte Ding gefahren, und bis jetzt ist es noch nie eingestürzt. Aber eines Tages wird's passieren. Dr. Kirkland sollte ein wenig mehr Geld in diesen alten Damm stecken. Das wäre für alle hier viel sicherer.«

»Da haben Sie wohl Recht.«

»Ich sag Ihnen was, Ma'am. Warum fahren Sie nicht mit mir zusammen rüber? Wenn Sie fertig sind mit Ihrem Treffen mit Jesse, bringt er Sie zurück. Und wenn er's nicht kann, mache ich es.«

»Das klingt gut.«

Mit einem anderen Menschen zu reden – besonders einem Fremden – zwingt mich, in die Welt aus Zeit und Bewegung zurückzukehren. Nachdem ich den Audi unter einem Pekannussbaum geparkt und verschlossen habe, steige ich hinauf in die Kabine von Henrys Truck und hocke mich auf den Beifahrersitz.

Dieser Truck ist ganz anders als der Pick-up aus meinen Albträumen. Ich sitze hoch über dem Boden, es gibt eine gute Musikanlage, dicke Polster und einen geräumigen Rücksitz. Der Truck in meinen Träumen ist alt und rostig und mit einer runden Motorhaube, die ihn aussehen lässt wie ein Spielzeug. Vom Boden ragt ein langer Schaltknüppel auf, und es gibt keine Polsterung, nicht einmal einen Dachhimmel.

»Sind Sie verwandt mit Dr. Kirkland?«, fragt Henry, während er den Gang einlegt und den Truck langsam auf den weichen Boden des Damms steuert.

»Er ist mein Großvater.«

»Hm. Wie kommt es, dass ich Sie noch nie hier unten gesehen hab?«

»Haben Sie wahrscheinlich. Aber es ist zehn Jahre her, seit ich das letzte Mal auf der Insel war, und noch länger, seit ich für längere Zeit dort gewesen bin.«

»Na ja, es hat sich nicht viel verändert. Vor ungefähr fünf Jahren haben wir Strom bekommen. Vorher mussten wir Generatoren benutzen, wenn wir Strom gebraucht haben.«

»Ich erinnere mich. Wie sieht es mit Telefon aus?«

Henry klopft auf ein Mobiltelefon an seinem Gürtel. »Das hier ist alles, was wir haben, aber sie funktionieren nur die halbe Zeit. Deswegen haben wir immer noch Funkgeräte in den Trucks.«

Wir erreichen eine schlammige Stelle, und beinahe bricht das Heck des Wagens aus. Ich verkrampfe mich vor Angst, doch Henry lacht nur, während er den Truck wieder unter Kontrolle bringt.

»Haben Sie Angst?«, dröhnt er. »Fragen Sie mich mal,

Lady. Wenn mein großer Hintern ins Wasser plumpst, bleibt nur noch Weinen.«

»Warum das?«

»Ich kann nicht schwimmen.«

Einige Leute hätten an meiner Stelle gelacht, doch ich kann nicht. Es macht mich traurig. Als wir uns dem Ufer nähern, platschen ein paar Regentropfen auf die Windschutzscheibe.

»Wird das Wasser über den Damm steigen?«, frage ich.

»Wahrscheinlich nicht, nein«, sagt Henry. »Allerdings ist es schon passiert. Aber der Regen braucht wenigstens noch eine Stunde, bevor es richtig losgeht.«

»Woher wissen Sie das?«

Er sieht mich an und tippt sich an die Nase. »Der Geruch. Die sollten mich bei *Channel Sixteen* einstellen. Ich bin um Längen besser als der Wettermann, den sie haben.«

»Es gibt also inzwischen Fernsehen hier draußen?«

»Satellit. Kein Kabel.«

Die Dinge haben sich tatsächlich verändert. Bei meinem letzten Besuch auf DeSalle Island war alles noch so primitiv wie in einer Höhle in den Appalachen. Zwei Dutzend primitive Hütten für die Arbeiter, die »Klinik« meines Großvaters und eine Anzahl von Schuppen und Scheunen für Werkzeuge und Material. Die meisten Hütten hatten Außentoiletten. Die einzigen Häuser mit »modernen« Sanitäranlagen waren das Jagdhaus meines Großvaters – ein Haus im Plantagenstil aus Zypressenstämmen mit Ausblick auf den See, entworfen von dem berühmten, in Louisiana ansässigen Architekten A. Hays Town – sowie die Klinik.

»Wir sind fast da«, sagt Henry in diesem Augenblick und gibt ein wenig mehr Gas.

Die Wand von Bäumen kommt näher, und ich erblicke einen kleinen Schuppen nahe beim Wasser. Ein eisiges Frösteln durchläuft mich. Wie fast jedes andere Gebäude auf DeSalle Island hat der Schuppen ein Wellblechdach. Das

Frösteln versiegt ein wenig, und plötzlich droht mein Herzschlag auszusetzen.

Neben dem Schuppen parkt der alte rostige Pick-up aus meinen Träumen.

27

In dem Augenblick, als Henry Washingtons Truck auf die Schotterpiste rollt, die dem Ostufer der Insel folgt, spüre ich ein eigenartiges Trommeln in mir. Es ist, als würde Schwachstrom durch meine Nervenbahnen geleitet. Das Zittern meiner Hände, das mich in den letzten drei Jahren verfolgt hat, wird schlimmer.

Die Insel sieht aus wie immer, solange ich mich erinnern kann. Zypressen säumen das Ufer und wachsen aus dem flachen Wasser. Das Innere ist bewaldet mit Weiden und Riesenpappeln. Die Zypressen liegen zu meiner Rechten; wir fahren nach Norden. Ich will Henry nach dem alten Truck meines Großvaters fragen, doch ein Gefühl von Anspannung in der Brust hindert mich daran. Der Truck bleibt hinter uns zurück, und ich versuche mir den Grundriss der Insel ins Gedachtnis zu rufen.

Aus der Luft betrachtet sieht DeSalle Island wie eine verkürzte Version von Südamerika aus. Die Insel wird in der Mitte von einem hufeisenförmigen See, der früher einmal eine Biegung im Lauf des Mississippi war, fast in zwei Teile geteilt. Großvaters Jagdhaus steht am nördlichen Ufer des Sees, die Hütten der Arbeiter am südlichen. Westlich vom See liegen zweihundert Hektar Reisfelder. Der nördliche Teil der Insel ist Weideland, auf dem das Vieh zwischen den Ölpumpen grast. Im Süden befinden sich die Wälder, die wir jetzt durchqueren. Am Rand der Wälder, zwischen den

Bäumen, befinden sich die Wohnhütten und Lagerschuppen des Jagdcamps, und noch weiter unten – quasi im »Argentinien« unserer Insel – die niedrigen Sanddünen und Ebenen aus Flussschlamm, die sich bis zu der Stelle hinziehen, wo das alte Flussbett in den Mississippi mündet.

»Jesse war oben im Norden und hat nach streunenden Kühen gesucht«, sagt Henry, wobei er den Kopf schüttelt, als würde eine Arbeit wie diese ein gewisses Maß an Irrsinn erfordern. »Er hat gesagt, dass er danach irgendwelche Klempnerarbeiten im Jagdcamp erledigen wollte.«

Binnen weniger Sekunden stehen die Bäume zu meiner Linken weiter auseinander und geben den Blick frei auf den See und die Hütten, in denen die Arbeiter leben.

»Sind wir schon an der Straße zum Camp vorbei?«, frage ich.

Henry lacht. »An der ersten. Aber ich fahre mit diesem Truck nicht durch den Morast. Es gibt jetzt einen Kiesweg ins Camp, von Norden her.«

Ich sehe den See, dunkelgrün unter den Wolken, mit kleinen Schaumkrönchen, die vom Wind aufgepeitscht werden. Henry biegt nach links ab und folgt einem Weg, der zwischen dem See und dem südlichen Rand des Waldes verläuft. Er winkt in Richtung einer Ansammlung von Hütten am See. Die Sonne steht bereits tief am Horizont, und auf den meisten Veranden sitzen die Leute in Schaukelstühlen, während die Kinder im Staub mit Katzen und Hunden umhertollen.

»Da wären wir«, sagt Henry und biegt auf einen schmalen Kiesweg zwischen den Bäumen.

»Wie ist Jesse denn so?«, frage ich.

»Sie kennen ihn nicht?«

»Nein.«

»Jesse ist allen ein Rätsel. Früher war er der größte Faulpelz auf der Insel. Hat jede Menge Dope geraucht und ständig mit irgendwelchen Leuten geschwatzt. Aber heute ist er ein unglaublich harter Brocken. Ich weiß nicht, warum, aber so ist er.«

»War es der Krieg?«

Henry zuckt die breiten Schultern. »Wer weiß? Jesse redet nicht viel. Er arbeitet die meiste Zeit oder beaufsichtigt die Leute bei der Arbeit.«

Eine Minute vergeht in Schweigen. Vor uns tauchen die Blockhäuser des Jagdcamps zwischen den Bäumen auf. Im Gegensatz zu den Hütten der Arbeiter, die zum größten Teil aus Schalbrettern und Dachpappe auf gemauerten kleinen Sockeln erbaut sind, bestehen die Jagdhütten aus massivem Zypressenholz, grau verwittert und hart wie Stahl. Die Dächer bestehen aus dunkelbraunem, korrodiertem Wellblech.

»Da ist Jesse«, sagt Henry unvermittelt.

Ich sehe niemanden, doch ein braunes Pferd ist an das Geländer der Veranda eines der Blockhäuser gebunden. Henry hält vor dem Blockhaus und hupt dreimal.

Nichts rührt sich.

»Er ist ganz bestimmt da«, sagt Henry.

Und tatsächlich, ein drahtiger schwarzer Mann ohne Hemd kriecht unter einem der Blockhäuser hervor, steht auf und klopft sich den Staub ab. Zuerst sieht er aus wie hunderte anderer schwarzer Arbeiter auch. Dann wendet er sich um, und ich erblicke die rechte Hälfte seines Gesichts. Flecken hellrosafarbener Haut stechen hervor wie Farbspritzer, die sich von seiner rechten Schulter bis zur Schläfe ziehen. Seine Wange ist ein großer Krater aus Narbengewebe.

»Er wurde drüben in Vietnam verbrannt«, sagt Henry. »Es sieht schlimm aus, aber wir haben uns inzwischen daran gewöhnt.«

Henry beugt sich aus dem Fenster und ruft: »Hey, Jesse! Ich hab eine Lady bei mir, die mit dir reden will!«

Jesse kommt zum Truck geschlendert – auf meine Seite, nicht die von Henry – und sieht mir in die Augen. Henry lässt die Scheibe auf meiner Seite herunter, und plötzlich sind zwischen meinem Gesicht und Jesse Billups' Narben nur noch zwanzig Zentimeter Raum.

»Was wollen Sie von mir?«, fragt er misstrauisch.

»Ich möchte mit Ihnen über meinen Vater reden.«

»Wer ist Ihr Vater?«

»Luke Ferry.«

Jesses Augen weiten sich; dann schnaubt er wie ein Pferd. »Verdammt. All die Jahre, und jetzt kommen Sie zurück? Ich hab Sie gekannt, als Sie ein kleines Mädchen waren. Ich kannte Ihre Mutter ziemlich gut. Wie sind Sie hier auf die Insel gekommen?«

»Sie hat den Wagen auf der anderen Seite des Damms stehen«, sagt Henry. »Ich hab ihr gesagt, du würdest sie zurückbringen, wenn ihr fertig seid. Du bringst sie doch rüber, oder?«

Jesse mustert mich eine Weile. »Ja, ich bring sie zurück«, sagt er dann.

Er öffnet die Beifahrertür und hilft mir beim Aussteigen aus der hohen Kabine. Seine Hände sind rau und von dicken Schwielen bedeckt. Henry hupt ein letztes Mal, während er davonfährt, und Jesse führt mich zum ersten Blockhaus neben dem, wo sein Pferd angebunden steht.

»Hard-Ass mag keine Fremden«, erklärt er.

»Sie nennen Ihr Pferd Hard-Ass?«, frage ich verwundert.

»Die Leute nennen mich hinter meinem Rücken so, also dachte ich, es kann nicht schaden, wenn ich sie wissen lasse, dass ich es weiß.«

Er steigt zur Veranda hinauf und setzt sich auf den Boden, mit dem Rücken gegen die Wand des Hauses. Ich setze mich auf die obere Treppenstufe und lehne mich gegen das Geländer. Es besteht kein Zweifel daran, dass Jesse Billups hart für seinen Lebensunterhalt schuftet. Er muss um die fünfzig sein, wenn er in Vietnam gedient hat, doch sein Bauch ist so flach und muskulös wie der eines Teenagers. Seine Arme wölben sich nicht, doch die langen Muskeln zeichnen sich bei jeder Bewegung ab. Sein Gesicht ist eine andere Geschichte: Es fällt mir schwer, sein Aussehen zu deuten. Ich bin noch nicht an die Narben gewöhnt.

»Dieseltreibstoff«, sagt er mit rauer Stimme.

»Was?«

»Mein Gesicht. Ich hab die Latrinen in einer Artilleriebasis sauber gemacht, als Charlie uns zu Weihnachten ein paar Mörsergranaten rübergeschickt hat. Wir haben unsere Scheiße immer mit Diesel verbrannt. Ich stand neben fünf brennenden Fässern, als die Granate einschlug. Der Luftdruck hat die Fässer umgerissen, und ich war plötzlich voller Scheiße und brennendem Diesel. Wäre wahrscheinlich ganz lustig gewesen, wenn ich nicht eine verdammte Infektion davon gekriegt hätte.«

»Das tut mir Leid.«

Er zwinkert zynisch, dann zieht er eine Packung Kool Menthol aus der Gesäßtasche. Er benutzt ein silbernes Feuerzeug, um sich eine anzustecken, inhaliert tief und bläst blauen Rauch über die Veranda. Er scheint sich auf eine längere Unterhaltung einzurichten. Nach einem weiteren tiefen Zug an der Zigarette richtet er seine dunklen Augen auf mich.

»Sie sind also hier, um mich nach Ihrem Daddy zu fragen?«

»Ich habe gehört, Sie hätten ihn ziemlich gut gekannt«, entgegne ich.

Jesse wirkt erheitert. »Ich weiß nicht, ob man das so nennen kann. Aber Luke und ich haben eine ganze Weile zusammen rumgehangen. Ist schon lange her.«

»Ich hatte gehofft, Sie könnten mir etwas darüber erzählen, was im Krieg mit ihm passiert ist.«

»Wissen Sie denn schon was?«

»Jemand hat mir erzählt, er wäre Scharfschütze gewesen. Das wusste ich nicht. Und jemand hat gesagt, er wäre bei einer Einheit gewesen, die beschuldigt wurde, Kriegsverbrechen begangen zu haben. Wissen Sie irgendetwas darüber?«

Jesse schnaubt abfällig. »*Kriegsverbrechen?* Scheiße! Das ist der verrückteste Ausdruck, den ich je gehört hab! Der ganze *Krieg* ist ein beschissenes Verbrechen, von Anfang bis Ende! So einen Schwachsinn von wegen Kriegsverbrechen reden nur Leute, die absolut keine Ahnung haben.«

Ich weiß nicht genau, wie ich fortfahren soll. »Nun ja, es muss zumindest ein paar ungewöhnliche Vorkommnisse gegeben haben, wenn die Army erwogen hat, seine Einheit anzuklagen.«

»Ungewöhnlich?« Jesse lacht humorlos; es klingt wie ein Bellen. »Ja. Ungewöhnlich ist ein passendes Wort.«

»Können Sie mir mehr verraten?«

»Luke hat mir ein bisschen darüber erzählt. Er war ein Junge vom Land, verstehen Sie? Das hat ihn gleich in Schwierigkeiten gebracht. Er wusste, wie man schießt. Ich bin ein guter Schütze, aber Luke war ein echtes Ass mit dem Gewehr. Als wäre er mit einem Schießprügel zur Welt gekommen. Nach dem Krieg hat er keine Waffe mehr angefasst, nie wieder auf irgendwas geschossen, nicht mal auf Rotwild, um Proviant zu machen. Jedenfalls, die Army hat ihn zum Scharfschützen ausgebildet. Und er hat diesen Job ein paar Monate lang gemacht. Dann haben sie ihn in diese Spezialeinheit versetzt, zu den White Tigers. Angeblich alles nur Freiwillige, aber ich glaube, das Armeekommando hat mehr oder weniger jeden abkommandiert, den sie haben wollten. Und damit steckte der gute alte Lukie in der Scheiße.«

»Die White Tigers? Was war der Auftrag dieser Einheit?«

»Sie wurde nur aus einem einzigen Grund zusammengestellt. Vordringen auf feindliches Gebiet. Allerdings war dieses Vordringen nicht gerade legal. Die Tigers sind nach Kambodscha vorgestoßen, um den Vietkong da zu treffen, wo er sich vor unseren Bombern versteckt hat.«

»Wissen Sie, was dort geschah?«

»Die gleiche Scheiße wie überall sonst, nur schlimmer.

Die Tigers sind von Dorf zu Dorf gezogen auf der Suche nach Waffen, Vietkong oder deren Sympathisanten. Nur dass sie nicht so vorgegangen sind wie die normale Infanterie. In Kambodscha haben sie nicht erst gewartet, bis Charlie auf sie geschossen hat. In Kambodscha sind sie vorgestoßen und haben die Leute in Todesangst versetzt, um sie daran zu hindern, Charlie zu helfen. *Dem Feind keine Zuflucht gewähren und seine Nachschublinien unterbrechen,* wie es offiziell hieß. Diese doppelzüngigen Mistkerle! Jedenfalls, sie hatten ein paar richtig miese Typen bei den Tigers. Strafversetzt aus anderen Platoons und so was. Kein Wunder, dass sie schlimmen Scheiß gemacht haben.«

»Was genau fällt in diese Kategorie?«

Jesse drückt seine Zigarette aus und zündet sich augenblicklich eine neue an. »Sie haben Stammeshäuptlinge und Sympathisanten von Charlie erschossen. Sie haben jeden bestraft, der im Verdacht stand, Charlie oder den Roten Khmer zu helfen. Leute verhört.« Er lacht bitter auf. »Was nichts anderes heißt als gefoltert.«

»Und mein Vater hat da mitgemacht?«

Er nickt langsam. »Das war sein Job, wissen Sie? Diese Scheiße ist auch da passiert, wo ich war. Ganz besonders das Erschießen von Gefangenen, damit man sie nicht mit sich rumschleppen musste. Wenn der falsche Offizier einen dabei beobachtet hat, konnte man ganz schön in Schwierigkeiten kommen. Bei Luke war das anders. Bei den White Tigers waren es die Offiziere, die diesen Scheiß befohlen haben. Sie haben Köpfe abgeschnitten und auf Pfähle gesteckt, um die Roten Khmer abzuschrecken. Mädchen aus den Dörfern entführt und dazu benutzt, sich zu entspannen. Sie haben …«

»Augenblick mal«, unterbreche ich ihn. »Sie meinen, die White Tigers haben Frauen entführt und vergewaltigt?«

Jesse nickt, als wäre es keine große Sache. »Sicher. Auf diese Weise haben die Offiziere ihre Leute belohnt. Wenn die Jungs gute Arbeit geleistet hatten, durften sie sich ein

Mädchen aus dem Dorf aussuchen und es ein paar Tage bei sich behalten.«

»Was geschah anschließend? Nachdem sie mit dem Mädchen … fertig waren?«

Jesse hebt die Hand und macht eine rasche schlitzende Bewegung über die Kehle. Die Gefühllosigkeit in seinen Augen jagt mir Schauer über den Rücken. »Ich hab Ihnen doch gesagt, dass die Tigers schlimmen Scheiß gemacht haben.«

»Was hat mein Vater dazu gesagt?«

Jesse zuckt die Schultern. »Er gab der Regierung die Schuld. Die Regierung war's schließlich, die Ihren Vater in diesen Mist gesteckt hatte. Er hatte nicht darum gebeten. Und was hätte er schon dagegen tun können? Weit draußen im Busch … die gesamte Operation illegal … nur der Commander hatte ein Funkgerät. Also tat Luke, was man ihm befahl, und sah zu, dass er heil wieder rauskam.«

»Was ist mit der Untersuchung wegen Kriegsverbrechen? Wer hat die veranlasst?«

»Irgendeine Ratte in Lukes Einheit, schätze ich. Irgendjemand, der wollte, dass sein Name in den Berichten auftaucht.«

Das klingt unlogisch in meinen Ohren. »Mir scheint eher, dass man sich mit so was ganz schnell um das eigene Leben bringt. Es muss jemand gewesen sein, dessen Gewissen nicht mehr mitgespielt hat. Deswegen hat er sich an die Öffentlichkeit gewandt.«

Jesse schüttelt den Kopf. »Ich weiß nur, dass Luke eisern die Klappe gehalten hat, als er von der Regierung verhört worden ist. Die Regierung ließ die Angelegenheit fallen, Ende der Geschichte.«

Jesse nimmt einen Zug von seiner Zigarette und inhaliert so tief, dass es scheint, als würde er sich vom Rauch ernähren. Während ich ihn beobachte, kommt mir der Gedanke, dass seine schlanke Gestalt nicht das Resultat einer gesunden Lebensweise ist. Mir scheint eher, als würde das Fett, das ein normaler Mann in seinem Alter hat, von einer tief sitzenden Wut verzehrt.

»Glauben Sie …«

»Weshalb sind Sie hergekommen?«, fragt Luke plötzlich heftig. »Sie sind jedenfalls nicht hier, um mit mir über Vietnam zu reden.«

»Doch, bin ich.«

Er stößt ein neuerliches bellendes Lachen aus. »Vielleicht *glauben* Sie, dass Sie deswegen hier sind. Aber hinter Ihren Fragen steckt mehr.«

Ich wende den Blick ab in der Hoffnung, dass er die Schuldgefühle nicht bemerkt wegen dem, was mein Großvater mir heute erzählt hat. Denn das ist es, was ich fühle, erkenne ich. Schuld. Das ist der Grund, warum ich Jesse diese Fragen stelle. Wenn mein Vater wirklich diese Dinge mit mir angestellt hat, muss irgendetwas ihn dazu getrieben haben. Und wenn es nicht der Krieg war, was sonst könnte es dann gewesen sein außer mir selbst? Ich habe mich schon immer nach Aufmerksamkeit und Liebe gesehnt, und ich war immer sehr sinnlich …

»He«, sagt Jesse. »Sie sehen aus, als würden Sie jeden Augenblick anfangen zu heulen.«

Ich lege den Kopf in den Nacken und blinzle die Tränen zurück. »Sie haben Recht«, sage ich. »Ich weiß nicht genau, warum ich hergekommen bin. Ich hatte gehofft, dass … ich weiß nicht. Ich weiß es nicht.«

»Sie suchen nach einer Erklärung dafür, wie Luke war? Sie hatten gehofft, ich würde Ihnen erzählen, dass er ein Heiliger war oder irgendwas, hinter seinem verschlossenen Gesicht? Das war er nicht. Er war ein ganz normaler Kerl, genau wie ich. Wir alle haben tief in uns gute und böse Seiten.« Er zeigt mit dem Finger auf mich, und ich bemerke den langen Nagel. »Aber ich sage Ihnen nichts, was Sie nicht längst wissen, Lady. Sie sind Luke Ferrys Tochter. Ich weiß, dass Sie beide Seiten in sich haben.«

Jetzt kommen die Tränen doch, und es sind zu viele, um sie wegzublinzeln. »Warum hat mein Daddy so viel Zeit hier auf der Insel verbracht, Jesse? Was war es, das ihn hierher gezogen hat?«

Jesse schneidet eine Grimasse und richtet den Blick nach vorn in den Wald.

»Hat er Dope auf der Insel angebaut?«

»Er hat es versucht, aber er war nicht geschickt genug darin.«

»Hat er jemals gedealt? Mit Drogen?«

Das vernarbte Gesicht dreht sich langsam nach rechts und links. »Scheiße, ich musste Gras für ihn besorgen.«

»Was übersehe ich dann? Wie viel Zeit hat er tatsächlich hier unten verbracht?«

»Eine Menge. Besonders im Winter. Im Sommer nicht, da war Ihre Familie oft hier. In der Jagdsaison auch nicht, weil Dr. Kirkland regelmäßig mit seinen Freunden vorbeikam. Aber in der übrigen Zeit war Luke da.«

»Was zur Hölle hat er hier gemacht, wenn er nicht gejagt und nicht geangelt hat?«

Jesse sieht mich an, doch die tief sitzende Wut, die ich vorhin in ihm gespürt habe, scheint aus seinen Poren verdunstet zu sein. »Er ging viel spazieren. Hat Sachen in ein Notizbuch gemalt. Hat ein wenig Musik gemacht. Er hatte eine Gitarre hier, und ich hab ihm ein paar Bottleneck-Griffe beigebracht.«

Ich kann mich schwach an eine Gitarre im Atelier meines Vaters erinnern, weiß aber nicht mehr, ob er je darauf gespielt hat. »War er gut?«

»Auf der Gitarre? Ganz annehmbar – für einen Weißen. Hatte ein wenig vom Blues in sich.«

»Und hat er …«

Das Summen eines Mobiltelefons lässt mich verstummen, doch es ist nicht meins. Jesse zieht ein Nokia aus der Tasche und antwortet. Er lauscht ein paar Sekunden, dann sagt er, dass er sich sofort daranmachen würde und legt auf.

»Ich muss weg«, sagt er.

»Jetzt sofort?«

»Jepp. Muss ein paar Vorräte vom Festland herbeischaffen, für den Fall, dass das Hochwasser den Damm überschwemmt. Soll ein paar Tage am Stück regnen, den ganzen Fluss rauf. Wir machen besser, dass wir loskommen.«

»Aber ich habe noch mehr Fragen.«

»Wir können unterwegs reden.« Er geht voraus zu seinem Pferd, bindet es los und führt es zu mir. Hard-Ass schlägt mit dem Schweif nach einer summenden Pferdebremse. »Ich steige auf, dann ziehe ich Sie hinter mich. Halten Sie sich von seinem Hintern fern, okay?«

»Mache ich.«

Jesse stellt einen Fuß in den Steigbügel und schwingt sich geschickt auf das Pferd. Dann nimmt er den Fuß aus dem Bügel, damit ich einen Halt finde. Nachdem ich meinen Fuß hineingestellt habe, nimmt er mich am linken Arm und zieht mich mühelos hinter seinen Sattel. »Sie können reden, aber halten Sie sich gut fest.« Er versetzt das Pferd in einen kurzen Galopp entlang dem grasbewachsenen Seitenstreifen der Geröllpiste. Seine breiten Schultern sind schweißnass, und rosafarbenes Narbengewebe überzieht seinen Nacken.

»Sie arbeiten für meinen Großvater, richtig?«, frage ich ihn.

»Das ist richtig.«

»Was halten Sie von ihm?«

»Er ist ein harter alter Mann.«

»Mögen Sie ihn?«

»Dr. Kirkland zahlt meinen Lohn. Ob ich ihn mag oder nicht hat damit nichts zu tun.«

In mir entsteht das Gefühl, dass die Beziehung zwischen Großvater und Jesse alles andere als unkompliziert ist. »Was verschweigen Sie mir, Jesse?«

Ich kann sein Grinsen beinahe spüren. »Dr. Kirkland hat mich einmal verprügelt, als ich ein Junge war. Mächtig verprügelt. Allerdings hätte ich an seiner Stelle wahrscheinlich das Gleiche getan, und deswegen sind wir quitt, schätze ich.«

Ich will mehr darüber erfahren, doch bevor ich dazu komme, sehe ich eine Frau, die uns auf einem Fahrrad entgegenkommt. Der Kies auf dem Weg macht ihr Vorankommen mühselig. Es sieht aus, als könnte sie jeden Augenblick ins Rutschen geraten und stürzen.

»*Scheiße*«, murmelt Jesse.

»Wer ist das?«

»Achten Sie nicht auf die Frau. Die ist halb verrückt.«

Die Frau wird langsamer, als sie näher kommt, doch Jesse gibt seinem Pferd die Sporen, als wollte er wortlos an ihr vorbei.

»Warte!«, ruft die Frau.

»Halten Sie an«, sage ich zu Jesse.

Er hört nicht auf mich.

»*Verdammt, Jesse Billups!*«, ruft die Frau. »*Wage es nicht, vor mir wegzulaufen!*«

Ich greife um Jesse herum und falle ihm in die Zügel. »Halten Sie augenblicklich an!«

Er flucht, dann stoppt er das Pferd aus vollem Galopp. »Sie werden sich wünschen, wir wären weitergeritten.«

So ärgerlich, wie die Frau vor mir aussieht, rechne ich damit, dass sie Jesse Billups mit Anschuldigungen wegen Misshandlungen oder einer Vaterschaft überhäuft. Doch nun, nachdem das Pferd steht, verhält sie sich, als existierte Jesse überhaupt nicht. Sie hat nur Augen für mich.

»Sind Sie Catherine Ferry?«, fragt sie.

»Das ist richtig.«

»Ich bin Louise Butler. Ich muss mit Ihnen reden.«

»Worüber?«

»Ihren Vater.«

»Kannten Sie ihn?«

»Das kann man wohl sagen.«

Ich schwinge das Bein über die Seite des Pferdes und

lasse mich neben Louise Butler zu Boden gleiten. Sie ist etwa vierzig und bemerkenswert attraktiv. Sie besitzt die gleiche milchschokoladenfarbene Haut wie Pearlie. Sie betrachtet mich misstrauisch aus großen Augen.

»Wenn Sie hier stehen bleiben und quatschen, müssen Sie allein zu Ihrem Wagen zurück. Ich muss weiter.«

»Ich weiß, wo mein Wagen steht. Ich finde den Weg, danke sehr.«

Jesse gibt seinem Pferd die Sporen und lässt uns in einer kleinen Staubwolke stehen.

Ich sehe Louise an und warte schweigend auf eine Erklärung für ihr plötzliches Auftauchen, doch sie starrt nur in den Himmel.

»Es fängt bald an zu regnen«, beobachtet sie. »Ich hab ein Haus am See. Wir setzen uns besser in Bewegung, damit wir trocken hinkommen.«

Ohne auf eine Antwort zu warten, dreht sie ihr Fahrrad um und schiebt es die Straße entlang. Ich blicke ihr ein paar Sekunden hinterher, bemerke ihr einteiliges Kleid und ihre Turnschuhe von Keds. Dann trotte ich los und geselle mich neben sie. Der Kies knirscht beim Laufen laut unter meinen Füßen.

»Woher wussten Sie, dass ich hier bin?«, frage ich.

»Henry hat es mir erzählt«, antwortet sie, ohne mich anzusehen.

»Also kannten Sie meinen Vater?«

Jetzt wendet sie sich mir zu und sieht mich an. »Es wird Ihnen vielleicht nicht gefallen, was ich Ihnen zu sagen habe, Miss Catherine.«

»Bitte nennen Sie mich Cat.«

Sie lacht leise auf. »Kitty Cat.«

Mich durchfährt ein Frösteln. Mein Vater hat mich Kitty Cat genannt, als ich noch sehr klein war. Er war der Einzige, der mich so genannt hat. »Sie kannten ihn. Bitte erzählen Sie mir alles, was Sie wissen.«

»Ich möchte nicht, dass Sie sich hinterher schlecht fühlen, Honey.«

»Ich fühle mich bestimmt nicht schlechter, als es heute ohnehin der Fall ist.«

»Seien Sie da nicht so sicher. Hat Jesse Ihnen irgendwas Schlechtes über Luke erzählt?«

»Nein, eigentlich nicht. Vielleicht hätte er das noch, aber dann kamen Sie vorbei.«

Louise rümpft die Nase. »Man kann Jesse nicht trauen. Nicht, wenn es um Luke geht.«

»Ich dachte, sie wären Freunde?«

»Das waren sie auch … für eine Weile.«

»Was ist passiert?«

»Ich.«

»Wie?«

Sie blickt mich aus den Augenwinkeln an. »Darling, Luke war sieben Jahre lang mein Liebhaber. Von 1974 an bis zu der Nacht, in der er starb. Und das hat vielen Leuten nicht gefallen.«

Ich bleibe wie angewurzelt stehen. Diese Frau kann nicht mehr als zehn Jahre älter sein als ich – und sie erzählt mir, dass sie die Geliebte meines Vaters gewesen sein will?

Louis geht weiter, und mir wird plötzlich bewusst, dass ich nicht mehr bei ihr bin. Sie bleibt stehen und dreht sich um. »Ich will Ihre Gefühle nicht verletzen. Ich wollte nur mit Ihnen reden. Sehen, ob ich ihn in Ihnen wiederfinde.«

»Und?«

Sie lächelt traurig. »Er sieht mich aus Ihren Augen an, jetzt in diesem Moment. Jeder Ihrer Gesichtszüge erinnert mich an ihn.«

»Louise, was …«

Bevor ich meinen Satz beenden kann, brechen die Wolken auf. Dicke Regentropfen klatschen auf den gelben Staub am Wegesrand und bilden dunkle Kreise aus Schlamm. Die Kreise vervielfältigen sich zu schnell, um ihnen mit dem

Auge zu folgen, und dann rennen Louise und ich den Weg entlang wie kleine Mädchen. Zuerst schiebt sie ihr Fahrrad noch; dann aber springt sie auf und fährt neben mir her.

»Sie sind gut in Form!«, ruft sie mir zu, als die Hütten des kleinen Dorfes in Sicht kommen. »Es ist nicht weit bis zu meinem Haus, aber wir müssen noch ein Stück weiter als bis zu diesen Hütten dort.«

Wir jagen an den Hütten vorbei, deren Veranden jetzt leer sind, und biegen in einen Trampelpfad ein, der am Seeufer entlangführt.

»Da ist es!«, ruft Louise.

Ich halte die Hand über die Augen, um sie vor dem Regen abzuschirmen. Ein Stück vor mir sehe ich eine Hütte, die nicht grau ist wie die anderen, sondern hellblau wie in der Karibik. Jetzt, da ich weiß, wohin ich muss, sprinte ich los und lasse das Fahrrad hinter mir. Meine Füße haben besseren Tritt im Schlamm, und ich bin vor Louise auf ihrer Veranda.

Während ich beobachte, wie sie die letzten Meter herankommt, wird mir bewusst, dass ich im Begriff stehe, Dinge über meinen Vater zu hören, von denen er niemals gewollt hätte, dass ich sie erfahre. Weiß diese schöne Fremde etwas, das erklärt, was Großvater mir heute gestanden hat? Oder es zumindest bestätigt?

»Gehen Sie ruhig schon rein«, sagt sie, während sie ihr Fahrrad die Treppe zu der kleinen Veranda des Hauses hinaufträgt. »Ich bin direkt hinter Ihnen.«

Ich trete durch die dünne Vordertür in einen Raum, der zugleich Küche, Wohn- und Esszimmer ist. In dem Augenblick, in dem ich eintrete, werden mir zwei Dinge mit verblüffender Deutlichkeit bewusst. Erstens das Geräusch des Regens, der auf das Blechdach über mir prasselt. Es ist, als wäre mein wiederkehrender Traum plötzlich Wirklichkeit geworden, und das prasselnde Geräusch nimmt mir fast den Atem. Und zweitens die Gewissheit, dass mein Vater tatsächlich einmal in diesem Haus gelebt hat. Auf dem Sims über einem Gaskamin steht die Skulptur einer Frau. Sie wirkt eher afrikanisch als asiatisch – ein ovales volles Gesicht über einem langen Hals und ein geschmeidiger Rumpf mit langen, eleganten Gliedmaßen –, und der erste Blick verrät mir, dass sie das Werk meines Vaters ist. Die Frau liegt auf der Seite, ein Knie aufgestellt, eine Hand auf der Hüfte, wie eine Frau im Bett, die ihren Liebhaber beobachtet. Diese Skulptur allein ist sicher mehr wert als Louises ganzes Haus.

Auch der Esstisch ist eine Arbeit meines Vaters. Gebürsteter Stahl mit eingelassenen Glasplatten und mit dem Stahl verschmolzenem Glimmer. Ich sehe kein Bett in diesem Raum, doch ich bin bereit, alles zu wetten, dass er auch das Bett gebaut hat.

»Luke wollte, dass ich mein eigenes Haus habe«, sagt Louise hinter mir.

Plötzlich wankt der Boden unter meinen Füßen. Die Hitze im Haus ist erstickend, als wären Fenster und Türen tagelang verschlossen gewesen, während das Prasseln des Regens von Sekunde zu Sekunde lauter wird. Aber das ist nur die eine Hälfte. Heute ist das Leben meines Vaters von einem Flickwerk glücklicher Erinnerungen zu einem Haus voller Spiegel geworden.

»Was ist los?«, ruft Louise erschrocken.

»Keine Ahnung.«

Sie springt zu einer im Fenster montierten Klimaanlage und schaltet sie ein. Das dröhnende Klappern des Ventilators dämpft das Prasseln des Regens ein wenig, aber es ist zu spät.

»Sie werden ohnmächtig!«

Als meine Knie unter mir nachgeben, fängt Louise mich auf und steuert meinen zusammenbrechenden Körper in Richtung eines Sofas.

28

Hier, trinken Sie das«, sagt Louise und hält mir ein Glas Eistee unters Kinn. »Die Hitze war zu viel für Sie. Das Haus war ein paar Tage lang verschlossen, und ohne Klimaanlage wird es hier drin so heiß wie in einem Ofen.«

»Es war nicht die Hitze«, widerspreche ich, während ich das Glas nehme und einen Schluck von dem sirupartig süßen Tee trinke.

»Waren es Lukes Sachen? Ich hätte wissen müssen, dass das Erinnerungen in Ihnen weckt.«

»Das ist nicht der Grund, nein.«

Sie studiert mich aus ihren großen braunen Augen. »Sie sehen jedenfalls verängstigt aus, mehr als alles andere.«

Ich nicke langsam. »Es ist der Regen.«

»Der Regen?«

»Das Geräusch. Regen, der auf das Dach prasselt.«

Sie sieht mich verwirrt an. »Sie mögen dieses Geräusch nicht?«

»Es geht nicht darum, ob ich es mag oder nicht. Ich ertrage es nicht.«

»Tatsächlich? Ich liebe dieses Geräusch. Es macht, dass ich mich einsam fühle, aber ich liebe es trotzdem. Ich habe ganze verregnete Nachmittage lang mit Luke im Bett gelegen und diesem Geräusch gelauscht. Es ist wie Musik.«

Ich versuche zu lächeln, doch meine Lippen gehorchen mir nicht.

»Es tut mir Leid. Sie sind völlig durcheinander, und ich rede nur über die alten Zeiten. Ist Ihnen mal irgendetwas Schlimmes passiert, während es geregnet hat?«

»Ich wünschte, ich wüsste es. In letzter Zeit verfolgt mich das Geräusch bis in meine Träume, und manchmal höre ich es sogar, während ich wach bin.«

»So ist das manchmal«, sagt Louise und geht zum Waschbecken. »Ich hab eine Menge Dinge in mir, die ich nicht verstehe.« Sie lässt Leitungswasser in eine Kanne laufen. »Ich mache uns einen Kaffee. Es kann vierzig Grad heiß sein draußen, aber ich brauche meinen Kaffee. Ich bin süchtig danach, schätze ich.«

»Louise, was können Sie mir über den alten orangefarbenen Pick-up beim Damm sagen?«

Sie schaltet die Kaffeemaschine ein, dann kommt sie zu mir und nimmt in einem billigen Kunstledersessel links neben mir Platz. »Sie meinen den alten Schrotthaufen beim Schuppen?«

»Ja.«

»Das war früher Mr. Kirklands Truck.«

»Ich weiß. Hat mein Vater ihn je gefahren?«

Sie schließt die Augen. »Ja. Luke fuhr ihn manchmal, wenn Dr. Kirkland nicht da war. Dr. Kirkland hat immer damit geprahlt, wie lange dieser Schrotthaufen gelaufen ist. Er hat gesagt, er hätte ihn noch nie im Stich gelassen und würde es auch nicht. Aber dann ist er doch kaputtgegangen. Warum?«

»Ich denke, ich habe irgendetwas gesehen, als ich in diesem Wagen gesessen habe. Ich habe einen Traum, wo ich neben Großvater sitze. Wir sind im Norden der Insel unterwegs und fahren auf dem Weideland einen Hügel hinauf, in Richtung des Sees.«

Louise nickt. »Ich weiß, wo das ist.«

»In meinem Traum schaffen wir es nie über den Kamm. Wir kommen näher und näher, aber wir erreichen ihn nie. Und je näher wir kommen, desto größer wird meine Angst.«

»Wie lange haben Sie diesen Traum schon?«

»Ein paar Wochen, vielleicht auch länger. Wissen Sie, ob dort oben irgendetwas passiert ist? Ob ich vielleicht irgendwas Schlimmes beobachtet habe?«

Sie lehnt sich auf ihrem Sessel zurück und blickt zum

Fenster hinaus. Die Gewitterwolken haben den Tag vorzeitig dunkel werden lassen, und vom Wind rattern die Scheiben in den Rahmen.

»Es wird noch schlimmer, bevor es besser wird«, orakelt sie. »Auf dieser kleinen Insel sind im Lauf der Jahre eine Menge böser Dinge passiert. Aber der See ... haben Sie vielleicht beobachtet, wie irgendjemand verprügelt wurde? Oder getötet?«

»Ich weiß es nicht.« Mir kommt eine andere Möglichkeit in den Sinn. »Haben Sie und Dad je irgendwas draußen beim See gemacht? Sich geliebt oder so?«

Louis wird ganz still. »Wir waren manchmal zum Schwimmen dort«, sagt sie leise. »Aber nie, während Sie auf der Insel waren.«

»Haben Sie beide sich je geliebt, wenn ich auf der Insel war?«

Sie wendet den Blick ab. »Wir haben versucht, es zu vermeiden. Manchmal haben wir es trotzdem getan. Es tut mir Leid, wenn Sie das jetzt verstört, aber ich will Sie nicht belügen.«

»Nein. Ich will die Wahrheit hören. Und ich weiß, wie es ist, wenn man jemanden liebt.«

»Nun ja ... vielleicht haben Sie uns beobachtet, wenn wir nackt im See schwimmen waren. Aber ich glaube das eigentlich nicht.«

Ich spüre ihr Unbehagen, deshalb wechsele ich das Thema. »Hat Daddy je mit Ihnen über den Krieg gesprochen?«

»Nein. Nicht in Worten. Aber er hat mich seinen Schmerz auf andere Art sehen lassen.«

»Was ist ihm in Vietnam widerfahren? Was glauben Sie?«

Ihre großen Augen fixieren die meinen, und ich erkenne Leidenschaft darin. »Er wurde vergiftet. Nicht sein Körper – seine Seele.«

»Louise … ich habe gehört, dass seine Einheit Kriegsverbrechen begangen hat. Gräueltaten. Verstehen Sie, was ich sage?«

Sie nickt ernst.

»Sie haben Menschen gefoltert. Frauen gekidnappt und vergewaltigt. Glauben Sie, dass Daddy so etwas getan haben könnte?« Direkter wage ich nicht danach zu fragen, ob Louise es für möglich hält, dass mein Vater mich sexuell missbraucht hat.

Sie erhebt sich unvermittelt und geht zu einer Schublade, nimmt eine Packung Salem-Zigaretten hervor und zündet sich eine davon mit einem normalen Haushaltsstreichholz an. Trotz ihres fortgeschrittenen Alters besitzt Louise noch immer eine schlanke Figur mit straffen Waden, für die manche jüngere Frau morden würde. Ich kann nur ahnen, wie atemberaubend sie in jungen Jahren ausgesehen hat.

»Luke hatte Probleme, okay?« Sie stößt blauen Rauch aus. »Als wir am Anfang zusammen waren, konnte er mich nicht lieben.«

»Sie meinen körperlich?« Eine merkwürdige Aufregung erfasst mich. »Er war impotent?«

Sie neigt den Kopf, als wüsste sie nicht genau, wie sie darauf antworten soll. »Er war es, und er war es wieder nicht.«

»Wie meinen Sie das, er war es und er war es wieder nicht?«

Louis blickt mich skeptisch an. »Ich sehe keinen Ring an Ihrem Finger«, sagt sie. »Haben Sie nie mit einem Mann zusammengelebt?«

»Doch, schon. Oder besser, die Männer haben mit mir zusammengelebt. Keine Sorge, Sie müssen nicht zimperlich sein, Louise. Ich kenne die Männer.«

Sie kichert leise. »Sie wissen, wie es ist, wenn ein Mann aufwacht? Wie hart er manchmal da unten ist, weil er auf die Toilette muss?«

Ich nicke und packe aufgeregt vor Neugier die Armlehne des Sofas.

»Genauso war Luke morgens auch immer. Aber wenn ich versucht hab, Liebe mit ihm zu machen, ist es nicht so geblieben.«

»Ich verstehe.«

»Ich wusste, dass irgendetwas im Krieg daran schuld sein musste. Nicht seine Verwundung, nein. Irgendwas war mit seinem Kopf passiert. Es dauerte mehr als ein Jahr, bis er richtig mit mir zusammen sein konnte. Bis er mir vertrauen konnte. Ich denke, das ist es, was er verloren hatte. Vertrauen. Aber ich bin kein Doktor. Ich weiß es nicht. Vielleicht hat er in Vietnam Dinge getan oder gesehen, die Sex für ihn zu etwas Schrecklichem gemacht haben.«

Wilde Gedanken überschlagen sich in meinem Kopf. Wenn mein Vater impotent war, wie kann er mich dann missbraucht haben? *Aber natürlich kann er das,* sagt eine bittere Stimme in mir. *Es gibt noch eine ganze Menge anderer sexueller Praktiken außer dem eigentlichen Akt.* Ich bin nicht einmal sicher, ob Geschlechtsverkehr die vorherrschende Form von Kindesmissbrauch darstellt. Ich muss Dr. Goldman oder vielleicht auch Michael Wells danach fragen.

Ein Windstoß lässt die Fenster erzittern, und der Regen prasselt laut wie Hagel auf das Dach. Ich konzentriere mich auf das Brummen der Klimaanlage, um das Geräusch aus meinem Bewusstsein zu verdrängen. »Was haben Sie noch gleich gesagt, was die Freundschaft zwischen meinem Vater und Jesse beendet hat?«

Louise schenkt sich eine Tasse des erst halb fertigen Kaffees ein. »Jesse wollte mich schon immer. Er hat mich schon beobachtet, als ich noch ein kleines Mädchen war. Ständig kam er zu mir, hat mit mir geredet, hat mir Geschenke gebracht. Ist mir auf dem Pferd über die Insel gefolgt. Aber ich wollte ihn nicht.«

»Warum nicht?«

»Ich hatte einfach kein Gefühl für ihn. Ich wusste nicht, was ich wollte, nur, dass es nicht Jesse war. Dann bemerkte ich den weißen Jungen, der über die Insel streifte. Er war in Wirklichkeit ein Mann, genau wie Jesse, aber er wirkte mehr wie ein Junge. Immer für sich allein, genau wie ich. Manchmal haben er und Jesse sich unterhalten, aber ich glaube, alles, was sie gemeinsam hatten, war der verdammte Krieg. Jedenfalls, ich überlegte mir, wie ich Luke bei seinen Streifzügen über den Weg laufen konnte, sodass er über mich stolperte und es wie ein Zufall aussah. Ich unterhielt mich gerne mit ihm. Ich war in meinem Leben noch nie irgendwo außer hier auf der Insel und in West Feliciana Parish in der Schule. Und das war nur eine einfache Landschule für Schwarze. Hab überhaupt nichts gelernt dort. Also hab ich bloß dagessen und gelauscht, während Luke erzählt hat. Was wirklich lustig war, weil die anderen Leute, die ihm begegnet sind, sich gefragt haben, ob er überhaupt reden konnte. Aber er konnte, wenn er wollte. Er hat ununterbrochen erzählt, wenn er mit mir zusammen war.«

»Ich habe das Gleiche gemacht«, sage ich. »Ich bin jeden Abend in sein Atelier gegangen, um ihm bei der Arbeit zuzusehen. Er hat nicht viel mit mir geredet – wahrscheinlich, weil ich noch so jung war –, aber er ließ mich bei sich sitzen. Ich war die Einzige, die zu ihm durfte.«

Louise lächelt mich an. Wir sind Schwestern im Geiste.

Ihre Wangen röten sich verlegen. »Ich war vierzehn, als ich anfing, Luke nachzustellen. Aber wir haben nur geredet, wie gesagt. Wir haben nichts miteinander gemacht, bis ich sechzehn war.«

Sechzehn … »Ich verstehe. Sie waren sehr in ihn verliebt.«

In ihren Augen ist ein entrückter Blick. »Sie wollen wissen, ob er auch in mich verliebt war?«

»Ja.«

»Er hat gesagt, dass es so ist. Ich weiß, das tut Ihnen wahrscheinlich weh. Aber ich sage Ihnen, er hätte Sie niemals verlassen, um zu mir zu kommen. Er hasste dieses Haus, dieses Malmaison. Und auch Ihren Großvater.«

»Und meine Mutter?«

Louise sieht mir tief in die Augen. »Er hat Ihre Mutter geliebt, wirklich. Sie verstand ihn nicht, das ist alles. Aber jedes Mal, wenn ich ihn überreden wollte, sie zu verlassen ... glauben Sie nicht, ich hätte es nicht versucht. Mein Gott, ich habe ihn manchmal förmlich angefleht! Und jedes Mal sagte er: ›Ich kann meine Kitty Cat nicht im Stich lassen, Louise. Ich kann mein Baby nicht in diesem Haus bei diesen Menschen allein lassen. Deswegen kann ich nicht für immer zu dir kommen.‹ Und er hat es nie getan.«

Diese Bestätigung, dass mein Vater mich geliebt hat, wärmt mir das Herz, trotz allem, was ich heute von meinem Großvater erfahren habe. Doch sobald ich daran denke, krampft sich in meiner Brust etwas zusammen. »Hat er sonst noch etwas über meine Mutter erzählt?«

Louise zögert.

»Bitte sagen Sie es mir.«

»Er hat gesagt, Ihre Mutter hätte Probleme mit dem Sex. Auch schon bevor er in den Krieg ging.«

»Was für Probleme?«

»Nun ja ... sie konnte es nicht genießen, glaube ich. Sie hat es nur in der einen Stellung gemacht, der Mann oben, und das Licht musste aus sein. Bevor sie geheiratet hatten, dachte Luke, es wäre Schüchternheit. Aber sie wurde nie lockerer. Luke hat gesagt, er wäre geduldig gewesen, und ich glaube ihm. Ich denke, man hat ihr einfach beigebracht, dass Sex etwas ist, dessen man sich schämen muss. Ich kenne eine Reihe von Frauen, die so sind. Und als Luke aus dem Krieg zurückkam, hatte er sein eigenes Problem.«

»Ich danke Ihnen, dass Sie so ehrlich mit mir sind, Louise.«

»Ich hab keinen Grund zu lügen, außer Ihnen Schmerz zu ersparen. Und Sie machen den Eindruck, als könnten Sie damit fertig werden.«

Du wärst überrascht, wie viel und wie wenig ich manchmal

aushalten kann. »Was haben Sie getan, nachdem Daddy gestorben war?«

Louise stößt einen tiefen Seufzer aus. »Ich bin zum einen von dieser verdammten Insel weggezogen.«

»Wohin?«

»St. Francisville. Ich hab eine Weile in einem Friseurladen gearbeitet.«

»Warum sind Sie zurückgekommen?«

»Ich bin in Schwierigkeiten geraten in St. Francisville. Wurde mit Gras im Wagen erwischt. Ich hab dieses Zeug nicht mal gerne geraucht, aber es war besser als Alkohol. Macht nicht dick. Und es hat meinen Schmerz und meine Trauer ein wenig gemildert. Luke hat es mir beigebracht.«

»Wurden Sie verhaftet?«

In ihrer Stimme schwingt Bitterkeit, als sie weiterspricht. »Oh ja. Sie wollten mich ins Gefängnis stecken. Aber Dr. Kirkland sagte, wenn ich zurück auf die Insel käme und sauber bliebe, würde er sich für mich verbürgen. Und genau so ist es dann auch gekommen.«

Natürlich, denke ich mit einem eigenartigen Gefühl von Ressentiment. *Ein einziger Anruf, und der Feudalherr bringt wieder Ordnung in sein Universum.* »Wann sind Sie zurückgekommen?«

»Neunzehnhundertdreiundachtzig.«

»Und seitdem sind Sie nicht mehr von hier weg gewesen?«

»Nicht für längere Zeit. Die Insel ist wie ein Gefängnis. Die Leute, die in Angola sitzen, werden manchmal entlassen, und man sollte glauben, sie wären glücklich darüber. Aber sie sind einfach nur verloren. Nach all den Jahren hinter Gittern finden sie sich draußen nicht mehr zurecht. Also begehen sie irgendein Verbrechen, damit man sie wieder einsperrt. Diese Insel ist genauso. Viele Leute gehen weg von hier, aber früher oder später kommen die meisten wieder zurück.«

Wie ich? Führen alle Wege zurück hierher?

»Sie haben hübsches Haar«, sagt Louise. »Selbst Ihr Haar erinnert mich an Ihren Daddy.«

»Hat Daddy noch mit irgendjemand anderem außer mit Jesse über den Krieg geredet?«

»Ich glaube, er hat mit Dr. Cage geredet, oben in Natchez. Das ist der Arzt, der ihm seine Medikamente verschrieben hat. Dr. Cage ist ein guter Mann. Ich war selbst ein paar Mal bei ihm. Er hört den Menschen gerne zu.«

Ich erinnere mich, dass auch Pearlie den Namen von Dr. Cage erwähnt hat.

»Mir fällt nur eins ein, was Ihnen wirklich weiterhelfen könnte, und das ist sein Tagebuch.«

Mein Pulsschlag beschleunigt sich. »Ein Tagebuch?«

»Eigentlich kein richtiges Tagebuch. Es war ein Skizzenbuch. Luke hat es überall mit sich rumgetragen und hineingezeichnet. Oft hat er unten am Fluss gesessen und in sein Buch geschrieben. Ich glaube, er hat auch über den Krieg geschrieben.«

Meine Handflächen sind ganz feucht vor Aufregung. »Haben Sie dieses Buch?«

»Nein. Ich wünschte, ich hätte es.«

»Wie sah es aus?«

»Es war ein gewöhnliches, dickes Notizenbuch, wie man es in jedem Billigladen kaufen kann. Er hat alle möglichen Bilder hineingemalt. Mich hat er auch einmal gezeichnet. Ich hab das Bild noch.«

Sie steht auf und geht zu einem Regal aus Faserplatten, kniet sich hin und zieht ein Fotoalbum hervor. Sie schlägt das große Album auf, nimmt ein loses Blatt Papier heraus und hält es mir hin. Es ist eine Kohlezeichnung von einer jungen Frau von höchstens zwanzig mit einem atemberaubenden Körper und scheuen Augen.

»Sie waren wunderschön.«

»Waren?«, schnappt Louise. Dann lacht sie gut gelaunt. »Gott weiß, ich habe mich verändert. Wir werden alle älter.

Aber damals war ich wirklich hübsch, und ich bin froh darüber. Es hat sein Leben ein wenig erträglicher gemacht, dass ich hübsch war.« Sie schüttelt traurig den Kopf. »Mein Gott, wie habe ich ihn geliebt. Wissen Sie, dass er erst dreißig war, als er starb? Haben Sie je darüber nachgedacht?«

Als mein Vater starb, war er ein Jahr jünger, als ich es heute bin? »Nein, normalerweise nicht. Ich schätze, ich denke immer noch so von ihm wie damals, als ich ein kleines Mädchen war.«

Sie nickt verstehend. »Gott hat an jenem Tag einen Fehler gemacht, als er Luke von der Welt nahm. Er hat ihn genommen und tausende von Männern dagelassen, die keinen Dreck wert sind.«

Meine Augen sind zu dem Regal an der Wand gewandert und an den Büchern darin hängen geblieben. *Dispatches – An die Hölle verraten* von Michael Herr. Bernard Falls Buch über *Dien Bien Phu*. Graham Greene. Tim O'Brien. *Koko* und *Geisterstunde* von Peter Straub. *Siddharta* von Hermann Hesse. Die *Glasglocke* von Sylvia Plath. Vier oder fünf Bücher über das Massaker von My Lai.

»Es sieht so aus, als hätte Daddy eine Menge in dieses Haus gesteckt«, sage ich und deute auf den Esstisch. Ich versuche Zeit zu schinden, während mein Verstand fieberhaft herauszufinden versucht, was er von dieser Frau wissen will. Louise lächelt stolz.

»Dieses alte Haus fiel damals fast auseinander, aber es stand abseits von den anderen, und das habe ich gemocht. Also hat Luke es für mich hergerichtet. Er hat zu Dr. Kirkland gesagt, dass er es für sich selbst renoviert, damit er keine Einwände erhebt. Aber dann fing ich an, es zu benutzen, wenn Luke nicht da war. Und nach einer Weile haben wir zusammen hier gewohnt. Alle haben es gewusst, aber niemand hat etwas gesagt, weil Dr. Kirkland nichts gesagt hat. Einige der anderen Frauen hier nannten mich eine Hure, aber das war mir egal. Engstirnig und gemein, die meisten.«

»Mein Großvater wusste von der Affäre?«

»Er hätte blind sein müssen, um es nicht zu merken. Und blind ist Dr. Kirkland ganz bestimmt nicht.«

»Was halten Sie von meinem Großvater, Louise?«

Sie lässt sich Zeit, bevor sie antwortet. »Dr. Kirkland kann ein ziemlich harter Mann sein. Aber er ist auch zugleich weich. Er ist hart gegen Hunde und Pferde. Er kümmert sich gut um Menschen. Er hat vielen hier draußen das Leben gerettet im Lauf der Jahre. Hat meinen Onkel gerettet nach einem Unfall mit der Kettensäge. Mein Onkel hat sich den Arm an der Schulter abgetrennt und war am Verbluten, aber Dr. Kirkland hat ihn durchgebracht. Hin und wieder ist er allerdings sehr jähzornig. Wenn er böse wird, sollte man besser nicht in der Nähe sein. Luke ist der einzige Mann, der sich ihm jemals widersetzt hat und damit durchgekommen ist.«

»Wann war das?« Ich bin sicher, dass ich niemals etwas Derartiges gesehen habe. Nach meiner Erfahrung war Großvaters Wort stets gleichbedeutend mit einem Gesetz.

»Dr. Kirkland und einer meiner Cousins waren dabei, ein paar Pferde zuzureiten. Es war Frühling. Einer der Broncos war halsstarrig, und Dr. Kirkland verlor die Geduld. Er hat das Pferd an einen Zaun gebunden und fing an, es mit einer Hacke zu schlagen. Das Pferd schrie grauenvoll. Dr. Kirkland hat zuerst nur den Stiel benutzt, aber je länger er auf das Tier eingeschlagen hat, desto wütender wurde er. Ich dachte, jeden Augenblick würde er die Hacke umdrehen und die arme Kreatur in Stücke hauen, als Luke ihm in den Arm fiel.«

»Nein …«, flüstere ich. Ich kann mir die Szene unmöglich vorstellen.

Sie nickt aufgeregt. »Doch. Dr. Kirkland ist ein großer, starker Mann, das wissen Sie. Stark wie ein Ochse war er damals. Aber Luke kannte Tricks, die er niemandem zeigte, niemals. Er packte Dr. Kirklands Arm so, dass er ihn nicht mehr bewegen konnte. Dr. Kirkland brüllte Luke an, dass er ihn umbringen würde, sobald er ihn loslässt. Er versuchte Luke mit der anderen Hand zu schlagen, aber Luke machte irgendwas mit dem Arm, den er gepackt hielt, und Dr. Kirkland wurde ganz weiß und sank auf die Knie.«

»Mein Gott. Und was ist dann passiert?«

»Luke hat weiter zugedrückt, bis Dr. Kirkland die Hacke fallen ließ. Dann hat er das Pferd getätschelt, sich abgewandt und ist in den Wald davongegangen.«

»Hat mein Großvater irgendwie versucht, es meinem Dad heimzuzahlen?«

Louise nickt. »Ich schätze, das hat er. Er hat das Pferd erschossen, fünf Minuten später.«

»Herrgott im Himmel.«

»Es macht sich nicht bezahlt, Dr. Kirkland in die Quere zu kommen. Er versteht keinen Spaß.«

Ein eigenartiger Strom von Emotionen steigt in mir auf. »Louise, was würden Sie sagen, wenn ich Ihnen erzähle, dass mein Großvater Luke in jener Nacht erschossen hat? Kein Einbrecher?«

Sie starrt mich sekundenlang an, dann beginnt sie den Kopf zu schütteln wie ein abergläubischer Eingeborener, der plötzlich einen Geist sieht. »Sagen Sie mir nicht so was! Ich will nicht mal daran denken!«

»Wenn es Ihnen so viel Angst macht«, sage ich leise, »dann denken Sie wahrscheinlich, dass es wahr sein könnte.«

Endlich hört sie mit Kopfschütteln auf. »Was wollen Sie damit sagen, Cat?«

»Nichts. Verrückte Ideen.« Ich will ihr erzählen, was ich weiß, doch irgendetwas hindert mich daran. Ist es der Mangel an Beweisen für Großvaters Motive oder einfach nur Anstand? Louise hat wunderbare Erinnerungen an meinen Vater. Wozu wäre es gut, wenn ich diese Erinnerungen mit Anschuldigungen von Kindesmissbrauch trübe? »Darf ich einen Blick in Ihr Schlafzimmer werfen, Louise?«

Ein wissender Ausdruck erscheint auf ihrem Gesicht. »Sie möchten wissen, ob Luke das Bett gebaut hat.«

»Ja.«

»Kommen Sie.«

Sie führt mich zu einer Tür in der Rückwand und öffnet sie. In dem kleinen Schlafzimmer dahinter steht ein Bett, das aussieht, als gehöre es in ein Loft in Manhattan. Vier Bettpfosten aus gebürstetem Stahl tragen einen ovalen Baldachin, und Kopf- und Fußteil sind kunstvolle Muster aus verschiedenen Metallen, die mich an das Mandala aus der Praxis von Nathan Malik erinnern. Es ist eine der detailliertesten Arbeiten, die mein Vater jemals geschaffen hat.

»Mein Gott«, flüstere ich. »Wissen Sie, was dieses Bett wert ist?«

Louise lacht. »Ich habe eine ungefähre Ahnung. Ich schätze, dieses Bett ist das, was ich statt einer Rente habe.«

»Bitte lassen Sie nicht zu, dass es irgendjemand stiehlt. Und wenn Sie es jemals verkaufen möchten, dann rufen Sie mich an.«

»Ich nehme Sie eines Tages beim Wort.«

Sie führt mich wieder nach vorne, und plötzlich stehen wir in verlegenem Schweigen da. Der ökonomische Abgrund zwischen uns könnte kaum größer sein.

»Wie alt sind Sie, Louise?«

»Sechsundvierzig.«

Älter, als ich gedacht habe. Trotzdem, nur fünfzehn Jahre älter als ich. »Womit verdienen Sie Ihren Lebensunterhalt? Falls Sie mir die Frage gestatten.«

Sie blickt zu Boden. »Ich habe einen Mann, der sich um mich kümmert. Ich behalte dieses Haus hier nur, weil ... na ja, Sie wissen schon.«

Das ist nicht die Antwort, die ich mir erhofft habe. »Ist dieser Mann Jesse Billups?«

Louise seufzt, und für eine Sekunde fürchte ich die Antwort. »Nein«, sagt sie dann. »Nicht Jesse. Henry. Der Mann, der Sie auf die Insel gebracht hat. Er ist nicht so hübsch wie Luke, hat aber ein gutes Herz.«

»Sind Sie verheiratet?«

»Ich hab kein Interesse mehr am Heiraten. Ich hab lange Jahre davon geträumt, aber … der Mann, den ich heiraten wollte, ist ermordet worden. Das war für mich das Ende meines Traums.«

Ich ergreife ihre Hand und drücke sie. Ich bin dieser Frau noch nie im Leben begegnet, und doch fühle ich mich ihr enger verbunden als manchen Leuten, die ich mein Leben lang kenne. Ich muss an das denken, was Großvater mir über den Tod meines Vaters erzählt hat, und irgendwie ergibt es keinen Sinn. Wie kann der Mann, den diese Frau so sehr geliebt hat, derart unaussprechliche Dinge mit einem Kind angestellt haben? Und doch – der Profi in mir weiß, dass solche Dinge geschehen.

»Hört sich so an, als würde der Regen allmählich nachlassen«, sagt Louise.

»Sie haben Recht. Ich sollte jetzt gehen, solange ich noch kann. Haben Sie einen Wagen?«

Louise schüttelt den Kopf. »Nein, und Henry ist nach Lafayette gefahren, um seine Kinder zu besuchen. Sie wohnen bei seiner Exfrau.«

»Was ist mit Jesse?«

Louise öffnet eine Küchenschublade und nimmt ein Mobiltelefon hervor. Nachdem sie eine Nummer gewählt hat, lauscht sie abwartend. »Jesse, hier ist Louise. Ich hab immer noch Miss Ferry hier bei mir im Haus. Sie muss zurück nach Natchez. Schaff deinen kleinen Arsch hierher und bring sie zu ihrem Wagen. Ruf mich zurück und sag mir, dass du unterwegs bist.«

Sie legt auf und blickt mich hilflos an.

»Hat sonst irgendjemand einen Wagen, den wir borgen könnten?«, frage ich.

»Jede Menge haben Autos, aber sie lassen sie auf dem Festland stehen, neben der Anlegestelle der Fähre.«

»Und was benutzen Sie als Transportmittel auf der Insel?«

»Es gibt fünf Pick-ups auf der Insel, und Jesse hat von allen die Schlüssel. Früher hatte fast jeder einen Schlüssel, aber dann fing Dr. Kirkland an, sich wegen des Benzinverbrauchs zu ärgern, und jetzt hat Jesse sämtliche Schlüssel.«

»Und was machen Sie in einem Notfall?«

»Wir behelfen uns irgendwie. Aber Jesse ruft bestimmt gleich zurück. Er ist wahrscheinlich nur unterwegs, um zu überprüfen, ob alles für den Sturm festgezurrt ist oder in Sicherheit gebracht wurde. Das Fischerboot an der Südspitze vielleicht.«

»Nein. Er hat die Insel verlassen. Er hat gesagt, er müsste zum Festland, Vorräte besorgen.«

Louise sieht mich verwirrt an. »Das ist eigenartig. Jesse verlässt die Insel nur ganz selten. Und nie zur gleichen Zeit wie Henry.«

»Irgendjemand hat ihn auf dem Handy angerufen, und er meinte, er müsste augenblicklich los.

»Hat er gesagt, wer ihn angerufen hat?«

»Nein.«

»Das klingt eigenartig.« Sie zuckt die Schultern, dann geht sie zum Fenster und sieht nach draußen. Der Himmel ist noch dunkler geworden als vorher. »Wenn Jesse nicht zurückruft, können Sie bei mir übernachten. Ich weiß, dass Sie das nicht gewöhnt sind, aber ich kann auf dem Sofa schlafen. Sie können in dem Bett schlafen, das Ihr Vater gebaut hat.«

Ich stehe reglos in der stillen Luft der Hütte und lausche dem Trommeln des Regens, das die Klimaanlage übertönt. Meine Haut kribbelt. »Es gibt keine Garantie, dass der Damm morgen noch da ist, oder?«

»Kommt auf den Regen an. Aber wenn der Damm überflutet ist, kann jemand Sie mit dem Boot zum Wagen bringen.«

»Ich weiß das zu schätzen, aber ich denke, ich sollte besser jetzt zu meinem Wagen zurückkehren, wenn Sie glauben, dass ich es noch schaffen kann.«

Sie wendet sich vom Fenster ab und sieht mich an. »Oh, schaffen können Sie es, wenn es Ihnen nichts ausmacht, nass zu werden. Sie können mein Fahrrad nehmen. Das Gewitter ist nicht besonders stark. Wenn sie quer durch den Wald fahren, ist der Regen auch nicht so schlimm; die Bäume geben guten Schutz über dem Weg. Fahren Sie runter bis zum Jagdcamp, und wenn Sie den Weg zur Bootsrampe erreicht haben, fahren Sie am Ufer entlang, bis Sie beim Damm sind.«

»Das kann ich schaffen.«

»Sicher können Sie. Es ist noch nicht mal richtig dunkel. Nur bewölkt. Und ich habe ein Licht am Fahrrad. Ich bin schon mitten in der Nacht mit dem Fahrrad über die Insel gefahren, wenn es sein musste. Es ist sicher. Passen Sie nur auf, dass Sie auf dem Kies nicht ausrutschen und in einen Graben fahren oder so was. Dieses Jahr treiben sich jede Menge Schlangen hier rum.«

Ich erschauere. Die Erinnerung an die Schlangen in meinem Apartment steigt auf, als das Delirium tremens anfing. »Wie schnell steigt das Wasser? Kann es sein, dass der Damm schon überflutet ist?«

»Das bezweifle ich. Wenn der Fluss nicht sowieso schon Hochwasser hätte, müssten Sie sich überhaupt keine Gedanken machen. Aber Sie sind in zehn Minuten beim Damm. Wenn Sie ein Problem haben, rufen Sie mich auf dem Handy an. Bleiben Sie, wo Sie sind, und ich komme Sie holen.«

»Wie kommen Sie zu mir?«

»Zu Fuß.« Sie nimmt mein Handy und programmiert ihre Nummer ein. »Wenn es sein muss, bin ich ganz schnell da. Und falls Jesse zurückruft, schicke ich ihn hinter Ihnen her. Er kann Sie zur anderen Seite fahren und mir das Fahrrad zurückbringen.«

Ich gehe zur Tür, dann drehe ich mich noch einmal um und umarme Louise.

Sie drückt mich fest. »Sie machen eine schwere Zeit durch, Mädchen. Kommen Sie mal wieder vorbei und besuchen mich.«

Ich verspreche es, auch wenn ich insgeheim glaube, dass ich nie wieder einen Fuß auf die Insel setze. Dann gehe ich auf die Veranda hinaus und trage Louises Fahrrad hinunter auf den Weg.

»He!«, ruft sie mir hinterher. »Warten Sie!«

Ich stehe im Regen, während sie noch einmal im Haus verschwindet. Die Luft hier draußen ist grünlich, und der Himmel sieht aus wie vor einem Tornado. Der Wind bläst kräftig aus Süden, und die Regentropfen brennen auf meinem Gesicht. Ich hoffe, dass Louise einen Regenmantel für mich holt, doch als sie zurückkommt, hält sie einen transparenten Beutel mit einem Ziploc-Verschluss in der Hand.

»Für Ihr Handy!«, ruft sie über das Rauschen des Winds hinweg.

Ich nehme den kleinen Beutel, schiebe mein Telefon und meine Wagenschlüssel hinein, drücke ihn zusammen, um die Luft herauszupressen, verschließe ihn und stecke ihn in die Vordertasche meiner Jeans. Ich will losfahren, doch Louise hält mich am Arm. Ihr Blick ist verzweifelt.

»Ich weiß, dass Sie mir nicht alles gesagt haben«, sagt sie. »Ich weiß, dass Sie eine schlimme Geschichte mit sich herumschleppen. Aber ich weiß auch, dass kein Mensch nur gut oder nur böse ist. Und wenn Sie etwas Schlimmes über Luke herausfinden, dann will ich es nicht erfahren, okay?«

Ich wische mir den Regen aus den Augen und nicke.

»Die Zeit wird Ihre Wunden heilen«, sagt Louise. »Auch wenn sie sonst nichts Gutes zu Stande bringt.«

In mir steigt das unheimliche Gefühl auf, dass ich es nicht mehr bis zu meinem Wagen schaffen werde, wenn ich nicht bald beim Damm bin. Ich trete das rechte Pedal kräftig nach unten und kämpfe mich den Weg entlang, der durch den Wald zum Jagdcamp führt. Der Wind peitscht mir den Regen gegen die rechte Wange und ins Ohr, doch bald darauf passiere ich die Hütten am See. Die Veranden, die noch vor einer Stunde voller Menschen waren, sind jetzt nur noch von ein paar Hunden bevölkert. Ich bin wieder allein.

Als ich mich auf dem Weg zum Camp nach Süden wende, habe ich den Regen voll im Gesicht. Er zerrt an mir wie an einem Segel und versucht mich zum See zurückzudrängen. Ich beuge mich tief über den Lenker, um den Luftwiderstand zu verringern, während ich kraftvoll in die Pedale trete. Die Bankette ist an manchen Stellen bereits so schlammig, dass ich fast stürze, doch je weiter ich nach Süden komme, desto sandiger wird der Untergrund, und bald komme ich trotz des Wetters gut voran.

Die Welt unter den schwarzen Gewitterwolken ist grau und trostlos geworden. Vor mir sieht alles aus wie auf einer Schwarz-Weiß-Fotografie. Die grauen Blockhäuser des Jagdcamps sind in den Schatten unter den Bäumen fast unsichtbar. Selbst das Gras hat seine Farbe verloren. Nur ein etwas hellerer Himmel tief im Westen verrät mir, dass die Sonne überhaupt noch da ist.

Bald müsste es nach links abgehen. Wenn nicht, komme ich in den südlichen Teil der Insel, eine hügelige, von Moskitos verseuchte Gegend aus mit Gestrüpp überwucherten Dünen und schlammigen Senken, die ich schon immer gemieden habe, wenn es möglich war.

Voraus taucht das alte Flussbett im grauen Licht auf, und ich werde von Erleichterung durchflutet. Eine Meile den Weg hinauf, der sich am Ufer entlangzieht, liegt der Damm, der zu meinem Wagen führt. Ich will gerade auf den neuen Weg einbiegen, als von hinten Licht über mich hinwegstreift. Ich blicke über die Schulter.

Scheinwerfer.

Sie sind hoch genug über dem Boden, um zu einem Pick-up zu gehören, ähnlich dem, den Henry gefahren hat. Louise hat gesagt, sie würde mir Jesse hinterherschicken, sobald er sich gemeldet hätte.

Ich halte bei der Abzweigung an und warte.

Zu meiner Rechten schwenkt ein blauweißer Strahl auf das gegenüberliegende Ufer, dann wieder zurück nach Süden. Er ist viel stärker als die Scheinwerfer des Wagens, und für einen Augenblick bin ich verwirrt. Dann wird mir klar, dass es der Scheinwerfer eines Schubschiffes ist. Eine Viertelmeile von meiner gegenwärtigen Position entfernt mündet das alte Flussbett in den Hauptstrom des Mississippi. Es handelt sich offensichtlich um einen Schiffer, der einen Verband von Leichtern den Fluss hinaufsteuert und seine Position überprüft.

Der Fahrer des Pick-ups hat mich entdeckt. Vierzig Meter von mir entfernt schaltet er das Fernlicht ein. Der Regen prasselt fast horizontal durch den grellen Lichtstrahl. Ich hebe die Hand, um zu winken, dann erstarre ich.

Der Pick-up hat sein Tempo nicht verringert.

Meine Nackenhaare richten sich auf, und etwas, das Sean zu mir gesagt hat, bevor wir ein Liebespaar wurden, kommt mir in den Sinn. *Wenn sich deine Nackenhaare aufrichten, dann sagen dir zweihundert Millionen Jahre Evolution, so schnell wie möglich von da zu verschwinden, wo du gerade bist …*

Der Motor des Pick-ups brüllt auf, als der Fahrer noch weiter beschleunigt, während ich zur Seite in den Graben neben dem Weg springe. Ich komme gerade wieder auf die Beine, als Louises Fahrrad unter dem Truck zerquetscht wird und der Wagen vor mir her durch den Graben holpert. Meine einzige Hoffnung sind die Bäume, doch ich kann einem Pick-up nicht davonlaufen, nicht mal auf dreißig Meter.

Lautes Knirschen aus dem Fahrwerk gibt mir Hoffnung. Das Fahrrad scheint sich irgendwie unter dem Truck verfangen zu haben. Während der Fahrer noch versucht, sein Vehikel von dem darunter verkeilten Wrack zu befreien, erreiche ich die erste riesige Weide und springe dahinter in Deckung. Ich blicke nach hinten und sehe auf und ab hüpfende Scheinwerfer. Dann geht der Motor des Trucks schließlich aus. Die Scheinwerfer bleiben eingeschaltet; dahinter flammt die Innenbeleuchtung auf. Ich sehe eine Gestalt im Wagen – ein Mann, doch ich kann sein Gesicht wegen des Regens und der Entfernung nicht erkennen. Er stößt die Fahrertür auf und steht in dem Spalt zwischen Tür und Karosserie. Ich blinzle angestrengt, um sein Gesicht zu identifizieren, als es in der Dunkelheit aufblitzt und Splitter meine Wangen durchbohren. Erst dann erreicht der Knall der überschallschnellen Kugel mein Gehör.

Ich renne los.

29

Panik treibt mich orientierungslos zwischen den Bäumen hindurch. Ein einziger Gedanke brennt durch die Flut von Endorphinen hindurch in meinem Gehirn: weg von dem Mann im Truck. Ein zweiter Schuss folgt auf den ersten, und ein Blick über die Schulter verrät mir, dass der Schütze mir unter die Bäume gefolgt ist. Hin und wieder blitzt eine Taschenlampe auf, mit deren Hilfe er sich orientiert. Nach seinem vorsichtigen Voranschreiten zu urteilen will er mich nach Süden treiben, auf einen immer schmaleren Streifen Land hinaus. Es ist nur eine Frage der Zeit, bevor er mich am Ende der Insel in die Enge getrieben hat, auf einer nackten Sandbank mit anderthalb Kilometern rauschenden Wassers im Rücken.

Ich muss einen Weg finden, um ihn herumzuschlüpfen, doch in diesem Gelände ist das fast unmöglich. Die Insel hier ist wie ein tropischer Dschungel. Die Weiden- und Pappelstämme geben zwar gute Deckung, doch es gibt einfach zu viel Unterholz, als dass ich lautlos vorankäme, selbst im Regen. Ich habe nur eine einzige andere Chance.

Die Bootsrampe befindet sich im Westen der Insel, dem Hauptstrom des Mississippi zugewandt. Wenn ich den Schützen weit genug hinter mir lasse, finde ich vielleicht genug Zeit, das Fischerboot loszumachen, bevor er mich findet. Aber er ist mir zu dicht auf den Fersen. Ich muss ihn irgendwie langsamer machen. Aber wie? Ich habe keine Waffe. Während ich durch das Unterholz breche, steigt ein Bild vor meinem geistigen Auge auf: Bullnesseln. Bullnesseln sind eine grüne Rankenart, einen bis anderthalb Meter hoch, die vor tausenden kleiner Nadeln starren. Diese Nadeln injizieren ein schmerzhaftes Gift in jedes Tier, das die Pflanze berührt. Selbst Pferde bleiben stehen, wenn sie in Bullnesseln geraten, um nicht gegen weitere zu streifen. Bei Menschen rufen sie ein schmerzhaftes Brennen und Quaddeln hervor, und die Wirkung tritt augenblicklich ein. Die Südspitze von DeSalle Island ist überwuchert von Bullnesseln.

Ich wende mich erneut nach Süden. Äste peitschen mir ins Gesicht, und Pfefferranken schlingen sich um meine Hosenbeine. Der Untergrund hebt und senkt sich in kurzen Abständen, und ich bete im Stillen, nicht auf eine giftige Cottonmouth zu treten, wenn ich durch die dunklen Pfützen platsche. Ich habe schon gesehen, wie sich fünfzig Mokassinschlangen gleichzeitig im Wasser einer austrocknenden Pfütze gewunden haben.

Der Regen fällt unablässig, und das Geräusch meines Verfolgers, der gleich mir durch das Unterholz bricht, kommt allmählich näher. Schweiß strömt mir aus allen Poren, und mein Herz hämmert schmerzhaft gegen mein Brustbein. Das Freitauchen hält mich gut in Form, doch das Entsetzen schnürt mir die Brust zu, und der Alkoholentzug macht die Sache auch nicht gerade leichter.

Ich werde langsamer, um mich zu orientieren, als das Gewehr erneut kracht und mein rechter Arm von Holzsplittern durchbohrt wird. Ich ducke mich tief und springe hastig zwischen zwei Pappelstämmen hindurch, dann krieche und haste ich auf allen vieren durch die Dunkelheit, bis meine Arme plötzlich wie Feuer brennen. *Bullnesseln!* Rings um mich herum ist ein ganzes Feld von diesem Zeug. Ich hätte nie gedacht, dass ich mich eines Tages über den Schmerz und das Jucken freuen könnte, doch in diesem Augenblick bin ich beinahe ekstatisch.

Dreißig Meter in das Nesselfeld hinein, dann biege ich nach rechts ab, in Richtung Bootsrampe. Bevor ich weitere zwanzig Meter zurückgelegt habe, dringt von unter den Bäumen lautes Fluchen zu mir. Mit einem gepressten Grinsen auf den Lippen springe ich auf und renne in Richtung der Westseite der Insel. Ein Scheinwerferstrahl durchschneidet dicht neben mir die Nacht, und dann hallt ein Wutschrei durch die Dunkelheit. Es ist eine Männerstimme, doch ich kann nicht verstehen, was er schreit oder ob es überhaupt zusammenhängende Worte sind.

Neue Hoffnung durchflutet mich, als ich eine ebene Sandfläche erreiche. Die Freude ist nur von kurzer Dauer. Plötzlich sehe ich vor mir eine Schnur, die in Oberschenkellänge quer zu meinem Weg gespannt ist. Es ist eine alte Fangleine, gespickt mit rostigen Fischhaken. Ich versuche noch, ihr auszuweichen, doch die Haken bohren sich in mein Fleisch, und ich segele der Länge nach hin. Es gelingt mir nicht ganz, einen Schmerzensschrei zu unterdrücken. Die Leine hat sich von der Wucht meines Anpralls losgerissen, doch die mit Widerhaken versehenen Fischhaken haben sich dabei tief und fest in meinen rechten Oberschenkel gebohrt.

Das Gewehr kracht erneut, und das Echo hallt über die Sandbank wie ein Kanonenschuss. Mein Verfolger hat den Schrei gehört und weiß jetzt, in welche Richtung er sich bewegen muss. Ich bete, dass er meinen Plan nicht durchschaut, doch wie stehen die Chancen, dass er nichts von der

Rampe weiß? Ich bin fast sicher, dass der Mann hinter mir Jesse Billups ist – wer außer ihm wusste, wo er nach mir suchen musste?

Auf dem Kamm einer Sanddüne halte ich inne und sehe mich um. Vor mir erstreckt sich dunkel und in Regen gehüllt der Mississippi, das gegenüberliegende Ufer anderthalb Kilometer entfernt. *In Deckung!*, ruft eine warnende Stimme in meinem Kopf. *Deine Silhouette zeichnet sich vor den Wolken ab!*

Ich rutsche die Düne hinunter und renne am Ufer entlang nach Süden, wobei ich Zypressenwurzeln und Treibholz ausweiche. Dort ist die Rampe, vierzig Meter vor mir. Die breite Betonfläche neigt sich in steilem Winkel ins Wasser hinaus. Auf einem Trailer im Sand zwei Meter oberhalb des Wassers liegt ein Motorboot. Das Problem ist, es gibt überhaupt keine Deckung. Wenn ich dieses Boot zu Wasser lassen will, muss ich die Verriegelung am Trailer lösen, die Anhängergabel anheben und den Trailer mit dem Boot über die Rampe ins Wasser schieben. Wenn mir das gelingt, sinkt der Trailer in die Tiefe, und das Boot schwimmt frei. Ich muss in der starken Strömung des Mississippi hinterherkraulen, um es einzuholen, aber das macht mir nichts aus. Ich würde lieber mit einem Arm durch den verdammten Fluss schwimmen, als noch einen Meter zu Fuß über diese Insel zu flüchten.

Die Rampe sieht von hier aus verlassen aus, aber das heißt nichts. Wenn ich ungeschützt auf die freie Fläche trete, kann mich ein Zehnjähriger mit einem Gewehr niederschießen. Ich warte kauernd nah beim Ufer, während meine Sinne angespannt die Umgebung nach etwas Verdächtigem abtasten.

Irgendetwas stimmt nicht. Ich kann meinen Verfolger nicht mehr hören. Der Wind ist lauter hier am Ufer, aber irgendetwas müsste zu hören sein. Der Regen auf dem Wasser klingt fast wie das Prasseln auf einem Blechdach, nur die Tonlage ist höher, fast wie ein Zischen. Der südliche Wind, der den Strom hinauf bläst, staut die Wellen einen Meter hoch, und die Kämme sind schaumig. Ziemlich raues Wasser für ein kleines Motorboot.

Ich brauche eine Waffe. Einen Ast? Nicht besonders nützlich gegen ein Gewehr. Ein Stein? Das gleiche Problem. Was habe ich bei mir …?

Das Handy. Wenn es mir gelingt, mich nah genug an meinen Angreifer heranzuschleichen, um ihn zu erkennen, bevor er mich erschießt, kann ich der Polizei seinen Namen sagen – und ihm sagen, was ich gerade tue. Wenn er mich dann noch erschießt, muss er ein Idiot sein. *Oder ein Irrer,* kontert die Stimme in meinem Kopf.

Ich nehme den Beutel aus der Tasche und sehe das silberne Metall des Geräts, aber keine Displaybeleuchtung. Hat es in dem wasserdichten Beutel irgendwie einen Kurzschluss gegeben? Ich drücke durch das Plastik auf eine Taste, und das Display leuchtet auf. Meine Erleichterung ist von kurzer Dauer. Kein Netz, steht auf dem Display.

Scheiße! Ich muss weiter nach oben, das Ufer hinauf. Es gibt keine richtigen Erhebungen auf DeSalle Island, aber es gibt bessere Stellen als diese hier.

Ein blauer Lichtstrahl gleitet über mich hinweg, und mir stockt der Atem. Es ist wieder das Schubschiff, das seine Schubleichter den Fluss hinauftransportiert. Vielleicht gibt es aus dieser Richtung Hoffnung? Ich könnte der Besatzung ein Signal geben, indem ich mich in das Scheinwerferlicht stelle und mit den Armen rudere, doch das wäre glatter Selbstmord. Ich könnte versuchen, nach draußen zu schwimmen, doch der Sog der Leichter würde mich wahrscheinlich unter Wasser und in die Schiffsschrauben ziehen.

Ich überlege, ob ich am Ufer entlang nach Norden rennen soll, weg von der Rampe, als hinter mir im Wald ein Handscheinwerfer aufflammt und das Ufer absucht. Es kann höchstens ein paar Sekunden dauern, bis er mich in meiner geduckten Haltung auf dem Sand gefunden hat.

Ohne nachzudenken schiebe ich den Beutel in meine Hosentasche, krieche zum Wasser und schlüpfe in den Strom wie eine Ratte, die ein sinkendes Schiff verlässt. Das Wasser ist kühl, doch gottlob nicht kalt, und es kühlt die Quaddeln von den Bullnesseln. Die Wellen sind allerdings ein Problem. Als ich mit sechzehn durch den Mississippi geschwommen bin, war das Wasser spiegelglatt. Jetzt werde ich hin und her geworfen wie von einer Brandung, und der Regen peitscht mir erbarmungslos ins Gesicht, während ich versuche, den Kopf über den Wellen zu halten.

Der Lichtkegel gleitet über die Stelle, wo ich eben noch gekauert habe, und verweilt für einen Moment, während die Strömung mich erfasst und nach Süden treibt. Ich bewege mich mit der Geschwindigkeit eines Joggers, und eine unwiderstehliche Kraft zieht mich immer weiter vom Ufer weg und in den Fluss hinaus.

Ich spüre keinen Boden unter mir, weil es an dieser Stelle keine Untiefen gibt. Dieser Teil der Insel bildet die Außenseite einer weiten Biegung im Mississippi, und hier trifft die volle Wucht der Strömung auf das Ufer, bevor sie nach Westen umgelenkt wird. Die erodierende Kraft des Wassers ist gewaltig. Wann immer es in diesem Winkel auf Land trifft, gräbt es in kürzester Zeit einen Kanal, der mehr als dreißig Meter tief ist. Verstärkt wird die Strömung noch durch die Tatsache, dass der Fluss an dieser Stelle schmaler und in eine Art Rinne gepresst wird.

Ich muss meine Schuhe loswerden. Und meine Jeans. In dieser reißenden Strömung sind beide tödlicher als Jesse Billups' Gewehr. Ich greife nach unten, um meinen linken Schuh auszuziehen, als der Scheinwerfer mich auf einem Wellenkamm voll erfasst. Ich spüre oder sehe keinen Einschlag von einer Kugel, doch das surrende Peitschen dicht an meinem Ohr lässt mir das Herz bis zum Hals schlagen. Wer auch immer dieses Gewehr abfeuert, weiß ganz genau, was er tut. *Ich bin ein guter Schütze,* hat Jesse sich gebrüstet, als er mir von meinem Vater erzählt hat.

Ich reiße mir den Schuh vom Fuß und tauche, während ich ausatme, um den Auftrieb zu verringern, und gleichzeitig meine Gliedmaßen ausstrecke, damit die Strömung mich besser erfassen und schneller an der Insel vorbeitragen kann.

Als ich wieder an die Oberfläche komme, ist der Scheinwerfer verschwunden.

Ich löse die Knöpfe meiner Jeans und versuche mich aus ihnen zu schälen, doch sie sind selbst im trockenen Zustand ziemlich eng. Ich verfluche meine Eitelkeit, während ich wie ein Stein nach unten sinke und gegen die voll gesogene Baumwolle kämpfe, die an meinen Beinen klebt. Endlich habe ich das linke Bein frei, doch das andere will nicht. Ich strampele zurück zur Wasseroberfläche und sehe die Ursache. Ein Fischhaken von der Leine hat den Jeansstoff an meinen Oberschenkel geheftet. Zwei Spitzen des Dreifachhakens haben sich tief in mein Fleisch gegraben. Ich könnte versuchen, die Jeans aufzureißen, um den Haken freizubekommen, doch selbst wenn es mir gelingt, das nasse Baumwollgewebe zu zerreißen, kann ich mir das nicht leisten – nicht angesichts dessen, was mir vorschwebt.

Ich ziehe vorsichtig an dem mittleren Teil des Dreifachhakens, und Blut rinnt aus den Wunden. Fischhaken aus Fleisch zu lösen ist eine komplizierte Angelegenheit. Ich habe meinem Großvater dutzende Male dabei zugesehen. Manchmal schneidet er die Leine ab und schiebt den Haken weiter durch die Haut, bis die Spitze wieder zum Vorschein kommt, und manchmal schneidet er die Wunde mit einem Skalpell auf und nimmt den Haken auf dem gleichen Weg heraus, wie er hereingekommen ist. Beide Methoden erfordern Werkzeuge, die ich nicht habe.

Es ist also nur eine Frage des Schmerzes.

Mit den Fingern kann ich den dritten Haken nicht fest genug packen, um die beiden anderen herauszureißen, doch meine Tag Heuer hat ein Armband aus Stahl. Ich schiebe das Armband so über den dritten Haken, dass er in einer

Aussparung zwischen den Gliedern Platz findet, und verdrehe den Unterarm so, dass ich ihn mit maximaler Kraft nach oben reißen kann. Wenn ich den Schmerz aushalte, müsste ich auf diese Weise die Widerhaken aus meinem Fleisch bekommen.

Ich atme tief durch, rolle mich in eine Fötushaltung und strecke mich ruckartig, wobei ich den rechten Arm nach oben reiße und das rechte Bein nach unten drücke. Das Fleisch an meinem Oberschenkel hebt sich wie ein kleines Schutzzelt, und ein Schrei dringt über meine Lippen. Für einen Moment droht mein Bewusstsein zu schwinden, und mein Magen stülpt sich um. Mein Gehirn schreit, dass ich aufhören soll, doch in diesem Augenblick ziehe ich noch fester, und etwas reißt los.

Ich fürchte, dass es nur mein Armband gewesen sein könnte, und richte mich im Wasser aus, um meinen Oberschenkel anzusehen. Dort, wo die Haken in meinem Fleisch gesteckt haben, ist nur noch ein ausgefranstes, heftig blutendes Loch. Es sieht aus, als hätte ein kleines bösartiges Tier ein Stück aus mir herausgebissen. Nachdem ich mich im Wasser übergeben habe, steige ich vorsichtig auch aus dem rechten Bein meiner Jeans. Ich bin versucht, die Jeans einfach im Wasser versinken zu lassen, doch das wäre dumm. Dieses Paar *Banana Republics* wird mich retten.

Ich trete mit den Füßen Wasser, während ich beide Beine der Jeans verknote. Dann lege ich sie hinter meinen Kopf, packe die beiden Seiten des Hosenbundes und schleudere sie in weitem Bogen über meinen Kopf, was genügend Luft in meiner improvisierten Schwimmweste einfängt, um mich zehn Minuten über Wasser zu halten. Dann lege ich das Kinn auf den umgedrehten Schritt, und die verknoteten Hosenbeine ragen rechts und links in die Höhe wie bei den Aufblaspuppen, die man bei Autohändlern manchmal sehen kann. Ich habe diesen Trick im Schwimmteam gelernt, und er funktioniert erstaunlich gut. Jetzt endlich kann ich einen Teil meiner Energie auf die Beantwortung der Frage verwenden, wo zur Hölle ich mich in Relation zu dem Mann befinde, der mich zu töten versucht.

Ich bin inzwischen fünfzig Meter vom Ufer der Insel entfernt. Ich sehe nur einen schmalen Streifen Sand, doch dann verschwindet auch der. Fünfzig Meter. *Nur noch fünfzehnhundert weitere zu schwimmen – vielleicht auch siebzehnhundert …*

Das Sicherste wäre wahrscheinlich, sich einfach eine Meile am Ufer entlangtreiben zu lassen und dann an Land zu klettern. Das Problem dabei ist, dass ich dann an einer Stelle namens Iowa Point aus dem Wasser steigen würde. Das ist kein Dorf, nicht einmal eine Straßenkreuzung, sondern weiter nichts als ein Punkt auf der Landkarte. Das nächste Telefon liegt mehr als fünf Meilen durch unbewohnte Sümpfe. Unbewohnt, was Menschen angeht. Es gibt reichlich Alligatoren und Schlangen, die einem Gesellschaft leisten. Ganz bestimmt jedenfalls gibt es keine Mobilfunkstation in der Nähe.

Wenn ich allerdings den Fluss durchschwimme, dann komme ich weniger als eine Meile vom Louisiana Highway an Land, nicht weit vom Morganza Spillway. Ich kann einen Wagen anhalten – was in Unterwäsche nicht weiter schwierig sein dürfte – oder leicht bis zu einer Stelle weiterlaufen, wo es wieder ein Mobilfunknetz gibt.

Bin ich verrückt, dass ich es versuchen will? Die meisten Menschen würden sagen Ja. Aber ich bin vor fünfzehn Jahren durch diesen Fluss geschwommen, und wenn ich es damals geschafft habe, dann schaffe ich es auch heute. Darüber, dass es mich damals fast umgebracht hätte – unter idealen Bedingungen –, denke ich lieber nicht nach. Der Trick besteht darin, wie ich mehreren Leuten erzählt habe, nicht gegen die Strömung zu kämpfen oder auch nur zu versuchen, den Fluss zu durchqueren. Der Trick besteht darin, sich mit der Strömung treiben zu lassen und sich nach und nach zum tiefsten Punkt des Flussbetts vorzuarbeiten. Sobald man den erreicht hat, tut der Fluss selbst ein Übriges, einen in der nächsten Biegung am gegenüberliegenden Ufer abzusetzen.

Unter optimalen Bedingungen wäre das in etwa einer halben Stunde von jetzt an. Doch heute Nacht herrschen keine optimalen Bedingungen. Heute Nacht herrscht Dunkelheit. Es regnet. Wellen schlagen auf mich ein. Ein Verband aus Schubleichtern, den ich nicht sehe, könnte mich überlaufen wie ein Sattelschlepper, der einen Moskito zerquetscht. Jeder normale Mensch in meiner Situation würde innerhalb zehn Minuten ertrinken. Doch ich bin nicht normal. Und zumindest habe ich auf diese Weise den Irren mit dem Gewehr aus meiner Gleichung gestrichen.

Meine improvisierte Schwimmweste verliert stetig Luft. Nicht mehr lange, und ich muss die Jeans erneut füllen. Wegen der hämmernden Wellen halte ich mit der rechten Hand die Tasche zu, in welcher der wasserdichte Beutel mit meinem Mobiltelefon steckt. Jedes Mal, wenn ich auf einen Wellenkamm getragen werde, blicke ich mich suchend um und vergewissere mich, dass ich nicht in unmittelbarer Gefahr schwebe. Wenn der Fluss Hochwasser führt, reißt er alle möglichen Dinge mit sich. Die größte Gefahr sind Baumstämme. Manche schwimmen hoch und trocken, andere halb untergetaucht, wie Alligatoren, und reißen die Schrauben von Ausflugsbooten ab oder durchbohren die Seiten von Leichtern. Von der Brücke in Natchez habe ich dreißig Meter lange Baumstämme gesehen, die in den schmutzigen Fluten unter mir wie dünne Zweige auf und ab tanzten.

Zehn Minuten stetigen Schwimmens bringen mich in den Hauptstrom, und in dieser Zeit bin ich wahrscheinlich eine halbe Meile flussabwärts getrieben. Jetzt sind es Frachtkähne, die mir Sorgen bereiten. Der letzte Schubverband ist zwar längst vorbei, doch weitere werden folgen, und ich habe keine Möglichkeit, sie bei diesen Wellen schon von weitem zu sehen. Der vordere Schubleichter eines Verbands führt lediglich zwei Lampen: grün auf der Steuerbordseite, rot auf der Backbordseite. Die Schubeinheit selbst kann dreihundert Meter dahinter folgen, und der Steuermann merkt nichts von dem, was sich vor dem Bug seines gigantischen Verbands abspielt. Wenn ich von einem Schubverband erwischt werde, wird niemand es je erfahren, nicht einmal der Mann, der versucht hat, mich zu töten.

Das Geräusch eines Motors durchdringt das wütende Prasseln des Regens, und das Blut gefriert mir in den Adern. Die Frequenz ist zu hoch für eine Schubeinheit; der Motor heult immer wieder auf wie eine Kettensäge, während er sich durchs Wasser arbeitet. Wäre es hellichter Tag, würde ich vielleicht glauben, dass es tatsächlich eine Kettensäge ist – Geräusche werden auf dem Wasser erstaunlich weit getragen –, doch zu dieser Stunde fällt niemand Bäume.

Dieses aufheulende Geräusch stammt von einem Außenbordmotor. Wahrscheinlich von dem Evinrude am Heck des Bootes, das ich auf der Insel zurückgelassen habe.

Jesse ist gekommen, um nach mir zu suchen.

30

Ich strampele auf einen Wellenberg hinauf und sehe eine Taschenlampe etwa dreißig Meter entfernt auf und ab tanzen. Ich kann nur schwer glauben, dass mein Verfolger mir so nah gekommen ist, doch vielleicht hat er meinen Schrei gehört. Falls es Jesse Billups ist, kennt er den Fluss wahrscheinlich sehr gut. Ich versuche mich mit Logik zu beruhigen. Die Chancen sind gering, dass er mich in diesem Mahlstrom entdeckt. Zumindest so lange, wie ich den Kopf unten halte.

Ich drücke die Beine meiner Jeans unter mich, die ständig mehr Luft verlieren, lege mich flach auf das Wasser und höre auf zu treten. Das Heulen des Außenborders wird lauter und erstirbt dann, nur um anschließend noch näher heranzukommen. Jesse hat wahrscheinlich genauso viel Angst wie ich. Ein untergetauchter Baumstamm könnte ihm den Propeller abreißen und das Boot manövrierunfähig machen oder in die Seite krachen und zum Kentern bringen, und er wäre genauso im Fluss gestrandet wie ich. Sein Gewehr würde ihm dann jedenfalls nichts mehr nutzen. Ich frage mich, ob er schwimmen kann. Sein Cousin Henry hat zugegeben, dass er es nicht kann. Aber Jesse war bei der Army, bei der 101st Airborne. Sie bringen ihren Leuten in der Airborne das Fallschirmspringen bei – lehren sie sie auch zu schwimmen? Vielleicht. Eigentlich spielt es keine Rolle. Wenn ich ihn zu mir ins Wasser kriege, kann ich ihn töten.

Ich muss nichts weiter tun, als nah genug zu kommen, um ihn zu erwischen. Wie ein Riesentintenfisch, der einen Pottwal ersäuft. Selbst wenn er mich würgt, könnte ich ihn runterziehen und dort festhalten, bis sein Gehirn erlischt wie eine alte Glühbirne. Es ist ein seltsamer Gedanke. Die einzige Person, die zu töten ich vorher jemals überlegt habe, bin ich selbst.

Plötzlich heult der Motor auf, keine zwanzig Meter von meinem rechten Ohr entfernt. Ich sauge meine Lunge voll mit Luft, ziehe den Kopf ein und tauche drei Meter unter die Oberfläche, während ich die Jeanstasche umklammere, die den Beutel mit meinem Mobiltelefon enthält. Ich höre das Geräusch des Propellers, ein hohes Surren wie von einem Küchenmixer. Das Boot scheint sich nicht von der Stelle zu bewegen, sondern lediglich seine Position im Fluss zu halten. Kann es sein, dass Jesse mich in den Wellen entdeckt hat?

Zwei Minuten schwebe ich unter Wasser wie ein Fötus im Mutterleib und lausche dem Geräusch der Schraube. Er *muss* mich gesehen haben. Warum sonst sollte er an einer Stelle bleiben? Langsam tauche ich auf und hebe den

Kopf über das Wasser. Diesmal schneidet ein Schaft weißen Lichts durch den Regen wie das Auge Gottes. Im ersten Moment denke ich, er kommt von einem Schubschiff, doch der Strahl ist zu dicht über dem Wasser. Nein – es ist ein Suchscheinwerfer auf einem drehbaren Halter, der mit dem Rumpf des Motorboots verbunden ist. Wer immer dieses Schiff steuert, hat den Scheinwerfer eben erst entdeckt oder sich gerade erst erinnert, dass er existiert. Vielleicht ist der Killer doch nicht Jesse Billups. Der Vormann von DeSalle Island hätte den Scheinwerfer in dem Augenblick aktiviert, in dem er in das Boot gestiegen wäre.

Der Lichtstrahl gleitet über das Wasser wie der Suchscheinwerfer in einem Gefängnis-Movie. Zuerst in die eine, dann in die andere Richtung, um gelegentlich zu dem einen oder anderen Punkt in den schäumenden Wellen zurückzukehren. Einmal, als der Scheinwerferstrahl flussaufwärts verweilt, entdecke ich in seinem grellen Licht den gewaltigen Wurzelballen eines Baumes. Die eine Hälfte ragt aus dem Wasser, und nach der Größe zu urteilen, ist der Baum sicher fünfundzwanzig Meter lang.

Das Dröhnen des Motors wird lauter, und das Suchlicht nähert sich dem Baum. Der weiße Strahl tastet die Wurzeln ab; der Mann am Scheinwerfer sucht offensichtlich nach einem möglichen Versteck auf diesem natürlichen Gefährt. Ohne Vorwarnung peitscht der Lichtstrahl zurück in meine Richtung. Ich tauche hastig weg. Die voll gesogenen Jeans erleichtern mir das Untertauchen; sie haben keine Luft mehr.

Ich muss sie wieder mit Luft füllen, doch das ist im Augenblick unmöglich. Wenn ich sie über den Kopf schlage, kann ich genauso gut eine Fahne schwenken. Wie die meisten meiner Entscheidungen ist auch die nächste rein instinktiv. Vorsichtig nehme ich den Beutel mit meinem Mobiltelefon aus der Tasche und lasse die Jeans versinken. Dann paddle ich in Richtung des Motorboots; der Scheinwerfer verrät mir, wo es sich befindet. Mein Ziel ist nicht das Boot selbst – oder der Mann darin –, sondern der Baum, der in seine Richtung treibt.

Nach dreißig Sekunden unter Wasser tauche ich auf, um meinen Fortschritt zu überprüfen. Das Boot ist fünf Meter vor mir; der Mann am Ruder hinter dem Scheinwerfer nicht zu sehen. Ich hole tief Luft, tauche erneut unter und schwimme am Boot vorbei.

Als ich zehn Meter dahinter wieder auftauche, ist der Baum vor mir, pünktlich wie ein Bus. Mit einer Hand greife ich nach einer Wurzel. Es ist, als würde ich den Griff eines Wasserskiseils packen, das von einem Speedboat geschleppt wird. Der Wurzelballen ist der Bug meines Schiffes, die Zweige weit hinter mir bilden das Heck. Der Stamm besitzt einen Durchmesser von fast anderthalb Metern, was mir verrät, dass es sich wahrscheinlich um eine Weide handelt, die vom Hochwasser entwurzelt wurde. Während der Monsterbaum weiter flussabwärts treibt, kletterte ich zu den trockenen Wurzeln oberhalb der Wasserlinie hinauf, und mit einem Mal sind die Wellen, die mich eben noch hin und her geworfen haben, nur noch Teil der Landschaft. Ich reite auf einer fünfundzwanzig Meter hohen Weide wie einst Kleopatra auf ihrer königlichen Barke. Der Killer in seinem Motorboot ist bereits weit zurück, und falls er auf den Gedanken kommt, den Baum erneut abzusuchen, kann ich mich ohne Probleme in dem Gewirr aus Wurzeln und Erde verstecken.

Von meinem Aussichtspunkt aus kann ich viel besser sehen. Das Ufer zu meiner Linken – das östliche – ist in Dunkelheit gehüllt. Zu meiner Rechten reflektieren die tiefen Wolken schwaches bläulich weißes Licht. Dieses Licht muss der Louisiana Highway Number One sein. Dieses Licht bedeutet Zivilisation. Und der Fluss treibt den Baum durch eine weitere Biegung in Richtung des anderen Ufers. In etwa drei Minuten müsste ich mich dem Ufer bis auf dreihundert Meter genähert haben. Die restliche Strecke kann ich mit Leichtigkeit schwimmend überwinden.

Selbst der Regen kümmert mich nicht in meinem Versteck. Die Wurzeln schirmen mich vor ihm ab. Ich werfe einen Blick auf den Beutel mit meinem Mobiltelefon darin und sehe das Display in der Dunkelheit grün leuchten. Das Antennensymbol zeigt drei Balken.

Ich habe wieder ein Netz.

Es ist surreal. Ich treibe auf dem Wurzelballen einer freigespülten Weide den Mississippi hinunter und kann jede Nummer auf der Welt anrufen. Manche Menschen in meiner Situation würden die Küstenwache alarmieren, die Stationen entlang dem Mississippi unterhält. Doch meine Hauptsorge ist nicht länger, das gegenüberliegende Ufer zu erreichen. Meine Hauptsorge ist eine Mitfahrgelegenheit, sobald ich dort angekommen bin. Außerdem liegt die nächste Station der Küstenwache wahrscheinlich dreißig Meilen entfernt in New Roads. Und was sollte ich ihnen sagen, wonach sie Ausschau halten sollen? Nach einer entwurzelten Weide, die durch den Sturm treibt? Einem Motorboot mit einem Suchscheinwerfer? Sie würden den Baum niemals finden, und das Motorboot würde den Scheinwerfer abschalten und in der Dunkelheit verschwinden, lange bevor ein Schiff der Küstenwache es einholen könnte.

Während ich noch überlege, wen ich anrufen soll, wird mir bewusst, dass das Display vier Anrufe in Abwesenheit signalisiert. Ich blättere durch die Anrufe und sehe, dass einer von Sean ist, einer von Dr. Hannah Goldman, einer von Michael Wells und einer von einem unbekannten Anrufer. Ich vergewissere mich, dass der Akku noch genügend aufgeladen ist, bevor ich die Mailbox anrufe und die Nachrichten abhöre.

Sean: *Hey, ich bin's, tut mir Leid, dass ich mich jetzt erst melde. Ich war bei Karen. Wir haben über die Scheidungsgeschichte geredet und über dich. Es ist ziemlich kompliziert. Hör mal, da gibt es etwas, das du wissen wolltest. Nathan Malik ist nicht länger im Gefängnis. Er hat Kaution hinterlegt. Eine Mil-*

lion Dollar. Das FBI hat ihn observiert, doch Malik ist rausgefahren zur Lakeside Mall und hat im Dillard's Store eine Aktion abgezogen. Sie haben ihn verloren. Sie hätten uns erlauben sollen, ihm zu folgen. Na ja, wie dem auch sei, du musst auf der Hut sein. Malik ist offiziell noch nicht als flüchtig erklärt worden, aber sobald er den Staat verlässt, ist es so weit. Wir suchen bereits mit sämtlichen zur Verfügung stehenden Kräften nach ihm, alles verdeckt natürlich, und das Gleiche passiert in Mississippi. Seine Daten wurden ins ganze Land geschickt wegen möglichen Verstoßes gegen die Kautionsauflagen. Du musstest es erfahren; der Kerl ist offensichtlich irgendwie auf dich fixiert. Komm nicht zurück nach New Orleans, Cat. Und selbst in Natchez solltest du … Scheiße, da kommt Karen.

Ein Klick, und die Nachricht endet.

Also ist Malik wieder frei. *Wo steckt er jetzt?*, frage ich mich. Könnte er der Mann auf dem Motorboot sein? Seans Nachricht trägt den Zeitstempel 6:11 p. m. Vorstellbar, dass Malik in dieser Zeit von New Orleans nach DeSalle Island gefahren ist – doch woher weiß er überhaupt, wo die Insel liegt? Oder dass ich mich dort aufgehalten habe?

Die nächste Nachricht ist von Dr. Goldman. Mit ihrer übernatürlich ruhigen Stimme sagt sie: *Catherine, ich bin sehr besorgt wegen der Dinge, die Sie mir im Verlauf unserer letzten Unterhaltung gesagt haben. Ich möchte Sie so bald wie möglich sehen. Rufen Sie mich zu jeder Tages- oder Nachtzeit an. Ich betrachte dies als eine Krise, und ich möchte Sie unter meiner ständigen Fürsorge wissen. Die Zeit des Abstands ist vorbei, Catherine. Dies ist der gefährlichste und zugleich hoffnungsvollste Moment Ihres Lebens. Bitte rufen Sie mich an.*

Die nächste Nachricht lautet: *Cat, hier spricht Michael Wells. Ich hab deine Telefonnummer von deiner Mutter. Ich bin fertig mit der Arbeit für heute, und ich würde mich wirklich gerne mit dir unterhalten. Du hast dich nicht gut angehört am Telefon heute Nachmittag. Diese Geschichte von wegen unterdrückten Erinnerungen … all das. Ich bin nicht sicher, welches*

Problem du hast, und vielleicht geht es dir ja inzwischen wieder besser. Ich möchte nur, dass du weißt, dass ich für dich da bin. Als Freund, als Arzt, was immer du möchtest. Meine Privatnummer ist vier-vier-fünf, acht-sechs-sechs-drei. Ruf mich an, okay? Ganz zwanglos.

Ganz zwanglos. Mein Gott, wie gut diese Worte in meinen Ohren klingen.

Die letzte Nachricht ist nur statisches Rauschen, gefolgt von einem Klicken. So viel zu dem unbekannten Anrufer. Für einen kurzen Moment überlege ich, ob es vielleicht Dr. Malik war, doch die Chancen stehen dagegen. Wahrscheinlich hat sich bloß jemand verwählt.

Ganz zwanglos, hat Michael gesagt. Die Vorstellung, Sean anzurufen, ist das genaue Gegenteil. Und Dr. Goldman ... vielleicht morgen. Im Augenblick brauche ich eine andere Form von Hilfe. Nachdem ich mich kurz meiner Position im Verhältnis zum Ufer vergewissert habe – noch ungefähr eine Minute, bevor ich schwimmen muss –, wähle ich Michaels Nummer. Er antwortet beim dritten Läuten.

»Dr. Wells«, sagt er, und es klingt, als rechne er mit allem, angefangen bei einem Kleinkind mit einer Erkältung bis hin zu einem Baby mit Meningitis. Tränen schießen mir in die Augen, und urplötzlich wird mir bewusst, dass der Hauptunterschied zwischen Michael und mir darin besteht, dass er lebendige Patienten behandelt, während ich nur mit Toten arbeite.

»Ich bin es, Cat Ferry.«

»Cat! Ist alles in Ordnung?«

»Ja und nein. Offen gestanden, ich stecke in Schwierigkeiten.«

»Was für Schwierigkeiten?«

»Ich brauche eine Mitfahrgelegenheit.«

»Eine Mitfahrgelegenheit? Okay, ich komme dich holen. Wo bist du?«

Ich schließe die Augen vor Erleichterung und Sorge zugleich. »Ich bin ungefähr vierzig Meilen Luftlinie südlich von Natchez, aber über die Straße sind es eher um die siebzig.«

Eine kurze Pause. Dann sagt Michael: »Das ist in Ordnung. Sag mir einfach nur, wohin ich fahren soll.«

Gott segne dich … »Ich bin irgendwo am Highway One auf dem Westufer des Mississippi, in der Nähe des Morganza Spillway. Weißt du, wo das ist?«

»Jepp. Ich bin schon mehrfach den Fluss entlang nach Baton Rouge und New Orleans geflogen.«

»Wenn du schon mal in die grobe Richtung losfahren könntest? Ich sage dir genau, wo du mich findest, sobald du in der Nähe bist.«

»Ich fahre sofort los. Bist du sicher, Cat? Ich meine, brauchen wir Polizei oder so was?«

»Vielleicht einen Erste-Hilfe-Koffer. Ich werde selbst mit der Polizei reden. Und es besteht keine Gefahr für dich. Ich weiß, es ist ein verdammt großer Gefallen, um den ich dich bitte, aber …«

»Denk nicht daran. Ich bin unterwegs.«

Ich bin inzwischen weniger als eine viertel Meile vom Ufer entfernt, doch der Baum unter mir gleitet inzwischen wieder nach links. Die Strömung zieht uns zurück in die Mitte des Flusses.

»Ich muss jetzt aufhören, Michael. Ich melde mich bald wieder bei dir. Und danke. Danke, Michael.«

»Ich bin schon unterwegs«, wiederholt er. »Mach dir keine Sorgen.«

Ich lege auf, dann packe ich das Handy zurück in den Beutel. Diesmal lasse ich den Verschluss ein klein wenig offen und blase Luft in den Beutel, bis er gefüllt ist wie ein Ballon. Dann erst verschließe ich ihn richtig. Wenn ich ihn aus irgendeinem Grund fallen lasse, schwimmt er wenigstens an der Oberfläche.

Ich nehme den Beutel zwischen die Zähne wie ein Bernhardiner und klettere an den Wurzeln nach unten, bis ich zur Hälfte im Wasser bin. Dann drücke ich mich ab und kraule in Richtung Ufer. Nach dreißig Metern, als ich weit genug weg bin von dem Baum, der mich gerettet hat, wechsle ich zu Brustschwimmen. In ruhigem Wasser könnte ich mit Leichtigkeit bis zum Ufer kraulen, doch die Wellen sind immer noch ziemlich hoch. Wenn ich brustschwimme, werde ich in gleichmäßigem Rhythmus über die Wellen getragen und kann dabei viel besser atmen.

Fünfzehn Minuten stetigen Schwimmens bringen mich bis auf zwanzig Meter ans Ufer heran. Ich habe noch immer genügend Luft, doch meine Arme und Beine fühlen sich allmählich bleiern und schwer an – das gleiche Gefühl, das ich früher bei Langstreckenrennen hatte. Das Ufer ist an dieser Stelle ziemlich steil. Es gibt nichts, das ich packen könnte, um mich daran aus dem Wasser zu ziehen. Am Ende schwimme ich einfach weiter, bis ich Boden unter den Füßen spüre, und kralle mich mit den Fingern in den schlammigen Sand, während ich mich wie eine Schlange das steile Ufer hinaufwinde.

Hechelnd wie ein Marathonläufer liege ich auf dem Sand, doch es ist nicht so schlimm, wie ich eigentlich befürchtet hatte. Ich bin beim Freitauchen manchmal so erschöpft an die Wasseroberfläche zurückgekehrt, dass man mir eine Sauerstoffmaske umhängen musste, damit ich bei Bewusstsein blieb. Der Regen peitscht noch immer auf mich herab, doch ich spüre ihn kaum noch. Der Boden unter meinen Füßen kommt mir vor wie das Sicherste auf der Welt, und ich will gar nicht aufstehen.

Dann verspannt mein Körper sich angstvoll.

Irgendjemand pfeift. Das Geräusch erstirbt, dann kommt es wieder. Es ist mein Handy. Das Geräusch ist gedämpft in dem wasserdichten Beutel. Ich öffne ihn, nehme das Gerät hervor und den Anruf entgegen.

»Hallo?«

»Cat? Ich bin es, Sean. Wo steckst du?«

»Du würdest es mir nicht glauben, wenn ich es dir sage. Wo bist du? Zu Hause bei Karen?«

Schweigen. Dann: »Ehrlich gesagt, ja. Ich rufe an, weil du etwas wissen musst. Hast du meine Nachricht über Malik erhalten? Dass er Kaution gestellt und sich der Observation entzogen hat?«

»Ja.« Ich muss immer noch daran denken, dass Sean zu Hause bei seiner Frau ist.

»Hast du irgendetwas von Malik gehört?«

»Bis jetzt nicht, nein.«

»Das FBI weiß, dass du versucht hast, ihn anzurufen.«

»Und?«

»Was heißt hier *und?* Hast du den Verstand verloren? Das sieht nicht gut aus!«

»Ist mir egal.«

»Ist es dir auch egal, ob du am Leben bleibst?«

»So merkwürdig es erscheinen mag, aber es ist mir nicht egal. Das habe ich eben über jeden Zweifel hinaus herausgefunden.«

»Was meinst du damit?«

Ich lache leise. »Gerade hat jemand versucht, mich umzubringen.«

»Wie bitte?«

»Es hat nichts mit Malik zu tun.«

»Woher willst du das wissen?«

»Es ist auf der Insel passiert. Der Insel meiner Familie, im Mississippi. Es geht um irgendwas anderes. Ich bin nicht sicher, um was, aber es hat nichts mit den Morden in New Orleans zu tun.«

»Wo bist du im Augenblick?«

»Ich liege am Flussufer mit einem Loch im Oberschenkel, es regnet mir ins Gesicht, ich habe keine Schuhe und keine Kleidung. Und ich fühle mich ein ganzes Stück besser als noch heute Morgen.«

»Cat … das klingt ganz danach, als würdest du wieder in eine von deinen manischen Phasen kommen. Nimmst du deine Medikamente?«

»Ich muss jetzt auflegen, Sean. Mach dir keine Gedanken um mich.«

»Cat, tu das nicht. Das FBI will mit dir reden. Kaiser will dich sprechen.«

»Sag Kaiser, dass ich ihn morgen anrufe. Und Sean?«

»Ja?«

»Weißt du noch, wie wir überlegt haben, warum ich einige der Dinge brauchte, die du mit mir gemacht hast? Beim Sex, meine ich?«

Seine Stimme wird kleinlaut. »Ja.«

»Ich habe heute herausgefunden, dass mein Vater mich missbraucht hat. Also mach dir keine Gedanken mehr deswegen. Es hatte nichts mit dir zu tun. Das Gleiche gilt für die anderen Sachen, die ich getan habe. Die One-Night-Stands. Ich denke, das alles kommt daher, dass ich als Kind missbraucht worden bin.«

»Cat, du klingst gar nicht gut. Lass mich …«

»Was denn? Kannst du jetzt von zu Hause weg? Kannst du jetzt herkommen und mich holen?«

»Vielleicht könnte ich das, ja.«

»Ich bin eine Stunde Fahrtzeit von dir weg. Vielleicht länger.«

Schweigen. »Ich könnte dir jemanden schicken.«

Ein weiteres Messer in meinen Bauch. »Mach dir keine Gedanken deswegen, Sean. Pass auf deine Frau und deine Kinder auf. Gute Nacht.«

»Cat …«

Ich lege auf, bevor er weiterreden kann. Er kann mir nicht helfen. Er kann es jetzt nicht, und im Grunde genommen konnte er es nie.

Ich rolle mich auf den Bauch, lege die Hände flach auf den Boden und drücke mich hoch. Dann stehe ich auf. Das

Leuchten des Highways sieht aus, als wäre es nicht weiter als eine Meile entfernt.

Ich gehe los.

31

Ich sitze mit nichts außer meiner Unterwäsche am Leib an der Mauer einer verlassenen Tankstelle am Highway One und warte darauf, dass Michael Wells mich von den Moskitos errettet, die sich mein Blut schmecken lassen. Das Wasser des Mississippi hat einen öligen, stinkenden Film auf meiner Haut hinterlassen, doch die Moskitos hier sind allem Anschein nach daran gewöhnt. Wenn ich bis morgen früh kein Westnil-Fieber habe, grenzt das an ein Wunder. Der schmale Überhang des Gebäudes schützt mich kaum vor dem Regen, doch das ist mir heute Nacht egal. Der Regen ist das Einzige, was die drückende Hitze ein wenig mildert. Das einzige Licht kommt von einem diffusen Leuchten hinter den Gewitterwolken und dem gelegentlichen gleißenden Schein vorbeijagender Autos auf dem Highway.

Michael hat gesagt, ich soll nach einem schwarzen Ford Expedition Ausschau halten, doch es ist schwierig, die vorbeifahrenden Fahrzeuge zu beobachten, ohne selbst gesehen zu werden. Ich bin auf der gegenüberliegenden Seite des Flusses gelandet, und deswegen bin ich für den Augenblick wahrscheinlich sicher vor dem Mann, der mich töten will. Doch wenn ich mich nur in BH und Höschen am Highway aufstelle, bettele ich förmlich darum, vergewaltigt zu werden. Außerdem ist es gerade erst eine Stunde her, dass ich mit Michael telefoniert habe. Er kann noch gar nicht hier sein, es sei denn, er ist neunzig Meilen oder schneller gefahren.

In dem Augenblick, in dem ich mich an die Bimssteinwand gelehnt hinsetze, überkommt mich tiefe Müdigkeit. Es ist nicht die Erschöpfung vom Durchschwimmen des Flusses. Ich fühle mich seltsam losgelöst von allem, auch von mir selbst. In meinem Herzen ist ein Gefühl von Hohlheit, das wohl der Anfang von Trauer ist. Ich habe heute so viel verloren. Sean – durch meine eigene Entscheidung, wenn nicht durch seine. Meinen Vater, der all die Jahre nach seinem Tod stets in meinem Herzen geblieben ist und der heute Nachmittag zu sterben begann, als Großvater mir erzählt hat, was er getan hat. Meine Mutter, die mich nicht vor den heimlichen Gelüsten meines Vaters hat schützen können, aus welchem Grund auch immer. Selbst Pearlie, die all die Jahre so viel vor mir verheimlicht hat. Ich bin nicht einmal mehr sicher, ob ich wissen will, wie viel und seit wann sie es wusste.

Und da bin ich, die Frau, die es trotz abwechselnder Phasen aus Depression und Manie geschafft hat, sich auf ihrem Gebiet bis ganz nach oben zu arbeiten. Sie ist ganz und gar nicht die Frau, die ich immer in ihr gesehen habe. Ein Teil von mir war immer schon geheuchelt. Die öffentliche Person – die Karrierefrau, die sich von niemandem etwas vormachen ließ – war eine professionelle Doppelgängerin, die ein kleines Mädchen voller Selbstzweifel beschützt hat, ein kleines Mädchen, das heimlich fast rund um die Uhr Wodka trank, um einen Schmerz zu betäuben, den es nicht verstand, und das einen Mann brauchte, um es vor Gefahren zu beschützen, die zum größten Teil nur in seinem Kopf existierten. Und doch bildete dieses Bündel aus Widersprüchen ein Ganzes, das in der äußeren Welt effektiv zu funktionieren imstande war. Ein Ganzes, das ich einigermaßen mochte. Doch jetzt hat der formlose Schmerz, vor dem ich mein ganzes Leben lang weggelaufen bin, endlich ein Gesicht. Und dieses Gesicht gehört meinem Vater. Plötzlich ergeben die wilden emotionalen Ausschläge meiner Vergangenheit einen Sinn. Ich bin nicht länger ein Rätsel. Ich bin plötzlich ein offenes Buch. Eine Fernsehshow.

Mein Mobiltelefon summt.

UNBEKANNTER ANRUFER, steht auf dem Display.

Ich fürchte mich davor, den Anruf entgegenzunehmen, als würde ich dem Anrufer damit verraten, wo ich bin – wie das Auge Saurons, das Frodo sehen kann, sobald der Hobbit den *Einen Ring* überstreift. Doch das ist verrückt. Ich atme einmal hastig durch, dann nehme ich das Gespräch entgegen.

»Ist dort Catherine Ferry?«, fragt eine präzise Stimme.

Mein Körper versteift sich. »Dr. Malik?«

»Ja. Ich wollte nicht, dass Sie glauben, ich würde Sie ignorieren. Wir können nicht lange miteinander reden, fürchte ich, doch wir sollten uns bald treffen. Ich bin sicher, Sie haben schwierige Zeiten durchgemacht seit unserer letzten Unterhaltung.«

»Das habe ich«, gestehe ich. Meine Hände zittern unkontrolliert.

»Das war nur zu erwarten, Catherine. Hatten Sie Träume? Flashbacks? Irgendetwas in der Art?«

»Alles zusammen. Ich habe heute Morgen herausgefunden, dass ich als Kind sexuell missbraucht wurde.«

»Das hatte ich bereits vermutet, als Sie noch Medizinstudentin waren. Dr. Omartian war schließlich fünfundzwanzig Jahre älter als Sie. Und es gab weitere Hinweise. Wir können uns gerne über das alles unterhalten. Ich fürchte allerdings, dass wir es auf einen späteren Zeitpunkt verschieben müssen.«

»Mein Großvater hat meinen Vater getötet.«

Stille. »Wer hat Ihnen das gesagt?«

»Großvater. Er sagt, er hätte Daddy überrascht, wie er sich an mir vergangen hat.«

»Warum sollte er Ihnen nach all den Jahren so etwas erzählen?«

»Weil ich es sowieso herausgefunden hätte.«

Eine Pause. »Ich verstehe.«

Ein Scheinwerferpaar blitzt in der Dunkelheit auf und jagt an der Tankstelle vorüber. Das Licht streift für höchstens eine Sekunde über mich, doch die Tatsache, dass es mich überhaupt erfasst, lässt mich erschauern. »Sie wissen, dass die Sonderkommission Sie jagt?«

»Ja.«

»Das FBI glaubt, Sie hätten die Opfer in New Orleans ermordet.«

»Gestern haben Sie es noch selbst geglaubt.«

Er hat Recht. Ich bin nicht sicher, was ich jetzt glauben soll. Ich weiß nur, dass ich mich jetzt, während ich mit diesem Mann spreche, von dem Polizei und FBI glauben, dass er fünf Männer auf brutale und vorsätzliche Weise ermordet hat, ruhiger fühle als seit Tagen.

»Glauben Sie das immer noch, Catherine?«

»Ich weiß nicht, was ich glauben soll. Wenn die Morde tatsächlich sexuell veranlasst sind, dann glaube ich nicht, dass Sie es getan haben. Falls aber nicht ... dann waren Sie es vielleicht.«

»Was könnte es sonst sein?«

»Bestrafung.«

Eine lange Pause. »Sie sind eine sehr scharfsinnige Person.«

»Das hat mir bisher nicht viel geholfen.«

»Vielleicht kommt das noch.«

»Wozu war die Videoausrüstung? Das Zeug, das die Polizei in Ihrem heimlichen Unterschlupf gefunden hat?«

»Öffentliche Aufklärung. Ich melde mich bald wieder bei Ihnen, meine Liebe. Ich muss jetzt los.«

Die Angst vor der Trennung schneidet durch mich hindurch wie eine Klinge. »Dr. Malik?«

»Jemand hat heute Abend versucht, mich zu ermorden.«

Schweigen.

»Waren Sie das?«

»Nein. Wo ist das gewesen?«

»Mitten im Nichts. Auf einer Insel im Mississippi.«

Erneutes Schweigen. »Ich kann Ihnen nicht weiterhelfen, was das angeht.«

»Haben die Morde in New Orleans irgendetwas mit mir zu tun? Mit meinem Leben in Natchez?«

»Ja und nein. Ich muss jetzt wirklich aufhören, Catherine. Seien Sie vorsichtig. Vertrauen Sie niemandem. Nicht einmal Ihrer eigenen Familie.«

Mit einem Klick ist das Gespräch vorbei.

Ich halte das Telefon noch immer ans Ohr, als ein schwarzer Expedition auf den Parkplatz rollt und dreimal das Fernlicht aufblendet. Ich bleibe, wo ich bin, bis Michael Wells aussteigt.

»Cat?«, ruft er. »Ich bin es, Michael!«

»Ich bin hier drüben!« Den Rücken an die Wand gestützt, schiebe ich mich auf die Beine und setze mich in Richtung des Wagens in Bewegung.

32

Michael blickt mich besorgt an, während ich mich dem Expedition nähere, doch dann grinst er. »Jedes Mal, wenn ich dich sehe, hast du nur Unterwäsche an.«

»Scheint wohl so zu sein«, versuche ich zurückzugrinsen.

Er greift in den Wagen und reicht mir ein T-Shirt, ein paar Trainingshosen und Slipper, die mir ungefähr fünf Größen zu groß sind.

»Danke. Hast du ein Handtuch? Ich möchte die Hose nicht ruinieren. Ich hab eine Menge Blut am Bein.«

Er öffnet die Beifahrertür und hilft mir auf den Sitz. Dann beugt er sich über das ausgefranste Loch in meinem Oberschenkel. »Verdammt. Das muss ich nähen, wenn wir zurück sind. Für den Augenblick kann ich die Wunde nur säubern und verbinden.«

Aus einer Papiertüte am Wagenboden nimmt er eine Flasche Betadin, tränkt Gaze damit und drückt den voll gesogenen Bausch in meine Wunde. Nach ein paar Sekunden nimmt er die Gaze weg und drückt eine halbe Tube Neosporin in das Loch, bevor er es mit einem großen Heftpflaster abdeckt.

»Die meisten meiner Patienten brauchen hinterher ein Tootsie Pop.«

»Hast du eins da?«

Er greift ins Handschuhfach, und mit einer Handbewegung wie ein Zauberkünstler präsentiert er mir einen Schokoladenlutscher. Ich muss tatsächlich grinsen.

»Was hältst du davon, wenn wir jetzt machen, dass wir von hier verschwinden?«, fragt er.

Ich nicke dankbar.

Michael schließt die Beifahrertür, dann steigt er auf der anderen Seite ein und klemmt sich hinter das Lenkrad. Während ich die von ihm mitgebrachten Sachen anziehe, wendet er den Expedition und rollt auf den Highway zurück, Richtung Norden.

»Wie bist du hierher gekommen?«, fragt er.

»In meinem Wagen. Er steht auf der anderen Seite des Flusses.«

»Müssen wir ihn holen?«

Ich hätte meinen Wagen gerne zurück. Dazu aber müssten wir die Fähre in St. Francisville nehmen. Das ist der einzige Weg über den Mississippi zwischen Natchez und Baton Rouge – abgesehen von der Fähre bei Angola, die nur vom Gefängnis benutzt wird. St. Francisville ist also ein idealer Ort für einen Hinterhalt für den Unbekannten, der mich auf der Insel töten wollte. Wenn er bei meinem Audi wartet, riskiert er, geschnappt zu werden, falls ich bei meiner Rückkehr die Cops mitbringe. Die Fähre hingegen ist ein Nadelöhr, wo er mir unerkannt auflauern kann. Wenn ich mein Glück auf die Probe stelle und sie benutze, erwischt er mich vielleicht doch noch.

»Nein. Ich hole ihn morgen.«

»Okay. Dann entspann dich jetzt. In einer Stunde sind wir zurück in Natchez.«

Ich neige die Rückenlehne meines Sitzes und atme ein paar Mal tief durch. Dank der laufenden Klimaanlage fühle ich mich wie in einer Suite im Windsor Court.

»Ich will mich wirklich nicht in deine Angelegenheiten mischen«, sagt Michael, »aber was ist heute passiert? Du hast ziemlich schlimm geklungen, als du bei mir in der Praxis angerufen hast.«

»Ich habe schlechte Neuigkeiten erfahren.«

»Okay.«

Er fragt nicht nach Einzelheiten, doch ich sehe nicht viel Sinn darin, ihm die Geschichte vorzuenthalten. »Kurz bevor ich bei dir angerufen habe, fand ich heraus, dass ich als Kind sexuell missbraucht wurde.«

Er nickt bedächtig. »Ich dachte mir schon, dass es etwas in der Art sein muss, als du mich nach unterdrückten Erinnerungen gefragt hast. Ich habe heute in der Fachliteratur nachgelesen. Du hast mich neugierig gemacht.«

Ich sitze noch keine fünf Minuten in seinem Wagen, doch mein Kopf ist bereits schwer, und meine Gedanken sind benebelt. »Wir können gerne darüber reden«, murmele ich, »Aber ich muss erst ein paar Minuten ausruhen.«

»Cat? Wach auf!«

Ich schrecke blinzelnd hoch und sehe mich um. Ich sitze in einem schwarzen Pick-up in einer hell erleuchteten Garage.

»Wo sind wir?«

»Bei mir zu Hause«, sagt Michael. »In Brookwood.«

»Ich war nicht sicher, wohin du gebracht werden möchtest. Ich hab versucht dich zu fragen, aber du warst nicht wach zu kriegen. Ich bin bei meiner Praxis vorbeigefahren und habe Nähbesteck geholt, und dann habe ich dich hergebracht. Komm, wir nähen deine Wunde. Danach bringe ich dich zum Haus deines Großvaters.«

Wie in mein Gehirn eingebrannt kommen mir Nathan Maliks Worte in den Sinn. *Vertrauen Sie niemandem. Nicht einmal Ihrer Familie.* »Ich will nicht nach Hause.«

»Musst du auch nicht. Ich bringe dich, wohin auch immer du möchtest. Oder du bleibst hier. Ich habe drei zusätzliche Schlafzimmer. Es liegt ganz an dir.«

Ich nicke dankend, aber ich sage nichts. Ich weiß nicht genau, was ich will. Ich möchte definitiv, dass die Wunde an meinem Oberschenkel genäht wird. Sie schmerzt höllisch, und Nähen bedeutet örtliche Betäubung. Wenigstens hoffe ich das. »Hast du Lidocain mitgebracht?«

Michael schüttelt den Kopf. »Nein. Ich dachte, wer auf hundert Meter Tiefe freitauchen kann, verträgt auch ein paar Stiche, ohne gleich in Schweiß auszubrechen.«

Er sieht mich an, als meinte er es ernst, doch nach ein paar Sekunden des Blickkontakts greift er in die Tasche und bringt eine Ampulle mit einer klaren Flüssigkeit zum Vorschein.

»Das magische Elixier«, sagt er grinsend. »Komm, fangen wir an.«

Michael vernäht meine Wunde, während ich auf dem kalten Granit seiner Kücheninsel sitze. Der glänzende Raum erinnert mich an Arthur LeGendres Küche, nur, dass es hier keinen Leichnam am Boden gibt. Michaels Haus wurde in den 1970ern gebaut, und bevor Mrs. Hemmeter es an ihn verkauft hat, war die Inneneinrichtung original. Avocadogrüne Haushaltsgeräte und massive braune Paneele wie in meinem alten Schlafzimmer. Michael hat das Haus von oben bis unten renoviert – und mit überraschend gutem Geschmack für einen Junggesellen.

»Das erinnert mich an meinen Großvater, der mich auf der Insel einmal zusammengenäht hat, als ich mir das Knie aufgeschnitten habe«, erzähle ich, während er mit einer gebogenen Nadel den Faden durch meine Haut bohrt.

»Ich nehme an, er hatte seinen schwarzen Arztkoffer immer bei sich?«

»Oh, er hat eine richtige Klinik unten auf der Insel. Als meine Tante Ann zehn Jahre alt war, saß die Familie während eines Sturms auf der Insel fest. Tante Ann hatte einen entzündeten Blinddarm. Großvater hat sie im Laternenlicht operiert, und eine der Frauen auf der Insel hat ihm dabei assistiert. Das ist eine seiner Heldengeschichten, aber sie ist ziemlich beeindruckend, finde ich.«

Michael nickt und näht weiter. »Du wärst überrascht, was man alles kann, wenn die äußeren Bedingungen es verlangen. Ich war einige Male auf medizinischen Hilfseinsätzen in Südamerika … ich habe unglaubliche Dinge gesehen. Geburtshelfer, die im Freien eine Frau nach der anderen sterilisiert haben. Sie legen sie auf eine Bank, schneiden sie auf, verschließen die Eileiter mit speziellen Plastikklammern und nähen sie wieder zusammen.«

»Jesses!«

Er lacht. »Ich würde diese Methode nicht gerade für eine amerikanische Hausfrau empfehlen, aber in Südamerika funktioniert sie.«

Medizinische Hilfseinsätze. Ich habe das Gefühl, dass hinter Michael Wells weit mehr steckt, als die meisten Menschen wissen. »Es gefällt mir, was du aus diesem Haus gemacht hast.«

»Tatsächlich? Das meiste davon hat deine Mutter gemacht.«

»Du machst Witze.«

»Nein. Als ich in die Stadt gekommen bin, hatte ich kaum Zeit zum Atmen, geschweige denn, ein Haus einzurichten. Eines Nachmittags bin ich in den Laden deiner Mutter gefahren und habe sie beauftragt, das ganze Haus einzurichten.«

»Jetzt bin ich nicht mehr sicher, ob es mir gefällt.«

Er lacht. »Du kommst nicht besonders gut aus mit deiner Mutter, wie?«

»Wir kommen miteinander zurecht, solange wir uns nicht zu häufig sehen.«

Er verknotet die letzte Schlaufe, dann legt er seine Klemme auf die Arbeitsfläche. »Hast du Hunger?«

»Ich sterbe vor Hunger.«

»Steak und Eier?«

»Bestellst du außerhalb?«

»Nein.« Er geht zum Kühlschrank und nimmt ein Paket Rindersteaks heraus. »Geh, setz dich aufs Sofa. In zwanzig Minuten sind die hier fertig.«

Das Sofa steht an der Wand hinter einem runden Tisch im Esszimmer. Zu weit entfernt für eine Unterhaltung oder auch nur, um Michael beim Kochen zuzuschauen. Angesichts meiner heutigen Erlebnisse möchte ich wirklich nicht allein auf dem Sofa liegen und meine Gedanken schweifen lassen.

Ich rutsche von der Arbeitsplatte, setze mich auf einen Barhocker und beobachte Michael. Es ist eigenartig, dass ein Mann für mich kocht, auch wenn Sean manchmal in meinem Garten Langusten für mich zubereitet hat.

»Möchtest du reden über das, was heute passiert ist?«, fragt Michael, indem er mich lange genug ansieht, um mir zu zeigen, dass er ehrlich besorgt ist.

»Es war nicht nur heute. Es ist der ganze letzte Monat. Eigentlich ist es mein ganzes Leben.«

»Könntest du mir eine zwanzigminütige Zusammenfassung geben?«

Ich lache. Und dann fange ich an zu reden. Ich fange an bei meiner Panikattacke am Tatort des Nolan-Mordes – der Attacke vor der, die ich in Arthur LeGendres Haus hatte. Das führt mich zu LeGendre, dann zu Carmen Piazza, die mich aus der Sonderkommission ausgeschlossen hat, und zu meinem Trip nach Natchez, wo ich die blutigen Fußabdrücke in meinem Kinderzimmer gefunden habe. Ich rede vollkommen automatisch, denn in Wirklichkeit beobachte ich Michael beim Kochen. Er ist geschickt mit den Händen, und daran, wie er sie benutzt, erkenne ich, dass er ein guter Arzt ist. Er stellt Fragen, wenn ich Pausen mache, und es dauert nicht lange, bis ich ihm von meinen Depressionen an der Highschool erzähle, gefolgt von den manischen Phasen und den aufeinander folgenden Affären mit älteren, verheirateten Männern. Michael ist ein guter Zuhörer, doch ich vermag nicht zu sagen, was er von alledem denkt. Er sieht aus, als wäre das, was ich erzähle, nichts Ungewöhnliches, doch innerlich bedauert er vielleicht längst, dass er dieser Dame in Not zu Hilfe geeilt ist.

Als die Steaks und die Eier fertig sind, gehen wir ins Esszimmer und setzen uns an den Glastisch, doch ich rede mindestens genauso viel, wie ich esse. Ich kann überhaupt nicht aufhören, wie es scheint. Das Merkwürdige daran ist, er versucht mich nicht zum Essen zu zwingen, wie die meisten Männer es tun würden. Er beobachtet einfach nur meine Augen, als würden sie ihm genauso viel verraten wie meine Worte. Ich erzähle ihm von meinem Vater, meinem Großvater, Pearlie, meiner Mutter, Dr. Goldman, Nathan Malik – selbst die Dinge, die Großvater mir früher heute am Tag verraten hat. Das Einzige, wovon ich Michael nichts erzähle, ist meine Schwangerschaft. Das bringe ich nicht über mich.

Als meine Geschichte zu Ende ist und meine Worte versiegen, seufzt er tief und sagt: »Möchtest du einen Film ansehen? Ich habe den neuen Adam Sandler ausgeliehen.«

Ich bin nicht sicher, ob ich erleichtert oder beleidigt reagieren soll. »Machst du Witze?«

Er grinst. »Ja. Möchtest du wissen, was ich über all das denke?«

»Ja.«

»Ich denke, du stehst im Moment unter weit größerem Stress, als die meisten Menschen ertragen könnten. Ich denke, dein Leben ist in Gefahr; wer auch immer hinter diesen Morden steckt, hat es auch auf dich abgesehen. Ganz zu schweigen von dem Risiko, dass du dich ohne adäquate medikamentöse oder therapeutische Hilfe mit deiner Krankheit herumschlägst.«

Ich sage nichts.

»Ärgert dich, was ich gesagt habe?«

»Ein wenig«, gestehe ich.

Er hebt die Hände und hält mir die Handflächen entgegen. »Ich weiß, dass es mich nichts angeht. Wenn du deine Medikamente nicht nehmen willst, meinetwegen. Aber ich weiß ein wenig über bipolare Verhaltensstörungen. Ich hatte einen guten Freund an der Universität, der bipolar gewesen ist.«

»Ich bin nicht bipolar. Ich bin zyklothym.«

»Das ist Wortklauberei. Die gleichen Symptome, lediglich eine Frage der Ausprägung.«

Ich räume mit einem Nicken ein, dass er Recht hat.

»Was ich von meinem Freund gelernt habe, ist Folgendes. Eine Menge bipolarer Leute *erzählen* dir, dass sie sich bessern wollen, aber in Wirklichkeit ist es nicht so. Sie fühlen sich während ihrer manischen Phasen so gut, dass sie bereit sind, die Tiefs zu ertragen, als Preis für ihre Euphorie. Selbst wenn diese Tiefs so schlimm sind, dass die betreffende Person im Augenblick ihres Zusammenbruchs ernsthaft suizidgefährdet ist.«

»Ich will nicht widersprechen. Was ist aus deinem Freund geworden?«

»Er hat das Studium abgebrochen.«

»Genau wie ich. Willst du darauf hinaus?«

»Du hast nicht abgebrochen, du wurdest mehr oder weniger rausgeworfen, weil du jemand anderen dazu gebracht hast, einen Selbstmordversuch zu unternehmen.«

»Ja.«

Michaels Gesicht zeigt keinerlei Urteil. »Ich glaube nicht, dass irgendetwas von alledem deine Schuld war, Cat. Ich weiß nicht allzu viel über die Zusammenhänge zwischen sexuellem Missbrauch in der Kindheit und psychischen Problemen des Erwachsenseins, weil ich nur Kinder behandle. Das ist auch der Grund, warum ich nur so wenig über unterdrückte Erinnerungen weiß. Aber ich weiß Bescheid, was Kindesmissbrauch angeht. Ich habe eine Menge davon gesehen, besonders als Kinderarzt in der Notaufnahme.«

Irgendetwas in seinen Augen erinnert mich an die Augen von John Kaiser. Wissen, erfahren durch Schmerz. Weisheit, um die niemals gebeten wurde.

»Das sind noch die einfachen Fälle«, fährt Michael fort. »Die harten sind diejenigen, wo du genau weißt, dass etwas nicht stimmt, wo du aber keine Narben im Genitalbereich vor dir hast oder sonst irgendetwas Offensichtliches. Diese Fälle haben mir die überraschendsten Erkenntnisse über sexuellen Missbrauch bei Kindern gebracht.«

»Zum Beispiel?«

»Zum Beispiel, dass es in der Regel nicht die körperlich schmerzhafte, grauenvolle Angelegenheit ist, die sich die meisten Menschen vorstellen. Es ist keine Vergewaltigung, nicht einmal für sich selbst genommen notwendigerweise eine grauenhafte Erfahrung. Nicht zu Anfang jedenfalls. Wäre es so, wäre sexueller Missbrauch nicht die unsichtbare Epidemie, die er ist. Sex ist etwas Angenehmes, Erfreuliches, selbst für ein Kind. Erwachsene, die Kinder missbrauchen, wissen das. Sie verführen ein Kind stückweise, gehen nach und nach immer einen Schritt weiter. Die Familiendynamik ändert sich auf eine Weise, die zu analysieren Freud Jahre benötigen würde. Zwischen dem Täter und seinem Opfer finden komplexe Machtspiele statt. Junge Mädchen schlüpfen in die Rolle von Ersatzfrauen im Haus, und ihre Schwestern wetteifern um die sexuelle Aufmerksamkeit des Vaters. Väter trainieren Söhne, Frauen auf die gleiche Weise zu benutzen, wie sie es tun. Selbstverständlich gibt es auch den umgekehrten Fall. Ältere Töchter, die ihre jüngeren Geschwister zu beschützen versuchen, indem sie alles in ihrer Macht unternehmen, um den Vater auf sich selbst zu ziehen.«

Ich schließe voller Entsetzen die Augen. »Ich gehe jede Wette ein, dass du dir den Abend anders vorgestellt hast«, sage ich.

Michael spießt ein Stück Steak mit seiner Gabel auf und kaut nachdenklich darauf. »Schon, aber es macht mir nichts aus. Ich war schon immer neugierig, was dich angeht. Warum du dir in der Highschool ausgerechnet die Jungen ausgesucht hast, mit denen du rumgezogen bist. Und später diese wiederholten Affären mit verheirateten Männern. Jetzt fällt es nicht mehr weiter schwer, den Grund zu verstehen, oder?«

»Meine Therapeutin sagt, ich würde mir unerreichbare Männer aussuchen, damit ich mich nicht zu sehr an einen Mann binde. Auf diese Weise kann sich der Verlust nicht wiederholen, den ich bei meinem Vater erlebt habe.«

»Ist es zu spät, um dein Geld zurückzuverlangen?«

Michaels Augen entschuldigen sich wortlos dafür, dass er über etwas so Ernstes einen Scherz gemacht hat. Doch er ist so ehrlich mit seiner Meinung, dass es mir schwer fällt, ihm böse zu sein.

»Ich denke eher, die damit verbundene Heimlichkeit ist die Basis für deine Affären«, sagt er. »Heimlichkeit war ein Teil deiner sexuellen Prägung. Ich denke, du hast den größten Teil deines Erwachsenenlebens damit verbracht, deinen Missbrauch nachzuleben. Du blühst auf, wenn du eine heimliche Beziehung zu einem verbotenen Partner hast, eine Beziehung, die ihrer Natur nach extrem sexuell ist. Habe ich Recht?«

»Bist du sicher, dass du dich nicht auf pädiatrische Psychiatrie spezialisiert hast?«

Er schüttelt den Kopf. »Nachdem man erst einmal von dem Missbrauch weiß, ist es nicht schwierig, die Zusammenhänge zu erkennen. Vielleicht fühlst du dich unbehaglich, wenn ich dir diese Frage stelle, aber hast du irgendwelche sexuellen Vorlieben, die dir abnormal erscheinen?«

Ich spüre, wie ich erröte, und das überrascht mich. Ich bin normalerweise Männern gegenüber ziemlich offen, was sexuelle Dinge angeht, manchmal sogar schockierend offen. Aber heute Nacht … »Ich bin nicht sicher, ob wir uns schon gut genug kennen, als dass ich darüber reden möchte.«

»Du hast Recht.« Er legt seine Gabel ab und legt die Hände auf den Tisch. »Lass mich dir eine andere Frage stellen.«

»Okay.«

»Hat deine Mutter an irgendeiner Krankheit gelitten, die sie für längere Zeiten ans Bett gefesselt hat?«

»Nachdem ich geboren wurde, hatte sie irgendein Frauenproblem. Eine entzündliche Beckenerkrankung, glaube ich. Ich bin nicht sicher. Aber sie lag manchmal wochenlang im Bett, ja. Ich war damals sehr jung.«

»Was ist mit später? War sie häufig fort von zu Hause?«

»Ja.« Meine hauptsächlichen Erinnerungen an meine Mutter sind die, wo sie gerade geht oder nach Hause zurückkommt. Und sie hatte immer irgendetwas Wichtiges zu tun, das wichtiger war als ich. »Mom war besessen von ihrem Einrichtungsladen. Wenn du sie gefragt hast, ob ich Mayonnaise auf meinem Sandwich mochte oder nicht, hätte sie dir keine Antwort geben können. Aber wenn du sie gefragt hättest, wie viel verschiedene Sorten von Grastapeten in Amerika erhältlich waren, hätte sie dir die Liste aus dem Gedächtnis herunterleiern können.«

Michael wirkt keineswegs überrascht. »War Alkohol bei euch zu Hause ein Problem? Oder sonst eine Droge?«

»Beides. Mehr Drogen als Alkohol. Mein Dad nahm alle möglichen Drogen, nachdem er aus Vietnam zurück war. Hauptsächlich verschreibungspflichtige Medikamente. Meine Mutter trank nicht, als ich aufwuchs, deswegen dachte ich, sie wäre sauber. Aber offensichtlich hat sie über

Jahre hinweg die Medikamente meines Vaters geschluckt. Warum stellst du diese Fragen?«

»Es sind die klassischen Kennzeichen für eine Missbrauchs-Situation.«

Seine treffsichere Analyse meiner Kindheit macht mich neugierig, und ich will mehr wissen. Aber um mehr zu erfahren, muss ich mehr von mir preisgeben. Kann ich ihm mein geheimstes Selbst anvertrauen?

Michael streckt die Hand aus und berührt die meine. »Du zitterst, Cat. Du musst mir nicht noch mehr über dich erzählen.«

»Ich will aber«, sage ich hastig.

Er nimmt seine Hand weg und lehnt sich auf seinem Stuhl zurück. »Also schön. Dann schieß los.«

33

Ich habe immer verschiedene Dinge gebraucht beim Sex«, sage ich leise. »Schmerz zum Beispiel. Nichts wirklich Masochistisches, aber … eine sehr physische Penetration. Mit den Fingern, mit Gegenständen … ich weiß nicht. Und Würgen. Manchmal habe ich dieses überwältigende Verlangen, beim Sex gewürgt zu werden.«

Michael sitzt noch immer zurückgelehnt am Esstisch, doch ich spüre eine neue Aufmerksamkeit bei ihm. »Und?«

»Ich habe ein Problem, zum Orgasmus zu kommen. Selbst wenn ich alles kriege, was ich will, komme ich einfach nicht. Auf der einen Seite habe ich diesen hyperaktiven Sexualtrieb, und auf der anderen schaffe ich es einfach nicht bis zum Kommen. Nicht mit einem Mann, meine ich. Ich kann es mir selbst machen. Aber mit Männern ist es eine verdammte Spirale, immer höher hinauf, ohne dass die Befreiung erfolgt.«

»Aber die Männer, mit denen zusammen bist, halten dich für die beste Partnerin, mit der sie je im Bett gewesen sind, richtig?«

Jetzt laufe ich wirklich rot an. »Das sagen sie jedenfalls, ja.«

»Alles klassische Zeichen von Missbrauch in früheren Jahren. Schmerz hat zu deiner sexuellen Prägung gehört, genau wie Heimlichkeit. Dein Vater hat dir vielleicht beim Sex die Hände um den Hals gelegt. Vielleicht ist es das, was du mit dem Würgen wiederholen möchtest. Was mich zu deiner Leidenschaft für das Freitauchen bringt. Fünf Minuten am Boden eines Pools liegen, um zu *entspannen?* Die meisten Leute würden in ein Koma fallen!«

»Ich nehme an, es ist eine Art roter Fahne.«

»Und deine sexuelle Geschicktheit? Das ist am leichtesten von allem zu erklären. Du wurdest von frühester Kindheit darauf trainiert, einem Mann sexuell zu gefallen. Das war schließlich das einzige Ziel des Missbrauchs, und dein Überlebensinstinkt hat dich zu einer Meisterin in dieser Kunst gemacht. Du bist zu einer Expertin darin geworden, Vergnügen zu bereiten. Du kannst es nur nicht selbst empfinden.«

»Ich schätze, so ist es.«

»Die gute Nachricht ist, dass deine Therapeutin – wie heißt sie gleich? Dr. Goldman? – jetzt, nachdem du weißt, dass du missbraucht wurdest, imstande sein müsste, echte Fortschritte mit dir zu erzielen.«

»Vielleicht. Aber im Augenblick möchte ich eigentlich nur so tun, als wäre es nie passiert. Selbst wenn es die Antwort auf alles ist, will ich nicht daran denken.«

»Wer würde das schon wollen? Das ist eine ganz normale Reaktion.« Michael steht auf und fängt an, den Tisch abzuräumen. »Ich mache mir ehrlich gesagt viel mehr Gedanken wegen dieses Mordfalls, an dem du arbeitest. Ich meine, irgendjemand hat heute Nacht versucht, dir das Licht auszublasen.«

Ich trage die Gläser zum Spülbecken, und er macht sich daran, die Teller abzuwaschen, um sie in den Geschirrspüler zu stecken. »Ich bin nicht sicher, dass es irgendetwas mit dem Mordfall zu tun hat«, sage ich.

»Was denn sonst? Diese Enthüllungen von Missbrauch? Dein Vater ist schließlich seit zwanzig Jahren tot.«

»Und was ist mit Vietnam?«

»Du meinst, irgendjemand versucht zu verhindern, dass dreißig Jahre zurückliegende Gräueltaten ans Licht kommen? Du hast gesagt, Jesse Billups hätte in einer ganz anderen Einheit gedient als dein Vater. Ich glaube nicht, dass es damit zusammenhängt, Cat.«

»Aber was dann?«

»Ich denke, die Morde in New Orleans stehen irgendwie mit deinem Leben hier in Natchez in Verbindung. Mit deiner Vergangenheit. Vielleicht sogar mit deinem Missbrauch, auch wenn ich nicht sehen kann, wie. Doch sexueller Missbrauch ist das, was beide Fälle miteinander verbindet.«

Es ist eine eigenartig vertraute Situation, in einer Küche zu stehen und mit einem Mann Theorien über einen Mordfall durchzukauen. Nur, dass der Mann, mit dem ich es tue, nicht vertraut ist.

»Sowohl Pearlie als auch Louise haben dir gesagt, dass Tom Cage der Arzt deines Vaters hier in der Stadt war. Tom praktiziert seit mehr als vierzig Jahren, und er ist ein fabelhafter Bursche. Du solltest mit ihm über diesen Vietnam-Kram reden. Kennst du ihn?«

Vor mir sehe ich das Bild eines groß gewachsenen Mannes mit einem grau-weißen Bart und funkelnden Augen. »Ich habe ihn schon mal gesehen. Ich glaube, er mag meinen Großvater nicht besonders.«

»Das überrascht mich nun wirklich nicht. Tom Cage ist das genaue Gegenteil von deinem Großvater. Er hat nie auch nur den geringsten Wert darauf gelegt, Geld zu machen. Er behandelt kranke Menschen, das ist alles. Ich rufe ihn gerne für dich an, wenn du möchtest, und vereinbare ein Treffen.«

»Vielleicht morgen.«

Michael schaltet den Geschirrspüler ein, dann nimmt er eine Schale Blue-Bell-Eiskrem aus dem Gefrierschrank und macht sich daran, den Inhalt auf zwei Schalen zu verteilen. »Das ist meine Belohnung dafür, dass ich heute Nacht eine gute Tat vollbracht habe«, sagt er mit einem Lächeln. »Ich habe nicht gefragt, ob du auch welche magst, weil ich wusste, dass du Nein sagen würdest. Ich muss morgen früh eine Extra-Meile laufen.«

»Ich schätze, ich hatte mein Training bereits heute Nacht.«

»Zweifellos. Hey, wer wusste eigentlich davon, dass du zu dieser Insel fahren wolltest?«

Ich denke darüber nach, während wir zum Esstisch zurückkehren. »Pearlie. Mein Großvater und sein Fahrer. Wahrscheinlich hat es einer von ihnen Mom erzählt, nachdem ich weg war. Ich schätze, Mose, der Gärtner, könnte es ebenfalls erfahren haben.«

Michael rührt langsam in seiner Eiskrem. »Nachdem du erst auf der Insel warst, hat sich die Nachricht von deiner Anwesenheit wahrscheinlich wie ein Lauffeuer verbreitet. Trotzdem glaube ich nicht, dass irgendjemand von der Insel versucht hat, dich zu töten. Ich glaube eher, jemand ist dir gefolgt oder hat irgendwie erfahren, wo du bist.«

»Ich verstehe das nicht. Wem könnte es nützen, mich zu töten?«

»*Nützen* ist ein relativer Begriff. Was hat es genützt, die anderen fünf Opfer zu ermorden?«

»Du hast Recht. Wenn ich das wüsste, hätte ich den Fall schon gelöst.«

»Ich weiß, dass du glaubst, dieser Dr. Malik wäre nicht der Killer. Aber du bist im Augenblick nicht stabil genug, um eine derartige Einschätzung abzugeben.«

»Ich weiß. Sobald ich runter bin von meinen Medikamenten, fühle ich mich viel lebendiger und im Hier und Jetzt, doch ich zahle einen Preis dafür. Mein Gedächtnis und meine Logik leiden definitiv darunter. Vielleicht kommt beides zurück, wenn ich völlig entwöhnt bin.«

»Malik steht jedenfalls im Zentrum dieser ganzen Geschichte. Er ist die einzige bekannte Verbindung zwischen dir und den Morden in New Orleans. Er hat bereits gezeigt, dass er auf dich fixiert ist. Ich denke, du solltest ihn als den Hauptverdächtigen betrachten.«

Ich lasse ein wenig Eiskrem im Mund zergehen und genieße das reiche Vanille-Aroma. »Nun ... das FBI sucht bereits nach Malik, und er kann nicht gewusst haben, dass ich auf der Insel war.«

»Das weißt du nicht. Du weißt, dass er dich zurückrufen will, doch du hast dem FBI nichts davon erzählt. Warum nicht?«

»Woher weißt du, dass ich es nicht habe?«

Michaels Augen sehen mich an, als wollten sie *Jetzt komm aber* sagen. »Ich denke, du möchtest mit Dr. Malik reden, ohne dass jemand eure Unterhaltung belauscht. Du glaubst, dass er Dinge über dein Leben herausfinden kann, die anderen Therapeuten verborgen bleiben würden.«

»Zum Beispiel?«

»Zum Beispiel, warum dieser Missbrauch stattgefunden hat. Oder der *Beweis*, dass er tatsächlich stattgefunden hat. Das ist nämlich eine Sache, die ich heute über Patienten mit verlorenen Erinnerungen gelesen habe. Selbst wenn es ihnen gelingt, Beweise für die Echtheit ihrer Erinnerungen zu finden, bezweifeln sie immer noch die Wahrheit dessen, an das sie sich erinnern.«

Seine Worte lassen mich unerwartet frösteln. »Warum?«

»Weil den Missbrauch zu akzeptieren in Wirklichkeit die Erkenntnis bedeutet, dass man von der Person, die den Missbrauch begangen hat, niemals geliebt wurde. Um deinen Missbrauch zu akzeptieren, Cat, muss das kleine Mädchen in dir zugeben, dass sein Daddy es niemals geliebt hat. Glaubst du, du bist dazu imstande? Ich bin nicht so sicher, dass ich es könnte.«

Ich habe Eiskrem noch nie weniger gemocht als in diesem Augenblick.

»Das ist der Kern dieses ganzen Problems«, sinniert Michael. »Verleugnung. Mütter weigern sich zu glauben, dass es ihren Kindern widerfährt, damit sie ihre Familien zusammenhalten können. Wir anderen weigern uns zu glauben, dass unser Hausarzt oder Pfarrer oder der nette Milchmann Sex mit seinem drei Jahre alten Kind haben könnte, denn wenn wir das tun, dann müssen wir einräumen, dass die ganze Tünche unserer Zivilisation nichts als Einbildung ist. Schlimmer noch, wir müssten uns die Gefahren eingestehen, in denen unsere Kinder schweben. Denn wenn wir die Täter nicht erkennen, denen wir Tag für Tag die Hand schütteln, wie können wir dann unsere Kinder schützen?«

»Das ist eine deprimierende Unterhaltung.«

»Möchtest du jetzt den Film ansehen?«

»Gütiger Gott, nein! Ich würde am liebsten dreißig Stunden am Stück schlafen!«

»Dann solltest du genau das tun«, sagt Michael und zuckt die Schultern, als wären wir gemeinsam im Urlaub und als hätten wir überlegt, ob wir zum Essen ausgehen oder uns etwas kommen lassen sollen. »Ich kann dir nicht verdenken, dass du nicht nach Hause willst. Die Rückkehr an den Ort, wo der Missbrauch sich ereignet hat, ist ganz bestimmt keine gute Idee.«

»Hast du wirklich ein Schlafzimmer, in dem ich übernachten kann?«

Er lächelt. »Drei. Du bist vollkommen ungestört. Der ganze erste Stock gehört dir. Du wirst überhaupt nicht merken, dass ich da bin, solange du nicht nach unten kommst, um mich zu sehen.«

Ich warte einen Augenblick, bevor ich antworte. »Ich möchte nicht undankbar erscheinen, aber andere Männer haben mir schon früher ähnliche Dinge versprochen. Sie scheinen nur niemals geneigt, sich auch daran zu halten.«

»Ich bin nicht andere Männer.«

»Aber warum bist du anders?«

Ein selbstverächtliches Grinsen. »Vielleicht, weil meine Pubertät so beschissen war. Ich verstehe das Prinzip von hinausgezögerter Belohnung.«

»Ist es das, was du dir von unserer Beziehung erhoffst? Eine Belohnung?«

Plötzlich blickt Michael mich sehr ernst an. »Ich denke nicht so weit voraus, okay? Ich weiß nicht einmal, ob du geistig gesund genug bist, um mit einer echten Beziehung zurechtzukommen. Ich mag dich einfach. Ich mochte dich schon immer. Und ich halte dich für sehr schön – aber das kann jeder sehen. Die Sache ist die: Du kannst so lange hier bleiben, wie du möchtest, und du musst dir keine Sorgen machen, dass Sex im Spiel ist.«

Ich weiß nicht, warum, doch ich glaube ihm. »Okay, abgemacht. Zeig mir mein Schlafzimmer.«

»Du findest es selbst. Erster Stock. Such dir eins aus.«

Das breite Grinsen auf meinem Gesicht überrascht mich selbst. Ich wende mich ab, bevor es verblassen kann, und gehe nach draußen ins Foyer, wo die Treppe in den ersten Stock führt. Ich erinnere mich noch aus der Zeit, als die Hemmeters das Haus bewohnt haben, an den Grundriss. Ich will gerade den Fuß auf die zweite Stufe setzen, als ich hinter mir Michaels Stimme höre. »Ich muss morgen früh in die Praxis«, sagt er und kommt mir ins Foyer hinterher. »Aber ich lasse dir den Wagen da.«

»Und womit fährst du?«

»Ich hab noch ein Motorrad.«

»Ein Motorrad?«

»Überrascht dich das?«

»Na ja …« Ein eigenartiges Lachen kommt über meine Lippen. »Du hast ein Flugzeug und ein Motorrad. Ich schätze, ich bringe das mit einer bestimmten Sorte Mann in Verbindung. Und du erscheinst mir gar nicht wie ein Mann von dieser Sorte.«

»Es bringt eben nichts, wenn man die Leute in Schubladen einordnet.«

»*Touché*«.

Er macht einen Schritt rückwärts in Richtung Küche. »Ich lege dir die Schlüssel auf den Tresen.«

Ich setze mich erneut in Bewegung, doch etwas nagt an mir, seit Michael es ausgesprochen hat. »Michael …? Was du vorhin gesagt hast, warum Mütter über den Missbrauch in ihrem Heim schweigen …«

»Ja?«

»Du hast gesagt, sie tun es, um ihre Familie zusammenzuhalten, richtig?«

»Ja.«

»Ich schätze, das kommt daher, dass die Väter in den betroffenen Familien die Brötchenverdiener sind. Die Geldquelle für die gesamte Familie.«

Michael nickt. »Ganz genau. Der Täter schafft eine Situation, in der jeder in der Familie von ihm abhängig ist. Und indem die Mutter den Missbrauch leugnet, entgeht sie ihrem schlimmsten Albtraum, nämlich dem von Verlassensein und Armut.«

»Aber das funktioniert in meinem Fall nicht, verstehst du? Bei meiner Familie?«

»Weil dein Vater nicht der Ernährer der Familie war?«

»Richtig. Das war mein Großvater.«

»Was ist mit der Kunst, die dein Vater geschaffen hat?«

»Damit hat er nicht besonders viel Geld verdient, jedenfalls nicht bis kurz vor seinem Tod. Großvater hat immer alles bezahlt. Ich meine, wir haben in seinem Sklavenquartier gewohnt, Herrgott! Es mag grausam klingen, aber wäre mein Vater von einem Bus überfahren worden, hätte unsere Situation sich nicht im Mindesten geändert.«

»Materiell gesprochen«, sagt Michael. »Doch Geld ist nicht alles, Cat. Basierend auf dem, was du mir heute Nacht erzählt hast, würde ich sagen, der frühe Tod deines Vaters hat einen Großteil dazu beigetragen, dein Leben so kaputtzumachen.«

Er hat natürlich Recht.

Michael kommt zum Fuß der Treppe. »Warum sollte deine Mutter also die Augen davor verschließen, dass dein Vater dich missbraucht, wenn sie sich nicht davor fürchten musste, ihn zu verlieren?«

Ich spüre, wie Blut in meine Wangen schießt. »Genau.«

»Vielleicht hat sie es nicht wirklich gewusst ... aber denk nach. Dein Vater ist mit einem schweren posttraumatischen Stresssyndrom aus Vietnam zurückgekehrt. Er hat dir selbst gesagt, dass du zu gewissen Zeiten nicht um ihn herum sein durftest. Und heute hast du erfahren, dass er zu einer militärischen Einheit gehört hat, die während des Vietnamkrieges Gräueltaten beging. Wahrscheinlich ist es schwer, die Angst deiner Mutter vor dem einzuschätzen, was dieser Mann ihr anzutun imstande gewesen wäre – oder dir –, falls sie ihn mit dem Missbrauch konfrontiert oder schlimmer noch, dich ihm weggenommen hätte.«

Michaels Logik lässt mich schockiert erstarren. Warum ist es so leicht, die grundlegende Natur von Beziehungen in den Familien anderer Leute zu erkennen, und so unmöglich, dies bei seiner eigenen zu tun? Ich war viele Jahre lang wütend über meine Mutter und kannte den Grund dafür nicht. Heute dachte ich, ich hätte ihn entdeckt. Doch jetzt ... nachdem ich eine Vorstellung von dem erhalten habe, wie es gewesen sein muss, mit Daddy zu leben – nicht als blind liebende Tochter, sondern als Ehefrau –, erscheint meine Mutter mir mit einem Mal als eine vollkommen andere Person.

Michael legt seine Hand auf die meine, die über dem Endpfosten des Geländers liegt. »Geh schlafen, Cat. Es wird eine Weile dauern, bis du all das verarbeitet hast.«

Ich habe von den Frauen in meinem Leben unzählige Male ähnliche Ratschläge erhalten. *Geh schlafen. Morgen früh sieht alles schon ganz anders aus.* Doch aus Michaels Mund klingt es nicht abgedroschen. Er hat keine Illusionen, dass die Dinge morgen besser aussehen könnten. »Danke«, sage ich zu ihm. »Ich meine es ernst.«

»Keine Ursache.« Er zieht seine Hand zurück und geht in die Küche.

Langsam steige ich die Treppe hinauf und schalte das Licht im ersten Zimmer zu meiner Rechten ein. Die Wände sind blassgelb gestrichen, und das französische Bett ist mit einer weißen Steppdecke zugedeckt. Ich gehe zum Fenster und sehe, dass es auf das blau leuchtende Rechteck des Swimmingpools zeigt.

Hier kann ich schlafen.

Das Badezimmer ist voll ausgestattet mit Handtüchern und Toilettenartikeln. Sogar eine neue Zahnbürste ist vorhanden. Ich streife die Trainingshose und das T-Shirt herunter, die Michael mir mitgebracht hat, dann beuge ich mich in die Dusche, um die Wasserhähne aufzudrehen. Bevor ich das tun kann, ertönen die Anfangsnoten von U2's »Sunday, Bloody Sunday«. Ich werfe einen Blick auf das Display meines Mobiltelefons, und mein Puls beginnt augenblicklich zu rasen. Es ist eine Nummer in New Orleans, die ich nicht kenne. Nathan Malik?

Ich nehme das Gespräch an und halte das Mobiltelefon gegen mein Ohr.

»Dr. Ferry?«, sagt ein Mann, der ganz anders klingt als Dr. Malik.

»Ja?«, frage ich vorsichtig.

»Hier spricht John Kaiser vom FBI. Ich muss mit Ihnen über Nathan Malik reden.«

34

Lebt er noch?«, frage ich ohne jeden vernünftigen Grund.

Das Schweigen, das sich nach meiner Frage ausbreitet, scheint kein Ende nehmen zu wollen. Ich sitze auf der Kante von Michael Wells' Kommode und warte darauf, dass Agent Kaiser mich von meiner gefährlichen mentalen Klippe stößt.

»Warum stellen Sie mir diese Frage?«, erwidert er schließlich. »Haben Sie nicht noch heute Abend mit Dr. Malik gesprochen?«

Seans Warnung, dass das Gericht Malik möglicherweise zum flüchtigen Mordverdächtigen erklären könnte, kommt mir mit all ihren Konsequenzen in den Sinn. »Ja«, gestehe ich. »Kurz.«

»Sie wissen, dass Dr. Malik sich vorsätzlich der Überwachung entzogen hat und als flüchtiger Rechtsbrecher behandelt wird, sollte er Louisiana verlassen?« Zwei Dinge werden mir auf der Stelle bewusst. Erstens: Kaiser spricht für eine Tonbandaufzeichnung, und zweitens: Sean hat Kaiser offensichtlich von unserer Unterhaltung erzählt. »Ja. Ich denke, das wissen Sie. Hat Malik Ihnen gegenüber angedeutet, wo er sich aufhält, als Sie miteinander gesprochen haben?«

»Nein, aber das haben Sie inzwischen sicher herausgefunden.«

Eine kurze Pause. »Er hat von einem öffentlichen Telefon aus West Bank, New Orleans, mit Ihnen telefoniert. Bis wir einen Wagen dort hatten, war er verschwunden.«

»Tatsächlich?«, frage ich, während ich versuche, meine Gedanken zu sammeln. Es ist desorientierend, diesen Anruf nackt im Badezimmer von Michael Wells entgegenzunehmen. In meinem eigenen Haus oder auch nur in meinem Wagen käme ich besser damit zurecht. Doch eines weiß ich – wenn Malik auf der West Bank war, als er mich angerufen hat, kann er unmöglich auf DeSalle Island auf mich geschossen haben.

»Dr. Ferry«, fährt Kaiser mit leiserer Stimme fort. »Sie haben mich gebeten, Sie Cat zu nennen. Darf ich das nun tun?«

»Sicher«, sage ich, während ich mein T-Shirt wieder anziehe.

»Ich muss rasch eine Reihe von Dingen mit Ihnen besprechen«, sagt Kaiser. »Ich möchte, dass Sie mir alles sagen, was Ihnen in den Sinn kommt, während wir reden. Gibt es einen Grund, aus dem Sie meinen, Sie wären nicht dazu in der Lage?«

»Beispielsweise?«

»Beispielsweise eine Art von Loyalität gegenüber Nathan Malik.«

Meine Wangen brennen. »Ich habe Ihnen bereits gesagt, dass ich den Mann nicht einmal kenne! Sie haben jedes Wort unserer Unterhaltung in seiner Praxis mitgehört!«

»Das habe ich, doch es ist offensichtlich, dass irgendetwas Sie beide miteinander verbindet. Vielleicht hat es mit einem ähnlichen medizinischen Hintergrund zu tun.«

Ich schließe die Augen, während ich überlege, wie viel Kaiser über mein Privatleben weiß. Hat Sean ihm erzählt, dass ich sexuell missbraucht wurde? »Bitte schießen Sie los mit Ihren Fragen, Agent Kaiser.«

»In Ordnung. Sind Sie absolut sicher, dass Dr. Malik Sie niemals als Patientin behandelt hat?«

»Absolut.«

»Hat Sean Regan Ihnen erzählt, dass wir endlich eine Patientin Maliks gefunden haben, die bereit ist, mit uns zu reden?«

»Nein.«

»Sie empfindet genau wie seine anderen Patienten große Loyalität gegenüber Malik, doch sie musste sich aus seiner Gruppentherapie zurückziehen. Sie war zu belastend.«

Das weckt mein Interesse, genau wie Kaiser es wahrscheinlich vorhergesehen hat. »Belastend? Inwiefern?«

»Offensichtlich arbeitet Malik mit mehreren Patienten im gleichen Raum. Das ist höchst unorthodox. Die Erfahrung, anderen Frauen dabei zuzuhören, wie sie ihre Missbrauchserlebnisse geschildert haben, führte bei dieser Frau zu akuten Panikattacken.«

»Und?«

»Nun ... genau den gleichen Attacken, die Sie an den Tatorten erlitten haben.«

»Nun hören Sie aber auf. Panikattacken können durch alles Mögliche hervorgerufen werden.«

»Trotzdem. Malik hat mehrere Gruppen in Therapie. Seine Behandlungsprotokolle variieren je nachdem, was die einzelne Gruppe nach Maliks Einschätzung zu tolerieren imstande ist. Bei einigen benutzt er Medikamente, bei anderen nicht. In der Gruppe dieser Frau hat Malik aggressive Konfrontationen mit Familienmitgliedern ermutigt, die seine Patientinnen in der Kindheit missbraucht haben. Malik verglich diese Konfrontationen mit den Soloflügen von Flugschülern. Der letzte Schritt in die Freiheit und Unabhängigkeit. Wie dem auch sei, die Frau kam damit nicht zurecht und verließ die Gruppe. Wir fanden sie durch den Psychologen, der sie ursprünglich an Malik überwiesen hat.«

»Das klingt alles sehr interessant, aber ich weiß nicht, was es mit mir zu tun hat.«

Kaisers Seufzer klingt unendlich müde. »Cat, eine Menge Leute bei der Sonderkommission sind verdammt wütend auf Sie. Ich gehöre nicht dazu, ob Sie mir nun glauben oder nicht. Ich denke, Sie haben echten Einblick in diesen Fall. Vielleicht wissen Sie selbst gar nicht, wie weit dieser Einblick reicht. Ich weiß auch, dass Sie Sean Regan bei der Aufklärung eines Serienmordes, für die er die Lorbeeren alleine eingeheimst hat, sehr geholfen haben.«

»Wer hat Ihnen das erzählt?«

»Sean selbst.«

»Das ist schockierend.«

»Er mag Sie wirklich, Cat. Außereheliche Affären sind für alle Beteiligten schwierig. Trotzdem, Sean hält Sie für ein Genie.«

Schmeichelei ist immer das Erste, was Männer versuchen, wenn sie eine Frau manipulieren wollen. John Kaiser bildet da keine Ausnahme. Die Drohung kommt später. »Ich bin kein Genie. Ich bin lediglich zwanghaft.«

»Was auch immer. Sean hat mir berichtet, jemand hätte heute Abend versucht, Sie zu ermorden.«

»Ja.«

»Wissen Sie, wer es war?«

»Nein.«

»Ist das Ihre Gary-Cooper-Imitation?«

Ich kann nicht anders, ich muss grinsen. »Nein.«

»Glauben Sie, dass der Anschlag auf Sie in irgendeiner Weise mit den Morden in New Orleans in Verbindung steht? Oder mit Ihrer Arbeit an diesen Fällen?«

»Nein.«

»Warum nicht?«

»Ich bin wegen einer anderen Angelegenheit hier oben. Eine persönliche Geschichte.«

»Eine persönliche Geschichte.« Kaiser denkt darüber nach. »Sind Sie absolut sicher, dass diese Geschichte nichts mit den Morden in New Orleans zu tun hat?«

»Absolut sicher kann man niemals sein, Agent Kaiser. Aber ich bin ziemlich sicher.«

»Haben Sie Malik von dem Mordanschlag erzählt?«

»Ja.«

»War Malik der Meinung, dass es einen Zusammenhang zwischen dem Anschlag und den Morden in New Orleans gibt?«

In mir ist plötzlich das Gefühl, als hätte Kaiser jedes Wort meiner letzten Unterhaltung mit Malik auf Band und als wollte er mit seinen Fragen nur meine Ehrlichkeit auf die Probe stellen. »Ich habe ihm genau diese Frage gestellt. Seine Antwort lautete Ja und Nein.«

»Cat, ich möchte Sie zurück in New Orleans. Sie spielen irgendeine Rolle bei diesen Morden. Das sehen Sie doch sicherlich auch?«

In Kaisers Stimme ist eine Ernsthaftigkeit, die mir verrät, dass er sich tatsächlich Sorgen um mich macht. »Ich räume ein, dass Malik irgendwie auf mich fixiert zu sein scheint, okay? Aber wenn er mich heute Abend von der West Bank in New Orleans aus angerufen hat, dann kann er unmöglich dreißig Minuten vorher auf DeSalle Island auf mich geschossen haben. Das ist vollkommen unmöglich.«

»Ich bin nicht sicher, womit wir es hier zu tun haben«, gesteht Kaiser. »Aber ich weiß, dass Nathan Malik in die Morde verwickelt ist.«

»Er weiß wahrscheinlich mehr, als er erzählt«, antworte ich. »Falls Sie erfahren wollen, was er weiß, dann besteht eine viel größere Chance, dass ich es herausfinde, wenn ich allein mit ihm rede, als wenn Sie lauschen.«

»Haben Sie vor, erneut mit Malik zu sprechen?«

»Wenn er mich anruft.«

»Hm.«

Ich kriege allmählich das Gefühl, dass Kaiser diese Ermittlungen auf seine Weise führen will, während seine Kollegen von der Sonderkommission eine striktere Vorgehensweise bevorzugen. »Hören Sie meine Telefongespräche ab?«

»Nein. Das heißt, noch nicht.«

Falls Kaiser die Wahrheit sagt, hört er mich nur deshalb noch nicht ab, weil er bisher keinen Gerichtsbeschluss oder nicht die Leute hat, um mein Telefon zu verwanzen. Aber das wird nicht mehr lange dauern.

»Warum sind Sie nach DeSalle Island gefahren?«, fragt er. »War es diese persönliche Angelegenheit?«

»Ich versuche etwas über meine Vergangenheit herauszufinden.«

»Über Ihren Vater?«

»Woher wissen Sie das?«

»Nach Ihrer Unterhaltung mit Malik in seiner Praxis dachte ich mir so etwas. Und? Haben Sie etwas Wichtiges herausgefunden?«

Ich denke nicht daran, Kaiser die schmutzigen Details meiner Kindheit zu erzählen. »Nichts, was mit den Morden zu tun hat.«

»Nun, die Tatsache, dass Lukes militärische Akte unter Verschluss steht, hat mich nachdenklich gemacht, deswegen habe ich eigene Nachforschungen angestellt.«

Mein Herz krampft sich in der Brust zusammen. »Was haben Sie herausgefunden?«

»Luke Ferry war in einer Einheit namens White Tigers. Die Tigers sind 1969 illegal auf kambodschanisches Gebiet vorgestoßen. Es gibt kaum Einzelheiten, doch es besteht kein Zweifel, dass die White Tigers während dieser Zeit Kriegsverbrechen begangen haben. Es gab zwei größere Ermittlungen, doch letztendlich wurden sämtliche Anklagen fallen gelassen. Die ganze Angelegenheit war wohl zu peinlich für die Regierung. Allerdings habe ich darüber hinaus in Erfahrung gebracht, dass einige Angehörige der White Tigers nach dem Krieg wegen Heroinschmuggels verurteilt wurden, einige erst in den späten 1980er-Jahren. Ihr Vater wurde 1981 ermordet, daher schließe ich nichts aus.«

Ich bin versucht, Kaiser zu verraten, dass mein Vater von meinem Großvater erschossen wurde, doch irgendetwas hindert mich daran. »Haben Sie eine Verbindung zwischen Malik und den Drogen gefunden?«

»Ja. Malik hat 1969 einen vietnamesischen Gefangenen mit Drogen gefoltert. Er war damals Sanitäter, Sie erinnern sich? Offensichtlich handelte er auf den Befehl seines kommandierenden Offiziers. Er wurde außerdem in Arrest genommen, weil er in Saigon auf dem Schwarzmarkt Medikamente verkaufte. Die Anklagen wurden später fallen gelassen und Malik zu seiner Einheit zurückgeschickt. Ein Grund wurde nie genannt.«

»War Malik Mitglied der White Tigers?«

»Kann ich nicht beweisen. Aber eine Drogenoperation in großem Maßstab erfordert Leute überall im Land. Ich bin nicht sicher, womit wir es hier zu tun haben.«

»Wenn es Sie interessiert – ich persönlich glaube nicht, dass die Morde in New Orleans oder der Tod meines Vaters irgendetwas mit Drogen zu tun haben. Ich glaube es einfach nicht.«

»Was dann?«

Kindesmissbrauch offensichtlich ... »Ich weiß es nicht, John, ganz ehrlich. Gibt es sonst noch etwas?«

»Seien Sie vorsichtig, wenn Sie mit Malik reden. Die Schwelle zur Beihilfe ist rasch überschritten.«

Ich würdige diese Bemerkung keiner Antwort.

»Hören Sie, Cat«, redet Kaiser beschwörend auf mich ein. »Ich möchte Sie unter Personenschutz stellen, rund um die Uhr.«

»Nein.«

»Sie würden nicht einmal *spüren,* dass wir da sind.«

»Bis jetzt sind keine Frauen gestorben, oder? Dieser Killer hat es doch wohl offensichtlich auf Männer abgesehen.«

»Bis heute Abend, als jemand hinter Ihnen her war, hätte ich Ihnen wahrscheinlich zugestimmt. Wir sind verdammt gut auf dem Gebiet, Cat. *Niemand* würde merken, dass wir Sie beschützen.«

»Malik würde es wissen. Ich weiß nicht, wie er es macht, aber er würde es sofort wissen. Und er würde das Risiko nicht eingehen, in meine Nähe zu kommen.«

Langes Schweigen. »Sagen Sie mir, warum Sie mit Malik reden wollen.«

»Offen gestanden, ich weiß es nicht. Er weiß irgendetwas, das ich wissen muss. Ich spüre das.«

»Vergessen Sie nicht, was Neugier mit der Katze gemacht hat.«

Ich stöhne auf. »Ja. Aber Katzen haben neun Leben, schon vergessen?«

Seine Antwort klingt wie Abschiedsworte in meinen Ohren. »Nach dem, was ich so höre, haben Sie die meisten dieser Leben schon verbraucht.«

»Ich muss jetzt auflegen, John. Ich gebe Ihnen Bescheid, wenn ich irgendetwas Wichtiges erfahre.«

Ich unterbreche die Verbindung, bevor er noch etwas sagen kann.

35

Der ölige Film, den das Wasser des Mississippi auf meiner Haut hinterlassen hat, stinkt nach Schwefel, und ich will ihn loswerden. Ich drehe die Wasserhähne auf, und rasch kommt heißes Wasser. Ich streife das T-Shirt ein zweites Mal ab, steige in die Duschwanne und stelle mich unter die dampfende Brause.

Mit Ausnahme meiner Fahrt zur Insel – als ich mehr oder weniger in einem Schockzustand war – hatte ich bisher noch keine Zeit, über das nachzudenken, was Großvater mir heute Nachmittag erzählt hat. Nicht kritisch jedenfalls. Es stimmt, was ich Michael gesagt habe: Sobald ich aufhöre, meine Medikamente zu nehmen, gehen meine logischen Fähigkeiten zur Hölle. Genau wie mein Kurzzeitgedächtnis. Doch als Großvater mir erzählt hat, dass er Daddy erschossen hätte, da war es, als fiele das letzte Stück eines Puzzles an seinen Platz und vervollständigte ein Bild, das mir die meiste Zeit meines Lebens entgangen ist. Nur, dass diese Geschichte emotional mit meiner Vergangenheit, wie ich sie kenne, im Widerstreit liegt. Nach Michaels Worten bedeutet die Akzeptanz der Tatsache, dass mein Vater mich missbraucht hat, zugleich die Einsicht, dass er mich nie geliebt hat. Ich nehme an, das ist richtig, denn ein Kind zu missbrauchen bedeutet, es einzig zu seinem eigenen Vorteil zu benutzen. Aber kann Daddy mich trotzdem geliebt haben? Kann er mich geliebt haben und zugleich außerstande gewesen sein, dem Impuls zu widerstehen, mich zu berühren? Oder ist das Wunschdenken?

Aus irgendeinem Grund bringt mich dieser Gedanke dazu, über Michael nachzudenken. Der Mann ist mitten in der Nacht in die Wildnis gefahren, um mir zu Hilfe zu kommen, ohne eine Gegenleistung dafür zu verlangen. Er hat mir sogar etwas zu essen gekocht. Und dann hat er mir ein Zimmer gegeben, in dem ich schlafen kann. Wenn ich meine vergangenen Erfahrungen mit Männern zum Vergleich heranziehe, dann zieht er jeden Augenblick den Duschvorhang zur Seite und steigt zu mir mit den Worten, dass er einfach nicht widerstehen konnte. Doch so etwas würde Michael nicht tun, da bin mir vollkommen sicher.

Unter dem heißen Strahl der Dusche bemerke ich ein eigenartig harmonisches Geräusch. Als es verstummt und von neuem beginnt, erkenne ich den Ton meines Mobiltelefons. Ich spüle die Seife aus meinem Gesicht und blicke auf das Display. *Detective Sean Regan* steht dort zu lesen. Ich will eigentlich nicht antworten, doch ich will wissen, ob Sean zu Hause bei seiner Frau schläft oder nicht. Also drücke ich auf den grünen Knopf und sage: »Sag nichts, bevor du mir nicht erzählt hast, wo du bist.«

»Hier ist nicht, wen Sie vielleicht erwarten, Catherine«, sagt eine präzise Stimme mit einer Spur von Humor.

Mein Herz hämmert wild. »Dr. Malik?«

»Niemand anders. Sind Sie allein, Catherine? Ich muss mit Ihnen reden.«

Angst schnürt mir die Kehle zu, nicht um mich, sondern um Sean. »Woher haben Sie Seans Handy?«

»Ich habe sein Handy nicht. Ich habe mein eigenes so umprogrammiert, dass es die ID-Information von Detective Regan sendet. John Kaiser und das FBI werden diesem Anruf nicht so viel Aufmerksamkeit schenken, wenn sie sehen, dass der Anrufer Ihr Liebhaber ist.«

Woher, zur Hölle, weiß er das alles? »Schießen Sie los.«

»Ich rufe Sie an, weil ich etwas bei Ihnen lassen muss.«

Ich drehe die Dusche ab und wickle mir ein Handtuch um die Brust. »Um was geht es?«

»Das möchte ich Ihnen am Telefon lieber nicht sagen. Ich muss etwas bei jemandem in Sicherheit bringen, dem ich vertrauen kann.«

»Sie vertrauen mir?«

»Ja.«

»Warum?«

»Instinkt.«

»Das sollten Sie aber nicht. Ich arbeite mit dem FBI zusammen.«

»Tatsächlich?« Eine Spur von Sarkasmus. »Ich denke nicht. Aber Sie müssen es sein, Catherine. Ich habe niemanden sonst, dem ich es geben kann.«

»Was ist mit Freunden?«

»Ich habe keine Freunde. Ich habe Patienten.«

Ich fühle mich genauso. »Das geht mir ähnlich. Patienten und Exfreunde, das ist so ungefähr alles.«

Malik lacht leise. »Ich habe *nur* Patienten.«

Ich habe das entschiedene Gefühl, dass der Psychiater mir sagt, dass seine Patienten zugleich seine Geliebten sind. »Wenn Sie mir Ihre Patientendaten geben wollen, muss ich ablehnen. Das FBI hat einen Durchsuchungsbefehl für die Unterlagen. Ich mache mich strafbar, wenn ich sie zurückhalte.«

»Es sind nicht meine Unterlagen.« Malik atmet ein, dann stockt er. »Es ist ein Film.«

»Ein Film?«

»Ein Film und die Rohmaterialien dazu. Mini-DVs,

DVDs, Tonbandkassetten und so weiter. Ich habe alles in zwei Kisten.«

»Was für ein Film?«

»Ich mache einen Dokumentarfilm über sexuellen Missbrauch und unterdrückte Erinnerungen.«

Diese Enthüllung kommt so überraschend, dass ich nicht weiß, wie ich reagieren soll. Doch es ergibt einen Sinn. Ich rufe mir Maliks Bild ins Gedächtnis, ganz in Schwarz – es fällt nicht schwer, ihn sich als revolutionären Filmemacher vorzustellen.

»Bisher wurde noch nie etwas Derartiges gezeigt«, sagt er ernst. »Es sind die emotional niederschmetterndsten Szenen, die je auf Film gebannt wurden. Wenn dieser Film ausgestrahlt wird, erschüttert er dieses Land in seinen Grundfesten.«

»Was ist darauf zu sehen? Haben Sie sexuellen Missbrauch gefilmt?«

»In gewisser Weise. Der Film zeigt Frauen, die in einer Gruppenumgebung ihren Missbrauch erneut durchleben. Einige fallen auf einen Kindheitszustand zurück. Ihre Erfahrungen sind vernichtend.«

»Ich nehme an, bei diesen Frauen handelt es sich um Patientinnen von Ihnen. Haben diese Frauen ihre Genehmigungen für die Aufzeichnungen gegeben?«

»Ja. Sie gehören zu einer ganz besonderen Gruppe. Einer experimentellen Gruppe, ausschließlich Frauen. Ich habe sie gegründet, nachdem ich jahrelang mit ansehen musste, wie konventionelle Therapien versagt haben. Ich habe Patientinnen ausgewählt, die in einem Stadium waren, wo der Ausbruch unterdrückter Erinnerungen ihr Leben zu zerstören begann. Wo Missbrauch über Generationen hinweg wahrscheinlich schien. Sie waren hoch motiviert. Ich habe sieben Monate mit ihnen zusammen gearbeitet, und wir haben einige bahnbrechende Dinge erreicht.«

»Ist das alles? Frauen in einer Gruppentherapie?«

Malik gibt ein Geräusch von sich, das ich nicht deuten kann. »Sie sollten nicht verunglimpfen, was Sie niemals erlebt haben, Catherine. Aber keine Sorge. Ich habe auch gewisse andere Aktivitäten aufgezeichnet. Ich kann jetzt nicht darüber sprechen. Sagen wir einfach, sie sind ihrer Natur nach höchst kontrovers. *Explosiv* ist wahrscheinlich das bessere Wort.«

Gewisse andere Aktivitäten? »Sprechen Sie etwa von den Morden?«

»Ich kann jetzt nicht mit Ihnen über die Einzelheiten des Films reden.«

Mein Herzschlag geht von Sekunde zu Sekunde schneller. »Haben Sie vor, diesen Film irgendwo zu zeigen?«

»Ja. Aber im Augenblick geht es mir in erster Linie darum, ihn in Sicherheit zu wissen.«

»Vor wem?«

»Eine Menge Menschen möchten, dass dieser Film verschwindet. Mein Film und all meine Aufzeichnungen. Diese Menschen haben Angst vor den Wahrheiten, die ich kenne.«

»Wenn Sie so besorgt sind, warum stellen Sie sich dann nicht dem FBI?«

»Das FBI will mich wegen Mordes ins Gefängnis bringen.«

»Was macht das, wenn Sie unschuldig sind?«

»Es gibt Abstufungen, was die Unschuld angeht.«

»Ich denke, Sie meinen eher die unterschiedlichen Grade von Schuld, Doktor.«

»Das ist eine philosophische Frage, für die wir jetzt keine Zeit haben. Ich werde mich dem FBI stellen, wenn die Zeit gekommen ist. Für den Augenblick jedoch brauche ich Ihre Hilfe. Werden Sie den Film für mich sicher aufbewahren?«

»Hören Sie, ich könnte es nicht einmal dann, wenn ich wollte. Das FBI beschattet mich wahrscheinlich. Möglicherweise wird sogar dieser Anruf belauscht.«

»Vielleicht morgen. Für heute sind wir noch sicher. Haben Sie einen Stift?«

Ich blicke mich suchend im Schlafzimmer um, doch ich entdecke nichts zum Schreiben. Meine Handtasche liegt im Audi, der bei DeSalle Island auf der anderen Seite des Flusses steht. »Nein. Aber ich habe ein gutes Gedächtnis.«

»Dann merken Sie sich diese Telefonnummer. Fünf-null-vier, acht-null-zwo, neun-neun-vier-eins. Haben Sie?«

Ich wiederhole die Nummer laut und präge sie mir ein.

»Wenn Sie im Anschluss hieran noch einmal mit mir sprechen müssen«, sagt Malik, »hinterlassen Sie eine Nachricht unter dieser Nummer.«

»Ich möchte jetzt mit Ihnen reden, aber nicht über Ihren Film.«

»Dann schnell.«

»Warum haben Sie mir gesagt, dass ich meiner Familie nicht trauen soll?«

»Ich versuche Sie zu beschützen.«

»Wovor?«

Malik seufzt, als wäre er unsicher, ob er die Zeit erübrigen kann, mit mir zu reden. »Familien wie die Ihre bestehen aus drei Sorten von Menschen. Tätern, Opfern und Wegsehern. Jedes Familienmitglied spielt eine dieser drei Rollen. Wenn ein Opfer anfängt, in seiner Vergangenheit zu graben und Anschuldigungen erhebt wegen Missbrauchs, werden die anderen Familienmitglieder paranoid. Ihr Interesse gilt der Aufrechterhaltung des Status quo. Das Opfer bedroht diesen Status quo. Die Emotionen, die mit sexuellem Missbrauch einhergehen, führen nicht selten zu Gewalttaten innerhalb der Familie.«

»Das ist Seelenklempner-Latein, Doktor. Ich habe genug davon gehört, um es zu erkennen. Sie verfügen über spezifische Informationen, die meine Familie betreffen. Über meinen Vater. Warum enthalten Sie mir diese Informationen vor?«

»Ich bin nicht Ihr Therapeut, Catherine.«

»Ich möchte, dass Sie mein Therapeut sind. Ich möchte, dass wir uns irgendwo zu einer Sitzung treffen.«

»Sie brauchen keine Sitzung mit mir allein, Catherine. Sie brauchen eine Gruppe – und meine Tage als praktizierender Psychiater sind eindeutig vorbei.«

»Warum brauche ich eine Gruppe?«

»Weil Ihr Problem sexueller Missbrauch ist. Eines der wichtigsten Elemente einer derartigen Beziehung ist die Heimlichkeit, in der sie stattfindet. Eine Einzelsitzung bei einem Therapeuten kann die primäre Missbrauchsbeziehung widerspiegeln. Gruppensitzungen durchbrechen diesen Zirkel des Heimlichen.«

»Hören Sie, Sie haben mich ausgewählt, okay? Sie haben diese Heimlichkeit heraufbeschworen. Ich bin bereit, mit Ihnen zu reden, jetzt, an Ort und Stelle, ohne dass das fbi uns belauscht.«

»Sie wollen eine Sitzung? Bewahren Sie meinen Film für mich auf. Damit tun Sie im Übrigen auch sich selbst einen Gefallen.«

Ich bin versucht zuzustimmen. Ich will wissen, was Malik wirklich hinter den verschlossenen Türen seiner Praxis gemacht hat. Doch das fbi könnte diesen Anruf belauschen. »Ich würde ihn gerne sehen, aber ich kann Ihnen nicht versprechen, dass ich ihn für Sie aufbewahren werde.«

»Dann gibt es keinen Grund, dass wir uns treffen.«

»Warum wollen Sie mich überhaupt treffen? Ich könnte das FBI mitbringen. Warum wollen Sie dieses Risiko eingehen?«

»Es ist kein Risiko, Catherine. Ich weiß Dinge über Ihren Vater. Ich weiß, warum er ermordet wurde. Und wenn Sie das fbi mitbringen, werde ich es Ihnen niemals sagen.«

Endlich einmal bin ich Malik einen Schritt voraus. »Ich weiß bereits, warum mein Vater ermordet wurde.«

»Sie wissen es nicht. Sie wissen überhaupt nichts, Catherine.«

Mein Herz verkrampft sich schmerzhaft. »Warum spielen Sie diese Spiele mit mir? Ich will doch nur die Wahrheit erfahren!«

Malik senkt die Stimme. »Sie kennen die Wahrheit bereits, Catherine. Sie ist unlöschbar in Ihre Gehirnwindungen eingebrannt. Sie müssen lediglich all das beiseite räumen, was sich im Lauf der Jahre darübergelegt hat.«

»Wie soll ich das anstellen?«

»Sie haben bereits angefangen. Folgen Sie Ihren Erinnerungen dorthin, wohin sie führen. Die Wahrheit wird Sie befreien.«

»Ich kann nicht so lange warten! Jemand versucht mich umzubringen!«

Malik seufzt tief. »Warum hatten sie bei den Tatorten in New Orleans Panikattacken?«

»Ich weiß es nicht. Wissen Sie es?«

»Kommen Sie, Catherine. Sie wissen, wie Therapie funktioniert. Ich sporne Sie an, Ihre eigenen Antworten zu finden.«

»Nein, Sie lassen mich im Dunkeln tappen!«

»Was glauben Sie, wer heute versucht hat, Sie zu ermorden?«

»Es könnte ein Schwarzer von der Insel gewesen sein, mit dem mein Vater früher einmal befreundet war. Ich weiß es nicht. Wissen Sie es?«

»Nein, Catherine. Aber *Sie* wissen es. Wenn Sie nur lange genug darüber nachdenken.«

»Sie sagten, die Morde von New Orleans wären einerseits mit meinem Leben verknüpft, andererseits wiederum nicht. Was haben Sie damit gemeint?«

»Was glauben Sie, was ich gemeint haben könnte?«

Ich schließe die Augen und versuche nicht zu schreien. Ich fühle mich wie in einem Roman von Kafka. Jede Frage wird durch eine weitere Frage beantwortet, und jeder um mich herum kennt die offensichtliche Wahrheit über mein Leben, nur ich selbst kann sie nicht sehen. »Was versuchen Sie mir zu erzählen? Jeder fragt mich, ob ich jemals Ihre Patientin gewesen bin. Haben Sie die Polizei auf diese Idee gebracht?«

»Glauben Sie, dass Sie irgendwann einmal meine Patientin gewesen sein könnten?«

»Ich lege in fünf Sekunden auf.«

»Nein, das werden Sie nicht. Ich nenne meine experimentelle Gruppe *Gruppe X*. Bringt der Name irgendetwas bei Ihnen zum Klingen?«

Gruppe X? »Nein. Warum? Sollte er?«

»Wir haben keine Zeit für das hier«, sagt Malik, und plötzlich klingt er ungeduldig. »Nicht jetzt. Aber ich möchte ebenfalls mit Ihnen reden – vorzugsweise, wenn ich die Unterhaltung filmen darf. Erlauben Sie, dass ich unsere Sitzung mitschneide?«

»*Was?* Nein!«

»Dann ...«

»Ich dachte, das FBI hätte Ihre gesamte Video-Ausrüstung beschlagnahmt?«

»Ich habe immer noch eine Kamera zu meiner Verfügung, ein ziemlich gutes Gerät. Hören Sie, Sie verstehen das jetzt vielleicht noch nicht, aber es gibt eine Symmetrie, die alldem zu Grunde liegt. Eine Symmetrie, die auch Sie eines Tages erkennen werden. Wir müssen einen sicheren Treffpunkt finden, einen Ort, wo wir ungestört miteinander reden können. Am besten gleich morgen. Sobald wir fertig sind, nehmen Sie meinen Film in Verwahrung. Und anschließend stelle ich mich dem FBI.«

»Warum übergeben Sie den Film denn nicht einfach Ihrem Anwalt?«

»Weil ich Anwälte verachte. Ich habe vor, mich selbst zu verteidigen.«

Natürlich.

»Ich möchte nicht undankbar erscheinen«, sagt Malik, »aber falls Sie nicht kommen – oder falls Sie das fbi mitbringen –, werden Sie das Geheimnis um Ihr eigenes Leben niemals erfahren. So, nun war ich bereits viel zu lange an einem Ort. Haben Sie die Telefonnummer noch im Kopf, die ich Ihnen genannt habe?«

Ich spucke die Nummer aus wie einen Fluch.

»Gut. Rufen Sie morgen dort an und hinterlassen Sie eine andere Nummer, unter der ich Sie erreichen kann. Nicht Ihr Handy. Und vertrauen Sie John Kaiser nicht zu sehr. Er schert sich im Grunde genommen einen Dreck um Sie oder mich.«

Die Leitung ist tot.

36

Ich fühle mich, als müsste ich mich übergeben.

Ich weiß bereits, warum mein Vater ermordet wurde …

Sie wissen es nicht. Sie wissen überhaupt nichts, Catherine …

Angst ist schlimmer als der Tod. Der Tod ist nichts weiter als das Ende des Lebens, und ich kenne ihn gut. Was ich kenne, dagegen kann ich kämpfen. Was ich benennen kann, kann ich ertragen. Doch was in den Schatten liegt, kann ich weder bekämpfen noch ertragen. Mein ganzes Leben erscheint mir jetzt wie ein Schatten, ein Schauspiel mit dem einzigen Zweck, die Leere meiner wirklichen Vergangenheit auszufüllen. Für jede Kindheitserinnerung, die ich besitze, habe ich tausend andere verloren. Das habe ich schon immer gewusst. Jenseits eines gewissen Punkts in meiner Vergangenheit gibt es einfach nichts mehr. Wenn andere Heranwachsende sich über dieses oder jenes unvergessliche Ereignis aus ihrer Zeit als Kleinkinder unterhielten, versuchte ich mich zu erinnern und fand nichts außer einer nackten Mauer. Ein Kind ohne Kindheit – so fühlte ich mich. Und ich wusste nie den Grund.

Heute Nachtmittag noch habe ich geglaubt, ich hätte endlich die Antwort erfahren. So schrecklich sie sein mag, so brachte sie mich doch wenigstens auf festen Boden zurück. Doch jetzt … jetzt hat dieser Boden sich erneut bewegt, eine seismische Veränderung, hervorgerufen durch ein paar einfache Worte aus dem Mund eines Psychiaters. *Sie wissen überhaupt nichts, Catherine …*

Ich möchte nicht über die Dinge nachdenken, die Dr. Malik gesagt hat.

Ich möchte, dass die Fragen endlich aufhören.

Ich möchte einen Drink.

Und wenn keinen Drink, dann wenigstens Valium. Aber ich darf keins nehmen. Und der Gedanke an den Grund dafür – das Baby in meinem Bauch – lässt mir plötzlich das Steak und das Ei hochsteigen, und zwar gründlich. Ich falle über der Toilette auf die Knie und würge und zittere, wie ich es nur nach meinen schlimmsten Sauftouren erlebt habe. Ich halte die Schüssel umklammert und spüre, wie mein Körper schwindet, wie ich verblasse. Als würde ich durchsichtig. Ich kenne dieses Gefühl von früheren Gelegenheiten. Ich will aufstehen und in den Spiegel sehen, um mich zu überzeugen, dass ich mich irre, doch ich bringe es nicht fertig. Stattdessen drehe ich das heiße Wasser auf und krieche unter den kochenden Strahl der Dusche, wo ich in der Wanne sitzen bleibe.

Meine Haut wird knallrot, während das Wasser über meine Hüften steigt und schließlich bis zum Rand der Wanne. Ich drehe das Wasser ab, lehne mich zurück und tauche den Kopf unter. Hier können Maliks Worte mich nicht mehr verwunden. Hier verschwinden sie, als wären sie in ein Vakuum hineingesprochen worden, wie ein Schrei im Weltraum. Doch es sind nicht seine Worte, die zählen, sondern das, was darunterlag. Ein verborgener Schlüssel, der nur darauf wartet, dass ich ihn finde. Genau wie John Kaiser hat auch Malik mich gefragt, ob ich glaube, jemals seine Patientin gewesen zu sein. Das ist keine Frage, die man einer normalen Person stellt. Das ist eine Frage, die man jemandem mit Alzheimer stellt. Oder Amnesie. Oder …

Irgendetwas stimmt nicht. Ich bade in Schwerelosigkeit. Das Wasser will nicht in der Wanne bleiben. Es teilt sich in

Millionen kleiner Tropfen und schwebt in die Luft hinauf. Kalter, klammer Schweiß bricht mir aus den Poren wie überfließende Panik. Im heißen Wasser fühlt er sich auf meiner Haut an wie Graupel.

Glauben Sie, dass Sie irgendwann einmal meine Patientin gewesen sein könnten? Das ist eine Frage, die man einem Patienten mit einer dissoziativen Identitätsstörung stellt.

Was wir früher multiple Persönlichkeitsstörung genannt haben … manchmal ist die Dissoziation während des sexuellen Missbrauchs so gründlich und findet so wiederholt statt, dass das Bewusstsein sich in voneinander getrennte Teile aufspaltet, um sich vor dem Schmerz abzuschotten …

»Nein!«, sage ich laut und balle die Fäuste, bis sich die Fingernägel blutig in meine Handflächen graben. »Das ist unmöglich!«

Ich bin sicher, dass ich Nathan Malik niemals als Patientin aufgesucht habe.

Ich ist jedoch ein problematisches Pronomen in einem Satz, den eine Person mit multipler Persönlichkeitsstörung ausspricht.

Vielleicht habe »Ich« Malik nicht aufgesucht, doch »irgendjemand anders« in meinem Gehirn könnte es durchaus getan haben.

Die Desorientierung, die mich nun überkommt, ist ganz ähnlich dem, was ich nach einem durch Alkoholmissbrauch verursachten Blackout oder beim Herausfallen aus einer hypomanischen Phase erlebt habe. Ich weiß, dass ich irgendwo gewesen bin – auf einer Party, in einer Wohnung, einem Haus –, doch ich bin nicht sicher, was ich dort getan habe. Wie weit es gegangen ist. Und trotz dieser Ähnlichkeit habe ich mich niemals so sehr von mir selbst losgelöst gefühlt, dass ein zweites, von meinem jetzigen Bewusstsein *völlig unabhängiges Leben* möglich schien.

»Bleib ganz ruhig«, sage ich mit zitternder Stimme zu mir selbst. »Was hat Malik vorher gesagt?«

Wir haben uns über Gruppentherapie unterhalten ... *Sie sollten nicht verunglimpfen, was Sie niemals erlebt haben, Catherine.* Warum sollte er so etwas sagen, wenn ich je Mitglied seiner Gruppe X gewesen bin? Ein Gefühl von Erleichterung durchflutet mich, bevor es sich wieder verflüchtigt. Habe ich Malik vielleicht während einer Einzelsitzung in einem dissoziativen Zustand besucht und es vergessen oder unterdrückt? Ich habe keinerlei Erinnerung an etwas Derartiges, doch ich habe auch keinerlei Erinnerung an den sexuellen Missbrauch meiner Kindheit. Das bedeutet nicht, dass es nicht geschehen ist. Könnte Malik so viel über mich wissen, weil ich es ihm selbst erzählt habe?

Ich stemme mich aus der Wanne und spritze mir kaltes Wasser aus dem Waschbecken ins Gesicht. Als ich einen Blick in den Spiegel werfe und meine blutunterlaufenen Augen bemerke, durchfährt mich ein Schauer, der einen furchtbaren Gedanken ankündigt. An einem Punkt während unseres Telefongesprächs hatte ich das Gefühl, Malik wollte mir sagen, dass seine Patientinnen seine Geliebten wären. Oder Exgeliebten. Ist es möglich, dass er seine alte Lust auf mich während einer Sitzung mit mir gestillt hat, an die ich mich nicht erinnere? Der Schock, den ich empfunden habe, als Maliks Foto aus dem Fax meines Großvaters kam, ist mir noch immer gegenwärtig. Ich war fest überzeugt, dass ich dieses Gesicht zum ersten Mal seit zehn Jahren gesehen hatte. Doch wie viel ist meine sichere Überzeugung wert? Wenn man der Vorstellung, dass man sich an einen Teil seiner Vergangenheit nicht erinnern kann, erst einmal die Tür geöffnet hat, ist alles möglich. Und für jemanden, der schon früher häufig mit Blackouts und manischen Phasen zu tun hatte, ist der Sprung nicht gerade groß.

Hör auf nachzudenken, sagt eine Stimme in meinem Kopf. Die Stimme meines Selbsterhaltungstriebs. *Zu viel Wahrheit auf einmal könnte dich umbringen ...*

Ich packe ein großes Handtuch vom Aufhänger an der

Tür, wickele mich hinein, steige ins Bett und ziehe mir die Steppdecke bis unters Kinn. Das Licht brennt noch, und ich habe nicht vor, es noch auszuschalten. Ich stelle mein Mobiltelefon auf Vibrationsalarm, schließe die Augen und bete um Schlaf.

In jeder beliebigen anderen Nacht hätte ich wahrscheinlich geglaubt, dass ich einen Drink oder ein Valium brauche, um die rasenden Gedanken in meinem Kopf zu bändigen, doch heute Nacht reicht mir die bloße Erschöpfung. Während ich langsam wegdämmere, erscheint Nathan Maliks Gesicht vor meinem geistigen Auge. Sein Blick ist kalt und durchdringend. Dann weicht es dem Gesicht von Michael Wells. Michaels Augen sind warm und freundlich, und sein Blick ist offen. Irgendetwas an ihm erinnert mich an meinen Vater, doch ich vermag es nicht zu benennen. Es sind weder die Augen noch die Statur. Es ist seine Art. Sein Zögern, ein Urteil zu fällen vielleicht ... Was immer es sein mag, ich fühle mich zu ihm hingezogen.

Warum habe ich Michael nicht erzählt, dass ich schwanger bin? Es war das Einzige, das ich zurückgehalten habe. Ist der Grund vielleicht, dass ich – tief im Innern – diejenige bin, die darauf hofft, dass unsere Beziehung sich vertieft? Habe ich vielleicht Angst, dass Michael aus meinem Leben verschwinden könnte wie all die anderen Männer, die von meinem Körper und meiner Leidenschaft angezogen werden, sobald er davon erfährt?

Stopp!, ruft die Stimme in meinem Kopf. *Stopp! Stopp! Stopp!*

Ich habe einen Trick, wie ich mit destruktiven Gedanken umgehe.

Ich ziehe mich an einen anderen Ort zurück, einen Ort des Friedens. Für mich ist der Ozean dieser Ort. Ich bin frei, wenn ich entlang einer vielfarbenen Wand aus Korallen nach unten sinke, einer senkrechten Mauer, die sich durch karibisches Blau bis hinunter in tiefes Schwarz erstreckt. Hier gibt es kein Geräusch außer dem Schlagen meines Herzens. Mein Körper durchgleitet Wärme, bis die Wärme kalt wird und meine Wahrnehmung über den engen Käfig meines Schädels nach draußen dringt, um alles aufzunehmen, was ich sehen kann. Ein Rausch überkommt mich, der Rausch der Tiefe.

Jetzt tauche ich an dieser Wand entlang, hinunter durch die letzte schimmernde Schicht aus Bewusstsein in den Schlaf. Ich wünschte, es wäre nur Dunkelheit, die mich dort unten erwartet, aber das ist es nie allein. Träume liegen auf der Lauer, und das war schon immer so. Die Unterwelt, wo ich immer eine Fremde bin – oder ein Flüchtling oder ein Soldat, erstarrt mitten in der Schlacht. Angst und Verwirrung sind meine einzigen Begleiter hier unten, und unsere gemeinsamen Reisen sind stets von längerer Dauer.

Als ich ein Teenager war, habe ich gehört, dass Träume, die subjektiv Stunden zu dauern scheinen, sich in einer Zeitspanne von fünf oder sechs Sekunden ereignen. Heute weiß ich, dass das nicht stimmt. Die meisten Träume dauern zehn bis fünfzehn Minuten, bevor sie in den Tiefen des REM-Schlafs in andere übergehen. An einige Träume können wir uns erinnern, an andere nicht. Die meisten meiner Träume – obwohl sie oft lebendiger sind als mein waches Leben – hinterlassen lediglich bruchstückhafte Bilder, wie herausgerissene Seiten aus einem Fotoalbum.

Heute Nacht wird es anders.

Heute Nacht bin ich zurück in dem rostigen orangefarbenen Pick-up meines Großvaters. Auf der Insel. Mein Großvater sitzt hinter dem Steuer. Wir rollen den langen Hang des Hügels hinauf. Auf der anderen Seite liegt der Teich, wo die Kühe saufen. Ihre Fladen überziehen das Weideland wie getrocknete Schlammklumpen. Die Haare meines Großvaters sind schwarz, nicht silbern. Im Truck stinkt es furchtbar. Nach altem Motoröl, Kautabak, Schimmel und anderen Dingen, die ich nicht identifizieren kann.

Es wird Regen geben. Der Himmel ist bleiern, die Luft steht. Wir rollen stetig den flachen Hang hinauf in Richtung des Kamms. Angst hat meine Kehle verschnürt, doch Großvaters Gesicht ist gelassen. Er weiß nicht, was auf der anderen Seite des Hügels wartet. Ich weiß es ebenfalls nicht, aber ich weiß, dass es schlimm ist. Ich habe diesen Traum so oft geträumt, dass ich weiß, dass ich träume. Jedes Mal kommen wir dem Kamm ein wenig näher, doch wir erreichen ihn niemals ganz. Jetzt sind wir allerdings schon ganz nah … ich weiß, dass ich bald aufwachen werde.

Doch ich wache nicht auf. Diesmal nicht.

Diesmal schaltet Großvater einen Gang zurück und tritt auf das Gaspedal, und der alte Pick-up zockelt über den Kamm hinweg. Die Kühe erwarten uns; sie starren uns in tumber Gleichgültigkeit an. Hinter den Kühen liegt der Teich, schiefergrau und glatt wie ein Spiegel.

Ich balle die Hände so fest zu Fäusten, dass meine Handflächen zu bluten anfangen.

Da ist etwas im Teich.

Ein Mann.

Er schwimmt mit dem Gesicht nach unten im Wasser, die Arme ausgebreitet wie Jesus am Kreuz. Er hat langes Haar wie Jesus. Ich will schreien, doch Großvater scheint den Mann nicht zu sehen. Stumm vor Angst zeige ich mit dem Finger auf die Stelle. Großvater blinzelt und schüttelt den Kopf. »Verdammter Regen«, sagt er. Sie können nicht arbeiten auf der Insel, wenn es regnet.

Während der Pick-up nach unten zum Teich rollt, deutet Großvater nach rechts. Sein Preisbulle ist auf eine Kuh gestiegen und bewegt sich ruckhaft vor und zurück. Während Großvater die sich paarenden Tiere beobachtet, wende ich den Blick und sehe zum Teich zurück.

Der Mann schwimmt nicht mehr dort. Er erhebt sich auf die Beine. Meine Handflächen jucken vor Anspannung. Der Mann steht nicht *im* Teich, sondern *auf* dem Wasser.

Er steht auf der spiegelglatten Oberfläche wie auf einer Eisbahn, obwohl es draußen sicher fünfunddreißig Grad sind. Mein Herz hämmert so wild, dass ich es über den Lärm des Trucks hinweg zu hören meine.

Der Mann auf dem Teich ist mein Vater.

Ich erkenne seine Jeans, sein Arbeitshemd und die tief liegenden braunen Augen unter den langen Haaren. Während ich ihn anstarre, setzt er sich in Bewegung, kommt mit ausgebreiteten Armen über das Wasser hinweg auf mich zu. Er will mir etwas zeigen. Großvater ist fasziniert von seinem Preisbullen, der immer noch auf der Kuh hängt. Ich zupfe an seinem Hemdsärmel, doch er wendet den Blick nicht ab. Daddy kommt über das Wasser herbei wie Jesus in der Bibel, und Großvater sieht nicht mal hin!

»Daddy!«, rufe ich.

Luke Ferry nickt mir zu, doch er schweigt. Als er sich dem Ufer des Teichs nähert, fängt er an, sein Hemd aufzuknöpfen. Ich sehe dunkle Haare auf seiner Brust. Er öffnet vier Knöpfe, dann zieht er das Hemd vorn auseinander. Ich will die Augen schließen, doch ich kann nicht. Auf der rechten Seite seiner Brust ist ein Loch, wo die Kugel ihn getroffen hat. Es gibt noch mehr Narben – den großen, Y-förmigen Schnitt einer Autopsie. Während ich voller Entsetzen auf die Brust meines Vaters starre, steckt Daddy zwei Finger in das Kugelloch und fängt an, es auseinander zu reißen. Er will, dass ich hinsehe, doch ich kann nicht. Ich schlage beide Hände vor die Augen, dann spähe ich zwischen den Fingern hindurch. Irgendetwas fließt aus der Wunde wie Blut, doch es ist kein Blut. Es ist *grau*. Das ist alles, was ich weiß, und es ist alles, was ich wissen will.

»Sieh her, Kitty Cat«, fordert er mich auf. *»Ich möchte, dass du hersiehst.«*

Ich kann nicht.

Als er erneut meinen Namen ruft, schließe ich die Augen und schreie.

37

Wach auf! Ich bin es, Michael! Du träumst!«

Michael Wells schüttelt mich an den Schultern. In seinen Augen steht Angst.

»Cat! Es ist nur ein Albtraum!«

Ich nicke, als würde ich verstehen, was er sagt, doch vor meinem geistigen Auge sehe ich meinen Vater, der die Finger in das Kugelloch in seiner Wunde steckt und die Haut darüber auseinander zieht …

»Cat!«

Blinzelnd kehre ich in die Realität zurück und packe Michaels Hände. Er trägt ein T-Shirt und eine karierte Pyjamahose. »Alles in Ordnung … du hast Recht. Ich hatte einen Albtraum.«

Er nickt erleichtert; dann steht er auf und blickt auf mich herunter. Das Licht an der Decke leuchtet hell hinter seinem Kopf, doch hinter dem Schlafzimmerfenster herrscht Dunkelheit. »Möchtest du darüber reden?«

Ich schließe die Augen.

»Ist es der gleiche Traum wie immer?«

»Ja. Der alte rostige Pick-up … die Insel … mein Großvater. Allerdings haben wir es diesmal über den Kamm geschafft.«

»Was hast du gesehen?«

Ich schüttele den Kopf. »Es ist zu verrückt. Habe ich laut geschrien?«

Er lächelt. »Du hast geschrien, aber ich habe noch nicht geschlafen. Ich habe über das nachgedacht, was du mir erzählt hast.«

»Tatsächlich?«

»Ja. Ich hätte da ein paar Ideen, falls es dich interessiert.«

Ich setze mich auf und lehne mich gegen das Kopfbrett.

»Geht es um die Morde in New Orleans oder um meine Geschichte?«

»Deine Geschichte. Ich weiß nichts über die Morde in New Orleans.«

»Tu dir keinen Zwang an. Andere tun es auch nicht.«

»Etwas von dem, was du erzählt hast, ist mir im Kopf geblieben. Diese Sache, dass dein Vater nicht der Ernährer der Familie war. Ich dachte immer, mit seinen Skulpturen hätte er eine Menge verdient. Aber falls das nicht so war, dann hatte in eurem Haushalt dein Großvater diese Position.«

»Absolut.«

»Und nach allem, was du mir über deinen Vater erzählt hast, war er kein Mann, der seine Familie dominiert hat. Er war nicht einmal eine starke Persönlichkeit. Er hat nie versucht, seine Umgebung zu kontrollieren. Ist das richtig?«

»Ja. Daddy wollte nichts weiter als Raum für sich. Er hat mit kaum jemandem geredet außer mit mir. Und Louise natürlich, der Frau auf der Insel.«

»Ich kenne Dr. Kirkland nicht besonders gut, aber ich würde ihn als Kontrollfreak charakterisieren.«

»Oh ja. Er benimmt sich wie ein Feudalherr.«

Michael nickt langsam. »Nun, ich habe mir Folgendes gedacht. Du bist mit einer bestimmten Version vom Tod deines Vaters aufgewachsen. Diese Version stammt von deinem Großvater. Es ist die gleiche Version, die er 1981 der Polizei erzählt hat. Heute, dreiundzwanzig Jahre später, entdeckst du altes Blut in deinem Kinderzimmer. Du beschließt, es zu analysieren, und du machst kein Geheimnis aus deinem Vorhaben. Was geschieht? Dein Großvater revidiert unverzüglich die Geschichte, mit der du aufgewachsen bist – *seine* ursprüngliche Version. Er erzählt dir eine neue Version – angeblich die wahre Geschichte –, um dich von deinem Vorhaben abzubringen, den Spuren weiter nachzugehen. Und tatsächlich, du hörst auf, dein altes Schlafzimmer weiter zu untersuchen. Du hörst jedoch nicht damit auf, die Ereignisse jener Nacht weiter zu hinterfragen. Und als du beschließt, ein Team von Spezialisten mit der Untersuchung deines Schlafzimmers zu beauftragen, ändert Dr. Kirkland seine Version der Geschehnisse erneut und erzählt dir eine ›Wahrheit‹, die so erschreckend ist, dass niemand – nicht einmal du – sie gegenüber irgendjemandem außerhalb der Familie enthüllen möchte. In dieser Version gesteht er dir, dass er deinen Vater getötet hat. Doch er tut noch mehr, Cat. Er beschuldigt deinen Vater des sexuellen Missbrauchs an dir.«

Ich spüre ein eigenartiges Summen im Kopf, begleitet von einer nahezu unstillbaren Gier nach Alkohol. »Sprich weiter«, sage ich.

»Willst du das wirklich? Ich denke, du weißt, worauf ich hinauswill.«

»Sprich einfach weiter, Michael. Schnell.«

»Der einzige Beweis dafür, dass dein Vater dich als Kind missbraucht hat, ist das Wort deines Großvaters. Wenn du dieses Wort außer Acht lässt – welche Beweise gibt es dann noch? Gerüchte über das außereheliche Liebesleben deines Vaters. Gerüchte über mögliche Gräueltaten in Vietnam.«

Ich schlucke mühsam und warte darauf, dass Michael fortfährt.

»Tatsache ist, dass du seit vielen Jahren unter psychischen Störungen leidest und ein Verhalten an den Tag legst, das zu Patienten passt, die in ihrer Kindheit sexuell missbraucht wurden. Doch du hast keinerlei direkte Beweise dafür, wer dich missbraucht hat. Deswegen ... lass mich dir eine Frage stellen, Cat. Eine einfache Frage. Warum glaubst du, dass die letzte, ›wahre‹ Version, die dein Großvater dir erzählt hat, wahrer ist als eine der vorhergehenden? Was genau bringt dich dazu?«

»Weil ich das Gefühl habe, dass sie stimmt«, sage ich leise. »Ich wünschte, es wäre nicht so. Aber es ist so. Es ist fast, als könnte ich die Wahrheit sehen. Die beiden Männer, die in der Dunkelheit über meinem Bett kämpfen. Ich fürchte, dass ich es wirklich gesehen habe.«

»Vielleicht hat dein Großvater deinen Vater getötet. Dieser Teil seiner Geschichte mag stimmen – allerdings vielleicht nicht der Grund, den er dir genannt hat. Ich meine, warum glaubst du seinem Wort, dass er deinen Vater dabei überrascht hat, wie du von ihm missbraucht wurdest? Es kann durchaus genau andersherum gewesen sein. Vielleicht war dein Großvater derjenige, der dich missbraucht hat.«

Plötzlich ist etwas in meiner Kehle, eine glühende Enge, die kein Wort durchlässt. »Aber ...«

»Ich benutze nur Logik«, fährt Michael fort. »Du steckst so tief in der Sache drin, dass es schwer ist, die Emotionen beiseite zu schieben und klar zu denken. Ich glaube, niemand könnte das.«

»Ich stimme dir zu, okay? Ich will selbst nicht glauben, dass mein Vater mich missbraucht hat. Ich sehne mich verzweifelt nach Beweisen, dass es nicht so gewesen ist. Doch die Vorstellung, dass Großvater mich missbraucht hat, ist für mich genauso ungeheuerlich. Er ist mehr oder weniger das Bild von Rechtschaffenheit in dieser Stadt. Berühmt dafür, wie treu er seiner Frau war.«

»Was meine Argumentation vielleicht noch stichhaltiger macht, Cat. Kirkland musste keine Affären außerhalb des Hauses anfangen, weil er seine heimlichen Triebe zu Hause ausgelebt hat. Es ist oft so, dass Menschen, die Missbrauch begehen, nach außen hin, vor der Gemeinde, als wahre Unschuldsengel dastehen. Insbesondere in reichen Familien. Ich habe es erlebt.«

»Was hat dich auf diese Gedanken gebracht, Michael? Waren es wirklich nur die Dinge, die ich dir heute Nacht erzählt habe?«

»Offen gestanden, nein. Ich habe Geschichten über deinen Großvater gehört, so lange ich lebe. Ich kann nicht sagen, dass mir gefällt, was ich gehört habe. Alle Ärzte wollen Geld verdienen, aber sie sagen, Kirkland hätte es auf nichts anderes abgesehen gehabt als auf Geld. Die allgemeine Meinung hier in der Gegend lautet, dass er deine Großmutter allein wegen ihres Geldes und ihrer Stellung in der Gesellschaft geheiratet hat.«

»Das sind die üblichen Gerüchte, wenn ein armer Junge in eine reiche Familie einheiratet. Und Großvater hat durch seine geschickte Geschäftspolitik das Vermögen der Familie verdoppelt! Ganz besonders die Einkünfte aus dem Öl.«

Michael vergleicht die Informationen, die ich ihm gebe, mit anderen Dingen, die er weiß, das sehe ich. In neutralem Ton sagt er: »Die älteren Ärzte aus der Gegend sagen, dass er in seiner Zeit eine Menge fragwürdiger Behandlungen durchgeführt hat.«

»Fragwürdig? In welcher Hinsicht?«, frage ich kleinlaut. Ich kann nicht anders.

»Fragwürdig in der Hinsicht, dass sie *unnötig* waren. Zu viele entfernte Blinddärme, die sich als nicht entzündet herausstellten. Explorationsoperationen bei Bauchschmerzen. Sie erzählen, dass er jedem die Gallenblase herausgeschnitten hat, der auch nur annähernd so aussah, als hätte er einen Stein. Und tonnenweise Uterusextirpationen aufgrund von Gebärmutterfibromyomen. Auch meiner Mutter hat er den Uterus entfernt, kein Witz. Vergiss nicht, das war in den Fünfzigern und Sechzigern. Damals konnte ein Chirurg mehr oder weniger alles tun, was er wollte. Trotzdem wurde dein Großvater vor einen ärztlichen Untersuchungsausschuss gerufen.«

»Wer hat dir das alles erzählt?«

»Ich habe gestern Abend mit Tom Cage gesprochen. Er hat genau aus diesem Grund aufgehört, Patienten an Kirkland zu überweisen.«

»Hat Dr. Cage irgendetwas über meinen Vater gesagt?«

»Ja. Wie es scheint, hat Luke ihm viel über seine Erlebnisse im Krieg erzählt. Tom war in Korea; wahrscheinlich dachte dein Vater, Cage wäre ein verständnisvollerer Zuhörer als die meisten anderen.«

»Was hat er Dr. Cage erzählt?«

»Tom wollte mir keine Einzelheiten verraten. Er hat jedoch gesagt, dass er deinen Vater für einen guten Soldaten und einen guten Menschen hielt. Das hat mich nachdenklich gemacht. Wenn Tom Cage deinen Vater für einen guten Mann gehalten hat, kann ich ihn mir nur schwer als jemanden vorstellen, der sein Kind missbraucht. Ich sage nicht, dass er es nicht gewesen sein kann. Dr. Cage mag deinen Vater angesehen und einen gequälten Veteranen in ihm erkannt haben. Vielleicht hat ihn das für die anderen Fehler blind gemacht. Aber Tom möchte, dass du selbst zu ihm kommst und mit ihm redest. Ich denke, du solltest dir anhören, was er zu sagen hat.«

»Das mache ich nur allzu gerne. Mein Gott, ich wünschte, wir hätten schon Morgen! Ich bin absolut nicht mehr müde.«

»Da musst du nicht mehr lange warten.« Michel greift hinter sich und schaltet die Zimmerbeleuchtung ab. Nach ein paar Sekunden weicht das Schwarz im Fenster einem dunklen Blau. »Du hast sechs Stunden lang geschlafen.«

Die Morgendämmerung ist angebrochen! Ich kann es kaum glauben.

»Cat, da ist noch etwas, das ich dir sagen sollte.«

»Was denn?«

»Dein Großvater könnte Recht haben mit seiner Behauptung, dein Vater hätte dich missbraucht. Aber er könnte lügen mit seiner Behauptung, *er* hätte deinen Vater getötet.«

»Wie meinst du das?«

»Es gibt andere mögliche Personen, die den Schuss abgegeben haben könnten.«

Aus irgendeinem Grund dauert es einen Moment, bis ich begreife, was Michael sagt. Aber dann dämmert es mir. »Meine Mutter?«, flüstere ich.

Er nickt. »Wäre vorstellbar, oder? Sie verleugnet den Missbrauch jahrelang. Doch dann, eines Nachts, kommt sie unerwartet hinzu, während es geschieht. Vielleicht ist sie betrunken oder steht unter Beruhigungsmitteln. Es gibt Streit, sie reißt das Gewehr von der Wand und erschießt ihn.«

»Während ich im Zimmer bin?«

»Wir wissen nicht, ob du im Zimmer warst. Wie dem auch sei, anschließend schafft dein Großvater Lukes Leichnam in den Rosengarten und erfindet die Geschichte von einem Eindringling, um seine Tochter zu schützen. Wenn du mich fragst, ist dein Großvater ein Held, falls es sich so zugetragen hat.«

»Wer sonst hätte es tun können? Pearlie?«

»Sicher. Da liegen die gleichen psychischen Verdrängungsprozesse zu Grunde wie bei deiner Mutter. Jahrelanges Wegsehen, oder vielleicht sogar jahrelanges Wissen um die Vorgänge, bis sie schließlich durchdreht und ihn erschießt. Dein Großvater hat den Leichnam nach draußen geschafft, um die Haushälterin zu schützen, die seit fünfzig Jahren für seine Familie arbeitet. Sie war außerdem diejenige, die sich in erster Linie um dich gekümmert hat.«

»Du hast Recht. Mein Gott, jetzt begreife ich, warum alle verrückt gespielt haben, als ich von einer forensischen Spurensicherung in meinem alten Zimmer geredet habe. Wer weiß, welche Beweise ein Team von Spezialisten dort finden würde.«

Michael beobachtet mich, als wollte er sonst noch etwas sagen, doch dann schweigt er eine ganze Weile. Schließlich sagt er: »Ich denke, du solltest dir bewusst sein, was du herausfinden könntest, bevor du auf deiner Suche nach der Wahrheit diesen Weg einschlägst. Wie Pearlie bereits gesagt hat … manche Dinge sollte man besser auf sich beruhen lassen.«

»Nein! Ich muss es wissen!«

»Die Wahrheit macht dich frei?«

»Das hat Dr. Malik letzte Nacht gesagt.«

Michael schüttelt den Kopf. »Ich würde Malik nicht als Maßstab für irgendetwas nehmen. Und vergiss nicht – diese letzten Möglichkeiten kommen nur dann in Betracht, wenn dein Vater der Täter war. Wenn es dein Großvater war, dann hat dein Vater ihn erwischt, und Kirkland hat deinen Vater ermordet, um ihn am Reden zu hindern. Eine andere Möglichkeit sehe ich nicht.«

Plötzlich fühle ich mich, als könnte ich noch einmal wenigstens zehn Stunden schlafen. »Ich habe keine Ahnung, was ich jetzt tun soll.«

»Du musst als Erstes herausfinden, wer dich tatsächlich missbraucht hat. Verzeih mir, wenn ich geschmacklos klinge, aber wenn ich wetten müsste, würde ich auf deinen Großvater setzen.«

Irgendetwas in Michaels Tonfall lässt Zorn in mir aufsteigen. »Das hast du bereits gesagt, okay? Aber mit Amateurmethoden kommen wir nicht weiter. Du sagst, mein Großvater wäre verrückt nach Geld gewesen und hätte dafür unnötige Operationen vorgenommen. Das ist zwar unethisch, aber was hat es mit Kindesmissbrauch zu tun? Louise Butler hat mir erzählt, wie Großvater ein Pferd halb zu Tode geprügelt hat. Dafür hasse ich ihn, aber macht ihn das zu einem Kinderschänder? Hitler liebte Tiere. Mein Vater hat Menschen *umgebracht,* weißt du?«

»Im Krieg«, sagt Michael leise.

»Sicher. Aber seine Einheit beging Kriegsverbrechen, einschließlich Vergewaltigungen. Und er hatte auf der Insel Sex mit einem fünfzehn oder sechzehn Jahre alten Mädchen. Worauf ich hinauswill … nichts von alledem ist schlüssig. Ich brauche harte Beweise.«

»Was ist mit deinem Schlafzimmer? Dort ist schließlich alles passiert.«

»Es kann mir nicht verraten, was ich wissen will. Angenommen, ich finde Großvaters Blut und das von Daddy. Es bestätigt weder die eine noch die andere Geschichte.«

»Und was, wenn du außer dem Blut noch mehr in deinem Zimmer findest?«

Ich zögere. »Beispielsweise Sperma?«

Michael nickt. »Wäre Sperma nicht ein schlüssiger Beweis?«

»Wenn es uns nach all den Jahren gelingt, brauchbare DNA daraus zu isolieren, ja. Aber Sperma ist nicht so unglaublich beständig wie Blut.«

»Möglich wäre es trotzdem. Ist es das gleiche Bett wie das, in dem du als Kind geschlafen hast?«

Eine eigenartige Kälte überkommt mich, als ich an die Unterhaltung mit meiner Mutter denken muss, gleich nach meiner Ankunft in Natchez. »Nein. Mom hat die Matratze weggeworfen, weil Urinflecken darin waren. Sie sagt, ich hätte als Kind oft ins Bett gemacht. Aber daran kann ich mich nicht erinnern.«

»Enurese«, sinniert Michael. »Das wurde lange Zeit mit sexuellem Missbrauch in Verbindung gebracht. Manchmal ist es ein Hilfeschrei.« Er setzt sich ans Fußende des Bettes. »Du hast keine konkreten Erinnerungen an Missbrauch?«

Ein hysterisches Lachen kommt über meine Lippen. »Was spielt es für eine Rolle? Dr. Malik vermutet, dass ich an einem dissoziativen Identitätssyndrom leide. Ich denke, Kaiser ist der gleichen Meinung. Wir reden hier von multiplen Persönlichkeiten, Herrgott noch mal. Also weiß ich vielleicht gar nicht, was ich zu wissen glaube. Und die tatsächliche Wahrheit ist in meinem Kopf irgendwo weggesperrt, in einem Raum, den ich nicht betreten kann – jedenfalls nicht als ich selbst.«

Michael schüttelt den Kopf. In seinen Augen steht so etwas wie Trauer. »Fühlst du dich so? Hast du das Gefühl, dass es Dinge in deinem Kopf gibt, die du nicht erreichen kannst?«

»Manchmal. Aber es ist nicht so wie ein Raum oder eine versteckte Persönlichkeit. Ja, ich habe Blackouts. Es gibt immer wieder Zeiten, die einfach weg sind, wo ich nicht weiß, was ich gemacht habe. Aber ich bin sicher, dass es vom Trinken kommt und nicht von meinem DIS. Es ist mehr wie *Tiefe*, verstehst du, nicht wie ein Raum. Ich spüre, dass die Wahrheit in meinem Kopf vergraben ist, aber sie ist zu weit unten. Es ist wie beim Freitauchen. Hundertzwanzig Meter sind für uns Frauen der Heilige Gral. Ich will sie unbedingt erreichen. Aber es könnte genauso gut der Marianengraben sein. Ich kann den Atem nicht lange genug anhalten, und deswegen komme ich nicht so tief. Meine wirklichen Erinnerungen liegen in hundertzwanzig Metern Tiefe, und ich bin nicht stark genug, sie zu erreichen.«

»Das ist keine Frage der Stärke«, sagt Michael. »Als du mir gegenüber zum ersten Mal von unterdrückten Erinnerungen gesprochen hast, habe ich nicht viel von dieser Vorstellung gehalten. Aber je mehr ich im Internet darüber lese, desto eher halte ich es für möglich. Ich war vorhin bei Medline. Es gibt eine Menge Hinweise, dass Informationen während eines schlimmen Traumas auf eine völlig andere Weise im Gehirn kodiert werden als gewöhnlich. Man hat physiologische Veränderungen in der Amygdala von Personen mit ernstem posttraumatischen Stresssyndrom gefunden. Offensichtlich funktionieren die Neurotransmitter während eines solchen Traumas nicht mehr wie gewohnt, und Erinnerungen werden in Sackgassen und unerreichbare Löcher geschoben. Sie werden erst dann zugänglich, wenn die betroffene Person sich in einer ähnlichen Situation wiederfindet wie der, die das Trauma verursacht hat. Beispielsweise Personen, die als Kinder sexuell missbraucht wurden, wenn sie als Erwachsene Sex haben. Oder Kriegsveteranen, die gerade über die Straße laufen, wenn ein Wagen eine Fehlzündung hat oder ein Helikopter von einer Nachrichtensendung zu tief über sie hinwegfliegt. All das sind Auslöser, welche die während des Traumas durchlebten Emotionen zurückbringen, wenngleich nicht notwendigerweise die Erinnerungen selbst. So etwas nennt man Körpererinnerung. Es ist ein faszinierendes Phänomen, wirklich.«

»Ich habe genau diese Erfahrung gemacht. Ganz besonders beim Sex.«

»Was war das für ein Albtraum heute Nacht?«

Ich schließe die Augen, und die Vision ist da – wie eingraviert auf der Rückseite meiner Augenlider. Ich erzähle Michael von meinem Traum, dem Truck, dem Teich und meinem Vater, der übers Wasser geht.

Michael schüttelt den Kopf. »Ich bin kein Experte, was Traumdeutung betrifft, aber auf dem Wasser zu gehen ist definitiv ein Christusbild. Kennt Dr. Goldman sich mit der Interpretation von Träumen aus?«

»Manchmal. Ich bin es leid, über das alles zu reden, Michael. Ich will irgendetwas *tun*.«

»Ich weiß. Verzeih mir meine amateurhafte Detektivarbeit, aber ...«

»Es tut mir Leid, dass ich das gesagt habe. Ich bin einfach nur nervös. Ich glaube, ich werde langsam verrückt.«

»Nur ein paar Fragen.«

»Schnell.«

»Wie war die Kindheit deines Vaters?«

»Mein Vater ist auf dem Land aufgewachsen, in Cranfield. Sein Vater war Schweißer. Er kam bei einem Unfall auf einer Ölplattform im Golf von Mexiko ums Leben. Ich glaube, Daddy war damals neun. Er wuchs eine Weile bei seiner Mutter auf, aber sie starb an Lungenkrebs, als er elf war. Danach nahm einer seiner Onkel ihn bei sich auf.«

»Gab es andere Kinder im Haus dieses Onkels?«

Ich verstehe plötzlich, worauf er hinauswill. »Ich glaube ja.«

»Hatte er richtige Geschwister?«

»Zwei ältere Brüder. Sie wurden auf andere Onkel aufgeteilt. Die Brüder standen sich später kaum noch nah und hatten keinen Kontakt.«

»Was ist mit der Kindheit deines Großvaters?«

Ich schüttele den Kopf. »Der Stoff, aus dem Legenden

sind. Beide Eltern wurden auf dem Weg zu seiner Taufe getötet. Frontalzusammenstoß mit einem Lastwagen. Großvater wurde aus dem Wagen geschleudert und ist in einem Kleefeld gelandet. Hatte nicht mal einen Knochen gebrochen.«

»Du machst Witze.«

»Er hat immer erzählt, seine Mutter hätte gesehen, was passieren würde, und ihn vor dem Aufprall aus dem Fenster geworfen. Aber das ist Unsinn.«

»Wer hat ihn aufgezogen?«

»Sein Großvater. Im Osten von Texas.«

»Und die Großmutter?«

Ich schüttele den Kopf. »Der Großvater war Witwer.«

Michael nickt nachdenklich. »Gab es noch andere Kinder in seinem Haus?«

»Nur ein Mädchen, soweit ich weiß. Sie war die Tante meines Großvaters, aber sie war nicht viel älter als er selbst.«

»Was ist aus ihr geworden?«

»Ich weiß es nicht. Sie starb, als ich noch klein war.«

Michael verschränkt die Arme und sitzt eine Weile schweigend da. »Hat deine Mutter nach dem Tod deines Vaters wieder geheiratet?«

»Nein.«

»Warum nicht? Sie war doch erst … wie alt? Dreißig?«

»Neunundzwanzig. Sie hat sich ein paar Mal mit Männern getroffen, aber keiner von denen war gut genug.«

»Nach wessen Meinung? Der Meinung deiner Mutter? Deiner? Oder der deines Großvaters?«

»Wahrscheinlich Großvaters. Jeder Mann in der Stadt hatte Angst vor ihm.«

»Was ist mit deiner Tante? Du hast erzählt, sie wäre bipolar?«

»Sie ist stark manisch-depressiv. Das vollständige Paket. Alkoholmissbrauch, Anzeigen wegen Ladendiebstahls, Promiskuität, drei gescheiterte Ehen. Ein großartiges Vorbild für mich.«

»Das alles könnte ein Hinweis auf sexuellen Missbrauch in ihrer Vergangenheit sein.«

»Es *könnte*«, sage ich mit gepresster Stimme. »Aber die Neigung zu dieser Art von Krankheiten hat eine genetische Komponente. Der Vater meines Großvaters war angeblich ebenfalls bipolar – der leibliche Vater, der bei dem Unfall ums Leben kam. Und ich bin zyklothym. Es könnte also auch an unseren Genen liegen und nicht unbedingt am Missbrauch.«

Michael will antworten, als mein Mobiltelefon auf dem Nachttisch zu vibrieren anfängt. Michael nimmt das Gerät und hält es mir hin, damit ich das Display ablesen kann. Es ist die gleiche Nummer in New Orleans, die auch vergangene Nacht angerufen hat. Ich nehme das Gespräch entgegen.

»Agent Kaiser?«, frage ich.

»Ja. Hallo, Cat. Tut mir Leid, dass ich Sie so früh stören muss.«

Warum ruft er mich an? Hat er herausgefunden, dass ich gestern Abend mit Malik telefoniert habe und nicht mit Sean? »Was gibt es denn?«

»Ich habe Informationen für Sie. Es wird wahrscheinlich ein Schock für Sie, deshalb ...«

»Sparen Sie sich die Vaseline. Was ist passiert?«

»Mehrere Dinge. Erstens fanden wir gestern Abend heraus, dass Nathan Malik die Kaution für seine Freilassung nicht allein bezahlt hat.«

»Ich verstehe nicht ...«

»Eine Kaution über eine Million Dollar bedeutet, dass Malik wenigstens hunderttausend Dollar in bar und den Rest in Form von Sicherheiten hinterlegen muss. Auf dem Papier sah er ziemlich wohlhabend aus, also haben wir nicht genauer hingesehen, woher das Geld kommt, als er sein Haus auf der anderen Seite des Lake Pontchartrain als Sicherheit anbot. Doch Ihr Freund Sean hat gestern Abend mit dem Kautionssteller geredet – um ein paar letzte Details zu überprüfen. Und dabei hat sich herausgestellt, dass der größte Teil der hunderttausend Dollar nicht von Malik, sondern von jemand anderem gekommen ist.«

»Von wem?«

»Von Ihrer Tante. Ann Hilgard.«

38

Ich habe das Gefühl, als stürze ich in einen Aufzugsschacht und als käme mir der Boden entgegen. Die Vorstellung, dass meine Tante die Kaution für Nathan Malik bezahlt haben soll, ist völlig undenkbar.

»Das muss ein Irrtum sein.«

»Kein Irrtum«, entgegnet Kaiser. »Ann Hilgard, geborene Kirkland. Wohnhaft in Biloxi, Mississippi. Zwei Stunden Fahrtzeit von New Orleans. Sie hat dem Kautionsverwalter einen Koffer voller Bargeld gebracht.«

Mein Mund steht offen, doch ich bringe kein Wort über die Lippen. Die Implikationen von Kaisers Enthüllung sind zu atemberaubend, als dass ich sie so schnell begreifen könnte. »Warum hat Sean mich nicht angerufen und mir das gesagt?«

»Das sollten Sie vielleicht Detective Regan fragen, nicht mich.«

Nein danke.

»Ich habe erst vor wenigen Minuten erfahren, dass sie Ihre Tante ist, Cat. Anne DeSalle Kirkland, Tochter von William Kirkland, Schwester von Gwendolyn DeSalle Kirkland Ferry. Tante mütterlicherseits von Catherine DeSalle Ferry, forensische Odontologin. Ist Ihre Tante eine Patientin von Dr. Malik? Ist das der Grund, aus dem Sie eine besondere Beziehung zu ihm haben?«

»Wenn Tante Ann eine Patientin von Nathan Malik ist, dann habe ich bis vor zehn Sekunden nicht die geringste Ahnung davon gehabt, Agent.«

»Sie hat definitiv die persönliche Geschichte, um bei ihm in Behandlung zu sein. Diagnostizierte bipolare Persönlichkeitsstörung seit dreißig Jahren. Eine Serie gescheiterter Ehen ...«

»Mein Gott ...«, hauche ich. »Kein Wunder, dass Malik so viel über mich wusste! *Mein Gott ...*«

»Wir versuchen derzeit, Ihre Tante aufzuspüren, Cat, aber bisher hatten wir kein Glück. Sie ist offensichtlich in einer bitteren Scheidung. Ihr Ehemann sagt, sie wäre seit zwei Wochen nicht mehr zu Hause gewesen.«

»Ich habe sie gestern in Natchez gesehen«, sage ich. »Sie hat ...« Ich breche ab, als ich an das manische Leuchten in Tante Anns Augen denken muss.

»Was?«, fragt Kaiser. »Was wollte sie?«

Geld von meinem Großvater geborgt. Vielleicht das Geld für die Kaution von Malik? »Sie hat mit meiner Mutter über ihre Eheprobleme gesprochen, nehme ich an. Sie sagten, Sie müssten über mehrere Dinge mit mir reden. Was gibt es sonst noch?«

»Wir fanden eben eine von Maliks Patientinnen auf dem Boden in ihrer Wohnung in Metairie. Sie liegt im Koma.«

»Im Koma?«

Kaiser spricht leise weiter. »Ihr Name ist Margaret Lavigne. Sie ist siebenundzwanzig Jahre alt und wohnt drei Minuten von Ihnen weg.«

»War es die gleiche Vorgehensweise? Zwei Schüsse und Bisswunden?«

»Nein. Es war ein Selbstmordversuch. Wir fanden sie nur, weil wir ihren Namen von dem Psychologen erfahren haben, der sie an Malik überwiesen hat.«

»Sie war nicht auf der Patientenliste, die Malik Ihnen gegeben hat?«

»Exakt. Er hat sich dem Gerichtsbeschluss niemals wirklich gebeugt.«

Maliks Stimme ertönt in meinem Kopf. *Sie gehören zu einer ganz besonderen Gruppe. Einer experimentellen Gruppe, einzig Frauen. Ich habe sie gegründet, nachdem ich jahrelang mit ansehen musste, wie konventionelle Therapien versagt haben. Ich habe Patientinnen ausgewählt, die in einem Stadium waren, wo der Ausbruch unterdrückter Erinnerungen ihre Leben zu zerstören begann … Ich nenne sie Gruppe X.*

»Wie hat sie versucht sich umzubringen?«, frage ich und bemühe mich, meiner Stimme einen sachlichen Tonfall zu verleihen. »Wie ist es passiert?«

»Wir haben zwei Agenten zu ihr nach Hause geschickt, um sie zu befragen. Sie haben Margaret Lavigne durch ihr Schlafzimmerfenster am Boden liegen sehen, in einer Lache von Erbrochenem. Sie hat sich selbst eine massive Überdosis Insulin gespritzt.«

Viele Selbstmörder versuchen es mit Insulin, weil es die Hoffnung auf einen schmerzlosen Tod bietet. Doch in der Regel verwandeln sie sich selbst in besinnungsloses Gemüse. Ich habe diese Methode vor langer Zeit erforscht und verworfen. »Hat sie einen Abschiedsbrief hinterlassen?«

»Hat sie. Sind Sie bereit, ihn anzuhören?«

»Kommen Sie, lesen Sie schon, verdammt!«

»Es heißt dort: ›Möge Gott mir vergeben. Ein unschuldiger Mann ist tot. Bitte sagen Sie Dr. Malik, dass er der Sache ein Ende machen soll. Ich konnte ihn nicht erreichen.‹ Was sagen Sie dazu?«

Bitte sagen Sie Dr. Malik, dass er der Sache ein Ende machen soll. »Ich versuche mir einen Reim darauf zu machen.«

»Ich hatte schon ein wenig länger Zeit als Sie, Cat. Ich denke, Ihr Freund Malik hat Kinderschänder exekutiert. Ich denke, er hat seinen Patientinnen viele Jahre zugehört, wie sie ihre Horrorgeschichten erneut durchlebten. Schließlich wurde es zu viel für ihn, und er beschloss, etwas zu unternehmen. Ich kann nicht sagen, dass ich es ihm verdenke. Ich bin aus einem ganz ähnlichen Grund durchgedreht. Trotzdem dürfen wir Dr. Malik nicht herumlaufen und Kriminelle vom Angesicht dieses Planeten vertilgen lassen, ohne ihnen vorher wenigstens eine Verhandlung zu gewähren. Stimmen Sie mir darin zu?«

»Selbstverständlich. Sie haben völlig Recht.«

Kaiser schweigt für einige Sekunden. »Das Dumme bei Selbstjustiz ist immer, dass irgendwann ein Unschuldiger gelyncht wird. Miss Lavignes Abschiedsbrief verrät uns, dass genau dieser Fall eingetreten ist. Ich frage mich, was Malik macht, wenn er davon erfährt? Glauben Sie, dass er sich selbst stellen wird?«

»Ich weiß es nicht. Sie spekulieren noch. Wieso steht in Margaret Lavignes Abschiedsbrief, dass wir Malik sagen sollen, er möge der Sache ein Ende machen, und nicht, dass er damit aufhören soll?«

»Das werden wir wahrscheinlich niemals erfahren.«

»War Margaret Lavigne mit einem unserer Opfer verwandt?«

»Nicht blutsverwandt, nein. Aber ich denke, Sie werden das hier interessant finden. Miss Lavignes biologischer Vater wurde unmittelbar vor ihrem Selbstmordversuch verhaftet. Ihm werden zahlreiche Fälle der Verbreitung von Kinderpornographie vorgeworfen. Interessantes Timing, nicht wahr? Beim Verhör ist er zusammengebrochen und hat gestanden, Kinder in mehreren Fällen sexuell missbraucht zu haben. Und anschließend versucht seine leibliche Tochter, sich das Leben zu nehmen.«

»Ich bin nicht sicher, ob ich das verstehe. Wollen Sie andeuten, dass Lavignes Vater ein potenzielles Ziel für unseren Serienmörder ist?«

Kaiser lacht trocken. »Vielleicht ist er es *jetzt*, nach seinem Geständnis. Erinnern Sie sich an Opfer Nummer drei? Tracy Nolan? Dem öffentlich bestellten und vereidigten Wirtschaftsprüfer?«

»Ich werde ihn bestimmt nie vergessen«, sage ich. Am Tatort des Nolan-Mordes hatte ich meine erste Panikattacke.

»Tracy Nolan war Margaret Lavignes Stiefvater.«

»O Gott! Margaret hat jemandem erzählt, sie wäre von ihrem Stiefvater missbraucht worden, und dieser Jemand hat Nolan ermordet?«

»Bingo«, sagt Kaiser. »Und dann stellt sich heraus, dass nicht der Stiefvater, sondern der leibliche Vater der Kinderschänder war.«

»Gütiger Himmel!«

»Ich denke, Miss Lavigne wurde als Kind missbraucht«, fährt Kaiser fort. »Sie hat ihre Erinnerungen daran unterdrückt. Dr. Malik hat versucht, ihr bei der Wiedergewinnung ihrer Erinnerungen zu helfen, und sie hat sich schließlich erinnert. Nur, dass sie sich in der Person des Täters geirrt hat. Ich meine, würden nicht die meisten Kinder lieber glauben, dass ihr Stiefvater und nicht der leibliche Vater sie vergewaltigt hat?«

Ich kann nur noch an Maliks Gruppe X denken und seine »bahnbrechenden« Behandlungsprotokolle. Was zur Hölle hat Malik mit diesen Frauen gemacht? Oder wozu hat er sie angestiftet?

»Cat? Sind Sie noch da?«

»Ja.«

»Haben Sie seit unserer letzten Unterhaltung mit Dr. Malik gesprochen?«

Ich will Kaiser die Wahrheit sagen – dass ich mit Malik telefoniert habe und dass er abgestritten hat, die Morde begangen zu haben –, doch bevor ich nicht genau weiß, in welcher Beziehung Tante Ann zu ihm steht, sage ich kein Wort. Vielleicht, wenn ich die Identität von jedem in Maliks Gruppe X kennen würde. Aber das tue ich nicht. »Hören Sie, ich kann im Augenblick nicht weiter mit Ihnen reden. Ich muss sofort meine Tante suchen. Sie könnte in größter Gefahr schweben.«

»Helfen Sie uns, sie zu finden, Cat. Wir werden Ihre Tante beschützen.«

»Wenn Sie meine Hilfe brauchen, um Tante Ann zu finden, können Sie sie nicht beschützen. Sie ist bipolar, John! Haben Sie eine Ahnung, was das bedeutet? Ich weiß von wenigstens zwei Selbstmordversuchen, die sie unternommen hat. Malik hat sie offensichtlich manipuliert. Können Sie sich vorstellen, unter welchem Stress sie stehen muss? Soweit wir wissen, könnte sie jetzt in diesem Augenblick bei Dr. Malik sein!«

»Ja, das wäre möglich. Also ...«

»Hören Sie mir zu, John. Diese beiden Patientinnen von Malik, die mit den Opfern verwandt waren ... Rivieres Tochter und LeGendres Nichte.«

»Was ist mit ihnen?«

»Fragen Sie die beiden nach Gruppe X.«

»Gruppe X? Was ist das?«

»Eine Therapiegruppe. Ich denke, dass die beiden vielleicht zu dieser Gruppe gehörten. Das ist vorerst alles, was ich weiß, um Ihnen weiterzuhelfen. Ich muss jetzt Schluss machen.«

»Warten Sie! Woher wissen Sie das? Hat Malik es Ihnen erzählt?«

»Es tut mir Leid, John. Ich muss Schluss machen.«

Ich lege auf und springe so schnell aus dem Bett, dass Michael erschrocken zusammenzuckt.

39

Was ist passiert?«, fragt Michael. »Du siehst aus, als würdest du jeden Augenblick ohnmächtig werden.«

»Meine Tante Ann hat Nathan Maliks Kaution bezahlt.«

Er schüttelt ungläubig den Kopf.

»Sie muss eine von Maliks Patientinnen sein. *Deswegen* weiß Malik so viel über mich und meine Familie.«

Michaels Augen leuchten plötzlich vor Aufregung. »Wenn deine Tante eine Patientin von Nathan Malik ist, behandelt er sie bestimmt wegen sexuellen Missbrauchs! Und das wiederum würde bedeuten, dass dein Großvater derjenige ist, der dich missbraucht hat!«

»Nicht unbedingt. Malik behandelt auch Patientinnen mit bipolarem Syndrom.«

»Ausschließlich mit bipolarem Syndrom? Oder bipolare Patienten, die sexuell missbraucht wurden?«

»Ausschließlich, glaube ich. Bipolares Syndrom, posttraumatisches Stresssyndrom und sexueller Missbrauch. Unterschiedliche Kategorien. Dürfte ich dein Telefon benutzen?«

»Sicher. Ist dein Mobiltelefon leer?«

»Nein, aber ich will nicht, dass mein nächster Anruf vom FBI mitgehört wird.«

Michael blickt mich sekundenlang schweigend an. »Willst du Malik anrufen?«

»Ich werde ihm eine Nachricht hinterlassen, ja. Ist das in Ordnung für dich?«

Er geht nach draußen in den Flur und bringt mir ein drahtloses Telefon. »Solange du nichts unternimmst, was dein eigenes Leben in Gefahr bringt.«

Noch während ich nicke, beschließe ich, Michael nichts von Margaret Lavignes Selbstmordversuch oder ihrem Abschiedsbrief zu erzählen. Ich wähle die Nummer, die Malik mir gestern Abend gegeben hat, und eine synthetische Stimme fordert mich auf, meine Nachricht zu hinterlassen.

»Hier spricht Catherine Ferry. Ich habe eben erfahren, dass meine Tante Ihre Kaution bezahlt hat. Ich nehme an, sie ist eine Ihrer Patientinnen. Sie waren unaufrichtig zu mir, Doktor. Ich würde gerne so bald wie möglich mit Ihnen reden. Sie können mich unter ...« Ich blicke Michael an. »Wie ist deine Nummer?«

Michael rasselt seine Telefonnummer herunter, und ich wiederhole sie für den Anrufbeantworter. »Falls Sie mich nicht innerhalb einer Stunde zurückrufen, werde ich zum FBI gehen und alles erzählen, was Sie mir bis hierher gesagt haben. Auf Wiederhören.«

Ich drücke auf den roten Knopf, um das Gespräch zu beenden, nehme ein Mobiltelefon und gehe das Nummernverzeichnis durch. Als ich *Tante Ann* auf dem Display stehen habe, drücke ich auf WÄHLEN.

Eine unpersönliche Frauenstimme sagt: »Die angewählte Person ist vorübergehend nicht erreichbar. Sie können nach dem Signalton eine Nachricht hinterlassen.«

Nachdem das Signal ertönt, sage ich: »Hallo, Ann, hier ist Cat. Ich bin sicher, dass zurzeit eine Menge Leute versuchen, dich zu finden. Ich will dich nicht damit belästigen. Dein Leben gehört dir allein. Aber ich weiß über dich und Nathan Malik Bescheid. Ich habe mit ihm gesprochen, und ich weiß, warum du ihn magst. Ich habe nicht die Absicht, ihm zu schaden oder irgendjemandem zu helfen, der ihm schaden will. Ich bitte dich nur darum, mich zurückzurufen. Du musst mir nichts sagen, was du nicht sagen willst. Meine Güte, wenn irgendjemand weiß, wie du dich im Augenblick fühlen musst, bin ich es. Mein ganzes Leben besteht aus Stimmungsschwankungen. Ich verspreche dir, dass ich weder Mom noch Großvater irgendwas sagen werde, und ich werde auch nicht mit dem FBI reden. Tatsächlich möchte ich mit dir *über* Großvater sprechen. Und über Daddy. Ich versuche etwas über meine Kindheit herauszufinden, und ich habe das Gefühl, du könntest mir dabei helfen. Bitte, bitte ruf mich zurück. Danke.«

Michael starrt mich inzwischen an wie ein Arzt seinen Patienten, als wollte er sich darüber klar werden, ob ich selbst in eine manische Phase eingetreten bin. Ich bin versucht, meine Mutter anzurufen und sie zu fragen, ob sie weiß, wo Ann ist, doch ich entscheide mich dagegen. Ich würde damit nichts erreichen, außer meine Mutter in Panik zu versetzen. Wenn Ann verschwinden will, dann ist niemand aus unserer Familie imstande, sie zu finden. Sie hat viel zu viel Übung im Verschwinden.

»Was kann ich tun?«, fragt Michael.

»Du hast bereits alles getan. Du hast mir ein Dach über dem Kopf gegeben. Jetzt ist es für mich an der Zeit, ein paar Entscheidungen zu treffen.«

»Wie stabil ist deine Tante?«

»Zwei Selbstmordversuche, von denen ich weiß. Einen während der College-Zeit und einen mit Ende dreißig. Wenn meine Mutter in den nächsten fünf Minuten anruft und mir mitteilt, dass Tante Ann tot ist, wäre ich nicht überrascht.«

»Jesses.«

»Genau. Sie war besessen davon, ein Baby zu bekommen, aber sie wurde nie schwanger. Unglaubliche Stimmungsschwankungen. Ihre Leber schwimmt in Alkohol.«

»Was war diese andere Sache, die Kaiser dir noch erzählt hat? Hat das FBI ein weiteres Mordopfer gefunden?«

Ich zögere. »Darüber darf ich nicht sprechen. Ich möchte dir nicht zu nahe treten, aber die Sonderkommission versteht nicht den geringsten Spaß, was Geheimhaltung angeht.«

Er sieht mich misstrauisch an. Vergangene Nacht habe ich eindeutig jede Vorschrift über Vertraulichkeit gebrochen, als ich mit ihm geredet habe, also wieso zögere ich jetzt …

»Cat?«

Bevor ich antworten kann, läutet Michaels Telefon. Auf dem Display steht *Unbekannter Anrufer*. Ich zeige es ihm. »Darf ich rangehen?«

Er nickt.

»Hier spricht Dr. Ferry.«

»Hallo, Catherine.«

Ich nicke Michael zu und sage lautlos *Malik*. »Was für ein

verdammtes Spiel haben Sie mit mir gespielt, Doktor? Sie haben sich verhalten, als hätten Sie eine paranormale Begabung mit Ihren Diagnosen meiner Probleme und Ihren Andeutungen über meine Familie! In Wahrheit haben Sie alle Fakten von Ann, habe ich Recht?«

Er lässt sich Zeit, bevor er antwortet. »Ja und nein.«

»Herrgott noch mal, hören Sie auf mit diesem verdammten Mist, okay?«

»Sie sind ziemlich vorlaut, Catherine. Was sagt Dr. Goldman dazu?«

Mein Herz stockt. Habe ich Ann den Namen meiner Therapeutin verraten? »Wo steckt meine Tante, Doktor?«

»Ich habe nicht die geringste Ahnung.«

»Ist sie bei Ihnen?«

»Nein.«

»Warum hat sie Ihre Kaution bezahlt?«

»Ich habe sie darum gebeten. Ich war ein wenig knapp bei Kasse, und ich wusste, dass sie das Geld zusammenbringen konnte.«

»Sie sind ein unmoralischer Hundesohn, Malik. Haben Sie Ann wegen seelischer Probleme aufgrund von Kindesmissbrauch oder wegen ihrer bipolaren Verhaltensstörung behandelt?«

»Sie wissen, dass dies eine vertrauliche Information ist.«

»Hören Sie auf mit diesem Blödsinn! Sie verstoßen gegen die Regeln, wann immer Sie wollen, und Sie verstecken sich dahinter, wenn Sie es nicht wollen!«

»Wir müssen uns unterhalten, Catherine. Ich habe im Augenblick nicht viel Zeit. Wir müssen uns persönlich treffen.«

Ich schließe die Augen. »Erzählen Sie mir von Margaret Lavigne.«

»Margaret? Aber … Was ist mit ihr?«

»Sie hat gestern Nacht versucht, sich mit einer massiven Überdosis Insulin das Leben zu nehmen, und liegt im

Koma. Aber sie hat einen Abschiedsbrief hinterlassen, in dem sie andeutet, dass Sie mit den Morden zu tun haben.«

Das Schweigen am anderen Ende der Leitung ist vollkommen. »Sie lügen.«

»Sie wissen, dass ich nicht lüge.«

»Was stand in diesem Brief?«

»Etwa Folgendes: ›Möge Gott mir vergeben. Ein unschuldiger Mann ist tot. Bitte sagen Sie Dr. Malik, dass er der Sache ein Ende machen soll.‹«

»O Gott!« Maliks Stimme ist kaum mehr als ein raues Flüstern.

»Margarets leiblicher Vater wurde gestern wegen Kindesmissbrauchs und der Verbreitung von Kinderpornographie verhaftet. Und das Merkwürdige an der Geschichte ist, ihr Stiefvater war eines der fünf Mordopfer in New Orleans. Klingelt es bei Ihnen, Malik?«

Maliks Atem geht hörbar und schnell.

»Müssen wir uns immer noch treffen, Doktor? Oder werden Sie sich jetzt selbst stellen?«

»Ich kann nicht … das ist unglaublich. Wir müssen uns unbedingt sehen, Catherine.«

Ich hätte niemals gedacht, dass Nathan Malik so aufgeregt klingen kann. »Haben Sie die Männer in New Orleans getötet, Doktor?«

»Nein. Ich schwöre es.«

»Aber Sie wissen, wer dahintersteckt.«

»Das kann ich Ihnen nicht sagen.«

»Sie *müssen* es irgendjemandem sagen.«

»Nein. Muss ich nicht.«

»War meine Tante in Gruppe X, Doktor?«

»Das kann ich nicht beantworten.«

»Ist das Leben meines Großvaters in Gefahr?«

»Darüber kann ich nicht mit Ihnen reden. Nicht am Telefon.«

»Sie erwarten allen Ernstes, dass ich mich persönlich mit

Ihnen treffe, obwohl einiges dafür spricht, dass Sie der Mörder sind?«

»Sie haben nichts von mir zu befürchten, Catherine, das wissen Sie.«

Aus irgendeinem Grund glaube ich ihm. Aber ich bin nicht verrückt. »Werden Sie sich stellen, wenn ich mich mit Ihnen treffe?«

Sein Atem stockt sekundenlang. Ich kann mir vorstellen, wie er am anderen Ende der Leitung völlig regungslos verharrt. »Wenn Sie mir versprechen, meinen Film sicher für mich aufzubewahren, werde ich mich stellen, ja.«

»Wo sollen wir uns treffen?«

»Ich fürchte, Sie müssen nach New Orleans kommen. Sind Sie in Natchez?«

»Ja. Wo in New Orleans?«

»Das kann ich Ihnen jetzt noch nicht sagen. Können Sie in vier Stunden in New Orleans sein?«

»Kann ich.«

»Rufen Sie die Nummer an, die ich Ihnen gegeben habe, sobald Sie fünf Meilen außerhalb der Stadt sind. Dann sage ich Ihnen, wohin Sie kommen.«

Ganz gleich, was die Logik mir sagt, ich kann es ihm nicht abschlagen. »Einverstanden.«

»Catherine?«

»Ja?«

»Wenn Sie das FBI mitbringen, werden Sie es bedauern. Ich möchte Ihnen nicht drohen, aber ich muss mich selbst schützen. Ich bin der Einzige, der Ihnen gewisse Dinge über Sie selbst sagen kann, und wenn ich es nicht tue, werden Sie niemals die Wahrheit erfahren. Auf Wiederhören.«

»Warten Sie!«

»Ich weiß, dass der Gedanke, sich mit mir zu treffen, Sie nervös macht. Aber ich bin keine Gefahr für Sie. Wissen Sie auch den Grund? Weil ich das Böse in mir kenne. Als wir vor ein paar Tagen über Missbrauch gesprochen haben, musste ich meine Worte mit Bedacht wählen. Schließlich hat das FBI zugehört, nicht wahr? Das Wichtigste von all den Dingen, die ich ausgelassen habe, war das Vergnügen.«

Ein kalter Schauer läuft mir den Rücken hinunter. »Das Vergnügen?«

»Ja.« In Maliks Stimme schwingt mit einem Mal ein schlangenartiges Zischen mit. »Was wir sexuellen Missbrauch nennen, ist sowohl für den Täter als auch für das Opfer eine sehr intensive Erfahrung. Der Täter verspürt absolute Macht über ein anderes menschliches Wesen, während das Opfer sich absolut hingibt. Absolut unterwirft. Die beiden Partner besetzen die Extreme von Kontrolle und Hilflosigkeit. Diese Erfahrungen prägen fürs Leben, Catherine. Und sobald ein sexualisiertes Kind herangewachsen und stärker ist, möchte es gleich als Erstes diese Rollen vertauschen. Kontrolle erfahren. Sie wissen, wovon ich spreche, Catherine, nicht wahr?«

Ich antworte nicht, doch mein Verstand quillt bereits über von Erinnerungen an meine sexuelle Vergangenheit. An die Dinge, die ich tun wollte – und manchmal getan habe bei Männern –, und an die Dinge, die ich an mir getan haben wollte. Meine Fantasien haben sich meistens um Kontrolle gedreht. Entweder darum, sie zu besitzen, oder darum, sie aufzugeben. Darin bestand der größte Teil meines Vergnügens.

»Ihr Schweigen verrät mir genug«, sagt Malik mit hypnotischer Stimme. »Ich musste mein Leben lang gegen diesen Drang ankämpfen. Es hat mich Jahre gekostet, ihn zu überwinden. Doch heute kenne ich meinen Feind. Es ist ein Gift, das durch die Generationen hindurch weitergegeben wird wie ein defektes Gen. Es lebt in mir, genau wie es in all den anderen lebt, die diese Erfahrungen gemacht und überlebt haben. Heute gilt mein ganzes Streben dem Ausrotten dieses Giftes. Es ist mein ganz persönlicher Krieg. Ich muss jetzt Schluss machen, Catherine. Rufen Sie mich an, sobald Sie kurz vor New Orleans sind.«

In der Leitung ist ein Klicken, und Malik ist weg.

»Du hast doch wohl nicht vor, diesen Kerl allein zu treffen?«, fragt Michael entschieden.

Maliks Worte und sein Tonfall sind immer noch in meinem Kopf. »Du kommst nicht mit, Michael.«

»Wenn nicht ich, dann jemand anders. Du solltest auf der Stelle das FBI anrufen und ihnen alles sagen. Und damit meine ich *wirklich alles*.«

»Das kommt überhaupt nicht infrage. Noch nicht. Malik weiß Dinge, die ich wissen muss. Wenn ich das fbi jetzt informiere, werde ich diese Dinge niemals erfahren! Ich werde mich für den Rest meines Lebens so beschissen fühlen wie jetzt. Möchtest du das?«

Sein Blick bohrt sich mit verblüffender Intensität in den meinen. »Ich möchte dich lebendig, nicht tot.«

Ich nicke langsam. »Sean Regan.«

»Ist das dein verheirateter Liebhaber?«

»Ja, aber das hat damit überhaupt nichts zu tun. Sean ist für diese Art von Einsätzen ausgebildet. Er kann mich schützen, und ich kann darauf vertrauen, dass er den Mund hält.«

Michael blickt mich unglücklich an, doch ich habe im Augenblick einfach nicht die Zeit, mich um seine Emotionen zu kümmern.

»Darf ich deinen Wagen immer noch benutzen?«

»Sicher.«

»Danke. Ich muss nach Malmaison, bevor ich weiter nach New Orleans fahre.«

Michael streckt die Hände aus und fasst mich an den Schultern. Sein Griff ist erstaunlich kräftig. »Versprichst du mir, dass du Sean mitnimmst, wenn du dich mit diesem Malik triffst?«

Schon während ich es verspreche, weiß ich, dass es eine Lüge ist. Aber ich kann jetzt nicht riskieren, dass Michael die Nerven verliert und das FBI informiert. Er könnte der Polizei sein Kennzeichen nennen, und dann würde ich es nie bis New Orleans schaffen.

»Warum musst du vorher nach Malmaison?«, fragt er.

»Ich brauche ein paar Sachen zum Anziehen.« Eine weitere Lüge. Was ich von Malmaison brauche, hat es dort schon immer im Überfluss gegeben.

Eine Waffe.

40

Die Morgendämmerung hat eben erst eingesetzt, doch die untere Etage von Malmaison ist bereits hell erleuchtet wie bei einem Fest am Königshof. Ich habe den gelben Lichthof schon gesehen, als ich von Michaels Haus in Brookwood aus zwischen den Bäumen hindurch dem alten Pfad gefolgt bin, den ich vor so vielen Jahren mit den eigenen Füßen getrampelt habe. Auch in Pearlies Haus brennen die Lichter.

Mein Audi steht neben Pearlies Cadillac geparkt. Nicht weit davon steht ein großer, weißer Pick-up ähnlich denen, die auf der Insel benutzt werden – ähnlich dem, der mich zu überfahren versucht hat. Irgendjemand auf der Insel muss meinen Wagen entdeckt und zurückgebracht haben. Aber wenn das der Fall ist – wieso hat Großvater nicht die Polizei alarmiert, damit sie das Land und die Umgebung nach mir oder meinem Leichnam absucht? Und warum hat niemand versucht, mich auf dem Mobiltelefon zu erreichen?

Ich umrunde das Haus und erreiche die Vorderseite, die von gelbem Flutlicht angestrahlt wird, dann bleibe ich stehen und überprüfe mein Handy. Die Anruferliste zeigt drei Anrufe in Abwesenheit von der Nummer meines Großvaters aus. Weil ich das Telefon auf Vibrationsalarm gestellt habe, konnte ich sie nicht hören, während ich schlief, und wegen des Schocks über die Anrufe nach meinem Aufwachen habe ich vergessen, einen Blick auf die Liste zu werfen. Der letzte Anruf kam wahrscheinlich um die Zeit, als ich meinen Albtraum hatte. Ich drücke auf die 1 und höre meine Mailbox ab.

»*Catherine, hier ist Großpapa.*« Seine Stimme klingt voll, selbst im winzigen Lautsprecher des Mobiltelefons. »*Henry hat deinen Wagen auf der anderen Seite des Damms gegenüber der Insel gefunden. Von dir war nirgendwo eine Spur. Louise Butler sagt, du wärst mit dem Fahrrad über den Damm aufs Festland gefahren, aber niemand weiß, ob du es geschafft hast oder nicht. Bitte ruf mich zurück, sobald du diese Nachricht erhältst. Wenn du verletzt bist oder in Schwierigkeiten steckst, keine Angst. Die Sheriffbüros auf beiden Seiten des Flusses suchen auf meine Veranlassung hin die Ufer und Straßen nach dir ab, und Jesse hat ein Dutzend Männer beauftragt, die Insel zu durchkämmen. Wenn du einen Unfall hattest – Hilfe ist schon unterwegs. Bitte ruf mich zurück.*«

Die Sorge in der Stimme meines Großvaters lässt mir fast die Tränen in die Augen steigen. Seine nächste Nachricht lautet: »*Ich bin es wieder. Wenn du in irgendwelchen anderen Schwierigkeiten steckst – das heißt, falls Dritte darin verwickelt sind –, dann lass sie diese Nachricht hören. Hier spricht Dr. William Kirkland. Wenn Sie von irgendwo aus der Gegend stammen, wo Sie meine Enkeltochter gefunden haben, dann kennen Sie meinen Namen. Und Sie wissen, dass Sie einen Fehler gemacht haben. Wenn Sie meine Enkelin augenblicklich freilassen, werde ich der Sache nicht weiter nachgehen. Aber wenn Sie ihr etwas antun … bei Gott, Sie werden nicht einen Tag länger leben, als bis ich Sie gefunden habe. Und ich werde Sie finden. Fragen Sie herum. Sie würden lieber Höllenhunde auf Ihrer Fährte haben als mich, glauben Sie mir.*«

Meine Haut prickelt. Die Stimme, die zu meinen unbekannten Entführern gesprochen hat, war die eines Racheengels. Tödlich kalt und voller Drohung und so selbstsicher, dass nichts und niemand sich ihr widersetzen könnte. Es ist die Stimme jenes Mannes, der vor all den Jahren die entflohenen Sträflinge auf DeSalle Island gejagt und zur Strecke gebracht hat.

Bei seinem dritten Anruf hinterlässt mein Großvater keine Nachricht.

Ich blicke zur hell angestrahlten Fassade von Malmaison, und ich bin sicherer als je zuvor, dass ich niemanden im Haus sehen will. Nicht Großvater. Nicht einmal Pearlie. Das ist der Grund, warum ich zu Fuß gekommen bin. Wäre ich in Michaels Ford Expedition vorgefahren, hätte man mich bemerkt, und jeder hätte sich mit Fragen auf mich gestürzt. Meine Chancen, unbemerkt eine Pistole aus Großvaters Waffenschrank zu nehmen, wären drastisch gesunken. Doch auf diese Weise ...

Ich trotte zum anderen Ende von Malmaisons Ostflügel, wo kaum Licht ist. Die meisten dieser Räume sind verschlossen, außer während der Frühlingswallfahrt. Ich weiß seit meiner Zeit in der achten Klasse, dass man das Schloss bei einem der Fenster mit einer dazwischen geschobenen Kreditkarte öffnen kann. Ich bin auf diese Weise ins Haupthaus geschlichen, um den Barschrank meines Großvaters zu plündern. Heute habe ich keine Kreditkarte bei mir – ich habe meine Handtasche im Wagen bei der Insel gelassen –, doch Michael hat mir einen abgelaufenen Führerschein gegeben, der genauso gut funktioniert. Nach dem Passfoto zu urteilen, muss er um die dreißig Kilo schwerer gewesen sein, als der Führerschein ausgestellt wurde. Ich drücke den Führerschein kräftig in den Spalt zwischen den Paneelen der hohen französischen Fensterflügel. Sie gleiten ein Stück weit auseinander, und das laminierte Plastikkärtchen schiebt den Riegel hoch.

Ich klettere über das Sims und durch die schweren Vorhänge und rieche Mottenkugeln. Der größte Teil des Mobiliars in diesem Flügel ist mit weißen Möbelschonern abgedeckt. Ich fühle mich, als bewegte ich mich durch ein leeres Museum. Draußen im Korridor rieche ich gebratenen Schinken. Rasch eile ich zum Büro meines Großvaters, das Zimmer, das Napoleons Bibliothek nachempfunden ist. Die Tür steht offen, und die Schreibtischlampe brennt, doch es ist niemand im Raum.

Der Waffenschrank ist ziemlich groß – groß genug, um das architektonische Modell aufzunehmen, das Großvater mir vor ein paar Tagen gezeigt hat, plus seiner Sammlung an Gewehren, Schrotflinten, Pistolen und Revolvern. Das Kombinationsschloss macht mir keine Probleme – es ist mein Geburtsdatum. Vier Klicks nach links, acht Klicks nach rechts, dreiundsiebzig links, und dann am Griff drehen. Einmal, während ich drehe, glaube ich draußen im Gang Schritte zu hören. Ich lausche erstarrt, doch niemand erscheint.

Ich drehe am Griff, und die schwere Tür gleitet auf.

Das Casino-Modell ist verschwunden, doch die Waffen sind noch da. Fünf Gewehre, drei Schrotflinten und mehrere Handfeuerwaffen in Halftern auf dem Boden des Waffenschranks. Der Geruch nach Waffenöl ist durchdringend, aber ich rieche noch mehr.

Verbranntes Schießpulver.

Eine nach der anderen nehme ich die Waffen aus ihren Halterungen und rieche am Lauf. Die beiden ersten glänzen, die Läufe sind sauber. Doch die dritte wurde erst vor kurzem abgefeuert. Ich drehe die Waffe ins Licht – es ist eine Remington 700, zerschrammt vom vielen Gebrauch, doch gut erhalten und gepflegt. Plötzlich beginnt mein Puls zu rasen. Ich habe mit diesem Gewehr einen Hirsch geschossen, als ich ein kleines Mädchen war. Doch das ist es nicht, was meinen Herzschlag beschleunigt.

Ich halte das Gewehr in den Händen, das meinen Vater getötet hat.

Als Kind habe ich meinen Großvater mehrfach gebeten, die Waffe abzustoßen, doch er hat es nie getan. Er sah keinen Grund, »ein gutes Gewehr« aus »sentimentalen Gefühlen« loszuwerden. Heute, nachdem ich weiß, was er mit dieser Waffe getan hat – oder wenigstens behauptet, getan zu haben –, überrascht es mich noch mehr, dass er die Remington behalten hat. War sie vielleicht eine Trophäe, wie die Weatherby, mit der er seinen Elchbullen in Alaska geschossen hat? Wichtiger noch – wer hat die Waffe in den letzten Tagen benutzt?

Ich habe keine Zeit zum Spekulieren.

Ich stelle das Gewehr zurück und nehme mir eine automatische Pistole vom Boden des Schranks. Nichts Großes oder Schickes, bloß eine kleine Walther PPK, die wir auf der Insel für Zielübungen benutzt haben. Die schwarze Waffe sieht nass und gefährlich aus im Licht der Schreibtischlampe. Ich werfe das Magazin aus und sehe, dass es voll geladen ist. Ich hätte gerne ein paar Schuss Reservemunition, doch ich kann keine sehen, und ich habe keine Zeit zum Suchen. Außerdem – wenn sechs Schuss nicht reichen, um mich gegen Malik zu wehren, falls es so weit kommt, retten sechs Schuss mehr mich wahrscheinlich auch nicht.

Während ich die Tür zum Waffenschrank schließe, überlege ich, wie seltsam es doch ist, dass ein Mann einem jungen Mädchen, von dem er weiß, dass es an Depressionen leidet, so viele Waffen zugänglich macht. Großvater hat sogar mein Geburtsdatum als Kombination eingestellt, Herrgott im Himmel! Was hat er sich bloß dabei gedacht? Andererseits ... Großvater hat Depressionen nie als Krankheit angesehen, lediglich als Schwäche. Vielleicht dachte er, dass ich es nicht verdient hätte zu leben, wenn ich mich nicht als stark genug erweise, der Versuchung zu widerstehen, mich selbst zu töten.

Draußen in der Halle lässt mich irgendetwas innehalten. Leise Stimmen schwirren durch die Luft. Zuerst Großvater. Dann Pearlie. Dann vielleicht Billy Neal, obwohl ich nicht sicher bin. Dann eine vollere, wärmere Stimme. Sie klingt unterwürfig, wie die Stimme eines Arbeiters im Haus seines Arbeitgebers. Die Stimme gehört Henry, dem Schwarzen, der mich gestern über den Damm zur Insel mitgenommen hat. Er erzählt, wie er heute Morgen meinen Audi gefunden hat und in Panik geraten ist. Er fürchtet, ich könnte in den Fluss gestürzt und ertrunken sein, genau wie meine Großmutter. Großvater entgegnet, ich könnte auf mancherlei verschiedene Arten sterben, aber ganz gewiss nicht ertrinken. Dann dankt er Henry dafür, dass er den Wagen zurückgebracht hat, und wünscht ihm einen guten Tag. Schwere Schritte ertönen auf dem Hartholz.

Eine Fliegentür fällt ins Schloss.

Jemand anderes spricht, und ich erkenne die gleichgültige Stimme von Billy Neal. »Vielleicht ist sie per Anhalter in irgendeinen Wagen gestiegen«, sagt er.

»Warum sollte sie?«, sagt Großvater schroff. »Ihr verdammter Wagen stand doch direkt beim Damm, und die Ersatzschlüssel waren in einem Magnetbehälter unter der Stoßstange. Was glauben Sie, wer die Schlüssel dorthin getan hat?«

»Der Audihändler vielleicht?«

»Meine Güte, haben Sie auch nur eine Unze Hirn im Kopf, Junge? Catherine hat die Schlüssel dort versteckt. Sie funktioniert so!«

»Vielleicht ist der Wagen nicht angesprungen?«

»Henry hat ihn heute Morgen ohne Probleme gestartet.«

»Dann ist sie vielleicht immer noch auf der Insel. Vielleicht wurde der Damm überschwemmt, bevor sie wegkonnte.«

»Mach, dass du hier rauskommst!«, brüllt mein Großvater unvermittelt. »Und komm bloß nicht zurück, bevor du nicht irgendwas Vernünftiges beizutragen hast! Meine Enkeltochter weiß verdammt gut auf sich aufzupassen! Ich will wissen, was dort unten passiert ist. Ich habe genug Sorgen mit dem Casino-Projekt. Die Regierung stellt jeden Punkt der Anträge infrage. DNA-Tests an dreihundert Jahre alten Zähnen, meine Güte. Los, raus hier!«

Schritte, und die Tür fällt erneut krachend zu.

»Was denkst du, Pearlie?«, fragt Großvater.

Ich schleiche näher zur Tür – nah genug, um Pearlie seufzen zu hören.

»Werde ich fürs Denken bezahlt?«, entgegnet Pearlie.

»Ich habe dich um deine Meinung gefragt. Wo ist sie? Wo ist meine Enkeltochter?«

»Ich fürchte, irgendjemand hat ihr etwas angetan, Dr. Kirkland. Wie Sie gesagt haben, Catherine weiß sehr gut auf sich aufzupassen. Und sie würde ihren Wagen nicht ohne einen triftigen Grund dort unten stehen lassen.«

»Vielleicht, falls sie eine ihrer manischen Phasen durchmacht. Ihrer Anfälle, wie du sie nennst.«

»Als ich sie das letzte Mal gesehen habe, sah sie mehr niedergeschlagen aus«, sagt Pearlie. »Nein. Wenn Louise sie auf dieses Fahrrad gesetzt hat, muss irgendjemand ihr gefolgt sein. Sie hat es nicht über den Damm geschafft.«

»Wer sollte so etwas tun?«, fragt Großvater.

»Ich würde diesen Abschaum fragen, den Sie beschäftigen, wo er sich gestern Abend rumgetrieben hat.«

Sekundenlanges Schweigen. Dann: »Du glaubst, Billy ist ihr auf die Insel gefolgt?«

»Wissen Sie, wo er gestern war?«

»Er hat ein paar Dinge für mich erledigt, in Baton Rouge. Geschäftlich.«

»Wenn ich mich recht entsinne, liegt die Insel nicht weit abseits vom Highway nach Baton Rouge.«

Weiteres Schweigen. »Was sollte Billy von Catherine wollen?«

»Das müssten Sie besser wissen als ich.« Pearlies Stimme klingt zurechtweisend. »Was wollen alle Männer von den Frauen?«

Großvater brummt etwas Unverständliches. »Ich werde mit ihm reden.«

Die Tür knallt erneut.

Ich trete in die Küche.

Pearlie steht am Spülbecken und wendet mir den Rücken zu. Sie nimmt eine gusseiserne Kasserolle und hält sie unter den Wasserhahn, dann erstarrt sie. Langsam dreht sie sich um. Als sie mich erkennt, weiten sich ihre Augen.

»Sag nichts!«, flüstere ich. »Nicht ein Wort!«

Sie nickt schweigend.

»Ich verlasse die Stadt, Pearlie. Liegen meine Reserveschlüssel irgendwo hier?«

Sie richtet den Blick auf die Arbeitsfläche. Der Audischlüssel liegt auf einem Stapel von Post. Ich nehme ihn und wende mich zur Tür.

»Wohin fährst du, Mädchen?«, fragt Pearlie.

»Ich habe eine Verabredung. Ich möchte allerdings, dass du mir vorher noch etwas verrätst.«

»Was?«

»Irgendjemand hat ein paar schlimme Dinge mit mir gemacht, als ich ein kleines Mädchen war. Ein Mann. Es war entweder Daddy oder Großvater. Und ich wüsste nicht, wie du mich so lange aufgezogen haben könntest – du hast schließlich die Arbeit meiner Mutter getan –, ohne etwas davon zu merken. Ich sehe das nicht.«

Pearlie wirft einen hastigen Blick zur Außentür, doch ihr Gesichtsausdruck ändert sich nicht.

»Du willst mir also nichts sagen?«, frage ich.

»Hör zu, Kind!«, erwidert sie ärgerlich. »Was rennst du auf der Insel rum und rührst die alten Dinge wieder auf? Was glaubst du, was du damit machst? Glaubst du, dass irgendwas Gutes dabei rauskommt? Für dich? Oder für deine Mutter? Für irgendwen?«

»Ich habe keine andere Wahl. Ich muss es erfahren, und ich muss wissen, warum Daddy gestorben ist. Ich muss wissen, warum ich so bin, wie ich bin. Begreifst du das nicht?«

Sie senkt den Blick. »Die Wege des Herrn sind unergründlich, so viel weiß ich. Auf dieser Welt gibt es viel Schmerz – ganz besonders dann, wenn man als Mädchen geboren wird –, doch es steht uns nicht an, dies infrage zu stellen. Wir müssen damit zurechtkommen, so gut wir können.«

»Glaubst du das wirklich, Pearlie?«

Sie hebt den Blick und sieht mich wieder an, und ihre Augen leuchten intensiver als je zuvor. »Ich muss es glauben. Das ist das Einzige, was mich bis hierher gebracht hat.«

»Was meinst du mit ›bis hierher‹? In dieses Haus? Zu dieser Arbeit? Zu deiner Anstellung bei meinem Großvater?«

Jetzt schleicht sich Indignation auf ihre Züge. Sie spricht mit bebender Stimme. »Ich arbeite für diese Familie, nicht für Dr. Kirkland. Ich bin 1948 mit siebzehn Jahren hierher gekommen und habe für den alten Mr. DeSalle gearbeitet. Deine Großmutter, deine Mutter, du – ihr seid alle DeSalles. Ich habe für euch alle gearbeitet. Dr. Kirkland ist nur der Mann, der heute meine Schecks unterschreibt.«

»Ist er wirklich nur das, Pearlie? Ist er nicht vielmehr der Mann, der sagt, was gemacht wird? War er das nicht schon immer?«

Sie nickt ernst. »Es gibt immer einen Mann, der sagt, was gemacht wird. Und hier in dieser Gegend ist Dr. Kirkland dieser Mann. Jeder weiß das. Und jetzt wirst du zu ihm gehen und ihm sagen, dass alles in Ordnung ist, oder nicht?«

»Das kannst du ihm sagen, wenn ich wieder weg bin.« Ich will mich umdrehen und gehen, als mir etwas einfällt, was Michael gesagt hat, begleitet von einem bruchstückhaften Bild aus meinen Träumen – der schwarzen Gestalt, die über meinem Bett mit meinem Vater kämpft.

»Hast du in jener Nacht den Abzug betätigt, Pearlie? Hast du geschossen?«

Das Weiße in den Augen der alten Frau wird groß. »Hast du den Verstand verloren, Kind? Was glaubst du eigentlich, was du da sagst?«

»Hast du meinen Vater erschossen? Das ist die Frage, die

ich dir stelle. Hast du meinen Vater erschossen, um mich vor ihm zu schützen?«

Sie schüttelt langsam den Kopf. »Wohin willst du mit diesem Wagen?«

»Die Wahrheit über diese Familie herausfinden.«

»Wo willst du die Wahrheit herausfinden?«

»Mach dir darüber keine Gedanken. Ich gebe dir Bescheid. Und dann kannst du weiter so tun, als hättest du die ganze Zeit keine Ahnung gehabt.«

Pearlie öffnet den Mund, als wollte sie etwas erwidern, doch sie bleibt stumm.

Ich schüttle den Kopf, wende mich ab und renne durch den Korridor davon.

Eigentlich habe ich erwartet, meinen Großvater und Billy Neal hinter dem Haus bei einem Gespräch anzutreffen, doch es ist nichts von ihnen zu sehen. Ich blicke mich suchend auf dem Parkplatz um, dann gehe ich zu meinem Audi und betätige unterwegs den elektronischen Türöffner.

Als ich den Türgriff packen will, taucht Billy Neal hinter Pearlies Cadillac auf. Er trägt schwarze Jeans, ein grünes Seidenhemd und Cowboystiefel aus Schlangenleder. Seine Augen sind so tot wie die Schlangen, die seine Stiefel schmücken, doch sein Blick bohrt sich mit mechanischer Präzision in den meinen.

»Ich will verdammt sein!«, sagt er. »Die meisten Leute halten Sie für tot!«

»Haben Sie das ebenfalls geglaubt?«

Ein schwaches Grinsen huscht über sein Gesicht. »Ich hab sogar darauf gewettet.«

»Warum hassen Sie mich, Billy? Sie kennen mich doch nicht einmal richtig.«

Er kommt zum Audi und starrt mich über das Dach hinweg an. »Oh, ich kenne Sie. Ich habe Frauen wie Sie gefickt. Verwöhnte Prinzessinnen, auf die ein Treuhandfonds wartet, die sich nie auch nur einen einzigen Tag in ihrem Leben Sorgen machen mussten. Und trotzdem verpulvert ihr die Hälfte eures Geldes damit, euch bei Seelenklempnern auf die Couch zu legen.«

»Was kümmert es Sie?«

Er legt die Unterarme aufs Dach und beugt sich vor. »Weil du glaubst, deine Scheiße würde nicht stinken. Du siehst in meine Richtung, aber du bemerkst mich nicht einmal. Jedenfalls nicht tagsüber. Nachts sieht es ganz anders aus, nicht wahr? Nachts bin ich genau die Sorte Kerl, nach der ihr sucht. Ich habe Geschichten über dich gehört, Miss Cat. Du gehst gern auf Partys, nicht wahr? Selbst die Leute aus der Highschool erinnern sich noch gut an dich. Das reiche Ding, das so gerne Spaß hatte. Genau wie sich die Leute an deine Tante erinnern. Die gleiche alte Geschichte, nur noch schlimmer.«

»Was genau machen Sie eigentlich für meinen Großvater?«

»Dinge, die er selbst nicht mehr tun kann, weil er zu alt dafür ist.« Billy zündet sich eine Zigarette an und bläst den Rauch über das Dach in meine Richtung. »Ich bin nicht zimperlich.«

Jede Wette. »Haben Sie die Remington 700 im Waffenschrank vor kurzem benutzt?«

Ein verwirrtes Lächeln. »Sie sind ein hinterhältiges kleines Biest, wie?«

Plötzlich habe ich mehr als genug von diesem schmierigen Kleinstadtcowboy. »Wissen Sie was? Ich habe Ihr Verhalten satt. Ich denke, wir sollten meinen Großvater zu dieser Unterhaltung hinzuziehen.«

Billys Grinsen wird noch breiter, und ich weiß, dass ich einen Fehler begangen habe. »Genau das dachte ich auch gerade. Du hast ihm in letzter Zeit eine ganze Menge Scherereien gemacht. Er setzt Himmel und Hölle in Bewegung, um diese Stadt mit seinem Casino zu retten, und du reißt dir den Arsch auf, um den Namen der Familie zu beschmutzen.

Er mag das überhaupt nicht. Du könntest damit das ganze Geschäft ruinieren. Also gehen wir und reden mit ihm.«

Ich öffne die Tür des Audi. »Ich muss zuerst noch etwas erledigen. Ich bin in zwanzig Minuten zurück.«

Bevor ich den Verriegelungsknopf drücken kann, reißt Billy die Beifahrertür auf und stellt einen Stiefel auf den Sitz. »Nicht in zwanzig Minuten. *Jetzt.*«

Ohne nachzudenken greife ich hinter mich und zerre die Walther aus meinem Hosenbund. Ich ziele über das Dach hinweg auf seine Brust.

»Das ist keine Luftpistole, Billy. Für den Fall, dass du dich fragst.«

Seine Augen sind auf den Lauf der Waffe gerichtet, und allmählich schwindet das Grinsen aus seinem Gesicht. Billy Neal läuft wahrscheinlich ziemlich oft mit einer Waffe durch die Gegend, aber ich glaube, er hat nicht damit gerechnet, sich schon vor sieben Uhr morgens in einer Situation wie dieser wiederzufinden.

»Und jetzt«, sage ich leise, »nimmst du deinen verdammten Stiefel von meinem Sitz und gehst ein paar Schritte von meinem Wagen zurück.«

»Du bist vielleicht ein irres Miststück«, sagt er und lacht leise. »Ich habe es zwar schon von anderen gehört, aber ich habe es nicht geglaubt, bis …«

»Bis jetzt? Oder bis gestern Abend auf der Insel?«

Das Grinsen kehrt zurück. »Ich weißt gar nicht, von was du da redest.«

»Oh, das denke ich doch.«

»Du und ich, wir beide werden irgendwann noch mal richtig Spaß miteinander haben, Zuckerpuppe. Wie ich schon sagte, ich weiß Bescheid über dich. Inzest ist immer noch das Beste, wie?«

Alles Blut weicht aus meinem Gesicht. *Was weiß dieser Kerl über mich?* Ich will ihn fragen, doch ich weiß, dass er mich nur weiter quälen wird, wo er nur kann.

»*Geh weg von dem verdammten Wagen, Kerl!*«, schnauze ich ihn an und fuchtele drohend mit der Waffe.

Billy rührt sich nicht. »Du hast deine Kanone nicht durchgeladen, Süße.«

»Die Patrone ist längst im Lauf.«

Ich gebe lediglich einen Spruch wieder, den ich von Sean gehört habe, doch er reicht, um Billy Neal das Grinsen endgültig auszutreiben. Er nimmt den Stiefel vom Sitz und weicht einen Schritt zurück.

»Und jetzt mach die Tür zu!«, befehle ich.

Als er gehorcht, greife ich mit der freien Hand nach unten und drücke auf den Verriegelungsknopf. Dann erst steige ich ein, ziehe meine Tür zu und starte den Motor.

Bevor ich wegfahren kann, beugt Billy sich zur Scheibe auf der Beifahrerseite hinunter. Er macht ein Peace-Zeichen mit den Fingern, verdreht die Hand, sodass das V nach unten zeigt, dann legt er die Finger über die Lippen und lässt die Zunge dazwischen auf und ab schnellen. Mein Magen krampft sich zusammen, und Abscheu steigt in mir auf. Ich würde ihn am liebsten niederschießen, doch ich weiß, dass ich es nicht bis zu Malik schaffe, falls ich das tue.

Stattdessen lege ich den Gang ein und überschütte das Arschloch mit Kieselsteinen, als ich mit durchdrehenden Reifen beschleunige und das Sklavenquartier, das ich einmal mein Zuhause genannt habe, hinter mir zurücklasse.

41

Während meiner Fahrt nach New Orleans denke ich nicht viel über Nathan Malik nach, sondern über meine Tante Ann. Ich habe zwar nie viel Zeit mit ihr verbracht, doch sie hat einen tiefen Eindruck bei mir hinterlassen. Ann ist die absolute Schönheit der Familie – ein schwieriges Unterfangen angesichts des Aussehens meiner Mutter –, und sie war bis zu ihrem zweiten Jahr am College eine absolute Überfliegerin. Chefin der Cheerleaders und Abschiedsrednerin an der Highschool. Gewinnerin des einheimischen Teenager-Schönheitswettbewerbs. Musikstipendium an der Tulane. Und dann fiel sie in eine schwere Depression und versuchte sich mit einer Überdosis Tabletten das Leben zu nehmen. Großvater ließ sie einweisen, und als sie zwei Monate später entlassen wurde, verhielten sich alle – einschließlich Ann –, als wäre sie auf wundersame Weise geheilt worden.

Doch das war sie nicht.

Jener erste Zusammenbruch fand statt, bevor ich geboren wurde. Ich kannte Ann als Zentrum jeden Familientreffens – zumindest der Treffen, an denen sie teilnahm. Sie war zwar vier Jahre älter als meine Mutter, wirkte aber stets ein Jahrzehnt jünger. Sie kannte sich mit Kleidung aus wie niemand sonst. Ihr Körper war gebaut für Mode; sie konnte Kleidung von der Stange aussehen lassen wie Haute Couture. Auf Fotos aus den Siebzigern – als sie eben die Highschool abgeschlossen hatte – hat sie den athletischen Körper eines Bademoden-Models in *Sports Illustrated.* Doch gegen Mitte der achtziger Jahre war sie dünn wie ein Gerippe, und auf den Schnappschüssen aus jener Zeit haben ihre Augen jenen glasigen Blick, den ich nach meiner Erfahrung dem Konsum von Kokain zuschreibe.

Was immer die Quelle ihrer Energie sein mochte, Ann war, was niemand sonst in der DeSalle-Familie je geschafft hatte – cool. Sie lehrte mich zu tanzen, wie man sich anzieht, wie man sich schminkt. Sie hat mich beim Rauchen meiner ersten Zigarette erwischt – die ich aus ihrer Packung gestohlen hatte – und sie mit mir geteilt. Sie verriet mir die Finessen von Zungenküssen und wie ich Jungen loswerden konnte, deren Aufmerksamkeit ich nicht wollte. Sie hat mir geraten, immer einen Jungen irgendwo in Wartestellung zu haben – selbst nachdem ich geheiratet hätte –, weil der Typ, mit dem man zusammen war, einen betrügen konnte und wahrscheinlich auch irgendwann würde. Einen zweiten auf Reserve an der langen Leine zu halten, war kein Betrug am gegenwärtigen Freund, pflegte sie zu sagen, sondern lediglich Selbstschutz. So machten das coole Girls, dachte ich damals.

Doch Coolness altert nicht gut. Je älter ich wurde, desto häufiger bekam ich Anrufe mit, die meine Mutter zu allen Tages- und Nachtzeiten erhielt und nach denen sie manchmal hunderte von Meilen weit fuhr, um Ann zu retten, die zu diesem Zeitpunkt bereits, wie ich erst viel später erfuhr, als bipolar verhaltensgestört diagnostiziert worden war. Auf der Höhe einer manischen Phase verschwand sie manchmal für Wochen am Stück. Einmal fand die mexikanische Polizei sie in einer Bar in Tijuana, wo sie als Kellnerin gearbeitet hatte – dank einer internationalen Vermisstensuche, die mein Großvater initiiert hatte. Ich habe mich seit damals häufig gefragt, ob *Kellnerin* nicht eine beschönigende Umschreibung ist für das, was Tante Ann wirklich in jener Bar gemacht hat, als man sie fand.

Doch was mir über Ann am stärksten in Erinnerung geblieben ist, war ihre Besessenheit, ein Baby zu bekommen. Manchmal schien diese Fixierung die Wurzel ihrer mentalen Krankheit zu sein. Weil ich mit sechzehn von zu Hause weg und aufs College ging, habe ich viele der Mühen versäumt, die sie unternahm, um sich wegen ihrer Unfruchtbarkeit behandeln zu lassen. Ich weiß lediglich, dass nichts jemals zum Erfolg geführt hat und dass es wohl an ihr liegen muss und nicht an einem ihrer beiden ersten Ehemänner. Während ihrer manischen Phasen kann nur ein Teenager auf Speed mit Ann mithalten, und niemand – nicht einmal meine Mutter – kann ihre Nähe aushalten, wenn sie in eine tiefe Depression fällt. Es ist unglaublich unfair. Ich hatte nicht den Wunsch, schwanger zu werden, und doch trage ich ein Kind in mir.

Ann hat sich ihr Leben lang verzweifelt nach einer Schwangerschaft gesehnt, doch bei ihr ist es nicht geschehen.

Was hat Ann zu Nathan Malik geführt? War es ihre bipolare Verhaltensstörung? Oder waren es wieder zu Tage tretende Erinnerungen an sexuellen Missbrauch? Wenn Malik aufhört, Spiele mit mir zu treiben, könnte ich in neunzig Minuten meine Antworten haben.

Zu meiner Rechten blinkt das Schild des Angola Penitentiary auf. Normalerweise denke ich an die Insel, wenn ich das Schild sehe. Ich denke kurz an sie und verdränge die Gedanken dann wieder aus meinem Kopf. Doch heute lassen sich die Bilder, die vor meinem geistigen Auge entstehen, nicht wieder vertreiben. Ich bin in der Einraumklinik, wo Großvater die schwarzen Familien behandelt, die auf seiner Insel leben. Die Klinik, in der die zehnjährige Ann ihre Notoperation am Blinddarm hatte. Eine Legende in unserer Familie – die Geschichte ist immer die gleiche, bis in die Einzelheiten. Ein Sturm überspült den Damm, die Boote reißen sich los … Ann bekommt plötzlich eine Blinddarmentzündung … Großvater und Ivy operieren im Licht einer Coleman-Laterne. Ann hat eine schlimme Infektion, doch sie überlebt, und die Arbeiter stehen draußen vor der Hütte und beobachten das Geschehen und jubeln nach der gelungenen Operation.

Doch heute schleicht sich ein neuer, furchtbarer Verdacht in meine Gedanken. Was, wenn Anns Problem nicht der Blinddarm war? Was, wenn mein Großvater sie missbraucht hat? Könnte es sein, dass er sie geschwängert hat? Ist es möglich, dass die »Notoperation« in Wirklichkeit eine Abtreibung war? *Mein Gott.* Wenn es eine Abtreibung war – und wenn er die Operation irgendwie vermasselt hat –, könnte *das* die Ursache dafür sein, dass Ann später im Leben nicht mehr schwanger werden konnte? Bevor ich weiter spekuliere, wähle ich die Nummer von Michael Wells' Mobiltelefon.

»Cat?«, fragt er. Im Hintergrund höre ich das Plärren eines Autoradios.

»Ja. Hast du einen Moment Zeit? Ich habe eine medizinische Frage an dich.«

»Schieß los.«

»In welchem Alter kann ein junges Mädchen schwanger werden?«

Michael dreht das Radio leiser. »Das ist eine ziemlich allgemeine Frage. In Mississippi sind zwölfjährige Schwangere nichts Ungewöhnliches.«

»Aber was ist das früheste Alter, in dem ein Mädchen schwanger werden kann?«

»Das jüngste Alter? Nun ja, ich bin kein Frauenarzt. Allgemein definieren Kinderärzte die Vorpubertät als das Alter, in dem sich die ersten Schamhaare zeigen und das Brustgewebe sich zu entwickeln beginnt. Bei Afroamerikanerinnen ist das vor Vollendung des achten und bei Weißen ungefähr mit Vollendung des neunten Lebensjahres der Fall.«

»Du machst Witze!«

»Nein. Normalerweise können sie so früh noch nicht schwanger werden. Ich sage nicht, dass es noch nie passiert ist. Warum fragst du?«

»Ich habe überlegt, ob meine Tante Ann vielleicht mit zehn schwanger geworden sein könnte.«

Michael schweigt sekundenlang. »Du hältst es für möglich, dass dein Großvater sie geschwängert hat?«

»Vielleicht. Ich habe überlegt, dass die Blinddarmoperation damals auf der Insel in Wirklichkeit vielleicht gar keine Notfall-Appendektomie gewesen sein könnte.«

»Wow. Das würde auf jeden Fall beweisen, dass er es gewesen ist.« Er zögert, bevor er fortfährt. »Wann ungefähr ist das gewesen?«

Ich rechne schnell nach. »Irgendwann um 1958 herum.«

»Unmöglich. Damals gab es noch keine Schwangerschaften mit zehn Jahren. Das Durchschnittsalter für die erste Menstruation geht seit Jahrzehnten stetig zurück. Heute ist vielleicht ein Mädchen unter einer Million schon mit zehn

Jahren fruchtbar, aber 1958? Vergiss es. Ich sehe deine Argumentationskette, aber ich denke, mit dieser Theorie bewegst du dich eindeutig in der *Twilight Zone*.«

Ich weiß nicht, ob ich erleichtert sein soll oder nicht. »Bestimmt hast du Recht. In meinem Kopf dreht sich alles wegen dieser Sache, verstehst du?«

»Hat Ann sich inzwischen bei dir gemeldet?«

»Nein.«

»Wie weit bist du noch von New Orleans weg?«

»Neunzig Meilen.«

»Du nimmst Sean mit zu deinem Treffen mit Nathan Malik, richtig?«

»Richtig. Mach dir keine Gedanken, Michael. Es ist wirklich nicht nötig.«

»Ich mache mir aber Gedanken, und zwar so lange, bis du mich anrufst und mir sagst, dass das Treffen vorbei und dir nichts passiert ist.«

Seine Besorgnis bringt ein Lächeln auf mein Gesicht. »Ich rufe dich an, okay?«

»Okay.«

»Dann bis später.«

»Bis später.«

Ich schalte den Tempomat des Audi ab und beschleunige auf fünfundachtzig Meilen pro Stunde. Ein endloser Reigen von Gesichtern geht mir durch den Kopf wie ein Möbiusband – mein Großvater, Ann, meine Mutter, mein Vater, Billy Neal, Jesse und Louise –, doch jede Spekulation über ihre tatsächlichen Beziehungen untereinander sind fruchtlos. In weniger als zwei Stunden sitze ich dem Mann von Angesicht zu Angesicht gegenüber, der mir sagen kann, in welcher Beziehung er zu meiner kranken Tante steht – und der wahrscheinlich auch die Identität jenes Mannes zu enthüllen vermag, der mich als Kind missbraucht hat.

Und das ist alles, was in diesem Augenblick für mich von Bedeutung ist.

Malik hat mich instruiert, ihn anzurufen, wenn ich nur noch fünf Meilen vor New Orleans bin, doch ich habe es nicht getan. Stattdessen bin ich beim Williams Boulevard von der I-10 abgebogen, der ersten Ausfahrt von Kenner, dem westlichsten Vorort von New Orleans, und habe einen Schnapsladen angesteuert.

Ich war im Laden, ohne etwas zu kaufen. Ich habe dort gestanden und die Flaschen mit Grey Goose angestarrt, jenes Bild mit den blau-weißen Gänsen über den französischen Alpen, das ich kenne wie mein eigenes Gesicht. Die französische Fahne, das Milchglas, der blaue Deckel. Ich habe die Hand nach einer 750-Milliliter-Flasche ausgestreckt, als stünde ich unter einem hypnotischen Zwang, doch im allerletzten Moment habe ich mich abgewendet und bin aus dem Laden gerannt.

Jetzt sitze ich vor dem Laden in meinem Audi und halte ein Mobiltelefon in meinen zitternden Händen. Die Kassiererin denkt wahrscheinlich, dass ich einen Überfall vorbereite. Oder vielleicht hat sie schon mehr als einen Alkoholiker auf Entzug gesehen, die gegen das gleiche Problem angekämpft haben wie ich jetzt.

Es ist nicht der körperliche Entzug, der mich jetzt zittern lässt.

Es ist Malik.

Ich habe Michael versprochen, dass ich Sean zu dem Treffen mitnehme, doch ich habe Sean nicht angerufen. Ich will ihn nicht wiedersehen. Ich glaube sowieso nicht, dass ich ihn für dieses Treffen brauche. Die Chancen, dass Dr. Malik mich angreift, sind minimal, und ich bin bewaffnet. Was mich zum Zittern bringt ist die Aussicht, endlich die Wahrheit über mich selbst zu erfahren. Was immer Malik weiß, es wird mein Bild von mir selbst unwiderruflich verändern.

Das ist doch genau der Grund, aus dem du gekommen bist, oder?, fragt eine Stimme in meinem Kopf.

Mit einem leisen Fluch steige ich aus und gehe zu dem

Münztelefon neben dem Schnapsladen. Ich wähle die Nummer, die Malik mir gegeben hat. Es läutet viermal, und als ich schon denke, dass sich jeden Augenblick der Anrufbeantworter einschaltet, nimmt Malik ab.

»Catherine?«

»Ja.«

»Sind Sie fünf Meilen vor New Orleans?«

»Nein. Ich stehe vor einem Schnapsladen auf dem Williams Boulevard.«

»Ist das in der Nähe des Flughafens?«

»Ja.«

»Gut. Ich bin in einem Motel, eine Meile vom Flughafen entfernt. Es nennt sich Thibodeaux. Es ist eine Absteige mit einem grellen orangefarbenen Schild, eine Meile an der Abfahrt zum Flughafen vorbei, auf der rechten Seite. Glauben Sie, Sie können es finden?«

»Ich habe es schon mal gesehen.«

»Es gibt nur ebenerdige Zimmer. Ich habe Zimmer Nummer achtzehn.«

»Soll ich direkt vor Ihrem Zimmer parken?«

»Ja. Ich werde nach Ihnen Ausschau halten.«

Ich will auflegen, doch ich spüre, dass er auf etwas wartet. »Dr. Malik?«

»Ja?«

»Wissen Sie, wer mich missbraucht hat?«

»Ja und nein.«

Scheiße. »Treiben Sie immer noch Spielchen mit mir?«

»Sie sind diejenige, die die Antwort weiß, Catherine. Erinnern Sie sich, was ich Ihnen über Traumata erzählt habe? Die Erinnerungen sind unterdrückt, aber sie sind da. Sie sind unauslöschlich. Sie warten nur darauf, dass Sie sie ausgraben. Und ich werde Ihnen dabei helfen.«

»Heute?«

»Heute. In ein paar Minuten werde ich Sie über den Lethe führen, in die Unterwelt. Und danach führe ich Sie zurück in die Welt des Lichts. Wenn Sie zurückgekehrt sind, dann sind Sie wieder eins mit Ihrer Seele. Und mit Ihren Erinnerungen ebenfalls.«

Meine Handflächen sind nass und klamm vom Schweiß. Maliks Worte haben meine Unruhe nicht gemildert, sondern im Gegenteil noch verstärkt.

»Haben Sie keine Furcht, Catherine. Sind Sie auf dem Weg?«

»Ja.«

»Trinken Sie?«

»Ich bin stocknüchtern. Viel zu nüchtern.«

Er kichert leise. »Wir sehen uns, sobald Sie hier sind.«

Die Leitung ist tot.

Ich werfe einen letzten Blick auf den Eingang des Schnapsladens – WIR AKZEPTIEREN JEDE KREDITKARTE –, dann steige ich in den Wagen und starte den Motor. Bevor ich jedoch vom Parkplatz fahre, öffne ich meine Handtasche, nehme die Flasche mit dem Valium hervor und lasse eine Tablette in meine feuchte Hand rollen. Mit der linken Hand auf dem Bauch flüstere ich: »Verzeih mir, Baby. Nur noch diese eine.« Dann schlucke ich die Pille ohne Flüssigkeit herunter.

Schließlich setze ich zurück und fädele mich in den Strom von Fahrzeugen ein, die in Richtung Flughafen rollen.

Malik hat Recht. Das Thibodeaux ist eine heruntergekommene Absteige. Ein Flachbau mit durchhängendem Dach; die Türen zu den einzelnen Zimmern sind in grellem Orange gestrichen. Drei Fahrzeuge stehen auf den Parkplätzen davor, ausnahmslos Wracks. Ich parke vier Türen von Zimmer achtzehn entfernt und steige aus. Die Luft stinkt nach Flugbenzin und Fastfood. Draußen auf dem Williams Boulevard herrscht reger Verkehr, doch wenn ich die Walther dicht an meinen Oberschenkel gepresst halte, ist sie kaum zu sehen.

Über mir steigt eine 727 donnernd in den Himmel hinauf, während ich mich der Tür nähere. Ich hebe die Hand, um zu klopfen, und plötzlich höre ich das Geräusch von Regen, der in meine Richtung kommt. In New Orleans kann es von einer Sekunde auf die andere ohne Vorwarnung regnen, aber heute kocht der Asphalt in strahlendem Sonnenlicht. Es ist wieder meine Halluzination … Regen auf einem Blechdach. Das prasselnde Geräusch ist lauter als die Fahrzeuge, die dreißig Meter entfernt auf der Straße vorbeirauschen.

Achte nicht darauf. Das Ende deiner Halluzinationen wartet auf der anderen Seite dieser Tür.

Ich schiebe eine Patrone in die Kammer der Walther, dann klopfe ich entschlossen an die orangefarbene Tür. Sie bewegt sich ein paar Zentimeter unter der Wucht meines Klopfens.

»Dr. Malik?«

Keine Antwort.

Jetzt wünschte ich, ich hätte Sean angerufen. Das kommt davon, wenn man die Nase zu hoch trägt. Ich hebe die Waffe, trete die Tür auf und springe in den Raum, während ich gleichzeitig in alle Ecken zu sehen versuche und mich überzeuge, dass keine Gefahr lauert.

Das Zimmer sieht genauso aus, wie ich es mir vorgestellt habe: ein giftig grüner, abgetretener Teppich, ein Doppelbett, ein Fernseher auf einem Fuß. Auf der anderen Seite führt eine Tür unter einem Spiegel ins Bad.

Kein Malik.

Ich durchquere das Zimmer und trete die Tür zum Bad auf, die Walther schussbereit vor mir.

Malik liegt in der Badewanne.

Er ist vollständig angezogen – ganz in Schwarz, was sonst –, und die weißen Kacheln über seinem kahlen Schädel sind besudelt mit rotem Blut und grauer Hirnmasse.

Mein anfängliches Entsetzen weicht nackter Panik, als ich sehe, dass das Blut immer noch an den Kacheln nach unten rinnt. Wer immer Malik ermordet hat, könnte noch ganz in der Nähe sein. Ich wirbele herum in Richtung des Zimmers, als mir die Pistole in Maliks Hand auffällt.

Selbstmord?

Ich kann es nicht glauben.

Doch dann sehe ich den Schädel in seinem Schoß. Es ist ein menschlicher Schädel, vollkommen bar jeglichen Gewebes, sauber und weiß wie die Schädel in den Vorlesungen über Orthopädie. Malik hält ihn in den Händen wie ein Baby. Die Mandibula wird von Federn und Schrauben an der Maxilla gehalten. Arterien und Venen sind in Rot und Blau auf die weißen Knochenplatten gemalt. Der Schädel scheint ein leichtes ironisches Grinsen zu zeigen, wie alle Totenschädel, doch dieser hier, das spüre ich, versucht mir etwas zu sagen. Es gibt einen Grund dafür, dass er hier ist, und er will, dass ich diesen Grund erfahre.

Ich starre in Maliks Gesicht auf der Suche nach einem Hinweis, doch Malik kann sich jetzt nicht einmal mehr selbst helfen. Die einst durchdringenden Augen des Psychiaters sind so tot wie die Glasaugen eines ausgestopften Hirschkopfs. Während ich noch das Gesicht des Toten anstarre und krampfhaft nach einer Erklärung suche, bewegt sich Maliks Brust plötzlich und unerwartet, und sein Kopf fliegt nach vorn wie von einer Schnur gezogen.

Die Walther ruckt in meiner Hand.

Das ganze Badezimmer dröhnt wie eine Sprengstoff-Testkammer.

Und alles wird weiß.

42

Ich bin schneeblind.

Ich bin in einem Meer aus Weiß, und mein Schädel pocht unablässig vor Kälte. Irgendwo weit weg ruft jemand meinen Namen.

»Dr. Ferry …? Catherine!«

Die Stimme klingt irgendwie vertraut, doch ich kann nicht mehr sehen.

Der Wind brennt auf meinem Gesicht.

Ein dunkler Blitz schießt durch das Weiß, und dann rahmt schmutziggelbes Licht ein verschwommenes Gesicht ein. »Dr. Ferry? Können Sie mich hören?«

Ja … hierher!

»Cat? Ich bin es. John Kaiser. Special Agent John Kaiser vom FBI.«

Er ist es. Es ist John Kaiser. Seine haselnussbraunen Augen sind nur Zentimeter von den meinen entfernt.

»Was ist passiert?«, frage ich.

»Das weiß ich nicht. Wir hatten gehofft, Sie könnten es uns erzählen.«

Ich blinzle wegen des gelben Lichts und versuche zu erkennen, wer »wir« ist und wo ich bin. Ich scheine an eine Badewanne gelehnt auf dem Boden zu sitzen, neben mir eine Kommode, die Beine lang ausgestreckt durch eine offene Tür. Hinter Kaiser steht ein Sanitäter, und dahinter erkenne ich das dunkle Gesicht von Carmen Piazza, Chefin des Morddezernats der NOPD. Piazza wirkt wütend.

»Sind Sie verwundet?«, fragt Kaiser. »Wir konnten keinerlei Verletzungen feststellen, allerdings waren Sie bewusstlos.«

»Mein Kopf schmerzt. Wieso sind Sie hier?«

»Machen Sie sich darüber keine Gedanken. Wieso sind Sie hier?«

Ich wende mich um, weil ich sicher sein will, dass Maliks Leiche noch immer hinter mir in der Badewanne liegt. Da ist sie. »Dr. Malik wollte sich hier mit mir treffen. Ich war einverstanden.«

»Jesses«, murmelt Captain Piazza. »Haben Sie das gehört? Haben Sie das verdammt noch mal gehört?«

Kaiser schüttelt den Kopf. »Hat Malik versucht, Sie zu töten, Cat?«

Nein. Beinahe hätte ich es laut gesagt. Zum Glück aber hat mein gesunder Menschenverstand überlebt, was immer mit mir passiert ist. »Ich verlange einen Anwalt.«

Kaiser sieht mich enttäuscht an. »Brauchen Sie einen Anwalt?«

»Ich weiß es nicht. Können Sie mir versprechen, mich nicht zu verhaften?«

Er blickt zurück zu Piazza, dann wieder zu mir. »Sie wissen, dass ich das nicht kann.«

»Dann verlange ich einen Anwalt.«

Er steht auf und bittet den Sanitäter, mich noch einmal zu untersuchen. Während das geschieht, höre ich, wie jemand draußen Neugierige wegschickt. Dann höre ich Captain Piazzas Stimme, leise und wütend, während Kaiser versucht, sie mit seinem sonoren Bariton zu beschwichtigen.

»Können Sie gehen?«, fragt Kaiser. Er ist zurück und steht in der Tür.

»Ich glaube schon.«

»Dann kommen Sie mit.«

Ich stehe auf, und nach einem letzten Blick auf Malik und den Schädel in seinem Schoß folge ich Kaiser nach draußen auf den Parkplatz. Dieser Schädel geht mir nicht aus dem Kopf, doch ich habe jetzt keine Zeit, um darüber nachzudenken. Der Parkplatz, vorhin noch fast leer, ist inzwischen voll. Streifenwagen, eine Ambulanz, ein Leichenwagen, zivile Einsatzfahrzeuge der Detectives. Kaiser führt mich vielleicht zwanzig Meter zur Seite, weit genug, dass niemand unser Gespräch hören kann.

»Hören Sie mir zu, Cat. Ich bin direkt von einem anderen Tatort hierher gekommen. Unser UNSUB hat sein sechstes Opfer gefunden.«

»Wer war es?«

»Sie scheinen nicht überrascht.«

»Wir haben unseren Killer noch nicht gefasst. Warum also sollte er aufhören?«

»Sie haben von Anfang an nicht geglaubt, dass Malik der Killer war?«

»Ich wäre bestimmt nicht hergekommen, wenn ich das geglaubt hätte.«

Kaiser mustert mich eine Weile wortlos. Ich blicke zur Seite, zum Eingang von Zimmer achtzehn, und sehe, wie Piazza sich mit zwei Detectives unterhält. Sie gestikuliert in meine Richtung, und die beiden Detectives starren mich an. Sie sehen aus wie zwei Pitbull-Terrier, die nur auf ein Kommando ihres Herrn warten.

»Die gleiche Handschrift wie bei den anderen fünf?«, frage ich.

»Ja. Zwei Schüsse, einer ins Rückenmark, Bisswunden, dieselbe Botschaft an der Wand. ›Meine Arbeit ist niemals getan.‹ Während wir noch am Tatort waren, hat jemand beim Hauptquartier der Sonderkommission angerufen und uns gesagt, dass Malik sich hier versteckt.«

»Anonym?«

»Ja.«

»Der Anrufer ist der Killer, John.«

Kaiser sieht mich an wie ein strenger Vater. »Erzählen Sie mir von Gruppe X.«

»Haben denn die beiden Patientinnen nichts erzählt, die Sie gefunden haben?«

»Wir haben sie nicht mehr, Cat. Beide Frauen sind heute Morgen verschwunden. Vielleicht auch schon gestern Nacht, ich weiß es nicht. Ich verstehe nicht, woher sie wussten, dass sie abhauen mussten. Ich habe ihre Telefonaufzeichnungen überprüfen lassen. Keinerlei verdächtige Anrufe.«

»Sprechen Sie mit jedem, mit dem Sie telefoniert haben«, sagte ich, während mir dämmert, dass Ann inzwischen vielleicht die einzige Person ist, die uns verraten kann, wer die anderen Mitglieder von Maliks Gruppe X sind – außer den Frauen selbst. *Es sei denn, Maliks Dokumentationen tauchen auf. Kann es sein, dass er sie bei sich hat? Dass er sie hier im Motel versteckt gehabt hat?*

»Wir überprüfen jeden«, sagt Kaiser. »Aber Sie wissen mehr, als Sie mir erzählt haben.«

»Sie versprechen, mich nicht ins Gefängnis zu stecken, und ich rede. Sie brauchen mich, um diesen Fall zu lösen. Wer ist Opfer Nummer sechs, John?«

Er scheint mit sich selbst im Widerstreit zu liegen, ob er antworten soll. Schließlich sagt er: »Ein Polizeibeamter. Das ist alles, was ich Ihnen im Augenblick verraten kann, und ich hätte nicht einmal so viel sagen dürfen.«

»Und warum haben Sie es trotzdem getan?«

»Weil ich erfahren muss, was Sie über die Geschehnisse hier wissen. Wenn Sie sich hinter einem Anwalt verschanzen, weil Sie plötzlich paranoid geworden sind, verlieren wir Zeit, die wir nicht wieder gutmachen können. Wenn Sie nichts zu verbergen haben – nichts, was für diesen Fall relevant ist, heißt das –, dann haben Sie auch nichts zu verlieren, wenn Sie mit mir reden.«

Ich will ja mit ihm reden, doch ich weiß, dass ein FBI-Agent, trotz seiner besten Absichten, nicht verhindern kann, dass das NOPD mich wegen Mordes an Malik verhaftet, wenn es das will. Auf der anderen Seite kann Kaisers Unterstützung mir nur nützen.

»Was wollten Sie von Malik?«, fragt er.

»Ich bin hergekommen, weil ich herausfinden wollte, in welcher Beziehung meine Tante Ann zu Malik gestanden hat. Und um ein paar Dinge über meine Vergangenheit zu erfahren.«

»Haben Sie mit ihm geredet?«

»Er war bereits tot, als ich hier ankam.«

»Wieso waren Sie bewusstlos?«

»Mein Schädel fühlt sich an, als hätte mich jemand niedergeschlagen.«

»Ihre Waffe wurde abgefeuert. Die Kugel hat Malik in der Brust getroffen.«

Ein eisiger Schock durchfährt mich. Kann es sein, dass ich Malik aus Versehen getötet habe? Nein ... plötzlich sehe ich vor meinem geistigen Auge erneut den Spasmus von Maliks Leichnam, der mich so erschreckt hat. »Wenn das stimmt, dann war er jedenfalls bereits tot, als ich auf ihn geschossen habe. Oder beinahe tot. Die Autopsie sollte das beweisen. Er hatte einen Nervenspasmus. Ich habe mich zu Tode erschreckt und abgedrückt. Es war ein Versehen.«

Kaiser beobachtet Piazza mehrere Sekunden lang über meine Schulter hinweg. Dann nimmt er mich beim Arm und sagt: »Hören Sie mir zu, Cat. Hören Sie mir verdammt genau zu, und sagen Sie mir die verdammte Wahrheit, okay?«

»Ich höre.«

»Wenn Sie Nathan Malik erschossen hätten – würden Sie es *wissen?*«

Ein gazeartiger Film senkt sich über meine Augen, ein Gefühl, als würde ich durch eine Verzerrung der Wahrnehmung von Kaiser getrennt. Ich bin nicht sicher, ob durch seine oder meine. »Was wollen Sie damit sagen?«

»Ich habe in den vergangenen Tagen viel über Sie nachgedacht, Cat. Ihre Panikattacken an den Tatschauplätzen. Ihre psychiatrische Vorgeschichte – zumindest der Teil, von dem ich weiß. Die Handschrift des Täters, in erster Linie Bisswunden, die auch gefälscht sein könnten. Sie wüssten besser als jeder andere, wie man das macht. Und die Tatsache, dass Sie als Kind sexuell missbraucht wurden ...«

»Wer hat Ihnen das gesagt?«, unterbreche ich ihn mit bebender Stimme. »Hat Sean Ihnen das erzählt?«

»Ja.«

»Dieser Dreckskerl!«

»Es tut mir Leid, Cat, aber ich denke, Ihr posttraumatisches Stresssyndrom und der Missbrauch in Ihrer Kindheit haben Sie zu Malik hingezogen und Sie vielleicht zu seiner Patientin gemacht, ohne dass Sie davon wissen.«

»Gütiger Gott, Agent! Glauben Sie etwa allen Ernstes, ich könnte diese Männer umgebracht haben, ohne etwas davon zu wissen?«

Kaiser zuckt die Schultern. »Ich denke lediglich über eine Möglichkeit nach. Eine, auf die auch andere kommen könnten. Carmen Piazza beispielsweise. Sie weiß nicht alles, was ich weiß, aber was sie weiß, gefällt ihr nicht. Ich habe mir die Bänder mehrere Male angehört, auf denen Ihr Treffen mit Malik mitgeschnitten ist. Er hat Ihnen etwas über dissoziative Identitätsstörung erzählt und dass es nur ein anderer Name für eine multiple Persönlichkeit ist. Angesichts der Situation, in der wir Sie eben angetroffen haben, wäre es unverantwortlich von mir, wenn ich diese Möglichkeit nicht in meine Überlegungen mit einbeziehe.«

Under dem Druck von Piazza und den beiden Pitbulls, die mich immer noch anstarren, bringe ich kaum die nötigen Ressourcen zusammen, um mich gegen Kaisers Vorwurf zu verteidigen. »John, ich habe Nathan Malik nicht umgebracht! Ich habe ihm auch nicht geholfen, die sechs Opfer zu töten oder es selbst getan! Zugegeben, falls ich an einem dissoziativen Identitätssyndrom leide, würde ich mich nicht an irgendetwas von alledem erinnern. Ich wäre fest von meiner Unschuld überzeugt. Aber haben Sie eine Ahnung, wie selten ein so stark ausgeprägtes Syndrom ist? Selbst unter sexuell missbrauchten Menschen? Es ist einer jener faszinierenden Mythen, ähnlich Amnesie. In den vergangenen zwanzig Jahren hat es mehr Fälle in Hollywood-Filmen gegeben als in der gesamten aufgezeichneten Medizingeschichte der Menschheit.«

Kaiser beobachtet mich nachdenklich wie ein Bomberpilot, der überlegt, ob er ein verdächtiges feindliches Dorf dem Erdboden gleichmachen soll oder nicht. Der kleinste Hinweis kann ihn sowohl in die eine als auch in die andere Richtung schwenken lassen.

»Wenn Sie zulassen, dass man mich ins Gefängnis steckt«, sage ich zu Kaiser, »dann verlieren Sie Ihre beste Chance, diesen Fall zu lösen.«

»Wieso?«

»Dr. Malik hat gesagt, dass ich die Wahrheit über das, was mit mir passiert ist, bereits kenne. Dass ich lediglich einen Weg finden muss, sie aus meinem Kopf ans Tageslicht zu zerren. Ich denke, das Gleiche gilt für diesen Fall, John. Irgendwie ist beides miteinander verbunden.«

»Vielleicht hat Malik über eine alternative Identität in Ihnen gesprochen?«

»Meine Güte, jetzt machen Sie mal halblang! Sie reden mit einer Frau, die von einem verheirateten Mann geschwängert wurde! Ich versuche mir das Trinken abzugewöhnen, und ich habe vor ein paar Tagen herausgefunden, dass ich von irgendjemandem in meiner Familie als Kind sexuell missbraucht wurde! Ich habe überhaupt keine *Zeit*, um herumzurennen und Leute aus Spaß oder um des Geldes wegen umzubringen! Okay?«

In Kaisers Augen blitzt irgendetwas auf – Menschlichkeit vielleicht. Dann sieht er erneut über meine Schulter zu Piazza. Kaiser ist meine einzige Hoffnung, auf freiem Fuß zu bleiben.

»Ich habe mit Malik am Telefon geredet«, räume ich ein. »Er hat mir ein paar Dinge über den Fall erzählt. Wenn Sie mich verhaften oder zulassen, dass das NOPD mich verhaftet, werden Sie niemals herausfinden, was für Dinge das sind.«

»Wovon reden Sie?«, fragt Kaiser mit zusammengekniffenen Augen.

»Haben Sie eine Schachtel in Maliks Zimmer gefunden?«

»Nein. Was war in dieser Schachtel?«

Ich schüttele den Kopf.

Kaiser packt mein Handgelenk. »Kommen Sie mit.«

Als er mich zu seinem Crown Victoria zerrt, mit dem ich vor ein paar Tagen schon einmal gefahren bin, werfe auch ich einen Blick über die Schulter. Die beiden Detectives vom NOPD folgen uns. Kaiser schiebt mich auf den Rücksitz und steigt hinter mir ein. Eingesperrt mit ihm zusammen in diesem beengten, winzigen Raum, spüre ich erneut die Anziehungskraft dieses Mannes. Der gleiche persönliche Magnetismus, den ich auch an jenem Nachmittag in meinem Haus gespürt habe, als Sean bei mir war.

»Was geschieht jetzt?«, frage ich.

Sein Gesicht ist angespannt. »Ich weiß es nicht, aber es dürfte interessant werden.«

Einer der Detectives klopft ans Fenster.

»Sie steigen nicht aus diesem Wagen, bevor ich es Ihnen nicht sage«, sagt Kaiser.

»Keine Sorge.«

Kaiser steigt aus und verschließt hinter sich die Tür. Draußen beginnt eine hitzige Diskussion, doch Kaiser zieht die Detectives stetig vom Wagen weg, sodass ich nur einen Teil ihrer Unterhaltung verstehen kann. Es sind vereinzelte Worte, ohne jeden Zusammenhang. *Arrest. Verschwörung.* Hilfe und Beihilfe. Eine Frauenstimme gesellt sich zu dem Durcheinander. Captain Piazza erzählt irgendetwas von Zuständigkeit des NOPD und Einmischung der Bundesbehörde. Das Word »Psycho« dringt an mein Ohr. Kaiser spricht allem Anschein nach leise, weil ich kein Wort von ihm hören kann. Und doch ist es Kaiser, der nach zwei Minuten zum Wagen zurückkommt und zu mir einsteigt.

»Wird das NOPD mich jetzt verhaften?«

»Sie würden es am liebsten tun, ja. Piazza denkt, dass Sie uns von Anfang an belogen haben. Dass Sie Malik mit Informationen über den Stand der Ermittlungen versorgt haben. Sie will Sean Regan suspendieren, und sie will Sie an die Wand nageln, Cat. Piazza will Sie höchstpersönlich verhören.«

»Großartig.«

Kaisers Blick bohrt sich in meinen. »Was war in der Schachtel, die Sie erwähnt haben, Cat? Im Augenblick ist diese Schachtel vielleicht das Einzige, was Sie vor dem Gefängnis bewahrt.«

»Ein Film.«

Ich sehe, wie hinter Kaisers Augen mit Lichtgeschwindigkeit neue Verbindungen geknüpft werden. »Die Videoproduktionsausrüstung«, sagt er. »Das Zeug, das wir in Maliks geheimem Unterschlupf gefunden haben. Hat er es dafür gebraucht?«

»Bravo.«

»Was für ein Film ist das?«

»Malik hat eine Dokumentation über sexuellen Missbrauch gemacht. Über eine experimentelle Therapiegruppe, die er *Gruppe X* genannt hat.«

»Ich will verdammt sein!«

»Er hat nur weibliche Patienten in diese Gruppe aufgenommen. Er hat erzählt, es wäre ein ziemlich radikaler Film. Es war sein Lebenswerk. Malik hätte sich niemals selbst getötet, ohne diesen Film vorher beendet zu haben. Und er schien zu glauben, dass es eine Menge Leute gibt, die nicht wollen, dass jemand diesen Film sieht.«

Kaiser braucht eine Weile, bis er meine Information verdaut hat. »Hat er Ihnen die Namen seiner Patientinnen oder zumindest einer Patientin aus Gruppe X genannt?«

»Nein.«

»War Ihre Tante eine dieser Patientinnen?«

»Er hat es mir nicht verraten, und ich weiß es nicht.«

»Haben Sie in der Zwischenzeit mit Ihrer Tante gesprochen?«

»Nein.«

»Scheiße! Jetzt, wo Malik tot ist, finden wir unter Umständen niemals heraus, wer in Gruppe X war. Es sei denn, *Ihre* Tante kann uns weiterhelfen.«

Das ist nicht alles, was wir niemals herausfinden werden, denke ich untröstlich. *Vielleicht ist das Geheimnis meines Lebens zusammen mit Malik gestorben. Es sei denn, Ann weiß mehr. Es sei denn, sie weiß es und sagt es mir …*

»Der Film zeigt die Frauen aus Maliks Gruppe X?«

»Ja. Sie sollen angeblich ihren Missbrauch vor der Kamera noch einmal durchlebt haben.«

»Ich schätze, Maliks Mörder hat die Schachtel an sich genommen.«

Ich schenke Kaiser ein dünnes Lächeln. »Ich schätze, da haben Sie Recht.«

Er sieht nach draußen zu den Detectives des NOPD, die immer noch wütend zum Wagen starren. »Gottverdammt! Erzählen Sie mir mehr über dieses Motelzimmer, Cat!«

»Ich erfuhr erst fünf Minuten vor meinem Eintreffen, wo Malik sich aufgehalten hat. Er gab mir eine Nummer, die ich anrufen sollte. Als ich hier ankam, war die Tür nur angelehnt. Ich bin ins Zimmer gegangen und fand Maliks Leiche. Das Blut an der Wand war noch ganz frisch. Er hielt eine Pistole in der Hand.«

»Was, wenn Malik der Killer war und sich erschossen hat, weil seine Arbeit am Ende doch getan war? Nach dem Tod des sechsten Opfers, meine ich.«

Ich schüttele den Kopf. »Sie wissen es besser, John. Maliks Arbeit war sein Film, nicht Mord. Erzählen Sie mir von diesem sechsten Opfer.«

Kaisers Blick wandert zum Motel. Piazza steht erneut bei ihren beiden Detectives. »Sein Name war Quentin Baptiste. Er war Detective beim Morddezernat in New Orleans.«

»Was? Scheiße!«

»Ja. Wahrscheinlich war es Baptiste, der dem Killer die Informationen hat zukommen lassen, wissentlich oder nicht. Das ist ein Grund, warum Piazza Ihnen gerne die Schuld in die Schuhe schieben würde.«

»Wie alt war Baptiste?«

»Einundvierzig.«

»Das jüngste Opfer bis jetzt. Ist Sean am Tatort?«

»Er war auf dem Weg dorthin, als ich losgefahren bin. Inzwischen hat er wahrscheinlich von den Vorgängen hier erfahren. Wir müssen Sie von hier wegschaffen.«

»Was ist mit weiblichen Verwandten?«

»Wie?«

»Weibliche Verwandte. Haben Sie Quentin Baptistes weibliche Verwandte überprüft? Vielleicht war eine von ihnen eine Patientin Maliks. Sie könnte Mitglied in Maliks Gruppe X sein. Und weil Baptiste erst einundvierzig war, würde ich nach Töchtern, Stieftöchtern und Nichten Ausschau halten. Und nach Brüdern oder Vätern dieser Frauen.«

»Ich wollte genau damit anfangen, als wir den Tipp erhielten, hierher zu kommen. Baptiste war ein Cop. Es sollte nicht allzu schwer fallen ...« Kaisers Gesicht ist plötzlich angespannt. »Scheiße!«

Ein dunkelgrüner Saab kommt wenige Meter von uns entfernt mit quietschenden Reifen zum Stehen. Während Sean aus dem Wagen springt und zum Motel läuft, hebt Kaiser ein Walkie-Talkie an die Lippen. »Richard, kommen Sie sofort raus! Verraten Sie Detective Regan auf keinen Fall, wo Dr. Ferry ist.«

»Wohnt Sean wieder zu Hause?«, frage ich.

Kaiser sieht mir in die Augen. »Ich glaube schon, ja. Er versucht, sich mit seiner Frau zu versöhnen.«

»Bitte sorgen Sie dafür, dass er erfährt, dass mir nichts passiert ist.«

»Mache ich.«

Die Fahrertür des Crown Victoria wird aufgerissen, und ein FBI-Agent in einem grauen Anzug springt hinter das Steuer. Während er den Motor anlässt, platzt Sean aus Zimmer Nummer achtzehn und sucht den Parkplatz ab. Unsere Blicke begegnen sich. Er sprintet los, doch Kaisers Fahrer jagt mit quietschenden Reifen auf den Williams Boulevard hinaus, bevor Sean uns einholen kann.

Wir sind drei Blocks vom Motel entfernt, als es mir plötzlich wie Schuppen von den Augen fällt. »Drehen Sie um!«

»Das wäre ein Fehler«, sagt Kaiser entschieden. »Für Sie beide.«

»Es geht nicht um Sean! Es ist der Schädel! Ich muss diesen Schädel sehen!«

»Warum?«

Ich versuche, meine Aufregung im Zaum zu halten. »Die Zähne in diesem Schädel haben die Bisswunden bei den Opfern verursacht! Ich gehe jede Wette ein!«

»Wenden Sie den Wagen«, befiehlt Kaiser seinem Fahrer.

Richard bringt uns in weniger als einer Minute zurück zum Thibodeaux Motel. Seans grüner Saab ist bereits wieder verschwunden. Captain Piazza hat ihm offensichtlich unmissverständlich klar gemacht, dass es für seine Karriere katastrophal wäre, falls er uns folgt.

Kaiser hat über Funk eine Spurensicherungsbeamtin informiert, die nun zu unserem Wagen kommt. Sie trägt den Schädel in einem großen Beweismittelbeutel vor sich her. Kaiser greift über mich hinweg, kurbelt mein Fenster herunter und nimmt den Beutel entgegen. Dann legt er ihn mir in den Schoß.

Der polierte Schädel starrt mich mit dem gleichen ironischen Grinsen an, das mir bereits in der Badewanne des Motels aufgefallen ist. Der Knochen ist leicht gelblich, wahrscheinlich durch Alterung des Klarlacks, mit dem irgendjemand ihn überzogen hat.

»Ich brauche Handschuhe!«

»Geben Sie ihr Ihre Handschuhe«, befiehlt Kaiser der Beamtin.

Mein Herz hämmert wild, als ich mich mit den Latexhandschuhen der Beamtin abmühe, die sie beim Ausziehen auf links gedreht hat. Auch ohne den Mund des Schädels zu öffnen kann ich sehen, dass die lateralen Inzisivi leicht schräg stehen, genau wie jene Zähne, die die Bisswunden unserer Opfer verursacht haben. Sobald ich die Handschuhe übergestreift habe, öffne ich den Ziploc und nehme den Schädel aus dem Beutel.

Ich habe während meiner Laufbahn viele von diesen Schädeln in den Händen gehalten, einige absolut makellos und steril wie dieser hier, andere mit Hacken aus Massengräbern in Bosnien freigelegt. Schädel wie diesen hier sieht man in den Behandlungsräumen von Ärzten und Zahnärzten. Sie helfen dem Arzt, seine Patienten zu unterrichten, und sie verleihen darüber hinaus jeder ärztlichen Praxis eine makabre, ernsthafte Aura.

Der Unterkiefer lässt sich einfach öffnen; er ist mit Federn und Schrauben am Zygoma oder Jochbein des Oberkiefers montiert. Bisswundenvergleiche können eine langwierige, schwierige Aufgabe sein, doch manchmal springt einem das Ergebnis geradezu in die Augen. Das hier ist so ein Fall. Der Maxillarbogen der Bisswunden ist in mein Gedächtnis eingebrannt, und der dieses Schädels hier stimmt Zahn für Zahn damit überein.

»Und?«, fragt Kaiser.

»Er ist es.«

43

Während wir am Ufer des Lake Pontchartrain entlang in Richtung der FBI-Außenstelle jagen, telefoniert Kaiser mit jemandem, der offensichtlich über weit reichende Befugnisse verfügt. Ich habe immer noch hämmernde Kopfschmerzen direkt hinter den Augen. Der Schädel liegt vorn auf dem Passagiersitz neben unserem Fahrer.

Endlich beendet Kaiser das Gespräch, dann wendet er sich zu mir. »Der Chief des NOPD ist außer sich, weil ich nicht zugelassen habe, dass Piazza Sie verhaftet. Nachdem ich Sie quasi vom Tatort entführt habe, hat er meinen Boss angerufen. Es wird ein bürokratisches Gerangel geben.«

»Werde ich verhaftet?«

»Die FBI-Außenstelle ist das Hauptquartier der Sonderkommission. Wenn Sie für eine Weile dort bleiben, ohne Aufhebens zu machen, dann steigen die Chancen gewaltig, dass Sie nicht ins Gefängnis müssen.«

»Hören Sie, die Tatsache, dass ich beim Motel aufgetaucht bin, war für den Killer lediglich ein Bonus. Es war der Killer, der Ihnen den Tipp gegeben hat, wo Sie die Mordwaffe und die Videoausrüstung finden, und die gleiche Person hat Ihnen verraten, wo Sie das Motel und den Schädel finden. Er versucht, Malik die Schuld in die Schuhe zu schieben. Mein Auftauchen kam ihm verdammt gelegen. Hätten Sie herausgefunden, dass Maliks Selbstmord vorgetäuscht ist, hätten Sie mich an Ort und Stelle gehabt, um mich der Tat zu beschuldigen. Und wegen meiner Erfahrung weiß ich genau, wie man so etwas macht. Eine geeignetere Person hätte der Killer nicht finden können.«

»Es würde passen«, räumt Kaiser ein. »Allerdings kann ich mir ein anderes Szenario vorstellen, das genauso gut passen würde.«

»Fangen Sie jetzt nicht wieder mit Ihrer Geschichte von multipler Persönlichkeitsspaltung an.«

»Nein. Die Frauen aus Gruppe X wissen, dass Malik die Kinderschänder tötet – und dass er wenigstens einen unschuldigen Mann erwischt hat. Eine von ihnen bekommt Gewissensbisse. Wie die Frau, die versucht hat, sich selbst das Leben zu nehmen, Margaret Lavigne.«

»Liegt sie immer noch im Koma?«

»Ja. Ich dachte, dass Ihre Tante vielleicht die Anruferin sein könnte.«

»War es wieder eine weibliche Stimme?«

»Ja.«

Ich wende mich zum See und beobachte schweigend die grauen Wellen. Vermutlich könnte Tante Ann tatsächlich hinter den Anrufen stecken. Doch aus irgendeinem Grund bezweifle ich das. Wenn Ann die Kaution für Malik bezahlt hat, wieso sollte sie sich so plötzlich gegen ihn wenden? Weil ein unschuldiger Mann ermordet worden ist? Vielleicht. Doch ich bezweifle, dass das Ihre Loyalität so schnell ins Gegenteil verwandeln könnte. »Hat das sechste Opfer ebenfalls Bisswunden?«

»Die schlimmsten bis jetzt.«

»Es sind persönliche Angriffe, John. Und die Bisse werden den Opfern vor dem Tod zugefügt. Es ist wie eine Folter. Und die Opfer werden bewegungsunfähig gemacht, bevor sie gebissen werden.«

»Heißt?«

»Der Killer ist eine Frau. Ich habe es von Anfang an vermutet. Es ist wahrscheinlich eine der Frauen aus Maliks Gruppe X.«

Kaiser stößt den Atem aus. »Es wäre eine Möglichkeit, auch wenn sie angesichts der Handschrift des Verbrechers sehr unwahrscheinlich ist. Es gibt in der Geschichte nicht einen einzigen Fall, in dem eine Frau jemals zur sexuell getriebenen Serienmörderin geworden wäre. Nicht ohne einen männlichen Komplizen.«

»Vor nicht einmal fünf Minuten haben Sie mich praktisch beschuldigt, die Morde begangen zu haben.«

»Sie sind ein besonderer Fall. Ihre Vergangenheit, ihre forensische Ausbildung … Außerdem habe ich geglaubt, dass Sie Malik geholfen haben. Dass Sie quasi ein Team aus einem Mann und einer Frau gewesen sind.«

»Und wieso nicht zwei Frauen? Wir wissen doch gar nicht, wie viele Frauen in Maliks Gruppe X sind.«

»Reden Sie weiter.«

»Nachdem wir Malik mit den beiden ersten weiblichen Patientinnen in Verbindung gebracht hatten, wusste der Killer, dass wir ihm auf die Spur gekommen waren, selbst wenn wir es zum damaligen Zeitpunkt noch nicht gewusst haben. Also versteckte er die Mordwaffe in Maliks Apartment und gab uns einen Tipp. Wir ließen uns trotzdem nicht von der Fährte abbringen, also gab der Killer uns ein hübsches Päckchen mit Malik und dem Schädel darin. Unser Killer fühlt sich im Augenblick wahrscheinlich wieder ziemlich sicher.«

Kaiser sieht mich erwartungsvoll an. Irgendetwas regt sich in meinem Hinterkopf, aber ich kriege es irgendwie nicht zu fassen. »Haben Sie irgendetwas über die weiblichen Verwandten von Quentin Baptiste herausgefunden?«

»Warten Sie.« Er nimmt sein Mobiltelefon und ruft Carmen Piazza an. Die Unterhaltung ist kurz und sachlich. Als er fertig ist, wendet er sich zu mir. »Detective Baptiste hatte sechs weibliche Blutsverwandte. Eine Frau, zwei Töchter und drei Nichten.«

»Wie alt sind die Töchter?«

»Das hat Piazza nicht gesagt, doch eine arbeitet als Lehrerin. Die andere arbeitet in einer Tagespflegestätte. Eine der Nichten hat soeben die Police Academy abgeschlossen.«

»Sie weiß also, wie man schießt«, denke ich laut. »Genau

wie die Tochter des ersten Opfers, jede Wette. Moreland. Die Tochter eines Colonels, ein Army-Kind.«

»Wir haben die Tochter von Moreland genau unter die Lupe genommen, weil sie mit dem ersten Opfer verwandt war. Sie ist sauber, Cat. Trotzdem werde ich die Sonderkommission sofort auf die Verwandten von Baptiste ansetzen. Ein weiblicher Serienmörder ... basierend auf unseren Erfahrungen ist es verdammt weit hergeholt.«

»Es gab vorher auch niemals einen Fall wie Aileen Wuornos, John. Vergessen Sie die Vergangenheit. Sehen Sie auf die Beweise vor Ihren Augen.«

Am Horizont taucht ein großes weißes Segel auf. Es lädt mich ein, ihm auf seinem Weg durch den See zu folgen. Als meine Augenlider schwer werden, fällt mir das Valium wieder ein, das ich vor dem Schnapsladen im Wagen genommen habe, bevor ich zum Thibodeaux Motel gefahren bin.

»Wie geht es Ihrem Kopf?«, fragt Kaiser.

»Er tut weh. Ich hab letzte Nacht nicht gut geschlafen, deswegen hab ich eine Valium genommen, bevor ich zu meiner Verabredung mit Malik aufgebrochen bin.«

»Sie könnten eine Gehirnerschütterung haben. Sollen wir Sie untersuchen lassen?«

»Nein. Bringen Sie mich nur zur FBI-Außenstelle. Ich muss mich hinlegen.«

»Wenn Sie sich hinlegen, muss ich eine Schwester zu Ihnen ins Zimmer schicken.«

»Tun Sie, was immer Sie wollen. Ich werde mich auf jeden Fall hinlegen.«

Ich lehne den Kopf gegen die Scheibe und schließe die Augen, als mein Mobiltelefon »Sunday, Bloody Sunday« spielt. Ich greife in meine Tasche. Sie ist leer.

»Ich habe es«, sagt Kaiser und hält mir das Display so hin, dass ich es sehen kann. »Kennen Sie diese Nummer?«

»Nein, aber das ist eine Vorwahl von der Golfküste. Es

könnte meine Tante Ann sein. Ich habe ihr eine Nachricht hinterlassen, dass sie mich zurückrufen soll.«

Kaiser überlegt hastig, dann gibt er mir das Telefon. »Was auch immer Sie erzählen, sagen Sie ihr nicht, dass Malik tot ist!«

Ich nicke und nehme das Gespräch entgegen. »Hallo?«

»Hey, Cat Woman!«

Mein Herz hämmert ganz wild. Es ist tatsächlich Ann! Ich nicke Kaiser zu und sehe, wie er sich im Sitz neben mir anspannt.

»Wie geht es unserem kleinen Mädchen?« Anns Stimme klingt spröde, wie ich es von ihren manischen Phasen her kenne. *Wie rede ich am besten mit ihr?*

»Offen gestanden nicht so gut«, sage ich mit erschöpfter Stimme.

»Du klingst, als könntest du einen Drink gebrauchen.«

»Ich wünschte, ich hätte einen. Ich rühre keinen Tropfen mehr an.«

»Aua. In deiner Nachricht hast du angedeutet, du wüsstest etwas über Dr. Malik und mich. Was genau weißt du, Kind?«

»Ich weiß, dass du seine Kaution bezahlt hast. Das FBI weiß es ebenfalls.«

»Das ist nicht gegen das Gesetz, oder?«

Ihre Antworten kommen wie aus der Pistole geschossen. Sie ist definitiv manisch. »Dr. Malik ist in eine Reihe von Mordfällen verwickelt, Ann.«

Eine kurze Pause. Als sie wieder spricht, ist ihr Tonfall ironisch. »›Verwickelt‹ ist ein ziemlich dehnbarer Ausdruck, Baby Girl. Nathan hätte die Dinge niemals tun können, die das FBI ihm unterstellen will. Ich kenne die Männer, Honey. Er hat so etwas einfach nicht in sich.«

Ann kennt die Männer wie ein Brandstifter das Feuer, das ist wahr. »Ich habe in letzter Zeit ziemlich oft mit ihm geredet«, verrate ich ihr.

»Tatsächlich? Weißt du, wo er ist?« Eine Spur von Besorgnis jetzt.

»Ja.« Ich schließe die Augen. »Nathan Malik wurde erneut verhaftet.«

»Verhaftet?« Das Erschrecken in diesem einen Wort ist wie ein Schock. »Wo?«

»Hier in New Orleans. Ich denke, du solltest herkommen und ihn besuchen. Ich würde mich auch gerne mit dir unterhalten. Bist du in Biloxi?«

»Nein.«

»Bist du irgendwo in der Nähe von New Orleans?«

Erneutes kurzes Schweigen. Dann: »Sorry, Baby Girl. Ich denke nicht, dass ich dir im Moment alles erzählen kann. Du weißt ja selbst, wie das ist. Du hattest auch immer deine Geheimnisse.«

»Du hast Recht. Auch wenn ich heute manchmal wünschte, es wäre nicht so gewesen. Ich wünschte, wir alle hätten offener miteinander geredet.«

»Oh, Honey … ich auch. Ich wünschte, du könntest zu Nathan in eine Gruppentherapie gehen. Er hat bei mir Wunder bewirkt.«

»Das wollte ich auch«, sage ich. Es ist nur eine halbe Lüge. »Ich habe in den letzten Tagen ein paar Dinge über meine Vergangenheit herausgefunden, die mich ziemlich aufgewühlt haben. Ich würde dir gerne ein paar Fragen stellen. Um herauszufinden, ob dir ähnliche Dinge widerfahren sind.«

»Oh, Baby Girl«, sagt Ann mit hauchiger Stimme. »Ich habe mir ja solche Sorgen um dich gemacht! Aber du solltest wirklich mit Nathan über all diese Dinge reden, nicht mit mir.«

Erzählt sie mir etwa gerade, dass sie missbraucht worden ist? Warum sonst sollte sie sich Sorgen um mich gemacht haben? »Warum hast du dir solche Sorgen um mich gemacht, Ann?«

»Du bist mir so ähnlich, Cat. Gwen hat mir erzählt, man hätte bei dir Zyklothymie diagnostiziert, aber das ist nur ein anderes Wort für Bipolarität. Wir haben es in unseren Genen, Kind. Nathan ist der Experte auf diesem Gebiet. Ich bin nicht in der Verfassung, irgendjemandem zu helfen.«

Kaiser sieht mich an und formt lautlos Worte mit den Lippen. Es sieht aus wie *Gruppe X*.

»Dr. Malik hat mir von einer besonderen Gruppe erzählt. Gruppe X. Es klang ziemlich cool. Er hat mir auch von seinem Film erzählt und alles. Hast du dabei mitgemacht?«

Ann setzt zu einer Antwort an, dann verstummt sie wieder. Im leisen Rauschen der offenen Leitung kann ich spüren, wie sie lauscht. Sie lauscht mit der Konzentration eines manischen Bewusstseins in höchstem Fokus. Eine Gänsehaut überläuft mich. Ich kenne dieses Gefühl von Hyperkonzentration, zu der man auf dem manischen Plateau fähig ist. Wenn man auf das Gras lauscht, kann man es wachsen hören.

»Catherine?«, sagt Ann unvermittelt, und ihre Stimme klingt so gebietend, dass sie von meinem Großvater stammen könnte. »Was verschweigst du mir?«

»Was meinst du damit?«

»Du weißt genau, was ich meine.«

Kaiser beobachtet mich besorgt. »Ich weiß es nicht. Ich bin es, Ann, deine Nichte. Und wir sind in einer gefährlichen Situation, alle beide. Selbst Dr. Malik wusste das.«

»Wusste?«

Ich verziehe das Gesicht, und Kaiser flucht still in sich hinein.

»Du hast gerade die Vergangenheitsform benutzt, Baby Girl.« Wieder die ironische Tonlage.

»Na ja, Dr. Malik sitzt im Gefängnis, und diesmal wegen Mordes.«

»Ich höre deine Stimme, Cat. Du hast vor irgendetwas Angst. Oder vor irgendjemand. Oder *um* irgendjemand.«

»Nein. Du interpretierst da irgendwas hinein.«

»Ich möchte mit Nathan reden.«

»Dann komm nach New Orleans. Du kannst ihn im Parish Prison besuchen.«

Diesmal dehnt sich das Schweigen scheinbar unendlich. »Ich komme nicht nach New Orleans, bevor du mir nicht die Wahrheit gesagt hast, Cat.«

Ich beiße vor Wut die Zähne zusammen und versuche, mir nichts anmerken zu lassen. »Ich habe dir alles gesagt, was ich weiß! Ich mache mir Gedanken, dass du …«

Das Rauschen in der Leitung ist plötzlich leer. »Sie hat einfach aufgelegt!«, sage ich fassungslos.

44

Die Außenstelle des FBI ist eine vierstöckige Ziegelfestung am Südufer des Lake Pontchartrain zwischen dem Lakefront Airport und der University of New Orleans. Wir halten vor dem schweren Stahlgittertor mit den Lilienspitzen, und Kaiser zeigt einem bewaffneten Posten seinen Dienstausweis. Der Posten lässt uns passieren, wir parken den Wagen und eilen durch einen Eingang, der geschmückt ist mit Flaggen, schwarzem Marmor und dem Motto des FBI: *Treue, Tapferkeit, Rechtschaffenheit.*

Im Vestibül gibt es ein rotes Absperrband, und eine Frau erwartet uns hinter kugelsicherem Glas. Danach lässt Kaiser mich durch einen Metalldetektor gehen, und endlich sind wir auf dem Weg in den vierten Stock hinauf zur FBI-Außenstelle, von wo aus der Leitende Special Agent die einhundertfünfzig auf ganz Louisiana verteilten FBI-Agenten befehligt.

Wir steigen aus dem Lift, und Kaiser führt mich durch einen Korridor, der sich durch nichts von all den anderen

Korridoren in den Konzernzentralen großer amerikanischer Firmen unterscheidet. Unauffälliges Dekor, weitere Türen, weitere Korridore. Kaiser klopft an eine Tür, dann tritt er ein und winkt mir, ihm zu folgen. Hinter der Tür ist ein leerer Büroraum, in dem vier Liegen aufgestellt sind. Zwei sind nackt, die beiden anderen mit Laken, Bettzeug und Kissen ausgestattet.

»Mehr kann ich Ihnen nicht bieten, fürchte ich.«

»Besser als eine Zelle im Parish Prison.«

Kaiser lacht pflichtbewusst auf. »Ich muss zum SAC und diese Sache klären. Möglich, dass er sich mit Ihnen unterhalten will.«

»Es geht mir gut. Tun Sie, was Sie müssen.«

»Gut oder nicht gut, ich werde Ihnen auf jeden Fall eine Schwester schicken. Ihr Name ist Sandy.«

»Ich schlafe wahrscheinlich längst, bevor sie hier ist.«

Er nickt, dann wendet er sich zum Gehen.

»Darf ich mein Mobiltelefon zurückhaben?«

»Leider nicht, sorry.«

»Niemand hat mir meine Rechte vorgelesen!«

Kaisers Geduld ist sichtlich strapaziert. »Cat, Sie haben die Arbeit der Justiz behindert und möglicherweise Beihilfe zum Mord in mehreren Fällen geleistet. Wenn ich zulasse, dass Sie sich weiter in diesen Fall einmischen – was sehr leicht geschehen könnte, falls ich Ihnen Ihr Telefon zurückgebe –, setzt der SAC Sie ohne Zögern vor die Tür, wo das NOPD bereits auf Sie wartet. Und dann kann ich absolut nichts mehr für Sie tun.«

»Also gut. Aber Sie geben mir Bescheid, falls Ann sich noch einmal meldet?«

»Absolut. Ich bringe Ihnen das Telefon und lasse Sie Ihre Tante zurückrufen.«

Er sieht mich an, als wäre er sicher, dass ich noch eine weitere Frage habe, doch ich habe keine. Höchstens eine Idee. »Ich habe über diesen Schädel nachgedacht, John.«

»Was ist damit?«

»Ich hatte von Anfang an das Gefühl, als könnten diese Bisswunden gefälscht sein. Hat Sean Ihnen gegenüber von meiner Theorie gesprochen, dass der Killer ein Gebiss oder ein artikuliertes Modell benutzt haben könnte, um die Spuren zu erzeugen?«

Ein Lächeln huscht über Kaisers Gesicht. »Sagen wir, er hat es als seine Idee verkauft.«

»Das sieht ihm ähnlich. Nun ja, meine Theorie hat sich jedenfalls als richtig erwiesen. Der Killer hat die Zähne von diesem Schädel benutzt, um die Bisswunden zu erzeugen. Nächste Frage: Wessen DNA haben wir analysiert? Woher stammt der Speichel? Wir wissen, dass es nicht Maliks Speichel war.«

Kaiser nickt. »Sicher, aber bevor wir nicht einen Verdächtigen haben, gibt es auch keine Proben, die wir vergleichen könnten.«

»Zugegeben. Allerdings habe ich überlegt ... Speichel enthält noch mehr als nur DNA, wissen Sie? Wir müssen alles in Erfahrung bringen, was die Speichelspuren uns sagen können.«

»Beispielsweise? Was wollen Sie tun?«

»Ein paar einfache Experimente aus dem neunzehnten Jahrhundert. Heutzutage denken alle, DNA-Analyse wäre das A und O aller Forensik. Prima, großartig. Doch in einem gewöhnlichen Mund gibt es außerdem Streptokokken und alle möglichen anderen Bakterien. Nehmen Sie eine Speichelprobe aus einer von Quentin Baptistes Wunden, geben Sie die Probe in eine Petrischale und warten Sie ab, was sich daraus entwickelt. Vielleicht enthält sie seltene Keime, die uns mehr verraten. So ähnlich, als würden wir einen Leichnam aufschneiden, um herauszufinden, was er wo zu Abend gegessen hat. Verunreinigungen und so weiter, wissen Sie?«

Kaiser sieht skeptisch aus. »Was könnten wir daraus ableiten?«

»Ich weiß es nicht. Wir könnten herausfinden, ob unser Verdächtiger an einer bestimmten Krankheit leidet. Wir sollten es auf jeden Fall versuchen, oder? Vielleicht stoßen wir zufällig auf etwas. Genau wie Sean, der den Kautionssteller angerufen und herausgefunden hat, dass meine Tante Ann die Kaution für Malik gestellt hat.«

»Sie haben Recht. Ich sage der Spurensicherung Bescheid, damit sie sich gleich an die Arbeit macht.«

»Beeilen Sie sich. Baptiste hat den einzigen Speichel, der noch zu gebrauchen ist, und diese Kulturen benötigen Zeit.«

»Schon erledigt.« Er geht zur Tür, dann wendet er sich ein letztes Mal um. Seine Stimme klingt bedauernd. »Hey. Sind Sie wirklich schwanger?«

Ich nicke schweigend.

»Ist Sean der Vater?«

»Ja.«

Er schließt für einen Moment die Augen, bevor er mich wieder ansieht. »Werden Sie das Kind austragen?«

»Ja.«

Er blinzelt nicht einmal. »Das ist gut.«

Ich habe weder gesehen noch gehört, wie die Schwester in das Zimmer gekommen ist. Das Valium hat mich sanft aus der lebenden Welt getragen wie ein Strom aus Grey Goose. Vielleicht hat der Alkoholentzug mich hypersensibel für Drogen gemacht. Was immer der Grund sein mag, ich gleite ohne jede Störung an der weißen Korallenwand hinunter in meinen Traumozean, und die Myriaden Bilder meines Unterbewusstseins tanzen um mich herum wie Kinder, die den ganzen Tag in einem Haus eingesperrt waren.

Die Zeit fließt vorwärts und rückwärts in meinen Träumen. Nicht, dass sie sich meinen Wünschen fügen würde, das nicht. Wenn Einbrecher mich jagen und im Begriff stehen, mich von hinten mit ihren Klauenhänden zu packen, kann ich die Zeit nicht umkehren, um mich in Sicherheit zu bringen. Doch die Ereignisse in meinen Träumen entfalten sich nicht immer in der normalen Abfolge. Manchmal werde ich immer jünger, je weiter mein Traum voranschreitet – oder besser: *zurückschreitet* –, und ich werde beispielsweise bei einer Geburtstagsparty ein Jahr jünger, von neun auf acht. Doch ich war noch nie jünger als acht. Jene Nacht, in der mein Vater starb, ist für mich wie eine Wand aus Obsidian, eine unverrückbare physikalische Mauer, die Newton oder Einstein oder vielleicht sogar Gott in meinen Weg gestellt hat. Das Schild auf dieser Wand lautet nicht: HINTER DIESER STELLE LAUERN MONSTER, wie es in der Legende antiker Karten zu finden ist. Es lautet: HINTER DIESER STELLE LAUERT DAS NICHTS.

Nichts. Existiert so etwas wie das Nichts überhaupt? Ich habe Kinder diese Frage stellen hören: *Ist denn »Nichts« nicht auch irgendetwas?* Raum ist etwas, oder? Zeit existiert ebenfalls. Und Gravitation. Unsichtbare Dinge vielleicht, doch real genug, um einen umzubringen, wenn man sie nicht berücksichtigt. Ich habe existiert, bevor ich acht Jahre wurde, auch wenn ich mich nicht daran erinnern kann. Ich weiß, dass ich damals existiert habe, wie ich weiß, dass ein Arzt mir die Mandeln gezogen hat, während ich unter Vollnarkose war. *Irgendetwas* ist passiert, selbst wenn ich mental nicht zugegen war.

Ich trage die Narben, um es zu beweisen.

Meine Narben sind mit bloßem Auge nicht sichtbar, doch sie existieren. Wenn ein Kind für ein ganzes Jahr aufhört zu reden, dann gibt es einen Grund dafür. Irgendjemand, irgendetwas hat mich verletzt, selbst wenn es etwas war, das nur ich gesehen habe. Doch was habe ich gesehen? Acht Jahre voll verlorener Bilder. Sind sie in einem Loch verschwunden? Nicht alle. Fragmente aus jener Zeit habe ich immer bei mir getragen. Besonders Bilder von Tieren sind mir in der Erinnerung haften geblieben. Ein Hund, den wir hatten, als ich sehr jung war. Ein roter Fuchs, auf den Pearlie mich aufmerksam gemacht hat, als er geduckt und schnell unter den Bäumen auf Malmaison davonrannte. Pferde auf der Insel, die über den Sand galoppiert sind, als wollten sie den Fluss durchschwimmen und in die Freiheit entkommen.

Und ich erinnere mich an meinen Vater. Diese Bilder habe ich gehütet wie einen Schatz, wie Gold, das man aus einer vom Krieg heimgesuchten Stadt schmuggelt. Mein Vater … Luke Ferry. Ich sehe ihn, wie er zur Musik aus dem Autoradio tanzt, während er seinen alten, verbeulten weißen Volkswagen wäscht. Wie er mit gesenktem Kopf die Auffahrt von Malmaison hinuntergeht, die Hände in den Hosentaschen vergraben, während er über irgendetwas nachdenkt. Wie er meine Mutter anschreit, aus der Scheune zu bleiben, noch während er mich mit einer Hand nach drinnen zieht. Ich sehe ihm aus dem Dachgebälk der Scheune zu, während er mit einem Schneidbrenner an einer Skulptur arbeitet und den weißglühenden Stahl nach seinem Willen biegt. Von der Stelle aus, wo ich immer saß, war die Flamme dieses Schweißbrenners heller als die Sonne, und das Fauchen klang mir in den Ohren. Der Geruch von Heu umgab mich in diesem Gebälk, ein Geruch, den keine noch so gründliche Reinigung aus der Scheune hätte vertreiben können. Wie viele Nachmittage habe ich oben im Dachgebälk verbracht und meinem Daddy zugesehen, während er einem auf dem Boden liegenden Haufen Schrott Dinge voller Schönheit abrang?

Mehr, als ihm lieb gewesen war.

Daddy wusste nicht immer, dass ich da war. Manchmal kletterte ich an der Leiter auf der Rückseite der Scheune nach oben und schlich mich auf diese Weise auf den Dachboden. Es erinnerte mich an Schwarz-Weiß-Filme über einen kleinen arabischen Jungen, der auf diese Weise Leute beobachtete und grandiose Abenteuer erlebte. Meistens hörte Daddy, dass ich kam – seine Ohren müssen scharf gewesen sein wie die eines Luchses –, doch manchmal bemerkte er auch nichts. Wenn er wusste, dass ich dort war, hielt er den Kopf stets irgendwie anders, als wollte er sicher sein, dass ich sehen konnte, was er mit dem Schweißbrenner machte. Ich fühlte mich unendlich privilegiert. Er hatte mich als seine heimliche Beobachterin ausgewählt, die Einzige, der es erlaubt war, dem Magier bei seinen Tricks zuzuschauen. In manchen Nächten war er sehr in seine Arbeit vertieft, und ich sah nichts außer dem Schweiß, der ihm über den Hals und den Rücken rann und sein weißes Unterhemd durchnässte. In jenen Nächten arbeitete er mit einer Inbrunst, die ich nicht einmal annähernd verstand. Er arbeitete wie ein Mann, der die geraden Metallstücke aus tiefstem Herzen hasste und versuchte, ihre Essenz zu zerstören, indem er aus ihnen etwas Abstraktes formte – etwas ohne Funktion und doch voller Bedeutung.

Jetzt bin ich wieder dort.

Im Gebälk.

Mitsamt dem Geruch nach Heu und den Wespennestern und den Moskitos, die tagsüber unter das Dach gesurrt kamen, um mir des Nachts aufzulauern. Ich schlage nicht nach ihnen, weil Daddy mich sonst hört. Ich warte, bis sie sich auf meine Haut gesetzt haben und anfangen, sich mit meinem Blut voll zu saugen, bevor ich sie langsam zu einem rotschwarzen Brei zerdrücke.

Wenn die Schweißflamme erlischt, ist die Stille in der Scheune vollkommen. In dieser Stille höre ich zum ersten Mal den Regen. Ich hatte vergessen, dass es regnete. Das ist der Grund, warum er mich nicht gehört hat, als ich mich unters Dach schlich. Die Regentropfen prasseln auf das Blechdach wie Hagel, doch das hypnotische Fauchen der Schweißflamme war laut genug, um sie zu übertönen.

Daddy geht unten am Boden auf und ab, doch ich kann ihn nicht sehen. Ich recke den Hals und sehe, dass er unter dem Dachboden kauert. Er hockt neben einem der Balken, die das Dach tragen, und schiebt irgendein Werkzeug in eine Spalte zwischen den Dielenbrettern. Nach einer Sekunde blickt er sich um, dann zieht er das Brett heraus. Dann ein zweites. Und noch eins. Er zieht einen Beutel aus dem so geschaffenen Loch im Boden. Der Beutel ist dunkelgrün wie die Jeeps, die auf dem Fuhrpark der Nationalgarde parken, wenn ich dort zum Flohmarkt gehe.

Ich habe diesen Beutel nie zuvor gesehen.

Er nimmt etwas aus dem Beutel, doch ich kann nicht sehen, was es ist. Ein Magazin vielleicht oder ein großes Bild. Dann steht er auf und geht zu einer seiner Werkbänke. Er legt den Gegenstand vor sich und greift nach unten zu seiner Mitte, als müsste er seine Hosen aufmachen, um zu pinkeln. Mein Gesicht fühlt sich heiß an. Er pinkelt nicht, weil es dort keine Kloschüssel gibt und kein Urinal, nichts außer dem Tisch auf dem Holzboden.

Seine rechte Schulter ist angespannt und arbeitet, wie wenn er das Metall hämmert. Als wollte er überhaupt nicht mehr damit aufhören. Der Regen prasselt weiter dicht über meinem Kopf auf das Blechdach, und der Schweiß strömt meinem Vater den Nacken hinunter. Dann hebt er den Kopf ein wenig, als würde er an die Decke starren, doch irgendwie weiß ich, dass er die Augen geschlossen hat.

Ich habe Angst. Ich will weglaufen, doch meine Hände und Beine sind wie betäubt.

Er wendet sich seitwärts, und dann sehe ich, was er tut, und plötzlich schlägt mir das Herz bis zum Hals. Ich kann nicht mehr atmen. Sein Mund ist schlaff, und so, wie er aussieht, dreht sich mir fast der Magen um. Als er stöhnt und den Kopf hin und her wirft, bricht der Bann, der meine Glieder fesselt, und ich renne plötzlich zurück zur Leiter, renne um mein Leben. Ich krache mit dem Kopf gegen ein Brett, verliere den Halt, und dann falle ich an den Sprossen der Leiter vorbei, rudere Halt suchend mit den Armen, doch das Einzige, das ich zu fassen bekomme, sind Regentropfen …

»Sieh nur, Cat«, sagt Großvater und deutet auf eine Gruppe von Bäumen. »Sieh nur das Rehkitz dort.«

Als ich den Kopf drehe, falle ich nicht mehr vom Dachboden der Scheune, sondern ich sitze im orangefarbenen Pickup meines Großvaters, der den flachen Hügel zum Teich hinaufrumpelt. Ich bin auf der Insel. Noch immer lässt mir die Angst das Herz bis zum Hals schlagen, doch die Gerüche haben sich verändert. Das Heu ist verschwunden, ist Motoröl, Schimmel, Kautabak und dem Rauch von handgedrehten Zigaretten gewichen. Noch hat es nicht angefangen zu regnen, doch der Himmel ist voll bleierner Wolken und so schwer wie der Bauch einer tragenden Kuh.

Wir zockeln über den Kamm, und Großvater dreht den Kopf und beobachtet, wie sein Preisbulle auf eine Kuh steigt. Großvater strahlt vergnügt. Warum ist er so glücklich? Denkt er an das Geld, das er mit dem empfangenen Kalb machen wird? Oder beobachtet er den Bullen einfach nur gerne dabei, wie er auf der Kuh arbeitet und stößt? Wie oft muss mir ich diesen immer gleichen Film denn noch ansehen?

Die Kühe voraus beim Teich beobachten uns mit dumpfer Gleichgültigkeit. Dahinter liegt das Wasser so glatt wie ein Spiegel, außer an der Stelle, wo mein Vater treibt, mit dem Gesicht nach unten und mit ausgebreiteten Armen wie Jesus am Kreuz. Ich balle die Fäuste. Ich will die Augen schließen, doch meine Lider gehorchen mir nicht. Stumm vor Angst deute ich mit dem Finger auf den Teich. Großvater blinzelt zu den Wolken hinauf und schüttelt den Kopf.

»Verdammter Regen«, sagt er.

Während wir dem Teich entgegenrollen, steht mein Vater auf und fängt an, über das Wasser zu laufen. Mein Herz pocht so laut, dass ich es über den Lärm des Pick-ups hinweg hören kann. Daddy streckt mir die Arme entgegen, dann beginnt er, sein Hemd aufzuknöpfen. Auf seiner Brust sind dunkle Haare. Ich ziehe meinen Großvater am Hemdsärmel, doch er ist völlig gefesselt von dem Bullen auf der Kuh.

»Daddy! Nicht!«, rufe ich.

Er öffnet sein Hemd. In der Mitte seiner Brust ist der große, genähte, Y-förmige Einschnitt. Rechts davon das Loch, wo die Kugel ihn getroffen hat. Er steckt zwei Finger in das Kugelloch und reißt es auf. Erneut schlage ich die Hände vor die Augen und spähe zwischen den Fingern hindurch. Irgendetwas strömt aus der Wunde wie Blut, doch offensichtlich ist es keins.

Es ist grau.

»Sieh her, Kitty Cat!«, fordert er mich auf. *»Ich möchte, dass du hersiehst.«*

Diesmal gehorche ich.

Das graue Zeug ist nicht flüssig. Es sind lauter kleine Kügelchen, Plastikkügelchen, ein ganzer Strom von Plastikkügelchen, der sich aus der Brust meines Daddys ergießt, genau so, wie es immer bei meinen Stofftieren war, wenn ich zufällig eins aufgerissen hatte. Louisiana Rice Creatures waren ursprünglich mit Reis ausgestopft, doch später wich der Reis Plastikkügelchen. Billiger, schätze ich. Oder vielleicht fing der Reis nach einer Weile an zu verrotten. Die Kügelchen strömen endlos aus der Wunde meines Vaters, ein prasselnder, zischender Strom, der auf das Wasser trifft.

Als Daddy sicher ist, dass ich erkannt habe, was es ist, reißt er seine Brust noch weiter auseinander. Er greift in seine Brust und zieht eine Rice Creature hervor wie ein Tierarzt, der einem Pferd bei einer schwierigen Geburt hilft. Es ist nicht irgendein Stofftier, das Daddy hervorzieht. Es ist mein Lieblingstier: Lena die Leopardin. Das Stofftier, das ich Daddy in den Sarg gelegt habe, bevor er beerdigt wurde, damit er im Himmel nicht so allein ist.

Ich will zu ihm rennen und ihm Lena aus den Händen nehmen, doch meine Tür lässt sich nicht öffnen. Während ich hinstarre, hält Daddy Lena in die Höhe, sodass ich ihren Bauch sehen kann. Er sieht irgendwie eigenartig aus. Je weiter sich Daddy dem Rand des Teichs nähert, desto besser kann ich es erkennen. Lenas Bauch hat einen Y-förmigen Schnitt, genau wie Daddys Brust. Ohne den Blick von mir zu nehmen, bohrt Daddy die Finger in den Schnitt, dann reißt er Lenas Bauch auf.

Ich schreie.

Hellrotes Blut strömt aus Lenas Bauch, mehr Blut, als irgendeine Puppe auf der Welt enthalten könnte. Irgendwie weiß ich, dass es das Blut meines Daddys ist. Er wird zuerst bleich, während ich hinstarre, dann grau, und dann fängt er langsam an einzusinken. Das Wasser scheint ihn nicht länger zu tragen.

»Daddy!«, kreische ich. *»Daddy, warte! Ich komme!«*

Er versinkt weiter, und sein Gesicht ist so traurig, wie ich es nie zuvor gesehen habe.

»Ich kann dich retten, Daddy!«

Ich reiße mit all meiner Kraft am Türgriff des Trucks, doch die Tür will und will sich nicht öffnen lassen. Ich hämmere mit den Fäusten gegen die Scheibe, bis meine Knöchel aufplatzen, doch es nutzt alles nichts. Und dann ergreifen weiche Hände meine Handgelenke und halten sie fest.

»Catherine? Wachen Sie auf, Cat. Sie müssen aufwachen.«

Ich schlage die Augen auf.

Hannah Goldman steht über meine Pritsche gebeugt und hält meine Hände. Dr. Goldman hat die freundlichsten Augen auf der ganzen Welt.

»Ich bin es, Hannah«, sagt sie. »Können Sie mich verstehen, Cat?«

»Ja.« Ich lächle sie an, mein allerbestes Lächeln, damit sie weiß, dass alles in Ordnung ist mit mir. Ich habe kein Problem damit, dass Hannah hier bei mir ist, auch wenn ich das alles nur träume.

»Ich bin gekommen, weil ich Ihnen etwas Wichtiges sagen muss«, sagt Hannah.

Ich nicke verstehend. »Natürlich. Was denn?«

»Agent Kaiser hat mich gebeten zu kommen. Ich denke, das war sehr klug von ihm.«

»Sicher«, stimme ich ihr zu. »Kaiser ist ein kluger Mann. Ein sehr kluger Mann.«

Dr. Goldman sieht mich beinahe so traurig an wie vorhin mein Vater. »Cat, Sie wissen, dass ich für Offenheit bin und für Aufrichtigkeit, doch das Leben findet immer einen Weg, unsere Überzeugungen zu prüfen. Es gibt keinen einfachen Weg, Ihnen das zu sagen.«

Ich lächele aufmunternd und tätschele ihre Hand. »Es ist okay. Ich bin stark. Sie wissen, dass ich stark genug bin, um es zu vertragen.«

»Sie sind stark.« Hannah lächelt zurück. »Sie müssen jetzt vielleicht meine stärkste Patientin sein. Was ich Ihnen zu sagen habe ist Folgendes. Ihre Tante Ann ist tot.«

Mein Lächeln wird noch breiter. »Nein, ist sie nicht. Ich hab eben noch mit ihr telefoniert.«

»Ich weiß, dass Sie mit ihr telefoniert haben, meine Liebe. Doch das war nicht eben, sondern gestern Nachmittag. Sie haben eine ganze Weile geschlafen. Und irgendwann gestern Abend ist Ihre Tante nach DeSalle Island gefahren und hat sich mit einer Überdosis Morphium das Leben genommen.«

Das Lächeln erstarrt mir im Gesicht. Es ist nicht Dr. Goldmans ernste Stimme, und es sind nicht ihre traurigen Augen, die mich überzeugen. Es ist das Morphium. Und die Insel.

45

Hannah Goldman ist um die fünfzig. Sie hat graue Strähnen im Haar und tiefe Linien in den Augenwinkeln. Ihre Augen sind freundlich, doch die Intelligenz dahinter ist messerscharf. Wenn man unter Hannahs Blick sitzt, fühlt man sich schnell wie ein Kind unter der Obhut einer liebenden Mutter – oder wie ein kleines Säugetier unter dem prüfenden Blick eines Wissenschaftlers, der im Begriff steht, eine Vivisektion durchzuführen. Agent Kaiser hat wahrscheinlich gut daran getan, sie herzubringen, doch nun, da sie mir die Nachricht von Anns Tod überbracht hat, will ich mit Kaiser reden. Psychiatrie kann meine gegenwärtige Matrix von Problemen nicht lösen.

Ich setze mich auf meiner Pritsche auf und schwinge die Beine zur Seite. Meine Füße stecken noch in Socken. »Hannah, ich weiß es zu schätzen, dass Sie hergekommen sind, um mir die Nachricht zu überbringen. Aber ich muss Agent Kaiser ein paar Fragen stellen.«

»Ich gehe ihn für Sie holen«, sagt Hannah. »Aber ich möchte, dass Sie mir vorher zwei Dinge versprechen.«

»Okay.«

»Sie lassen mich dabeisitzen und zuhören, während Sie mit Kaiser reden.«

»Natürlich.«

»Und hinterher unterhalten wir beide uns allein.«

Darauf habe ich keine besondere Lust, aber es wäre unhöflich, nicht zuzustimmen. »Einverstanden.«

Während ich allein in der Stille des leeren Büros warte, gerate ich in einen eigenartigen Zustand, wo alle Bilder in meinem Kopf durcheinander fließen. Zuallererst ist da immer noch das Bild von meinem Vater, aus dessen Brust Plastikpellets regnen, und das Bild von Lena der Leopardin, aus deren aufgerissenem Bauch Unmengen von Blut strömen. Ich weiß nicht, was dieser Traum zu bedeuten hat, doch ich muss es herausfinden. Und dazu brauche ich Lena. Nur, dass Lena im Sarg meines Vaters begraben ist, in Natchez, zweihundert Meilen von New Orleans entfernt.

Ich muss raus aus diesem Bau.

Das Geräusch der sich öffnenden Tür und John Kaisers Stimme vermischen sich fast, und ich schrecke zusammen. »Cat – was kann ich für Sie tun?«

Ich erhebe mich und sehe ihm direkt in die Augen. »Ich will sämtliche Einzelheiten über den Selbstmord meiner Tante«, sage ich.

Kaiser blickt fragend zu Hannah Goldman.

»Sie müssen sie nicht behandeln, als wäre sie nicht zusammen mit uns im Raum«, sagt Hannah. »Cat ist daran gewöhnt, Stress zu ertragen.«

Er blickt skeptisch drein. »Was möchten Sie wissen?«

»Weiß meine Mutter schon Bescheid?«

»Ja. Sie ist außer sich. Sie glaubt, dass Anns Ehemann seine Frau ermordet hat.«

»Was?«

»Offensichtlich steckte Ihre Tante mitten in einer üblen Scheidungsgeschichte. Der Ehemann wollte verhindern, dass sie Geld bekam. Ich habe mit dem Burschen gesprochen. Ich glaube, er wusste nicht mal, wo DeSalle Island liegt, bevor ich es ihm verraten habe. Meiner Meinung nach ist es ein echter Selbstmord.«

»Selbstmord«, wiederhole ich. »Auf gewisse Weise war Ann längst tot. Schon seit einer ganzen Weile.«

»Was wollen Sie damit sagen?«, fragt Kaiser, doch Hannah nickt nur.

»Das verrate ich Ihnen gleich. Ich möchte vorher genau wissen, wo Ann gefunden wurde, wer sie gefunden hat, wie sie es gemacht hat, ob sie einen Abschiedsbrief hinterlassen hat, einfach alles. Vergessen Sie für einen Moment, dass ich mit ihr verwandt bin, okay?«

Kaiser lehnt sich gegen die geschlossene Tür. »Eine Frau namens Louise Butler fand sie in einer Hütte auf DeSalle Island. Ich nehme an, Sie kennen sich bestens aus auf der Insel?«

»Mehr, als mir lieb ist, ja.«

»Offensichtlich hat Mrs. Butler nach Ihnen gesucht. Ihr Großvater hat die Suche nach Ihnen abgeblasen, doch Louise war im Wald unterwegs und hatte noch nichts davon gehört. Sie fand stattdessen Ihre Tante.«

Trotz der entsetzlichen Vorstellung tröstet mich das Gesicht der Geliebten meines Vaters, als es vor meinem geistigen Auge entsteht, milchkaffeebraun und mit sechsundvierzig immer noch unglaublich attraktiv. Ich bin froh, dass es Louise war, die Ann gefunden hat, und nicht Jesse Billups. Bei dem Gedanken an meinen letzten Nachmittag auf DeSalle Island überkommt mich eine kalte Gewissheit.

»Hatte das Haus, in dem Ann gefunden wurde, ein Blechdach?«, frage ich.

Kaisers Augen ziehen sich zu schmalen Schlitzen zusammen. »Woher wissen Sie das?«

Meine Hände sind plötzlich feucht und klamm. »Wurde Ann in dem Haus gefunden, das die Leute auf der Insel die ›Klinik‹ nennen?«

Er nickt langsam, während er auf eine Erklärung wartet.

»Erzählen Sie mir, wie Ann ausgesehen hat, als man sie fand.«

Kaiser sieht erneut zu Hannah Goldman, doch er antwortet. »Sie war nackt und lag neben einer Untersuchungsliege auf dem Boden.«

In meiner Brust steigt ein tiefer Schmerz auf. Viele Selbstmörder entledigen sich ihrer Kleidung, bevor sie sich das Leben nehmen. Doch Anns Nacktheit hat nichts mit der üblichen infantilen Regression oder dergleichen zu tun. »Hat sie einen Abschiedsbrief hinterlassen?«

»Nein.«

Es in der Klinik zu tun war ihr Abschiedsbrief. Kaiser wirft einen weiteren verstohlenen Blick zu Hannah, und mir wird klar, dass er etwas zurückhält.

»Was ist es?«, frage ich.

»Sie hat keinen Abschiedsbrief hinterlassen, aber etwas anderes. Bevor sie starb, hat sie zwei Totenschädel mit gekreuzten Knochen auf ihren Unterleib gemalt, ungefähr dort, wo ihre Ovarien sind. Neben ihrem Leichnam lag ein Marker.«

Zum ersten Mal spüre ich die Tränen in meinen Augen brennen.

»Das verrät Ihnen etwas?«, fragt Kaiser.

»Ann war davon besessen, ein Baby zu bekommen. Sie konnte nicht schwanger werden.«

»Mit *sechsundfünfzig* war sie noch besessen, ein Baby zu bekommen?«

»Nein. Aber sie ist nie darüber hinweggekommen, dass es nicht geklappt hat. Mein Großvater hat eine Notfall-Appendektomie an ihr vorgenommen, in ebendieser Klinik, als Ann zehn Jahre alt war. Er hat immer behauptet, die Infektion damals hätte sie unfruchtbar gemacht. Die Infektion hätte ihre Eileiter blockiert. Ich glaube, eine Untersuchung zu einem späteren Zeitpunkt hat diese Annahme bestätigt. Wie dem auch sei, als sie schließlich den Gedanken an ein Baby aufgab, starb sie innerlich.«

Kaiser weiß nicht, was er davon halten soll. Ich wende mich zu Hannah. »Ich frage mich, ob diese Appendektomie in Wirklichkeit eine Abtreibung gewesen sein könnte.«

Hannah sitzt schweigend da, während ihr Verstand die Dinge durchgeht, die sie über meine Familie weiß. »Zehn ist zu jung, um schwanger zu werden«, sagt sie schließlich. »Ich bin sicher, dass es völlig unmöglich ist.«

»Erneut sexueller Missbrauch also«, sagt Kaiser. »Das ist der Grund, warum Ihre Tante Ann eine Patientin von Nathan Malik war, ist das richtig?«

»Das wissen wir nicht mit Sicherheit«, entgegne ich. »Sie könnte ihn auch wegen ihrer manisch-depressiven Persönlichkeitsstörung aufgesucht haben.«

»Wir müssen herausfinden, was der Grund war. Ich möchte, dass wir eine Autopsie an ihr vornehmen, so schnell es irgendwie geht. Wäre eine verpfuschte Abtreibung nach all den Jahren noch feststellbar?«

»Möglich«, sagt Hannah. »Es kommt darauf an, welche Art von Fehler gemacht wurde. Nach vierzig Jahren ist es basierend allein auf pathologischen Erkenntnissen schwierig zu entscheiden, ob die Narben von einer Infektion oder von einer Abtreibung herrühren. Außerdem besteht die Möglichkeit später vorgenommener Abtreibungen. Die Frage ist meiner Meinung nach akademisch – wenn Ann erst zehn Jahre alt war, kann sie nicht schwanger gewesen sein.«

»Sie müssen mit meiner Mutter reden«, sage ich leise. »Was Ann betrifft, ist sie die Einzige, die sich mit privaten Details auskennt.«

Hannah scheint wegen irgendetwas verwirrt. »Warum«, fragt sie langsam, »warum gab es in einer winzigen Klinik auf einer ländlichen Insel genügend Morphium, um einen Menschen zu töten?«

»Das habe ich mich auch gefragt«, sagt Kaiser.

»Haben Sie jemals einen Unfall mit einer Kettensäge gesehen?«, entgegne ich. »Das ist manchmal so schlimm wie eine Kriegsverletzung. Eine Kettensäge kann innerhalb von zwei Sekunden einen Arm oder ein Bein abtrennen.«

Diese Antwort scheint Kaiser zufrieden zu stellen. Er hat als Soldat in Vietnam gedient.

»Was haben Sie als Nächstes vor?«, frage ich ihn, während ich überlege, wie ich von hier verschwinden kann.

»Wir werden die Autopsie Ihrer Tante vorantreiben, wenn es irgendwie geht. Ihr Leichnam befindet sich bereits im Leichenschauhaus von Jackson, Mississippi. Ich muss sicher sein, dass es kein Mord war. Sie war Malik zu nah, um diese Möglichkeit außer Acht zu lassen.«

»Ich möchte den Autopsiebericht sehen.«

»Ich denke eigentlich, dass Sie noch zugegen sind, wenn wir den Bericht erhalten. Captain Piazza will Sie noch immer einsperren.«

Jetzt ist offensichtlich nicht der günstigste Zeitpunkt, ihn zu fragen, ob ich gehen darf.

»Ich sage Ihnen, was *ich* möchte«, fährt Kaiser fort. »Ich möchte diesen Film, den Malik gemacht hat. Wenn wir diesen Film haben, dann haben wir auch unseren Killer.«

»Film?«, fragt Hannah. »Nathan Malik hat einen Film gemacht?«

»Einen Dokumentarfilm über sexuellen Missbrauch und unterdrückte Erinnerung«, antworte ich. »Er zeigt eine Gruppe weiblicher Patienten, die ihren Missbrauch erneut durchleben, und eine Reihe anderer Dinge, die Malik mir nicht verraten wollte. Er sagte, es würde die Nation in den Grundfesten erschüttern, was das Problem des Missbrauchs angeht.«

»Diesen Film würde ich gerne sehen.«

»Cat glaubt, dass der Killer ein Mitglied dieser Frauengruppe ist«, sagt Kaiser. »Malik nannte sie *Gruppe X*. Ich denke, dass Ann Hilgard möglicherweise Mitglied dieser Gruppe war.«

»Gruppe X?«, echot Hannah. »Merkwürdig.«

»Nachdem Ann und Malik tot sind, kann uns nur noch dieser Film oder ein überlebendes Mitglied der Gruppe verraten, wer die übrigen Mitglieder waren.«

Hannah sieht Kaiser eigenartig an. »Ich habe das Gefühl, als wollten Sie mich etwas fragen.«

»Das ist richtig. Besteht die Möglichkeit, dass Catherine ein Mitglied dieser Gruppe war, ohne es zu wissen? Dr. Malik hat angedeutet, dass sie unter Umständen an einem multiplen Persönlichkeitssyndrom leidet.«

Hannahs Blick streift mich flüchtig, bevor sie sich wieder Kaiser zuwendet. »Das ist lächerlich! Cat hat zugegebenermaßen dissoziierte Phasen durchlebt, doch die Vorstellung, dass sie unter einem ausgewachsenen dissoziativen Identitätssyndrom leidet, ist einfach absurd! Schlagen Sie sich diesen Unsinn aus dem Kopf, Agent Kaiser. Nathan Malik mag hin und wieder geniale Einfälle gehabt haben, doch er war auch ein Spinner.«

Jetzt bin ich wirklich verdammt erleichtert, geht es mir durch den Kopf.

Kaiser und Hannah sinnieren weiter vor sich hin, doch irgendetwas hindert mich daran, ihrer Unterhaltung zu folgen. Es ist nicht die Trauer wegen Ann. Ich bin im Augenblick viel zu betäubt, um Trauer zu spüren. Es ist etwas anderes. Das Gefühl, etwas übersehen zu haben.

»Sie haben mir noch immer nicht alles gesagt, John«, unterbreche ich die beiden.

Er blickt auf und schüttelt den Kopf. »Wieso denken Sie das?«

»Ich weiß es nicht. Haben Sie mir alles über Anns Tod erzählt? Über die Umstände, unter denen sie gefunden wurde? Haben Sie irgendetwas ausgelassen?«

Er runzelt die Stirn. Er sieht aus, als würde er aufrichtig nachdenken. »Sie hat sich das Morphium in beide Arme injiziert. Sagt Ihnen das etwas?«

»Nur, dass sie es ernst gemeint hat. Was noch? Haben Sie Fotos vom Tatort?«

Er nickt zögernd. »Ich habe mir vom Sheriffs Department der West Feliciana Parish alles über den Tatort per E-Mail senden lassen. Daher wusste ich, dass das Gebäude ein Blechdach hat. Sind Sie sicher, dass Sie die Bilder sehen wollen?«

»Ja.«

Er sieht erneut zu Hannah Goldman. Hannah mustert mich einige Sekunden lang, dann sagt sie: »Cat ist bereits im Schock. Wenn es bei der Aufklärung der Morde helfen kann, wüsste ich keinen Grund, ihr die Bilder vorzuenthalten.«

Kaiser verspricht, sofort mit den Fotos zurückzukommen, dann verlässt er den Raum.

Hannah sieht mich von der Pritsche her an, auf der sie Platz genommen hat. »Ich mache mir Sorgen wegen ihres Verhaltens, Cat. Sie wissen, dass Sie sich in einem Schockzustand befinden?«

»Vermutlich, ja. Ich fühle mich taub.«

»Und Sie trinken nicht?«

»Seit Tagen nicht mehr.«

Ihre Augen mustern mich wie ein medizinisches Instrument. »Sie nehmen Ihre Medikamente nicht, habe ich Recht?«

Ich hasse es, darauf antworten zu müssen. »Ja.«

»Wie lange schon?«

»Ich weiß es nicht genau. Eine Woche vielleicht.«

Sie schüttelt den Kopf. »Ich hasse mechanische Analogien, doch heute fällt mir nichts anderes ein. Sie zu beobachten ist, als würde man eine Maschine beobachten. Ihre biologischen Funktionen sind einwandfrei, doch Sie sind nicht da. Sie haben beschrieben, dass Sie sich in diesem Zustand fühlen, wenn Sie Sex haben.«

»Ich weiß, aber das ist es nicht. Ich bin immer so, wenn ich arbeite.«

»Immer?«

»Ja.«

Hannah blickt zur Tür, als würde sie lauschen, ob Kaiser zurückkommt. »Ich war manchmal auf der Medical School so. Aber irgendetwas an Ihnen erscheint anders. Und das hier ist kein normaler Fall, ganz gleich, was Sie sich selbst vormachen. Sie können nicht tun, als wären Sie nicht mit Ann Hilgard verwandt gewesen. Sie waren es. Ann war Ihre Tante. Sie sind immer noch mit ihr verwandt, im

Faulkner'schen Sinn, nach dem die Vergangenheit niemals vergangen ist. Faulkner hat gesagt, dass es kein *War* gibt, sondern nur ein *Ist*. Würde ein *War* existieren, gäbe es keine Trauer und keine Sorgen. Ann war Ihre Blutsverwandte, Cat, und sie hat sich das Leben genommen. Sie hat etwas getan, worüber Sie selbst häufig nachgedacht haben.«

»Ich muss die Wahrheit herausfinden, Hannah. Das ist das Einzige, was mich jetzt noch geistig gesund hält.«

Ihr Blick wankt nicht. »Glauben Sie?«

»Es ist meine einzige Hoffnung.«

Die Tür öffnet sich, und Kaiser kommt herein. Er hat die Fotos bei sich, Ausdrucke im Format zwanzig mal fünfundzwanzig Zentimeter. Bevor ich Zeit finden kann, es mir vielleicht doch noch anders zu überlegen, nehme ich sie ihm ab und blättere sie durch, als wären es Bilder von irgendeinem x-beliebigen Verbrechensschauplatz.

Hannah hat Recht. Es ist kein gewöhnlicher Fall.

Der bloße Anblick der Klinik lässt eine Woge von Übelkeit in mir aufsteigen. Ein kleines Haus mit einem Blechdach inmitten eines sonnenverbrannten Fleckens aus Sträuchern. Ein großer Feigenbaum steht daneben. Ich kann spüren, wie mir Splitter aus den Händen gezogen und Tetanusspritzen in den Oberarm gesetzt werden.

Bei den nächsten Bildern bin ich dankbar, dass ich nichts gegessen habe. Sie sind nicht brutal – kein Blut, kein verspritztes Hirngewebe auf einem Esstisch, keine ausgeworfene Patronenhülse im zerschossenen Gesicht eines Leichnams. Es ist nur meine Tante, meine einst so wunderschöne Tante Ann, die nackt auf dem nackten Holzboden liegt, die Brüste und Oberschenkel schlaff wie geschmolzenes Wachs. Ihr Mund steht offen, als würde sie schlafen, doch diesmal ist es ein ewiger Schlaf, und …

»Cat?«, fragt Hannah. »Alles in Ordnung?«

»Ja.«

Es ist ein schräg nach unten gerichtetes Foto. Es zeigt die

Beine der Untersuchungsliege, zwei braune Füße in Sandalen – wahrscheinlich die von Louise – und das mit Schnitzereien verzierte Unterteil eines Schranks. Direkt hinter Anns Kopf liegt etwas Rundes, Dunkles, doch ich kann nicht erkennen, was es ist. Ich nehme das Foto und schiebe es unter den Stapel der anderen.

Und dann setzt mein Herzschlag aus.

Auf dem nächsten Bild – aufgenommen aus einem anderen Winkel – liegt ein Stofftier auf dem Boden, ungefähr einen Meter hinter Anns Kopf. Es ist nicht einfach irgendein Tier. Es ist eine Schildkröte. Und ihr Name ist Thomas. *Thomas the Timid Turtle.*

»Thomas«, hauche ich bestürzt.

»Wie?«, fragt Kaiser.

Ich deute auf die Schildkröte.

Kaiser tritt neben mich, um einen genaueren Blick auf das Foto zu werfen. »Ist diese Schildkröte wichtig?«

»Thomas war Tante Anns Lieblingsspielzeug aus ihren Kindertagen.«

»Das wusste ich nicht. Es gab mehrere Stofftiere in diesem Raum. Wir dachten, dass sie für Kinder waren. Um sich daran festzuhalten, wenn sie eine Spritze bekommen oder etwas in der Art.«

»Das waren sie.« Ivy hat immer Stofftiere in der Klinik gehabt. Sie gab einem Kind eines, sobald es hereinkam. Doch zugleich mit dem Gefühl von Trost kam das Gefühl von Verrat, weil man wusste, dass bald auch der Schmerz einsetzen würde. Trotzdem klammerte man sich an das Stofftier. Es konnte schließlich nichts für den Schmerz. »Thomas war nicht in der Klinik zu Hause. Ann hat ihn mitgebracht. Ich bin überrascht, dass sie ihn nicht festgehalten hat, als sie starb.«

»Das hat sie möglicherweise versucht. Es gibt einige Hinweise, dass sie anfänglich auf dem Untersuchungstisch gelegen hat und dann, nachdem sie das Bewusstsein verlor, zu Boden gefallen ist.«

Ich merke nicht, dass ich weine, bis die Tränen auf das obszöne Foto fallen, eines von hunderten, wie ich sie in den vergangenen Jahren immer wieder studiert habe. Ich will nie wieder so ein Bild ansehen müssen.

»Cat?«, fragt Kaiser.

Ich schüttele den Kopf und versuche, mich unter Kontrolle zu bringen, doch die Tränen fließen über mein Gesicht, als wollten sie nie wieder aufhören.

46

Behutsam nimmt Hannah mir die Fotos aus den Händen und gibt sie Kaiser zurück. »Ich würde sagen, das reicht für den Augenblick.«

»Nein«, widerspreche ich. »Wir müssen weitermachen.«

»Was verrät die Schildkröte Ihnen?«, fragt Kaiser.

Rasch erzähle ich von meinem wiederkehrenden Traum mit dem rostigen Pick-up, dem Teich und meinem Vater, der Lena die Leopardin aus seiner Schusswunde zieht. Während ich rede, beobachtet mich Hannah mit tiefer Konzentration.

»Mein Gott«, sagt Kaiser, als ich geendet habe. »Für Ihr persönliches Leben ist dies wahrscheinlich von größter Bedeutung. Allerdings sehe ich nicht, was das mit unseren Mordfällen zu tun hat. Es klingt in meinen Ohren, als wäre Ihre Tante Ann als Kind missbraucht worden – genau wie Sie –, und als wären diese Stofftiere ein Aspekt von alledem. Der einzige Zusammenhang mit unserem Fall besteht darin, dass Ann Hilgard wahrscheinlich durch ihren sexuellen Missbrauch mit Malik in Berührung kam.«

Ich mache einen Schritt auf Kaiser zu. »Ich muss hier raus.«

»Warum?«

»Ich muss ein paar Dinge erledigen.«

Er sieht Hannah an. »Beispielsweise?«

»Ich möchte das Stofftier sehen, das mit meinem Vater zusammen begraben wurde. Es war mein Großvater, der vorschlug, dass ich Lena zu Daddy in den Sarg lege. Damit er nicht so allein ist, hat Großvater gesagt.«

»Sie möchten den Leichnam Ihres Vaters exhumieren, um ein Stofftier zu sehen?«

»Ja. Es ist zu viel Zufall. Ann tötet sich mit ihrem Lieblingsstofftier im Arm. Und mein Großvater – nachdem er meinen Vater umgebracht hat, weil dieser mich angeblich als Kind missbraucht hat – sagt mir, ich solle mein Lieblingsstofftier in den Sarg legen? Ich will, dass Lena und Thomas jedem bekannten forensischen Test unterworfen werden. Und ich will, dass eine neue Autopsie an meinem Vater durchgeführt wird. Sie haben gesagt, dass der ursprüngliche Autopsiebericht verloren gegangen ist, richtig?«

»Ja«, sagt Kaiser, während er mich beobachtet, als wäre ich eine psychotische Patientin. »Aber ich kann Sie nicht gehen lassen, Cat, das wissen Sie.«

»Weil?«

»Cat, es gibt nur zwei Möglichkeiten für Sie. Bleiben Sie hier oder lassen Sie sich vom NOPD verhaften und ins Gefängnis stecken. Ich bin sicher, dass Sie die Kaution stellen könnten, aber es könnte durchaus sein, dass Sie erst morgen entlassen werden.«

In meinem Kopf dreht sich eine Maschine und lädt eine Energie auf, die sich erst entladen kann, wenn ich aus diesem Gebäude heraus bin, um in Erfahrung zu bringen, was ich wissen muss. »Können Sie die Exhumierung meines Vaters zwecks einer neuen Autopsie anordnen?«

Kaiser sieht erneut zu Hannah, dann blickt er mich demonstrativ an. »Ich bin nicht sicher, was die Gesetze des Staates Mississippi dazu sagen.«

»Hören Sie auf, mir so zu kommen, John! Geht es hier wirklich um die Gesetze von Mississippi? Sie sind immerhin das FBI!«

»Die Autopsie Ihrer Tante ist eine Sache, Cat. Sie starb unter mysteriösen Umständen. Sie war eine wichtige Zeugin, was Nathan Maliks Aktivitäten angeht, geringstenfalls, und schlimmstenfalls eine Helferin bei seinen Morden. Ihr Vater auf der anderen Seite starb vor dreiundzwanzig Jahren. Und obwohl mich die Umstände seines Todes faszinieren, gibt es keine klare Verbindung zu diesem Fall. Seine Militärakte ist außerdem noch für die nächsten fünfzehn Jahre unter Verschluss. Wenn ich dem SAC erzähle, dass meine nächste großartige Idee die Exhumierung von Luke Ferry ist, um einen Blick auf ein Stofftier zu werfen, dann wird er nicht gerade vor Begeisterung aufspringen.«

Ich sehe Hilfe suchend zu Hannah, doch sie schweigt.

»Wenn Sie Lena die Leopardin analysiert haben wollen, dann müssen Sie sich selbst einen Weg ausdenken, wie Sie das bewerkstelligen können. *Nachdem* Sie hier raus sind, heißt das. Okay? Das FBI beschäftigt sich nicht mit Psychotherapie, Cat.« Kaisers Tonfall klingt offiziell, doch irgendetwas in seinen Augen spricht eine andere Sprache.

»Okay«, sage ich zögernd. »Okay.«

Er geht zur Tür. »Ich habe lediglich deswegen die Gesetze von Mississippi erwähnt, weil es manchmal überhaupt nicht so schwierig ist, einen Leichnam exhumieren zu lassen. Wenn ein Familienangehöriger dies möchte, heißt das.« Er öffnet die Tür. »Ich habe im Augenblick eine Menge Bälle in der Luft. Einer davon bewahrt Sie vor dem Gefängnis, Cat. Wenn ich etwas in Erfahrung bringe, von dem ich glaube, dass Sie es wissen sollten, komme ich zurück und sage es Ihnen. Und ich lasse Ihnen aus der Cafeteria etwas zu essen schicken. Sie müssen am Verhungern sein.«

Ich bin nicht hungrig, doch ich danke ihm trotzdem.

Und dann ist er weg.

Hannah nimmt mich bei der Hand und zieht mich zu sich auf die Pritsche. Dann legt sie einen Arm um mich und drückt mich an sich wie die Schwester, die ich niemals hatte. »Das war verdammt schwer«, sagt sie. »Sie sind ein harter Brocken.«

»Aber?«, frage ich und fürchte mich gleichzeitig vor dem, was unausweichlich kommen muss.

»Sie wollen die Wahrheit?«

»Ja.«

»Ich denke, Sie sind kurz davor, zu zerbrechen.«

Ich stütze die Ellbogen auf die Knie. »Es ist immer das gleiche alte Dilemma. Entweder falle ich von der Klippe in tiefe Depressionen, oder ich fliege auf in die Manie. Ich habe keine Kontrolle, welches von beidem kommt.«

»Das habe ich nicht gemeint«, sagt Hannah ernst. »Diesmal fürchte ich, dass es keines von beiden sein wird. Diesmal könnten Sie wirklich zerbrechen, Cat. Ich spreche von einem vollkommenen psychischen Zusammenbruch. Die Gummizelle.«

»Warum? Warum ist es diesmal so anders?«

»Weil der Verlust Ihrer Tante nicht bloß ein Echo des Verlustes Ihres Vaters ist, Cat. Es ist mehr, als würden Sie sich selbst verlieren. Sie waren schon immer so etwas wie ein Schatten Ihrer Tante. Die Krankheit Ihrer Tante war vielleicht extremer als Ihre, Cat, doch im Grunde genommen die gleiche.«

Hannah hat Recht, doch was soll ich dagegen tun? »Ich habe Ihnen nicht alles erzählt.«

Ihre Augen verraten mir, dass sie es bereits weiß. Kein Patient erzählt jemals alles.

Ich erzähle ihr von meinem Traum, wie ich meinen Vater beim Masturbieren in der Scheune beobachtet habe, während der Regen auf das Blechdach über meinem Kopf prasselt. Sie lauscht regungslos, bis ich verstumme.

»Den Vater beim Masturbieren zu beobachten kann für

ein kleines Mädchen ein traumatisches Ereignis sein«, sagt sie schließlich, »doch es ist eine ganz gewöhnliche Handlung. Abhängig davon, heißt das, was er während dieser Handlung angesehen hat.«

»Ich frage mich, warum ich es in meinem Traum nicht erkennen konnte?«

Sie zuckt die Schultern. »Träume bringen stets mehr Fragen als Antworten mit sich. Daher ... daher stehen Sie immer noch vor dem gleichen Rätsel. ›Wer war es, der mich missbraucht hat? War es mein Vater, oder war es jemand anders?‹«

»Ich muss es wissen, Hannah. Ich muss wissen, ob mein Vater ein Held war, der bei dem Versuch starb, mich zu schützen, oder ob er ein Perverser war, der mich niemals wirklich geliebt hat. Und das Gleiche gilt für meinen Großvater. Nach außen hin war er der Held und mein Vater der Irre, doch ...«

»Vielleicht ist es weder das eine noch das andere, wissen Sie?«

»Wie meinen Sie das?«

»Vielleicht waren es alle beide, Cat.«

Eine neue Schicht aus Angst legt sich über die bereits vorhandenen am Grund meiner Seele. »Warum sagen Sie so etwas, Hannah?«

Sie scheint plötzlich unsicher, ob sie weitermachen soll. »Viele Missbrauchsopfer wurden von mehreren Tätern belästigt, Cat. Wenn Ihre Mutter durch ihren Vater missbraucht wurde, wäre es durchaus denkbar, dass sie einen Mann geheiratet hat, der ebenfalls diese Neigung besitzt. So etwas geschieht andauernd.«

»Ich glaube nicht, dass ich das ertragen könnte.«

Hannah drückt mich erneut fest an sich. »Ich hoffe sehr, dass es nicht die Antwort ist. Aber wenn Sie diesen Weg einschlagen, Cat, dann sollten Sie auf das Schlimmste vorbereitet sein.«

Sie wechselt das Thema, um mich von meinen düsteren Gedanken abzulenken. »Halten Sie es für möglich, dass der grüne Beutel aus Ihrem Traum noch unter den Dielenbrettern der alten Scheune versteckt ist?«

»Ich wüsste nicht, was dagegen spricht. Ich habe ihn nie gesehen, außer in meinem Traum. Und die Scheune ist offensichtlich seit geraumer Zeit abgesperrt und wird nicht mehr benutzt.«

»Warum haben Sie Kaiser nichts von diesem Traum erzählt?«

»Ich weiß es nicht. Vielleicht, weil ich sehen möchte, was in diesem Beutel ist, bevor er es sieht.« Ich nehme Hannahs Hand und drücke sie. »Werden Sie mir helfen, von hier zu verschwinden?«

Sie lächelt. »Dazu brauchen Sie meine Hilfe nicht. Sie stehen nicht unter Arrest. Selbst das FBI kann Sie nicht festhalten, ohne Sie offiziell zu verhaften, es sei denn, Sie stehen unter Terrorismus-Verdacht. Ihr Problem ist nicht das FBI, sondern das NOPD.«

»Das NOPD ist kein Problem, wenn es mich nicht findet.«

Hannahs Lächeln erlischt. »Sie wollen wirklich zurück nach Mississippi?«

»Ich muss. Und ich habe das Gefühl, Kaiser möchte, dass ich den Leichnam meines Vaters in eigener Regie exhumiere. Haben Sie es nicht auch gespürt?«

»Zugegeben, ja. Er ist ziemlich gut in nonverbaler Kommunikation.«

»Ja.«

Hannah blickt mich sekundenlang ernst an, dann kichert sie plötzlich wie ein Schulmädchen. »Jede Wette, dass er gut im Bett ist.«

»Ich wusste, dass Sie das denken.«

»Nein, wussten Sie nicht. Aber ich denke, wenn es Ihnen gelingt, aus dem Gebäude zu schlüpfen, wird Kaiser nicht allzu angestrengt nach Ihnen suchen.«

»Trotzdem kann ich nicht einfach mit Ihnen zusammen nach draußen spazieren. Es gibt überall Kameras, ganz besonders im Eingangsbereich. Sie müssen mir helfen, Hannah.«

»Wie?«

»Ich brauche als Erstes Ihr Mobiltelefon.«

Sie nimmt ein silbernes Motorola aus ihrer Handtasche und gibt es mir. Bevor sie ihre Meinung ändern kann, wähle ich die Nummer von Michael Wells' Handy. Ein paar Sekunden lang fürchte ich, dass er nicht antworten könnte, doch dann nimmt er ab.

»Ich bin es, Cat.«

»Meine Güte, das wurde aber auch Zeit. Ist alles in Ordnung, Cat?«

»Ja und nein. Meine Tante Ann ist tot, und die Dinge spielen im Augenblick ziemlich verrückt. Ich bin in New Orleans, und ich muss unbedingt zurück nach Natchez. Die Polizei sucht im Moment noch nicht nach mir, aber das wird sie bald. Wäre es vollkommen unverschämt von mir, wenn ich dich erneut um Hilfe bitte?«

Michael lässt sich einen Augenblick Zeit, um die Neuigkeiten zu verdauen. »Wo in New Orleans bist du?«

»In der FBI-Außenstelle.«

»Wo ist die?«

»In der Nähe der University of New Orleans.«

»Die UNO? Die liegt beim Lakefront Airport, nicht wahr?«

»Ja. Ich kann den Flughafen vom Fenster aus sehen.« Nicht aus dem Fenster des Büros, in dem ich jetzt bin, doch aus einem anderen Fenster in diesem Stockwerk.

»Wenn du zum Lakefront Airport kommen kannst, fliege ich runter und hole dich ab.«

Mein Puls beschleunigt sich. »Meinst du das ernst?«

»Sicher. Ich war schon einige Dutzend Male dort. Das letzte Mal habe ich mir die Dave Matthews Band in der UNO angesehen.«

»Michael ... bist du sicher, dass du das kannst?«

»Was wird die Polizei tun, wenn sie dich findet?«

»Mich ins Gefängnis stecken.«

»Was wird dir vorgeworfen?«

»Mord.«

»Hast du jemanden umgebracht?«

»Nein.«

»Dann helfe ich dir. Ich muss natürlich erst für Deckung sorgen. Ruf mich in einer Stunde auf dem Handy an. Bis dahin müsste ich in der Luft und auf dem Weg nach New Orleans sein. Von da aus sehen wir weiter. Falls es ein Problem mit den Telefonen gibt, schaff dich rüber zum Airport und achte auf die landenden Maschinen. Ich habe eine blauweiße Cessna 210. Die Registrierung lautet N324MD.«

Als ich nach draußen in den Korridor trete, ist Hannah seit zehn Minuten gegangen. Sie wollte zuerst zu Kaiser und sich verabschieden, um dann langsam nach unten und zu ihrem Wagen auf dem Parkplatz zu gehen.

Meine Aufgabe ist es, mich bis zum Wagenpark des FBI durchzuschlagen, ohne von irgendjemandem gesehen zu werden, der mich kennt. Der Wagenpark nimmt einen großen Teil des Erdgeschosses ein und besitzt ein großes Tor, das sich zum Parkplatz hin öffnet. Ich war schon einige Male dort unten, als ich mit dem forensischen Team des FBI zu einem der Mordschauplätze des ersten Serienmordfalls gefahren bin, des Falls, bei dem ich Sean kennen gelernt habe.

Der Aufzug liegt nur zehn Meter von meiner Tür entfernt, und ich bin fast da, als ich hinter mir plötzlich John Kaisers Stimme höre.

»Cat? Wohin wollen Sie?«

Ich wende mich um und winke ihm zaghaft. Er steht vor dem Büro, das ich soeben verlassen habe, eine große Gestalt, die mich mehr als nur ein wenig an einen besorgten Vater erinnert.

»Mir ist schlecht. Ich muss zur Toilette.«

»Am Aufzug vorbei und dann die erste Tür rechts.« Er setzt sich in Bewegung und kommt zu mir. »Ist das Essen schon gekommen? Ist Ihnen vom Essen schlecht?«

Irgendjemand hat ein Tablett mit Sandwichs nach oben gebracht, nachdem Hannah gegangen ist, doch ich habe sie nicht angerührt. »Nein. Ich wollte gerade anfangen zu essen, als mir plötzlich speiübel wurde.«

»Das könnte von dem Schlag auf Ihren Kopf herrühren. Ich wollte gerade zu Ihnen, um Ihnen das hier zu zeigen.« Er hält etwas in der Hand.

»Was ist das?«

»Die ersten Ergebnisse bezüglich der Kulturen, um die Sie gebeten haben. Der Speichel von den Bisswunden am Leichnam von Quentin Baptiste.«

Der tote Detective vom Morddezernat … Opfer Nummer sechs. »Oh, richtig. Was sagt der Bericht?«

Er reicht mir den Laborbericht. »Sagen Sie es mir.«

Ich überfliege die Buchstaben und Zahlen, während ich versuche, so zu tun, als wären meine Nerven nicht bis zum Zerreißen angespannt und als würde ich mich auf das Blatt in meinen Händen konzentrieren und nicht darauf, wie ich aus diesem Gebäude flüchten kann. Was ich dort vor mir sehe, das ist ein mikrobiologischer Schnappschuss eines durchschnittlichen menschlichen Mundes. Bis auf eine Ausnahme, heißt das.

»Seltsam.«

»Was?«, fragt Kaiser.

»Vielleicht ist es ein Versehen.«

»Was?«

»Nun ja, zwölf Stunden sind vielleicht ein wenig früh, aber wir müssten zumindest ein paar *Streptococcus mutans* auf dem Nährboden finden. Dieser Stamm gedeiht in praktisch jedem Mund, in dem es Zähne gibt. *S. mutans* gedeiht auf harten Oberflächen. Und *S. mutans* produziert die Säuren, die Löcher in den Zähnen verursachen.«

»Und er ist nicht dabei?«

»Nein.«

»Nun ja, wenn es *kein* Versehen ist, was könnte das bedeuten?«

»Es könnte mehrere Dinge bedeuten. Zum einen könnte der Speichel von jemandem stammen, der mit Antibiotika behandelt wird. Das würde die normale Mundflora stören. Ich würde nach Penicillin Ausschau halten, oder wahrscheinlicher noch Penicillin mit Gentamicin.« Ich versuche mich auf den Laborbericht zu konzentrieren, doch es gelingt mir nicht. Ich habe nichts außer Hannah Goldman im Kopf, die unten auf mich wartet.

»Cat?«, fragt Kaiser.

Ich zucke die Schultern, weil ich denke, die Antwort ist offensichtlich. »Jemand ohne Zähne.«

»Jemand, der ein Gebiss trägt?«

»Nein. Jemand, der ein Gebiss besitzt, aber es nicht trägt. Ein Gebiss besitzt harte Oberflächen mit Spalten und Löchern, die geradezu ideal sind für Bakterienkolonien, genau wie echte Zähne. Vielleicht ist es jemand, der allein lebt. Jemand, der es für unnötig erachtet, sein Gebiss zu tragen, weil ihn sowieso niemand sieht.«

Kaiser wirkt interessiert. »Handelt es sich notwendigerweise um jemanden, der älter ist?«

»Gütiger Gott, nein! Viele Menschen haben so schlechte Zähne, dass sie schon ein Gebiss tragen, bevor sie vierzig sind. Sie sollten nach jemandem Ausschau halten, der ein Gebiss benötigt und es sich nicht leisten kann.«

»Viele Sträflinge lassen sich im Gefängnis die Zähne ziehen«, sinniert Kaiser. »Es erschwert in späteren Verfahren die eindeutige Identifikation.«

»Nun, vielleicht kommen wir mit diesen Kulturen einen Schritt weiter, genau wie ich gehofft hatte. Sie könnten sämtliche männlichen Verwandten der Opfer auf Infektionen überprüfen, nach verbüßten Gefängnisstrafen und darauf, ob sie noch ihre Zähne haben oder ein Gebiss tragen. Hören Sie, ich muss jetzt wirklich dringend zur Toilette.«

»Oh. Sicher. Sorry.«

»Darf ich diesen Bericht behalten?«

»Sicher.«

Ich stecke ihn in meine Gesäßtasche. »Warten wir noch weitere sechs Stunden und sehen, was sich bis dahin entwickelt hat.« *Bis dahin bin ich längst verschwunden.* Ich tätschele Kaiser den Arm, dann wende ich mich ab und gehe rasch den Korridor entlang Richtung Toilette. Als ich die Tür aufstoße, blicke ich aus den Augenwinkeln nach rechts.

Kaiser ist nicht länger auf dem Gang. Rasch kehre ich um und renne fast zum Lift. Die Feuertreppe ist verlockend, doch ich bin hier in einem Gebäude, in dem wahrscheinlich sämtliche Alarme losschrillen, sobald eine Feuertür geöffnet wird.

Bevor sich die Lifttüren hinter mir schließen können, schlüpft eine blonde Frau in einem blauen Hosenanzug zu mir in die Kabine und lächelt mich an. Ich erwidere ihr Lächeln und drücke auf den Knopf für das Erdgeschoss. Ich spüre, dass sie meine Kleidung mustert. Ich bin ziemlich abgerissen. Definitiv nicht die Uniform eines weiblichen FBI-Agenten.

»Ist alles in Ordnung?«, fragt sie.

»Oh ja.« Ich strecke ihr die Hand entgegen. »Ich bin Catherine Ferry und arbeite als Beraterin für John Kaiser am NOMURS-Fall. Ich bin forensische Odontologin.«

Sie wirkt beeindruckt und interessiert. »Ich habe gehört, man hätte ein weiteres Opfer gefunden?«

»Ja. Einen Cop diesmal.«

»Wow.«

Der Aufzug hält im ersten Stock. »Hier muss ich raus«, sagt sie. »Viel Glück.«

Die Tür öffnet sich in eine »Würfelfarm«, ein Großraumbüro voller Männer und Frauen, die zielstrebig zwischen den einzelnen Abtrennungen hin und her laufen. Als die Tür wieder zugleitet, atme ich erleichtert auf und lehne mich gegen die Wand. Zwanzig Minuten später bin ich unten und trete hinaus in den Wagenpark.

Ungefähr ein Dutzend Limousinen parken diagonal vor einer Wand zu meiner Linken. Zu meiner Rechten sind zwei große schwarze Suburbans, die SUVS der forensischen Teams. Dreißig Meter weiter auf der gegenüberliegenden Seite der Halle befindet sich das große Rolltor, durch das ich aus dem Gebäude entkommen kann. Ich sehe niemanden hier unten, doch das muss nichts heißen. Irgendjemand ist immer da.

Plötzlich ertönt ein metallisches Klappern in der Stille, das Geräusch eines schweren Werkzeugs, das auf Beton fällt. Ich bete, dass der unvorsichtige Mechaniker unter einem der Wagen liegt, während ich zielstrebig in Richtung Rolltor marschiere. Als ich näher komme, bemerke ich neben dem Tor einen großen weißen Knopf nicht unähnlich jenen, die man in Krankenhäusern und Notaufnahmen neben den automatischen Türen findet. Ich sollte mir eine Geschichte ausdenken für den Fall, dass jemand mich fragt, was ich hier unten suche, doch mir fällt keine ein. Wenn ich angehalten werde, muss ich irgendwie improvisieren.

Ich betätige den großen Knopf, und ein elektrischer Motor setzt sich surrend in Bewegung. Das Tor vor mir gleitet genauso mühelos und leise in die Höhe wie mein elektrisches Garagentor zu Hause. Als die Unterkante knapp anderthalb Meter über dem Boden ist, drücke ich mich unter dem Tor hindurch und gehe die Rampe zum Parkplatz hinauf.

Hannah fährt einen weißen Fünfer BMW, doch ich kann ihn nirgendwo sehen.

Ich halte mich nach rechts, in Richtung Haupteingang der Außenstelle, während ich die Reihen geparkter Fahrzeuge absuche. Und dort sehe ich Hannahs »Beemer« rückwärts aus einer Parklücke ganz in meiner Nähe stoßen. Der Wagen kommt mir entgegen und hält an. Das Seitenfenster auf der Fahrerseite ist offen. Ich spähe über die Autodächer hinweg und sehe das Wachhaus am Haupttor. Ich kann nicht erkennen, ob der Wachposten mich beobachtet, doch er wird mich ganz sicher nicht zusammen mit Hannah wegfahren lassen, ohne vorher oben anzurufen.

»Haben Sie den Kofferraum aufgeschlossen?«, frage ich durch das Fenster.

»Ja. Allerdings fürchte ich, dass es ziemlich heiß und stickig sein wird.«

Ich gehe zur Rückseite des Wagens und hebe den Kofferraumdeckel an, als würde ich etwas suchen. Dann atme ich tief durch, klettere in den beengten Raum, mache mich ganz klein und schließe den Deckel über mir.

Ich habe eine Reihe mentaler Probleme, doch Klaustrophobie gehört nicht dazu. Ich wäre keine gute Freitaucherin, wenn ich das Eingeschlossensein in einem kleinen Raum nicht ertragen könnte. Die Leute stellen sich den Ozean im Allgemeinen nicht als kleinen Raum vor, doch wenn man hundert Meter unter der Oberfläche ist und das kalte Wasser einen zu Brei zu zerquetschen droht, dann fühlt man sich verdammt eingeschlossen.

Hannah hält am Tor.

Ich schließe in der Dunkelheit die Augen und sende meine Gedanken zu meinem geheimen Zufluchtsort, jener senkrechten weißen Wand aus Korallen, an der entlang ich tiefer und tiefer tauche, bis das Blau des Ozeans dem Schwarz der Tiefe weicht und Verzückung meine Sinne verschwimmen lässt. Bis ich mich eins fühle mit der Schöpfung. Wenn der Wachposten mich jetzt noch hier im Kofferraum entdeckt, dann ganz bestimmt nicht, weil er meine Anwesenheit gespürt hat.

Ich bin nicht einmal hier.

Der BMW setzt sich ruckend in Bewegung und reißt mich aus meiner Trance. Nach ein paar Holperschwellen rollen wir mit zügiger Geschwindigkeit davon. Jedes Mal, wenn wir anhalten, bin ich sicher, dass Hannah jetzt aussteigen und mich aus meinem Gefängnis befreien wird, doch das tut sie nicht. Einen irrationalen Augenblick lang befürchte ich, dass sie mich an das NOPD ausliefern könnte, doch das ist verrückt. Sie sucht lediglich nach einem sicheren Ort, um mich aussteigen zu lassen.

Endlich hält der BMW an und fährt nicht wieder los.

Ich höre, wie die Fahrertür geöffnet wird und sich dann wieder schließt. Dann klappt der Kofferraumdeckel hoch, und grelles Sonnenlicht lässt mich schmerzhaft blinzeln. Eine dunkle Silhouette nimmt meine Hand und hilft mir, aus dem Kofferraum zu klettern. Die Bänder in meinen Knien knacken laut, als ich die Beine strecke.

»Sie sind mir vielleicht eine«, sagt Hannah, als ich stehe. »Ich fühle mich wie Ingrid Bergman.«

Wir sind nicht auf dem Flughafen. Wir stehen auf dem Parkplatz eines kleinen, exklusiveren Einkaufszentrums. Ich war ein paar Mal hier auf der Suche nach neuen Kleidern.

Hannah bemerkt meine Unruhe. »Hier fallen Sie viel weniger auf als am Lakefront Airport. Da draußen ist nicht gerade viel los.« Sie drückt mir ein paar Geldscheine in die Hand. »Das sind achtzig Dollar. Warten Sie hier bis zum letzten Augenblick und rufen Sie dann ein Taxi, das Sie zum Flughafen bringt. Es sind weniger als zehn Minuten von hier aus.«

Ich umarme sie dankbar, dann löse ich mich von ihr. »Verschwinden Sie jetzt besser, Ingrid. Sie haben schon genug für mich getan.«

Hannah nimmt meine Rechte in ihre beiden Hände und drückt sie fest. »Sie stehen dicht davor, die Wahrheit herauszufinden, Cat. Bitte erwarten Sie keinen blendenden Blitz der Erleuchtung oder augenblicklichen Seelenfrieden. In Fällen wie dem Ihren ist es erst der Anfang, endlich die Fakten aufgedeckt zu haben. Viele Opfer sexuellen Missbrauchs erhalten nie die Antworten, nach denen sie so verzweifelt suchen.«

»Ich habe mich so viele Jahre verloren gefühlt, Hannah«, antworte ich. »Ein Anfang, das klingt in meinen Ohren ziemlich viel versprechend.«

Sie lächelt mich traurig an, dann steigt sie in ihren Wagen und fährt davon. Ich werfe einen Blick auf meine Armbanduhr und frage mich, ob Michael bereits in der Luft ist.

Ich muss unbedingt ein öffentliches Telefon finden.

47

Ich bin fünfzehnhundert Meter über dem Mississippi und fliege mit zweihundert Meilen pro Stunde nach Norden. Michael Wells sitzt neben mir und steuert die Cessna, als wäre er nirgendwo auf der Welt lieber als hier. Natchez liegt eine halbe Flugstunde voraus.

Die Schocks der letzten vierundzwanzig Stunden haben mich an einen Punkt gebracht, wo das Fliegen in einer kleinen Maschine überhaupt keine Übelkeit mehr in mir aufsteigen lässt.

»Was willst du jetzt tun?«, fragt Michael mit ernstem Gesicht.

»Was ich gleich von Anfang an hätte tun sollen. Herausfinden, wer meinen Vater ermordet hat. Ich werde seinen Leichnam exhumieren lassen.«

Michael sieht mich an, als hätte ich den Verstand verloren. »Und was soll das nutzen?«

»Zum einen erhalte ich dadurch die Möglichkeit, die DNA mit der dna der Körperflüssigkeiten zu vergleichen, die ich auf dem Boden meines Kinderzimmers finde. Ich hoffe, dass ich Reste von Sperma finde.«

»Wirst du dein Zimmer selbst untersuchen?«

»Nein. Ich werde ein erstklassiges Team von Fachleuten damit beauftragen, gleichgültig, was mein Großvater dazu sagt. Außerdem werde in die Scheune gehen und nachsehen, ob der grüne Beutel meines Vaters noch unter den Dielenbrettern versteckt ist. Die Scheune ist mit einem Vorhängeschloss gesichert, aber es sollte nicht besonders schwer sein, das zu überwinden.«

»Glaubst du, dass dieser grüne Beutel tatsächlich existiert?«

»Absolut.«

»Rein technisch betrachtet ist die Scheune Kirkland-Besitz, oder?«

»Ich bin offen gestanden nicht sicher. Einiges vom alten Besitz der DeSalles wird treuhänderisch für mich verwaltet. Ich weiß nicht, was Großvater gehört und was er für meine Mutter und mich verwaltet. Es ist alles ziemlich kompliziert. Aber falls er versucht, mich aufzuhalten, gehe ich zum Bezirksstaatsanwalt und mache eine offizielle Morduntersuchung daraus. Obwohl es mir im Grunde genommen nicht um den Leichnam meines Vaters geht, sondern um Lena.«

Michael wendet sich lange genug von seinen Instrumenten ab und mir zu, dass ich seine Verwirrung sehen kann. »Du meinst dein Stofftier?«

»Meine Leopardin, ja. Ich weiß nicht, was sie mir erzählen wird, aber ich weiß, dass sie wichtig ist. Darf ich dein Handy benutzen?«

Er löst es von seinem Gürtel und reicht es mir. Mein Stolz verbietet mir eigentlich, das zu tun, was ich jetzt mache, doch ich habe keine Wahl. Ich wähle die Mobilrufnummer von Sean Regan.

»Detective Regan am Apparat«, meldet er sich.

»Ich bin es, Cat.«

»Meine Güte, Cat! Wir haben eine landesweite Fahndung nach dir laufen, und du rufst mich auf dem Handy an?«

»Tut mir Leid, wenn es unbequem ist für dich.«

»Scheiße, das ist es nicht! Aber Karen will von jetzt an meine Telefonrechnungen sehen, und ich bin sicher, Piazza will sie ebenfalls kontrollieren!«

Aha. Also haben die Frauen in Sean Regans Leben endlich dazugelernt. »Nun, es tut mir Leid, aber das ist ein dienstliches Gespräch.«

»Irgendwie habe ich mir so etwas gedacht.«

»Du musst mir einen Gefallen tun, Sean. Und stell keine Fragen.«

»Was für einen Gefallen?«

»Das klang nach einer Frage.«

In der darauf folgenden Stille spüre ich, dass ihm einfällt, wie es war, tagtäglich mit jemandem wie mir umgehen zu müssen. »Also gut, Cat. Was auch immer es sein mag, ich mache es.«

»Danke. Du weißt, dass meine Tante gestern Nacht Selbstmord begangen hat?«

»Ich habe davon gehört. Mein Beileid.«

»Die Leiche wird heute in Jackson, Mississippi, einer Autopsie unterworfen. Kaiser hat das veranlasst. Ich muss den Bericht sehen, Sean, oder zumindest erfahren, zu welchem Ergebnis er kommt.«

»Hat Kaiser dir nicht erzählt, dass man mich von diesem Fall abgezogen hat?«

»Sicher, aber ich weiß, dass du noch immer deine Fühler in der Sonderkommission hast. Woher sonst solltest du wissen, dass meine Tante sich umgebracht hat? Du suchst bereits nach einem Weg zurück zu diesem Fall. Und wenn du mir hilfst, dann kann ich dir möglicherweise ebenfalls helfen.«

Weiteres Schweigen. »Du brauchst eine Kopie des Autopsieberichts?«

»Was immer du besorgen kannst. Ich interessiere mich besonders für alles, was der Pathologe über Anns Fortpflanzungsorgane herausfinden kann. Narben, alte Operationen, was auch immer.«

»M-hm.« Sean klingt alles andere als fasziniert.

»Ich brauche das Ergebnis so schnell wie irgend möglich. Am liebsten gestern, Sean.«

»Ich kann dir nicht geben, was ich noch nicht habe.«

»Ich weiß. Ich wollte nur, dass du begreifst, wie …«

»Cat?«

»*Was denn?*«, fauche ich, als mir bewusst wird, dass ich jegliche persönliche Kommunikation zu vermeiden trachte.

»Wie geht es dir? Ich meine mit dem Baby und allem.«

Wut steigt aus einem Loch tief in mir hoch, dunkler und intensiver, als ich es mir je hätte vorstellen können. »Prima«, sage ich mit gepresster Stimme. »Mach dir um mich keine Gedanken, Sean. Um uns. Was auch immer. Ich bin nicht länger dein Problem.«

»Du warst nie ein Problem.«

Mach Schluss, befiehlt die Stimme in meinem Kopf. »Wir beide wissen, dass das eine Lüge ist, Sean. Hör mal … viel Glück dabei, dein Leben wieder zusammenzuflicken.«

»Ja. Hey, ich besorg dir diesen Bericht, okay?«

»Danke.«

»Ich vermisse dich, Cat.«

Nicht stark genug. »Beeil dich, Sean.«

Ich beende das Gespräch und tippe die Mobilrufnummer meiner Mutter ein. Während ich dem Läuten lausche, spüre ich, wie Sean mich am Arm berührt. Dann bemerke ich, dass es nicht Sean, sondern Michael ist, Michael Wells. Für einen Augenblick habe ich tatsächlich vergessen, dass ich neben ihm in seinem Flugzeug sitze.

»Du weinst«, sagt Michael. »Ist alles in Ordnung?«

»Ich glaube nicht, dass ich in einem Augenblick wie diesem nach ›in Ordnung‹ strebe. Ich setze einen Fuß vor den anderen und mache weiter. Ich darf nicht aufhören.«

Er zieht die Hand zurück und wendet sich wieder dem Fliegen zu.

Gerade als ich damit rechne, mit Mutters Mailbox verbunden zu werden, antwortet sie mit tiefer, schläfriger Stimme, die mich sofort *Beruhigungsmittel* denken lässt.

»Dr. Wells?«, fragt sie.

»Nein, ich bin es, Cat.«

»Cat?« Eine kurze Pause. »Ich verstehe nicht. Bist du bei Dr. Wells zu Hause?«

»Nein, Mom. Hör zu, ich weiß, was mit Ann passiert ist.«

»Ich dachte mir, dass du es inzwischen erfahren haben müsstest.«

»Wie geht es dir?«

»Gut, denke ich. Angesichts der Umstände. Ich bin auf der Arbeit, und ich habe einen sehr geschäftigen Tag. Was gut ist, schätze ich.«

Auf der Arbeit? Sie klingt eher, als wäre sie soeben aus einer Vollnarkose erwacht.

»Ich wusste immer, dass man bei Ann mit so etwas rechnen muss«, sagt sie. »Einer ihrer Ärzte hat mich gewarnt, vorbereitet zu sein. Er sagte, ich solle mir schon vorher klar machen, dass ich nichts dagegen hätte unternehmen können, sollte es jemals so weit kommen.«

»Und?«, frage ich. »Ist es das, was du jetzt auch empfindest?«

Sie seufzt schwer, und im Hintergrund höre ich die *Muzak*, die sie für gewöhnlich in ihrem Laden laufen lässt. »Ich weiß es nicht. Hör mal, wie ich schon sagte, ich bin heute wirklich sehr beschäftigt. Ich muss nach Dunlieth, um dem Besitzer ein paar neue Vorhangstoffe zu präsentieren.«

»Mom, ich muss mit dir reden. Bist du heute Nachmittag zu Hause?«

»Das kommt darauf an, wie lange ich bei Dunlieth brauche, oder?«

»Bitte versuch zu Hause zu sein, ja? Heute ist kein Tag, an dem die Arbeit vorgehen sollte.«

»Das Leben geht aber weiter, Cat. Ich dachte eigentlich, du von allen Leuten solltest das wissen.«

»Was ist mit den Vorbereitungen für die Beerdigung?«

»Darum kümmert sich dein Großvater.«

Natürlich. Nur das Beste ist gut genug für eine meiner Töchter …

»Ich habe ja nichts dagegen, mit dir zu reden«, sagt Mutter, »doch ich will nicht, dass du anfängst, mir zu erzählen, wie es dir geht wegen dieser Sache. Ich habe meine eigenen Gefühle, und ich gehe auf meine Weise damit um. Das weißt du.«

»Du meinst, du verdrängst sie.«

Frostiges Schweigen. »Ich trage mein Herz vielleicht nicht auf der Zunge wie einige andere Leute, aber bis jetzt bin ich ganz gut damit gefahren.«

»Tatsächlich, Mom? War dein Leben all die Jahre tatsächlich ›ganz gut‹, wie du es nennst?«

»Ich denke, ich habe es ziemlich gut gemeistert, ja. Angesichts der Hindernisse, die das Leben mir in den Weg geworfen hat.«

Mein Gott … »Wie geht es Pearlie?«

»Ich weiß es nicht. Sie ist zur Insel gefahren. Sie hat mich kaum eines Wortes gewürdigt und ist gefahren.«

Das raubt mir die Fassung. »Auf die Insel? Aber … Pearlie *hasst* die Insel!«

»Na und? Sie ist jedenfalls zur Insel gefahren, gleich nachdem sie die Nachricht von Anns Tod erhielt. Ich muss jetzt Schluss machen, Cat. Falls wir uns heute Nachmittag nicht sehen, sei bitte wenigstens bei der Beerdigung. Ann würde dich dabeihaben wollen.«

Als würde ich das Begräbnis meiner Tante versäumen! »Mom, warum bin ich immer mit Großvater in diesem alten Truck über die Insel gefahren?«

»Wie meinst du das?«

»Ich habe einen ständig wiederkehrenden Traum von einem rostigen alten Pick-up, in dem ich mit Großvater über die Insel fahre, und es regnet immer.«

»Oh …«, sagt sie, und ihre Stimme klingt plötzlich melodisch. »Daddy war immer so angespannt, wenn es geregnet hat, weil niemand arbeiten konnte. Du warst die Einzige, die ihn beruhigen konnte. Er ist mit dir über die Insel gefahren und hat dir die Vögel und das Vieh und das Wild gezeigt, und wenn ihr zurück wart, konnte man ihn wieder ertragen. Ich glaube, Kinder sind das Einzige, was Männer davon abhält, ganz zu Wilden zu werden. Ich wünschte nur …«

»Mom«, unterbreche ich sie und beende, was zu einem endlosen Monolog zu werden droht. »Versuch heute Nachmittag zu Hause zu sein, okay?«

»Bye-bye, Darling.«

Ich lege auf und gebe Michael das Telefon zurück. Ich bin mehr benommen als aufgebracht. John Kaiser hat mir meine Mutter als außer sich wegen Anns Tod beschrieben. Außerdem hätte sie den Verdacht geäußert, dass Anns Ehemann sie umgebracht hat, doch jetzt klingt Mom, als stünde sie unter Thorazin. So klang sie früher häufig, als ich ein Kind war. Geistesabwesend, gelangweilt, nicht bei der Sache. *Ruhig gestellt.* Aus irgendeinem Grund vermute ich, dass mein Großvater die Hand im Spiel hat. Wie leicht es für ihn doch ist, Mutter einen Schuss zu verpassen und die Unbequemlichkeit ihrer Emotionen aus seinem Alltag zu verbannen.

»Cat?«

»Es geht mir gut, Michael. Könntest du über die Insel fliegen? Oder ist der Umweg zu groß?«

»Na ja, der Fluss liegt am linken Horizont. Du hast gesagt, die Insel läge gegenüber dem Angola State Prison?«

»Genau südlich davon.«

Er legt die Cessna in eine weite Kurve nach Westen, und fast im gleichen Augenblick erkenne ich das silberne Band des Flusses weit voraus.

»Kannst du tiefer fliegen?«

»Sicher. Wir können über die Baumwipfel streichen, wenn du magst.«

»Nein danke. Nur tief genug, um Autos und Leute zu erkennen.«

Michael lacht und geht in einen Sinkflug über.

Bald ist der Fluss eine große silberne Schlange, die sich durch ein weites, grünes Tal windet. Auf dem diesseitigen Ufer ziehen sich endlose Wälder über die Hügelketten. Auf dem anderen Ufer erstrecken sich ebene Baumwoll- und Sojafelder, so weit das Auge reicht. Der Fluss durchschneidet das Land mit unerbittlicher Willkür, fast, als wollte er den Kontinent nachträglich zerteilen.

»Kannst du dir vorstellen, dass wir erst vorgestern Nacht dort unten waren?«, frage ich Michael. »Oder was seitdem alles passiert ist?«

Michael legt das kleine Flugzeug ein wenig zur Seite und blickt nach unten. »Ich kann nicht glauben, dass du durch diesen Fluss geschwommen bist. Ich meine, das ist absolut irre!«

»Kannst du die Insel sehen?«

»Ich sehe ein halbes Dutzend Inseln.«

»DeSalle Island ist vier Meilen lang.«

Michael stößt einen leisen Pfiff aus. »Ich glaube, ich habe die ganze Zeit darauf gestarrt, ohne es zu bemerken. Dort ist das Angola Prison. Dann muss das dort DeSalle Island sein.«

Ich kann von meiner Seite aus nichts erkennen, und Michael bemerkt es rasch. Er legt das Flugzeug auf die andere Seite und senkt die Nase, und plötzlich schießen wir hinunter auf die lang gestreckte, hügelige Masse der Insel wie ein Kampfflugzeug bei einem Bodenangriff.

»Wie hoch sind wir?«

»Ich bleibe bei hundertfünfzig Metern. Von hier aus kannst du alles sehen, was du willst.«

Innerhalb weniger Sekunden jagen wir über die Insel. Ich habe DeSalle Island schon häufiger aus der Luft gesehen. Einmal vor langer Zeit aus dem Cockpit eines Crop Dusters, eines Sprühflugzeugs, und später noch einmal aus dem Korb eines Heißluftballons. Der heutige Flug erinnert mich an den Crop Duster, und die Landschaft unter mir bleibt mit hundert Meilen in der Stunde zurück. Ich erkenne das Jagdcamp, den See, die Lodge meines Großvaters, die Weiden und den Teich, und dann kurven wir nach links, um dem möglicherweise verbotenen Luftraum über Angola auszuweichen.

»Kannst du noch einmal zurückfliegen?«

»Sicher. Wonach suchst du?«

»Nach einem Wagen. Einem blauen Cadillac.«

»Ich gehe auf dreihundert Meter. Von dort hast du eine bessere Aussicht zwischen den Bäumen hindurch.«

Michael fliegt eine Dreihundertsechzig-Grad-Kehre und steigt gleichzeitig höher. Diesmal sieht die Insel mehr wie auf einem Satellitenfoto aus, und das durch die Nähe verursachte Chaos zieht sich zusammen zu einem geometrischen Muster. Ich erkenne die Straße, die um die gesamte Insel herumführt, und die Abzweigung südlich vom Jagdcamp, die sich in der Nähe der Hütten der Arbeiter zu einem offenen Platz weitet. Vier weiße Pick-ups stehen vor den Hütten. Links davon parkt eine babyblaue Limousine, die in der Sonne glänzt.

Pearlies Cadillac.

»Okay!«, sage ich zu Michael. »Fliegen wir nach Hause!«

»Hast du den Wagen gesehen?«

Ich nicke und deute nach Norden, in Richtung von Natchez. Mir ist im Augenblick nicht nach Reden. Ich möchte nur zu gerne wissen, was Pearlie Washington dazu getrieben hat, nach DeSalle Island zu fahren, der Insel, auf der sie geboren wurde – zu einem Ort, an dem sie ihren eigenen Worten zufolge nicht länger willkommen ist.

Ein weiteres Rätsel unter vielen.

Und doch verrät es mir, dass all die anderen Rätsel gelöst wären, wenn ich Pearlies Gedanken lesen könnte.

48

Der Natchez Airport ist eine winzige Anlage: zwei Landebahnen und ein niedriges Administrationsgebäude nahe dem Ursprung des Natchez Trace. Michael vollführt eine perfekte Dreipunktlandung, dann bringt er mich zu seinem Wagen, und innerhalb fünfzehn Minuten nähern wir uns der Zufahrt von Malmaison. Der Anblick des eichengesäumten Zufahrtsweges mit seinem rosafarbenen Touristenschild erweckt eine dumpfe, ungute Vorahnung in mir.

»Möchtest du, dass ich dich bis vor das Haus bringe?«, fragt Michael.

Ich winke an der Lücke zwischen den Bäumen vorbei. »Lass uns zuerst zu dir nach Hause fahren und von dort aus durch den Wald zur Scheune gehen. Ich möchte lieber ungestört bleiben, falls Billy Neal und mein Großvater im Haus sind.«

Michael lenkt den Wagen nach Brookwood hinein und dann zum hinteren Ende der Siedlung, wo sein Haus still unter den Bäumen steht.

»Hast du einen Bolzenschneider oder etwas in der Art?«, frage ich.

Er schüttelt den Kopf. »Vielleicht tut es eine Bügelsäge?«

»Das könnte funktionieren. Was ist mit einer Axt?«

»Ja. Warum? Willst du die Scheune abreißen?«

»Immer schön vorbereitet sein. Warst du etwa nicht bei den Pfadfindern?«

Michael errötet tatsächlich, als er Nein sagt.

Drei Minuten später joggen wir zwischen den Bäumen hindurch in Richtung Malmaison. Ich trage die Bügelsäge, Michael die Axt. Als das Haupthaus in Sicht kommt, biege ich nach rechts ab, in Richtung des tiefer liegenden Lands, das auf der Rückseite des Grundstücks an das Bayou grenzt.

Die Stadt Natchez ist auf Hügeln erbaut und von Bayous und tiefen Gräben durchzogen, ein geheimes Labyrinth von Wasserwegen, in dem Kinder sich auskennen und das sie vergessen, nachdem sie erwachsen geworden sind. Jedenfalls die meisten. Ich kenne sie noch immer alle.

Wir nähern uns der Scheune von der Seite, dann umrunden wir sie zur Rückseite, damit uns niemand sieht, der zufällig vom Parkplatz hinter dem Sklavenquartier in unsere Richtung blickt. Die Holzwände der alten Scheune sind trocken und grau verwittert, doch die Tür widersteht noch immer mühelos einem kräftigen Zerren. Ich setze die Bügelsäge am Vorhängeschloss an und fange an zu sägen. Als mir der Schweiß in Strömen über das Gesicht fließt, löst Michael mich ab. Die Muskeln und Sehnen in seinen Unterarmen treten deutlich hervor, während er arbeitet, und mir dämmert, dass Michael viel stärker ist, als er aussieht – definitiv nicht mehr der dicke Junge, an den ich mich aus der Highschoolzeit erinnere.

»So«, sagt er schließlich und bläst Metallspäne vom Schnitt. »Gib mir die Axt.«

Ich reiche ihm die Axt, und mit dem stumpfen Ende versetzt er dem Schloss einen Schlag. Es springt aus dem massiven Riegel. »Sesam öffne dich«, sagt Michael.

Dann zieht er die Tür auf.

Wir treten ein, und mir stockt der Atem.

Im Innern der Scheune lagern mehr Skulpturen von Luke Ferry, als ich jemals auf einem Haufen gesehen habe. Es müssen sicher zwanzig sein, die meisten größer als ich selbst, einige bestimmt sechs Meter hoch.

»Wow!«, flüstert Michael. »Das ist ja das reinste Museum! Ein privates Museum.«

Der Anblick all des polierten Metalls, von den Händen meines Vaters in abstrakte Formen voller Schönheit gezwängt, ist beinahe zu viel für mich. Als der Geruch mir in die Nase steigt – der Geruch nach Heu, den Daddy nie ganz aus der Scheune hat verbannen können –, werden meine Knie weich. Selbst seine Werkzeuge sind noch hier, der Schneidbrenner mit den großen Gasflaschen, die Metallsäge …

»Cat? Alles in Ordnung?«

Ich klammere mich an Michaels Arm und wage einen Schritt in die Scheune. »Ich muss diese Skulpturen nicht gerade jetzt sehen. Es ist zu viel, verstehst du?«

»Ja. Selbst ich bin überwältigt, wie ich gestehe, und ich kannte deinen Vater nicht einmal. Wusstest du, dass all das hier steht?«

»Eigentlich nicht, nein. Mein Großvater muss den Verstand verloren haben. Er mochte die Arbeiten meines Vaters nie. Und jetzt kauft er den gesamten Markt leer.«

»Möchtest du noch immer nach dem Beutel suchen?«

»Verdammt, ja! Das ist schließlich der Grund, aus dem wir hier sind!«

Rasch bahne ich mir einen Weg zwischen den Skulpturen hindurch zum Fuß des Pfeilers, neben dem mein Vater in meinem Traum gehockt hat. Es ist beinahe unheimlich, dieses Gefühl, an der richtigen Stelle zu stehen. Wenn dieser Beutel unter den Dielen versteckt liegt, dann war mein Traum genau das, was Nathan Malik als eine »unterdrückte Erinnerung« beschrieben hat. Tief vergraben, doch vollständig intakt. Und *wahr*.

»Die Axt?«

Michael reicht mir die Axt wie eine OP-Schwester, die dem Chirurgen einen Wundhaken gibt. Mit dem Kopf drücke ich das eine Ende der ersten Diele nach unten, die ich meinen Vater im Traum habe berühren sehen. Als sich das andere Ende des Brettes ein wenig hebt, stockt mir das Herz. Hastig klemme ich den Schuh in die Lücke und halte das Brett auf diese Weise, dann greife ich nach unten und ziehe es ganz aus dem Boden.

»Sieh einer an …!«, flüstert Michael. Meine Hand juckt,

als ich sie tastend in die Dunkelheit unter dem Brett schiebe. Dann berühre ich einen trockenen, gummiartigen Stoff.

Der Beutel.

Als ich am Hals des Beutels ziehe, lösen sich zwei weitere Bodenbretter und geben den Blick frei auf einen olivfarbenen Seesack, der aussieht, als enthielte er nichts als alte Wäsche.

»Ich schätze, wir haben soeben bewiesen, dass es unterdrückte Erinnerungen gibt«, sage ich.

Statt blind mit der Hand im Beutel herumzutasten, schüttele ich den Inhalt vorsichtig auf dem Boden aus. Das Erste, was herausfällt, ist ein Magazin. *Playboy.* Er ist von 1970 und zeigt auf der Titelseite das Playmate des Jahres. Erleichterung durchflutet mich.

»Das muss es sein, was er sich in meinem Traum angesehen hat.«

»Was?«, fragt Michael. »Du hast nichts von einem *Playboy*-Magazin erzählt.«

»Es ist nichts. Es ist gut.«

»Warum?«

»Weil es *normal* ist.«

»Oh. Ich verstehe.«

Als Nächstes kommt ein Mini-Fotoalbum für Schnappschüsse zum Vorschein, und meine Kehle schnürt sich ein wenig zu. Dann das Skizzenbuch, von dem Louise Butler mir erzählt hat. Schließlich ein kleiner Stapel von Umschlägen, die mit einem gelben Band zusammengebunden sind, gefolgt von einem Stapel Karten, teilweise laminiert. Der oberste Umschlag in der Serie ist adressiert an Luke Ferry, und der Absender lautet Malmaison. Der Stempel auf der Briefmarke ist von 1969. Der Beutel fühlt sich jetzt leer an, doch als ich ihn kräftig schüttele, fällt ein langes Halsband heraus, ein Draht, auf den vertrocknete Pflaumen aufgespießt sind wie auf eine Perlenschnur. Außerdem ein wappenförmiges Stück Stoff, das einen aufgestickten Adlerkopf und ein Gewehr mit einem Zielfernrohr zeigt mit dem Wort SNIPER darüber.

»Die 101. Fallschirmjägerdivision«, sagt Michael.

»Was?«

»Der Adler. Die *Screaming Eagles*, so nannten sie die Hunderterste. Ich kenne dieses Abzeichen aus der Mini-Serie *Band of Brothers*. Es war andauernd zu sehen. War dein Vater bei der Hundertersten?«

»Ja. Hab ich erst vor kurzem rausgefunden.«

Michael blättert den *Playboy* durch, während ich den Stapel Briefe untersuche. Die meisten davon sind von meiner Mutter an meinen Vater, einige abgestempelt in Natchez, doch die meisten vom Post Office der Ole Miss, der University of Mississippi. Meine Mutter hat dort studiert, während mein Vater bei der Army war, doch sie schaffte nicht einmal ein ganzes Jahr, bevor er verwundet wurde.

»Gefällt dir, was du siehst?«, frage ich Michael, der sich noch immer mit dem Playboy beschäftigt.

»Es ist eigenartig. So altmodisch. Die Kameras und die Autos.«

»Ja, sicher. Ich weiß, dass das alles ist, was dich interessiert.«

»Na ja, Lola Falana sieht auch nicht schlecht aus, wie ich gestehen muss.«

»Lola Falana ist eine Schwarze, richtig?«

»M-hm.« Michael hält das Magazin hoch. Ich erkenne eine kleine, gut proportionierte Frau mit einem Afrolook auf einem Pferd.

Ich binde die Umschläge wieder mit dem gelben Band zusammen, dann wende ich mich den getrockneten Pflaumen zu. Sie sind verschrumpelt, dehydriert und schwarz und sehen aus wie irgendwas, das ich als kleines Mädchen am Abend von Halloween mit nach Hause gebracht habe, bevor es üblich wurde, Süßigkeiten im Laden zu kaufen. Das Fotoalbum scheint die nächste logische Wahl, doch irgendwie bin ich noch nicht bereit dazu. Ich gehe flüchtig die Karten durch. Die oberste zeigt die vietnamesisch-kambodschanische Grenze westlich von Saigon. Die nächste zeigt einen Ort namens A Shau Valley. Auf dieser Karte sind handschriftlich Namen notiert: Eagle's Nest, Berchtesgaden, Currahee, Hamburger Hill. Neben den Namen sind Erhebungen notiert: OBJ Perry – 639, OBJ Hoptown – 670, Eagle's Nest – 1487. Darunter stehen weitere Namen: *Dong So, Ale Ninh, Rao Lao*. Ich habe das Gefühl, dass eine Menge amerikanischer Soldaten an diesen Orten den Tod fanden und dass sie vielleicht offiziell überhaupt nicht dort sein durften. Während ich die Karte studiere, wird mir nach und nach bewusst, dass ich auf das Grenzgebiet zwischen Vietnam und Laos blicke.

»Du lieber Himmel!«, ruft Michael plötzlich und hält mir den *Playboy* zum Lesen hin. »Ein Interview mit Tiny Tim und eine Story von Nelson Algren. Das ist bizarr. Möglich, dass dein Vater den *Playboy* lediglich wegen der Artikel gekauft hat.«

»Du bist eine große Hilfe.«

»Tut mir Leid. Ich dachte, du möchtest vielleicht nicht, dass ich durch diese Sachen wühle, bevor du sie nicht selbst überprüft hast.«

»Du hast Recht. Entschuldige.«

Ich bin durch – bis auf das Skizzenbuch und das Fotoalbum. Ich will gerade mit dem Album weitermachen, als Michael sich erneut zu Wort meldet – diesmal mit einer Stimme, die ich kaum wieder erkenne.

»Cat?«

Als ich aufblicke, ist Michael ganz blass. »Was ist denn los?«

Er schüttelt den Kopf, dann reicht er mir das Magazin. Zwischen zwei Seiten klemmen drei Fotografien. Jede zeigt ein anderes Kind. Zwei davon sind Jungen im Alter von sechs oder sieben Jahren. Das dritte Foto zeigt ein dunkelhaariges Mädchen von ungefähr fünf Jahren.

Alle drei Kinder sind nackt.

»Bist du das?«, fragt Michael.

Meine Augen schwimmen plötzlich in Tränen. »Nein.«

Der Knabe auf einem der Bilder scheint die Kamera nicht zu bemerken, doch der andere blickt verängstigt drein. Er hält seinen kleinen Penis, als müsste er urinieren, doch ich kann fast sehen, wie der Mann hinter der Kamera ihm befiehlt, sich selbst anzufassen.

Mein Magen dreht sich um. Ich will es unterbinden, doch ich kann nicht. Ich lasse das Magazin fallen, rappele mich auf die Beine und stolpere in eine Ecke, wo ich mir die Seele aus dem Leib kotze. Als ich nach Luft schnappend, spuckend und atemlos wieder hochkomme, berührt mich jemand am Arm.

Ich wirbele herum und schlage um mich. Ich treffe Michael mitten ins Gesicht.

Er blinzelt überrascht, doch er versucht nicht, sich zu verteidigen. Ich hole aus, um erneut und mit all meiner Kraft zuzuschlagen, doch irgendetwas packt mitten im Schwung mein Handgelenk und hält es eisern fest.

Michaels Hand.

»Cat?«, fragt er leise. »Ich bin es, Michael.«

Mit der Urgewalt einer Explosion dringt ein Schrei aus meiner Kehle, aus einer Tiefe unterhalb meiner Brust, unterhalb meines Zwerchfells. Der Schrei ist das, was meine Faust gewesen wäre, hätte sie Michaels Gesicht getroffen. Ein Blitz aus Wut und Demütigung und anderen Dingen, die ich nicht benennen kann. Als der Schrei endlich abbricht, verharrt meine zitternde Faust noch immer wenige Zentimeter vor Michaels Gesicht.

»Ich denke, wir sollten von hier verschwinden«, sagt er leise. »Wir können bei mir zu Hause in Ruhe über dieses Zeug reden.«

Ich antworte nicht.

»Ich nehme den Beutel. Wir sollten ihn nicht hier zurücklassen.«

Er drückt meine Hand nach unten, neben meinen Leib, dann lässt er los und kniet nieder. Er schiebt alles zurück in den grünen Seesack, dann führt er mich am Handgelenk zwischen den Skulpturen hindurch zum Scheunentor.

Ich bleibe wie angewurzelt stehen.

Über mir, an einem Querbalken, hängt eine Skulptur, die ich auf dem Weg in die Scheune übersehen habe. Der Dachboden hat beim Eintreten die Sicht darauf versperrt. Doch jetzt hängt sie vor mir. Es ist ein Gehenkter. Stilisiert, aber dennoch ganz eindeutig. Lebensgroß und hässlich wie die Nacht. Das Gesicht ist ein anonymer ovaler Umriss, genau wie die Statue in Louises Haus auf der Insel, doch der Leib ist voller. Zuerst denke ich an Selbstmord, doch irgendetwas an der Skulptur widerspricht diesem Gefühl. Es ist, als wäre dieser Mann wegen eines Verbrechens gehenkt worden. Das Stahlseil um seinen Hals ist perfekt ausbalanciert und endet in einer Schlaufe, die es erlaubt, die Skulptur an nahezu jedem Ort aufzuhängen.

»Die hab ich noch nie gesehen«, sage ich leise. »Und ich dachte, ich hätte alles gesehen, was er jemals gemacht hat.«

Nein, widerspricht die bekannte Stimme in meinem Kopf. *Die Stücke in Louise Butlers Haus hast du vorher auch nicht gekannt.*

»Das ist etwas anderes«, sage ich laut.

Tatsächlich? Offensichtlich hat dein Vater eine ganze Menge Dinge getan, von denen du nie etwas gewusst hast. Oder an die du dich nicht erinnerst …

»Cat?«, fragt Michael besorgt. »Redest du mit mir?«

»Was?«

»Komm, wir müssen uns beeilen. Dein Schrei war ziemlich laut.«

Er zerrt mich in Richtung Tor, doch meine Blicke bleiben auf dem Gehenkten haften.

49

Während Michael mich unter den Bäumen hindurch nach Brookwood zieht, muss ich an meinen Vater denken, der in meinem Traum über das Wasser läuft. Als ich aufgewacht bin, hatte ich das sichere Gefühl, dass er mir etwas sagen wollte. Mir helfen wollte. Mir das Geheimnis seines und meines Lebens anvertrauen. Doch vielleicht irre ich mich. Vielleicht hat er auch nur versucht, sich für etwas zu entschuldigen. Nicht wortwörtlich natürlich. Ich weiß, dass er nicht aus dem Reich der Toten mit mir kommuniziert oder so was. Es ist mein Unterbewusstsein, das diese Bilder erschafft. Und doch …

»Ich … es tut mir Leid, dass ich ausgeflippt bin«, sage ich zu Michael. »Du musst nicht bei mir bleiben.«

»Red keinen Unsinn«, entgegnet er. »Du musst jetzt wirklich nicht allein sein.«

Wir werden es niemals bis Brookwood schaffen. Meine Beine fühlen sich an, als wären sie voller Sand, und die Luftfeuchtigkeit macht mir das Atmen schwer. »Ich muss mit meiner Mutter reden.«

»Warum?«

»Sie ist die nächste Verwandte meines Vaters. Ich weiß nicht, ob ich eine Genehmigung zur Exhumierung bekommen kann, wenn sie nicht einverstanden ist.«

»Cat, du hast eben drei Polaroids und eine Skulptur gesehen und bist ausgerastet, und jetzt redest du davon, den Leichnam deines Vaters anzusehen? Nachdem er mehr als zwanzig Jahre in der Erde gelegen und sich zersetzt hat?«

Ich erschauere. »Es wird bestimmt einfacher, als diese Bilder anzusehen.«

»Cat …«

»Was sonst kann ich tun, Michael? Ich muss weiterbohren, bis ich die Wahrheit aufgedeckt habe. Wenn ich das nicht tue, werde ich verrückt.«

Er sieht mich voller Mitleid und Erbarmen an. »Ich glaube, du solltest dich mit Tom Cage unterhalten, bevor du den nächsten Schritt unternimmst.«

»Dr. Cage?«

»Ja. Erinnerst du dich, was er mir gesagt hat? Dein Dad hat ihn in ziemlich vieles eingeweiht. Ihm Geschichten aus dem Krieg anvertraut. Und Tom scheint große Stücke auf Luke gehalten zu haben. Ich glaube, du solltest dir auf jeden Fall anhören, was Tom zu sagen hat.«

»Niemand beichtet seinem Hausarzt, dass er seine eigene Tochter missbraucht hat.«

»Sei dir da nicht so sicher. In den alten Tagen waren Hausärzte fast so etwas wie Priester, ganz besonders hier unten im Süden. Der Hausarzt war die einzige Person, bei der sich gewisse Leute ausweinen konnten, ohne etwas befürchten zu müssen.«

Ich bleibe stehen und sinke gegen den Stamm einer alten Eiche.

»Was ist denn?«, fragt Michael.

»Könntest du den Wagen holen?«

Er studiert mich sekundenlang. Ich sehe das Gehirn des Arztes hinter seinen Augen, die mich aufmerksam untersuchen …

»Versprichst du, hier zu warten, bis ich zurück bin?«

»Natürlich. Worüber machst du dir Gedanken?«

»Ich mache mir Gedanken, dass all der Stress eine manische Phase auslösen könnte. Wenn es so weit kommt, dann weißt du nicht mehr, was du tust. Und ich habe Angst, du könntest dich auf die eine oder andere Weise umbringen.«

Ich rutsche am Baumstamm nach unten und setze mich auf den weichen Boden. Der Schmerz der über meinen Rücken schrammenden Rinde ist merkwürdig willkommen. »Bitte, Michael.«

»Ich bin in zwei Minuten zurück.«

Sobald er verschwunden ist, schütte ich den Inhalt des Seesacks meines Vaters vor mir aus. Der *Playboy*, die Karten, die Briefe, die Pflaumen, das Scharfschützen-Abzeichen, das Skizzenbuch, das Spiralalbum mit den Fotos. Ich halte den Atem an, als ich das Album aufschlage. Die Fotos stecken in Plastikfolien, um sie vor dem Vergilben zu schützen. Ich hatte noch nie im Leben mehr Angst davor, irgendetwas anzusehen. Wenn ich weitere Aufnahmen von Kindern finde, werde ich den Atem anhalten, bis ich ohnmächtig bin. Das ist mir zwar vorher noch nie gelungen, doch heute ...

Das erste Bild zeigt einen Hirsch mit weißem Wedel, einen zehnendigen Bock. Fast atme ich erleichtert aus, doch nur fast. Jedes Bild in diesem Album ist ein potenzieller Schrecken.

Das nächste Foto zeigt ein Schwarzbären-Junges. Auf dem übernächsten ist eine Cottonmouth Mokassin abgebildet, die sich um eine Zypresse gewunden hat.

Mein Herz droht vor Anspannung auszusetzen.

Das nächste Foto zeigt einen nackten dunkelhäutigen Körper. Doch es ist kein Kind. Jedenfalls kein vorpubertäres Kind. Es ist Louise Butler, dreißig Jahre jünger als die Frau, mit der ich in dem kleinen Haus auf der Insel gesprochen habe. Sie kann nicht älter sein als achtzehn auf diesem Foto. Sie steht im Sonnenuntergang am Flussufer und blickt ohne jede Spur von Scham in die Kamera. Die Grazie und Ausstrahlung ihres nackten Körpers lässt Lola Falana auf den *Playboy*-Seiten gewöhnlich aussehen.

Ich blättere zum nächsten Foto um.

Erneut Louise, erneut am Flussufer, diesmal im Profil vor dem Sonnenuntergang in einer Lotushaltung.

Beim nächsten Bild wird mein Mund plötzlich trocken. Auf diesem Foto hat mein Vater einen Arm um Louises Taille geschlungen. Sie ist nackt, und er trägt nichts bis auf eine alte abgeschnittene Baumwollhose. Das Bild ist ein wenig schief, als hätte er die Kamera auf einen Baumstumpf gesetzt und mit einem Selbstauslöser fotografiert. Ich kann mich nicht erinnern, ihn jemals so glücklich gesehen zu haben, wenn er mit meiner Mutter zusammen war.

Das nächste Foto zeigt mehrere schwarze Kinder, die auf einer staubigen Straße spielen, doch sie sind alle bekleidet. Während ich durch das kleine Spiralbuch blättere, verschwimmen die Fotos zu einer Montage über das Leben auf der Insel. Nicht das privilegierte Leben, das ich als die Enkeltochter von Dr. und Mrs. Kirkland kennen gelernt habe, sondern das Alltagsleben der Schwarzen, die das ganze Jahr über dort leben. Ein Foto zeigt Daddy mit einem jungen Schwarzen – Jesse Billups mit einer Afrofrisur? – auf einer Veranda beim Gitarrespielen. Auf dem Geländer stehen Flaschen billigen Weins, und eine schwer gebaute schwarze Frau mit mächtigen Brüsten tanzt barfuß auf dem Boden. Daddy hat einen Flaschenhals über den dritten Finger gestülpt. Ich kann das durchdringende Klagen der Noten fast hören, während er den Slide über die Saiten zieht.

Das letzte Foto zeigt mich.

Ich sitze mit übereinander geschlagenen Beinen auf dem Boden der Scheune, fast die gleiche Haltung wie Louise in ihrer Lotusstellung, habe das Kinn in die Hände gestützt und starre mit großen runden Augen, die ganz genauso aussehen wie die Augen meines Vaters, in die Linse. Ich sehe auf diesem Bild aus, als wäre ich mehr im Frieden mit mir selbst, als ich mich jemals in meinem Leben gefühlt habe.

Ich bin ungefähr zwei Jahre alt.

Was ist danach mit mir passiert? Was hat den Frieden aus diesen Augen genommen? Wer hat ihn mir genommen? Die Person, die dieses Bild geschossen hat?

Mit einem langen, erleichterten Seufzer lasse ich das Album fallen. Es kommt neben den getrockneten Pflaumen auf dem Draht zu liegen. Es hat etwas Abstoßendes an sich, Nahrung so lange in einem Seesack unter den Dielen aufzubewahren. Die Pflaumen sehen widerlich aus, als wären sie aus einem anderen Grund aufbewahrt worden, der den Horizont normaler menschlicher Wesen übersteigt. Ein Halsband vielleicht, irgendetwas in der Art, womit ein Landbewohner versuchen würde, Vampire zu vertreiben?

»Miss Catherine? Sind Sie das?«

Ein Schwarzer in fleckiger, schmutziger Khaki-Kleidung ist zwischen den Bäumen aufgetaucht. Es ist Mose, der Gärtner. Nach so vielen Jahren auf Malmaison bewegt er sich zwischen den Bäumen wie ein Geist. Er und Daddy müssen sich viele Male begegnet sein auf ihren einsamen Wanderungen unter dem Blätterdach der Eichen.

»Ich bin es, Mose.«

»Alles in Ordnung, Miss Catherine? Sind Sie gefallen?«

»Ich ruhe mich nur aus, Mose.«

Er kommt näher, und seine Bewegungen sind eifrig, genauso, wie Pearlie sich in Gegenwart von Hausgästen bewegt, die sie nicht kennen. Mose kann nicht viel jünger sein als mein Großvater, und die Zeit hat seinen Rücken gekrümmt wie einen Baum, der sich unter der Last der Dekaden voller Stürme und Ungeziefer und Regen beugt. Das Weiß in seinen Augen ist gelblich, und ein grauer Stoppelbart wächst bis hoch in die Wangen hinauf. Kaum vorstellbar, dass ich diesen Mann früher einmal gesehen habe, wie er Eisenbahnschwellen auf dem Rücken getragen hat.

»Was führt Sie her?«, fragt Mose. »Malen Sie Bilder?«

Er hat Daddys Skizzenbuch bemerkt, den letzten Gegenstand aus dem Seesack, den ich noch nicht in Augenschein genommen habe. »Ich sehe mir ein paar alte Bilder an, die mein Vater gemacht hat«, sage ich.

Er nickt freundlich; dann richtet er den Blick auf etwas anderes. »Was ist das?« Er deutet auf die Trockenpflaumen.

»Irgendein verrottetes Obst, schätze ich. Ich glaube, es sind Pflaumen.«

Mose beugt sich vor und nimmt die Schnur mit den

schwarzen Früchten zur Hand. Er betrachtet sie gründlich, drückt eine zwischen den Fingern, dann bringt er sie unter die Nase und schnüffelt.

»Mose, du bist ein tapfererer Mann als ich.«

Mose lacht. »Sie sind kein Mann, Miss Catherine. Sie sind eine Frau.«

Ich habe mich immer gefragt, ob Mose einfältig ist, war mir aber nie sicher.

»Das sind keine Pflaumen, Miss Catherine.« Er nimmt eines der schwarzen Dinger zwischen die Zähne und beißt prüfend zu. »Das ist Haut oder so was.«

»Haut?«

»Irgendeine Tierhaut, ja. Ein Stück von einem Tier.«

»Vielleicht eine Jagdtrophäe?«

Mose zuckt die Schultern. »Irgendwas in der Art, würd ich sagen.«

Während er mir das Halsband zurückgibt, kommen mir die Worte des alten Recken aus dem Gebäude der Vietnam-Veteranen in Natchez wieder in den Sinn. *Heute zeigen viele Hollywoodfilme nichts außer GIs, die den armen Vietkong Ohren abschneiden und Frauen und Kinder killen. Und das ist hin und wieder auch passiert … und Schlimmeres …*

Hastig stopfe ich die Kette zurück in den Seesack, während Übelkeit in mir aufsteigt.

»Miss Catherine? Sind Sie sicher, dass alles in Ordnung ist?«

Ich nicke und mache mich daran, die restlichen Gegenstände einzusammeln und in den Sack zu stopfen. Ein gutes Stück hinter Mose sehe ich Michaels Ford Expedition, der sich vorsichtig zwischen den Bäumen hindurch nähert.

»Weißt du irgendetwas über DeSalle Island, Mose?«

Er legt das Gesicht in nachdenkliche Falten. »Nicht mehr, nein, Miss Catherine.«

»Aber früher?«

»Na ja, ich bin auf der Insel geboren, wissen Sie?«

Ein Strom von Aufregung durchfließt mich. »Du bist auf der Insel geboren?«

»Sicher. Ich glaub, jeder, der hier oben für Ihre Familie gearbeitet hat, ist auf der Insel geboren. Dr. Kirkland sagt immer, heute weiß niemand mehr, wie man richtig arbeitet. Er hat sicher Recht. Er sagt, die Leute von der Insel arbeiten noch so wie früher, einen Tag für einen Tageslohn.«

Ausbeuterlohn wohl eher. »Magst du meinen Großvater, Mose?«

»Oh ja, Ma'am! Dr. Kirkland war immer sehr gut zu mir.«

»Ich denke, du weißt, was ich meine.«

Mose blickt sich um, als könnte jemand ihn belauschen. »Sie kennen ja Ihren Großvater, Miss Catherine. Er ist ein harter Mann, und er weiß, wie man einen Nickel quetschen muss, bis der Büffel scheißt – verzeihen Sie meine Worte.«

Der Büffel ziert die Rückseite des Fünfcentstücks. Ich sage nichts, und Mose fühlt sich beflissen, das entstehende Vakuum auszufüllen.

»Dr. Kirkland ist wie in dieser Geschichte, die ich vor langer Zeit mal gehört hab. Der Plantagenbesitzer gibt einem Sklaven ein Pint Whiskey. Ein anderer Sklave fragt ihn, wie es geschmeckt hätte, und der erste Sklave sagt: ›Na ja, wenn er besser gewesen wäre, hätte er ihn mir nicht gegeben, und wenn er schlechter gewesen wäre, hätte ich ihn nicht trinken können.‹«

Mose ist alles andere als einfältig.

»Dr. Kirkland kümmert sich um die Leute auf der Insel, das muss man ihm lassen«, fügt er rasch hinzu. »Sie sind besser dran als viele Schwarze hier oben in der Stadt.«

»Was ist mit meinem Vater, Mose?«

Der Alte sieht mich verwirrt an und scheint nachzudenken. »Mr. Luke, meinen Sie?«

»Ja.«

Mose grinst breit und enthüllt vom Tabak gelbe Zähne.

»Mr. Luke hatte immer ein freundliches Wort für mich, wenn wir uns begegnet sind. Manchmal hat er mir was von dem angeboten, was er gerade geraucht hat. Wenn Sie verstehen, was ich meine, Miss Catherine.«

»Ich verstehe.«

»Ich mochte den guten alten Luke, aber ich musste immer vorsichtig sein in seiner Nähe. Dr. Kirkland mochte Luke überhaupt nicht.«

Michaels Wagen ist inzwischen ganz nah. Er schlängelt sich zwischen den Bäumen hindurch wie ein Panzer, der Landminen umfährt. »Magst du die Insel, Mose?«

Er zuckt die Schultern. »Ich kannte damals nichts anderes, Miss Catherine. Heute würde ich nicht mehr dorthin zurückwollen. Ich mag mein Fernsehprogramm abends, und ich mag diesen Fluss nicht. Zu viele Leute sind in diesem Fluss ertrunken.«

»Kennst du jemanden, der im Mississippi ertrunken ist?«, frage ich.

»Ich hatte einen Cousin. Der Fluss hat ihn genommen.«

»Wie war sein Name?«

»Enos. Aber ich glaube, ein paar Jahre vorher ist auch schon ein Mädchen im Fluss ertrunken.«

»Glaubst du, dass die Insel ein verwunschener Ort ist?«

Mose blinzelt mich an, als versuchte er, irgendetwas in weiter Ferne zu erkennen. »Wie meinen Sie das, Miss Catherine?«

»Gibt es dort böse Dinge? Irgendetwas, das du vielleicht nicht erklären kannst, aber trotzdem deutlich spürst? Ich habe mich immer unwohl gefühlt, wenn ich dort war.«

Der alte Gärtner schließt die Augen. Nach einem Moment durchfährt ihn ein leichtes Erschauern. Dann öffnet er die Augen wieder und sieht mich an wie ein kleiner Junge. »Als ich jung war, haben die alten Leute immer erzählt, dass in der Nacht Mörder die Straßen unsicher machen, die aus dem Gefängnis ausgebrochen sind. Von Angola, wissen Sie?

Dass diese Männer in der Nacht über den Zaun klettern, zur Insel rüberschwimmen und die Straße nach Kindern absuchen. Heut erscheint mir das alles wie ein Märchen, wie irgendwas, womit sie uns Angst machen wollten. Trotzdem, damals wollten viele Kinder nicht mehr auf die Straße, wenn es dunkel wurde. Manche wollten nicht mal tagsüber draußen spielen.«

»Warum nicht?«

Er zuckt erneut die Schultern. »Es war eben so. Keine Ahnung. Sie müssen schon jemand anderen fragen, wenn Sie den Grund wissen wollen. Ich sag Ihnen nur das … Ich hab eine Menge Verwandtschaft da unten auf der Insel, und ich bin seit bestimmt vierzig Jahren nicht mehr dort gewesen. Und jetzt, wo Sie mich fragen – nein, es ist mir egal, wenn ich nie wieder hinkomme.«

Als Michaels Wagen neben dem alten Gärtner hält, winkt Mose mir ein letztes Mal zu und schlendert zwischen den Bäumen hindurch davon. Bevor Michael das Seitenfenster heruntergelassen hat, ist Mose verschwunden. Er ist genau wie mein Vater, ein weiterer Geist von Malmaison.

Ich nehme Luke Ferrys alten grünen Seesack voller Geheimnisse an mich und steige in Michaels SUV.

50

Michael Wells und ich sitzen auf einem Ledersofa im privaten Büro von Dr. Tom Cage, der seit mehr als vierzig Jahren als Arzt für Allgemeinmedizin in Natchez niedergelassen ist. Bücherregale reihen sich an allen vier Wänden, einige gefüllt mit medizinischen Fachbüchern, andere mit Geschichten aus dem Bürgerkrieg. Auf Dr. Cages Schreibtisch stapeln sich die Krankenakten dreißig Zentimeter hoch, der

Fluch eines jeden Arztes. Ein erst halb bemalter Zinnsoldat steht im Schatten der Akten, daneben eine Dose mit grauer Farbe. Genau wie wir scheint der Zinnsoldat auf das Eintreffen des Doktors zu warten.

Doch was meine Aufmerksamkeit jetzt fesselt und wovon ich seit unserem Eintreten kaum die Augen wenden konnte, ist der polierte weiße Schädel, der hinter Dr. Cages Schreibtisch im Regal als Bücherstütze fungiert. Die leeren Augenhöhlen starren mich in scheinbarem Spott an und erinnern mich daran, dass Nathan Malik tot ist, dass die Mordfälle in New Orleans weiter ungelöst sind und dass ich noch immer als Verdächtige gelte.

Seit ich die Polaroidfotos von den nackten Kindern im Seesack meines Vaters entdeckt habe, kann ich keinen klaren Gedanken mehr fassen. Die Stimmen, die mich so lange gequält haben, sind wieder da – ein säuselnder Hintergrund bösartiger Kommentare, die ich nicht zum Schweigen bringen kann. Beunruhigender noch – tief in mir scheint etwas zerbrochen zu sein. Eine Wunde wurde geschlagen, von der ich nicht sicher bin, ob sie jemals wieder heilen wird. Was zerbrochen ist, denke ich, ist mein Glaube. Meine verzweifelte Hoffnung, dass mein Vater trotz allem, was mein Großvater mir erzählt hat, mir all diese schrecklichen Dinge nicht angetan hat.

Doch Bilder lügen nicht.

Michael hat getan, was er konnte, um meine Angst zu mildern. Obwohl er glaubt, dass es ein Fehler wäre, den Leichnam meines Vaters zu exhumieren, hat er während der Fahrt hierher seinen Anwalt angerufen und sich erkundigt, was erforderlich ist, um einen derartigen Antrag zu stellen. Es gibt in Mississippi kein Gesetz bezüglich der Exhumierung von Leichen – tatsächlich benötigt man nicht einmal eine Genehmigung. Das Einzige, was erforderlich ist, ist die Anwesenheit eines lizenzierten Totengräbers, der dem Vorgang als Zeuge beiwohnt. Als Michael daraufhin beim Totengräber angerufen hat, wurde ihm erklärt, dass dieser ohne Gerichtsbeschluss keiner Exhumierung beiwohnen will. Michael ist der Meinung, dass ein solcher Beschluss vom Friedensrichter ohne Anhörung zu erhalten ist – doch dazu ist eine eidesstattliche Aussage seitens des nächsten Verwandten erforderlich, in welcher der Grund für die beabsichtigte Exhumierung dargelegt wird.

Also meiner Mutter.

»Hi, Michael. Tut mir Leid, dass ich Sie habe warten lassen.« Ein großer Mann mit weißem Haar und einem weißen Bart marschiert in den Raum und schüttelt Michael die Hand wie einen Pumpenschwengel. Dann wendet er sich zu mir um und lächelt. »Und Sie sind Catherine Ferry?«

Ich stehe auf und reiche Dr. Cage die Hand. »Bitte nennen Sie mich Cat.«

Er nimmt meine Hand und schüttelt sie sanft mit arthritischen Fingern. »Und ich bin Tom.«

Er geht hinter seinen Schreibtisch und nimmt Platz. Aus der Brusttasche seines weißen Laborkittels ragen mehrere Zungenspatel und eine dicke Zigarre, und um seinen Hals hängt ein rotes Stethoskop. Es ist offensichtlich, dass Tom Cage die Art von Medizin praktiziert, die für meinen Großvater seit vielen Jahren unter seiner Würde war.

Dr. Cage nimmt eine Diät-Cola aus einem Minikühlschrank hinter dem Schreibtisch, öffnet die Dose und nimmt einen langen Schluck. Dann atmet er zufrieden durch, stellt die Dose ab und richtet den Blick auf mich.

»Luke Ferry. Was möchten Sie wissen?«

»Ich bin nicht sicher. Alles, woran Sie sich erinnern.«

»Das ist eine Menge. Ich habe Luke als Knaben behandelt, und auch seine Eltern, bevor sie starben, und den Onkel, bei dem Luke schließlich aufgewachsen ist. Wofür interessieren Sie sich am meisten?«

Ich blickte zu Boden, wo der grüne Seesack meines Vaters zwischen meinen Füßen liegt. »Vietnam«, sage ich leise. »Die White Tigers.«

Dr. Cages Augenlider flattern. »Sie wissen bereits mehr, als ich angenommen hatte. Cat … Ihr Vater hat Schießen gelernt, um Essen auf den Tisch seiner Familie zu bringen. Er hat bereits als Knabe besser geschossen als die meisten Männer nach einem Leben voller Übung. Im Krieg wurde er gezwungen, diese Begabung zu einem anderen Zweck einzusetzen. Man machte ihn zu einem Scharfschützen. Luke hatte stets gemischte Gefühle deswegen. Auf der einen Seite war er stolz auf seine Professionalität …« Dr. Cage deutet auf seine Bücherregale. »Wie Sie unschwer sehen können, ist mein Hobby Militärgeschichte. Ich habe in Korea gedient. Wussten Sie, dass in Vietnam durchschnittlich fünfzigtausend Schuss Munition für einen getöteten feindlichen Soldaten aufgewendet wurden?«

»Fünfzigtausend!«, sagt Michael neben mir. »Das kann unmöglich sein!«

»Und doch ist es so«, fährt Dr. Cage fort. »Einer der Gründe, warum wir den Krieg verloren haben. Vielleicht möchten Sie raten, wie viel Schuss die Scharfschützen von Army und Marines durchschnittlich benötigt haben, um einen Gegner zu töten?«

Michael schüttelt den Kopf. »Einer?«

»Eins Komma drei neun. Diese Jungs waren verdammt gut in ihrem Job. Doch diese Art zu töten ist viel schwerer, als das Feuer gegen einen Mann zu erwidern, der einen zu töten versucht. Diese Art zu töten geschieht kaltblütig, durch ein Zielfernrohr hindurch, das den Gegner auf das Zehnfache vergrößert. Man beobachtet ihn, wie er eine Zigarette raucht oder gegen einen Baum pinkelt, und dann schießt man ihm den Kopf weg. Erinnern Sie sich, wie John Kennedys Kopf in den Filmaufnahmen von Zapruder explodiert ist? Genau das sieht ein Scharfschütze bei fast jedem Schuss. Wenn man erst einmal Bilder wie diese im Kopf hat, gehen sie nie wieder weg.«

Dr. Cage nimmt einen weiteren Schluck von seiner Diät-

Cola. »Worauf ich hinauswill: Luke stand schon unter großem Stress, noch bevor er in die White Tigers gepresst wurde. Und in seiner neuen Einheit wurde es verdammt schnell noch verdammt viel schlimmer.

Die Tigers waren im Prinzip nichts anderes als eine Terroreinheit, die nach Kambodscha geschickt wurde, um nordvietnamesische Einheiten zu piesacken und zu erledigen, die sich auf neutralem Gebiet versteckt hielten. Es waren verdeckte Operationen hinter den feindlichen Linien, unter dem Befehl von Offizieren, die die Regeln des organisierten Krieges abgelegt hatten. Sie nahmen nur selten Gefangene. Wenn sie es taten, dann nur, um sie zu foltern. Vergewaltigung wurde als Einschüchterungstaktik gegen die einheimische Bevölkerung und zugleich als Belohnung für die eigenen Truppen eingesetzt.

Als Luke gegen Akte von extremer Grausamkeit protestierte, wurde er von seinen Kameraden lächerlich gemacht, und seine Vorgesetzten betrachteten ihn mit Misstrauen. Schnell musste er am eigenen Leib erfahren, dass er genauso tot enden würde wie alle anderen, die mit den White Tigers in Kontakt kamen, falls er sich weigerte, sich der Befehlsgewalt seiner Vorgesetzten zu beugen …«

Während Dr. Cage eine Pause einlegt, um nachzudenken, krame ich in Daddys Seesack, bis ich die Kette mit den »getrockneten Pflaumen« gefunden habe. Ich kämpfe gegen meinen heftigen Widerwillen an, während ich dem Arzt die Kette hinhalte.

»Wissen Sie, was das ist?«

Dr. Cage nimmt mir die Kette aus der Hand und legt sie auf seinen Schreibtisch. Mit einem Vergrößerungsglas, das er aus der Tasche zieht, untersucht er einen der geschwärzten Klumpen.

»Ohren«, sagt er dann.

»Was?«, fragt Michael.

Dr. Cage blickt von der Kette auf. »Es ist ein Ohren-Halsband. Hab noch nie eins mit eigenen Augen gesehen. Woher haben Sie es?«

»Daddy hat es in einem Seesack versteckt, zusammen mit anderen Sachen.«

»Es ist eine Kriegstrophäe. Einige Soldaten in Vietnam haben die Ohren ihrer getöteten Opfer abgeschnitten und auf eine Schnur gezogen, ganz ähnlich früher den Skalps der Indianer.«

»Ich habe davon gehört«, sagt Michael. »Ich dachte nie, dass es tatsächlich so etwas gegeben haben könnte, bis …«

Dr. Cage zuckt die Schultern. »Sie haben es nicht nur mit Ohren gemacht. Auch mit Vorhäuten. Das ist nichts Neues. Das hat man schon während der Kreuzzüge gemacht. Krieg war immer etwas Barbarisches, nur die Werkzeuge haben sich seit damals geändert.«

Es fällt mir schwer, mir den Vater, den ich gekannt habe, in der Welt vorzustellen, die Dr. Cage da beschreibt. »Also hat mein Vater seinen Opfern die Ohren abgeschnitten?«

»*Opfer* ist nicht der passende Ausdruck im Krieg«, entgegnet Dr. Cage, »auch wenn er in Fällen wie diesem durchaus treffend sein mag. Doch es fällt mir schwer, mir vorzustellen, dass Luke Ferry sich dazu herabgelassen haben soll, seine Gegner zu verstümmeln. Außerdem sind an diesem Halsband nicht mehr als zwanzig Ohren, und Luke hatte allein als Scharfschütze sechsunddreißig bestätigte Abschüsse. Wahrscheinlich hat er noch viel mehr Gegner getötet, ohne dass ein Spotter in der Nähe war, der es offiziell gemacht hätte. Nein, ich wäre wirklich sehr überrascht, wenn dieses Ohren-Halsband Luke gehört hat.«

»Warum?«, fragt Michael. »Angesichts all dessen, was Sie uns erzählt haben?«

»Weil Luke sein Leben riskiert hat, um die Männer, die diese Art von Verbrechen begangen haben, vor ein Kriegsgericht zu bringen. Sobald er aus Kambodscha zurück nach Vietnam kam, berichtete er über den Kopf seines kommandierenden Offiziers hinweg den vorgesetzten Stellen, was er beobachtet hatte. Und die vorgesetzten Stellen taten das, was sie in solchen Fällen immer tun, wenn jemand die Befehlskette missachtet. Innerhalb einer Woche war Luke wieder mit den White Tigers im Einsatz. Und dabei wurde er verwundet – nach Lukes Worten von seinen eigenen Kameraden. Es ist ein Wunder, dass er lebend von einem Medevac-Chopper aufgenommen wurde. Er hat mir erzählt, dass er sein Leben nur einem einzigen Mann verdankt und dass seine Kameraden ihn in einem Reisfeld zurückgelassen hätten, um dort zu verbluten.«

»Was ist danach mit ihm passiert?«

»Er war nie wieder der Alte. Die Dinge, die er beobachtet hatte, waren mehr, als er ertragen konnte. Als er erfuhr, dass sie ihn erneut zu den Tigers schicken wollten, drehte er durch. Er brüllte alles hinaus, was er bei dieser Einheit mitgemacht und gesehen hatte, und bevor er sich's versah, wurde er aus der Army entlassen. Er bekam keinen Idiotenschein, aber es lief auf das Gleiche hinaus. Sein posttraumatisches Stresssyndrom brach aus, noch bevor er zurück in den Staaten war. Ich könnte Ihnen mehr darüber erzählen, aber irgendetwas sagt mir, dass es nicht der Grund ist, aus dem Sie hergekommen sind.«

Michael hatte Recht: Dr. Cage ist ein sehr scharfsinniger Mann.

»Schieß los«, muntert Michael mich auf. »Erzähl es ihm.«

»Was wissen Sie über sexuellen Missbrauch im Kindesalter?«, frage ich.

Dr. Cage sieht mich überrascht an. »Ich habe einigen erlebt in meiner Zeit als Arzt. Ich habe seit Jahren keine Kinder mehr behandelt, doch am Anfang war das anders. Ich habe jeden behandelt, der durch meine Tür spaziert kam.« Er nimmt einen Schluck Diät-Cola und blickt zu seinen Bücherregalen. »Ich fürchte, dass ich viel mehr sexuellen Missbrauch gesehen habe, als mir damals bewusst war. Dass ich einigen Kindern hätte helfen können, wenn ich nur mehr Courage gehabt hätte – oder die Augen weiter geöffnet hätte, um zu sehen.«

»Warum mehr Courage?«, frage ich.

»Ich denke, wir sehen nur das, was wir sehen wollen. Oder vielleicht das, was wir uns leisten können zu sehen. Als ich in Natchez zu praktizieren begann, gab es noch keine Einrichtungen zum Schutz für Kinder, wie etwa die Child Protective Services. Und in der damaligen Zeit hatten die Männer praktisch die absolute Kontrolle über ihre Familien.« Dr. Cages Augen sind auf irgendeine Stelle gerichtet, die nur er sehen kann. Es ist fast, als wäre er allein im Raum und spräche zu sich selbst. Ich will mich gerade räuspern, als er aus seiner Trance hochschreckt und mich ansieht. »Ich dachte an ein paar bestimmte Fälle. Ganz bestimmte Kinder. Doch das ist lange her. Ich hoffe, es ist trotzdem etwas Anständiges aus ihnen geworden.«

Ein unbehagliches Schweigen breitet sich aus, das anscheinend keiner von uns als Erster durchbrechen möchte. Aus irgendeinem Grund habe ich das Gefühl, dass ich diesem Mann vertrauen kann. Ich schiebe die Hand in den Seesack und nehme die drei Polaroidfotos hervor, um sie ihm über den Schreibtisch zu schieben. »Das hier habe ich zusammen mit den anderen Sachen in dem Beutel gefunden, den Daddy versteckt hat.«

Dr. Cage wirft einen langen Blick auf jedes der Bilder, bevor er mich wieder ansieht. »Was hat das alles wirklich zu bedeuten, Cat? Was versuchen Sie herauszufinden?«

»Es wäre möglich, dass mein Vater mich als kleines Mädchen missbraucht hat.«

»Haben Sie irgendeinen Grund über diese drei Bilder hinaus, der Sie auf diesen Gedanken bringt?«

»Ja.«

»Das tut mir Leid.« Er mustert erneut die Bilder. »Diese

Fotos sehen nach verdammenden Beweisen aus, ich weiß. Doch für sich allein genommen bedeuten sie nicht mehr als das Ohren-Halsband. Der bloße Besitz dieser Gegenstände erscheint wie der Beweis für Perversion, doch Sie kennen die Umstände nicht, die Ihren Vater in den Besitz dieser Dinge haben gelangen lassen.«

»Warum sollte er sie verstecken, wenn es nichts gab, dessen er sich schämen musste?«

Dr. Cage zuckt die Schultern. »Das werden wir vielleicht niemals erfahren. Haben Sie alle Dinge in diesem Seesack angesehen?«

»Alles, bis auf das hier«, antworte ich und halte das Skizzenbuch hoch.

»Warum haben Sie es ausgelassen?«

»Ich weiß es nicht.« Ein Bild von Louise Butler erscheint vor meinem geistigen Auge. »Irgendjemand hat mir bereits erzählt, was in diesem Buch steht. Zeichnungen von DeSalle Island und dergleichen.«

»Hätten Sie etwas dagegen, wenn ich einen Blick hineinwerfe?«

Ich reiche ihm das Buch über den Schreibtisch hinweg, und er blättert die Seiten durch.

»Sieht so aus, als hätten Sie zur Hälfte Recht. Hier sind ein paar Zeichnungen von einer schwarzen Frau ... und ein paar Gedichte. Eine Wildblume zwischen zwei Löschblättern. Warten Sie ... sehen Sie sich das hier an.«

»Was?«

»Es ist eine getippte Botschaft auf einem einzelnen Blatt Papier. Oh ja, hören Sie sich das an: ›Private Ferry, uns ist zu Ohren gekommen, dass du angefangen hast, über die Zeit zu plaudern, die du westlich vom Mekong gewesen bist. Wir dachten eigentlich, du hättest '69 deine Lektion gelernt. Aber da dem offensichtlich nicht so ist, hier eine kleine Gedächtnisstütze von deinen alten Freunden, die die Tigerstreifen getragen haben. Plaudere nur weiter, und deine Ohren werden an einem dieser Bänder enden. Vielleicht starten wir auch eine nächtliche Aktion gegen dein süßes kleines Mädchen. Erinnerst du dich noch, wie es war? Du hast einen Eid geschworen, Soldat. Vergiss ihn niemals.‹«

Dr. Cage legt das Skizzenbuch auf seinen Schreibtisch. »Nun, da hätten Sie zumindest schon eine Antwort. Wie Luke an das Ohren-Halsband gekommen ist.«

»Sie haben ihn bedroht«, sage ich leise. »Sie haben tatsächlich gedroht, ihn zu töten …«

»Luke war ein halsstarriger Junge«, sagt Dr. Cage leise. »Er hat nach dem Krieg mehrmals versucht, eine Untersuchung anzuleiern. Er machte einige Fortschritte, doch es kam nie wirklich etwas dabei heraus. Ich wäre nicht überrascht, wenn sich herausstellt, dass der Eindringling, der Luke auf Malmaison ermordet hat, von den Männern geschickt wurde, die ihm diesen Brief geschrieben haben.«

Ich wünschte, das wäre es, denke ich.

Dr. Cage beobachtet mich schweigend. »Ich kann sehen, dass hinter alledem noch mehr steckt, als Sie mir bis jetzt verraten haben. Vielleicht sogar eine ganze Menge mehr. Ich hoffe nur, ich konnte Ihnen ein klein wenig helfen.«

Obwohl es wirklich nichts mehr gibt, das er tun könnte, um mir weiterzuhelfen, will ich ihm mehr erzählen. Seine Meinung ist mir plötzlich wichtig. »Wenn ich Sie fragen würde, ob Sie es für möglich halten, dass mein Vater mich sexuell missbraucht hat – was würden Sie sagen?«

Eine tiefe Traurigkeit blickt aus seinen Augen, als er mich ansieht. »Ich würde gerne Nein sagen. Wirklich sehr gerne. Aber ich bin ein zu alter Hund, bei einem derartigen Thema irgendetwas mit Bestimmtheit zu sagen. Der menschliche Sexualtrieb ist etwas sehr Mächtiges. Er bestimmt unser Verhalten mehr, als uns lieb ist, häufig, ohne dass es uns bewusst wird. Freud hat sein ganzes Leben dem Versuch gewidmet, ihn zu verstehen, und er hat es nicht annähernd geschafft. Luke Ferry war ein guter Junge, doch was er in der Dunkelheit der Nacht getrieben hat – oder warum –, kann ich nicht annähernd abschätzen. Was auch immer er getan hat, es hat wahrscheinlich mehr als alles andere damit zu tun, was ihm selbst als Kind widerfahren ist. Und davon weiß ich nichts.«

»Sie sagten, Sie hätten seine Eltern behandelt?«

Dr. Cage dreht die Handflächen nach oben. »Sie waren gute Leute, aber sie starben jung. Ich hielt nicht viel von dem Onkel, der Luke bei sich aufnahm. Er war ein Redneck-Großmaul, der die meiste Zeit damit verbrachte, sich Behindertenunterstützung von der Sozialhilfe zu erschleichen, auf die er keinen Anspruch hatte. Doch das macht ihn noch lange nicht zu einem Sexualtriebtäter. Er ist längst tot. Lungenkrebs.«

Ich packe die Sachen meines Vaters in den grünen Seesack zurück. »Wenn ich Ihnen die gleiche Frage über meinen Großvater stellen würde«, sage ich, »wenn ich Sie frage, ob Sie glauben, dass er mich missbraucht haben könnte – was würden Sie sagen?«

Dr. Cages Blick bohrt sich neugierig in meinen. »Ich würde Ihnen die gleiche Antwort geben wie bei Luke, Catherine. Niemand von uns kennt einen anderen Menschen wirklich, und wenn es um Sex geht, ist alles möglich.«

Als ich schweige, fügt Dr. Cage hinzu: »Sie blicken da in einen tiefen, tiefen Abgrund hinunter, Catherine. Einen Abgrund, der noch viel tiefer ist, als ich angenommen habe, als ich durch diese Tür gekommen bin.« Er wirft einen Blick zu Michael. »Aber wenigstens haben Sie einen guten Freund, der Ihnen dabei hilft.«

Er will weitersprechen, als die Tür neben der Couch von außen geöffnet wird und eine Sprechstundenhilfe hereinkommt. Das Gesicht des Arztes verfinstert sich. »Ich hatte gesagt, dass ich nicht gestört werden möchte.«

»Es tut mir Leid«, sagt die Sprechstundenhilfe, »aber Dale Thompson ist gerade mit seinem Motorrad hundert Meter weit über den Asphalt gerutscht. Er blutet das ganze Wartezimmer voll.«

»Warum ist er nicht ins Krankenhaus gefahren?«

»Er sagt, Sie hätten ihn nach seinem letzten Unfall zusammengeflickt, und er möchte, dass Sie es auch diesmal wieder tun. Sieht aus, als hätte er alles in allem wenigstens hundert Stiche nötig.«

Dr. Cage schüttelt den Kopf. »Er braucht jemanden, der ihm ein wenig Verstand einbläut. Bringen Sie ihn ins Chirurgiezimmer. Ich komme gleich.«

Der Arzt erhebt sich von seinem Stuhl und kommt um den Schreibtisch herum. Er schüttelt mir die Hand. »Ich will ganz ehrlich zu Ihnen sein, Catherine. Ich mochte Ihren Großvater noch nie. Ich habe seine Fähigkeiten respektiert, genau wie sein Engagement für die Stadt, doch das ist so ungefähr das einzige Gute, was ich über Bill Kirkland sagen kann. Und was Ihre Frage angeht, so lassen Sie mich Folgendes sagen: Der Mann ist beinahe achtzig Jahre alt und nimmt so viel Viagra wie jeder andere Patient, den ich behandle. Ich weiß es, weil er es gratis von einem der Arzneimittelrepräsentanten bekommt. Und soweit ich weiß, besucht er keine Frauen in der Stadt. Auf der anderen Seite weiß ich längst nicht mehr über alles Bescheid, was in Natchez vorgeht. Also beweist das gar nichts.«

Während ich mich erhebe, fragt Dr. Cage: »Wie geht es übrigens Ihrer Tante Ann? Ich habe sie immer wieder wegen ihrer Depressionen behandelt, wenn sie wütend auf ihre Psychiater war.«

»Sie ist tot.«

Dr. Cage ist sichtlich erschüttert. »Wie ist es passiert?«

»Selbstmord. Gestern Nacht.«

»Herr im Himmel! Das tut mir wirklich Leid.«

»Hat Ann jemals Ihnen gegenüber etwas von sexuellem Missbrauch erwähnt?«

Er schüttelt den Kopf. »Sie war von dem Gedanken besessen, ein Kind zu haben, das ist mir am deutlichsten in Erinnerung geblieben. Und ihre Beziehung zu Ihrem Großvater war eine Hassliebe. Sie war in allem von ihm abhängig und hat sich für ihre Abhängigkeit gehasst.«

»Wissen Sie etwas über die Appendektomie, die mein Großvater auf der Insel an ihr vorgenommen hat?«

Dr. Cage lacht. »Verdammt, ja. Ich habe Bill diese Geschichte wenigstens ein Dutzend Mal erzählen hören! Er benimmt sich gerade so, als hätte er mit nichts als einem Taschenmesser und ein wenig Alkohol zum Desinfizieren eine Herztransplantation vorgenommen!«

»Ann war zehn, als das passiert ist. Halten Sie es für möglich, dass sie schwanger gewesen sein könnte?«

Dr. Cages Augen verengen sich zu Schlitzen, doch nach einer Weile schüttelt er den Kopf. »Nein. In meinen mehr als vierzig Jahren als praktischer Arzt habe ich eine einzige schwangere Elfjährige erlebt. Vielleicht zwei. Allmächtiger Gott, Sie durchwandern tatsächlich den ganzen Abgrund, Mädchen, wie?«

Ich nicke. »Fühlt sich jedenfalls so an.«

Er blickt zu Michael. »Passen Sie gut auf diese junge Frau auf, Michael. Sie ist zäh, aber sie ist längst nicht so zäh, wie sie glauben mag.«

»Mache ich.«

Dr. Cage schüttelt Michael die Hand, und dann ist er durch die Tür.

»Möchtest du noch immer den Leichnam deines Vaters exhumieren?«, fragt Michael.

»Mehr als je zuvor.«

Er seufzt und führt mich nach draußen ins Wartezimmer. Auf den weißen Kacheln ist eine Blutspur, und ein blutiger Fußabdruck in der Nähe der Tür. Augenblicklich muss ich an die im Luminol sichtbaren Abdrücke in meinem alten Zimmer denken. Die Tür vor mir beginnt zu verschwimmen, und meine Knie geben nach. Michael stützt mich und führt mich an den glotzenden Gesichtern vorbei nach draußen.

»Ich nehme dich mit in meine Praxis und mache ein paar Untersuchungen«, sagt er.

Ich blinzele im grellen Sonnenlicht. Verrückte Bilder blitzen in der Helligkeit auf. Der Grabstein meines Vaters … ich selbst als kleines Mädchen, das Lena die Leopardin in seinen Sarg legt …

»Nein. Wenn ich jetzt innehalte, komme ich nicht mehr in Bewegung. Wir machen weiter.«

51

Der städtische Friedhof in Natchez ist einer der schönsten Friedhöfe der Welt, doch heute bringt er mir keine innere Ruhe. Ich fahre den Wagen meiner Mutter über einen der schmalen Asphaltwege, Mom auf dem Beifahrersitz, und sie wirkt so nervös und ängstlich, wie ich sie noch nie gesehen habe. Sie ist seit Anns Tod sichtlich gealtert. Ihre Haut ist schlaff und bleich, und ihre Augen blicken stumpf.

»Ich weiß überhaupt nicht, was wir hier wollen«, sagt sie leise. »Wir sind noch früh genug hier, um Ann beizusetzen.«

»Ich möchte Daddys Grab sehen. Ich möchte, dass unsere Familie beieinander ist, wenn ich mit dir rede. Wir drei.«

»Was ist nur in dich gefahren?« Sie starrt durch die Windschutzscheibe nach draußen. »Das FBI sucht nach dir. Daddy und Pearlie sind in Aufruhr wegen dir. Daddy hat ein sehr wichtiges Geschäft, das kurz vor dem Abschluss steht und diese Stadt retten soll, und er hat Angst, du könntest es ruinieren, wenn du weiter einen solchen Aufstand machst.«

Ich setze die Fahrt über den schmalen Weg fort, unter einem Tunnel aus Eichen hindurch und an langen schmiedeeisernen Abtrennungen vorbei. Hier in der alten Sektion des Friedhofs gibt es nur Familiengräber, und hier liegt auch unser Grab, wo die knorrigen Stämme gigantischer Eichen hoch aufragen und in den Schatten Spanisches Moos gedeiht.

»Besuchst du Daddys Grab häufig?«, frage ich.

Mom antwortet nicht.

Hätte Michael mich nicht vor Moms Shop rausgelassen – wie ich ihn gebeten habe –, hätte ich sie ganz bestimmt nicht auf den Friedhof bekommen. Doch indem ich ihr angeboten habe, sie nach Hause zu fahren, habe ich die Kontrolle über den Wagen und – zumindest für den Augenblick – auch über sie.

»Mom, hast du Beruhigungsmittel genommen?«

Sie richtet den Blick auf mich. »Du hast wirklich Nerven, Kind. Du nimmst doch Tag für Tag in deinem Leben flüssige Beruhigungsmittel zu dir.«

»Ja. Aber heute bin ich trocken. Ich bin schon seit einer Woche trocken, ob du es glaubst oder nicht.«

Mom schweigt.

»Ich frage nur, weil ich neugierig bin. Hast du selbst es genommen, oder hat Großvater es dir gegeben?«

Ein Anflug von Zorn. »Woher sonst hätte ich es nehmen sollen?«

Ich steuere den Maxima auf das Gras neben einer niedrigen Ziegelmauer. Direkt dahinter liegt das Familiengrab der DeSalles. Wir haben kein Mausoleum, nur feinen Alabama-Marmor hinter einem schmiedeeisernen Zaun, der auf das Jahr 1840 zurückgeht. Von hier aus kann man den Fluss nicht sehen – dieser Ausblick ist reserviert für diejenigen, die auf dem Jewish Hill begraben liegen –, doch die Luft riecht nach Zedernholz und Oliven, und der Schatten gleicht den fehlenden Panoramablick von der Klippe mehr als aus. Hinter diesem Zaun liegt ein großer Teil von fünf Generationen DeSalles. Großvater hätte Daddy wahrscheinlich lieber woanders beigesetzt, doch meine Mutter – so viel muss ich ihr lassen – hat darauf bestanden, dass er hier begraben wurde. Es war vielleicht das einzige Mal in ihrem Leben, dass sie sich gegen ihren Vater aufgelehnt und durchgesetzt hat. Wenn ich versuche, Mom durch das Tor zu schleppen, wird sie sich wehren, also gehe ich einfach selbst hindurch und halte erst an, als ich vor dem schlichten schwarzen Grabstein meines Vaters stehe.

Es dauert nicht lange, bis ich hinter mir das Knarren des Tores höre. Und dann fällt ein Schatten auf dem Boden neben meinen.

»Warum sind wir wirklich hergekommen?«, fragt meine Mutter leise.

Ich taste nach ihrer Hand und ergreife sie. »Mom ... irgendwie bin ich inzwischen einunddreißig Jahre alt geworden, ohne dass du und ich über mehr als Belanglosigkeiten miteinander geredet haben. Ich gebe mir dafür genauso die Schuld wie dir. Ich möchte, dass wir in Zukunft besser miteinander zurechtkommen. Aber vielleicht willst du nach dem heutigen Tag nie wieder mit mir reden.«

»Du machst mir Angst, Honey.«

»Ich kann nicht sagen, dass es unberechtigt ist. Ich möchte Daddys Leiche exhumieren.«

Ihr Einatmen könnte genauso gut eine Explosion sein. Ich weiß, dass der Aufruhr in ihr beinahe mehr ist, als sie ertragen kann. *Was habe ich nur getan, dass aus meiner Tochter so eine Wahnsinnige geworden ist?*, kann ich sie denken hören. Bevor sie schreien oder in Tränen ausbrechen kann, rede ich weiter.

»Ich brauche eine Probe von seiner DNA, aber ich möchte auch, dass noch einmal eine Autopsie durchgeführt wird. Und ich möchte Lena aus dem Sarg zurück.«

»Deine zerfetzte alte Stoffpuppe?«

»Ja.«

Sie zieht ihre Hand aus der meinen. »Catherine? Was ist nur los mit dir? Hast du den Verstand verloren?«

»Nein. Ich bin zum ersten Mal im Leben auf dem Weg, einigermaßen normal zu werden. Und dazu brauche ich deine Hilfe, Mom. Ich bitte dich, mir zu helfen.«

Sie wendet den Blick von mir ab und starrt auf den Grabstein. »Aber warum? Was hast du vor?«

»Ich bin nicht sicher, ob du das wissen willst.«

»Wenn du vorhast, deinen Vater auszugraben, dann sollte ich erfahren, was du damit bezwecken willst.«

Ich trete vor, auf Daddys Grab, und drehe mich zu ihr um, bis sie mir in die Augen sieht. »Mom, ich wurde als kleines Mädchen sexuell missbraucht.«

Sie blinzelt mehrmals.

»Ann ist vielleicht ebenfalls missbraucht worden. Ich weiß es nicht. Und ich werde es nicht wissen, bevor ich nicht Daddys Leiche sehe und Lena aus diesem Sarg geholt habe.«

Mom zittert plötzlich von Kopf bis Fuß, als wäre sie auf einem arktischen Gletscher gestrandet. Selbst ihr maßgeschneidertes Leinenkostüm zittert, obwohl in der sommerlichen Hitze kein Lüftchen geht. »Gütiger Gott!«, haucht sie schließlich, und ihre Stimme ist beinahe ein Winseln. »Wer hat dir nur diesen Unsinn in den Kopf gesetzt? War es dieser Psychiater, mit dem Ann sich getroffen hat? Dieser Mann, der ermordet wurde?«

»Woher weißt du von ihm?«

»Ich habe mit dem FBI gesprochen, Liebes. Ein Agent Kaiser hat mich angerufen. Er war sehr sympathisch und obendrein sehr besorgt wegen dir.«

Ein Gefühl von Bedrohung lässt mir die Haare im Nacken zu Berge steigen. »Wann war das?«

»Hör mal, Cat, es ist nichts, weswegen du dich fürchten müsstest.«

»Hast du Kaiser erzählt, dass ich in der Stadt bin?«

»Ich habe niemandem irgendwas erzählt, Baby. Daddy hat gesagt, unsere Familienangelegenheiten gehen diese Leute nichts an.«

Jesses … »Hat Großvater ebenfalls mit Kaiser gesprochen?«

»Ich glaube schon, ja.«

»Mom, ich hab dir sehr viel zu erzählen, aber die Zeit ist einfach zu knapp. Ich hatte mein Leben lang Probleme mit dem Sex. Mit Männern, mit Alkohol … mit vielen Dingen.«

Sie macht einen Schritt auf mich zu, und die Erleichterung ist unübersehbar in ihrem Gesicht. *Jetzt verstehe ich dein Problem,* denkt sie. »Das ist nicht deine Schuld, Honey. Jeder, der seinen Vater so verliert, wie es dir ergangen ist, muss Probleme haben.«

»Nein! Das ist es nicht! Ich dachte immer, das wäre es, aber das war es nicht.«

»Baby, natürlich ist es das! Du hast so viel Schmerz erlitten …«

»Mom, bitte! Du weißt so vieles nicht. Großvater hat versucht, dich auf die gleiche Weise zu schützen, wie er mich zu schützen versuchte. Nur, dass er keine von uns wirklich beschützt hat.«

Die Angst kehrt in ihr Gesicht zurück. »Wovon redest du?«

»Ich hatte gehofft, dass ich es dir nicht erzählen muss, aber es gibt offensichtlich keinen anderen Weg. Mom, die Nacht, als Daddy erschossen wurde … es gab keinen Eindringling auf Malmaison.«

»Aber natürlich! Ich habe dir doch gesagt …«

»Nein«, widerspreche ich entschieden. »Du hast niemanden gesehen, und es gab nie jemanden. Großvater hat es mir selbst gesagt. Er hat diesen Eindringling erfunden, um dir nicht erzählen zu müssen, was sich in Wirklichkeit zugetragen hat.«

»Was sich in Wirklichkeit zugetragen hat?«, wiederholt sie meine Worte, und ihre Augen sind plötzlich so misstrauisch wie die eines ängstlichen Hundes.

»Ja. Großvater hat gesagt, er hätte Daddy dabei überrascht, wie er mich in meinem Bett in jener Nacht sexuell missbraucht hat. Sie haben miteinander gekämpft, und Großvater hat Daddy erschossen.«

Alles Blut ist aus dem Gesicht meiner Mutter gewichen. Sie ist totenblass. Es grenzt an ein Wunder, dass sie noch nicht ohnmächtig geworden ist.

»Ich weiß, das ist ein Schock, Mom. Aber genau das hat Großvater mir erzählt.«

»Ich glaube dir kein Wort!«

Ich zucke die Schultern. »Ich sage die Wahrheit. Allerdings bin ich nicht mehr sicher, ob Großvater *mir* die Wahrheit gesagt hat. Es ist gut möglich, dass es sich genau umgekehrt abgespielt hat – dass Daddy Großvater dabei überrascht hat, wie er mich missbrauchte. Und Großvater hat Daddy getötet. Das will ich herausfinden. Nicht, wer wen getötet hat, sondern wer mich missbraucht hat. Wenn es Großvater war, hat er mit Ann wahrscheinlich das Gleiche getan …«

Meine Mutter hat die Hände über die Ohren geschlagen wie ein kleines Kind, doch ich rede weiter. »Ann hat sich in der Klinik das Leben genommen, Mom, und sie hatte ihre alte Stoffschildkröte bei sich. *Thomas the Turtle.* Wusstest du das? Wusstest du, dass sie Thomas dabeihatte?«

»Das hat sie wegen ihrer Unfruchtbarkeit getan«, sagt Mom beinahe trotzig. »Sie war unfruchtbar wegen der Blinddarmoperation, die dein Großvater auf der Insel durchführen musste. Er hat es selbst mehrmals gesagt, wenn ich mich recht entsinne. Die Infektion hat deine Tante Ann sterilisiert.«

»Ich bin nicht einmal sicher, ob es tatsächlich eine Appendektomie war, Mom. Ich fürchte, dass Ann möglicherweise schwanger war.«

»Zehnjährige Mädchen werden nicht schwanger! Mein Gott, das allein sollte genügen, um dir zu zeigen, wie verrückt deine Vorstellungen sind!«

»Vielleicht war sie nicht schwanger«, räume ich ein, während ich mir die leidenschaftslosen Meinungen von Michael Wells, Hannah Goldman und Tom Cage ins Gedächtnis rufe. »Trotzdem, irgendetwas sehr Schlimmes ist mit Ann in Großvaters Klinik auf der Insel passiert. Und irgendwo tief in deinem Innern weißt du es.«

Endlich wird Mom bewusst, wie dümmlich sie aussehen muss, und sie lässt die Hände sinken und schließt den Mund. Während sie mich schweigend anstarrt, überschreite ich die letzte, unaussprechliche Grenze. »Mama ... wieso hast du nichts davon gewusst? Wie konntest du nicht wissen, was mit mir angestellt wurde? Wie konntest du zulassen, dass *irgendjemand* so etwas mit mir macht?«

In ihren Augenwinkeln sammeln sich Tränen; dann rollen sie über ihre Wangen. »Du brauchst Hilfe, Baby. Wir werden dir jemanden suchen, der dir helfen kann. Diesmal suchen wir dir jemanden, der richtig gut ist.«

»Nein«, sage ich mit brechender Stimme. »Du kannst mich nicht wieder abschieben. Niemand kann mir durch diese Sache helfen, wenn du es nicht tust. *Du*, Mama. Ich weiß, dass du Probleme mit dem Sex hattest – genau, wie ich sie habe –, nur, dass es andere Probleme waren. Ich weiß, dass es Dinge gibt, die du nicht tun kannst.«

Ihr Mund beginnt zu zittern.

»Ich habe mit Louise Butler gesprochen, Mom.«

Sie zuckt zusammen, als hätte ich sie körperlich geschlagen. »Fahr mich nach Hause, Catherine. Fahr mich nach Hause und sag kein Wort mehr!«

»Ich *flehe* dich an, Mom! Ich stehe hier auf dem Grab meines Vaters und *flehe* dich an, mir zu helfen, die Wahrheit zu finden! Ich habe Angst, dass ich vielleicht nicht mehr viel länger am Leben bleiben werde, wenn ich die Wahrheit nicht erfahre.«

»Fang mir bloß nicht damit an!«, schnappt sie und hebt ärgerlich den Zeigefinger. »Komm mir nicht damit! Das hat Ann viel zu oft gemacht! Bring mich auf der Stelle nach Hause, oder ich lasse dich allein hier stehen!«

»Ich habe die Schlüssel«, flüstere ich.

»Dann gehe ich eben zu Fuß!«

52

Als ich auf den Parkplatz hinter Malmaison steuere, sehe ich meinen Großvater auf einem Klappstuhl neben dem Eingang des Rosengartens sitzen. Billy Neal steht neben ihm, eine braune Bierflasche in der Hand. Großvater beugt sich vor und späht durch die Scheibe des Wagens ins Innere. Als er mich und meine Mutter erkennt, gibt er Billy mit der Hand einen Wink, dass er verschwinden soll.

»Gib mir bitte dein Handy, Mom.«

Sie hat auf dem ganzen Weg vom Friedhof hierher nicht ein Wort mit mir gesprochen, doch sie gibt mir ihr Telefon. Dann steigt sie aus, die Handtasche über der Schulter, und wartet auf mich. Während ich Seans Nummer in New Orleans wähle, schlendert Billy Neal unter der Laubenpergola hindurch und verschwindet ohne einen weiteren Blick zurück im Rosengarten.

»Detective Sean Regan.«

»Ich bin es, Cat. Hast du den Autopsiebericht?«

»Noch nicht.«

»Warum nicht?«

»Ich will ehrlich zu dir sein, Cat. Ich weiß nicht, ob ich ihn kriegen kann. Das FBI hat Stillschweigen wegen dieser Sache angeordnet. Die Sonderkommission erhält keine Informationen. Es ist wie in den alten Zeiten, als die Feds nie etwas herausgegeben haben.«

Großvater sagt irgendetwas zu Mom, doch sie hat sich

nicht vom Wagen wegbewegt. Ich schließe die Augen, während ich gegen das Gefühl zorniger Ohnmacht ankämpfe. »Sean, du beschaffst mir diesen verdammten Bericht!«

Ich lege auf. Am liebsten würde ich aus dem Parkplatz zurücksetzen und gleich zu Michael Wells nach Hause fahren, doch ich kann Mom nicht mit Großvater allein lassen – nicht nach dem, was ich ihr auf dem Friedhof erzählt habe.

Sobald ich aus dem Wagen steige, springt Großvater aus seinem Liegestuhl und schreit mich an. Sein Gesicht ist hochrot, und seine Augen funkeln.

»Was glaubst du eigentlich, was du tust, Catherine?«

Beim Anblick meines wütenden Großvater bekomme ich immer noch weiche Knie, doch heute trotze ich seinem Ansturm. »Was meinst du?«

»Du willst den gottverdammten Leichnam deines Vaters ausbuddeln?«

Ich kann es nicht fassen. Entweder hat Michael mich belogen, als er gesagt hat, dass er meinen Namen seinem Anwalt gegenüber nicht erwähnt hätte, oder irgendjemand im Büro des Richters hat meinem Großvater von meinen Nachforschungen berichtet. Das muss es sein. Ich habe auf der Fahrt von Dr. Cage zum Laden meiner Mutter mit dem Gericht telefoniert, um eine Vorstellung vom zeitlichen Rahmen der Exhumierung zu bekommen, bevor ich mit meiner Mutter darüber rede. Doch so weit sind Mom und ich gar nicht erst gekommen. Und jetzt ist das, was ich ursprünglich als kleine, diskrete Operation geplant hatte, meinem Großvater hinterbracht worden, genau wie alles andere.

»Nun?«, donnert er. »Was hast du zu sagen?«

Bemerkenswerterweise kommt meine Mutter mir zu Hilfe. Es ist das erste Mal, soweit ich mich erinnern kann. »Brüll sie nicht so an, Daddy«, bettelt sie. »Cat ist im Augenblick nicht sie selbst.«

»Was soll das bedeuten?«, brüllt er.

»Sie hat Probleme.«

Er knirscht mit den Zähnen und nickt wütend. »Oh, ich weiß, dass sie Probleme hat. Sie hatte ihr ganzes Leben lang Probleme, genau wie Ann. Ich hab mein halbes Leben damit verbracht, ihre Probleme aus dem Weg zu räumen, aber damit ist jetzt Schluss! Ich bin fertig damit! Ich werde diesen Mist im Keim ersticken, bevor dieses Kind der ganzen Stadt ein Problem bereitet, die sie sich nicht leisten kann!«

»Wovon redest du?«, frage ich.

»Vom Casino, verdammt! Ich rede davon, diese Stadt zu retten! Wir stehen eine Haaresbreite vor der bundesstaatlichen Anerkennung der Natchez Indian Nation, und es gibt nicht das Geringste, was die staatliche Spielkommission dagegen unternehmen könnte! Aber du …«, er stößt seinen dicken Zeigefinger in meine Richtung, »… du könntest mit deinen verdammten Fragen und Theorien und deiner Verwicklung in einen Serienmord die ganze Sache wie ein Kartenhaus in sich zusammenfallen lassen! Und jetzt willst du auch noch Luke Ferrys zersetzten Leichnam wieder ausgraben, damit es die ganze Stadt in der Zeitung lesen kann? Ich sage dir, das wird nicht geschehen. Solange es nicht Teil einer offiziellen Untersuchung wegen des Verdachts eines Verbrechens ist, brauchst du die Zustimmung deiner Mutter, um diese Leiche auszugraben.«

Mom duckt sich fast, als er in ihre Richtung sieht, und ich weiß, dass sie mir nicht geben wird, was ich brauche. Trotzdem ducke ich mich nicht. Nie wieder werde ich mich vor Großvater ducken. Ich trete ihm einen Schritt entgegen. »Dann schätze ich, dass ich eben eine offizielle Untersuchung daraus machen muss. Ich wollte es eigentlich vermeiden, aber du lässt mir keine andere Wahl. Ich werde die Natchez Police rufen, und ich ziehe auch noch das FBI hinein, verlass dich drauf. Ich werde Malmaison in einen großen Zirkus verwandeln, falls nötig, um die Wahrheit herauszufinden!«

»*Die Wahrheit?*«, echot Großvater. »Du glaubst, du bist hinter der Wahrheit her?«

»Das ist alles, was ich je gesucht habe! Aber du, du hast mir nichts als Lügen aufgetischt. Jede neue Geschichte war eine weitere Lüge, um mich daran zu hindern, tiefer zu graben. Wovor hast du Angst, Großvater? Was versuchst du vor uns allen zu verbergen? Was könnten wir über dich herausfinden, das du nicht ertragen kannst?«

Er sieht erneut zu meiner Mutter, dann senkt er den Blick zu Boden. Als er schließlich den Kopf wieder hebt, scheinen seine Augen zu brennen. »Nicht ich bin es, den ich zu beschützen versucht habe, sondern du! Ich habe darum gebetet, dass du den Grund dieses verdammten Geheimnisses, das zu lösen du so versessen bist, niemals würdest erfahren müssen, und ich habe *alles* unternommen, um es vor dir zu verbergen. Aber du willst nicht nachgeben. Du willst eher dieses Haus und diese Familie in den Abgrund stürzen, alles, was ich geschaffen habe, um zu bekommen, was du willst. Das hast du bewiesen. Also schön … du willst die Wahrheit?«

In meinem Hinterkopf hat ein eigenartiges Trommeln eingesetzt. Doch jetzt gibt es kein Zurück mehr. »Das will ich.«

»Du willst wissen, wer deinen Vater getötet hat?«

»Ja.«

»Du selbst hast es getan.«

Das Geräusch des prasselnden Regens ist so lebendig, dass ich die Hände vors Gesicht schlage. Meine Mutter und Großvater sind plötzlich verschwommen, als stünden sie unter Wasser. Ich will etwas sagen, doch ich habe keine Worte mehr. Jedes kleine Stückchen des chaotischen Puzzles meines Lebens ist plötzlich an seinen Platz gefallen. Der lange, schwarze Zug, der in der glänzenden Küche von Arthur LeGendre lautlos über mich hinweggedonnert ist, hat seine Rundreise beendet und ist wieder da. Die mächtige schwarze Front der Lokomotive kommt aus dem Nichts und überdeckt die Szene vor mir: Menschen, Gras, Bäume und Himmel. Im letzten Augenblick vor dem Aufprall jagen brennende Bilder vor meinem geistigen Auge vorüber. Die Mordopfer von New Orleans, nackt und verstümmelt. Nathan Malik tot in einer Motelbadewanne, einen menschlichen Schädel im Schoß. Ann auf dem Boden der Klinik, mit den Totenschädeln auf dem Bauch und ihrem Stofftier neben sich. Doch keines von all diesen Bildern zeigt das Gesicht meines Vaters. Ich versuche es heraufzubeschwören, doch alles, was ich sehe, ist ein Halsband mit verschrumpelten schwarzen Ohren, die Skulptur eines hängenden Mannes, Fotos nackter Kinder und zwei schwarze Schatten, die in der Dunkelheit über mir miteinander kämpfen.

Und dann sehe ich nichts mehr.

53

Ich renne.

Schneller und angestrengter als je zuvor in meinem Leben. Baumstämme huschen an mir vorbei wie damals, wenn ich auf einem Pferd über die Insel gejagt bin, doch diesmal sind es nur meine Beine, die mich vorantreiben, und meine Füße, die vor etwas flüchten, das zu grauenhaft ist, um es zu ertragen.

Du willst wissen, wer deinen Vater umgebracht hat?

Nein! Ich will die Zeit zurückdrehen. Zurück zu den Tagen, bevor ich anfing, Fragen zu stellen – Fragen, von denen ich dachte, dass ich Antworten darauf wollte.

Jetzt weiß ich es besser.

Manche Dinge sollte man lieber nicht wissen. Pearlies Stimme.

Zwischen den Bäumen voraus taucht Michael Wells' Haus auf. Der Anblick erweckt in mir ein eigenartiges Gefühl von

Hoffnung – wie ein Dieb auf der Flucht sich beim Anblick einer Kirche fühlt, der einzigen Chance auf Zuflucht. Ich sprinte noch schneller, und bald darauf sehe ich das blaue Rechteck des Swimmingpools der Hemmeters. Doch die Hemmeters wohnen nicht mehr dort. Der Pool gehört – wie das Haus – Michael Wells. Zu viele Veränderungen …

Ich stolpere auf den betonierten Patio, der den Pool umgibt, während meine Blicke in die blaue Tiefe wandern. Ein Teil von mir will nichts weiter, als unter die Oberfläche, auf den Boden des Pools, und den Atem anhalten, während mein Herzschlag sich immer mehr verlangsamt, bis zwischen den einzelnen Schlägen eine Unendlichkeit liegt. Doch das wird nicht geschehen. Unter dem Mangel an Sauerstoff schlägt das Herz schneller und schneller, um das erstickende Gewebe zu versorgen, bis es schließlich nur noch nutzlos und panisch in der Brust pulsiert. Das ist der Augenblick, an dem ich zur Oberfläche zurückkehre. Nicht einmal ein Todeswunsch kann den Instinkt unterdrücken, der in Jahrmillionen gewachsen ist. Das erfordert Gewalt. Oder eine Methode, die keinen Rückweg zulässt. Wie intravenöses Morphium. Wahrscheinlich ist Ann so schnell in einen gesegneten Schlaf gesunken, dass sich jedes Bedauern ganz rasch in nichts aufgelöst hat. Obwohl ich bezweifle, dass sie umgekehrt wäre, selbst wenn sie gekonnt hätte.

Bei manchen Menschen wird der Schmerz, von Minute zu Minute weiterzuleben, irgendwann so akut, dass sie irgendwann imstande sind, dem Tod ins Auge zu sehen, ohne auch nur zu blinzeln – ja, ihn sogar als Freund empfinden –, und ohne sich umzusehen jenen Fluss zu überqueren, von dem Malik gesprochen hat. Für mich jedoch war Schmerz, obwohl ich bis zum schwarzen Rand des Selbstmords gekrochen bin, stets etwas, das ich dem Nichts vorgezogen habe.

Bis heute …

In Michaels Haus brennt Licht. Das allein zieht mich am Pool vorbei und zu den französischen Fenstern auf der Rückseite des Hauses. Plötzlich stehe ich vor dem Glas und hämmere dagegen, und nicht einmal der Schmerz, der bis hinauf in meine Ellbogen zieht, hält mich davon ab, im Gegenteil – er erinnert mich daran, dass ich noch am Leben bin. Ich sehe Bewegung hinter der Scheibe, und dann eilt Michael mit besorgtem Gesicht herbei. Bevor er etwas sagen kann, werfe ich die Arme um seinen Hals, stelle mich auf die Zehenspitzen und drücke ihn so fest an mich, wie ich kann.

»Hey, hey, was ist denn los?«, fragt er. »Was ist passiert? Hattest du Streit mit deiner Mutter?«

Ich will antworten, doch ich bin außer Atem, und meine Brust hebt und senkt sich in mächtigen Schluchzern, die mich am ganzen Leib erzittern lassen. *Ich habe meinen Vater umgebracht!*, will ich schreien, doch kein Laut kommt über meine Lippen.

»Beruhige dich«, sagt Michael und streichelt mir über das Haar. »Was immer es sein mag, wir kommen damit zurecht.«

Ich schüttele heftig den Kopf und starre ihn durch einen Vorhang von Tränen an.

»Du musst mir erzählen, was passiert ist, Cat.«

Diesmal bildet mein Mund die Worte, doch erneut kommt kein Laut hervor. Schließlich schaffe ich es, stammelnd wie ein aufgelöstes Kind, ihm die Geschichte zu erzählen. Michaels Augen weiten sich für einen Moment, doch dann zieht er mich erneut an sich. »Dein Großvater hat dir das erzählt?«

Ich nicke an seiner Brust.

»Hat er dir Beweise geliefert?«

Ich schüttele den Kopf. »Aber ich spüre es … in dem Augenblick, in dem er es gesagt hat, habe ich gespürt, dass es endlich die Wahrheit war. Nur …«

»Was?«, fragt Michael.

»Ich war acht Jahre alt. Kann ich wirklich meinen Vater erschossen haben?«

Michael stößt einen zutiefst traurigen Seufzer aus. »Als ich wieder hierher zurück gezogen bin, nach Natchez, war gerade Herbst. Und eins der ersten Dinge, die mir aufgefallen sind, waren die vielen Bilder in den Zeitungen von Sieben- und Achtjährigen, die ihren ersten Hirsch geschossen hatten.«

Ich schließe in tiefer Verzweiflung die Augen.

»Ich habe gestern über die Möglichkeit nachgedacht«, sagt Michael. »Ich habe dir gesagt, falls es dein Vater war, der dich missbraucht hat, war es vielleicht Pearlie oder deine Mutter, die ihn erschossen hat. Aber du hättest es natürlich auch selbst sein können. Vatermord ist auf jeden Fall das überzeugendste Motiv dafür, dass du dich ein Jahr lang in Schweigen zurückgezogen hast.«

Was mache ich hier?, frage ich mich. *Ich stehe im Haus eines Mannes, den ich kaum kenne, und zittere am ganzen Leib wie eine Epileptikerin.*

»Wenn es das ist, was sich zugetragen hat«, fährt Michael fort, »wenn du deinen Vater erschossen hast, dann war es eindeutig ein Akt der Notwehr. Wenn ein achtjähriges Mädchen bis zu einem Punkt getrieben wird, an dem es den eigenen Vater erschießt, dann wird niemand auf der Welt die Rechtmäßigkeit ihres Verhaltens infrage stellen.«

Ich höre Michaels Worte, doch sie dringen nicht bis zu meinem Verstand vor. Worte können die verwundete Region meiner Seele nicht erreichen. Er scheint dies zu spüren. Einen Arm um mich gelegt, führt er mich zu seinem Schlafzimmer, schlägt die Decke zurück und setzt mich auf die Bettkante. Er kniet nieder und zieht mir die Schuhe aus; dann drückt er mich aufs Bett nieder und zieht mir die Decke bis zum Kinn.

»Beweg dich nicht von der Stelle. Ich bin gleich wieder bei dir.«

Er verschwindet, und ich bleibe in der kühlen, trockenen Dunkelheit seines klimatisierten Schlafzimmers zurück. Ich fühle mich eigenartig zu Hause hier. In diesem Zimmer haben Mr. und Mrs. Hemmeter mehr als dreißig Jahre lang geschlafen. Sie haben mich geliebt wie eine eigene Tochter, und irgendetwas von ihrem Geist scheint sich in diesem Zimmer gehalten zu haben.

Mit einem Glas Wasser in der Hand taucht Michael wieder neben dem Bett auf.

»Das ist eine Lorcet Plus. Nimm sie, sie dämpft den Schmerz ein wenig.«

Ich nehme die weiße Tablette und stecke sie mir in den Mund, doch als ich das Glas zum Trinken an die Lippen setze, wird mir bewusst, dass ich im Begriff stehe, einen schrecklichen Fehler zu machen. Ich spucke die Tablette in meine Hand und lege sie auf den Nachttisch.

»Was ist denn?«, fragt Michael.

»Ich kann sie nicht nehmen.«

»Bist du allergisch gegen Hydrocodon?«

Ich blicke in seine besorgten Augen und wünschte, ich müsste ihm nicht die Wahrheit sagen. Warum hat er all das für mich getan? Er hat sein ganzes Leben über den Haufen geworfen, um mir zu helfen. Dafür muss es einen Grund geben. Doch ich darf ihn nicht länger belügen. Nicht einmal dadurch, dass ich etwas verschweige.

»Ich bin schwanger«, sage ich, ohne den Blick von seinen Augen zu nehmen.

Er zuckt nicht zusammen, wie meine Mutter es tat, als ich die Geliebte meines Vaters erwähnte, doch irgendetwas hinter seinen Augen ändert sich. Die Wärme weicht allmählich einem kühlen, misstrauischen Ausdruck.

»Wer ist der Vater? Der verheiratete Detective?«

»Ja.«

Er starrt mich einige Sekunden lang schweigend an. »Ich schätze, ich mache dir wohl besser einen Tee«, sagt er schließlich verlegen. »Koffeinfreien Tee.« Er wendet sich ab und geht rasch zur Tür.

»Michael! Warte!«

Er bleibt stehen und dreht sich um, das Gesicht bleich, der Blick verwirrt.

»Ich habe das nicht so gewollt«, sage ich zu ihm. »Es war nicht geplant oder so was. Aber ich werde es nicht abtreiben. Ich hätte es dir schon früher erzählen sollen, schätze ich, aber es war mir so peinlich, ich war so verlegen … Ich wollte nicht, dass du schlecht von mir denkst. Aber jetzt … nach allem anderen, was du bereits weißt, wäre es absurd, das vor dir zu verbergen.« Meine nächsten Worte verlangen mir mehr Mut ab als das Schwimmen mitten im Mississippi. »Wenn du möchtest, dass ich jetzt gehe, kann ich das verstehen.«

Er starrt mich nur an, und sein Gesichtsausdruck verrät nichts über seine Gefühle.

»Ich hole den Tee«, sagt er schließlich.

Ich bekomme keinen Tee. Ich nehme auch die Lorcet nicht. Die Erschöpfung übermannt mich und gibt mir jenes kostbarste aller Geschenke – traumlosen Schlaf. Als Michael mich weckt, zeigt die Uhr auf dem Nachttisch neben dem Bett 11:30 p.m. Ich fühle mich weder ausgeruht noch müde.

Ich fühle mich einfach nur taub.

Der Raum ist voller Schatten, die das Licht im Badezimmer erzeugt. Michael hat einen Stuhl zum Bett gezogen. Er beobachtet mich, als wäre ich eine Patientin an der ICU. Wenigstens hat er nicht gefragt, wie ich mich fühle.

»Was möchtest du jetzt machen?«, fragt er.

»Ich weiß es nicht. Was soll ich deiner Meinung nach tun?«, entgegne ich.

»Weiterschlafen. Abwarten, wie du dich morgen früh fühlst. Ich schlafe oben in einem der Gästezimmer. Wenn du mich brauchst, kannst du mich jederzeit übers Mobiltelefon erreichen.«

»Ich will heute Nacht nicht allein sein.«

Er antwortet nicht. Er blinzelt nicht einmal.

»Ich versuche nicht, mich dir an den Hals zu werfen oder so was«, sage ich zu ihm. »Ich möchte jetzt nur nicht allein sein. Verstehst du?«

Er hebt eine Augenbraue und sieht mich an. »Das ist das erste Mal, dass eine Frau mir droht, sich umzubringen, wenn ich nicht mit ihr ins Bett gehe.«

Ich versuche zu lachen, aber ich kann nicht. Ich habe keine Kraft mehr dazu. Ich rutsche auf die andere Seite des Bettes und schlage die Decke zurück. Michael starrt auf die leere Hälfte, dann steht er auf und geht ins Badezimmer. Als er zurückkommt, hat er eine blaue Boxershorts und ein Emory University T-Shirt an. Er setzt sich auf die Bettkante, stellt seinen Wecker und schlüpft dann unter die Decke, die er bis zur Brust hinaufzieht.

Es ist eine schräge Parodie von Eheleben, wie wir beide auf dem Rücken daliegen und an die Decke starren, als wären wir seit zwanzig Jahren verheiratet und hätten uns schon vor langer Zeit alles gesagt, was es zu sagen gibt. Ich erwarte, dass er anfängt zu reden, dass er mich mit Fragen überhäuft, doch das tut er nicht. Was mag er von mir denken? Bedauert er den Augenblick, als er in seinen Garten gegangen und das Netz genommen hat, um mich vom Grund seines Swimmingpools zu retten?

Zaghaft taste ich mit der Hand über die kühle Bettdecke und nehme die seine. Die Berührung hat nichts Sexuelles. Ich halte seine Hand, wie ich vor langer Zeit die Hand meines Vaters gehalten haben muss – bevor er unsere Beziehung in ein perverses Zerrbild väterlicher Liebe verwandelt hat. Es dauert eine Weile, doch dann erwidert Michael meinen Händedruck. Ich kann mich irren, doch es fühlt sich an, als würde er zittern. Ich bin sicher, dass es ihm nicht recht ist, wenn ich es bemerke, also sage ich nichts.

Es dauert eine Weile, bis mir noch etwas anderes bewusst wird. Michael ist erregt. Ich weiß es, ohne dass ich seine Erektion an mir spüren muss. Es hat irgendetwas mit der Art und Weise zu tun, wie er daliegt, eine gewisse Anspannung in seinem Körper. Dieses Wissen bewirkt seinerseits etwas in meinem Körper. So war es immer. Ich spüre kein Verlangen, sondern eine Art Zwang oder vielleicht sogar Verpflichtung. Auf die gleiche Weise, wie ein Streichholz existiert, um angerieben, oder eine geladene Waffe, um abgefeuert zu werden, so stellt ein erigierter Penis ein Potenzial dar, das auf seine Freilassung wartet. Ich habe gesehen, wie eine geladene Waffe einen Raum voll gelangweilter Männer in Sekundenbruchteilen hellwach gemacht hat. In dem Augenblick, in dem eine Patrone in die Kammer geschoben wird, verwandelt sich die vorher leblose Waffe zu etwas Gefährlichem, das man unmöglich ignorieren kann. Auf mich hat Michaels erigierter Penis in diesem Augenblick genau die gleiche Wirkung.

»Ich kann dir damit helfen«, sage ich leise.

»Was?«

Ich dränge meine Hüfte gegen seine. »Damit.«

»Woher weißt du …?«

»Ich weiß es eben.«

Er starrt weiterhin an die Decke. »Warum solltest du das tun?«

»Ich weiß nicht. Weil du es brauchst. Du kannst mich küssen, wenn du magst.«

Er schweigt für eine ganze Weile. Dann sagt er: »Ich möchte dich nicht küssen. Nicht jetzt. Nicht auf diese Weise. Für das andere kann ich nichts. Ich hab wirklich schon verdammt lang eine Schwäche für dich, aber ich möchte nicht das sein, was andere Männer für dich waren.«

Ich drücke seine Hand. »Wir müssen nicht miteinander schlafen. Ich kann es dir mit der Hand machen. Oder … was immer du möchtest.«

Michael zieht seine Hand von mir weg, und ich höre, wie

sein Atem stoppt. Dann dreht er sich auf die Seite und sieht mich an. Ich kann seine Augen in der Dunkelheit kaum erkennen. »Ich möchte das nicht«, sagt er. »Okay? Das ist nicht die Art und Weise, wie so etwas passieren sollte. Du weißt es vielleicht nicht, aber du musst das lernen. Und jetzt schlaf. Wir reden morgen früh miteinander.«

Ich glaube zu wissen, wie er mich jetzt ansieht. Vermutlich sollte ich verlegen sein, doch das bin ich nicht. Wahrscheinlich sollte ich auch so etwas wie Bedauern empfinden, doch auch das spüre ich nicht. Hier liege ich, geschwängert von einem verheirateten Mann, und schlafe neben dem ersten netten Jungen, der mir seit langer Zeit über den Weg gelaufen ist.

Und ich empfinde überhaupt nichts.

Wenn man wieder und wieder den gleichen Traum träumt, fängt man nach einer Weile an, sich zu fragen, ob es möglicherweise eine göttliche Strafe ist, wieder und wieder im gleichen Körper reinkarniert zu werden, außerstande, sich auf eine höhere Wesensebene zu schwingen, bis man endlich die schwer fassbare Lektion aus seinen Sünden gelernt hat. Wie ein Hindu.

Ich bin wieder in dem rostigen Pick-up, und mein Großvater sitzt hinter dem Lenkrad. Wir fahren durch das sanft geschwungene Weideland den Hügel hinauf. Ich hasse den Gestank im Innern des Trucks. Manchmal weht eine Brise vom Fluss heran und vertreibt den Gestank, doch heute hängt die Luft tot und reglos über der Insel, als wäre sie gefangen unter einer Glocke stahlgrauer Wolken. Mein Großvater knirscht mit den Zähnen, während er fährt. Er hat kein Wort gesprochen, seit wir das Haus verlassen haben. Es ist, als wäre ich überhaupt nicht hier. Doch ich bin hier. Und bald werden wir den Kamm des Hügels erreicht und überquert haben, und dann wird der Teich auf der anderen Seite in Sicht kommen.

Ich will den Teich nicht sehen. Ich will nicht sehen, wie mein Vater über das Wasser geht wie Jesus, während er sich das Kugelloch in der Brust aufreißt. Ich weiß bereits, was er mir zu sagen versucht. Ich weiß bereits, dass ich es war, die ihn erschossen hat. Warum lässt er mich nicht in Ruhe? Wenn ich mich bei ihm entschuldigen könnte, gäbe es vielleicht einen Grund für diesen Traum. Aber das kann ich nicht. Ich kann nicht reden, überhaupt nicht.

»Verdammter Regen!«, murmelt Großvater.

Er schaltet herunter und tritt auf das Gas, und wir rumpeln über den Kamm. Die Kühe erwarten uns, wie sie es immer tun, die Augen glasig und gleichgültig. Hinter ihnen liegt der Teich, ein makelloser silberner Spiegel, der nichts außer Himmel reflektiert. Zu meiner Rechten steigt der Preisbulle auf die Kuh und beginnt mit seinen Stößen.

Großvater lächelt.

Ich fürchte mich vor dem Anblick meines Vaters im Teich und schlage die Hände vor die Augen. Doch früher oder später muss ich hinsehen. Ich spähe zwischen den Fingern hindurch und wappne mich gegen das Entsetzen, das auf mich zukommt.

Doch es kommt nicht. Heute ist der Teich leer. Mein Vater treibt nicht auf der Oberfläche mit ausgebreiteten Armen wie ein ans Kreuz geschlagener Mann.

Der vollkommene Spiegel bleibt vollkommen.

Großvater bremst, als wir auf den Teich zurollen, und zwanzig Meter vom Ufer entfernt hält er an. Ich rieche Verwesung, verrottende Pflanzen und Fisch. Wo ist mein Vater? Was ist mit meinem Traum passiert? Selbst etwas Schreckliches ist tröstlicher als das Ungewisse. Ich wende mich Großvater zu, um eine Frage zu stellen, doch ich weiß die Frage nicht. Ich könnte sie sowieso nicht stellen. Angst umklammert mein Herz und jagt durch meinen Leib wie ein gefangenes Tier, das einen Ausweg aus der Falle sucht.

Ein neuer Geruch durchschneidet den fauligen Gestank

des Tümpels. Es ist ein künstlicher Geruch. Der Geruch von Großvaters Haar-Tonikum. Lucky Tiger.

»Verdammter Regen«, sagt er erneut.

Ich starre durch die Windschutzscheibe, und ein Vorhang aus Regen legt sich über meine Sicht wie ein großer grauer Schatten, und die Blätter erzittern unter seinem Gewicht. Innerhalb von Sekunden kocht die glasige Oberfläche des Tümpels wie Wasser in einer heißen Kasserolle. Pearlie hat einmal zu mir gesagt, dass ein Mensch wie ein Regentropfen ist, herabgeschickt vom Himmel mit dem einzigen Schicksal, sich am Ende seiner Reise mit all den anderen Tropfen zu vereinigen. Ich kann mich nicht an den Himmel erinnern, also muss ich ihn schon vor langer Zeit verlassen haben ... und doch bleibt noch so ein langer Fall, bis ich am Boden angekommen bin.

»Also gut, da wären wir«, sagt Großvater.

Er greift zu mir herüber, packt meine Knie und dreht mich seitwärts, wie ein Mann, der einen Sack Saatgut zurechtlegt. Als er sich mir nähert, sehe ich ihn flehentlich an. Er zögert wie ein Mann, der seine Wagenschlüssel vergessen hat. Dann greift er unter den Sitz, zieht Lena die Leopardin hervor und drückt sie mir in die Hände. Während ich die Augen schließe und das weiche Fell des Stofftiers gegen meine Wange presse, breitet sich in meinem Körper ein Gefühl wie von warmem Wasser aus. Der Regen prasselt auf den Pick-up herunter, während Großvater mich auf dem Sitz nach hinten drückt, und das harte, rhythmische Prasseln der Regentropfen füllt meine Sinne aus. Als seine großen Hände meine Jeans aufknöpfen, spüre ich nichts davon. Als sein Ledergürtel knarzt und klimpert, höre ich es nicht. Lena und ich sind eine Million Meilen entfernt. Wir stapfen durch den Dschungel und lauschen der endlosen Musik des Regens.

Und dann fängt es an.

Als ich im Schein von Sonnenstrahlen erwache, die Michaels Schlafzimmer durchfluten, weiß ich es.

Wie Saul auf der Straße nach Damaskus sind mir die Schuppen von den Augen gefallen. Mein sich wiederholender Traum war kein Traum, sondern eine Erinnerung. Eine Erinnerung, die versucht hat, in mein Bewusstsein zurückzukehren, ganz gleich wie. Die Sache mit meinem Vater auf dem See war etwas, das ihr angehaftet hat, eine andere Botschaft meines Unterbewusstseins, die mich auf etwas hinweisen will, das ich noch herausfinden muss.

Und das werde ich heute.

Wo Michael neben mir im Bett gelegen hat, finde ich einen Zettel auf dem Kissen mit einem Hausschlüssel darauf. Auf dem Zettel steht: *Ich musste zur Arbeit. Ich hab versucht, dich zu wecken, aber du hast dich nicht gerührt. Du kannst bleiben, solange du möchtest; fühl dich wie zu Hause. Ruf mich in der Praxis an, wenn du aufgestanden bist. Michael.*

Ich nehme Michaels Telefon vom Nachttisch und wähle die Nummer von Seans Handy.

»Detective Sean Regan.«

»Sag mir, dass du den Autopsiebericht hast.«

»Cat! Ich habe Himmel und Hölle in Bewegung gesetzt, um an diesen beschissenen Bericht zu kommen, aber es ist unmöglich! John Kaiser sitzt darauf, als hinge die nationale Sicherheit davon ab! Wenn du diesen Bericht haben willst, musst du Kaiser schon selbst fragen. Es tut mir Leid, Baby, ich habe alles versucht.«

Ich zögere nur den Bruchteil einer Sekunde. »Gib mir Kaisers Mobilrufnummer.«

»Scheiße. Bist du sicher? Das FBI sucht immer noch nach dir!«

»Wenn Kaiser mich wirklich finden wollte, hätte er mich längst.«

»Ja. Schätze, du hast Recht.«

Sean gibt mir die Nummer, und ich präge mir die Zahlen ein. Dann lege ich auf und wähle Kaisers Handy an.

Als Kaiser meine Stimme hört, stockt ihm der Atem. »Haben Sie etwas für mich?«, fragt er.

»Nein. Ich brauche etwas von Ihnen.«

»Das ist nicht die Antwort, die ich haben wollte, Cat. Der einzige Grund, aus dem Sie noch nicht im Gefängnis sind, ist, weil ich dachte, Sie könnten mir bei der Lösung dieses Falles helfen.«

»Das kann ich auch. Aber wir haben hier ein *Quidproquo*, John. Sie helfen mir bei meinem Problem, und ich helfe Ihnen bei Ihrem.«

»Meine Güte! Was wollen Sie jetzt schon wieder?«

Wenn ich zu eifrig auf den Autopsiebericht bin, gibt Kaiser ihn mir vielleicht nicht. »Erzählen Sie mir zuerst, wie weit Sie mit den Mordfällen sind. Was ist mit den Speichelkulturen? Konnten Sie inzwischen *Streptococcus mutans* nachweisen?«

»Noch nicht, nein. Der Pathologe glaubt, es wäre noch zu früh. Er meint, wir würden das Bakterium erst nach sechsunddreißig Stunden sehen.«

»Unsinn. Vierundzwanzig Stunden reichen völlig aus, falls es in der Mundflora vorkommt. Der Speichel in diesen Bisswunden stammt entweder von jemandem ohne Zähne oder von jemandem, der Antibiotika nimmt, wahrscheinlich Penicillin und Gentamicin. Sie haben bisher keine Angehörigen von Opfern gefunden, die mit Antibiotika behandelt werden?«

»Wir haben zwei männliche Verwandte mit Gebiss. Wir nehmen die beiden hart in die Mangel, aber bisher sehen sie sauber aus.«

»Reden Sie mit ihren Familien. Falls sie ihre Gebisse auch nur hin und wieder tragen, scheiden sie aus. Was ist mit dem Antibiotika-Aspekt?«

»Das erweist sich als schwierig bis unmöglich«, beschwert sich Kaiser. »Jeder könnte lügen, was das angeht. Wir können keine Blutproben bei sämtlichen männlichen Verwandten von sechs Mordopfern nehmen.«

»Warum denn nicht? Die DNA-Analyse beweist, dass der Speichel von einem Mann stammt, und das ist unsere einzige richtige Spur. Die britische Polizei hat tausende von Menschen in einer einzigen Stadt getestet, um einen Mordfall aufzuklären.«

»Wir sind in Amerika, Cat, nicht in Großbritannien.«

»Okay, okay. Irgendeine Spur von anaeroben Spirochäten in den Kulturen? *Bacteroides melaninogenicus?* Anaerobe Vibrionen? Das sind zahnspezifische Bakterien, und wir könnten zahnlose Verdächtige ausschließen.«

»Scheiße ... ich habe den Bericht hier vor mir, warten Sie ... nein, ich sehe nichts dergleichen.«

»Es ist noch ein bisschen früh für diese Kulturen, außerdem sind sie schwierig zu kultivieren. Ich denke weiter über diesen Aspekt nach. Was ist mit dem Schädel, den wir bei Malik gefunden haben?«

»Nichts. Die einzigen Fingerabdrücke darauf stammen von Malik.«

»Natürlich. Was noch?«

Kaiser stößt frustriert die Luft aus. »Wir überprüfen sämtliche Filmhersteller in der Hoffnung, dass irgendjemand für Malik gearbeitet hat. Wir haben eine Videoausrüstung in seiner Wohnung gefunden, zugegeben, doch ich hoffe auf eine neue Spur.«

»Was noch?«

»Ich habe die Techniker damit beauftragt, die Daten auf den Festplatten von Maliks Computern wiederherzustellen, doch bis jetzt haben sie absolut nichts gefunden. Ich glaube, dieser Film ist tatsächlich unsere einzige Chance. Wenn er dem Killer in die Hände gefallen ist, als er Malik ermordet hat, dann ... dann stehen wir ziemlich dumm da.«

»Es tut mir Leid, dass ich Ihnen nicht besser behilflich sein konnte, John. Ich habe hier oben selbst alle Hände voll zu tun.«

»Sie verschaffen mir einfach nur die Namen der Frauen

von Gruppe X. Tun Sie das, und ich sorge dafür, dass Sie nicht im Gefängnis landen.«

»Ich gebe mir die größte Mühe, John. Aber ich brauche auch Ihre Hilfe.«

»Was brauchen Sie?« Seine Stimme klingt misstrauisch.

»Das Gleiche, worum ich Sie schon gestern gebeten habe. Den Autopsiebericht meiner Tante.«

»Wonach suchen Sie? Der Todesursache oder was?«

»Sie wissen genau, wonach ich suche, John. Anns Fortpflanzungsorgane. Hat der Pathologe irgendetwas Ungewöhnliches gefunden?«

Kaiser nimmt sich Zeit, bevor er antwortet. »Ich sollte Ihnen das nicht sagen.«

Mein Hals schnürt sich plötzlich zu.

»Haben Sie mir nicht erzählt«, fährt er fort, »dass Ann besessen davon war, ein Kind zu bekommen?«

»Ja.«

»Nun, das ergibt irgendwie keinen Sinn, Cat.«

»Warum nicht?«

»Weil Ihre Tante steril war. Seit Jahrzehnten schon. Wahrscheinlich schon seit der Zeit, als sie noch Teenager war.«

»Was wollen Sie damit sagen? Inwiefern steril?«

»Ihre Eileiter waren abgebunden.«

Irgendetwas in mir wird plötzlich hohl. »Das ist unmöglich. Der Pathologe muss einen Fehler gemacht haben.«

»Sie wissen, dass es kein Fehler ist«, entgegnet Kaiser müde. »Und die Sterilisation wurde nicht auf gewöhnliche Weise durchgeführt, weit unten am Eileiter. Die Eileiter Ihrer Tante wurden sehr weit oben abgebunden, unmittelbar unter den Fimbriae, das sind fransenartige Anhängsel am trichterförmigen Anfang der Eileiter. Sie wurden mit Seidenfäden abgebunden, und die Seide war zum Zeitpunkt der Autopsie immer noch unter dem Narbengewebe vorhanden. Der Pathologe sagt, dass Seide bei derartigen Eingriffen schon seit Jahrzehnten nicht mehr zum Einsatz kommt.«

Während John Kaiser redet, senkt sich eine Nebelwolke auf mein Bewusstsein herab.

»Ich weiß, dass Ihnen dies ein paar neue Einsichten bezüglich Ihrer persönlichen Situation gibt, Cat. Bitte versuchen Sie trotzdem, ruhig zu bleiben, okay? Vielleicht sollten Sie Dr. Hannah Goldman anrufen.«

»Hat der Pathologe sonst noch etwas gesagt?«

»Er sagt, dass ein Frauenarzt nicht die Fimbriae abschnüren würde. Das wäre eine Methode, wie sie für einen normalen Chirurgen typisch ist, als eine schnelle Methode, um jemanden zu sterilisieren. Er meinte, es wäre wirklich verdammt eigenartig.«

Meine Hände zittern, doch diesmal nicht vor Angst. Diesmal ist es Empörung. Ich bin außer mir vor Empörung und Wut. »Ich muss jetzt auflegen, John.«

»Nein!«, sagt er hastig. »Sie dürfen jetzt nicht einfach auflegen. Ich habe Sie an einer verdammt langen Leine gelassen, Cat, und ich fürchte, wenn Sie nicht bald Ergebnisse bringen, werden wir beide hängen. Ich muss mich gegenüber meinen Vorgesetzten verantworten, ob es mir gefällt oder nicht. Und jede Stunde, die Sie länger frei auf den Straßen herumlaufen, untergräbt meine Glaubwürdigkeit mehr. Ich brauche Hilfe, Cat.«

Michaels Wecker zeigt 07:05 a. m. »Geben Sie mir acht Stunden, John. Bis dahin habe ich etwas für Sie, oder ich komme zurück nach New Orleans, damit Sie mich den Wölfen vorwerfen können.«

Das Schweigen auf der anderen Seite scheint nicht enden zu wollen.

»Was könnten Sie in Natchez herausfinden, das mir hier in New Orleans weiterhilft?«, fragt er schließlich.

Wahrscheinlich überhaupt nichts, aber das schert mich einen Dreck. Ich muss dich lediglich aus meinem Rücken kriegen, das ist alles.

»Acht Stunden, Cat«, sagt er leise. »Wenn ich bis heute

Nachmittag um fünf Uhr nichts von Ihnen gehört habe, werde ich veranlassen, dass die Natchez Police Sie wegen Mordverdachts festnimmt.«

Falls sie mich findet ... »Danke, John. Hey, könnten Sie mir den Autopsiebericht zufaxen?«

Eine weitere Pause.

»John, ich bin eine Familienangehörige von Ann, Herrgott! Bitte!«

»Sie sind lästig wie Hämorrhoiden, das sind Sie! Soll ich den Bericht an die gleiche Nummer faxen, an die ich auch die Unterlagen über Malik geschickt habe?«

»Perfekt, John. Ich melde mich vor fünf Uhr bei Ihnen.«

»Cat ...«

Ich unterbreche das Gespräch; dann springe ich aus dem Bett und renne ins Badezimmer. Der Leichnam meines Vaters wird heute aus der Erde kommen, und nichts und niemand wird es verhindern. Wenn der Richter eine eidesstattliche Erklärung von meiner Mutter verlangt, um einen Gerichtsbeschluss zur Exhumierung auszustellen, wird er sie bekommen. Es wird kein Leugnen mehr geben für die Frauen der DeSalle-Familie.

Leugnen bedeutet Tod.

54

Mom sitzt in einem schweißgetränkten Hausmantel an ihrem Küchentisch und starrt mit leerem Blick auf einen Becher Kaffee. Sie sieht nicht auf, als ich die Tür öffne. Erst als ich mich ihr gegenüber an den Tisch setze, hebt sie den Kopf und sieht mich an.

»War Großvater hier?«, frage ich.

Sie zuckt die Schultern.

Ich war bereits im Büro meines Großvaters und habe den Autopsiebericht geholt, den Kaiser hierher gefaxt hat. Es war reines Glück, dass Großvater nicht in seinem Büro war, als das Fax kam – obwohl ein Teil von mir sich gewünscht hätte, dass er da wäre –, doch mein Glück endete in dem Augenblick, als ich versucht habe, mir eine weitere Pistole aus seinem Safe zu borgen. Er hat die Kombination geändert.

»Ich muss dir einige Dinge erzählen, Mutter. Es wird nicht leicht sein, das alles anzuhören, doch du hast keine Wahl mehr. Du bist es deiner Schwester schuldig.«

Ihre Augen sind blutunterlaufen, und sie hat blauschwarze Ringe darunter. Doch ihr Verstand scheint wach. Unter welcher Droge sie auch immer gestern gestanden hat, sie ist aus ihrem Kreislauf verschwunden.

Mit leiser, besonnener Stimme fange ich an zu reden. Ich erzähle ihr, was der Pathologe bei Anns Autopsie festgestellt hat – dass meine Tante vor vielen, vielen Jahren auf sehr unorthodoxe Art und Weise sterilisiert wurde, aller Wahrscheinlichkeit nach während ihrer »Notfall-Appendektomie« auf der Insel. Mom hört zu wie jemand, der erfährt, dass sein Kind zu Tode gefoltert wurde. Ich habe das Gefühl, als würde sie sich nicht einmal dann rühren, wenn ich ihr mit einer Nadel ins Gesicht steche.

»Da ist noch etwas«, füge ich hinzu. »Ich hatte gestern Nacht einen Traum. Es ist der Traum, der immer wieder kommt, wo ich zusammen mit Großvater in dem alten rostigen Pick-up sitze und wir zum Teich fahren. Gestern Nacht habe ich das Ende gesehen. Er hat beim Teich geparkt und dann … Mom, dann hat er mich angefasst …«

Moms Augen bleiben auf den Tisch gerichtet.

»Und bevor er mir die Hose auszog, nahm er Lena unter dem Sitz hervor und drückte sie mir in die Arme.«

Die Hände meiner Mutter haben angefangen zu zittern.

»Genauso wurde Ann gefunden, Mom«, erinnere ich sie. »Mit ihrer Schildkröte neben ihrem nackten Leichnam.«

»Ich hatte gestern Nacht ebenfalls einen Traum«, sagt Mom leise.

»Du … du hattest einen Traum?«

Sie nimmt den Becher, hebt ihn an die Lippen, trinkt einen Schluck und setzt den Becher klappernd wieder ab.

»Irgendetwas ist auf der Insel passiert, als ich noch ein kleines Mädchen war«, sagt sie mit einer Stimme, die sich anhört, als käme sie von einer Fremden. Kein Affekt, keine Illusion, nichts. Ich war vierzehn, und ich hatte mich mit einem Jungen dort angefreundet. Er war ein Neger und ein Jahr älter als ich. Es war ganz unschuldig, größtenteils. Gegen Ende des Sommers fingen wir an, uns hin und wieder zu berühren. Jedenfalls hat er mich berührt.«

Sie nimmt einen weiteren Schluck von ihrem Kaffee, und das Zittern in ihrer Hand ist so deutlich, dass ich befürchte, sie könnte den Becher fallen lassen. »Wir haben uns bei einer alten Scheune am Fluss getroffen. Niemand kam je dorthin. Doch eines Tages folgte uns ein Cousin von mir. Und er sah, wie Jesse mich anfasste.«

»Der Name des Jungen war Jesse?« Das Bild eines Schwarzen ist plötzlich vor meinem geistigen Auge, eines Schwarzen, der durch vernarbte Lippen spricht. *Ich habe Ihre Mutter ziemlich gut gekannt.*

»Ja.«

»Jesse Billups?«

Endlich sieht sie mich an. »Ja. Jesse war in mich verliebt.«

»Mein Gott … Mom, ich habe mich erst vor kurzem mit Jesse Billups unterhalten.«

»Wie sah er aus?«

»Es ging ihm ganz gut, schätze ich. Er scheint eine Menge Wut in sich zu tragen.«

»Das kann ich mir denken, nach dem, was im Krieg mit ihm passiert ist. Er war ein ziemlich attraktiver junger Mann, ob du es glaubst oder nicht. Ich habe für ihn getan, was ich konnte. Er hat heute den besten Job, den es auf der Insel gibt.«

O Gott. »Das heißt nicht viel, oder?«

Sie zuckt die Schultern, als würde es keine Rolle spielen. »An dem Tag, an dem mein Cousin uns beobachtete, erzählte er es seinem Vater. Und sein Vater erzählte es meinem Vater.«

Ein kaltes Frösteln steigt in mir auf. »Was ist dann passiert?«

»Daddy ging noch am gleichen Abend runter zum Haus von Jesses Eltern, zerrte Jesse aus dem Haus und schlug ihn halb tot.«

Ich kann mich an jedes von Jesse Billups' Worten erinnern. *Dr. Kirkland hat mich einmal verprügelt, als ich ein Junge war. Mächtig verprügelt. Allerdings hätte ich an seiner Stelle wahrscheinlich das Gleiche getan, und deswegen sind wir quitt, schätze ich ...*

Tränen rinnen über das Gesicht meiner Mutter. Ich nehme ein Papiertuch vom Tresen und reiche es ihr.

»Mom?«

Sie lacht merkwürdig, mit einem Unterton von Hysterie. »Ich dachte, Daddy hätte es getan, weil Jesse ein Schwarzer war. Verstehst du? Und ich fühlte mich hinterher todunglücklich. Ich war genau wie du. Ich wollte nicht reden. Und Daddy wurde immer wütender auf mich. Schließlich wollte er wissen, warum ich nicht mehr reden wollte.«

»Was hast du ihm gesagt?«

»Dass er Jesse verprügelt hätte, als wäre ich vergewaltigt worden oder so. Aber in Wirklichkeit hatte ich *gewollt,* dass Jesse mich anfasst.«

Ich versuche mir Großvater vorzustellen, als er 1969 diese Worte aus dem Mund seiner Tochter hört. »Was ist dann passiert?«

»Daddy wurde weiß im Gesicht. Wir wohnten in einer Suite im Peabody in Memphis, als es passierte. Er riss mich aus dem Sessel und zerrte mich in das Schlafzimmer meiner Eltern. Dann streifte er seinen Gürtel ab und schlug mich damit, bis ich blutete. Er wollte überhaupt nicht mehr aufhören ...«

»Was hat Großmutter gemacht?«

Mom schüttelt den Kopf, als würde sie sich diese Frage ebenfalls stellen. »Ich weiß es nicht. Sie ist verschwunden.«

Genauso, wie du immer verschwunden bist, als ich ein kleines Mädchen war, wenn Großvater wütend wurde ...

»Die Sache«, fährt Mutter fort, »die ich vergessen hatte und die mir erst in meinem Traum gestern Nacht wieder eingefallen ist ... Er hat mich nackt ausgezogen, bevor er mich geschlagen hat. Er hat mich *ausgezogen!* Mein eigener Vater hat mich aufs Bett geworfen und mir die Kleider heruntergerissen. Und während er mich verprügelt hat, brüllte er auf mich ein. Schlimme Worte. Er nannte mich eine Nutte ... eine dreckige Hure. Ich wusste damals nicht mal, was diese Worte bedeuten. Doch am schlimmsten war sein Gesicht. Seine Augen.«

»Was war mit seinen Augen?«

»Es war nicht allein Wut, die ich in seinen Augen sah, Catherine.«

Ein Ansturm Furcht erregender Bilder zuckt durch meinen Verstand. Wilde, vor Wut besinnungslose Augen und ein grausamer Mund. »Was hast du gesehen?«

Mom schließt die Augen und schüttelt den Kopf wie eine primitive Eingeborene, die sich davor fürchtet, einen Dämonen zu benennen. *Sie weiß Bescheid,* durchfährt es mich. *Mehr als das, sie weiß, dass sie es weiß ...*

»Erinnerst du dich daran, dass Großvater dich angefasst hat?«

Sie schüttelt den Kopf. »Aber du hast Recht mit dem, was du über meine Probleme gesagt hast. Es gibt Dinge, die kann ich einfach nicht tun. Ich war so eine Enttäuschung für deinen Vater. Er war sehr verständnisvoll. Ich wollte ja auch, was er wollte ... es waren ganz normale Sachen. Aber ich konnte es nicht. Sobald Luke hinter mir war, bekam ich keine Luft mehr und hatte das Gefühl, als müsste ich auf der Stelle ins Badezimmer.«

»Zum Wasserlassen, meinst du?«

Sie läuft dunkelrot an. »Nein … Aber wenn er es versucht hat, hatte ich furchtbare Schmerzen. Ich will nicht darüber reden, verstehst du? Ich kann nicht. Ich bin nicht sicher, woran ich mich wirklich erinnere und was ich mir einbilde. Aber an eine Sache erinnere ich mich deutlich …« Sie knüllt das Papiertuch zu einer feuchten Kugel zusammen und wischt sich die Augen, doch die frischen Tränen versiegen nicht. »Die Art und Weise, wie Ann mich angesehen hat. Besonders abends, wenn Mom unterwegs war, um Bridge zu spielen. Ann ging regelmäßig zu Daddy ins Büro, um ihn zu beschäftigen. Und ich blieb in meinem Zimmer. Ich wusste, dass sie es hasste, zu Daddy zu gehen. Ich wusste, dass sie Angst vor ihm hatte. Ich hatte ebenfalls Angst vor ihm, tief in mir, obwohl ich es niemals gegenüber irgendjemandem zugegeben hätte. Nicht einmal gegenüber mir selbst. Wie konnte ich Angst haben vor meinem Daddy? Er liebte mich und sorgte für mich. Doch wann immer Ann mich in meinem Zimmer allein zurückließ, um Zeit mit ihm zu verbringen, sah sie mich auf eine Weise an, wie man etwas ansieht, das man zu beschützen versucht.«

Moms Kinn zittert wie das eines kleinen Mädchens. Ich bin nicht sicher, ob sie noch viel mehr aushalten kann. »Und heute …«, schluchzt sie, »heute weiß ich, dass sie ganz genau das gemacht hat. Mich vor ihm beschützt. Sie war nur vier Jahre älter als ich, aber … bei Gott, ich ertrage es nicht, daran zu denken!«

Sie bricht über dem Tisch zusammen und schluchzt unkontrolliert. Ich beuge mich über sie und umarme sie, so fest ich kann. »Ich liebe dich, Mom. Ich liebe dich so sehr.«

»Ich weiß nicht, warum … Ann hat wenigstens versucht, mich zu beschützen, aber ich? Ich habe dich nicht beschützt … meine eigenes Baby.«

»Du konntest es nicht«, flüstere ich. »Du konntest doch nicht einmal dich selbst beschützen.«

Sie richtet sich auf und knirscht mit den Zähnen, voller Wut auf sich selbst.

»Mom, du wusstest nicht einmal, was mit dir passiert ist. Jedenfalls nicht bewusst. Ich glaube nicht, dass du vor gestern Nacht etwas wusstest.«

»Aber wie ist das nur möglich?« Ihre Augen flehen mich um eine Antwort an. »Ann wusste es. Warum wusste ich nichts von alledem?«

»Ich glaube, wir alle haben es aus unserem Gedächtnis ausgeschlossen, weil zuzugeben, was er uns angetan hat, gleichbedeutend gewesen wäre damit, uns einzugestehen, dass er uns nie geliebt hat. Dass er sich nicht um unser Wohlergehen gesorgt hat, sondern nur ... um sein eigenes. Er hat uns nur *benutzt.*«

Mom nimmt meine Hand in die ihre und drückt sie, als wollte sie sie zerquetschen. »Was wirst du jetzt tun, Cat?«

»Ich werde dafür sorgen, dass er gesteht, was er getan hat.«

Sie schüttelt den Kopf, und ihre Augen sind erfüllt mit nackter Angst. »Das wird er niemals tun!«

»Ich werde dafür sorgen, dass er keine andere Wahl hat. Ich werde beweisen, was er getan hat. Und dann werde ich dafür sorgen, dass er dafür bestraft wird.«

»Er wird dich umbringen, Cat.«

Ich will widersprechen, doch Mom hat Recht. Großvater hat seine zehn Jahre alte Tochter sterilisiert, sodass er sie nach Einsetzen der Pubertät weiter missbrauchen konnte, ohne Angst vor einer Schwangerschaft haben zu müssen. Er hat Anns zukünftige Kinder für ein paar Jahre des Vergnügens geopfert. Und das war es, was Ann letzten Endes in den Wahnsinn getrieben hat.

Er hat meinen Vater ermordet, um sich zu schützen.

Er würde nicht eine Sekunde zögern, mich aus dem gleichen Grund zu ermorden.

»Hat er jemals irgendetwas in der Art zu dir gesagt?«, frage ich. »Hat er gedroht, dir etwas anzutun?«

»Nein«, sagt Mom fast unhörbar leise. Doch plötzlich reißt sie die Augen weit auf. *»Ich bringe deine Mutter um!«*, zischt sie. *»Ich schicke deine Mutter den Fluss hinunter, und sie wird nie wieder zurückkommen! Genau wie die kleinen Nigger, die verschwunden sind.«*

Mom spricht halb flüsternd, wie ein zu Tode verängstigtes Kind, und der Ton ihrer Stimme lässt mich frösteln. Ich drücke sie erneut tröstend an mich. »Ich weiß, dass du Angst vor ihm hast. Aber ich habe keine. Der beste Schutz für uns ist die Wahrheit. Und die Wahrheit liegt in Daddys Sarg.«

Ihre Augenlider flattern. »Warum glaubst du das? Was kann Lukes Leichnam dir verraten?«

»Ich bin nicht sicher. Vielleicht ist Lena die Antwort. In meinem Traum hat Daddy versucht, mir etwas über Lena zu sagen, und ich muss herausfinden, was es ist.«

»Glaubst du das wirklich? Dass er versucht hat, dir etwas zu sagen?«

»Nein. Ich glaube, ich habe in der Nacht von Daddys Tod etwas gesehen. Ich habe etwas gesehen und die Erinnerung daran verdrängt. Und ich werde mich nicht erinnern, bevor ich diesen Sarg nicht geöffnet und einen Blick hineingeworfen habe. Vielleicht nicht einmal dann. Vielleicht ist eine Wiederholung der Autopsie erforderlich. Aber, Mom … Ich kann das alles nicht ohne deine Hilfe.«

Sie senkt den Blick, und Angst kämpft gegen etwas Neues in ihren Augen. »Luke war so ein lieber Mann«, murmelt sie leise. »Was immer er in Übersee durchgemacht hat, es hat ihn schlimm verletzt. Trotzdem war es unsere Familie, die ihn auf dem Gewissen hat.«

Ich warte, doch sie schweigt. »Mom?«, frage ich schließlich. »Wirst du mir helfen?«

Als sie den Blick wieder hebt und mich ansieht, erkenne ich etwas in ihren Augen, das ich als Kind niemals darin gesehen habe.

Entschlossenheit.

»Sag mir, was ich tun soll«, flüstert sie.

55

Die Totengräber sind seit mehr als zwei Stunden bei der Arbeit. Ihre schweißgetränkten Rücken sind über Schaufeln und Spaten gebeugt, und die Hitze ist bereits jetzt, um elf Uhr vormittags, kaum noch auszuhalten. Es sind sechs Männer, ältere, muskulöse Schwarze in Khaki-Overalls. Sie graben langsam, aber stetig, wie Langstreckenläufer, und auf ihren Unterarmen zeichnen sich harte Muskeln ab. Jede halbe Stunde legen sie eine Zigarettenpause ein. Dann ziehen sie sich hinter eine Mauer zurück und teilen sich ihre Kools mit dem Baggerführer, der wie ein Imperator auf seiner gelben Maschine sitzt und darauf wartet, dass er den Sarg die letzten Meter zum Lieferwagen des Bestatters transportieren kann. Weil unser Familiengrab im ältesten, dicht mit Bäumen bestandenen Teil des Friedhofs steht, ist der Platz zu eng, und der Bagger kann nicht beim Graben helfen. Doch die sechs Männer haben den Sarg inzwischen freigelegt. Der brünierte Deckel glänzt stumpf in der Sonne. Die Totengräber weiten das Loch, um Seile unter dem Sarg hindurchzuschieben, und bald wird der Bagger ans Tageslicht hieven, was für die Ewigkeit hätte begraben bleiben sollen.

Neunzig Minuten konzentrierter Bemühungen waren erforderlich, um die Exhumierung anzustrengen. Zuerst war ich mit meiner Mutter im Wall Street Office von Michael Wells' Anwalt, der sein Frühstück stehen ließ, um uns zu treffen und die eidesstattliche Erklärung zu formulieren. Anschließend gingen wir über die Straße ins Gerichtsgebäude und ließen die Erklärung von einem Vormundschaftsrichter beglaubigen, der gleichzeitig einen einseitigen Gerichtsbeschluss unterschrieb, in dem er die Exhumierung und wiederholte Autopsie von Luke Ferry autorisierte. Mit dem Gerichtsbeschluss in der Hand ließ ich Mutter vor ihrem Geschäft aussteigen und rief beim Leichenbestatter an, beim Direktor des Friedhofsamts und beim Amtsarzt in Jackson. Dessen Büro war so hilfsbereit, dass in mir der Verdacht aufstieg, sie hätten vorab einen Anruf von Special Agent John Kaiser vom FBI erhalten.

Wie in Mississippi allgemein üblich, ist der Leichenbestatter bei der Exhumierung anwesend. Mr. McDonough ist ein freundlicher Mann mit frischer, roter Gesichtsfarbe. Er ist vielleicht siebzig Jahre alt und hat seit nahezu fünfzig Jahren ein Quasi-Monopol für das Beerdigungsgeschäft der Weißen in Natchez. Er steht in Hemdsärmeln im Schatten, und das schwarze Anzugjackett hängt gefaltet über einer Mauer. Er hat versucht, mir meine Absicht auszureden, »die Überreste« anzusehen, wie er es nennt. Ich habe versucht, ihn dadurch zu beruhigen, dass ich ihm von meiner beträchtlichen Erfahrung mit Tod und Autopsien berichte, doch er hat nur geseufzt und gesagt: »Ganz gleich, wie viel Erfahrung Sie haben, wenn es sich um einen Familienangehörigen handelt, ist es etwas anderes.«

Ich werde es in wenigen Minuten wissen.

Meine Bedenken gelten hauptsächlich dem Zustand der Leiche meines Vaters. Mr. McDonough hat am Morgen in seinen Aufzeichnungen nachgesehen und festgestellt, dass Daddys Sarg nicht in einer Gruft beerdigt wurde, was den Exhumierungsprozess vereinfacht und zugleich die Chance erhöht hätte, dass Wasser in den Sarg eingedrungen ist. Mein Großvater – der die Beerdigung damals arrangiert hat – ist offensichtlich jemand, der den Grund für die Verwendung von Grabgewölben in Amerika kennt. Im neunzehnten Jahrhundert mussten Bewerber, um zum Studium der Medizin an den amerikanischen Universitäten zugelassen zu werden, einen Leichnam stiften. Dies führte zu einer großen Zahl von Leichendiebstählen. Das Sarggewölbe wurde als Mittel zur Verhinderung von Grabräuberei eingesetzt, weil zwei oder drei starke Männer erforderlich sind, um den Deckel anzuheben. Heutzutage kaufen die meisten Leute Sarggewölbe, um das Eindringen von Grundwasser zu verhindern, doch das ist nur teilweise erfolgreich. Andererseits ist die Ewigkeit eine lange Zeit. Wasser hat den Grand Canyon aus dem Fels gegraben, und es kann, genügend Zeit vorausgesetzt, alles durchdringen, was Menschenhand geschaffen hat. Großvater sah keinen Grund, gutes Geld für eine vorbeugende Maßnahme zu verschwenden, die nur temporär sein kann.

Allerdings kaufte er den besten Bronzesarg, der für Geld erhältlich war – wahrscheinlich, um seine Freunde zu beeindrucken und den Schmerz meiner untröstlichen Mutter zu lindern. Dieses Modell hier besitzt eine Gummilippe, die es den Verwesungsgasen gestattet, aus dem Sarg zu entweichen, und zugleich den Eintritt von Feuchtigkeit verhindert. Daher besteht die nicht abwegige Chance, dass ich keine Horrorshow ertragen muss, wenn der Deckel geöffnet wird.

Ich habe den Morgen damit verbracht zuzusehen, wie der Erdhügel neben dem Grab allmählich gewachsen ist. Im Verlauf der Jahre habe ich dieses Grab so oft besucht, wie es mir nur möglich war. Es ist weniger Erde, als ich erwartet hätte. Gräber sind heutzutage nicht mehr einen Meter achtzig tief. Nach dem Gesetz sind über dem Sargdeckel lediglich sechzig Zentimeter Erde erforderlich – gerade ausreichend, um zu verhindern, dass wilde Hunde die Leichen ausgraben, nachdem die Trauernden verschwunden sind.

Einer der Totengräber im Loch ruft nach einem Werkzeug namens Krähenfuß. Ein anderer Mann mit einer roten

Bandana bringt einen anderthalb Meter langen Stab mit einem flachen Winkel zum Grab. Ich nähere mich dem Loch ein paar Schritte und beobachte, wie der erste Mann den Winkel unter ein Ende vom Sarg meines Vaters schiebt.

»Man muss das Vakuum durchbrechen, verstehen Sie?«, sagt Mr. McDonough, der zu mir gekommen ist. »Der Sarg liegt all die Jahre dort und drückt sich richtig fest ins Erdreich. Sobald die Saugwirkung durchbrochen ist, kann man ihn ohne Probleme hochziehen.«

Der Sarg löst sich mit einem saugenden Schmatzen, als würde man den Deckel einer Tupperware-Dose öffnen, in der irgendein Lebensmittel gealtert ist. Die Totengräber klettern jetzt hinunter in das Loch und schieben breite Bänder unter die Sargenden, deren jeweilige Enden sie mit einem Flaschenzug verbinden. Nach vereinten Anstrengungen von Mensch und Maschine liegt der lange bronzene Sarg kurze Zeit später auf dem Gras neben dem Loch. Obwohl das Metall mit brauner Erde bedeckt ist, glänzt der Sarg wie etwas, das aus einem ägyptischen Pharaonengrab geborgen wurde.

Mr. McDonough signalisiert dem Fahrer des Baggers, so nah an die störende Mauer heranzufahren, wie nur irgend möglich. Als der Fahrer den Dieselmotor hochdrehen lässt, bitte ich McDonough, noch einen Augenblick zu warten.

»Stimmt etwas nicht, Mrs. Ferry?«

»Ich möchte den Sarg erst öffnen.«

Mr. McDonough ist offensichtlich verwirrt angesichts meiner Bitte. »Was denn, hier draußen in der Sonne?«

»Es geschieht routinemäßig, wenn DNA-Proben genommen werden.«

Der Leichenbestatter ist darin geübt, einen unerschütterlichen Eindruck zu erwecken, doch meine Aggressivität gegenüber den Toten ist offensichtlich nicht nach seinem Geschmack. »Also, ich habe das jedenfalls noch nie gemacht«, sagt er schließlich.

»Trotzdem.«

Er zuckt resignierend die Schultern. »Der Leichnam gehört der Familie. Sie können damit machen, was Sie wollen. Ich mache den Sarg für Sie auf.«

»Danke sehr.«

Er nimmt einen Sechskantschlüssel aus der Tasche, beugt sich über das Fußende des Sargs und macht sich daran, eine in einer Vertiefung liegende Mutter aufzudrehen. Erneut ertönt das Tupperware-Geräusch, doch zehnmal lauter als vorhin, ein langes, langsames Entweichen von Überdruck, der den chemischen Geruch von Balsamierungsflüssigkeit mit sich bringt.

Ich habe versucht, mich vor meinem Herkommen innerlich zu wappnen, indem ich mir alte Fotos von Daddy angesehen habe. Doch die Toten sehen nie so aus, wie wir sie in Erinnerung haben. Nach dem Tod verändert sich der Körper rasch, hauptsächlich durch den Verlust von Wasser. Selbst wenn der Leichnam gut erhalten ist, könnte der Mann, den ich zu sehen bekomme, sobald der Sarg offen ist, wie ein Fremder sein. Er trägt einen Anzug – und das allein ist ungewohnt für mich. Ich habe meinen Vater zu Lebzeiten niemals in einem Anzug gesehen. Ich habe ihn nie mit irgendetwas anderem auf dem Leib gesehen als ausgewaschenen Jeans und T-Shirt. Ich war der Meinung, dass er auch so begraben werden sollte, doch am Tag vor der Beerdigung kam Tante Ann mit einem teuren schwarzen Anzug an, von dem ich vermute, dass er einem ihrer Exmänner gehört hatte.

Mr. McDonough richtet sich am Fußende des Sargs wieder auf und blickt mich mit einem Ausdruck von Herausforderung an. »Möchten Sie, dass ich den Deckel jetzt öffne?«

»Ich bitte darum.«

Er wendet sich um und hebt die obere Hälfte des zweigeteilten Sargdeckels an, bis die Scharniere einrasten, dann geht er beiseite, ohne einen Blick in das Innere geworfen zu haben. Die Totengräber haben sich ebenfalls zurückgezogen, obwohl ich nicht zu sagen vermag, ob es wegen des Gestanks ist oder wegen des Anblicks – oder vielleicht auch aus Respekt, was ich jedoch bezweifle. Wäre ich nicht zugegen, würden sie wahrscheinlich mit Zoten um sich werfen, wie Männer es überall tun, wenn sie zusammen arbeiten. Ich habe es häufig genug beobachtet, um es zu wissen.

Der offene Sargdeckel versperrt mir den Blick. Ich muss um den Sarg herum, um hineinsehen zu können. Meine Handflächen sind schweißnass. Im Gegensatz zu dem, was die meisten Leute denken, dient das Einbalsamieren lediglich dem Zweck, einen gut erhaltenen Toten in der Begräbniskapelle zu präsentieren, und ist nicht auf längere Konservierung des Leichnams ausgerichtet. Wenn der Einbalsamierer schlecht gearbeitet hat, wird aus dem Leichnam schnell etwas, das aussieht wie ein Zombie in einem Horrorfilm, ein Ghoul, der in seinen eigenen Körperflüssigkeiten verwest. Selbst wenn der Einbalsamierer ausgezeichnete Arbeit leistet, können im Leichnam anaerobe Bakterien überleben, die auf die geringste Spur von Flüssigkeit warten, um mit dem Zersetzen der Leiche anzufangen.

Mr. McDonough blickt demonstrativ auf seine Armbanduhr.

Als ich mich in Bewegung setze, zwinge ich mich, an meine Zeit in Bosnien zu denken, als ich für die Kommission zur Bekämpfung und Aufklärung von Kriegsverbrechen gearbeitet habe. Als die Bagger der UN den langen Graben freigelegt hatten, fanden wir dreihundert Männer, Frauen und Kinder in verschiedenen Stadien der Verwesung. Mütter, die ihre Babys in den Armen hielten. Kleinkinder, durchbohrt von Maschinengewehrkugeln. Kleine Mädchen, die sich an Puppen klammerten, das Letzte, was sie auf der Welt sahen, bevor ihnen mit Gewehrkolben die Schädel eingeschlagen wurden. Was immer mich in diesem Sarg erwartet, es ist nicht zu vergleichen mit jenem Entsetzen damals. Und doch … *ganz gleich, wie viel Erfahrung Sie haben, wenn es sich um einen Familienangehörigen handelt, ist es etwas an-*

deres, flüstert die Stimme des Leichenbestatters in meinem Kopf.

Ich trete um den Sarg herum und sehe nach unten.

Meine erste Reaktion ist blanker Unglaube. Mit Ausnahme des schwarzen Anzugs sieht mein Vater fast genauso aus wie zu Lebzeiten. Er ist so gut erhalten, dass ein flüchtiger Betrachter meinen könnte, es wäre ein junger Mann, der sich nach dem sonntäglichen Dinner zu einem Nickerchen hingelegt hat. Auf seinen Wangen und am Kinn wächst ein dünner schwarzer Bart – ein Bart, wie er ihn zu Lebzeiten nie hatte. Dieser Bart ist nicht aus Haaren – es ist Schimmel –, doch verglichen mit den grauenhaften Veränderungen, die ich erwartet hatte, ist ein Bart aus Schimmel so gut wie gar nichts.

»Soll man es für möglich halten!«, sagt Mr. McDonough mit einem gewissen Stolz in der Stimme. »Er sieht genauso gut aus wie Medgar Evers.«

In der Armbeuge meines toten Vaters ruht Lena die Leopardin. Der Anblick ihres gelben, schwarz gepunkteten Fells ist beinahe mehr, als ich ertragen kann. Ich habe jede Nacht mit Lena im Bett geschlafen, bis mein Vater begraben wurde. Mit Ausnahme meiner Träume habe ich das Stofftier seit dreiundzwanzig Jahren nicht mehr gesehen.

»Vor ein paar Jahren wurde der alte Medgar für die Gerichtsverhandlung gegen James Earl Ray exhumiert«, erklärt Mr. McDonough, »und er sah aus, als hätten wir ihn eben erst begraben. Bei Ihrem Vater ist es genau das Gleiche. Damals hat der alte Jimmy White als Einbalsamierer für mich gearbeitet. So jemanden findet man heutzutage nicht mehr.«

»Könnte ich ein paar Augenblicke allein mit meinem Vater sein, bitte?«

»Oh. Selbstverständlich, Ma'am.«

Mr. McDonough zieht sich ein paar Schritte zurück.

Ich fühle mich wie eine Gestalt in einem Disney-Märchen. Als hätte ich eine weite, mühevolle Reise auf mich genommen, um hierher zu kommen, und als könnte ich, indem ich mich einfach vornüberbeuge und die kalten Lippen küsse, meinen schlafenden Prinzen zum Leben erwecken und glücklich sein bis zum Ende meiner Tage.

Doch so ist das nicht.

Je länger ich auf das Gesicht meines Vaters sehe, desto sicherer ist es. Seine Wangen sind ein ganzes Stück weit eingesunken, auch seine Augen – trotz der Plastikaugendeckel, die sie unter die Lider schieben, um die Illusion von Normalität aufrechtzuerhalten. Mit einer raschen Bewegung wie ein Vogel, der nach etwas am Boden pickt, beuge ich mich vor und nehme Lena aus Daddys Armbeuge.

»Machen Sie ihn wieder zu«, sage ich.

Mr. McDonough schließt den Sarg und winkt den wartenden Wagen herbei.

»Sie haben gesehen, wie ich dieses Stofftier aus dem Sarg genommen habe, richtig?«, frage ich Mr. McDonough.

»Ja, Ma'am.«

Ich weiß, dass ich lieber abwarten sollte, doch ich kann es nicht. »Mr. McDonough, könnten Sie bitte für einen Moment mit mir zu meinem Wagen kommen?«

Er sieht erneut auf seine Uhr. »Ich müsste eigentlich zurück zu meinem Institut. Wir haben jetzt in diesem Augenblick eine Trauerfeier.«

Ich sehe ihm an seine Ritterlichkeit appellierend in die Augen, etwas, das bei den meisten Südstaaten-Männern funktioniert.

»Also schön«, sagt er schließlich. »Aber wirklich nur für einen Moment.«

»Könnten Sie Ihre Jacke mitbringen?«

Er holt seine Jacke von der Mauer und folgt mir dann zu Mutters Maxima, der auf dem Gras zwischen zwei von Mauern gesäumten Parzellen parkt. Ich öffne den Kofferraum und entnehme die Schachtel mit den forensischen Chemikalien, die ich aus New Orleans mitgebracht habe, um mein Schlafzimmer zu untersuchen. Der Anblick des Luminols lässt mich an die kleine Natriece und ihre weit aufgerissenen Augen denken, als sie die Flüssigkeit versehentlich in meinem Zimmer versprüht und die fluoreszierenden Fußabdrücke entdeckt hat. Die vor mir liegende Aufgabe ist zu delikat, als dass ich Luminol benutzen könnte. Die Substanz reagiert nicht nur mit dem Eisen im Hämoglobin und verbraucht es auf diese Weise, sondern sie vernichtet auch die genetischen Fingerabdrücke im Blut, was eine eindeutige DNA-Analyse so gut wie unmöglich macht. Deswegen werde ich heute Orthotolidin benutzen, das nicht nur latentes Blut auf Lenas Fell enthüllt, sondern auch die Integrität der genetischen Markierungen erhält.

»Könnten Sie bitte mit mir in den Wagen steigen?«, frage ich Mr. McDonough und klettere auf den Fahrersitz.

Nach kurzem Zögern folgt mir der Leichenbestatter auf den Beifahrersitz. »Was haben Sie in dieser Flasche?«, will er wissen.

»Eine Chemikalie, die verstecktes Blut sichtbar macht.«

Er schürzt die Lippen. »Ist das hier vielleicht eine Art kriminalistischer Untersuchung?«

»Allerdings. Könnten Sie Ihre Jacke bitte so halten, dass sie meine Hände und das Stofftier bedeckt?«

»Schätze schon. Aber Sie werden mir die Jacke nicht ruinieren, oder?«

»Nein, Sir.«

Während er seine Jacke ausbreitet, untersuche ich Lena vorsichtig. Ich teile das orange-schwarze Fell unter dem Maul und sehe die Naht, wo Pearlie das Stofftier geflickt hat nach der Nacht, in der mein Vater starb.

»So etwa?«, fragt Mr. McDonough und macht ein Zelt aus seiner Jacke.

»Perfekt.« Ich halte Lena mit der linken Hand unter die Jacke und sprühe mit der rechten ein wenig Orthotolidin auf das Fell. Dann drehe ich das Stofftier herum und besprühe die Rückseite ebenfalls.

»Was passiert jetzt?«, fragt Mr. McDonough.

»Wir warten.«

Früher haben Fotografen ihre Anzugjacken als portable Dunkelkammern benutzt, wenn sie unterwegs waren. Die digitale Fotografie hat diese Praxis zu einem Relikt der Vergangenheit gemacht, doch heute leistet mir das Wissen bei meinem Vorhaben gute Dienste.

»Könnten Sie die Klimaanlage einschalten?«, fragt Mr. McDonough.

»Nein. Wir wollen nicht, dass diese Chemikalie im Wagen verteilt wird.«

»Ist sie giftig?«

»Nein«, lüge ich.

»Hm. Und was soll jetzt passieren?«

»Wenn Blut am Fell klebt, dann leuchtet es blau.«

»Wie lange dauert es?«

»Ein oder zwei Minuten.«

Mr. McDonoughs Interesse erwacht. »Darf ich es sehen?«

»Ja. Wenn wir etwas finden. Ich möchte, dass Sie es bezeugen.«

Nachdem zwei Minuten vergangen sind, hebe ich den Schoß der Jacke und spähe in die Dunkelheit darunter. Lenas Kopf fluoresziert so intensiv, als hätte jemand ihn mit blauer Leuchtfarbe angemalt.

Mein Herz hämmert. Großvater hat Lena die Leopardin in keiner seiner Versionen über den Tod meines Vaters erwähnt. Trotzdem hat er mir definitiv gesagt, dass ich das Stofftier zu Daddy in den Sarg legen soll. Und bald schon werde ich wahrscheinlich den Grund dafür kennen.

»Was sehen Sie?«, fragt der Leichenbestatter.

»Blut.«

»Darf ich es sehen?« Er klingt wie ein aufgeregter Vierjähriger.

»Gleich.«

Vorsichtig drehe ich Lena um und untersuche ihren Kopf. Obwohl das Blut ziemlich verschmiert ist – wahrscheinlich durch die Reinigungsversuche Pearlies –, scheint das Blut in kleinen, kräftigen Spritzern in das Fell eingedrungen zu sein. Und ich entdecke eine feine Sprühschicht, die Pearlie möglicherweise übersehen hat. Das meiste Blut ist an Lenas Kopf, und der Rumpf hat so gut wie gar nichts abbekommen. Es ist fast, als wäre der Kopf in die Wunde gedrückt worden, um die Blutung zu stoppen. Hat Daddy mein Lieblingstier in seine Brust gedrückt, um sich zu retten? Es ist durchaus möglich, obwohl es ihn nicht retten konnte, nicht angesichts der großen Austrittswunde auf dem Rücken.

Du blickst direkt auf die Antwort, sagt eine Stimme in meinem Kopf. *Du blickst darauf, aber du siehst es nicht …*

Das blaue Fluoreszieren ist jetzt noch stärker geworden. Langsam drehe ich Lenas Kopf und untersuche sie aus jedem Winkel. Ich studiere die Stiche unter dem Kinn. Wieso ist sie dort zerrissen worden? Wenn Daddy sich den Kopf meines Stofftiers in die Schusswunde gepresst hat, was kann ihr Fell zerrissen haben? Eine zerfetzte Rippe? Möglich. Als ich Lena drehe, um ihre Nase zu untersuchen, trifft mich die Antwort wie ein Kübel Eiswasser über den Kopf.

Oben auf Lenas Schnauze ist ein perfekter Bogen aus leuchtendem Blau, fast genau von der Größe des Oberkiefers bei einem erwachsenen Menschen. Ich kann nicht genügend Einzelheiten erkennen, um einen Vergleich mit individuellen Zähnen anzustellen, doch ich weiß ohne nachzusehen, dass der Bogen auf Lenas Fell perfekt mit dem Bogen von Daddys Oberkiefer übereinstimmt.

Mein Vater ist also erstickt worden.

Zum ersten Mal im Leben erkenne ich die Wirklichkeit jener Nacht genau so, wie sie sich zugetragen hat. Großvater hat Daddy mein Stofftier in den Mund gedrückt, vielleicht, um seine Schmerzensschreie zu unterdrücken, aber viel wahrscheinlicher, um den Mord an ihm zum Abschluss zu bringen. Während Daddy blutend wie ein waidwund geschossener Hirsch am Boden lag und während Pearlie durch das Haupthaus in Richtung Sklavenquartier rannte, hat mein Großvater Lena in Daddys Hals gestoßen und ihm die Nase zugehalten, um ihm den Rest zu geben. Und ihn für immer zum Schweigen zu bringen.

Doch mein Vater wird nicht länger schweigen. Genau wie das Blut Abels schreit das Blut meines Vaters vom Boden zum Himmel hinauf. Und wie Abels Mörder wird auch mein Großvater bald gezeichnet sein. Gezeichnet sein und bestraft werden für seine Tat.

»Darf ich jetzt sehen?«, fragt Mr. McDonough.

Ich nicke geistesabwesend.

Er hebt das Jackett und starrt in die Dunkelheit darunter. »Ich will verdammt sein! Das ist ja wie bei C. S. I.!«

»Ganz genau«, murmele ich. »Ich muss den Leichnam noch einmal sehen, Sir.«

Er lässt das Seitenfenster herunter und verrenkt sich den Kopf, um nach hinten zu sehen. »Der Wagen hat den Toten bereits aufgeladen und zum Institut gebracht.«

»Ich muss ihn unbedingt sehen, bevor er nach Jackson fährt!«

»Dann beeilen Sie sich besser, junge Frau. Möglich, dass der Wagen des Medical Examiners bereits beim Institut wartet. Falls ja, laden sie den Sarg einfach um, ohne ihn vorher ins Institut zu tragen.«

Ich lasse den Motor an, setze den Wagen auf den Asphaltweg zurück und beschleunige vehement in Richtung des vierhundert Meter entfernt liegenden Friedhofstors.

»Sie müssen mich noch bei meinem Wagen rauslassen, schon vergessen?«, fragt Mr. McDonough.

»Ich habe jetzt nicht die Zeit dazu. Ich bringe Sie gleich im Anschluss hierher zurück.«

Er funkelt mich an. »Sie halten diesen Wagen augenblicklich an, junge Frau!«

»Das ist eine Morduntersuchung, Sir. Eine Angelegenheit des FBI. Bitte setzen Sie sich zurück, und schnallen Sie sich an.«

Ich weiß nicht, ob Mr. McDonough mir glaubt oder nicht, doch er fügt sich und schweigt. Ich danke Gott für diesen kleinen Gefallen.

56

Draußen vor dem McDonoughs Bestattungsinstitut parken auf einer Länge von zwei Blocks in alle Richtungen Fahrzeuge. Es ist eine Tradition in Natchez. Wenn man hier vorbeikommt und Fahrzeuge parken sieht, weiß man, dass jemand gestorben ist. Ein Weißer. Schwarze haben ihre eigenen Beerdigungsinstitute. Und ihre eigenen Friedhöfe. Manche Dinge brauchen eine lange Zeit, um sich zu ändern.

»Biegen Sie bei den Eisenbahnschienen ab«, sagt Mr. McDonough. »Der Vorbereitungsraum ist direkt hinter dem Garagentor.«

Ich biege links ab, dann noch einmal links, und fahre in eine weite Auffahrt. Ein großer schwarzer Leichenwagen steht glänzend in der Sonne, dahinter mehrere luxuriöse Limousinen. Wahrscheinlich gehören sie den Angehörigen des Verstorbenen, dessen Abschiedszeremonie im Institut stattfindet.

»Hier entlang«, sagt Mr. McDonough.

Er führt mich zu einer geschlossenen Garage und an einem Dodge Caravan vorbei, dessen Ladefläche mit Rollen ausgestattet ist. Dahinter steht der Econoline Van, der auch auf dem Friedhof war. Ein Teenager wäscht mit einem grünen Gartenschlauch den Schmutz aus dem Laderaum.

»Ist der Mann von Jackson schon da?«, fragt Mr. McDonough den Jungen.

»Nein, Sir.«

»Ihr Glückstag«, sagt Mr. McDonough über die Schulter an meine Adresse.

Hinter dem Garagentor führt ein kurzer Gang, der voll gestellt ist mit hochkant an den Wänden lehnenden Särgen in Plastikhüllen, zu einer Tür mit dem Symbol für biologisches Gefahrengut. Mr. McDonough klopft an, doch niemand antwortet. Er drückt die Klinke hinunter.

Der Sarg meines Vaters liegt mitten im Raum. Das Metall ist abgewaschen, wohl eher, um keinen Schmutz in den Raum zu tragen, als aus Respekt vor dem Toten. Diesmal warte ich nicht auf Mr. McDonough. Ich trete zum Sarg und öffne den Deckel.

»Nähen Sie die Kiefer zusammen?«, fragte ich. »Oder benutzen Sie das Nadelinjektionssystem?«

»Sie kennen sich gut aus«, antwortet Mr. McDonough. »Wir benutzen das Nadelsystem, seit es auf dem Markt ist.«

Ich wappne mich innerlich gegen die Emotionen, die mich bestürmen, und ziehe ein Paar Latexhandschuhe aus einem Spender auf der Arbeitsplatte an. Dann beuge ich mich über meinen Vater und berühre seine Lippen. Sanfter Druck vermag sie nicht zu teilen.

»Manchmal müssen wir Sekundenkleber benutzen«, sagt Mr. McDonough. »Um sie geschlossen zu halten, meine ich. Manchmal reicht auch schon Vaseline.«

Vorsichtig, um die vertrocknete Haut nicht zu beschädigen, ziehe ich ein wenig fester.

Die Lippen teilen sich.

Als Erstes sehe ich zwei Stück Silberdraht, die miteinander verdreht und unter die Lippen gebogen sind. Diese Drähte halten die Kiefer während der Abschiedszeremonie vor der Beerdigung zusammen. Ein federgetriebener Injektor schießt kleine Schrauben in die Knochen des Ober- und Unterkiefers. An jeder Schraube sind zehn Zentimeter lange Drahtstücke fixiert. Mithilfe einer Zange werden die beiden

Drähte umeinander verdrillt, bis die Zähne zusammen sind. Anschließend wird der überschüssige Draht abgeschnitten und das verdrillte Stück unter den Lippen versteckt, wo man sie nicht mehr sieht.

»Drahtschneider?«, frage ich.

Mr. McDonough geht zu einer Schublade und kramt geräuschvoll darin. »Hier.«

Vorsichtig, um die Zähne meines Vaters nicht zu beschädigen, setze ich die Backen des Drahtschneiders an und durchtrenne den Silberdraht. Der Unterkiefer sackt sofort weg, ein Zerrbild eines Mannes im tiefen Schlaf.

»Suchen Sie nach etwas Bestimmtem in seinem Mund?«, fragt der Leichenbestatter.

»Ja.«

»Was?«

»Ich weiß es nicht genau.«

Ich neige den Kopf meines Vaters ein wenig nach hinten, dann öffne ich den Mund, so weit es geht, und halte Lenas Kopf hinein.

»*Was zur Hölle ...?*«, murmelt Mr. McDonough.

»Bitte schalten Sie das Licht aus, Sir.«

Er leistet meiner Aufforderung Folge.

Ein paar Sekunden später haben sich meine Pupillen ausreichend geweitet, um das Leuchten zu erkennen, das durch die Reaktion von Orthotolidin mit dem Blut auf Lenas Fell zu Stande kommt. Wie ich vermutet habe, passt der fluoreszierende Bogen auf der Schnauze meines alten Stofftiers perfekt zum Zahnbogen des Oberkiefers meines Vaters.

»Licht, bitte«, sage ich und habe Mühe, das Zittern aus meiner Stimme zu halten.

Eine Flut von Emotionen hat mich gepackt. Es ist eine widerliche Kombination aus Aufregung und Angst. Ich jage seit vielen Jahren Mörder, doch in diesem Augenblick wird mir bewusst, dass ich in Wirklichkeit mein ganzes Leben lang nur einem einzigen Killer auf der Fährte gewesen bin.

Das Klopfen an der Zimmertür lässt mich zusammenzucken. Als Mr. McDonough die Tür öffnet, steht ein älterer Mann dort und starrt mit offensichtlicher Neugier zu uns herein.

»Ich bin vom Büro des Amtsarztes«, sagt der Mann.

Mr. McDonough blickt mich an. »Sind Sie fertig?«

»Ich brauche noch drei Minuten.«

Mr. McDonough schließt die Tür wieder. »Beachten Sie den Burschen gar nicht. Das amtsärztliche Büro bezahlt Pensionäre und Rentner für Fahrdienste. Sie zahlen nach Meilen. Die Fahrer haben nicht die geringste Ahnung vom Geschäft.«

»Taschenlampe?«

Mr. McDonough reicht mir eine gelbe Taschenlampe aus der Schublade.

Ich taste mit einem Finger systematisch im Mund meines Vaters herum, während mein Puls rast. Was erhoffe ich mir? Ein paar Stofffasern von Lenas Fell? Eine Spur von einer anderen Person? Als mein Finger außen vor den Zähnen zwischen Backen und Kiefer entlangfährt, spüre ich plötzlich etwas Hartes, wie ein kleines Maiskorn. Mit Daumen und Zeigefinger nehme ich es heraus.

Es ist kein Mais. Es ist ein Plastikkügelchen – ein graues – ganz genau wie jene, die in meinem Traum aus der Schusswunde meines Vaters geströmt sind.

»*Mein Gott …*«, hauche ich.

»Was denn?«, fragt Mr. McDonough.

»Ein Plastikkügelchen. Es stammt aus diesem Stofftier. Ursprünglich wurden sie mit Reis ausgestopft, deswegen der Name. Nach einiger Zeit hat der Hersteller den Reis durch diese Plastikkügelchen ersetzt.«

»Ist das wichtig?«

»Es ist ein Mordbeweis. Haben Sie einen Ziploc-Beutel?«

Mr. McDonough geht einen Beutel holen, und ich lege

das Kügelchen hinein. Weiteres Sondieren fördert drei weitere Plastikkügelchen an den Tag: Eines hinter der Backe und zwei im Hals.

»Sie haben zugesehen, wie ich diese Kügelchen gefunden habe«, sage ich zu Mr. McDonough. »Ich habe sie nacheinander herausgenommen und in den Beutel gelegt. Haben Sie das gesehen, Sir?«

»Ja, Ma'am.«

»Und Sie werden es vor Gericht aussagen?«

»Ich hoffe, dass es nicht dazu kommt. Aber ich werde selbstverständlich sagen, was ich gesehen habe.«

Während ich die Latexhandschuhe von den Fingern streife, kommt mir ein beunruhigender Gedanke. Ich hätte den Mund meines Vaters untersuchen sollen, bevor ich Lenas Kopf hineingeschoben habe. Der Stress wird allmählich zu viel für mich. Ich reiche Mr. McDonough das Stofftier. »Bitte untersuchen Sie das hier und sagen Sie mir, ob Sie im Fell irgendwo Löcher finden können?«

Überraschenderweise zieht Mr. McDonough ebenfalls Latexhandschuhe an, bevor er meiner Aufforderung Folge leistet. »Ich kann nichts finden«, sagt er schließlich.

Ich wäre wirklich gerne ein paar Augenblicke mit meinem Vater allein, doch das könnte später juristische Probleme nach sich ziehen. Also knie ich mich vor den Augen des Leichenbestatters neben den Sarg, lege die Hand auf die meines Vaters und küsse ihn behutsam auf die Lippen. Ein wenig Schimmel wird mich nicht umbringen.

»Ich liebe dich, Daddy«, flüstere ich. »Ich weiß, dass du versucht hast, mich zu retten.«

Mein Vater schweigt.

»Jetzt werde ich mich selbst retten. Mich und Mama ebenfalls, wenn ich kann.«

Für einen Moment habe ich das Gefühl, als würde Daddy weinen. Dann wird mir bewusst, dass es meine eigenen Tränen sind, die über sein Gesicht laufen. Die eiserne Maske aus Professionalität, die ich bis zu diesem Augenblick aufrechterhalten habe, steht kurz vor dem Zerbrechen. Es ist schließlich kein anonymer Leichnam in diesem Sarg vor mir. Es ist mein Vater. Und ich will ihn nicht wieder verlieren. Ich will, dass er sich aufsetzt und mich hält und mir sagt, dass er mich liebt.

»Miss Ferry?«, fragt Mr. McDonough. »Ist alles in Ordnung?«

»Nein, nichts ist in Ordnung.« Ich stehe auf und wische mir die Augen. »Aber es kommt alles wieder in Ordnung. Zum ersten Mal im Leben sieht es danach aus, als käme endlich alles wieder in Ordnung. Jemand wird für das hier bezahlen.«

Mr. McDonough blickt mich verlegen an. »Ist es okay, wenn ich den Sarg jetzt wieder schließe?«

»Ja. Ich danke Ihnen für Ihre Mithilfe. Ich bringe Sie jetzt zu Ihrem Wagen zurück.«

»Machen Sie sich deswegen keine Gedanken. Ich habe Leute, die mich zum Friedhof bringen können.«

»Danke sehr.«

Meine Knie sind kaum stabil genug, um mich aus dem Vorbereitungszimmer zu tragen, doch irgendwie schaffe ich es trotzdem. Als ich den Korridor mit den Särgen betrete, kommt mir ein Gedanke. Ich drehe mich um.

»Mr. McDonough?«

»Ja, Ma'am?«

»Haben Sie heute mit meinem Großvater gesprochen?«

Der Leichenbestatter blickt rasch zu Boden. Und das ist die Antwort.

»Mr. McDonough?«

»Er hat angerufen und mich gebeten, ihn über alles zu informieren, was Sie auf dem Friedhof getan haben.«

Ich spüre die Hand meines Großvaters aus meilenweiter Entfernung. »Mr. McDonough, mein Großvater ist ein mächtiger Mann. Ich weiß, dass Sie das ebenfalls wissen. Doch Sie wurden soeben Zeuge einer FBI-Untersuchung, bei der es um Mord und Serienmord geht. Mein Großvater wird bald in diese Untersuchung mit einbezogen werden, und nicht als Zeuge. Wenn Sie diese Untersuchungen behindern, indem Sie mit meinem Großvater über das sprechen, was Sie hier gesehen haben, wird das FBI Ihnen verdammt hart auf den Pelz rücken und irgendetwas finden, das es zu beanstanden gibt. Habe ich mich klar und deutlich ausgedrückt, Sir?«

Mr. McDonough sieht aus, als würde er bereuen, mich jemals gesehen zu haben. »Das geht mich alles nichts an«, sagt er. »Ich werde mit niemandem darüber reden.«

»Gut.«

Als ich in die Sonne draußen vor der Garage trete, stehe ich unvermittelt mehreren Männern in ihren besten Sonntagsanzügen gegenüber. Sie alle haben Rosen an den Revers. Es sind die Sargträger, wird mir bewusst, und sie haben den Sarg mit dem Verstorbenen soeben zum wartenden Leichenwagen getragen. Bald wird die Familie hinter mir aus dem Seitenausgang kommen.

Rasch gehe ich an der Seite des Instituts entlang in Richtung meines Wagens, doch es ist zu spät. Eine Frau, ungefähr in meinem Alter, kommt mit einem Baby auf dem Arm um die Ecke. Ich will ausweichen, doch sie bleibt stehen und starrt mich offenen Mundes an.

»Cat?«, fragt sie. »Cat Ferry?«

»Ja?«

»Ich bin es, Donna. Donna Reynolds.«

Ich blinzele verwirrt.

»Geborene Donna Dunaway«, fügt sie erklärend hinzu.

Plötzlich ist es, als hätte jemand einen Schalter umgelegt. Wie an jenem Tag, an dem ich Michael Wells begegnet bin. Nur, dass Donna in den vergangenen Jahren im Gegensatz zu Michael kein Gewicht verloren hat, im Gegenteil. In ihren plumpen, rosigen Gesichtszügen erkenne ich jenes schmalgesichtige Mädchen wieder, das ich in der Junior High School kannte.

»Ist das dein Baby?«, frage ich.

Sie nickt glückselig. »Mein drittes. Vier Monate alt.«

Ich betrachte das rundliche Gesicht des Babys, während ich nach einer passenden Antwort suche. Mir will nichts einfallen. In meinem Kopf dreht sich noch alles von meiner Entdeckung im Vorbereitungszimmer. Das Baby hat riesige Augen, eine flache Nase und ein freundliches Lächeln.

»Wie heißt er, Donna?«

»Britney. Sie trägt *Pink*, Cat!«

»Oh. Sicher. Mein Gott, tut mir Leid.«

Donna ist nicht böse. Sie lächelt. »Bist du zur Beerdigung hergekommen? Ich wusste gar nicht, dass du Onkel Joe kanntest.«

»Tue ich nicht. Ich meine …« Ich verstumme, und mein Blick schweift erneut zum zahnlosen Lächeln des Babys. Ein langer Speichelfaden tropft aus Britneys Mund, und in diesem Augenblick habe ich die größte Offenbarung meines Lebens. Es gibt keinen himmlischen Fanfarenstoß und keinen Donnerhall – nichts weiter als ein plötzlicher und enthüllender Blitz aus absoluter Gewissheit.

Ich weiß, wer die Männer in New Orleans ermordet hat.

57

Cat? Was ist los?«

Ich atme erleichtert auf. Ich bin kurz vor Malmaison und habe auf der ganzen Fahrt vom Bestattungsinstitut bis hierher versucht, Sean zu erreichen. »Ich weiß, wer der Killer ist, Sean.«

»Whoa, langsam! Von welchem Killer redest du? Dein Familienkram oder der Killer von New Orleans?«

»New Orleans.«

»Wie zur Hölle willst du herausgefunden haben, wer der Killer ist?«

»Irgendetwas in meinem Kopf hat *Klick* gemacht.«

»Und was?«

Ich bin versucht, es ihm zu sagen, doch wenn ich das tue, kann ich die nachfolgenden Ereignisse nicht mehr aufhalten. Und im Augenblick bin ich gar nicht mal sicher, ob ich will, dass der Killer verhaftet wird. »Das kann ich dir nicht sagen, Sean. Noch nicht.«

»*Scheiße!* Was hast du vor, Cat?«

»Ich komme heute Nachmittag nach New Orleans. Ich möchte, dass du vor meinem Haus auf mich wartest. Bist du noch suspendiert?«

»Ja.«

»Hast du noch dein Abzeichen und deine Waffe?«

»Ich hab eine Waffe. Und ein Abzeichen kann ich in null Komma nichts besorgen. Was hast du vor?«

»Ich will mit dem Killer reden, bevor wir etwas unternehmen.«

»Mit ihm reden? Worüber?«

»Es ist kein Mann, Sean. Es ist eine Frau.«

Ich höre, wie er heftig atmet. »Cat, tu mir das bitte nicht an.«

»Es sind nur ein paar Stunden, Sean. Ich weiß, es ist schwer für dich, aber du wirst es verstehen, sobald ich da bin.« Ich biege in die Auffahrt von Malmaison und beschleunige entlang der von Eichen gesäumten Allee. Das schmiedeeiserne Tor steht offen. Ich fahre hindurch und lenke in die lang gestreckte Kurve, die zum Haupthaus führt.

»Warum hast du mich angerufen?«, fragt Sean misstrauisch. »Warum nicht Kaiser?«

»Weil ich dir vertraue.« Das ist eine Lüge. Ich habe Sean und nicht Kaiser angerufen, weil ich ihn – bis zu einem gewissen Punkt – kontrollieren kann.

»Also schön. Ruf mich an, wenn du dreißig Minuten vor der Stadt bist.«

»Halt dich bereit.« Ich lenke auf den Parkplatz hinter dem Sklavenquartier und sehe schockiert Pearlies blauen Cadillac neben Großvaters Lincoln parken. Ich bin überrascht und erleichtert zugleich. »Du musst mir noch einen Gefallen tun, Sean.«

»Was denn?«

»Ich weiß jetzt auch, wer meinen Vater ermordet hat.«

»Tatsächlich? Wer?«

»Mein Großvater. Er war derjenige, der mich als Kind missbraucht hat. Nicht mein Vater. Daddy hat ihn dabei überrascht, und Großvater hat ihn ermordet, um ihn zum Schweigen zu bringen.«

»Scheiße.« In Seans Fluch liegen zwei Jahrzehnte Erfahrung als Angehöriger des Morddezernats. »Das tut mir Leid, Cat.«

»Ich weiß. Aber darum geht es nicht. Hör zu, wenn ich es aus irgendeinem Grund nicht nach New Orleans schaffe – mit anderen Worten, wenn ich tot bin –, dann möchte ich, dass du etwas für mich tust.«

»Was denn?«

»Töte ihn.«

Eine lange Pause. »Deinen Großvater?«

»Ja.«

»Meinst du das im Ernst? Ich soll ihn wirklich umbringen?«

»Ja. Schaff ihn aus der Welt.«

Im Hörer zischt und knackt und rauscht es. »Das ist eine Menge, um die du mich bittest.«

»Wenn ich tot bin, wird er niemals angeklagt. Und ich bin überzeugt, dass er es noch immer tut. Verstehst du, Sean? Wenn du mich liebst, dann tu es. Für mich, Sean. Und für deine eigenen Kinder. Ich muss jetzt auflegen.«

»Warte! Wenn dir etwas passiert, wie erfahre ich dann, wer der Killer hier in New Orleans ist?«

Ich überlege kurz. »Ich schreibe es auf ein Blatt Papier,

das ich unter der Fußmatte des Wagens meiner Mutter verstecke. Ihr Name ist Gwen Ferry. Sie fährt einen goldenen Nissan Maxima. Ist das okay?«

Ich höre ihn atmen. »Ich schätze, es muss reichen.«

Ich beende das Gespräch, stecke das Mobiltelefon meiner Mutter ein und öffne das Fach in der Konsole, um es zu durchwühlen. Das einzige Stück Papier ist ein Kassenbon von Wal-Mart. Auf der langen, schmalen Rückseite notiere ich die logische Grundlage für meine Erleuchtung von vorhin beim Bestattungsinstitut. Während ich die Fußmatte anhebe, um den Kassenbon darunter zu verstecken, bete ich inständig, dass Sean nicht nach Natchez fahren muss, um ihn zu suchen.

58

Pearlie antwortet nicht auf mein Klopfen. Als ich trotzdem die Klinke herunterdrücke, stelle ich fest, dass ihre Tür verschlossen ist. Das erschreckt mich. Pearlies Tür ist niemals abgeschlossen. Jedenfalls war sie es nie, solange ich auf Malmaison gewohnt habe. Ein weiterer Hinweis darauf, wie sehr die Dinge sich geändert haben.

Sie hat auch ihre Vorhänge zugezogen. Nachdem ich die Vorderfenster im Erdgeschoss alle ausprobiert habe, gehe ich zur Rückseite. Ein Fenster ist nur flüchtig verriegelt. Ich wackle am Rahmen, der Riegel löst sich, und ich schiebe das Fenster hoch.

Pearlies Schlafzimmer ist dunkel, ihr Bett leer. Das Haus ist ein umgebautes Sklavenquartier wie unseres auch und besitzt keinen Korridor. Rasch gehe ich zur Tür und in die angrenzende Küche.

Wie meine Mutter heute Morgen, so sitzt auch Pearlie an

ihrem Küchentisch und starrt mit leerem Blick geradeaus. Doch im Gegensatz zu meiner Mutter raucht sie eine Zigarette. Ich habe Pearlie nicht mehr rauchen sehen, seit ich ein kleines Mädchen war. Neben ihr steht ein Aschenbecher voll mit ausgedrückten Stummeln, und neben ihrer Kaffeetasse steht eine Flasche billigen Whiskeys.

»Pearlie?«

Sie zuckt zusammen. »Ich dachte schon, Billy Neal wäre gekommen, um mich zu holen«, ächzt sie.

»Warum sollte er?«

»Wegen dem, was ich weiß.« In ihrer Stimme schwingt ein erschreckender Unterton von Fatalismus.

»Was weißt du denn?«

»Das Gleiche wie du, schätze ich.«

»Und was ist das?«

Ihre Augen werden wachsam. »Spiel keine Spielchen mit mir. Sag mir lieber, warum du hergekommen bist.«

»Ich werde Großvater zur Rede stellen. Ich wollte vorher mit dir reden.«

Sie blinzelt langsam. »Wieso das?«

»Weil du Dinge weißt, die ich wissen muss. Und ich möchte, dass du weißt, was ich über Großvater herausgefunden habe.«

»Wovon redest du da?«

»Großvater hat Daddy ermordet, Pearlie.«

Die Spitze ihrer Zigarette glüht hell auf. »Glaubst du das nur? Oder kannst du es beweisen?«

»Ich kann es beweisen. Was ich von dir wissen will – hast du es schon gewusst?«

Pearlie stößt einen langen Strom Zigarettenrauch aus. »Nicht mit Sicherheit, nein. Ich habe nicht gesehen, wie er es getan hat, falls du das meinst.«

»Das meine ich nicht, und das weißt du. Hattest du den Verdacht?«

»Ich hatte einen Verdacht in jener Nacht, ja. Und später

auch noch. Aber es gab nichts, was ich deswegen hätte unternehmen können.«

Ich habe es geahnt. »Du glaubst, Großvater ist unverwundbar, wie? Aber das ist er nicht, Pearlie. Ich werde dafür sorgen, dass er ins Gefängnis kommt. Ich habe alle Beweise, die ich brauche. Erinnerst du dich an Lena die Leopardin?«

Ein Funkeln in ihren Augen zeigt mir, dass sie weiß, wovon ich rede. »Das Stofftier, das du Mister Luke in den Sarg gelegt hast?«

»Genau. Großvater hat vorgeschlagen, dass ich Lena zu Daddy in den Sarg lege. Weißt du auch, warum er diesen Vorschlag gemacht hat?«

»Ich weiß, dass Blut an deinem Stofftier war. Ich weiß, dass Dr. Kirkland mir gesagt hat, ich solle es wegwerfen. Als ich ihm sagte, dass es dein Lieblingsstofftier wäre, befahl er mir, es abzuwaschen und den Riss zu nähen.«

»Weißt du, wieso der Riss in dem Stofftier war?«

Sie schüttelt den Kopf.

»Großvater hat Lena in Daddys Mund gesteckt, damit er erstickt, bevor du ins Zimmer kommst. Die Kugel hatte nicht gut genug getroffen, und Daddy starb nicht schnell genug daran.«

Pearlie zuckt zusammen. »Gütiger Gott. Sag so etwas nicht.«

»Das ist noch nicht das Schlimmste, Pearlie. Erinnerst du dich an die Geschichte von Anns Operation auf der Insel, die Großvater immer wieder erzählt? Dass er ihr im Laternenlicht den Blinddarm herausgenommen hat? Was für ein großer Held er war, ihr das Leben gerettet zu haben?«

»Sicher. Er und Ivy haben Ann gerettet.«

»Wie man's nimmt. Er hat ihren Blinddarm operiert, zugegeben. Aber er hat noch ein klein wenig mehr gemacht. Er hat Anns Eileiter abgebunden, damit sie nicht schwanger werden konnte.«

Pearlie senkt den Kopf und fängt leise an zu beten.

»Warum warst du gestern auf der Insel, Pearlie? Du hasst DeSalle Island.«

»Ich will nicht darüber reden.«

»Du musst aber endlich anfangen zu reden. Du hast viel zu lange geschwiegen.«

Sie trinkt Whiskey aus ihrer Kaffeetasse, dann steckt sie sich eine weitere Zigarette an und nimmt einen tiefen Zug. »Ich hab vor dreiundzwanzig Jahren aufgehört zu rauchen«, sagt sie, und bei jedem Wort kommt Rauch aus ihrem Mund. »Ich habe diese Dinger jeden Tag vermisst. Es wollte einfach nicht aufhören. Aber als ich gehört hab, dass Miss Ann tot ist, musste ich einfach eine rauchen. Und hab seitdem nicht wieder aufgehört.«

Ich sage nichts.

»Ich hab 1948 hier angefangen zu arbeiten«, sagt sie wie im Selbstgespräch. »Ich war damals siebzehn. Miss Ann wurde in jenem Jahr geboren, aber sie haben damals noch in New Orleans gewohnt. Dr. Kirkland war noch in der Ausbildung zum Arzt. Er und Mrs. Catherine DeSalle sind erst 1956 nach Natchez gezogen, und nach Malmaison kamen sie erst 1964, als der alte Mr. DeSalle starb.«

Sie sieht mich an, als wollte sie sicher sein, dass ich begreife. »Das ist der Grund, warum ich nichts bemerkt hab, verstehst du? Miss Ann war sechzehn, als Mr. Kirkland mit seiner Familie hier eingezogen ist. Da war es bereits passiert. Aber trotzdem waren die Dinge irgendwie nicht richtig. Nicht wirklich. Jedes Mal, wenn ein Junge kam, um Miss Ann zu besuchen, hat Dr. Kirkland ihn eingeschüchtert und davongejagt. Selbst die netten Jungs. Viele Daddys sind so bei ihren Töchtern, aber Dr. Kirkland war extrem. Er war richtig eifersüchtig auf die junge Miss Ann. Mrs. Catherine hat es ebenfalls gesehen, aber sie konnte nichts tun, um etwas daran zu ändern.«

»Wenn Großvater und seine Familie seit 1956 in Natchez gewohnt haben«, sinniere ich, »dann hast du doch sicherlich irgendwelche anderen Anzeichen bemerkt, bevor sie nach Malmaison gezogen sind?«

Die alte Frau kaut auf der Unterlippe. »Ich denke seit zwei Tagen darüber nach. Zu manchen Zeiten haben Mr. und Mrs. Kirkland die Kinder hier gelassen, um auf Reisen zu gehen oder so. Manchmal hat Dr. Kirkland mir Medizin für Ann gegeben. Sie schien nicht krank zu sein, außer, dass sie ungewöhnlich oft auf die Toilette musste, und sie hatte immer Schmerzen dabei. Ich gab ihr die Medizin, und alles war in Ordnung. Aber wenn ich zurückblicke, hatte sie einfach zu viele von diesen Problemen. Sie ging nie zu einem anderen Arzt, verstehst du? Ihr Daddy war ihr Arzt.«

Oh, ich verstehe sehr wohl. »Er war auch mein Arzt, Pearlie.«

Pearlie legt die Hand über meine. Die Haut ist pergamenten über den Sehnen und Knochen. »Ich weiß, Baby. Ich wusste schon, dass irgendwas nicht in Ordnung ist, als Ann noch fast ein Baby war. Ich wusste nur nicht, was. Sie lachte immer zur rechten Zeit, doch das Lachen ging nie bis hinauf zu ihren Augen. Diese Augen waren wie Glas. Glänzend und gleichzeitig leer. Mein Gott, die Jungs haben sie geliebt. Ann war das beliebteste Mädchen in der ganzen Stadt. Niemand hat den Schmerz gesehen, den sie in ihrem Herzen versteckt mit sich herumgetragen hat.«

»Oder vielleicht haben sie ihn gesehen«, antworte ich. »Vielleicht haben sie ihn gespürt, und vielleicht war es das, was sie angezogen hat.«

»Vielleicht …«, murmelt Pearlie und nickt traurig.

»Was ist mit Mom?«

Pearlie nimmt einen weiteren Schluck Whiskey und verzieht beim Schlucken das Gesicht. »Gwen war zwölf Jahre alt, als Dr. Kirkland nach Malmaison gezogen ist. Sie hatte nicht die gleichen Probleme wie Ann. Sie konnte lächeln, auch ihre Augen, und sie schien ein ganz normales Kind zu sein. Doch sie hat geheiratet, so jung sie nur konnte, um wegzukommen von diesem Haus. Was ihr letztendlich nicht gelang. Der Krieg hat sie zurück nach Malmaison gebracht. Und je älter sie wurde, desto mehr Probleme hatte sie. Zurückblickend denke ich, dass Dr. Kirkland auch zu ihr gegangen ist. Es ist passiert, als sie fast noch ein Baby war, genau wie bei Ann. Nur nicht ganz so schlimm.«

»Ich denke, Tante Ann hat versucht, meine Mutter zu schützen.«

Pearlie nickt langsam. »Ann hat versucht, für jeden da zu sein und jeden zu retten. Doch sie konnte nicht mal sich selbst retten.«

»Hat Großmama Catherine je Verdacht geschöpft?«

»Sie hat mir gegenüber nie etwas gesagt. Doch Mrs. Catherine wusste, wann sie verschwinden musste, so viel steht fest. Und sie ließ Dr. Kirkland eine Menge Zeit mit ihren Töchtern allein verbringen. Ich habe es selbst gesehen, wenn sie zu Weihnachten auf Besuch hierher kamen, als die Mädchen noch klein waren. Wenn Dr. Kirkland tagsüber im Haus blieb, ist Mrs. Catherine weggefahren und hat etwas anderes unternommen. Ich hatte ein ungutes Gefühl deswegen, doch was hätte ich sagen sollen? Die Zeiten waren damals anders als heute. Eine Bedienstete wie ich durfte nicht den Mund aufmachen und über so etwas reden. Ich konnte nichts anderes tun, als für die Mädchen da zu sein, wenn sie hinterher völlig durcheinander waren. Und versuchen, ihre Schmerzen ein wenig zu lindern.«

»Hast du je etwas gesehen, Pearlie? Mit eigenen Augen, meine ich?«

Sie schüttelt den Kopf. »Wenn ich mich recht entsinne, denke ich, Mr. Kirkland hat alles unternommen, damit ich nichts sehe.«

»Wie hat er das angestellt?«

»Nun ja, er ist in der Nacht zu unterschiedlichen Stunden durch das Gelände gestreift, genau wie dein Daddy es später ebenfalls getan hat. Ich glaube, das ist einer der Gründe, warum Dr. Kirkland Mister Luke nicht mochte. Er konnte nicht in der Nacht umherstreifen, ohne gesehen zu werden. Die wenigen Male, die Dr. Kirkland mich nach neun Uhr abends draußen gesehen hat, warnte er mich jedes Mal, lieber im Haus zu bleiben. Er sagte, sonst würde er mich vielleicht versehentlich erschießen in dem Glauben, ich wäre ein Einbrecher. Also blieb ich hier in diesem Haus, es sei denn, Dr. Kirkland oder Mrs. Catherine riefen nach mir.«

Im Nachhinein erscheint alles so offensichtlich. Was fehlt, ist der historische Kontext. Die Vorstellung, dass Dr. Kirkland, der geachtete Chirurg und Ausbund an Tugend, nächtens durch sein Vorbürgerkriegs-Herrenhaus schleichen und seine eigenen Töchter sexuell belästigen könnte, war vor vierzig Jahren schlichtweg undenkbar.

»Was ist mit der Insel?«, frage ich.

Pearlie rutscht unbehaglich auf ihrem Stuhl hin und her. »Was soll damit sein?«

»Glaubst du, dass er sich auch auf der Insel an Kindern vergangen hat?«

»Wenn er das getan hat, dann hat es mir niemand gesagt.«

»Warum nicht?«

»Weil ich die Insel verlassen habe und nie wieder dorthin zurückgekehrt bin. Ich wurde zu einem Hausnigger. Die anderen dachten, ich wäre Dr. Kirklands Sklavin, die er gekauft und für die er bezahlt hatte.«

»Warum bist du nie wieder zur Insel gefahren?«

Pearlie blickt mich an, und in ihren Augen leuchtet Verachtung. »Was glaubst du denn, Mädchen? Es gab einen Mann auf der Insel, von dem ich mich fern halten musste.«

»Wer?«

»Mein Onkel.«

»Warum musstest du dich von ihm fern halten?«

Pearlie schnaubt. »Was glaubst du denn? Die gleichen Probleme wie diese hier.«

»Sexueller Missbrauch?«

»Auf der Insel nennen sie es nicht so. Auf der Insel nennen sie es ›zureiten‹. Die Männer jedenfalls nennen es so, und einige der Frauen ebenfalls. Ich wurde von meinem Onkel ›zugeritten‹, als ich noch keine zwölf war. Er wollte mich einfach nicht in Ruhe lassen. Wäre er nicht für eine Weile ins Gefängnis gekommen, wäre ich vielleicht schwanger geworden oder Schlimmeres. Deswegen habe ich die erste Chance ergriffen, von der Insel zu verschwinden.«

Von irgendwo aus meinem Unterbewusstsein steigt ein neues Bild auf. Ein kleines schwarzes Mädchen auf einer Geröllpiste. Aus der flirrenden Hitze taucht ein orangefarbener Pick-up auf, und der Mann, der Vater und Mutter des Mädchens bezahlt, bietet ihm an mitzufahren …

»Ivy hat dir nie Geschichten erzählt?«, frage ich. »Nichts, was dich misstrauisch gemacht hätte? Selbst ich habe erzählen hören, wie Kinder davor gewarnt wurden, des Nachts allein über die Straßen zu laufen.«

Pearlie faltet die Hände auf dem Tisch. »Baby Girl, ein Mann mit einer derartigen Neigung hört einfach nicht auf damit. Er nimmt sich, was er braucht, wann immer er kann. Ich sage dir noch etwas. Ich glaube, die Frauen auf der Insel wissen Bescheid. Das ist der Grund, warum sie ihren Kindern Spukgeschichten erzählen. Damit die Kinder sich von der Straße fern halten. Aber sie erzählen ihren Ehemännern nichts, darauf kannst du wetten. Sie wollen nicht, dass ihre Männer nach Angola in den Todestrakt gesteckt werden, weil sie den Boss umgebracht haben.«

»Weißt du das mit Sicherheit, Pearlie? Oder ist das nur eine Vermutung?«

Sie zuckt die Schultern. »Was macht es für einen Unterschied?«

»Vor einem Gericht macht es einen ganz gewaltigen Unterschied.«

Sie stößt verächtlich den Atem aus. »Pah! Niemand

bringt Dr. Kirkland vor ein Gericht! Er ist viel zu gerissen und zu reich! Männer wie Dr. Kirkland gehen nicht ins Gefängnis. Das solltest du inzwischen wissen, Mädchen!«

»Die Zeiten haben sich seit deiner Jugend geändert, Pearlie.«

Ein trockenes Lachen dringt über ihre Lippen. »Glaubst du wirklich?«

»Ja.«

»Dann bist du doch nicht so gescheit, wie ich immer dachte.«

Pearlies Zynismus ärgert mich gewaltig. Wären alle Frauen wie sie, wären wir immer noch Leibeigene der Männer und keine Bürger. Auf der anderen Seite ... ich bin in einer sehr viel privilegierteren Welt aufgewachsen als Pearlie.

»Du hast meine erste Frage nicht beantwortet, Pearlie. Warum warst du gestern auf der Insel?«

Ihre Schultern sacken herab. »Vor ein paar Jahren ist eine Familie ziemlich schnell von der Insel weggezogen. Ich habe erst später davon erfahren. Sie hatten ein Kind, ein vierjähriges Mädchen. Sie haben zusammengepackt und sind ohne ein Wort verschwunden. Ich wollte herausfinden, ob es wegen Dr. Kirkland war.«

»Hast du?«

Sie inhaliert den Rauch ihrer Zigarette, als würde sie den Nektar der Götter trinken, dann hält sie den Rauch so lange in der Lunge, wie es ihr möglich ist, bevor sie die blaue Wolke wieder ausstößt. »Nein«, sagt sie schließlich. »Niemand wollte darüber reden. Sie haben alle Angst.«

»War das der einzige Grund für deinen Besuch auf der Insel?«

Sie richtet ihren dunklen Blick auf mich, und endlich spüre ich die volle Kraft ihrer instinktiven Intelligenz. Ihr ganzes Leben hindurch hat Pearlie ihre rasche Auffassungsgabe versteckt; sie wurde dazu erzogen. Doch der Tod meiner Tante – eines ihrer »Babys« – hat das Weltgefüge der alten Frau gründlich erschüttert, und Pearlie Washington wird nie wieder sein wie früher.

»Ich glaube nicht, dass Mrs. Catherine durch einen Unfall gestorben ist«, sagt sie fast unhörbar leise. »Ich habe es nie geglaubt.«

Ihre Worte fahren mir bis ins Mark. »Willst du damit sagen, dass Großmutter Catherine ermordet wurde? Das kann nicht sein. Die Leute haben gesehen, wie sie mit der Sandbank fortgerissen wurde.«

»Tatsächlich?« Pearlies Augen glitzern in der Dunkelheit. »Sie stand ganz allein dort, als sie ins Wasser ging. Aber ist sie mitgerissen worden? Ist die Sandbank tatsächlich weggespült worden? Mrs. Catherine ist mehr oder weniger auf DeSalle Island aufgewachsen, Mädchen. Glaubst du wirklich, sie hätte sich wie irgendein Narr aus der Stadt auf eine instabile Sandbank gestellt, ohne es zu wissen? Nein, Kind. Genauso wenig, wie sich irgendjemand unbemerkt an Mr. Luke hätte heranschleichen können, nachdem er im Krieg gewesen war. Ich glaube, Mrs. Catherine fand etwas so Schlimmes heraus, dass sie nicht damit leben konnte. Wäre sie zur Polizei gegangen, hätte sie den Namen ihrer Familie für immer ruiniert. Ihre Kinder waren bereits erwachsen ... ich glaube, sie hat außer ihrem Tod keinen anderen Ausweg mehr gesehen. Ich glaube, sie hat sich in den Fluss gestürzt, Baby.«

Selbstmord? Eine fünfundsiebzig Jahre alte Frau? »Was hat sie deiner Meinung nach gesehen, Pearlie?«

Die Schultern der alten Frau sinken noch weiter herab. »Vor ein paar Jahren, als ich Dr. Kirklands Büro sauber gemacht hab, fand ich ein paar Bilder.«

Ich halte den Atem an. »Was für Bilder?«

»Bilder, die man nicht in einen Drogeriemarkt bringen muss, um sie entwickeln zu lassen.«

»Polaroids?«

Pearlie nickt nur.

»Was war auf diesen Bildern zu sehen?«

»Du und Miss Ann.«

Mein Gesicht brennt. »Und was haben wir auf den Fotos gemacht?«

»Ihr seid geschwommen. Nackt.«

»Zusammen?«

»Nein. Die Bilder wurden in einem Abstand von sicher fünfundzwanzig Jahren gemacht. Keine von euch beiden war auf den Bildern älter als drei Jahre, und ihr wart beide nackt wie am Tag eurer Geburt. Beide irgendwo in einem Swimmingpool. Wären eure Bilder unter einem Stapel anderer Fotos gewesen, hätte ich mir wahrscheinlich nichts dabei gedacht …« Pearlie hebt einen knochigen Finger. Der Nagel ist rot lackiert. »Aber nur diese beiden … und in so großem Abstand aufgenommen … Mir wurde ganz kalt, als ich sie sah. Als würde der Teufel über mein Grab steigen.«

»Du glaubst, Großmutter hat diese Bilder gefunden?«

»Sie muss irgendetwas gefunden haben. In dem Monat vor ihrem Tod hat Mrs. Catherine kaum noch mit irgendjemandem gesprochen. Sie war immer ganz weit weg. Als hätte sie jede Hoffnung verloren.«

»Pearlie, ich habe in der Scheune in einem Versteck Bilder von nackten Kindern gefunden … in Daddys Sachen.«

Sie sieht mich voller Überraschung an. »Mr. Luke hatte auch solche Bilder?«

»Ja. Aber nach dem, was ich heute weiß, glaube ich, dass er genau das Gleiche getan hat wie du. Er hat einige von Großvaters Bildern gefunden. Und er hat sie behalten. Ich könnte wetten, dass er vorhatte, Großvater deswegen zur Rede zu stellen. Möglicherweise waren es diese Fotos, die Daddy überhaupt erst misstrauisch genug gemacht haben, um in mein Zimmer zu kommen und nach mir zu sehen in jener Nacht, als er ermordet wurde.«

»Ich hab nach weiteren Bildern von dieser Sorte gesucht«, sagt Pearlie. »Aber ich hab bis jetzt noch keine gefunden.

Herrgott, all das Elend, das dieser Mann verursacht hat. Er ist krank, das ist er!«

Ich stehe auf und ziehe die Vorhänge vor dem Küchenfenster zur Seite. Still und majestätisch wie ein Königsgrab steht Malmaison vor mir. »Großvater wird nie wieder einem Kind Schaden zufügen«, sage ich leise. »Damit ist von jetzt an Schluss.«

»Wie willst du ihn denn aufhalten, Mädchen? Selbst die Polizei hat Angst vor Dr. Kirkland. Meine Güte, dieses Haus und dieses Grundstück hier kosten mehr als die Häuser von sämtlichen Cops in der Stadt zusammen. Und das Haus des Bürgermeisters obendrein. Dr. Kirkland hat Freunde in hohen Positionen, bis nach Washington!«

»Mach dir deswegen keine Gedanken, Pearlie. Versprich mir nur eines – wenn du vor eine Jury gerufen wirst, um auszusagen, dann erzählst du die Wahrheit über das, was du weißt!«

»Sie lassen einen auf die Bibel schwören, oder?«

»Ja.«

»Na ja, ich bin zu alt, um mit der rechten Hand auf einer Bibel zu lügen. Aber sei bloß vorsichtig, Mädchen. Dr. Kirkland ist nicht der einzige kranke Mann hier in der Gegend. Dieser Billy Neal ist mindestens genauso schlimm, wenn du mich fragst – und er ist ein gutes Stück jünger und stärker als Dr. Kirkland.«

»Jünger vielleicht, stärker nicht. Wenn du die beiden in einem Wald aufeinander hetzen würdest, käme nur einer lebend wieder heraus, und das wäre Großvater. Er würde Billy Neal zum Frühstück fressen.«

Pearlie steht unsicher auf und kommt um den Tisch herum zu mir, dann umarmt sie mich, wie sie es getan hat, als ich ein kleines Mädchen war. So, wie meine Mutter es nie wirklich gekonnt hat. »Erinnerst du dich, wie ich dir gesagt habe, ich hätte aufgehört zu rauchen?«

Ich überlege einige Sekunden. »Vor dreiundzwanzig Jahren, hast du gesagt. Also etwa um die Zeit herum, als mein Vater starb.«

Sie nickt und vergräbt das Kinn an meiner Schulter. »Weißt du, warum ich es getan habe?«

»Warum?«

»Weil ich wusste, dass Zigaretten Gift sind. Und nachdem Mr. Luke gestorben war, wusste ich, dass du mich auf Malmaison brauchen würdest, damit jemand nach dir sieht. Es tut mir nur Leid, dass ich nicht mehr für dich getan habe, Baby. Es tut mir Leid, dass ich dich nicht vor all dem Schmerz bewahren konnte, den du durchgemacht hast.« Sie löst sich von mir und sieht mir in die Augen. »Du bist das stärkste von all meinen Mädchen. Das habe ich immer gewusst. Dr. Kirkland glaubt, du hättest deine Kraft von ihm, aber ich weiß es besser. Mr. Luke war ein guter Mann, und er war eisenhart, wenn es sein musste. Genau wie der alte Mr. DeSalle. Vielleicht ... ach, ich weiß es nicht. Ich werde für dich beten, Mädchen, und hoffen, dass meine Gebete erhört werden. Vielleicht schaffst du es ja doch, mit Gottes Hilfe.«

Ich küsse Pearlie behutsam auf die Wange; dann wende ich mich ab, gehe zur Tür, sperre auf und trete nach draußen ins Sonnenlicht.

Der Lincoln meines Großvaters steht immer noch neben Pearlies Cadillac. Während ich die beiden Wagen anstarre, spüre ich, dass ich beobachtet werde. Ich drehe mich nach rechts und bemerke Billy Neal, der mich von der hinteren Veranda Malmaisons herab beobachtet.

Er grinst.

Ich wende mich in seine Richtung und setze mich mit langen, entschlossenen Schritten in Bewegung. Je näher ich komme, desto mehr verblasst sein Grinsen. Als ich auf Sprechweite herangekommen bin, starrt er mich finster an. Er trägt ein Sportsakko, trotz der hochsommerlichen Hitze. Als ich genauer hinsehe, bemerke ich den dunklen Griff einer automatischen Pistole, der aus einem Schulterhalfter unter der Jacke hervorlugt.

»Was willst du?«, herrscht er mich an.

»Sie haben Ihren Karren hinter einen sinkenden Stern gespannt, Billy«, sage ich mit gleichgültiger Stimme. »Sie sollten lieber von hier verschwinden, solange Sie noch können.«

Er lacht laut auf. »Was redest du nur für einen Scheiß?«

»Kommen Sie mit, Billy. Finden Sie es heraus.«

59

Großvater telefoniert an seinem Schreibtisch. Seine breiten Schultern stecken in einem maßgeschneiderten Hemd aus blauer französischer Seide. Seine tiefe Stimme erfüllt den Raum wie ein gut gestimmtes Cello.

»Leg auf!«, sage ich scharf.

Er dreht sich auf seinem Ledersessel um, und seine Augen fixieren mich.

»Ich weiß, was du getan hast!«, sage ich zu ihm.

»Einen kleinen Augenblick bitte«, sagt er in den Telefonhörer und drückt die Sprechmuschel gegen sein Hemd. »Was ist los, Catherine? Ich bin im Augenblick ziemlich beschäftigt.«

»Ich weiß, dass du meinen Vater ermordet hast.«

Seine einzige Reaktion ist ein leichtes Verengen der Augen. Dann sieht er Billy Neal an, der neben der Tür stehen geblieben ist. »Ich habe dir bereits erzählt, was sich in jener Nacht zugetragen hat, Catherine.«

»Du hast es mir viermal erzählt. Und jedes Mal hast du mir eine andere Geschichte als die Wahrheit verkauft. Ich weiß jetzt, wie es wirklich gewesen ist, Großvater. Beweise lügen nicht. Du hast meinen Vater ermordet, und ich kann es beweisen.«

Großvater hebt den Hörer erneut an die Lippen. »Ich muss Sie leider zurückrufen.«

»Zuerst hast du auf ihn geschossen. Und dann, als er nicht schnell genug starb, hast du ihm mein Lieblings-Stofftier in den Mund gestopft, um ihn zum Schweigen zu bringen. Und ihm mit den Fingern die Nase zugehalten, damit er erstickt.«

In der gleichen Zeit, die Großvater benötigt, um einzuhängen, verwandeln seine Augen sich vom gütigen Blau eines liebevollen Großvaters zu den kalten, gefühllosen Schlitzen eines Wolfes, der Gefahr wittert. Die Verwandlung lässt mein Blut erstarren. Ich habe dieses Gesicht noch nie zuvor an meinem Großvater gesehen, und doch erkenne ich es wieder. Es ist sein *wirkliches* Gesicht – das Gesicht des Mannes, der in mich eingedrungen ist, als ich noch ein kleines Mädchen war.

»Bist du etwa verdrahtet?«, fragt er unvermittelt.

Ich schüttle den Kopf.

Er glaubt mir nicht. Aus irgendeinem Grund lässt das eine Woge von Wut in mir aufsteigen. »Willst du, dass ich mich vor dir ausziehe?« Ich fange an, mein Oberteil aufzuknöpfen. »Es ist schließlich nicht so, als hättest du mich noch nie nackt gesehen, nicht wahr?«

»Hör auf damit!«, sagt er schroff. Dann gibt er Billy Neal einen Wink.

Der Fahrer nimmt etwas von einem der Regale und kommt auf mich zu. Es ist ein schwarzer Metallstab ähnlich denen, die auf Flughäfen und in Gerichtsgebäuden benutzt werden, um nach verborgenen Waffen zu suchen. Er fährt damit an mir auf und ab und hält sich in der Gegend meines Schritts länger als nötig auf.

»Sie ist sauber«, sagt er schließlich. Er kehrt zur Tür zurück und stellt sich daneben auf wie ein Wachhund.

»Was weißt du *darüber?*«, fragt Großvater und deutet auf die gegenüberliegende Wand.

Zu meinem Erstaunen sehe ich dutzende von Büchern verstreut auf dem Boden liegen, als hätte jemand sie bei einer hastigen Suche aus dem Regal gefegt. In meinem Kopf höre ich Pearlies Worte. *Ich hab nach weiteren Bildern von dieser Sorte gesucht ... aber bis jetzt hab ich noch keine gefunden ...*

»Mäuse?«, frage ich mit ausdrucksloser Stimme.

Er will zu einer Antwort ansetzen, dann verwirft er das ganze Thema offensichtlich als seiner Mühen nicht wert. »Also schön. Ich habe dir gesagt, dass ich zu tun habe. Gibt es sonst noch etwas?«

Seine Arroganz ist unglaublich. »Hast du mich nicht verstanden? Ich kann beweisen, dass du meinen Vater ermordet hast! Ich kann außerdem beweisen, dass du Tante Ann sexuell missbraucht hast. Und Schlimmeres.«

Er winkt beiläufig ab. »Das ist ja lächerlich.«

»Ich habe Beweise.«

»Blutige Fußabdrücke vom Boden deines Zimmers? Ich habe dir bereits erklärt, woher sie stammen.«

»Ich habe eine Menge mehr als nur Fußabdrücke.« Ich würde ihm gerne von meiner Unterhaltung mit Pearlie erzählen, doch ich darf sie nicht in Gefahr bringen. »Und ich erinnere mich jeden Tag an neue Einzelheiten. Ich weiß jetzt auch, was du mit mir gemacht hast.«

Großvaters Augen verengen sich erneut. »Du *erinnerst* dich? Das soll ein Beweis sein? Wenn du mich fragst – in meinen Ohren klingt es, als hättest du zu lange mit deinem Freund Dr. Malik gesprochen.«

Was geht hier vor? Ich hatte nicht die geringste Ahnung, dass er überhaupt wusste, wer Malik war.

»Catherine, so genannte unterdrückte Erinnerungen sind vor Gericht überhaupt nichts wert. Ich bin überrascht, dass du das nicht weißt.«

»Anns Leichnam ist allerdings etwas wert«, sage ich gleichmütig.

Zum ersten Mal bemerke ich einen Anflug von Besorgnis in seinem Gesicht. »Wovon redest du jetzt schon wieder?«

»Wie konntest du ihr das nur antun, Großvater?«

»Was antun?«

»Sie sterilisieren! Du hast ihre Eileiter durchtrennt, als sie gerade zehn Jahre alt war! Mein Gott! Dein ganzes Leben lang hast du nach außen so getan, als wärst du etwas Besseres als alle anderen. Der beste Chirurg, der beste Geschäftsmann, der beste Jäger, der beste Vater, der liebevollste Großvater. Aber in Wirklichkeit bist du nichts von alledem! Du bist ein Monster! Ein perverser *Freak!*«

Seine stählernen Blicke ruhen wie festgenagelt auf meinem Gesicht. »Bist du fertig?«

»Nein, bin ich nicht. Du wirst für alles bezahlen, was du getan hast. Für Ann, für Mom, für mich. Und für die Kinder auf der Insel.«

Die Wangenmuskeln in dem versteinerten Gesicht arbeiten. Ich weiß mehr, als er für möglich gehalten hat, und das gefällt ihm nicht.

»Ich werde für gar nichts bezahlen«, sagt er. »Es gibt nichts, wofür ich bezahlen müsste.«

»Willst du bestreiten, was du getan hast? Das machen alle Kinderschänder. Sie schreien auf dem Weg zur Anklagebank, dass sie unschuldig sind. Sie schreien es wahrscheinlich noch dann, wenn sie endlich im Gefängnis sind und unter der Gefängnisdusche das erdulden müssen, was sie anderen angetan haben. Deiner Sorte ergeht es nicht allzu gut im Knast, Großvater.«

Noch nie in seinem Erwachsenenleben hat jemand gewagt, in diesem Ton mit Großvater zu sprechen, doch er richtet sich lediglich in seinem Sessel auf und lächelt mich kalt an. »Mir würde es überall auf der Welt gut ergehen, Catherine, das weißt du. Aber ich gehe nicht ins Gefängnis. Deine sogenannten Beweise sind wertlos. Ein Stofftier, das du nach dreiundzwanzig Jahren aus dem Sarg genommen hast? Das kannst du nicht mit mir in Verbindung bringen.«

»Ich kann den Kieferbogen von Daddys Zähnen im latenten Blut auf Lenas Fell identifizieren.«

Er schürzt nachdenklich die Lippen. »Luke muss Lena gepackt und auf sie gebissen haben, um gegen den Schmerz anzukämpfen, nachdem du ihn erschossen hattest.«

»Versuch es erst gar nicht«, schnappe ich, doch ich kann sehen, wie Großvater einer Jury von Geschworenen diese Geschichte so aalglatt verkauft, wie er sich während seines ganzen Lebens stets verkauft hat.

»Anns Leichnam beweist, dass du sie sterilisiert hast«, sage ich leise. »Du hättest wahrscheinlich niemals damit gerechnet, dass man eine Obduktion an ihr vornimmt, oder? Jedenfalls nicht damals, 1958. Du hättest keine Seide zum Nähen benutzen sollen, Großvater.«

Er erhebt sich gelassen aus seinem Sessel und strafft seine Manschetten. »Catherine, du leidest offensichtlich unter Halluzinationen. Ann war besessen davon, schwanger zu werden, das weiß jeder. Sie ist zu allen möglichen Quacksalbern gegangen, um Fruchtbarkeitsbehandlungen an sich durchführen zu lassen. Sie war sogar in Mexiko. Gott allein weiß, welche Metzger sich an ihr versucht haben oder welche Behandlungen sie über sich ergehen ließ. Du wirst niemals beweisen, dass ich irgendetwas anderes getan habe, als ihren Appendix zu entfernen. Und selbst wenn – worin besteht mein Verbrechen? Unnötige Chirurgie?« Seine Augen leuchten vor Selbstvertrauen. »Man hat mich schon früher beschuldigt, unnötige Operationen vorgenommen zu haben, und ich bin jedes Mal sauber und nach Rosen duftend aus dem Verfahren gekommen.«

Ich hasse den Geruch von Rosen. Ich habe den Geruch gehasst, seit ich meinen Vater tot zwischen den Sträuchern habe liegen sehen …

»Hast du in letzter Zeit deine Medikamente eingenommen, Kind?«, fragt er scheinbar mitfühlend. »Vielleicht sollte ich mit deinem Psychiater über deine Medikation sprechen. Nimmst du noch Depakote?«

Ich war auf extreme Reaktionen vorbereitet, als ich dieses Büro betreten habe – Wut, Leugnen, Rationalisierungen, selbst Flehen –, doch diese überhebliche Zuversicht war nicht darunter. Er hat den Missbrauch nicht einmal abgestritten. Er entkräftet eine Anschuldigung nach der anderen, macht sie nieder, als würde er mit einem schlecht vorbereiteten Staatsanwalt spielen. Ich will seine Zuversicht erschüttern. Ich will sehen, wie sich der Wurm der Angst durch seine Eingeweide frisst und hinauf in dieses größenwahnsinnige Gehirn.

»Ich bin nicht diejenige, wegen der du besorgt sein solltest, Großvater«, sage ich zu ihm. »Es ist Dr. Malik, der dich festnageln wird.«

Großvater sieht erneut zu Billy Neal. »Das wäre ein ziemlich verblüffender Trick. Der gute Dr. Malik ist zufällig tot.«

Ein trockenes Kichern von Billy. Ich frage mich allmählich, ob es Billy Neal war, der Maliks Selbstmord im Thibodeaux Motel vorgetäuscht hat.

»Ob er tot ist oder lebendig, spielt keine Rolle«, sage ich mit einer Zuversicht, die ich bei weitem nicht empfinde. »Er wird aus dem Grab sprechen. Du wirst auf den Fernsehschirmen der Nation als das bloßgestellt werden, was du bist. Von Küste zu Küste.«

Weder Billy noch mein Großvater lachen jetzt, und ich danke Gott dafür. Würden sie es tun, könnte ich sicher sein, dass Dr. Maliks Film bereits vernichtet wurde. Doch das ist nicht der Fall – jedenfalls nicht durch Billy oder Großvater. Sie wussten bis eben nicht einmal etwas von seiner Existenz.

»Ich sehe, dass du nichts weißt von Dr. Maliks Dokumentation über sexuellen Missbrauch.«

Innerhalb eines Sekundenbruchteils ist der in die Enge gedrängte Wolf zurück. Ich höre ein leises Knarren links hinter mir. Als ich mich umsehe, ist Billy Neal verschwunden. Hat Großvater ihm ein Signal gegeben, das ich übersehen habe? Wie dem auch sei, er nimmt Billys Verschwinden zum Anlass, gegen mich vorzurücken. Hundertachtzig Zentimeter rasender Wut, mit flammenden Augen und einer Stimme wie Moses vom Berg herab.

»Hast du überhaupt eine Vorstellung, wie viel Scherereien du mir gemacht hast? Ich schwitze Blut und Wasser, um diese Stadt zu retten, und du arbeitest rund um die Uhr daran, alles zu sabotieren, was ich erreicht habe!«

Was soll das? Ich beschuldige ihn des sexuellen Missbrauchs, und er schreit mich an, weil ein Geschäftsabschluss platzen könnte?

»Die bundesstaatliche Anerkennung der Natchez Indian Nation kann jeden Tag eintreffen!«, brüllt er. »Die Glücksspielkommission wartet nur auf eine Ausrede, um die Sache mit einer einstweiligen Verfügung aufzuhalten. Ich stecke tief in diesem Deal, Catherine. Ich habe eine Menge Geld aufs Spiel gesetzt! Nicht das Geld anderer Leute, sondern *meins!* Dein verdammtes Erbe, falls es dich interessiert – was wahrscheinlich nicht der Fall ist.«

»Da hast du allerdings Recht«, sage ich leise. »Es interessiert mich einen gottverdammten Dreck. Mich interessiert nur das, was du dieser Familie angetan hast. Und das ist alles, was dich interessieren sollte. Es war die ganze Zeit das Problem, nicht wahr, Großvater? Es war dir egal. Wir haben für dich nicht existiert, es sei denn, um dir Vergnügen zu bereiten, wenn dir danach war.«

Er macht einen weiteren Schritt auf mich zu, doch ich weiche nicht vor ihm zurück. »Ich erinnere mich an das, was du getan hast. Es hat fast dreißig Jahre lang gedauert, aber es kommt zurück. Der Teich ... die Insel ... der alte rostige Pick-up ... der Regen.«

In seinen Augen flackert etwas, eine Emotion, die ich

nicht entziffern kann. Die Wut, die er noch wenige Sekunden zuvor an den Tag gelegt hat, scheint verpufft. »Erinnerst du dich tatsächlich?«, fragt er mit einer Stimme, die plötzlich viel weicher klingt. »Erinnerst du dich, wie du dich gefühlt hast? Du hast es genossen, mein ganz spezielles Mädchen zu sein. Mein kleiner Engel. Du hast es geliebt, besser zu sein als deine Mutter. Du hast mir gegeben, was die anderen mir nicht geben konnten, Catherine.«

Er ist jetzt ganz nah. Der Augenblick ist erfüllt von einer obszönen Intimität, die meine Eingeweide zu Wasser werden lässt. »Du erinnerst dich, nicht wahr? Sie alle mochten es … aber nicht so wie du. Niemand sonst hat so reagiert wie du. Du bist genau wie ich.«

»Nein«, stöhne ich. »Sei still!«

Großvater strafft die breiten Schultern und blickt auf mich herab. »Hat irgendein Mann in dir dieses Gefühl hervorgerufen wie damals ich? Ich habe dich beobachtet, wie du von einem zum anderen gezogen bist … immer auf der Suche … Nicht einer von ihnen war Manns genug, um dich zu befriedigen, habe ich Recht?«

Ich hatte Recht, Sean die Identität der Mörderin in New Orleans noch nicht zu verraten. Sie und ich sind Schwestern im Geiste. Hätte ich eine Waffe in der Hand, ich würde auf Großvater schießen, bis das Magazin leer wäre.

Großvater verschränkt die Arme vor der Brust und blickt auf mich herab, wie er früher seine Patienten angesehen hat. »Ich will ganz offen zu dir sein, Catherine. Was für einen Sinn macht es, voller Illusionen durchs Leben zu gehen? Meine Illusionen wurden mir genommen, als ich noch ein kleiner Junge war, und ich bin froh darüber. Es hat mich stark gemacht. Es hat mir später eine Menge Herzschmerz erspart.«

»Wovon redest du?«

»Alles, was du heute gesagt hast, entspricht der Wahrheit, Catherine. Ich habe es mit Ann getan. Und auch mit deiner Mutter Gwen.«

Ich will ihm das Wort abschneiden, doch meine Stimme versagt mir den Dienst.

»Große Männer haben große Gelüste, Liebling, so einfach ist das. Sie haben mehr Hunger, als eine einzige Frau befriedigen kann. Deine Großmutter wusste das. Es gefiel ihr nicht, doch sie verstand es.«

»Lügner!«, brülle ich ihn an und finde neue Kraft in meiner Trauer und Empörung. »Wie schaffst du es nur, dir diesen Mist einzureden? Großmutter hat überhaupt nichts verstanden! Sie hat dich jahrelang verdächtigt, doch sie tat alles, um der Bestätigung ihrer Befürchtungen auszuweichen. Genau wie alle anderen in diesem Haus. Weil wir uns selbst eingestehen müssten, dass du uns niemals geliebt hast, wenn wir es wüssten. Dass du uns nur in deiner Nähe gehalten hast, um uns zu *ficken!*«

»Du täuschst dich, was deine Großmutter angeht.«

»Nein! Irgendwo unter all den Lügen, die du dir selbst erzählst, kennst du die Wahrheit! Als Großmutter endlich herausfand, welches Monster sie geheiratet hatte, suchte sie den Freitod im Mississippi, weil sie nicht mit dem leben konnte, was du uns angetan und was sie zugelassen hat.«

Großvaters Haltung bekommt allmählich Risse, wie Schlamm, der in der Sonne trocknet.

»Du sagst, sie wäre dir nicht genug gewesen. Warum hast du dich dann nicht von ihr scheiden lassen?«

Er entfernt sich von mir und bleibt vor einem Gemälde stehen, das die Schlacht von Chancellorsville darstellt. »Es war meine Bestimmung, das Vermögen der DeSalles zu verwalten. Die Tatsache, dass ich es vervierfacht habe, beweist dies zur Genüge.«

»Du hättest dir eine Geliebte nehmen können. Warum bist du zu *uns* gekommen? Zu deinen eigenen Kindern?«

Er schüttelt den Kopf. »Eine Geliebte macht einen Mann verwundbar.«

»Aber Sex mit den eigenen Kindern nicht?«

»Ganz recht.« Als er meinen Blick erwidert, erinnert er mich an einen Mathematiklehrer, der damit kämpft, dass die Kinder in seiner Klasse offensichtlich nicht die einfachsten Konzepte begreifen. »Deine Großmutter hatte keinen *Verdacht*, was ich getan habe, Catherine. Sie wusste es. Sie wusste, dass ich mehr brauchte, als sie mir zu geben imstande war, und sie zog es vor, dass ich es mir zu Hause holte, anstatt sie in der Gesellschaft in Verlegenheit zu bringen.«

Mich hüllt eine Kälte ein, die anders ist als alles, was ich je empfunden habe. Kann es sein, dass er die Wahrheit sagt? Kann es sein, dass Pearlie sich geirrt hat? »Ich glaube dir kein Wort!«

Er zuckt die Schultern. »Dann klammere dich eben an deine Halluzinationen, wenn du dich damit besser fühlst.«

»Du sagst, du hättest aus rein praktischen Erwägungen Sex mit uns gehabt? Und Großmutter hätte die ganzen Jahre über Bescheid gewusst?«

Auf seinem Gesicht steht zornige Verzweiflung. »Verdammt, Mädchen, du benimmst dich gerade so, als wäre ich der erste Mann, der so etwas gemacht hat! Mir ist das Gleiche widerfahren, als ich ein Junge war. Mein Großvater war Witwer. Er hat mich benutzt, um Sex zu haben. Ich jammere nicht darüber. Doch es ist eine Tatsache, dass diese Art von Sex etwas mit einem macht. Es weckt in einem Menschen eine Lust auf etwas, das durch nichts anderes zu befriedigen ist. Es ist wie der Krieg. Wenn man erst einmal Geschmack am Töten gefunden hat, kann man nicht mehr damit aufhören. Nur, dass dieses Verlangen noch viel stärker ist. Ich weiß, dass du es ebenfalls gespürt hast. So funktioniert das eben.«

Ich schüttle den Kopf, will alles abstreiten, doch ich bin plötzlich gar nicht mehr so sicher, ob er sich irrt oder nicht.

Er hebt seine großen Hände und deutet mit dem Zeigefinger auf mich. »Ich werde dir jetzt eine harte Tatsache des

Lebens verraten, Catherine. Eine Frau ist nichts weiter als ein Lebenserhaltungssystem für eine Pussi. Punkt.«

Ich blinzele ungläubig.

»Du weißt, dass ich Recht habe. Du bist Wissenschaftlerin. Dein Erbe hat dir eine Möglichkeit eröffnet, dich über diese primitive Funktion zu erheben. Du hast Grips im Kopf, und du hast einen Willen. Aber du wirst deine sexuellen Gelüste niemals überwinden, wenn du dich weiterhin blind stellst gegenüber den Realitäten des Lebens.«

»Du bist wahnsinnig.«

»Bin ich das?« Er geht zu einem Regal und zieht ein dickes schwarzes Buch hervor, das er mir krachend vor die Füße wirft. Es ist eine King James Bibel. »Wirf einen Blick in das Dritte Buch Mose. Dort findest du sämtliche biblischen Verbote gegen den Inzest. Sämtliche Regeln sind niedergelegt, und jeder kann sie sehen. Einem Mann ist es durch Gott verboten, Sex mit seiner Mutter, der Mutter seiner Frau, seiner Schwester, seiner Tante, mit einem Tier, mit einem anderen Mann oder mit einer Frau während ihrer Menstruation zu haben. Selbst die Schwiegertochter ist erwähnt. Doch es gibt eine einzige Beziehung, die ganz bewusst ausgelassen wurde.«

Ich habe das Gefühl, als würde ich in böigem Wind hoch oben auf der Brüstung eines Wolkenkratzers stehen. »Und welche wäre das?«

»Vater und Tochter. Der gute alte Moses hat sie ausgelassen. Weil er die Realitäten des Lebens kannte.«

»Und die wären?«

Die Augen meines Großvaters leuchten mit der Überzeugung eines Fanatikers. »Du entstammst meinen Lenden, Catherine. Genau wie deine Mutter und Ann. Ihr seid das Produkt *meines* Blutes! Ihr wart *mein*! Und ich konnte mit euch tun, was ich für richtig hielt.«

Er geht zum Waffenschrank, dreht rasch am Kombinationsschloss und öffnet die schwere Tür. Dann nimmt er eine Waffe hervor und lädt sie gelassen mit einer Patrone aus einer Schachtel im Regal. Als er sich umwendet und zu mir kommt, erkenne ich die Remington 700, die meinen Vater getötet hat.

»Es ist immer noch so«, sagt er und sieht mir unverwandt in die Augen. »Du gehörst mir immer noch.«

Er schiebt die Patrone in die Verschlusskammer. »Was, wenn dieses Gewehr losginge?« Er hebt den Lauf, bis er keine dreißig Zentimeter mehr von meinem Gesicht entfernt ist. »Was, wenn der Schuss dein Gehirn im ganzen Zimmer verspritzt? Was glaubst du, was passieren würde?«

»Man würde dich wegen Mordes verurteilen.«

Großvater lächelt. »Tatsächlich? Ich denke nicht. Eine Frau mit deiner psychiatrischen Vergangenheit? Mit dokumentierter bipolarer Verhaltensstörung, mit instabiler Vorgeschichte, in der es wiederholt Selbstmorddrohungen gegeben hat? Nein. Wenn ich dich wirklich als eine Gefahr betrachten würde, Catherine, würdest du diesen Raum nicht lebend verlassen. Aber du bist keine Bedrohung. Oder, Catherine?«

Ich sollte nachgeben. Mich unterwürfig zeigen. Mich zurückziehen, meine Wunden lecken und den Kampf zu einem späteren Zeitpunkt wieder aufnehmen. Doch ich kann nicht. Ich habe mich mein Leben lang vor ihm geduckt, doch das werde ich nicht mehr tun. »Oh, ich bin eine Bedrohung, Großvater. Ich werde dafür sorgen, dass du im Gefängnis verrottest. Und lass dir eins gesagt sein: Wenn du mich jetzt umbringst – oder bevor ich lebend nach New Orleans zurückkehre –, wird jemand mit dir das Gleiche tun.«

Er sieht mich mehr interessiert als besorgt an. »Meinst du etwa Detective Regan?«

Ich spüre, wie alles Blut aus meinem Gesicht weicht.

In seinen Augen glänzt ein amüsierter Funke. »Catherine, glaubst du allen Ernstes, ich wüsste nicht, mit wem du dich in New Orleans triffst? Sean Regan *gehört* mir. Glaubst du ernsthaft, er würde mich aus Rache töten, wenn das dazu führt, dass Fotos, auf denen zu sehen ist, wie ihr wie die Tiere vögelt, an seine Frau und seine Kinder geschickt werden?«

Nein … nein, das würde Sean niemals tun.

»Falls der Film von diesem Malik, von dem du gesprochen hast, tatsächlich existieren sollte, tust du gut daran, ihn aufzutreiben und für mich zu vernichten. Ich würde die Vorstellung hassen, etwas tun zu müssen, das dich wirklich in Depressionen treibt.«

»Wovon redest du?«

»Die kleinen Tragödien des Lebens …« Er lächelt erneut. »Du hasst mich, weil ich so bin, doch eines Tages wirst du Gott dafür danken, dass mein Blut in deinen Adern fließt. Meine Gene sind es, die dein Schicksal bestimmen.«

Als ich endlich die Sprache wieder gefunden habe, ist in meiner Stimme keine Spur von Emotion. »Du irrst dich. Ich wünschte, ich wäre niemals geboren worden. Und was du nicht weißt – ich bin schwanger. Zum ersten Mal, seit ich es weiß, überlege ich, ob ich dieses Kind wirklich zur Welt bringen soll. Ich fühle mich verseucht. Vergiftet. Als könnte ich dein Gift niemals aus mir herauswaschen.«

Er senkt das Gewehr und tritt näher. Seine Augen leuchten. »Du bist schwanger?«

»Ja.«

»Junge oder Mädchen?«

»Ich weiß es nicht.«

Er greift nach meinem Arm. Ich reiße mich gewaltsam von ihm los.

»Langsam, Mädchen, ganz ruhig. Wer ist der Vater?«

»Das wirst du nie erfahren.«

»Sei nicht so. Du wirst dich schon wieder beruhigen. Du hast mehr von mir in dir, als du glaubst.«

»Was soll das heißen?«

Ein wissendes Grinsen. Ein Mann, der ein Geheimnis hütet. »Ich könnte dein Vater sein, Catherine. Ist dir das eigentlich bewusst?«

Bei diesen Worten verliere ich den Rest meiner Fassung. Mein ganzes Wesen löst sich in nichts auf. Das Gesicht meines Großvaters ist rot, wie es immer wird, wenn er auf der Insel nach Rotwild jagt.

»Luke hat seine ganze Zeit auf der Insel verbracht«, sagt Großvater. »Er war hinter diesem Niggermädchen her, dieser Louise. Und deine Mutter hat einfach nur schlafend in ihrem Zimmer gelegen, halb bewusstlos von Lukes Medikamenten.« Er nickt langsam. »Verstehst du nun?«

Der Triumph in seinem Gesicht ist vollkommen. Es ist der Triumph des Jägers, der über seiner sterbenden Beute steht. Er hat mir den Stahl ins Herz gerammt und den Griff abgebrochen. Er suhlt sich im Schmerz, der in meinem Gesicht steht, genau wie er es vor all den Jahren getan haben muss. Die wilde Verzückung in seinen Augen bringt mich in die Gegenwart zurück, und das lässt in mir ein Entsetzen aufsteigen, wie ich es nie für möglich gehalten hätte.

»Stimmt das?«, frage ich ganz leise.

Er zuckt die Schultern. »Es ist jedenfalls etwas, worüber du nachdenken solltest, bevor du Pläne schmiedest, dich mit dem Bezirksstaatanwalt zu unterhalten.«

Ich weiche vor ihm zurück und taste blind nach dem Türknauf.

»Und falls du glaubst, dass Pearlie vor Gericht eine Aussage machen würde, vergiss es. So etwas würde sie niemals tun.«

Meine tastende Hand schließt sich um den Messingknauf. »Warum nicht?«

»Weil sie die Ordnung der Dinge kennt. Du hast sie vielleicht mit deinem Unsinn aufgerührt, doch letzten Endes wird sie nicht ein Wort gegen mich sagen. Pearlie kennt ihren Platz auf dieser Welt, Cat. Genau wie die Nigger auf meiner Insel. Deine Vorfahren haben ihnen ihren Platz gezeigt, und ich habe diese Lektion noch verstärkt.« Er geht zum Sideboard und schenkt sich einen Scotch ein. »Und du,

Honey, kennst deinen Platz ebenfalls. Tief in deinem Innern weißt du, wo dein Platz ist.«

Ich löse die zitternde Hand um den Türknauf, hebe sie und richte einen zitternden Zeigefinger auf ihn. »Nein. Du warst vielleicht zu stark für mich, als ich ein Baby war. Das ist vorbei.«

Mit einem nachdenklichen Gesichtsausdruck hebt er das Glas, leert den Scotch in einem Zug und wischt sich den Mund mit dem Ärmel ab.

Ich öffne die Tür und stolpere nach draußen; dann renne ich durch den Korridor in Richtung Küche. Ich weiß nicht, wohin ich will, nur, dass ich wegmuss aus diesem Haus. Sean erwartet mich in New Orleans, doch es fällt mir schwer, mir vorzustellen, auch nur einigermaßen normal zu funktionieren. Selbst die einfachsten zusammenhängenden Gedanken sind im Moment jenseits meiner Fähigkeiten.

Ich krache durch die Küchentür und renne nach draußen in den Rosengarten, in Richtung des Parkplatzes hinter dem Sklavenquartier. Moms Maxima steht dort, wo ich ihn zurückgelassen habe, ein paar Meter neben dem Lincoln und Pearlies Cadillac. Als ich mich den Wagen nähere, höre ich plötzlich ein dumpfes Hämmern. Dann öffnet sich die Beifahrertür von Pearlies Wagen, und Billy Neal steigt aus. Er hat eine Pistole in der Hand. Der Lauf zielt auf eine Stelle zwischen meinen Brüsten.

»Ich warte schon lange auf das hier«, sagt er. »Los, machen wir eine Spazierfahrt.«

»Was ist das für ein Krach?«

Mit gehässigem Grinsen öffnet er den Kofferraumdeckel des Cadillac. »Komm her und sieh selbst.«

Ich gehe zum Heck des Wagens.

Pearlie liegt gefesselt im Kofferraum, den Kopf gegen das Reserverad gedrückt, Hände und Gesicht blutüberströmt. Ihre Perücke ist verschwunden. Auf ihrem schmalen Schädel wächst ein grauer Flaum. Ich habe noch nie so viel Angst in ihren Augen gesehen. Als ich nach unten greifen will, um ihr zu helfen, drückt Billy Neal mir den Lauf der Waffe in die Rippen unter dem linken Arm. Er knallt den Kofferraum zu, dann schiebt er mich unsanft zum Fahrersitz.

»Du fährst«, befiehlt er und stößt mich hinter das Lenkrad.

»Hast du auf sie geschossen?«

»Kümmer dich nicht um dieses alte Miststück. Kümmer dich um das Fahren.«

»Wohin fahren wir?«

»Was glaubst du denn?« Er grinst so breit, dass mir die Wangen schmerzen. »Zur Insel.«

60

Meine letzte Fahrt zur Insel ist gleichermaßen Traum und Albtraum.

Highway 61.

Ein schmales, gewundenes Band aus Asphalt, das dem Verlauf des Mississippi folgt.

Sagenhafter amerikanischer Highway.

Fluchtweg nach Norden für zahllose Massen, die meisten von ihnen Schwarze, die einem Ort zu entkommen trachteten, an dem es für sie keine Hoffnung mehr gab und an dem ihre Herzen nichtsdestotrotz zurückblieben und sich nach der Rückkehr sehnten.

Auch ich habe versucht, diesen Highway als Fluchtweg zu benutzen, nur bin ich nie weggekommen. Einunddreißig Jahre lang bin ich diesen Highway hinauf und hinunter gefahren zwischen zwei entzückenden, verschlafenen Städtchen, doch stets lag die Insel dazwischen, eine Traumwelt, eingehüllt in Nebel und Erinnerungen, die wie eine leere Bühne auf den letzten Aufzug meines Lebens wartete.

Heute wird er stattfinden.

Und mein Schicksalsbote ist Billy Neal.

Es erscheint irgendwie falsch. Ich kannte diesen Mann nie richtig. Diesen schwarzhaarigen, hellhäutigen, auf billige Weise attraktiven Vegas-Punk mit seinen Schlangenlederstiefeln und einem Juraabschluss von der Abenduniversität. Was hat er in meinem Leben zu suchen? Als hätte er die Frage gehört, antwortet er ungebeten.

»Du weißt immer noch nicht, wer ich bin, oder?«

Ich packe das Lenkrad fester und halte den Blick auf die Straße gerichtet.

»Mann, ich warte schon verdammt lange auf diese Gelegenheit!«, sagt er und lässt den Blick über meinen Körper gleiten wie eine nasse Zunge. »Du hast das förmlich herausgefordert, genau wie das Niggerweib.«

Wäre Pearlie nicht im Kofferraum, würde ich alles auf eine Karte setzen und den Cadillac gegen einen Baum rammen, nur um diesen Bastard zu erledigen. Das ist wahrscheinlich der Grund, warum er Pearlie in den Kofferraum verfrachtet hat.

»Du weißt überhaupt nichts, he?«, fragt er.

»Ich glaube nicht, nein.«

»Sieh mich an.«

»Ich muss fahren.«

Er greift mit der Pistole herüber und dreht meinen Kopf zu sich. Er sieht genauso wütend wie triumphierend aus. *Warum?*, frage ich mich, während mein Blick auf seiner Pistole ruht. Es ist eine Automatik, hässlich und sauber wie ein frisches Skalpell. Sie wird funktionieren, keine Frage.

»Hat mein Großvater dich damit beauftragt?«

Billy grinst. »Ein kluger Offizier gibt keine solchen Befehle. Doch ein guter Soldat weiß trotzdem, was er zu tun hat, wenn sich Schwierigkeiten in den Weg stellen. Ein guter Soldat braucht keinen Befehl.«

»Soldat? Ich weiß, was für eine Art Soldat du bist. Die

Sorte, mit der sie meinen Vater in Kambodscha zusammengesteckt haben.«

Seine Augen werden schmal. »Was?«

»Nichts. Du würdest es sowieso nicht verstehen.«

Billy legt einen seiner Schlangenleder-Cowboystiefel auf das Armaturenbrett des Cadillac. »Du hältst dich wohl für ziemlich schlau, wie?«

Ich antworte nicht.

»Bist du schlau genug, um dir zu denken, was jetzt mit euch passiert?«

»Du wirst uns beide umbringen.«

Er lacht. »Du hast es kapiert, Süße. Aber das war der einfache Teil. Die Frage lautet: *Warum?*«

Ich hüte mich, diesen Köder zu schlucken. Je mehr Interesse ich zeige, desto weniger wird er mir erzählen. Das ist seine Natur. Er hatte nie viel Macht im Leben, also kostet er sie aus, wann immer er eine Gelegenheit dazu bekommt.

»Nun?«, drängt er. »Weißt du es?«

Pearlie hämmert zweimal von hinten gegen den Kofferraumdeckel. Es tut mir in der Seele weh, doch wenigstens lebt sie noch.

»Weil du mir im Weg bist«, sagt Billy sinnierend. »Das ist der Grund.«

»Wie meinst du das?«

»Wenn du am Leben bleibst, erbst du mein Geld.«

Das ist nicht die Antwort, die ich erwartet hätte. »Dein Geld? Was redest du da?«

Er lacht erneut, diesmal beinahe gackernd. »Kirkland ist mein Vater, du dämliche Fotze. Das hättest du wohl nicht gedacht, eh?«

Nach allem, was ich heute erfahren habe, kann diese Enthüllung mich nicht sonderlich beeindrucken.

»Meine Mutter hat für eine von euren DeSalle-Firmen gearbeitet. Sie war Buchhalterin. Sie hat viel zu Hause gearbeitet, und Dr. Kirkland kam regelmäßig vorbei, um die Bücher zu überprüfen. Ich schätze, er war weniger an den Zahlen als an ihr interessiert. Wie dem auch sei, er hat sie genagelt. Und ich bin das Ergebnis.«

»Du scheinst stolz darauf zu sein.«

Billy zuckt die Schultern. »Nichts, weswegen ich mich schämen müsste. Er hat ihr regelmäßig eine hübsche Summe Schweigegeld gezahlt. Hat mich zur Schule geschickt und mir ein paar Mal aus Schwierigkeiten geholfen. Und so bin ich in der Army gelandet.«

»Army oder Gefängnis, wie?«

»So in der Art, Süße. Er hat auch die Abenduniversität bezahlt, als ich wieder rauskam. Wie dem auch sei, damit bin ich dein Onkel – zumindest dachte ich das bis heute. Nachdem ich gehört hab, was er dir im Büro erzählt hat, klingt es, als wäre ich vielleicht auch dein Halbbruder.« Billy lacht erneut.

»Das ist Schwachsinn.«

»Das hättest du wohl gerne, Süße.« Er überprüft den Sicherungshebel seiner Pistole, dann legt er ihn probehalber ein paar Mal um. »Die Sache ist die, ich habe bereits einen hübschen Anteil an diesem indianischen Casino. Ich hab eine Menge Arbeit investiert, um diesen Deal für den Alten vorzubereiten. Drecksarbeit, wenn du verstehst, was ich meine. Die Sache ist nur die … es ist noch mehr Geld drin. Viel mehr. Meine Mutter hat Aufzeichnungen. Es gibt Geld, von dem du wahrscheinlich nicht mal eine Ahnung hast. Auf den Cayman Islands, in Liechtenstein, überall auf der Welt. Und jetzt, nachdem deine wirre Tante sich selbst den Rest gegeben hat, sind du und deine Mutter die beiden einzigen lebenden Erben im Testament des Alten. Soll man das glauben?«

Ich glaube ihm jedes Wort. Großvater mag sich Söhne gewünscht haben, doch nichts würde ihn dazu bewegen können, auch nur einen Dollar außerhalb der legitimen Familie zu vermachen, nicht einmal an wohltätige Einrichtungen, solange er keine Gegenleistung bekommt.

»Er hat sich in letzter Zeit mehr und mehr auf mich verlassen«, sagt Billy. »Und er hat gesehen, zu was ich imstande bin. Während du nichts als Scherereien verursacht hast. Du bist nur noch eine Belastung. Wenn du verschwindest, wird er aufatmen.«

»Wahrscheinlich hast du Recht.«

Billy sieht mich überrascht an, nickt jedoch zufrieden, als er seine Intuition bestätigt sieht.

Der Highway 61 erstreckt sich vor uns, schlängelt sich durch die Hardwood-Wälder und führt uns immer weiter nach Süden. Im Südosten braut sich eine graue Wolkenmasse zusammen. Würden wir weiter nach Baton Rouge fahren, würden wir wahrscheinlich nichts davon abkriegen, doch der Hauptteil des Unwetters scheint sich über dem Fluss zu bilden, ungefähr dort, wo das Angola State Penitentiary liegt.

Wie passend, denke ich, *dass mein letzter Auftritt im Regen stattfindet.*

Wir sind seit zehn Meilen auf der Angola Road, als der Regen einsetzt. Das Geräusch des Regens auf dem Blech des Cadillac versetzt mich halbwegs in die Trance, die ich bereits kennen gelernt habe, bevor ich richtig denken konnte. Billy Neal scheint den Regen für ein gutes Omen zu halten. Er grinst zufrieden und stellt einen Country-Sender im Radio ein.

»Magst du Regen?«, frage ich.

»Heute schon.«

»Warum ausgerechnet heute?«

Er dreht sich zu mir und schürzt die Lippen, als wäre er unschlüssig, ob er mich einweihen soll oder nicht. »Weil du heute ersaufen wirst, *Schwester.*«

Das erscheint mir so absurd, dass ich fast laut auflache. »Wie das?«

»Du wirst vom Damm nach DeSalle Island abkommen.«

Ist das alles, was Billy Neal einfällt? Wenn er mich in die-

sem Wagen ins alte Flussbett steuert, kann ich mich und Pearlie zum Ufer retten, ohne auch nur in Schweiß auszubrechen …

»Ich sehe, wie du denkst«, sagt er. »Keine Sorge, ich weiß Bescheid über deine Tauchtalente. Du wirst viel zu lange am Grund festhängen, um dich zu retten.«

»Wenn du mich fesselst, sieht es nicht nach einem Unfall aus.«

Er grinst erneut sein geheimnistuerisches Grinsen. »Du bist nicht die Einzige, die gut schwimmen kann. Wenn du zwanzig Minuten unten bist, komme ich hinterher und nehm dir die Fesseln ab. Ganz einfach, *Schwester.* Eine besoffene Manisch-Depressive und ihre Nigger-Amme kommen in einem Gewitter vom Damm ab und fallen in den Fluss. Ein glasklarer Fall für die Polizei.«

»Ich bin aber nicht betrunken.«

»Keine Sorge, du wirst es sein.« Er öffnet das Handschuhfach und nimmt eine Halbliterflasche Taaka Wodka hervor. »Das hier hab ich im Sklavenquartier gefunden. Schätze, deine Mama mag ebenfalls Wodka.« Er schraubt die Flasche auf und hält sie mir hin. »Trink!«

»Nein, danke.«

»Nicht deine Kragenweite, wie?« Er drückt mir den Lauf seiner Pistole gegen die Schläfe. »Trink.«

»Ich kann nicht. Ich bin schwanger!«

»Schwanger?« Er lacht aus voller Brust. »Scheiße, du bist in einer Stunde tot!«

»Das hast du schon gesagt.«

Der Schlag mit dem Lauf der Pistole kommt so unerwartet und heftig, dass mir für eine Sekunde schwarz vor Augen wird. Ich spüre, wie ich die Kontrolle über den Wagen zu verlieren drohe, doch es gelingt mir, ihn wieder einzufangen.

»Du wirst das hier trinken, verdammt!«, befiehlt er.

»Nein.«

Er spannt sich, um mich erneut zu schlagen, als der Abzweig zur Insel in Sicht kommt. »Da.«

»Los«, befiehlt er. »Abbiegen.«

Direkt vor uns verlässt eine schmale Geröllpiste die Straße und führt in dichten Wald. Wie oft bin ich als kleines Mädchen über diese Piste gefahren, voller Angst, es könnte regnen, wenn wir die Insel erreichen, ohnmächtig und ausgeliefert und nicht imstande, die Fahrt abzubrechen?

Dreißig Jahre später hat der Kreis sich geschlossen.

Billy Neal nimmt einen Schluck aus der Wodkaflasche, dann schraubt er den Deckel wieder auf und wirft die Flasche auf die Rückbank hinter uns.

»Du wirst dieses Zeug trinken«, sagt er. »Oder ich schlag die Nigger-Amme vor deinen Augen tot.«

61

Bill beobachtet mich hasserfüllt, während ich den Cadillac über eine Piste steuere, die größtenteils aus Schlamm besteht. Immer wieder bricht das Heck des Wagens aus und zwingt mich, langsamer zu fahren. Trotzdem erscheint mir die Straße heute viel zu kurz. Als vor mir der Niedrigwasserdamm auftaucht, der hinüber zur Insel führt, deutet Billy Neal auf die Bäume zu unserer Rechten.

»Los, da hinein. Der Untergrund ist fest genug. Ein Stück voraus liegt eine kleine Lichtung.«

»Woher weißt du das?«, frage ich, während ich den Cadillac über die Stelle steuere, wo ich den Audi bei meinem letzten Besuch geparkt habe.

Billy grinst gepresst. »Dort hab ich geparkt, als ich dir kürzlich gefolgt bin.«

»*Du* hast mich in den Fluss gejagt?«

»Wer, glaubst du, soll es sonst gewesen sein? Jesse Billups? Dieser Feigling würde im Sturm nicht mal dann auf den Fluss rausfahren, wenn sein Leben davon abhängt.«

»Hat mein Großvater dich damals geschickt, um mich zu erledigen?«

Billys Grinsen verblasst. »Was spielt es schon für eine Rolle? Fahr da drüben hin und halt an.«

Vor uns hat sich eine Lichtung geöffnet. Zwischen den Bäumen ist reichlich Platz für den Cadillac, und das Blätterdach schützt uns vor der vollen Wucht des Regens. Billy greift zu mir herüber und stellt den Motor ab. Bald darauf höre ich nur noch das Knacken der abkühlenden Maschine und das sanfte Platschen von Wassertropfen auf das Blech.

»Nett hier, wie?«, fragt Billy.

»Ich dachte, du wolltest uns auf dem Damm erledigen?«

»Hast du es eilig?« Er richtet die Waffe auf mich. »Dreh dich zum Fenster. Nimm die Hände auf den Rücken.«

»Warum?«

Er rammt mir den Lauf der Pistole unter den Kiefer. »Tu, was ich sage.«

»Du kannst mich nicht erschießen. Du willst doch, dass es wie ein Unfall aussieht.«

»Du hast Recht, ich würde es lieber vermeiden. Aber es macht mir überhaupt nichts aus, deine klugscheißerische Nigger-Amme abzuknallen. Niemand wird sich wegen dieser vertrockneten alten Schachtel aufregen.«

Wird er Pearlie erschießen? Ja. Aber wenn ich zulasse, dass er meine Hände fesselt, welche Chance habe ich dann noch, uns zu retten? Eine kleine … Wenn er mich allerdings mit den Händen ans Lenkrad fesselt, bin ich in Schwierigkeiten. Kann er das tun? Jetzt schon? Er muss schließlich den Wagen noch irgendwie auf den Damm fahren …

Es mag das Dümmste sein, was ich in meinem Leben getan habe, doch ich drehe mich um und schaue zum Fenster. Ich erwarte ein Seil, genau wie ich es bei Pearlie im Kofferraum gesehen habe; dann ertönt ein leises metallisches Klimpern, und Stahlbänder schließen sich um meine Handgelenke.

Scheiße! Wenn ich mit den Handschellen ins Wasser gehe, wird es ernst.

Billy steigt aus dem Wagen. Im ersten Moment denke ich, dass er Pearlie aus dem Kofferraum holen will, doch dann fängt er an, seine Jeans aufzuknöpfen. Ich wende mich ab in der Erwartung, ihn urinieren zu hören, doch stattdessen vernehme ich das Geräusch von Stoff gegen Fleisch. Dann lehnt er sich gegen die offene Tür.

»He«, sagt er. »Sieh her.«

Ich wende mich um. Er trägt schwarze zweiteilige Unterwäsche, und seine Augen leuchten.

»Was soll das werden?«, frage ich.

»Was denkst du?« Ein grausiges Grinsen. »Ich will eine Kostprobe von dem, was der Boss gehabt hat.«

Er zieht seine Unterwäsche aus und steigt wieder in den Wagen ein. Die Waffe in der Linken spielt er mit der Rechten an sich selbst, während er sich setzt. »Du hast einen geilen Arsch, so viel steht fest. Und du hast keine Verwendung mehr dafür, wenn der heutige Tag vorbei ist. Also kann ich ihn mir genauso gut noch mal vornehmen, oder? Niemand wird etwas erfahren. Bleibt schließlich alles in der Familie, eh?«

Mein Herz flattert plötzlich wie bei einem in Panik geratenen Vogel, der im Käfig gefangen ist und seine Schwingen zerfetzt. Mit den Handschellen hat Billy Neal mich in jenes hilflose kleine Mädchen zurückverwandelt, das ich war, wenn mein Großvater mich vergewaltigt hat.

»Los, streck die Beine über den Sitz«, befiehlt Billy. »Ziehen wir dir die Jeans aus.«

Ich schüttele den Kopf.

Das glasige Leuchten in seinen Augen wird noch heller. »Dann steige ich eben aus und jage vier Kugeln in den Kofferraum.«

»Du wirst Pearlie sowieso töten.«

»Zugegeben. Aber besser später als früher, oder?«

Ich weiß nicht, was ich tun soll. Meine Synapsen scheinen nicht mehr vernünftig zu feuern.

»Es ist die menschliche Natur, ganz einfach«, sagt Billy, während er an sich spielt, bis er eine Erektion hat. »Die Menschen tun einfach alles, wovon sie glauben, dass es sie fünf Minuten länger am Leben erhält. Die Nazis wussten das. Sie haben es benutzt, um die Menschen zu kontrollieren. Bis zu dem Augenblick, wenn sie hinter ihnen die Türen der Gaskammern zugeworfen haben.«

»Du bist ein großer Fan der Nazis, wie?«

Er lacht. »Los, streck deine verdammten Beine aus!«

Billy hat Recht. Ich will jede Sekunde leben, die ich kann. Jede Sekunde länger ist eine neue Chance zur Flucht. Die Ironie ist exquisit. Mein ganzes Leben lang habe ich mit dem Gedanken an Selbstmord geflirtet, und jetzt sitze ich hier und wünsche mir nichts weiter als ein paar zusätzliche Augenblicke Sonnenlicht und Luft. Ich bin nur deswegen noch am Leben, weil dieser Mann Sex mit mir haben will. Und wenn ich mich zu heftig widersetze, wird er mich erschießen.

Billys Grinsen ist irre. »Es gibt noch eine andere Möglichkeit, an die du vielleicht nicht gedacht hast. Ich kann dich zuerst erschießen und dann ficken. Du wärst immer noch hübsch warm.«

Mein Mund wird trocken.

»Ich würde es zwar andersherum vorziehen, aber es ist deine Entscheidung.«

Wenn er mich zuerst erschießt, spüre ich wenigstens nicht, wie ich vergewaltigt werde. Ich würde nichts davon wissen. Doch dann dämmert mir: *Ich muss es sowieso nicht spüren.* Das ist der eine magische Trick, den ich als Kind gelernt habe – Dissoziation. Billy Neal kann mit mir tun und lassen, was er will, und ich kann ihm von der Galerie herunter dabei zusehen. Ein körperloser, unbeteiligter Beobachter.

»Ich schätze, du hast deine Entscheidung getroffen«, sagt

er und steigt aus dem Wagen. »Die Nigger-Amme wird für deinen Stolz bezahlen.«

»Warte!«, rufe ich und strecke meine Beine gehorsam über die Vordersitze aus.

Er beugt sich in den Wagen hinunter, greift mit einer Hand nach meinem Gürtel und löst ihn. Dann öffnet er den Reißverschluss, gräbt seine Finger in den offenen Hosenschlitz und reißt brutal daran, bis meine Beine größtenteils nackt sind.

»Los, tritt sie runter«, befiehlt er schwer atmend von der Anstrengung.

Ich gehorche, als würde seine Stimme meine Gliedmaßen kontrollieren.

Er wirft meine Jeans auf den Rücksitz; dann richtet er die Pistole auf mein Gesicht und zerreißt mir das Höschen.

Es ist schon unheimlich, wie schnell ich von dem dissoziiere, was mit meinem Körper geschieht. Ich beobachte mich auf die gleiche Weise, wie ich die Figuren in einem Film beobachte – fasziniert und in kritischer Distanz zugleich. Ich habe sogar meine Liebhaber gebeten, dieses Szenario mit mir zu spielen: Vergewaltigung als Vergnügen. Viele normale Frauen haben wahrscheinlich das gleiche Spiel gespielt. Ich habe Männer gebeten, mich zu fesseln und zu würgen und zu schlagen. Und jetzt, wo es tatsächlich passiert, ist der Unterschied zu dem gespielten Akt gar nicht mehr so groß. Er sollte es eigentlich sein, das weiß ich. Er wäre es auch für eine *normale* Frau.

Nicht für mich.

Würden viele Frauen eine Vergewaltigung erdulden, um ein wenig länger zu leben? Oder würden sie bis zum letzten Atemzug kämpfen, um ihre sogenannte Ehre zu verteidigen? Kämpfen wird Billy Neal nicht an seinem Vorhaben hindern. Es führt nur dazu, dass er mir noch mehr Schmerzen zufügt. Außerdem – was macht es schon aus, wenn ich noch einmal mehr vergewaltigt werde? Ich wurde so häufig vergewaltigt, dass ein weiterer Akt der Gewalt überhaupt keine Bedeutung für mich hat. Ich verstehe jetzt, dass ich sogar als Erwachsene noch vergewaltigt worden bin. Selbst wenn ich Ja gesagt habe, hat mich irgendetwas jenseits meines Begriffsvermögens dazu getrieben, die einzige Art von sexueller Vereinigung zu wiederholen, die ich kannte.

»Ich weiß Bescheid über Frauen wie dich«, sagt Billy, während er mich über den Sitz zieht, bis ich nach vorne zu liegen komme wie eine Beifahrerin auf einer Sonntagsfahrt. »Frauen, die jung zugeritten wurden. Frauen wie du wissen, wie man einem Mann Freude macht. Sie sind besser darin als eine Thai-Nutte.«

Er kniet vor mir auf dem Boden und wechselt die Pistole in die linke Hand. Mit der rechten Hand pumpt er seinen Penis, bis er hart geschwollen und rot ist. Der Anblick ist bizarr und dennoch vertraut: Ein Mann, den ich kaum kenne, steht im Begriff, in mich einzudringen. Es ist häufiger geschehen, als ich mich erinnern will.

»Bist du feucht?«, fragt er und streckt die Hand prüfend zwischen meine Beine wie ein Mechaniker, der den Ölstand eines Motors kontrolliert. »Scheiße.« Er spuckt sich in die Handfläche und beschmiert seinen Penis mit dem Speichel. Dann spuckt er sich auf die Finger und schiebt sie in mich. »Das wär's«, murmelt er vor sich hin. »Jetzt kommen wir der Sache näher.«

Taubheit breitet sich in mir aus wie ein Narkotikum und maskiert jedes Gefühl außer dem plötzlichen, ruckhaften Akt der Penetration. Doch auch das macht mir nichts aus. Es ist nicht mehr als eine Wiederholung, ein Ritual, eine Rolle, die ich zu spielen gelernt habe, bevor ich irgendetwas anderes beigebracht bekam.

Doch diesmal ist es anders. Dieser Mann hier will mich nicht nur benutzen. Er will mich töten. Wie die Männer in der Einheit meines Vaters, die White Tigers, die sich als Belohnung Mädchen aus den Dörfern gekidnappt haben, um sie die ganze Nacht hindurch zu vergewaltigen und anschließend zu erschießen, um sie am Reden zu hindern.

Diese Mädchen sind meine toten Schwestern.

Irgendetwas Metallisches knallt hinter mir, und für einen Augenblick bin ich zurück in der Gegenwart und sehne mich nach der alten Frau, die voller Todesangst im Kofferraum liegt. Doch Pearlie Washington muss jetzt allein mit ihrer Bürde zurechtkommen. In gewisser Weise ist sie diejenige von uns beiden, die mehr Glück hatte.

»Ja …«, grunzt Billy und stößt mit der Wucht eines Zimmermanns in mich hinein, der Nägel in Bohlen schlägt. »Das ist gut … aaah.«

Gut? Ist das gut? Diese Worte habe ich schon früher gehört. Doch sie ergeben keinen Sinn. Wie kann das gut sein? Und trotzdem sagt er mir, dass es gut ist, dass ich gut bin … und wichtiger noch, dass ich etwas Besonderes bin. Das ist gut. Ich will etwas Besonderes sein …

»Du bist zu weit hinten …«, stöhnt er und stößt noch härter zu. »Los, rutsch runter, bis zur Sitzkante …«

Ich gehorche.

Pearlie hämmert weiter gegen den Kofferraumdeckel, ein bemitleidendes Geräusch, das schwächer und schwächer wird – wie der Todeskampf eines Erfrierenden. Ich stelle mir vor, dass sie betet, obwohl ich nicht weiß, warum. Als ich das letzte Mal von ihr weggegangen bin, hat sie gesagt, dass ich es vielleicht mit Gottes Hilfe schaffen würde. Doch Gott wird mir nicht helfen. Das habe ich schon immer gewusst.

Wasser fällt mir ins Gesicht. Zuerst glaube ich, es wäre Regen, der irgendwie in den Wagen leckt, doch es ist Billy Neals Schweiß, der auf mich heruntertropft. Er schiebt meine Bluse hoch und reißt meinen BH herunter, bis meine Brüste entblößt sind. »Ja«, sagt er mit rauer Stimme, indem er sie derb knetet. »Scheiße. Jaaa.«

Sein Mund ist zu einer Grimasse verzerrt, als verursachte

ihm der Akt körperliche Schmerzen. Sein Atem ist schlecht genug, um meine Trance zu penetrieren. Ich erkenne auch die Ursache … seine Zähne sind in schlechter Verfassung. Er stößt wild mit den Hüften in mich hinein, hämmert mich gegen das Sitzpolster, und seine Nackenmuskeln sind so gespannt, als würde er Gewichte heben. Seine Halsvenen treten hervor wie zwei Schläuche, die so prall gefüllt sind, dass sie jeden Augenblick platzen. Ich bin nicht sicher, ob es der Anblick dieser Adern ist oder die Nähe seiner Zähne, die mich endgültig aus meiner Trance reißt, doch es muss eins von beiden sein. Weil mein Verstand ohne Vorwarnung mitten in sein wildes Stoßen hinein sehr schnell und mit klinischer Präzision zu arbeiten beginnt.

Der Kaumuskel des Kiefers ist der stärkste Muskel im menschlichen Körper. Er kann einen Druck von vierzehn Kilogramm pro Quadratzentimeter Bisskraft erzeugen.

Ein halbes Kilo pro Quadratzentimeter reicht aus, um ein menschliches Ohr abzutrennen. Das habe ich während meiner Zeit im Emergency Room gelernt, als ich noch an der Universität war.

Was können vierzehn Kilogramm pro Quadratzentimeter mit einem menschlichen Hals anrichten, wenn sie einen Mund voller scharfer Zähne in die Haut treiben? Diese Frage wird plötzlich hochinteressant für mich, weil Billy Neals Hals frei und ungeschützt direkt über mir liegt und seine Adern so deutlich hervortreten von der heftigen Anstrengung, mit der er mich penetriert. Ein Höhlenmensch könnte mir die Antwort verraten. Nägel und Zähne waren die ersten scharfen Waffen, die *Homo sapiens* jemals eingesetzt hat. Das erzähle ich jedem Detective vom Morddezernat, wenn ich ihn über mein forensisches Fachgebiet aufkläre. Ich könnte Billys Halsvenen ohne jedes Problem durchbeißen. Die Zähne zusammenbeißen und den Kopf hin und her reißen wie ein Pitbull, bis er Blut spuckt. Das würde ihn in Todesangst versetzen, keine Frage – und höllisch schmerzen würde es außerdem –, doch töten würde es ihn nicht. Vielleicht würde es ihn nicht einmal weit genug außer Gefecht setzen, um ihn daran zu hindern, mir in den Kopf zu schießen.

Im Gegensatz zu einer zerfetzten Halsschlagader. Eine zerfetzte Halsschlagader wäre Billys sicherer Tod. Und sie würde ihn augenblicklich in Panik versetzen. Nicht viele Menschen schaffen es, ruhig zu bleiben, wenn ihr Blut in einer einen Meter hohen Fontäne pulsierend aus ihrem Hals spritzt. Doch die Halsschlagadern liegen geschützt unter zahlreichen Gewebeschichten.

Die Halsvenen liegen direkt unter der Haut.

Billy hat aufgehört zu stoßen. Er ist zu einem stetigen Rhythmus übergegangen und arbeitet über mir wie die meisten Männer, mit denen ich Sex hatte, während er stöhnt und ächzt, die Augen leer, und während sein Atem in schnellen, abgerissenen Zügen geht.

Sein Atem …

Die Luftröhre ist ein hohler Schlauch aus nach hinten offenen Knorpelspangen, zusammengehalten durch Bindegewebe und Muskeln, die den Raum zwischen den Spangen ausfüllen. Unfallopfer sterben oft an den Folgen einer durch den Aufprall auf das Lenkrad zerquetschten Luftröhre. Reichen vierzehn Kilo pro Quadratzentimeter aus, um eine Luftröhre zu zerquetschen? Mein Instinkt und meine Ausbildung sagen Ja.

Außerdem sind vierzehn Kilo pro Quadratzentimeter eine runde Zahl. Eskimos – die sich von viel zäheren Lebensmitteln ernähren als wir – erreichen in der Regel den doppelten Beißdruck. Eine Frau, die ihr Leben retten will, sollte imstande sein, es ihnen gleichzutun.

Schon ist mein Blick von Billys vorquellender Halsvene zu dem ungeschützt daliegenden Halbkreis seiner Luftröhre gewandert. Um sie richtig zu packen, müsste ich den Kopf zur Seite drehen, sodass mein Biss senkrecht zur Luftröhre verläuft. Auf diese Weise schlägt ein Leopard eine Antilope

– indem er ihren Hals mit seinen langen Fangzähnen packt. Und dazu ist ein seitlicher Biss erforderlich.

Nicht wie ein Leopard, denke ich. Wie eine Leopardin. Wie Lena …

Ich entdecke einen Leberfleck an Billys Halsansatz. Dunkelbraun, mit schwarzen Haaren darauf. Seine Nackenmuskeln sind so stark angespannt, dass ich seinen Adamsapfel nicht sehen kann. Doch ich weiß, dass er dort ist. Mein Ziel liegt unmittelbar darüber, die kürzeste und verwundbarste Stelle der Luftröhre …

»Mmmm«, stöhnt Billy. »Oh ja … ich bin gleich so weit …«

Er hat die Pistole immer noch in der linken Hand – nicht seiner Handlungshand. Er könnte mich trotzdem damit erschießen, keine Frage. Doch ich habe nicht die Zeit, um auf ein Wunder zu warten. Ich neige meinen Kopf so weit zur Seite, wie ich kann, öffne den Mund und fange an, an seinem Hals zu saugen.

»Scheiße, ist das geil …«, ächzt er. *»Oh jaaa …«*

Ich öffne den Mund weiter und erforsche mit der Zunge die weiche Geographie seines Halses. Ich ertaste die linke Halsvene … den Kamm des Brustbein-Schildknorpelmuskels, den versunkenen Kehlkopf …

Als Billy sich dem Höhepunkt seiner Bemühungen nähert, wirft er den Kopf zurück, wie manche Männer es tun. Ich öffne den Mund, so weit ich kann, und beiße mit aller Kraft, die ich aufbringen kann, in seinen Hals.

Unter meinen Zähnen kracht es laut, als der Knorpel bricht.

Es fühlt sich an, als hätte ich eine Hühnerbrust durchbissen, mitsamt Knochen und allem. Billys Körper versteift sich, und Blut schießt in einem heißen Schwall in meinen Mund. In Gedanken sehe ich nur noch, wie die Pistole hoch zu meinem Kopf ruckt und mein Gehirn durch den ganzen Wagen spritzt.

Doch das geschieht nicht.

Billy zuckt mit Armen und Beinen wie ein Mann, der von einer Dreschmaschine erfasst worden ist, doch je mehr er versucht, sich von mir zu lösen, desto mehr Raum habe ich, den Kopf mit aller Gewalt nach hinten zu reißen. Für ein paar Sekunden sind wir in wildem Kampf ineinander verkeilt, dann kommen meine Zähne plötzlich frei. Seine Hand zuckt nach oben zu seiner Kehle, und Hoffnung flammt in mir auf wie eine Überdosis Adrenalin.

Er hat die Waffe nicht mehr in der Hand!

Schaumiges Blut spritzt aus einer ausgefransten Wunde an seinem Hals, doch es ist nicht das Blut, das mich schockiert. Es ist das schnaufende Pfeifen von Luft, die bei jedem Atemzug aus dem Loch entweicht. Dieses Schnaufen ist das Geräusch des bevorstehenden Todes.

Und Billy Neal weiß es.

62

Ich habe niemals in den Augen eines Menschen derartige Panik gesehen wie jetzt in den Augen von Billy Neal, doch ich warte nicht, um mich daran zu erfreuen. Mit einem wilden Satz werfe ich mich fast aus dem Wagen. Er versucht halbherzig, meine Füße zu packen, doch ich trete mit aller Kraft zu, und es gelingt mir, mich zu befreien.

Ich rappele mich auf und kämpfe gegen das Verlangen, mich umzudrehen, während ich nach vorne und in den Schutz der Bäume stolpere. Ein Moment des Zögerns ist vielleicht alles, was er braucht, um seine Pistole aufzuheben und mich zu erschießen. Ich stolpere noch immer unter den Bäumen davon, als ich höre, wie der Motor angelassen wird.

Angst um Pearlie lässt mich kehrtmachen und zum Wagen zurückrennen. Es ist nicht leicht, mit auf den Rücken gefesselten Händen zu rennen. Ich schlage mehrere Male der Länge nach hin, und bis ich wieder bei der Lichtung bin, ist der Cadillac verschwunden. Ich höre das Geräusch des Motors, während der Wagen sich über die Geröllpiste weiter von mir entfernt.

Nackt von der Hüfte abwärts kämpfe ich mich voran bis zum alten Flussbett und von dort aus weiter am Ufer entlang in Richtung Damm. Der Untergrund ist schlammig, doch im Boden gibt es viel Sand, deswegen komme ich nicht allzu schlecht voran. Bald trotte ich in stetigem Rhythmus über den Niedrigwasserdamm in Richtung Insel wie eine Frau ohne Arme bei einem Benefizlauf.

Auf der anderen Seite des Damms erkenne ich den alten Truck meines Großvaters, der in den Sträuchern vor sich hin rostet. Diesmal lässt der Anblick mich kalt, denn hundert Meter rechts davon rollt ein weißer Pick-up entlang der Uferstraße in Richtung Damm.

Ich kann nicht mit den Armen wedeln, doch ich kann schreien.

Mit Tränen in den Augen schreie ich wieder und wieder um Hilfe, während ich in den Pausen so tief Luft hole, wie Billy Neal es sich in diesem Moment wahrscheinlich sehnlichst wünscht. Ich weiß nicht, ob es meine Schreie sind oder meine Nacktheit, die die Aufmerksamkeit des Fahrers erwecken, doch der Wagen biegt auf den Damm ab und kommt direkt auf mich zu. Für einen Augenblick habe ich Angst, er will mich überrollen, doch dann quietschen die Bremsen, und der Pick-up kommt ruckelnd zum Stehen. Ein Schwarzer springt mit weit aufgerissenen Augen aus dem Führerhaus. Sein Gesicht ist eine einzige Masse aus Narbengewebe.

»Gütiger Gott!«, ruft Jesse Billups. »Was ist denn mit Ihnen passiert?«

»Schnell zurück in den Wagen! Ich erzähle Ihnen die Geschichte unterwegs!«

»Wohin fahren wir?«

»Pearlie Washington ist verletzt! Sie ist in den Kofferraum ihres Wagens gesperrt, und der Fahrer will sie töten!«

»Meine Tante Pearlie?«

»Ja!«

Jesse ist nicht sicher, was das alles zu bedeuten hat, doch er klemmt sich hastig hinter das Lenkrad und legt den Gang ein. Während ich mich auf den Beifahrersitz mühe, greift er nach hinten und zerrt einen schmutzigen Anorak hervor, den er mir um die Hüften bindet.

»Fahren Sie in Richtung Angola Road!«, rufe ich. »Ich habe ihn ziemlich schlimm verletzt. Er wird versuchen, es bis zu einem Krankenhaus zu schaffen!«

Jesse tritt das Gaspedal durch und rast in Richtung Ufer. »Von wem reden Sie? Wen haben Sie verletzt?«

»Billy Neal.«

Jesse schürzt die Lippen. »Neal ist ein Nichts, ein jämmerlicher Scheißkerl, das kann ich Ihnen sagen.«

»Sie kennen ihn?«

»Oh, und wie ich ihn kenne! Er ist derjenige, der mich von der Insel weggerufen hat in der Nacht, als Sie verschwunden sind! Sie erinnern sich? Wir haben uns beim Blockhaus unterhalten, und dann kam der Anruf.«

»Ich erinnere mich.«

»Er hat gesagt, er würde mich unten in Baton Rouge brauchen. Meinte, es wäre wirklich wichtig, und ich sollte Ihnen nichts davon erzählen. Ich bin nach Baton Rouge zu dem Hotel gefahren, wo ich ihn abholen sollte, doch er war nicht da. Er hat sich nie dort gemeldet.«

»Er hat Sie weggelockt, damit er mich an diesem Abend auf der Insel umbringen kann.«

Jesse schüttelt den narbigen Kopf. »Warum haben Sie keine Hose an?«

»Billy hat versucht, mich zu vergewaltigen.«

Der Vormann von DeSalle Island mustert mich flüchtig von oben bis unten. »Versucht?«

»Er war dabei, okay? Er wollte mich hinterher ermorden. Und Pearlie ebenfalls.«

»Wie haben Sie ihn verletzt?«

»Das werden Sie sehen, wenn wir ihn geschnappt haben. Geben Sie endlich Gas! Dieses verdammte Ding kommt überhaupt nicht vorwärts!«

Als wir die Geröllpiste erreichen, beschleunigt Jesse den Truck und fährt so schnell, wie es nur geht, und das müsste schneller sein als Pearlies schwerer Cadillac. Ich erinnere mich, wie der Caddy in den Kurven auszubrechen drohte und geschwankt hat wie ein Boot im Bayou.

»Verdammt«, murmelt Jesse nach kurzer Zeit. »Ist das nicht Pearlies Wagen dort?«

Fünfzig Meter vor uns ist ein babyblauer Cadillac mit der Schnauze gegen einen Pekannussbaum gekracht. Dampf quillt unter der Motorhaube hervor. Die Fahrertür ist offen, und Kopf und Oberkörper eines Mannes ragen heraus. Das Gesicht ist bedeckt von hellrotem Blut.

»Beeilung!«, rufe ich. »Pearlie ist im Kofferraum.«

Jesse bremst wenige Meter von Pearlies Wagen entfernt. Billy Neal rührt sich nicht, doch das bedeutet nicht, dass er tot ist. Das Blut auf seinem Gesicht könnte von nichts weiter als einer gebrochenen Nase herrühren.

»Haben Sie eine Waffe?«, frage ich.

Jesse greift hinter den Sitz und bringt ein Jagdgewehr zum Vorschein. »Halten Sie Billy Neal in Schach, während ich den Kofferraumschlüssel hole.«

»Wie wollen Sie den Schlüssel mit auf den Rücken gefesselten Händen aus dem Zündschloss ziehen?«

»Sie haben Recht. Dann machen Sie eben beides.«

Jesse steigt aus dem Wagen und lädt das Gewehr durch. Die Patrone rutscht mit einem beruhigenden Klicken in die Kammer. Ich springe umständlich aus der Kabine und halte mich dicht hinter Jesse, während er sich vorsichtig Billy nähert.

»Wenn dieses Arschloch auch nur einen Mucks macht, gebe ich ihm den Rest«, sagt Jesse.

»Nur zu«, muntere ich ihn auf.

Er nähert sich mit dem Gewehr im Anschlag dem Cadillac und Billy, wie man sich einer verwundeten Klapperschlange nähern würde. Dann entspannt er sich plötzlich, und schließlich erkenne ich den Grund dafür.

Billys Hände sind leer, die grauen Finger blutig. Seine Augen in der roten Masse, die sein Gesicht ist, starren blicklos in den Himmel. Das Leben ist aus ihnen verschwunden. Als ich nahe genug heran bin, um ihn berühren zu können, höre ich ein ganz leises Pfeifen. Aus dem ausgefransten Loch in seiner Kehle steigen winzige rote Schaumblasen auf.

»Wie zur Hölle hat er das geschafft? So stark war der Aufprall nicht.«

»Das war nicht Billy«, sage ich. »Das war ich.«

»Womit?«

»Mit den Zähnen.«

Jesse beugt sich dichter herab. »Ich werd verrückt.«

»Holen Sie die Schlüssel, Jesse.«

»Jawohl, Ma'am.«

Während Jesse den Schlüssel aus dem Zündschloss zieht, knie ich neben Billy nieder. Seine Augen weiten sich angstvoll, dann erstarren sie.

Das Pfeifen hat aufgehört.

Ich habe einen Menschen getötet. Ich habe einen Menschen getötet, und alles, was ich denken kann, ist, dass ich froh bin, die Zähne meines Vaters geerbt zu haben. DeSalle-Zähne sind klein und rund. Kirkland-Zähne sind groß und quadratisch und neigen zu Karies und Zerfall. Ferry-Zähne hingegen sind hart wie Stein, die Schneidezähne breit, die Vorderzähne scharf. Ich erinnere mich, wie mein Daddy die Kronkorken von Colaflaschen damit geöffnet hat, als ich klein war. Er hat erzählt, er hätte es von seinem Vater gelernt. Während mir diese Erinnerung durch den Kopf geht, erfasst mich ein Hochgefühl. *Ich kann unmöglich Ferry-Zähne haben, wenn Luke Ferry nicht mein Vater ist.* Der Beweis ist nicht so unumstößlich wie eine DNA-Analyse, doch ich kenne mich mit Zähnen aus wie mit sonst nichts auf der Welt.

Luke Ferry war mein Vater.

»Sieh sich einer diese Scheiße an!«, kreischt Jesse Billups. »Komm, Tante Pearlie, ich helf dir da raus!«

Ich springe auf und renne nach hinten. Jesse hat das Gewehr zu Boden gelegt und hebt seine alte Tante behutsam aus dem Kofferraum. Pearlies Gesicht und ihre Hände mögen zwar blutig sein, doch ihre Augen sind voller Leben – verglichen mit denen von Billy Neal.

»Alles in Ordnung, Pearlie?«, frage ich.

Sie deutet auf meine nackten Beine unter dem Anorak. »Ist bei dir alles in Ordnung?«

»Ja.«

Sie schließt die Augen und schüttelt den Kopf. »Wie ich gesagt habe – mit Gottes Hilfe wirst du es schaffen, Mädchen.«

Ich versuche erst gar nicht, ihr zu widersprechen. »Ja, das hast du.«

Jesse stellt seine Tante vorsichtig auf die Füße und hält sie aufrecht, während sie erprobt, ob sie ihre Beine belasten kann. Dann lässt Jesse uns allein. Ohne ihre Perücke sieht Pearlie aus, als wäre sie hundert Jahre alt. Aber das ist sie nicht. Sie hat noch eine Menge Leben in sich.

»Was hast du als Nächstes vor?«, fragt sie und starrt hinunter auf Billy Neals Leichnam. »Was wird Dr. Kirkland jetzt tun?«

»Ich weiß es nicht. Ich habe jetzt keine Zeit, mir darüber den Kopf zu zerbrechen. Ich muss so schnell wie möglich nach New Orleans.«

Sie sieht mich schockiert an. »Was denn, jetzt?«

»Sofort.«

»Warum denn das?«

Weil ich mit einem Killer reden muss, und weil ich vor allen anderen bei ihr sein muss. »Wenn ich nicht dort erscheine, wird das FBI mich verhaften.«

Pearlie schüttelt den Kopf. »Nun, mach, was immer du tun musst, Mädchen. Jesse kann mich zur Insel bringen.«

»Du musst in ein Krankenhaus, Pearlie.«

Sie schnauft verächtlich. »Ich brauche einen Whiskey, das ist alles, was mir fehlt.«

Jesse kommt mit einem kleinen silbernen Schlüssel in der Hand zurück. »Sie möchten bestimmt diese Handschellen los sein, Ma'am.«

Ich drehe ihm den Rücken zu, und er schließt die Handschellen auf. Ich reibe mir die Gelenke, um das Blut wieder zum Zirkulieren zu bringen, dann gehe ich zum Wagen und hole meine Jeans vom Rücksitz.

»Tante Pearlie hat gesagt, Sie müssten dringend nach New Orleans«, sagt Jesse und kommt herbei.

»Das ist richtig.«

»Und wie wollen Sie dorthin kommen?«

»Ich werde einen Pick-up von der Insel nehmen.«

Er blickt mich unbehaglich an. »Weiß Dr. Kirkland Bescheid?«

»Nein!«, sagt Pearlie von hinten mit Bestimmtheit. »Und er wird es auch nicht erfahren!«

Jesse dreht sich zu seiner Tante um. Sie steht mit in die Hüften gestemmten Händen da und funkelt ihn an, als hätte sie es mit einem begriffsstutzigen siebenjährigen Jungen zu tun.

»Jesse Ford Billups«, sagt sie. »Willst du weiter dem Mann dienen, der dich vor all den Jahren blutig geschlagen hat? Oder wirst du diesem Mädchen hier helfen, zu tun, was richtig ist?«

Er stößt einen tiefen Seufzer aus. »Scheiße, Tante Pearlie. Ich weiß nicht, was …«

»Was hast du gesagt?« Die alte Frau schüttelt drohend den Finger vor Jesses Nase. »Du solltest in meiner Gegenwart nicht fluchen, mein Junge! Wenn deine Mama noch am Leben wäre, würde sie dir den Hintern versohlen! Los jetzt, setz dich in Bewegung und tu, was man dir sagt. Auf der Stelle!«

Jesse Billups, Vietnam-Veteran und Vormann von DeSalle Island, nickt schicksalsergeben. »Was ist mit dem da?«, fragt er und deutet mit dem Daumen nach hinten, wo Billy Neals Leiche liegt.

Pearlie rümpft die Nase. »Diesen Abfall lassen wir für die Bussarde liegen. Die müssen schließlich auch von irgendwas leben.«

63

Jetzt erzähl mir das mit den Zähnen noch mal von vorn«, sagt Sean.

Wir sitzen am Küchentisch in meinem Haus am Lake Pontchartrain, wie schon so viele Male zuvor. Vor uns ausgebreitet liegen elf Fotos in einer Reihe. Die Frauen auf den Bildern sind unterschiedlichen Alters – von neunzehn bis sechsundvierzig Jahre –, und es sind die Frauen, von denen wir mit größter Wahrscheinlichkeit annehmen, dass sie zu Maliks Gruppe X gehört haben. Wir haben sie aus siebenunddreißig Frauen zwischen zwei und achtundsiebzig Jahren herausgefiltert – sämtlichen weiblichen Verwandten der Opfer des NOMURS-Killers. Wir haben sie bereits am Telefon herausgefiltert, während ich im Wagen von DeSalle Island nach New Orleans unterwegs war. Und mitten in der Reihe, mit je fünf Frauen zur Rechten und zur Linken, liegt das Bild der Frau, von der ich überzeugt bin, dass sie die sechs Männer getötet hat.

»Die Zähne«, wiederholt Sean. »Bist du wach, Cat?«

Ich wende mich vom Tisch ab und starre durch das dunkelblaue Rechteck meines Panoramafensters nach draußen. Die Nacht senkt sich rasch herab. »Wir alle haben eine große Anzahl verschiedenster Bakterien in unseren Mündern«, murmele ich. »Das häufigste Bakterium ist *Streptococcus mutans*, das die Säuren produziert, die Karies verursachen.«

Sean klebt eine gelbe Haftnotiz auf die Tischplatte. »Und die Kultur aus der Speichelprobe der Bisswunden an Quentin Baptiste enthielt keine derartigen Bakterien?«

»Richtig. Nach vierundzwanzig Stunden immer noch kein Wachstum. Das ist höchst ungewöhnlich.«

»Könnte jemand einen Fehler beim Nehmen der Speichelprobe gemacht haben?«

»Es war kein normaler Streifenpolizist, der die Wunden ausgewischt hat, Sean. Es war ein forensischer Experte vom FBI. Wir müssen davon ausgehen, dass er seine Arbeit versteht und alles richtig gemacht hat.«

»Ich mag es nicht, von irgendetwas auszugehen.«

Ich sehe zu Sean und bemühe mich, meinen Tonfall sachlich zu halten. »Ich auch nicht. Es war eine Annahme, die mich daran gehindert hat, schon gestern dahinterzukommen, wer der Killer ist. Als Kaiser mir diesen Laborbericht gezeigt hat, war das Fehlen dieses Bakteriums wie ein Signal. Mir gingen mehrere Möglichkeiten durch den Kopf – beispielsweise jemand, der Antibiotika nimmt –, doch ich war zu diesem Zeitpunkt völlig abgelenkt. Ich hatte gerade erfahren, dass meine Tante Selbstmord begangen hat, und ich habe nach einer Möglichkeit gesucht, aus dem FBI-Gebäude zu fliehen. Ich wusste, dass der Speichel von jemandem ohne Zähne stammen könnte, doch die Möglichkeit, dass es sich um ein Baby handelt … Ich habe sie automatisch ausgeschlossen. Ich meine, wir haben es hier mit Serienmord zu tun. Das Bild eines sechs Monate alten Babys passt einfach nicht dazu. Jetzt komme ich mir wie eine Idiotin vor. Ich war in den letzten beiden Tagen total von der Rolle. Alkoholentzug, keine Medikamente, Valium …« *Schwanger,* füge ich im Stillen hinzu. »Ich musste zuerst dieses sabbernde Baby beim Beerdigungsinstitut sehen, um eins und eins zusammenzuzählen.«

»Und das hier ist das Ergebnis?«, fragt Sean und tippt auf das Foto in der Mitte der Reihe. Es zeigt eine zweiundzwanzigjährige junge Frau mit dunklen Haaren. »Evangeline Pitre?«

»Sie ist es, Sean.« Evangeline Pitre ist die Tochter von Quentin Baptiste, dem ermordeten Detective des Morddezernats – Opfer Nummer sechs.

»Diese zufällige Begegnung beim Beerdigungsinstitut hat in meinem Verstand die Assoziation zwischen Babys und Speichel hergestellt. Danach war es nur noch eine Frage der Elimination. Ich wusste, dass keine der weiblichen Verwandten der Opfer Söhne hatten, die jünger als achtzehn Monate waren. Doch Kaiser hat mir erzählt, dass eine von Baptistes Töchtern in einer Kindertagesstätte arbeitet. Die einzige Frage war, ob diese Tagesstätte auch männliche Babys aufnimmt, die weniger als sechs Monate alt sind – das Alter, wenn die Milchzähne durchbrechen. Ich habe es mir bestätigen lassen, nachdem ich von der Insel losgefahren bin, doch ich wusste es schon vorher, Sean. Ich wusste es einfach.«

»Ich bin längst nicht überzeugt, dass diese junge Frau alle sechs Morde allein begangen hat«, sagt Sean.

Ich studiere das Foto und suche nach Hinweisen, die eine Fähigkeit zum Mord verraten könnten – als wären solche Dinge sichtbar. Evangeline Pitre besitzt tief liegende, dunkle Augen, die in starkem Kontrast zu ihrer hellen, teigigen Haut stehen. Sie ist nicht unattraktiv, doch ihr Gesicht strahlt auch zurückhaltende Vorsicht aus, wie eine streunende Katze, die mit einem Tritt rechnet, bevor sie ein Stück Futter bekommt.

»Ihr Vater war Cop beim Morddezernat«, sage ich. »Wir

können nicht wissen, welche Fähigkeiten und Kenntnisse sie möglicherweise besitzt.«

»Und du glaubst, diese Frau hat jeden dieser Kinderschänder ermordet? Für die anderen? Um die Täter zu bestrafen?«

»Es könnte genauso einfach sein, ja. Oder auch nicht. Pitre könnte sie ermordet haben, ohne dass jemand anders in der Gruppe wusste, was sie tat. Allerdings sagt mein Gefühl mir etwas anderes.«

Sean verzieht das Gesicht zu einer ironischen Grimasse. »*Mein* ›Gefühl‹ sagt mir, dass Nathan Malik den ganzen verschlagenen Plan entwickelt hat. Pitre hat vielleicht den Speichel besorgt, den sie in den Bisswunden hinterließen. Vielleicht hat sie sogar den Abzug betätigt, falls sie schießen gelernt hat. Doch wie ist sie auf den Gedanken gekommen, einen menschlichen Schädel zu benutzen, um die Bisswunden zu erzeugen? Nein, ich halte es für ausgeschlossen, dass Evangeline Pitre sich ein Szenario ausgedacht hat, wie wir es an den Tatorten angetroffen haben. Verdammt, sie hat nicht mal die Highschool abgeschlossen, Cat.«

»Richtig. Das muss aber nicht heißen, dass Malik dahintergesteckt hat. Es könnte jede beliebige andere Frau aus dieser Gruppe gewesen sein. Eine einzelne oder alle zusammen.«

»Du vergisst Margaret Lavignes Abschiedsbrief«, erinnert mich Sean. »›Möge Gott mir vergeben. Ein unschuldiger Mann ist tot. Bitte sagen Sie Dr. Malik, dass er der Sache ein Ende machen soll.‹ Malik hat diese Frauen kontrolliert, Cat. Er hat sie gesteuert wie Marionetten und ihre Emotionen für seine Zwecke eingesetzt.«

»Malik wusste wahrscheinlich, was geschah«, räume ich ein. »Das bedeutet jedoch nicht, dass er die Morde geplant oder bei der Ausführung geholfen hat.«

Auf Seans Gesicht zeichnet sich Frustration ab. »Warum verteidigst du diesen Malik so eisern?«

»Weil Malik getan hat, was er konnte, um Frauen mit schlimmen Schmerzen zu helfen. Frauen, denen niemand sonst hatte helfen können.«

Sean stößt einen Seufzer aus. »Wir können uns die ganze Nacht darüber streiten. Die Frage ist, was werden wir *unternehmen?*«

»Das habe ich dir bereits gesagt. Ich will mit Evangeline Pitre reden.«

»Du willst allein zu dieser Frau fahren und ...«

»Nicht allein. Mit dir zusammen.«

»Ohne Rückendeckung.«

»Du bist meine Rückendeckung.«

Er stöhnt verärgert. »Du willst ohne Verstärkung zu dieser Frau und dich mit ihr unterhalten, obwohl du überzeugt bist, dass sie sechs Männer ermordet hat?«

»Ja. Uns droht keine Gefahr. Sie tötet Menschen, die Kinder missbraucht haben. Keine Cops.«

»Margaret Lavignes Stiefvater hat niemanden missbraucht. Trotzdem ist er jetzt genauso tot wie die anderen fünf Männer.«

»Dieser Mord war offensichtlich ein Irrtum, verursacht durch eine falsche Erinnerung Margaret Lavignes.«

Sean nickt, als würde er meiner Argumentation folgen. »Ja. Und wer hat Dr. Malik ermordet? Wer hat ihm den Schädel in den Schoß gelegt? Der Hair Club for Men?«

»Ich hoffe, Evangeline Pitre kann uns diese Frage beantworten.«

Sean schweigt missmutig. Er starrt mich an, doch er starrt auch durch mich hindurch.

»Was ist?«, frage ich in dem Wissen, dass ihm eine Idee gekommen ist. »Was denkst du jetzt?«

»Vielleicht nichts. Warte ein paar Sekunden.« Er nimmt sein Mobiltelefon und tippt eine Nummer ein. Es ist die Nummer des Reviers im Zweiten Distrikt, wo Quentin Baptiste als Detective beim Morddezernat gearbeitet hat. Er verlangt einen O'Neil DeNoux zu sprechen, einen Detective, dessen Namen ich noch nie gehört habe.

»Wer ist das?«, flüstere ich.

»Baptistes Partner. Hallo? O'Neil? Sean Regan hier. Ich brauche ein paar Informationen über Quentin. Von Cop zu Cop ... Ja, ich weiß, dass ich bei der Sonderkommission arbeite. Aber das bleibt vertraulich und geht nicht ans FBI, okay? ... Hat Quentin eine Ersatzwaffe getragen? ... He, Mann, das ist ernst ... Tatsächlich?« Sean nickt mir mit geweiteten Augen zu. »Welches Kaliber? ... Danke, bin Ihnen was schuldig ... Ja, sicher. Ich weiß, dass Sie es nicht vergessen werden.«

Er beendet das Gespräch. Sein Gesicht ist blass. »Quentin Baptiste hat manchmal eine Charter Arms Kaliber 32 als Ersatzwaffe am Unterschenkel getragen.«

Mir ist kalt. »Mein Gott ...« Ich starre hinunter auf das Foto von Evangeline Pitre und will plötzlich nicht mehr akzeptieren, was ich mit Sicherheit weiß. Dass sie die Mörderin ist.

»Was hast du dagegen, wenn wir die Sonderkommission hinzurufen?«, fragt Sean. »Musst du diejenige sein, die persönlich diesen Fall löst?«

Ich starre ihn ungläubig an. »Weißt du, was ›Projektion‹ ist, Sean? Scheiße. Ich *will* diesen Fall überhaupt nicht lösen. Bestimmt nicht.«

»Warum nicht?«

»Weil ich nicht sicher bin, ob die Person, die hinter diesen Morden steht, ins Gefängnis gehört. Noch nicht jedenfalls.«

Sein Unterkiefer sinkt herab. »Du nimmst mich auf den Arm, wie?«

»Nein.«

»Sechs Männer sind tot!«

»Kinderschänder. Alle bis auf einen.«

»Es gibt keine Todesstrafe für sexuellen Missbrauch.«

»Vielleicht sollte es das. Zumindest für Wiederholungstäter.«

Er schüttelt langsam den Kopf. »Das ist eine Entscheidung, die der Gesetzgeber zu treffen hat. Und danach ein Richter und eine Jury, wenn es Gesetz geworden ist.«

»Der Gesetzgeber begreift die Tragweite dieses Verbrechens einfach nicht. Hör zu, es ist erst ein paar Stunden her, dass ich Billy Neal getötet habe, und du hast nicht das geringste Problem damit.«

»Das ist doch etwas vollkommen anderes! Er hat dich vergewaltigt! Und hinterher wollte er dich ermorden!«

»Sicher. Doch wer ein Kind missbraucht, begeht nicht nur eine Vergewaltigung, Sean. Er begeht einen Mord. Das Opfer läuft hinterher zwar noch herum und redet, und deswegen glauben wir, es wäre am Leben. Doch seine Seele ist tot. Das ist eine Sache, mit der Dr. Malik hundertprozentig Recht hatte.«

Sean beugt sich über den Tisch und sieht mir in die Augen. »Du bist viel zu nah dran an diesem Thema, um eine objektive Entscheidung zu fällen.«

Einmal mehr wiederhole ich die Worte von Nathan Malik. »Du hast Recht. Aber bei einer solchen Sache sollte niemand objektiv sein. Es ist das schlimmste Verbrechen auf der Welt, Sean. Das hat Malik mir bei unserer ersten Begegnung gesagt, und ich weiß, dass es stimmt. Die Opfer sind unschuldige Kinder, die nicht den Hauch einer Chance haben, sich gegen die Täter zu schützen.«

Sean hält das Foto von Evangeline Pitre hoch. »Das hier ist kein hilfloses Kind. Das hier ist eine zweiundzwanzig Jahre alte Frau!«

»Du redest in chronologischen Maßstäben.« *Noch immer Maliks Worte.* »Du hast ja keine Ahnung, was hinter der Stirn dieser Frau vorgeht. Vielleicht ist sie im Kopf niemals über das Alter von sechs Jahren hinaus erwachsen geworden. Nicht emotional jedenfalls.«

Mit einem Stöhnen erhebt Sean sich vom Tisch und nimmt sich ein Bier aus meinem Kühlschrank. Als ich die

Flasche mit dem kondensierten Beschlag sehe, regt sich in mir zum ersten Mal seit vielen Stunden das Verlangen nach Alkohol.

»Ich hätte meine Karriere fast in die Scheiße geritten, Cat«, sagt er und wischt sich mit dem Ärmel über den Mund. »Wegen dir und mir. Wenn wir jetzt tun, was du möchtest, und dabei erwischt werden … dann war es das für mich.«

Ich starre ihn wortlos an. »Du hast deine Entscheidungen aus freien Stücken gefällt, Sean. Du selbst hast die Regeln gebrochen oder dich darüber hinweggesetzt. Ich habe dich nie darum gebeten. Ich werde heute Abend mit Evangeline Pitre sprechen, mit dir oder ohne dich. Aber lass dich gewarnt sein, Sean. Falls du versuchst, mir einen Strich durch die Rechnung zu machen – falls du die Sonderkommission alarmierst, bevor ich mit Sicherheit weiß, dass die Pitre mir die Wahrheit erzählt hat –, dann gehe ich zu deiner Frau und erzähle ihr alles, was wir je gemacht haben. Und alles, was wir je geplant hatten obendrein.«

Er wird blass. »Das würdest du nicht tun.«

»Sieh mich an, Sean. Ich werde es tun.«

Er starrt mich an, als hätte er mich noch nie zuvor gesehen.

»Du hast keine Ahnung, wie stark die Emotionen sind, mit denen wir es hier zu tun haben«, sage ich. »Ich weiß, wozu eine Frau imstande ist, die als Kind missbraucht wurde, okay? Und bevor wir Evangeline Pitre den Wölfen vorwerfen, möchte ich verstehen, was passiert ist.«

Er leert sein Bier in einem einzigen tiefen Zug und wirft die Flasche in den Abfall. »Keine Rückendeckung also«, sagt er schließlich. »Dümmer geht's wirklich nicht.«

Eine Woge der Erleichterung durchflutet mich. Er wird mitmachen. »Wenigstens ist Malik tot«, sage ich, während ich aufstehe. »Falls er Pitres Komplize war, wie du annimmst, gibt es eine Bedrohung weniger, wegen der du dir Sorgen machen musst.«

Sean schlüpft in sein Jackett und rückt das Schulterhalfter zurecht. Dann bückt er sich und zieht einen kleinen Revolver aus einem Unterschenkelhalfter. Er überprüft die Trommel. »Und wenn es eine dieser anderen Frauen ist? Oder alle zusammen?«

»Evangeline Pitre lebt allein. Wir haben mitten in der Woche. Sie muss morgen zur Arbeit, und sie rechnet nicht mit irgendetwas. Wir verschaffen uns gewaltsam Zutritt, schüchtern sie ein und zeigen ihr dann einen Ausweg.«

»Und falls sie jemanden bei sich hat?«

»Wir nehmen die Fotos mit. Falls wir eine der anderen Frauen erkennen, gehen wir trotzdem rein. Du hast deine Glock, und ich habe deinen Ersatzrevolver in der Handtasche. Uns wird nichts geschehen.«

»Wie erkläre ich deine Anwesenheit?«

»Auf die gleiche Weise wie früher auch, wenn du mich zu Verhören mitgenommen hast.«

Sean schüttelt den Kopf, doch um seine Mundwinkel spielt die Andeutung eines Lächelns. »Scheiße, wir waren ziemlich verrückt, was?«

»Ganz sicher. Aber wir haben auch eine Reihe von Killern zur Strecke gebracht.«

Er nickt. »Das haben wir.«

»Und das werden wir heute Abend wieder. Nur nicht ganz so, wie wir es früher gemacht haben. Diesmal geht es nicht um den Nervenkitzel oder Beförderungen oder auch nur persönliche Befriedigung. Diesmal geht es um Gerechtigkeit.«

Er hebt eine Augenbraue. »Du bist der Meinung, dass es an dir liegt, Gerechtigkeit walten zu lassen?«

»Diesmal ja.«

Sean reicht mir seinen Ersatzrevolver, eine Smith & Wesson Featherweight .38. »Vier Schuss in der Trommel, eine leere Kammer unter dem Hammer.«

Ich nicke, doch ich sage nichts.

»Könntest du auf Evangeline Pitre schießen, wenn es sein muss?«, fragt er.

Während ich das kalte Gewicht der Waffe in der Hand spüre, steigt vor meinem geistigen Auge ein Bild des blutigen Leichnams von Billy Neal auf. Ich kann noch immer sein heißes Blut im Mund schmecken. Könnte ich einer Frau so etwas antun?

»Cat?«

»Es wird nicht so weit kommen.«

64

Evangeline Pitre wohnt in einem heruntergekommenen weißen Haus in der Mirabeau Street in Gentilly, einer Arbeitergegend mit einstöckigen holzschindelverkleideten Häusern unter hohen schattigen Bäumen. Es ist bereits vollkommen dunkel, als Sean den Volvo hinter einem schrottreifen Toyota Corolla am Bordsteinrand vor dem Haus parkt – einem Wagen, von dem Seans Partner uns eben sagt, dass er der Verdächtigen gehört. Sean beendet das Gespräch und steckt sein Mobiltelefon ein, während er das Haus mit dem geübten Blick des langjährigen Polizisten mustert.

»Joey hat mit den Detectives geredet, die Pitre nach dem Mord an ihrem Vater befragt haben. Sie sagen, sie hätten kaum angefangen, Fragen zu stellen, als Kaiser auch schon aufgetaucht wäre und übernommen hätte.«

»Das überrascht mich nicht«, antworte ich und versuche, mir meine Anspannung nicht anmerken zu lassen. »Glaubst du, Kaiser hat irgendetwas gespürt? Er war früher mal Profiler in Quantico, wusstest du das?«

»Kann schon sein.« Sean sieht zur anderen Straßenseite, dann dreht er den Kopf zur hinter uns liegenden Kreuzung. Bevor wir hier geparkt haben, ist er zweimal die Straße entlanggefahren auf der Suche nach verräterischen Hinweisen für eine Observationsoperation. Er konnte nichts entdecken.

»Wir sind ziemlich weit aus unserem Reservat heraus, Cat. So weit waren wir noch nie. Falls Kaiser Evangeline Pitre in Verdacht hat, könnten wir ihm ziemlich in die Quere kommen.« Er sieht mich mit ernstem Blick an. »Bist du immer noch sicher, dass du ihn nicht anrufen willst?«

Ich erwidere seinen Blick streng und wortlos, dann steige ich aus dem Wagen und eile über den Bordstein zu der abgeschirmten Veranda. Ich höre das schnelle Klappern flacher Absätze, als er mir folgt.

»Geh aus dem Licht«, sagt er.

Während ich unter dem Dachvorsprung in der Dunkelheit stehe und warte, umrundet Sean das Haus einmal. Das vorherrschende Geräusch in dieser Gegend ist das ständige Summen von Klimaanlagen, hier und da durchdrungen vom dumpfen Plärren eines Fernsehers.

»Nichts zu sehen«, sagt Sean, als er zurückkommt. »Sämtliche Vorhänge sind zugezogen.«

Bevor er weitere Gründe anführen kann, noch zu warten, steige ich die drei Betonstufen zur Haustür hinauf und klopfe an der Tür.

Im Innern ertönen rasche Schritte. Dann wird der Vorhang links von der Tür zur Seite geschlagen, und eine dunkle Silhouette taucht im Fenster auf. Ich habe keine Zeit, genauer hinzusehen, bevor der Vorhang wieder zugezogen wird.

»Wer ist da?«, fragt eine dumpfe weibliche Stimme.

»Polizei«, antwortet Sean mit seiner ganzen Autorität. »Bitte öffnen Sie die Tür, Ma'am. Ich kann mich ausweisen.«

Wenige Augenblicke später klickt das Schloss, und die Tür wird, von einer Sicherheitskette gehalten, einen Spaltbreit geöffnet. Sean klappt seine Mappe auf und hält seine Polizeimarke durch den Spalt ins Innere.

»Detective Sergeant Sean Regan, Ma'am. NOPD-Morddezernat. Sind Sie Evangeline Pitre?«

»Vielleicht.«

»Ich war ein Freund Ihres Vaters, Ma'am.«

»Ich erinnere mich nicht an Sie. Was wollen Sie?«

»Sind Sie Evangeline Pitre?«

»Ja. Worum geht es?«

»Um den Mord an Ihrem Vater.«

Eine kurze Pause. »Ich habe bereits mit Ihren Kollegen gesprochen. Und mit dem FBI.«

»Dessen bin ich mir durchaus bewusst, Ma'am. Aber wir nehmen den Tod eines Kollegen sehr ernst. Wir müssen erneut mit Ihnen reden.«

»Nun …«

Die Tür schließt sich, um nach kurzem metallischen Rasseln wieder geöffnet zu werden. Dahinter kommt die Frau aus dem Foto zum Vorschein, das ich während der Fahrt hierher im Licht von Seans Beifahrerlampe studiert habe. Evangeline Pitre sieht älter aus als auf dem Bild. Trotz ihres französisch-katholischen Namens ist sie ihrer Erscheinung nach ein Mischling zwischen den früheren dunkelhäutigen Siedlern des Deltas und kaukasischen Weißen. Dunkle Augen und Haare und bleiche Haut und dünn bis zur Auszehrung. Die langen Haare hängen strähnig herab, als wären sie seit Tagen nicht mehr gewaschen worden, und an ihrem Hals ist ein purpurner Knutschfleck.

»Entschuldigen Sie bitte«, sagt sie. »Ich bin fast paranoid, seit es passiert ist. Wie kann ich Ihnen behilflich sein?«

»Dürfen wir hereinkommen?«, fragt Sean.

»Wird es so lange dauern?«

»Es könnte. Ist Ihnen bewusst, dass wir es hier mit einem Serienmörder zu tun haben?«

»Das steht jedenfalls in den Zeitungen.« Pitre wirft einen zweifelnden Blick nach hinten, als wäre sie unwillig, uns Einblick in das Chaos zu geben, in dem sie lebt. »Müssen Sie denn wirklich reinkommen?«

»Wir würden es vorziehen, Ma'am. Sie wissen ja, wie neugierig Nachbarn manchmal sein können.«

Ein flüchtiges Aufblitzen von Hass in den Augen. Evangeline Pitre hat kein gutes Verhältnis zu ihren Nachbarn, so viel steht fest. »Also schön«, gibt sie schließlich nach. »Kommen Sie herein.«

Sie weicht zur Seite und lässt uns eintreten.

Die Haustür öffnet sich in ein kleines Vorzimmer. Ich habe eine Menge Häuser wie dieses in New Orleans gesehen. Eine Tür auf der Rückseite des Raums führt direkt in die Küche. Durch die Küche hindurch sehe ich eine Glastür, die nach draußen zu einem betonierten Hof hinter dem Haus führt. Zu meiner Rechten führt ein kurzer Flur zu zwei, höchstens drei Zimmern und einem Bad am Ende des Gangs.

Das Zimmer, in dem wir stehen, ist mit einem breiten Sofa und einem Plaudersofa mit Blumenmuster möbliert, die beide aussehen, als wären sie in einem Trödelladen gekauft worden. Das Sofa steht an der dem Eingang gegenüberliegenden Wand, mit einem kleinen rechteckigen Wohnzimmertisch davor. Das Plaudersofa steht an der rechten Wand und ist einem alten Fernseher auf der rechten Seite zugewandt, in dem irgendeine Dauerwerbesendung läuft. Außerdem gibt es einen La-Z-Boy-Liegestuhl, ebenfalls auf den Fernseher gerichtet, und an der Wand hinter mir einen alten Sekretär. In der Luft hängt Zigarettenrauch. Ich verfolge den Ursprung zu einer Zigarette in einem Aschenbecher auf dem Fußboden neben dem La-Z-Boy zurück.

Evangeline Pitre lässt uns nicht eine Sekunde aus den Augen. Sie ist langsam in das Vorzimmer zurückgewichen, dann hat sie die Arme verschränkt und ihren Weg, immer noch rückwärts, bis zum Sofa fortgesetzt, wobei sie ohne hinzusehen um den Wohnzimmertisch herummanövriert ist. Entweder ist sie in diesem Haus bereits aufgewachsen, oder sie lebt schon ziemlich lange Zeit hier.

»Möchten Sie sich setzen?«, bietet sie uns einen Platz an.

»Danke sehr«, sagt Sean. Er dreht den La-Z-Boy herum, sodass er aufs Sofa gerichtet ist, und nimmt darin Platz. Ich hocke mich auf die Kante des Plaudersofas, die Handtasche im Schoß, und kann meine Neugier kaum noch zügeln. Evangeline Pitre beugt die Knie und sinkt auf ihr Sofa herab wie ein Vogel, der bereit ist, jeden Augenblick aufzuflattern und zu flüchten.

»Miss Pitre«, setzt Sean an, »wir würden gerne …«

»Angie«, unterbricht sie Sean. »Nennen Sie mich Angie.«

Sean schenkt ihr sein charmantes Lächeln, doch der offizielle Ton in seiner Stimme bleibt. »Wie Sie meinen, Angie. Meine Kollegin hier ist eine forensische Spezialistin, die wir in Fällen wie diesem regelmäßig konsultieren. Sie hat eine Reihe von Fragen bezüglich der …«

Seine Worte verschwimmen in meinen Ohren zu einem bedeutungslosen Monolog. Er hält sich an die Vorgehensweise, die wir auf der Fahrt hierher vereinbart haben, doch jetzt, nachdem wir hier sind, halte ich es für reine Zeitverschwendung. Wir brauchen keine komplexen psychologischen Manöver, um diese Frau dazu zu bringen, dass sie sich uns gegenüber öffnet.

»Angie«, unterbreche ich Sean in vertraulichem Ton, »Detective Regan hier sagt nicht die ganze Wahrheit.«

Sean starrt mich entgeistert an und verstummt.

»Ich bin eine forensische Expertin, doch ich bin nicht gekommen, um mich mit Ihnen über Forensik zu unterhalten. Ich bin hier, um Ihnen zu erzählen, was wir bisher über diese Morde herausgefunden haben.«

Pitre blickt Sean beinahe Hilfe suchend an. Sein offizielles Gehabe hat ihr mehr zugesagt als die unverblümte Wahrheit aus meinem Mund. Doch Sean schweigt.

Ich stelle meine Handtasche vor mir auf den Boden und

denke einen Sekundenbruchteil an den Revolver darin, dann verschränke ich die Finger vor den Knien und schenke Evangeline Pitre mein vertrauensvollstes Lächeln. »Angie, sind wir uns je zuvor begegnet?«

Sie schüttelt den Kopf.

»Ich war eine enge Freundin von Dr. Malik.«

Irgendetwas in ihrem Gesicht hat sich verändert. Was? Presst sie die Kiefer aufeinander? Versteift sie sich? Was immer die Ursache sein mag, es ist so tief greifend, dass ich plötzlich das Gefühl habe, als hätte sich hinter ihrer Stirn ein zweites, unsichtbares Augenpaar geöffnet. Ein Augenpaar, in dem ein primitiver Instinkt lauert, dessen einziges Ziel das Überleben ist. Ich bin Evangeline Pitre noch nie im Leben begegnet, doch ich kenne sie wie meine Schwester.

Besser noch. Sie ist ich. Ich besitze ebenfalls dieses zweite Augenpaar. Jene Augen, die in der Dunkelheit stets weit aufgerissen darauf warten, dass *er* zu mir kommt …

»Was ist denn?«, fragt Angie in diesem Moment. »Sie sehen mich so eigenartig an?«

»Angie, mein Name ist Catherine Ferry. Kennen Sie diesen Namen?«

Sie blinzelt ein einziges Mal, ganz langsam, wie eine Katze, die einer vorüberkommenden Maus Langeweile vortäuschen will. »Nein.«

»Ich denke doch.«

Sie schluckt.

»Ich weiß, dass Ihr Vater ein schlechter Mann war, Angie. Die meisten Menschen hielten ihn für einen guten Menschen, doch ich weiß, wie er wirklich war.«

Ihre Augen haben plötzlich einen stumpfen, glasigen Schimmer.

»Ich weiß, dass er Sie angefasst hat, Angie. Ich weiß, dass er in der Dunkelheit zu Ihnen ins Bett gekommen ist. Er hat anderen Kindern wahrscheinlich das Gleiche angetan. Das ist der Grund, warum er sterben musste, nicht wahr?«

Für einen beinahe unmerklichen Moment zuckt ihr Blick in Richtung des hinteren Flurs. Sucht sie nach einer Fluchtmöglichkeit? Oder nach Hilfe?

Sean erhebt sich. »Hätten Sie etwas dagegen, wenn ich mich ein wenig im Haus umsehe?«

Ich rechne damit, dass Angie protestierend aufspringt; stattdessen lehnt sie sich zurück. »Warum denn nicht?«, sagt sie. »Tun Sie, was Sie tun müssen.«

Sean geht in den Flur hinaus, und als er an Angie vorbei ist, zieht er seine Waffe aus dem Schulterhalfter. Um einer Panik vorzubeugen, verwickle ich die junge Frau in eine Unterhaltung.

»Waren Sie eines der ursprünglichen Mitglieder von Gruppe X, Angie?«

Ein schwaches Lächeln huscht über ihre Lippen.

»Sie haben Angst, mir zu vertrauen, doch das müssen Sie nicht. Ich weiß Bescheid über Dr. Maliks Film. Er wollte mir das Material zur Aufbewahrung überlassen, doch ich konnte es nicht annehmen. Das FBI war hinter mir her. Es ist immer noch hinter mir her, offen gestanden.«

»Warum sollte das FBI hinter Ihnen her sein?«

»Sie glauben, ich hätte etwas mit den Morden zu tun. Es macht mir nichts aus. Sie haben keine echten Beweise. Außerdem habe ich vor nicht ganz vier Stunden einen Mann getötet. Er hat versucht, mich zu vergewaltigen, und ich habe ihn getötet.«

Die verborgenen Augen suchen mein Gesicht nach möglicher Täuschung und Lüge ab, doch sie finden nichts. »Ich begreife das nicht«, sagt Angie. »Sie sind mit einem Cop hier.«

»Sean Regan ist kein gewöhnlicher Cop, Angie. Er ist mein Freund. Ich wurde als Kind missbraucht, genau wie Sie. Ich weiß, wie es sich anfühlt und was man durchmacht. Und ich bin nicht hier, um Ihnen wehzutun. Ich bin hier, um Ihnen zu helfen.«

Ihre Augen werden zu misstrauischen Schlitzen. Ich kann

nur ahnen, was Leute dieser Frau angetan haben, die versprochen haben, ihr zu helfen.

»Wenn ich Ihnen helfen soll, müssen Sie mir allerdings die Wahrheit sagen, Angie«, fahre ich fort.

»Worüber?«

»Wie es angefangen hat. Ich weiß, dass diese sechs Männer für das bestraft wurden, was sie getan haben. Aber ich muss wissen, wie es angefangen hat.«

Angies Gesicht ist so leer wie der Kopf eines Mannequins.

»Sind Sie je einer Frau namens Ann Hilgard begegnet, Angie?«

Zum ersten Mal bemerke ich aufkeimende Angst in ihren Augen. Aber warum sollte die Erwähnung des Namens meiner Tante Angst in dieser jungen Frau wecken?

»Angie, wenn Sie heute Abend nicht mit mir sprechen, dann wird Sean der Sonderkommission berichten, was ich über diese Morde herausgefunden habe. Und über Ihre Rolle. Und danach kann ich Ihnen nicht mehr helfen.«

Die Angst nimmt noch einen Tick zu. »Wovon reden Sie da? Was haben Sie herausgefunden?«

Jetzt geht's los … »Ich habe herausgefunden, dass Sie den Speichel eines Babys aus der Tagesstätte, in der Sie arbeiten, genommen und in die Bisswunden der toten Männer geträufelt haben.«

Totenstille. Evangeline Pitres Augen sind weit aufgerissen, und ihre Unterlippe bebt wie die einer Fünfjährigen.

»Was ich wissen möchte, Angie, haben Sie das alles ganz allein gemacht, oder hat Ihnen jemand dabei geholfen? Hat Dr. Malik Ihnen geholfen? Ich weiß, dass er von den Morden wusste. Er hat es mir selbst gesagt. Er wollte in seinem Film darüber sprechen, nicht wahr?«

Angies Hände zittern jetzt, und ihr linkes Bein hüpft unkontrolliert auf und ab. Sie ist wie eine Maschine, die zweiundzwanzig Jahre zuverlässig gelaufen ist und jetzt durch eine Unwucht in Stücke zu springen droht. Sean hatte Recht – Angie Pitre kann die Morde unmöglich ohne Hilfe begangen haben.

»Haben Sie die Morde für Dr. Malik auf Video aufgenommen, Angie?«

Sie springt so unvermittelt auf, dass ich auf meinem Sofa zusammenzucke.

»Das ist nicht richtig!«, schreit sie und zeigt mit ihrem dünnen Finger auf mich. »Sie dürfen nicht so mit mir reden! Sie haben überhaupt keine Beweise für das, was Sie sagen!«

Sean stürzt mit gezogener Waffe zurück ins Zimmer. »Was ist passiert?«

»Nichts.« Ich bedeute ihm, die Waffe einzustecken.

Er denkt nicht daran. »Die Badewanne ist voll mit heißem Wasser«, sagt er zu Angie. »Warum?«

»Ich wollte ein Bad nehmen.«

Er deutet auf die Zigarette im Aschenbecher neben dem La-Z-Boy. »Wenn Sie mich fragen, sieht es eher danach aus, als hätten Sie ferngesehen.«

»Ich wollte ein paar Ohrringe kaufen. Deshalb hatte ich den Fernseher an.«

Er mustert sie sekundenlang; dann steckt er seine Pistole ins Schulterhalfter zurück und setzt sich wieder auf seinen Platz. »Was habe ich übersehen?«, sagt er wie zu sich selbst, während seine Blicke nach draußen in den Flur wandern.

»Angie wollte mir gerade erzählen, wer ihr dabei geholfen hat, diese Männer zu bestrafen.«

»Was wird mit mir geschehen, wenn ich mit Ihnen rede?«, fragt Angie an Sean gewandt.

Er wirft mir einen pointierten Blick zu, den ich ohne Mühe verstehen kann. *Es wird Zeit, dieser Frau ihre Rechte vorzulesen und sie vor eine laufende Videokamera zu setzen.* »Das hängt ganz davon ab, was Sie uns erzählen, Angie«, sagt er.

»Ich weiß, wie schwer es für Sie ist, anderen Menschen zu

vertrauen, Angie«, sage ich leise. »Mir geht es genauso. Das ist nur eines der Probleme, die Frauen wie wir mit uns herumtragen. Trotzdem müssen Sie mir jetzt zuhören, Angie. Weil ich nicht möchte, dass man Sie ins Gefängnis steckt. Okay? *Ich bin die beste Freundin, die Sie jemals haben werden.*«

Der vorsichtige Blick lässt nicht eine Sekunde in seiner Wachsamkeit nach, doch in ihren Augen erkenne ich Verwirrung. Sie schwankt.

»Atmen Sie tief durch, Angie. Atmen Sie tief durch und reden Sie sich Ihre Last von der Seele.«

Langsam nimmt Evangeline Pitre wieder auf ihrem Sofa Platz.

»Wessen Idee war es?«, frage ich. »Wer hat als Erster gesagt: ›Wir können nicht nur herumsitzen und über diese Sache reden! Wir müssen irgendetwas unternehmen!‹«

Ihre Augen zucken zwischen Sean und mir hin und her wie die eines Cracksüchtigen. Dann beginnt sie stockend zu reden. »Das ist gar nicht leicht zu sagen, wissen Sie? Es war nicht so, wie Sie denken.«

Mein Herz hämmert wild in meiner Brust. Ich zwinge mich dazu, nicht zu Sean zu blicken. »War es Dr. Malik?«

Sie strafft die Schultern und legt die Arme vor die Brust wie ein schmollendes Kind. »In gewisser Weise, ja. Ich meine, er hat immer wieder darüber geredet, dass die Männer, die so etwas tun, niemals damit aufhören. Verstehen Sie? Dass keine Behandlung wirkt, außer vielleicht Kastration. Er hat gesagt, nur der Tod oder das Gefängnis würden sie wirklich daran hindern, damit weiterzumachen.«

»Ich nehme an, mit ›damit‹ meinen Sie den sexuellen Missbrauch von Kindern?«

»Ja. Dr. Malik glaubte auch nicht, dass irgendeine der bekannten Heilmethoden bei den Opfern funktioniert. Sie führten nicht dazu, dass es einem wieder gut ging. Es wäre alles nur gut gemeintes Gerede, hat Dr. Malik gesagt. Sobald man wieder draußen in der normalen Welt war, konnte es einen nicht daran hindern, die schlimmen Dinge zu tun, die durch das verursacht wurden, was man selbst als Kind durchgemacht hat. Verstehen Sie? Wild in der Gegend herumvögeln, Rauschgift, Selbstverstümmelung, was auch immer. Betäubendes Verhalten, hat Dr. Malik es genannt.«

Ich nicke verstehend. »Ich bin Alkoholikerin, seit ich Teenager war.«

»Da haben Sie's. Deshalb hatte Dr. Malik die Gruppe X gegründet. Er wollte etwas Neues versuchen. Es ist, als würde man eine neue Welt erforschen, hat er gesagt. Die dunkle Welt in unseren Köpfen.«

»Wie viele Frauen waren in der Gruppe?«

Sie schüttelt den Kopf, und hinter ihrer Stirn glitzern erneut die imaginären Augen mit dem Überlebensinstinkt.

»Aber alle Mitglieder der Gruppe waren Fälle von unterdrückter Erinnerung?«

»Ja. Unser Leben war aus der Bahn gelaufen, und wir wussten nicht, warum. Ich kam nur dazu, weil ich zu dieser Dame im Mental Health Center gegangen bin, und sie hat mich an Dr. Malik überwiesen. Ich habe kein Geld und nichts.«

»Ich verstehe. Also … Gruppe X?«

»Ja. Es war anders als alles, was ich bis dahin kannte. Dr. Malik hat uns alle zusammen in einem Raum behandelt. Und es war eine unglaublich intensive Erfahrung, das kann ich Ihnen sagen. Wenn wir nicht das durchlebten, was uns widerfahren war, hörten wir zu, wie jemand anders seine Erlebnisse erzählte. Und so, wie Dr. Malik es getan hat, war es fast unerträglich. Wenn man bei ihm Patient war, hat er einen dazu gebracht, dass man wieder zu dem Kind wurde, dem das alles widerfahren ist. Man redet mit der Stimme eines kleinen Mädchens und so was. Es ist richtig *unheimlich*, den anderen dabei zuzuhören. Einige Leute haben es nicht ausgehalten. Zwei- oder dreimal haben sie in ihren Stuhl gepinkelt, Tatsache. Und ich glaube, was dann passiert ist, war eine Folge davon.«

»Die Entscheidung, einen Kinderschänder zu töten.«

Sie nickt in plötzlichem Ernst. »Verstehen Sie, obwohl die schlimmen Dinge alle schon Jahre zurücklagen, war es in Gruppe X so, als wäre es eben erst passiert. All das Entsetzen und die Wut, die man als Kind nicht ausdrücken konnte, schießen wie eine Explosion aus einem hervor. Und das macht einen wütend. Wir alle waren unglaublich wütend. Selbst Dr. Malik. Man konnte es in seinem Gesicht sehen. Er wollte, dass diesen Männern wehgetan wurde, genauso, wie sie uns wehgetan hatten.«

»Hat er Ihnen diesen Vorschlag unterbreitet?«

Angie schüttelt den Kopf. »Nein. Verstehen Sie, so intensiv diese Erfahrung auch gewesen sein mag, sie war nicht die Ursache dafür, dass wir ... Sie wissen schon. Es kam daher, dass wir anfingen, hinterher miteinander zu reden. Wir wurden zu Freundinnen. Wir alle, verstehen Sie? Wir sollten es eigentlich nicht, doch wir fingen an, uns außerhalb von Dr. Maliks Therapiesitzung zu treffen. Jeden Mittwoch war das. Wir gingen zu einer von uns nach Hause oder was auch immer und tranken Cola oder irgendwelches Zeug. Und wir redeten. Und dabei fanden wir heraus, was wirklich richtig schrecklich war an alledem.«

Ich werfe einen raschen Blick zu Sean. Er ist wie hypnotisiert von Evangeline Pitres Geschichte. »Was war das, Angie?«, frage ich. »Was war wirklich richtig schrecklich an alledem?«

»Dass die Kerle, die das mit uns getan haben, es wahrscheinlich immer noch tun.« Sie beißt sich auf die Unterlippe und nickt, als würde sie leise zu sich selbst reden. »Nicht mit uns, sondern mit anderen Kindern. Verstehen Sie? Also fingen wir an, sie zu beobachten. Wir versuchten zu überlegen, was wir dagegen tun konnten. Aber das ist nicht leicht, nicht wahr? Solange man nicht im gleichen

Haus mit ihnen wohnt … und die meisten von uns hatten tagsüber eine Arbeit oder so.«

»Ich verstehe.«

»Trotzdem, ich *wusste* es, okay? Da ist dieser Junge, der im gleichen Block wohnt wie mein Vater. Er ist den ganzen Tag allein zu Hause …« Angie schüttelt unerwartet heftig den Kopf. »Jedenfalls war es das, was dabei herauskam. Wir wollten sie nicht nur bestrafen. Ich meine, es war Teil des Plans – sie dazu zu bringen, dass sie zugaben, was sie getan hatten. Weil sie so etwas nie tun, verstehen Sie? Man fasst all seinen Mut zusammen für diesen einen Moment, und dann streiten sie es einfach ab. Alles. Dr. Malik hat es unzählige Male erlebt. Diese Mistkerle sehen einen an, als wäre man selbst die Irre, und dann erzählen sie einem, wie sehr sie einen lieben und all diese Scheiße. Es ist widerlich. Es bringt einen dazu zu glauben, dass man vielleicht tatsächlich verrückt ist.«

»Sie sind nicht verrückt, Angie. Das weiß ich.«

Sean starrt mich erneut an, versucht, meine Aufmerksamkeit zu wecken. Er ist bereit, diese ganze Unterhaltung offiziell zu machen. Doch ich bin noch nicht bereit, Kaiser anzurufen. »Also waren Sie im Grunde genommen alle einverstanden damit, das zu tun, was Sie getan haben?«

Angie nickt langsam in meine Richtung. Sie hat ihre Loyalität von Sean auf mich übertragen.

»Wie viele von Ihnen waren es, Angie?«

»Sechs.«

»Und nun sind sechs Männer tot.«

Sie nickt erneut.

»Also sind Sie fertig?«

»Ja.« Sie lächelt schwach.

»Haben Sie alle einander geholfen, diese Morde zu begehen?«

Sie antwortet nicht.

»›Meine Arbeit ist niemals getan‹«, zitiere ich den in Blut

geschriebenen Spruch von jedem der Tatorte. »Wessen Idee war das?«

Sie lächelt mir verschwörerisch zu, dann schüttelt sie den Kopf. »Ich kann niemanden verraten.«

»Aber Ihre Arbeit ist getan. Ist es das, was Sie mir sagen wollen?«

»Ja. Alles getan.«

Irgendwie habe ich es gewusst, bevor ich hierher gekommen bin. Das ist der Grund, warum ich nicht wollte, dass Sean die Sonderkommission alarmiert. »Wer hat Dr. Malik getötet?«

Ihr Lächeln verschwindet und weicht einer tief sitzenden Angst. »Ich weiß es nicht. Niemand weiß, was wir jetzt tun sollen.«

Lügt sie? »Das ist sehr wichtig, Angie. Wer hatte die Idee, diese Taten wie einen Serienmord aussehen zu lassen? Warum haben Sie die Männer nicht einfach mit einem Schuss getötet und es nach einem Überfall aussehen lassen? Irgendetwas Gewöhnlichem?«

»Das war cool, wie?«

Sean räuspert sich laut, doch ich sehe ihn nicht an. Ein eigenartiges Leuchten ist in Angies Augen erschienen.

»Wollen Sie eine sehen?«, fragt sie.

»Eine was?«

»Sie wissen schon. Was wir getan haben.«

Mein Puls rast plötzlich. »Einen Mord, meinen Sie?«

»Wir nannten es nicht so. Wir nannten es *Bestrafung*. Wir haben eine Bestrafung vollzogen.«

Jetzt sehe ich Sean an. Er sieht aus, als könnte ihn jeden Augenblick der Schlag treffen. »Haben Sie ein Videoband hier, Angie?«

Sie nickt in Richtung der Ecke neben dem Fernseher, wo unter einem kleinen runden Tischchen eine Pappschachtel steht.

»Mein Gott …«, haucht Sean.

»Ist das die Schachtel von Dr. Malik?«, frage ich und spüre, wie meine Handflächen feucht werden. »Die Schachtel mit dem Material für seinen Film?«

Angie nickt, dann steht sie auf, geht zur Schachtel und nimmt ein Videoband heraus. »Das ist eines der wenigen auf VHS«, sagt sie. »Die meisten sind auf diesen kleinen Bändern, diesen digitalen Dingern. Mini-DV oder was auch immer.«

»Cat …«, flüstert Sean.

Ich spüre ein vertrautes Summen im Hinterkopf. Die Bänder in dieser Schachtel könnten meinen Großvater für den Rest seines Lebens hinter Gitter bringen.

»Stecken Sie es in den Rekorder, Angie. Ich möchte es sehen.«

65

Angie Pitre ist wie ein Mädchen, das im Begriff steht, mir eine Aufzeichnung von seiner Ballettaufführung zu zeigen, als sie das Band in den Rekorder schiebt und aufgeregt wartet.

Sean bedeutet mir mit einem unauffälligen Wink, zu ihm zu kommen, das Gesicht starr vor Besorgnis. Nach seinen Vorschriften ist es längst an der Zeit, Evangeline Pitre zu verhaften. Doch ich bin nicht als Gesetzesbeamtin hier. Ich bin hier, weil ich begreifen will. Erst dann werde ich wissen, was zu tun ist. Wahrscheinlich hält nur meine Drohung, seiner Frau alles über uns zu erzählen, Sean davon ab, John Kaiser anzurufen.

Der Fernsehschirm wird blau. Dann zählen Nummern in der unteren rechten Ecke des Fernsehschirms herunter. Ich gehe zu der Schachtel in der Ecke des Raums und blicke hinunter. Am Boden der Schachtel liegen drei Reihen von Mini-DVs. Die Bänder sind in rotem Magic Marker mit Frauennamen beschriftet. Auf einem steht Ann Hilgard. Ich bücke mich und nehme es aus der Schachtel, dann lasse ich es in meine Tasche gleiten.

»Sieh hin«, sagt Sean.

Ein dunkles, verwackeltes Bild füllt den Fernsehschirm aus: Eine Außentür. Ich höre jemanden schnell atmen, fast hyperventilieren. Eine Hand in einem transparenten Plastikhandschuh greift nach vorn, steckt einen Schlüssel ins Schlüsselloch und dreht den Türknauf.

»Was ist das für ein Plastik?«, flüstere ich.

»Ein Hazmat-Anzug«, sagt Angie, ohne die Augen vom Schirm zu nehmen. »Unheimlich, was?«

Die Tür öffnet sich, und Licht flutet in die Linse der Kamera.

Die Kamera bewegt sich so schnell durch das Haus, dass ich das Gefühl habe, eine Folge der TV-Serie *Cops* zu sehen. Eine Drogenrazzia vielleicht. Doch die Szene hat etwas Vertrautes. *Ich habe dieses Haus schon einmal gesehen.* Es ist einer der NOMURS-Tatorte. Der zweite.

»Heilige Scheiße«, flüstert Sean.

»Ist es das Haus von Riviere?«, frage ich wie betäubt.

»Ja«, antwortet Angie.

Die Kamera hält vor einer offenen Schlafzimmertür. Ein dickbäuchiger, grauhaariger Mann in weißen Boxershorts blickt von seinem Kleiderschrank herüber. Andrus Riviere, der Apotheker im Ruhestand, Alter sechsundsechzig. Was immer er hinter der Kamera sieht, es versetzt ihn in Angst.

»Umdrehen!«, befiehlt eine gedämpfte Stimme. Sie klingt, als gehörte sie einer Frau.

»Sie können einen nicht gut verstehen, wenn man so einen Anzug anhat«, sagt Angie. »Er verhindert, dass man Haare und Schuppen im Haus zurücklässt.«

»Cat?«, fragt Sean. »Cat, können wir …«

»Gesicht zur Wand!«, befiehlt die Stimme. »Los, Hände hoch!«

Andrus Riviere wendet der Kamera den Rücken zu und hebt die schwabbeligen Arme. »Nehmen Sie, was immer Sie wollen«, sagt er zitternd. »Geld … wollen Sie Geld?«

Auf seinem Unterhemd blitzt es kurz rot auf.

»Scheiße!«, ruft Sean.

Riviere bricht zusammen wie ein Hirsch nach einem Blattschuss.

Mein Herz hämmert wie verrückt, als die Kamera sich ruckhaft durch das Zimmer bewegt. Für einen Moment ist nur die Decke zu sehen. Dann sehe ich erneut Riviere. Er liegt auf dem Rücken, das Gesicht vor Angst fast blutleer. Er versucht sich zu bewegen und schreit voller Schmerz.

»Was hast du Carol angetan?«, fragt die gedämpfte Stimme.

»Ich kann meine Beine nicht mehr bewegen!«, heult Riviere. »O Gott …«

»Sag, was du Carol angetan hast!«

»Was?«

»Deiner Tochter! Carol Lantana! Hattest du Sex mit Carol, als sie ein kleines Mädchen war?«

Rivieres Augen drohen aus den Höhlen zu treten. Für Andrus Riviere sind die Frauen in den Hazmat-Anzügen die Fleisch gewordene Hölle. »Carol?«, wiederholt er. »Nein! Nein … *nein.*«

»Hast du Carol vergewaltigt?«, beharrt die Stimme.

»Nein! Das ist verrückt! So etwas habe ich nie getan!«

Die Kamera weicht zurück. Dann hält eine Hand in Plastik den Lauf eines Revolvers an Rivieres Schläfe. »Mach deinen Frieden mit Gott. Gestehe, was du getan hast!«

Der alte Apotheker stammelt undeutliche Worte. Speichel rinnt ihm aus dem Mund. »Carol? Bist du das in dem Anzug?«

»*Gestehe, was du getan hast!*«, kreischt die Stimme, die eindeutig weiblich ist.

Riviere schüttelt heftig den Kopf. Auf dem Schirm kniet eine zweite Gestalt in einem Hazmat-Anzug neben Riviere nieder und öffnet die Kiefer des Schädels, den ich im Motel im Schoß von Dr. Malik gefunden habe. Die Hand drückt den offenen Mund auf Rivieres Brust und treibt die Zähne in das blasse Fleisch.

Riviere kreischt vor Schmerz.

»Mein Gott …«, haucht Sean.

Die Gestalt benutzt offensichtlich all ihre Kraft, um die Zähne in Rivieres Fleisch zu treiben. Riviere schreit erneut, und dann wird der Schädel weggezogen.

Riviere weint jetzt und hechelt, als könnte er nicht mehr atmen.

»*Beiß ihn noch mal!*«, ruft die Stimme.

»*Nein! Nicht!* Schon gut … schon gut. Ich konnte nicht anders. Ich *konnte* nicht aufhören. Das weißt du doch längst, oder?« Rivieres Gesicht ist verzerrt vor Schmerz. »Ich brauche einen Arzt! Bitte!«

»Wie alt war Carol, als du es getan hast?«

Riviere schließt die Augen und schüttelt den Kopf. »Ich weiß es nicht … weiß es nicht.«

Der Lauf des Revolvers knallt auf seine Nasenwurzel.

»*Drei?*«, heult er. »*Vier? Ich weiß es nicht!*«

»Bereust du deine Tat?«

Die Augen quellen erneut aus ihren Höhlen. Der Ausdruck des Entsetzens darin ist Grauen erregend.

Die dumpfe Stimme kennt kein Erbarmen. »*Bereust-du-deine-Tat?*«

Riviere nickt in plötzlicher Bußfertigkeit, ein verzweifelter Sünder, der einen Weg zur Wiedergutmachung sieht.

»Ja! Ja, ich bereue … ich bereue! Ich weiß, dass es falsch war. Ich brauche Hilfe! Hilfe!«

»Ich bin hier, um dir zu helfen.«

Die Hand drückt die Mündung des Revolvers an Andrus

Rivieres Stirn und schießt ihm das Gehirn aus dem Hinterkopf.

Ich zucke schockiert zusammen. Ich kann nicht begreifen, dass ich mit eigenen Augen den Hergang der Ereignisse sehe, die ich aus den Spuren am Tatort zu rekonstruieren versucht habe. Keine Rekonstruktion könnte je die Brutalität dieser Exekution wiedergeben. Und ich weiß plötzlich und ohne jeden Zweifel, dass meine Idee, diese Frauen zum Aufhören zu zwingen, ohne ihre Namen an das FBI zu verraten, nichts weiter als ein Hirngespinst ist, geboren aus meinem eigenen Schmerz und meiner Naivität. Es stimmt, dass Andrus Riviere nie wieder ein anderes Kind missbrauchen wird. Doch welche Garantie habe ich, dass die Frau, die den Abzug betätigt hat, nicht morgen schon entscheidet, dass ein anderer, weniger schuldiger Mann als Riviere verdient, mit dem Tod bestraft zu werden? Margaret Lavignes Stiefvater war das erste unschuldige Opfer.

»Cat, es ist Zeit, ein paar Anrufe zu machen«, sagt Sean leise.

Er hat Recht.

»Cat? Ich muss …«

Ein dumpfer Schlag lässt Sean mitten im Satz verstummen.

Als ich mich umdrehe, sehe ich eine nackte Frau mit blonden Haaren und einer grünen Plastikhantel in der einen und einem Schlachtermesser in der anderen Hand. Es ist kaum eine halbe Stunde her, dass ich ihr Bild auf meinem Küchentisch studiert habe. Stacey Lorio, sechsunddreißig Jahre alt, diplomierte Krankenschwester und Tochter von Colonel Frank Moreland, unserem ersten Opfer. Sie hat Sean mit einem einzigen Schlag ihrer Plastikhantel bewusstlos geschlagen. Während ich voller Entsetzen auf sie starre, kniet sie nieder und reißt ihm die Glock aus dem Schulterhalfter; dann richtet sie die Waffe auf mich.

»Ich habe mich im Schrank unter der Schmutzwäsche versteckt«, sagt sie zu Angie, wobei sie vor Erregung schwer atmet. »Einen Augenblick habe ich gedacht, er hätte mich gesehen.«

»Warum haben Sie ihn niedergeschlagen?«, frage ich und versuche, nicht zu meiner Handtasche auf dem Plaudersofa zu sehen.

»Halt's Maul!«, schnappt Lorio und richtet sich auf. Sie ist nicht viel größer als Angie Pitre, doch ihr Körper besteht hauptsächlich aus Muskeln. Sie hat Babystreifen und schlaffe Brüste; ansonsten aber sieht sie aus wie eine Bodybuilderin.

»Wir sind nicht hergekommen, um jemanden zu verhaften, Stacey.«

Sie lacht, dann sieht sie zu Angie. »Das weiß ich besser, du reiche Fotze.«

Ihr Gesicht ist hellrot, und auf ihrer Brust zeigen sich rote Flecken. »Kennen Sie mich, Stacey?«

»Was glaubst du denn? Deine Tante ist das Miststück, das mein Leben versaut hat.«

»Wie bitte?«

»Ja. Sie kam vorbei mit ihren perfekten Zähnen, ihren Tausend-Dollar-Schuhen und ihrer Southern-Belle-Stimme, und plötzlich wusste er nicht mehr, was er wirklich wollte.«

»Wer?«

»Meine Güte! Was glaubst du denn?«

Plötzlich wird mir alles klar. Diese Frau hatte eine romantische Beziehung zu Nathan Malik, bevor meine Tante Ann ihn ihr ausgespannt hat. Warum sollte mich das überraschen? Ann hat sich schon früher von dem einen oder anderen ihrer Psychiater verführen lassen. Und als ich mit ihr am Telefon über die Zahlung von Maliks Kaution gesprochen habe, hat sie getan, als wäre es die natürlichste Sache auf der Welt.

»Sie also haben Dr. Malik getötet!«, denke ich laut. »Sie

sind diejenige, die mich im Thibodeaux Motel niedergeschlagen hat!«

»Er hat mir keine andere Wahl gelassen«, sagt sie. »Er wollte uns an die Polizei verraten.«

»Warum hätte er das tun sollen?«

»Um die eigene Haut vor dem Gefängnis zu retten«, sagt Angie Pitre.

»Dr. Malik war nicht in Gefahr, wegen Mordes angeklagt und verurteilt zu werden.«

»Das wissen Sie doch gar nicht«, widerspricht Lorio. »Alles, was ihn wirklich interessiert hat, war sein persönlicher Kreuzzug. Sein Meisterplan. Er *wollte*, dass wir uns vor einem Gericht verantworten. Er *wollte*, dass die ganze Welt sieht, wozu uns der sexuelle Missbrauch in unserer Kindheit getrieben hat.«

»Es ist mir egal, wer davon erfährt«, sagt Angie Pitre unvermittelt. »Wir haben getan, was wir tun mussten. Gott allein weiß, wie viele unschuldige Kinder wir damit gerettet haben.«

Lorio sieht Angie an wie eine schützende ältere Schwester. »Das ist richtig, Ang. Aber es ist absolut überflüssig, dein Leben im Gefängnis zu verschwenden. Jedenfalls nicht, um Nathan berühmt zu machen. Die Welt wird nicht verstehen, was wir getan haben. Und viele Männer werden alles daransetzen, dass man die Todesstrafe gegen uns verhängt.«

»Ich denke, Sie irren sich, Stacey«, sage ich mit der demütigsten Stimme, zu der ich fähig bin. »Ich denke, eine ganze Menge Leute würden Sie sehr gut verstehen.«

Sie lacht. »Das ist leicht gesagt. Ich werde mein Leben jedenfalls nicht in einem Gefängnis verbringen, um das Thema der Woche bei *Oprah* zu sein. Wir haben erreicht, was wir uns vorgenommen haben. Es ist vorbei.«

»Ist es das? Was ist mit mir?« Ich blicke zu Sean hinab, der sich in der Zwischenzeit kein einziges Mal gerührt hat. »Und was ist mit ihm?«

»Ihr beide habt eure Nasen in Dinge gesteckt, die euch nichts angehen. Ich kann nichts daran ändern.«

»Wollen Sie mich töten? Ich bin genau wie Sie, Stacey. Auch ich wurde als Kind missbraucht, genau wie Sie.«

»Du bist wie ich?« Ihre Augen sind kalt. »Du bist ganz bestimmt nicht wie ich!«

»Sind Sie denn so blind, Stacey? Glauben Sie vielleicht, in einer reichen Umgebung aufzuwachsen könnte Sie vor dem eigenen Vater schützen? Oder dem Großvater?«

Angie Pitre ringt die Hände. »Stacey, das haben wir nicht ausgemacht, weißt du? Niemand von den anderen wäre damit einverstanden!«

Lorio mustert Angie mit einem scharfen Blick. »Niemand sonst hatte den Mumm, irgendetwas zu machen, oder? Sie haben sich tatenlos zurückgelehnt, während wir die Drecksarbeit für sie erledigen durften. Sie haben sich alles im Fernsehen angeschaut. Sie haben zugesehen, wie die Leute, die sie verletzt haben, um Gnade und Vergebung flehen, aber haben sie einen verdammten Finger gehoben? Haben sie sich die Hände dreckig gemacht?«

Angie schüttelt den Kopf. »Ich weiß. Ich weiß, aber trotzdem ...«

»Trotzdem was?«

»Sie ist wie wir, Stacey!«

Lorio reißt die Pistole herum und zielt auf Sean. »Und was ist mit ihm? Er ist ein Cop! Ein Detective vom Morddezernat! Er will dich in die Todeszelle stecken! Du hast gehört, was er gesagt hat! *Es ist Zeit für ein paar Anrufe.* Möchtest du, dass sie dir die Nadel in den Arm schieben, Ang? Scheiße, du kannst nicht mal Blut spenden ohne zu kotzen!«

»Ich weiß, aber ... Mein Gott, ich weiß es nicht.«

Lorio presst die Lippen zu einem blutleeren Strich zusammen. »Aber ich weiß es, Baby! Du gehst jetzt einfach in die Küche, während Mama sich um das Geschäftliche kümmert.«

Stacey Lorio zieht mit der freien Hand ein Kissen vom Sofa, und plötzlich weiß ich, dass dies die letzten Sekunden meines Lebens sein werden. Ich bin bei Billy Neal davongekommen, doch so viel Glück habe ich bestimmt nicht noch einmal. Mein Blick wandert zu meiner Handtasche am Boden, doch sie könnte genauso gut eine Meile weit weg sein. Lorio macht einen Schritt auf mich zu, drückt das Kissen auf die Pistole und feuert.

Plötzlich ist alles völlig durcheinander. Ein Pferd tritt mir in den Leib. Winzige Schaumstofffetzen segeln durch die Luft. Nasses rotes Blut läuft über meinen Bauch, und ein dumpfer Knall erfüllt den Raum. Dann schreit eine Frau.

»Was …?«, frage ich und gehe rückwärts, während ich versuche, mich auf den Beinen zu halten.

»Stacey! Nein!«

Lorio folgt mir mit dem Kissen über dem schwarzen Lauf von Seans Glock, von dem ich nur ein winziges Stück sehen kann. Sie ist keinen halben Meter mehr von mir entfernt, als Angie Pitre sie von hinten anspringt und ihr die Arme nach hinten reißt. Beide Frauen gehen wild rudernd und um sich schlagend zu Boden.

Ich will Angie helfen, doch die Beine versagen mir den Dienst, und ich sacke schwer auf das Sofa hinter mir.

»*O Gott …*«, stöhnt jemand.

Ich bin es selbst. Das Blut nässt inzwischen meinen Schritt. Die Waffe explodiert erneut, und irgendjemand kreischt, doch die Frauen kämpfen weiter.

Ich kann meine Handtasche am Boden sehen, doch ich kann mich nicht nach vorne beugen, um sie aufzuheben.

Stacey Lorio sitzt inzwischen auf Angies Brust und brüllt sie an, sich nicht mehr zu wehren, doch Angie schlägt weiter auf sie ein und bockt wie ein kleines Mädchen, das vor Wut völlig außer sich ist. Mit einem lauten Fluch dreht Lorio die Waffe um und schlägt Angie mit dem Kolben über das Gesicht.

Angie Pitre stellt ihre Gegenwehr ein.

Stacey klettert von ihr herunter, als Sean plötzlich die Hand hebt und sie am Ellbogen packt. Er muss immer noch halb bewusstlos sein, denn die Lorio lacht nur und schüttelt seinen Griff so leicht ab, als wäre Sean ein lästiger kleiner Junge.

Mit ruhiger Zuversicht geht sie zum Sofa und nimmt das andere Kissen, um es Sean auf das Gesicht zu legen.

Ich starre hinunter auf meine Handtasche und nehme meine ganze Willenskraft zusammen, um mich nach vorn zu beugen.

Stacey drückt den Lauf von Seans Waffe in das Kissen, ungefähr dort, wo Seans Stirn sein muss, und feuert.

Während ich voll ohnmächtiger Wut schreie, erscheint ein winziges Loch zwischen Staceys Brüsten. Es sieht fast wie gemalt aus, doch innerhalb einer Sekunde hechelt sie so heftig nach Luft, als hätte jemand ihr eine Schraubzwinge über den Brustkorb gelegt. Seans Featherweight Smith & Wesson ruckt in meiner Hand.

Stacey öffnet den Mund, um etwas zu sagen, doch aus ihrer Kehle sprudelt ein Geysir aus Blut.

Angie schreit.

Staceys Beine knicken ein, und sie fällt neben Sean auf die Knie. Sie starrt auf ihn hinunter, hebt die Waffe über das Kissen und hebt sie weiter in dem Bemühen, damit auf mich zu zielen.

»*Nicht* …«, flüstere ich, doch sie lässt sich nicht aufhalten.

Ich schieße ihr mitten ins Gesicht, und ein feiner roter Nebel spritzt hinter ihr durch die Luft.

Während Stacey Lorio endgültig fällt, ist alles, woran ich denken kann, die grausame Ironie, dass es ausgerechnet mein Großvater war, der mir beigebracht hat, mit einer Handfeuerwaffe zu schießen.

Dann wird alles schwarz.

66

Den größten Teil der Woche, nachdem ich angeschossen wurde, habe ich auf Beerdigungen verbracht. Zwei davon habe ich erwartet, eine nicht. Zwei wurden verschoben, bis man mich aus dem Tulane University Hospital entlassen hat, und dank Stacey Lorio saß ich bei allen Begräbnissen in einem Rollstuhl. Die Kugel aus Seans Waffe durchschlug meinen Magen und blieb in einem Rückenmuskel stecken. Ich verlor eine Menge Blut und meine Milz.

Mein Baby aber verlor ich nicht.

Sean wäre fast in seinem eigenen Blut ertrunken. Sein Kopf hatte seitwärts gelegen, als Lorio auf ihn schoss, und anstatt seine Stirn zu durchschlagen, war die Kugel entgegen Lorios Absicht wenige Zentimeter unterhalb von Seans Ohr durch die Wange gegangen. Sie hatte fünf Zähne getroffen, die Gaumenplatte zerschmettert und einen Teil seiner Nasennebenhöhlen in Brei verwandelt. Sean verdankt Angie Pitre sein Leben; sie war nicht geflohen, sondern wählte den Notruf und blieb bei uns, bis Notarzt und Polizei eintrafen.

Stacey Lorio war sofort tot, nachdem meine zweite Kugel sie getroffen hatte. In mir ist eine tiefe Traurigkeit wegen des Kindheitstraumas, das sie zu der hasserfüllten Erwachsenen gemacht hat, die sie am Ende war, doch ich empfinde keine Schuldgefühle, weil ich sie getötet habe. Sie wollte Sean und mich kaltblütig ermorden. Sean gibt sich selbst die Schuld daran, dass er Stacey Lorios »bombensichere« Alibis für die Tatzeiten nicht geknackt hat, doch das hat auch kein anderer getan. Wie sich herausgestellt hat, ist ihr Exmann drogensüchtig; weil Stacey ihn mit Pillen aus der Klinik versorgte, in der sie gearbeitet hat, hätte er ihr wahrscheinlich noch für ein Dutzend weiterer Morde Alibis gegeben und vor Gericht unter Eid darauf geschworen. Die übrigen Alibis stammten von zwei Frauen, die später ebenfalls als Mitglieder von Maliks Gruppe X identifiziert wurden. Im Nachhinein erscheint alles so offensichtlich.

Special Agent Kaiser verbrachte sehr viel Zeit in meinem Krankenzimmer. Die Ärzte versuchten ihn abzuwimmeln, doch Kaiser kann ziemlich hartnäckig sein. Er wollte jede Einzelheit erfahren, die ich während des Falls erlebt hatte, und wie ich das Rätsel um die Person des Killers gelöst hätte. Er war besessen davon, ein für alle Mal herauszufinden, ob die sechs Morde in New Orleans in irgendeiner Verbindung zu den Ereignissen in Natchez und auf DeSalle Island standen. Angesichts der Beziehung zwischen Malik und meiner Tante Ann – und in gewisser Weise auch zwischen Malik und mir – schien es unvorstellbar, dass es keinen kausalen Zusammenhang geben sollte. Doch es gab keinen. Nicht wirklich jedenfalls.

Dr. Hannah Goldman drückte es passend aus, als sie vorbeikam, um mich zu besuchen, und Kaiser neben meinem Bett antraf. Geduldig malte sie ein Diagramm auf der Rückseite einer Cafeteria-Speisekarte, in dem sie die Verbindungen aufzeigte. Die primäre Verbindung zwischen New Orleans und Natchez war sexueller Missbrauch. Nathan Malik bemerkte mich damals in Jackson, Mississippi, weil ich mit einem Mann schlief, der fünfundzwanzig Jahre älter war als ich. Diese Beziehung – ein Hinweis auf Missbrauch im Kindesalter – hatte meinen Rauswurf von der Medical School zur Folge, was mich wiederum zur Zahnmedizin und letztlich zur forensischen Odontologie führte. Maliks Kindheitstrauma führte ihn langsam, aber sicher dazu, die Opfer von sexuellem Missbrauch zu therapieren. Er wurde der natürliche Endpunkt der Suche meiner Tante Ann nach einem Therapeuten, der die grauenhaften Folgen des Missbrauchs in Anns eigener Kindheit zu kontrollieren vermochte. Angesichts Anns Geschichte – und Nathan Maliks sexuellen Vorlieben – war es fast unvermeidlich, dass sich zwischen beiden eine sexuelle Beziehung entwickelte. Maliks Kindheitstrauma machte ihn außerdem anfällig für die Kontertransferenz, die dazu führte, dass er seine Patientinnen in Gruppe X zur Selbstjustiz ermunterte. Die Morde, die von Stacey Lorio und Evangeline Pitre gemeinsam begangen wurden, und die Entscheidung jener Frauen, mithilfe vorgetäuschter Bisswunden die wahre Natur der Verbrechen zu verschleiern, dies alles hatte darin resultiert, dass ich zum Fall hinzugerufen wurde. (Die Durchsuchung von Stacey Lorios Wohnung durch das FBI förderte eine riesige Sammlung von True-Crime-Taschenbüchern zu Tage, voll mit unterstrichenen Passagen über die Forensik und die Psychologie von Sexualmorden.) Sobald Dr. Malik gewahr wurde, dass man mich in die Ermittlungen eingeschaltet hatte, war er besessen davon, mit mir zu kommunizieren. Angesichts seines Wissens um die dunklen Geheimnisse meiner Familie – und dessen, was Ann ihm wahrscheinlich über mich erzählt hatte – glaubte er, dass mein Auftauchen eine bedeutungsvolle Synchronizität der Ereignisse darstellte, die er nicht ignorieren durfte.

»Die einfache Antwort lautet«, schloss Dr. Goldman, »dass kranke Menschen andere kranke Menschen anziehen. Psychologisch gesprochen, heißt das.«

Nach Hannahs Worten hatte meine jüngste Serie von Albträumen über meinen Großvater und den Pick-up nicht das Geringste mit den Morden in New Orleans zu tun. Die Albträume waren, beharrte sie, einzig und allein das Resultat meiner Schwangerschaft. In dem Augenblick, in dem mein Gehirn wusste, dass ich ein Baby bekommen würde, erkannte mein Unterbewusstsein, dass ich, um mein Kind schützen zu können, die Erinnerung an den Missbrauch in meiner eigenen Kindheit benötigte. »So funktioniert Evolution«, sagt Hannah. »Die Spezies weiterzubringen ist die höchste Priorität eines jeden Organismus. Ihr Gehirn, Catherine, kam zu dem Schluss, dass der Schutz Ihres Babys wichtiger war, als Sie vor dem Trauma zu schützen, das Sie in Ihrer Kindheit erlebt haben. Daher die plötzliche Flut von Albträumen und Flashbacks. Sie hätten sich irgendwann an die Dinge erinnert, die Ihr Großvater Ihnen angetan hat, gleichgültig, ob jemand hier in New Orleans ermordet worden wäre oder nicht. Darauf gebe ich Ihnen mein Wort.«

Doch nicht einmal Hannah Goldman vermochte zu erklären, was mir an den Mordschauplätzen letztendlich den entscheidenden Hinweis auf die wahre Natur der Verbrechen geliefert hatte. Genau wie das FBI waren mir die klassischen Merkmale eines männlichen Sexualtäters bei der Arbeit präsentiert worden, und ich hatte schon viele Male ähnliche Tatorte in Augenschein genommen. Was also war die Ursache für meine Panikattacken? Was verriet mir, dass ich auf eine Tat blickte, die irgendwie mit sexuellem Missbrauch verwandt war ähnlich dem, dessen Opfer ich geworden war?

Hannah hielt es für möglich, dass es der Anblick der nackten alten Männer gewesen sein könnte.

Doch letzten Endes kam ich zu dem Schluss, dass es eine winzige Kleinigkeit gewesen war. Meine erste Panikattacke erlitt ich am Schauplatz des dritten Mordes.

Elf Tage zuvor, im Haus des zweiten Opfers – Andrus Riviere –, hatte ich ein kleines Mädchen gesehen, das mir im Gedächtnis haften geblieben war. Sein Großvater war eben gewaltsam ums Leben gekommen, und doch schien das Mädchen beinahe überzufließen vor freudiger Energie. Es rannte durchs Haus, als würde gleich seine Geburtstagsparty anfangen. Und nach allem, was ich heute weiß, glaube ich auch, dass es so war. Der Mord an Andrus Riviere hat dieses kleine Mädchen aus einer Hölle befreit. Und irgendetwas am Gesicht der Kleinen – irgendetwas in ihren viel zu erwachsenen, ernsten Augen – hat eine Botschaft an mein Unterbewusstsein gesandt. Genau wie Pearlies Unterbewusstsein geahnt hat, dass Ann als Kind missbraucht wurde, hat mein Unterbewusstsein geahnt, dass irgendetwas im Haus von Andrus Riviere nicht in Ordnung war. Irgendein Missstand, den der Tod Rivieres beseitigt hat.

Kaiser überraschte mich mit der Eröffnung, dass Nathan Malik all seine Videobänder und anderen Rohmaterialien für den geplanten Dokumentarfilm mir vermacht hat. Dies schließt seine Patientenaufzeichnungen mit ein, die wir in einem Versteck in Biloxi, Mississippi, im Haus des dritten Ehemanns meiner Tante fanden. Sobald all diese Materialien vom NOPD freigegeben werden, wird die Polizei sie an mich überstellen. Ich habe vor, irgendwann alles durchzugehen und mich an die Arbeit zur Fertigstellung von Maliks Film zu begeben. Ich werde keine Aufnahmen von den Morden zeigen, doch ich werde alles versuchen, um die hinter den »Bestrafungen« stehende Motivation zu erklären.

Am Tag, an dem ich aus dem Tulane Hospital entlassen werden sollte, erfuhr ich, dass auch Margaret Lavigne hier Patientin war. Ich ließ mich von einer Krankenschwester zu ihrem Zimmer rollen und bat darum, mit Margaret allein gelassen zu werden.

Margaret lag komatös unter einem weißen Laken, angeschlossen an eine Vielzahl von Monitoren und Schläuchen. Das Insulin, das sie sich injiziert hatte, hatte ihr Gehirn in eine nutzlose graue Masse verwandelt. Von John Kaiser hatte ich erfahren, dass Margarets Mutter wahrscheinlich genehmigen würde, die Lebenserhaltungssysteme gegen Ende der Woche abzuschalten. Ich saß eine Weile schweigend neben Margaret und hielt ihre Hand, während ich an den Abschiedsbrief dachte, den sie hinterlassen hatte, und an das Entsetzen, das sie erfasst haben musste, als sie erfuhr, dass sie einen unschuldigen Mann dem Tod überantwortet hatte. Genau wie ich hatte sie nicht glauben können, dass ihr eigener Vater sie vergewaltigt hatte. Stattdessen hatte sie irrtümlich ihren Stiefvater als den Täter angesehen. Ich bin sehr dankbar, dass mein Gefühl mich in meinem eigenen Fall nicht getäuscht hat, obwohl es so einfach gewesen wäre.

Das erste Begräbnis, dem ich beiwohnte, war das von Nathan Malik.

Der Psychiater hatte sich für eine Feuerbestattung entschieden, also gab es lediglich eine Gedenkzeremonie, die in einem Park in New Orleans abgehalten wurde. Etwa fünfzig Menschen kamen, die meisten von ihnen Frauen. Ein paar Männer waren ebenfalls anwesend, darunter einige offensichtlich Vietnam-Veteranen. Ein buddhistischer Mönch hielt die Zeremonie und sprach einige Gebete, und alle legten Blumen vor der Urne nieder.

Das zweite Begräbnis war das von meiner Tante Ann, und es fand in Natchez statt.

Michael Wells fuhr mich zum Bestattungsinstitut von Mr. McDonough, half mir in den Rollstuhl und brachte mich hinterher sogar nach draußen zum Friedhof, wo die eigentliche Beerdigung stattfand. Während der Geistliche eine allgemeine Lobrede hielt, saß ich auf einer der für Familienangehörige reservierten Bänke und dachte an das Band, das Ann für Nathan Malik aufgenommen hatte. Die Mini-DV, die ich aus der Schachtel in Evangeline Pitres Haus gestohlen hatte, war unbemerkt in meiner Handtasche geblieben, bis ich im Krankenhaus gelandet war. Ich lieh mir einen Camcorder aus, um es anzusehen, ertrug aber nur die ersten zehn Minuten. Ann hatte viel mehr gelitten als jede andere von uns. Aus irgendeinem Grund hatte sie während der Vergewaltigungen keine Dissoziation erfahren. Sie hatte es gespürt und verarbeitet und sich ihr Leben lang an jedes unerträgliche Detail erinnert. Ihre wichtigste Sorge war es gewesen, ihre jüngere Schwester zu schützen – meine Mutter. Und obwohl es ihr am Ende nicht gelungen war, hatte sie ihr Bestes gegeben. Sie tat es, indem sie meinen Großvater jedes Mal in ihr Zimmer lockte, wenn sie spürte, dass seine Aufmerksamkeit auf ihre Schwester gerichtet war. Doch Ann hatte nicht nur versucht, meine Mutter zu schützen. Der Grund für ihr Schweigen über all die Jahre hinweg war einfach: Großvater hatte gedroht, dass er sowohl ihre Schwester als auch ihre Mutter töten würde, sollte sie jemals über das reden, was er mit ihr tat. Und Ann hatte niemals daran gezweifelt, dass er seine Drohung in die Tat umsetzen würde. Sie wusste besser als jede andere in der Familie, dass Großvater imstande war zu morden.

Das dritte Begräbnis – das unerwartete – fand einen Tag nach Anns Beisetzung statt.

Heute.

Ich bin nicht zum Beerdigungsinstitut gefahren. Ich habe Michael gebeten, mich zum Friedhof zu bringen, wo ich vor Anns frisch zugeschaufeltem Grab sitze. Ich starre auf den feuchten braunen Erdhügel und die Blumen und frage mich, ob ich ihren Selbstmord irgendwie hätte verhindern können. Michael versichert mir, dass ich keine Chance gehabt habe, und ich gebe mir die größte Mühe, ihm zu glauben. Wenige Minuten, bevor die Trauergäste erscheinen sollen, rollt er mich über den Asphaltweg zu einem Aussichtspunkt, von wo ich die Zeremonie beobachten kann, ohne selbst daran teilzuhaben oder angesprochen zu werden.

Und jetzt sitze ich hier.

Die Schlange von Luxuslimousinen hinter dem schwarzen Leichenwagen scheint endlos zu sein, wie das Gefolge eines ermordeten Präsidenten. Es sollte mich nicht überraschen. Dr. William Kirkland war ein reicher, mächtiger und respektierter Mann, eine Säule der Gemeinde.

Meine Mutter hat versucht, die Zeremonie schlicht zu halten, doch am Ende gab sie den wohlmeinenden Freunden nach, die auf eine große Veranstaltung drängten, einschließlich Lobreden des Bürgermeisters, des Justizministers und des Gouverneurs von Mississippi.

Jeder scheint sich damit zufrieden zu geben, dass der Tod meines Großvaters ein Unfall gewesen ist. Dass er auf dem Weg nach DeSalle Island mittags im hellen Sonnenlicht von der Fahrbahn über den Niedrigwasserdamm abgekommen ist, scheint allen zu entgehen. Einige Leute haben seinen »kürzlichen« Schlaganfall erwähnt – der ziemlich genau ein Jahr zurückliegt – und erinnern sich, dass sein Arzt ihm das Autofahren verboten hat. Tatsächlich, so sagen sie, war es wohl der plötzliche Tod seines Fahrers Billy Neal, der meinen Großvater veranlasste, sich selbst hinters Steuer zu setzen und allein zur Insel zu fahren, um dringende geschäftliche Angelegenheiten zu regeln.

Die Wahrheit ist viel einfacher.

Mein Großvater hat seinem Leben ein Ende gesetzt.

Er wusste, dass das dunkle, böse Geheimnis seines Lebens kurz davor stand, an die Öffentlichkeit zu gelangen. Dass all sein Geld und seine Macht nicht reichen würden, um eines seiner Opfer – mich – daran zu hindern, seine Schandtaten vor aller Welt darzulegen. Und das konnte sein Stolz nicht verkraften. Er hielt seine Entscheidung, sich das Leben zu nehmen, wahrscheinlich für eine mannhafte, vielleicht sogar noble Tat. Doch ich weiß, was er in Wirklichkeit war. Alles in allem war Dr. William Kirkland, Arzt und Chirurg und Stütze der Gemeinde, nichts weiter als ein erbärmlicher Feigling.

Ich bin heute nur deswegen hier, weil ich sehen will, wie er verscharrt wird. Ich brauche diesen Abschluss. Wenn man sein ganzes Leben mit einem Dämonen verbracht hat und ihm irgendwie entkommen konnte, dann ist es wichtig zu sehen, wie er begraben wird. Hätte der gute alte Mr. McDonough mich gelassen – ich wäre in den Vorbereitungsraum seines Instituts gegangen und hätte einen Holzpflock durch das Herz meines Großvaters getrieben.

Und doch ist er nicht als Monster zur Welt gekommen, sondern als unschuldiger kleiner Junge, der auf dem Weg zur Taufe durch einen Verkehrsunfall seine Eltern verlor. Es geschah erst später – wann, werde ich wohl niemals erfahren –, dass das Gift in ihn injiziert wurde, mit dem er auch mich infiziert hat. Vor vielen Jahrzehnten, in einer dunklen und stillen Nacht irgendwo auf dem Land, wurde ihm seine Unschuld gestohlen, und eine verborgene, heimliche Verwandlung nahm ihren Lauf, die das Leben zahlloser anderer Menschen veränderte, einschließlich meines eigenen.

Ein Geheimnis, das wahrscheinlich ungelöst bleiben wird, ist die Antwort auf die Frage, warum Großvater plötzlich anfing, Vaters Skulpturen aufzukaufen. War er getrieben von Schuldgefühlen? Oder war es der wahnwitzige Versuch, den kreativen Funken zu begreifen, den er mit seiner Tat erstickt hatte, zumal Kreativität das einzige Talent war, das mein Großvater niemals besessen hatte?

Vielleicht liefert mir die Zeit – oder irgendein noch verschollenes Dokument – eines Tages die Antwort.

Die Bestattungszeremonie ist gnädigerweise kurz, denn der Himmel zieht sich zu, und Regen droht. Die Trauergäste ziehen sich rasch zu ihren Fahrzeugen zurück, und die lange Schlange setzt sich in Bewegung, um den Friedhof zu verlassen.

Als alle gefahren sind, bleibt eine einsame Gestalt neben dem Grab zurück.

Pearlie Washington.

Sie trägt ein schwarzes Kostüm und einen riesigen schwarzen Hut, doch ich kenne ihre hagere Gestalt genauso gut wie die meiner Mutter. Wahrscheinlich sogar besser. Ist sie zurückgeblieben, um allein mit dem Leichnam meines Großvaters zu sein? Oder Anns? Oder ist sie vielleicht geblieben, weil sie ahnt, was als Nächstes auf dem Familiengrab der DeSalles geschehen wird?

Während Michael mich den Hügel hinunterschiebt, steht Pearlie reglos da und starrt auf Großvaters Grab. Als wir näher kommen, erscheint ein weißer Dodge Caravan mit kunstvollem Chromschmuck am Eingang des Friedhofs und kommt langsam über den asphaltierten Weg in unsere Richtung. Vor der niedrigen Einfassung des Familiengrabs hält er an. Zwei Männer in dunklen Anzügen steigen aus, gehen zur Rückseite des Caravans und laden einen Bronzesarg ab. Sie stellen ihn auf einen klappbaren Rollwagen und schieben ihn über den Rasen an den Rand der Grabstätte, wo eine grüne Plane ein längliches Loch im Boden bedeckt.

Auf dem Grabstein steht:

LUKE FERRY, 1951–1981

Als Michael mich durch das Tor der Umfriedung schiebt, kommt Pearlie uns entgegen und berührt meine Hand. »Tun diese Leute das, was ich denke?«

»Ja.«

Ich sehe Schmerz in ihren Augen. »Warum hast du mir nichts davon gesagt? Ich habe diesen Jungen ebenfalls geliebt.«

»Ich wollte mit ihm alleine sein. Bitte entschuldige, Pearlie.«

»Möchtest du, dass ich gehe?«

»Nein.«

Die alte Frau beobachtet mit uns zusammen, wie die Männer die Plane vom Boden nehmen. Als sie die Plane zusammenfalten, setzt leichter Regen ein.

»Wo ist deine Mom?«, fragt Pearlie.

»Sie hat gesagt, sie würde es nicht ertragen, ihren Ehemann ein zweites Mal zu beerdigen.«

Pearlie stößt einen tiefen Seufzer aus. »Wahrscheinlich hat sie Recht.«

Michael berührt mich am Ellbogen und beugt sich zu mir herab. »Ich lasse euch jetzt ein paar Minuten allein«, flüstert er mir ins Ohr.

Ich nehme seine Hand und drücke sie. »Danke. Es dauert nicht lange.«

»Lass dir Zeit.«

Er wendet sich ab und geht davon. Pearlie blickt ihm hinterher, während er das Familiengrab verlässt. »Er sieht aus, als wäre er ein guter Mann.«

»Das ist er.«

»Weiß er, dass du das Kind eines anderen in dir trägst?«

Ich blicke hinauf in die neugierigen braunen Augen. »Ja.«

»Und er will sich trotzdem weiter mit dir treffen?«

»Ja.«

Sie schüttelt den Kopf wie vor einem seltenen und wunderbaren Anblick. »Das ist ein Mann, an den du dich binden solltest, gleich auf der Stelle.«

Ich spüre, wie mein Mund sich zu einem Lächeln verzieht. »Ich denke, da hast du Recht.«

Pearlie nimmt meine Hand und drückt sie fest. »Herrgott, es wurde aber auch Zeit, dass du zur Ruhe kommst. Wir brauchen dringend ein paar Babys in diesem alten Kasten.«

Ich atme tief durch und blicke hinunter auf Großvaters Grab. »Ich glaube, ich wollte erst abwarten, bis er gegangen ist.«

Pearlie nickt. »Gott weiß, wie Recht du damit hattest.«

Daddys Sarg liegt inzwischen neben dem offenen Grab, und der Regen plätschert auf die stumpfe Bronze des Deckels. Eigenartigerweise macht mir das Geräusch überhaupt nichts mehr aus.

»Könnten Sie ihn noch einmal für mich öffnen, bitte?«, frage ich.

Einer der Männer von Mr. McDonoughs Institut zieht einen Sechskantschlüssel aus der Tasche und schraubt die Verriegelung auf.

»Was?«, ächzt Pearlie voller Entsetzen. »Was machst du nur, Mädchen? Das bringt Unglück, so etwas zu tun!«

Ich schüttele den Kopf. »Nein.«

Als der Mann vom Beerdigungsinstitut den Sargdeckel hebt, greife ich in die Gepäcktasche unter meinem Rollstuhl. Ich spüre weiches Fell in meiner Hand. Indem ich all meine Kraft zusammennehme, stehe ich auf und gehe langsam zum Sarg. Mein Vater sieht genauso aus wie vor zwei Tagen, wie ein junger Mann, der nach einem Sonntagsessen auf der

Couch liegt und ein Nickerchen macht. Ich beiße die Zähne zusammen gegen die Schmerzen, beuge ich mich hinab und lege ihm Lena die Leopardin behutsam in die Armbeuge. Dann richte ich mich wieder auf.

»Damit du nicht einsam bist«, sage ich leise.

Bevor ich mich abwende, nehme ich noch ein gefaltetes Blatt Papier aus der Tasche und lasse es neben dem Knie meines Vaters in den Sarg gleiten. Es ist eine der Zeichnungen aus seinem Skizzenbuch, das er in dem grünen Seesack unter den Dielen in der Scheune versteckt hatte. Eine Kohlezeichnung von Louise Butler, die ihn mit grenzenloser Liebe in den Augen anlächelt. Vielleicht sollte ich mich deswegen schuldig fühlen, doch das tue ich nicht. Louise Butler hat Luke Ferry in seinen letzten Jahren wahrscheinlich mehr Schmerzen abgenommen als jede andere von uns. Sie hat ihn so akzeptiert, wie er war … als einen schlimm verwundeten Menschen.

»Leb wohl, Daddy«, murmele ich. »Und danke, dass du es versucht hast.«

Ich wende mich von seinem Sarg ab und kehre zu meinem Rollstuhl zurück, wobei ich Michael winke. Er kommt rasch herbei.

»Ich möchte den Fluss sehen«, sage ich zu ihm. »Könntest du mich zum Jewish Hill hinaufschieben?«

Jewish Hill ragt hundert Meter über dem Mississippi auf und bietet den prachtvollsten Ausblick auf den mächtigen Fluss, den ich jemals gesehen habe.

Michael kann seine Bestürzung nicht verbergen. »Es regnet, Cat.«

»Ich weiß. Ich mag es. Kommst du mit mir, Pearlie?«

»In Ordnung, Baby.«

»Schaffen Sie es denn?«, fragt Michael besorgt.

Pearlie schnaubt indigniert. »Ich mag vielleicht über siebzig Jahre alt sein, aber ich kann immer noch zu Fuß von Red Lick nach Rodney marschieren und habe genügend Kraft für einen Arbeitstag übrig.«

Michael lacht; offensichtlich kennt er die Namen der beiden kleinen Gemeinden am Mississippi, die mehr als zwanzig Meilen auseinander liegen. Er schiebt mich langsam, aber stetig den Hügel hinauf. Es dauert nicht lange, und wir starren über den kilometerbreiten Fluss hinaus auf die Ebenen des Louisiana-Deltas.

»Das ist zu groß, um es zu begreifen«, sagt Pearlie.

»Ich liebe diesen Anblick«, sage ich leise. »Früher bin ich immer hierher gekommen, wenn ich mich in dieser Stadt gefangen gefühlt habe.«

»Ich dachte, du wärst immer hier gefangen gewesen, bis dein Großvater starb.«

»Er hat sich selbst das Leben genommen, weißt du?«, sage ich leise.

Lange Zeit sagt Pearlie nichts. »Davon weiß ich nichts«, murmelt sie schließlich.

Ich blicke zu ihr auf. »Komm schon, Pearlie. Glaubst du wirklich, dass es ein Unfall war, als er vom Damm abgekommen ist?«

Sie sieht Michael an, dann wieder mich. »Nein. Es war kein Unfall.«

In meinem Kopf setzt ein dumpfes Summen ein. »Was soll das heißen, Pearlie? Was weißt du darüber?«

Sie ist so ernst, wie ich sie kaum je gesehen habe. »Ich weiß alles«, sagt sie. »Was möchtest du wissen?«

»Das Gleiche wie du.«

Sie sieht Michael zweifelnd an. »Einige Dinge sollte man lieber nicht hören, Doktor«, sagt sie. »Warum gehen Sie nicht zum Wagen zurück?«

Michael sieht mich fragend an, und ich nicke.

Als er davongeht, tritt Pearlie vor den Rollstuhl und fixiert mich mit dem ganzen Ernst einer alten, weisen Frau. »Nachdem du mich auf der Insel zurückgelassen hast, Baby, blieb ich eine Weile bei Louise Butler. Doch ich war unglaublich nervös. Ich konnte nicht ausruhen. Also hab ich einen

Spaziergang gemacht. Und landete auf der anderen Seite des Sees. Bei dem großen Haus.«

Sie meint die Lodge meines Großvaters, das Aushängeschild, das der Stararchitekt A. Hays Town für ihn entworfen hat.

»Bevor ich wusste, was ich tat, fing ich an, das ganze Haus auseinander zu nehmen. Ich war immer noch auf der Suche nach diesen Bildern, verstehst du? Ich wusste, dass sie irgendwo sein mussten.« Sie seufzt und senkt den Blick zu Boden. »Nun, ich fand sie. Sie waren in einem hohlen Buch versteckt, einem von hunderten Büchern in seiner Bibliothek dort unten. Und sie waren schlimm, Baby. Viel schlimmer als die Bilder von dir und deiner Tante Ann im Swimmingpool.«

»Was war auf ihnen zu sehen?«

Pearlie rümpft die Nase, als würde sie faulendes Fleisch riechen. »Alles. Mir wurde bei ihrem Anblick ganz schlecht. Ich ging ins Badezimmer, und ich konnte nicht mehr aufhören zu weinen. Und dann hab ich was gehört.«

»Großvater?«

»Nein. Jesse.«

»Jesse Billups? Er hat die Bilder gesehen?«

Pearlie nickt, und ihr Gesicht ist plötzlich voller Besorgnis. »Und es waren nicht nur Bilder von irgendwelchen Kindern. Einige der Kinder waren von der Insel. Jesse erkannte sie wieder. Einige gehörten Leuten, die noch immer auf der Insel leben.«

»Mein Gott! Was hat er gesagt?«

»Er hat mich verflucht. Dann nahm er die Bilder und ist damit weggerannt.«

»Was ist dann passiert, Pearlie? Was hat Jesse mit den Bildern gemacht?«

»Er hat sie einigen anderen Männern auf der Insel gezeigt. Einigen der Väter dieser Kinder. Verstehst du, die Frauen haben gewusst, was Dr. Kirkland mit den Kindern gemacht hat, genau wie ich es mir dachte. Einige von ihnen jedenfalls. Aber sie haben es ihren Männern nie gesagt. Doch jetzt wussten es die Männer, und sie waren verrückt vor Wut. Jesse rief Dr. Kirkland an und erzählte ihm, dass jemand in das große Haus eingebrochen wäre und alles verwüstet hätte. Und dass Dr. Kirkland sofort zur Insel kommen sollte.«

Ich schließe die Augen, und in mir regt sich Angst vor dem Ende der Geschichte.

»Bist du sicher, dass du es hören willst, Baby?«

»Ja.«

»Als Dr. Kirkland auf der Insel ankam, haben Jesse und die anderen Männer ihn in einen Truck gesetzt und sind mit ihm zu Big Leons Haus gefahren.«

»Wer ist Big Leon?«

»Einer von den Männern auf der Insel. Er hat zwanzig Jahre in Angola gesessen. Jesse hat Leon die Bilder gezeigt und ihm erzählt, was Dr. Kirkland getan hatte. Und dann hat er zu Leon gesagt: ›Du kannst ihn für zwei Stunden haben. Pass nur auf, dass du keine Spuren hinterlässt.‹«

»O Gott.«

Als Pearlie nickt, leuchten ihre Augen. »Zwei Stunden später sind die Männer zurück zu Big Leon und haben Dr. Kirkland geholt. Und dann haben sie das gemacht, was Billy Neal mit dir und mir vorhatte.«

»Was?«

»Sie haben ihn ans Lenkrad gefesselt und den Wagen vom Damm heruntergefahren.«

»Gütiger Himmel …«

»Nach einer Weile ist einer von ihnen nach unten getaucht und hat das Seil von Dr. Kirklands Händen abgenommen.« Pearlie beobachtet mich genau, während sie auf meine Reaktion wartet. »Du hast gesagt, dass du es wissen willst, Baby.«

»Hast du Großvater während dieser Sache irgendwann gesehen?«

»Nein. Ich weiß nur, was Jesse mir erzählt hat.«

Eine einzige Frage beherrscht meine Gedanken. »Hat er am Ende um sein Leben gebettelt?«

»Nein, Baby. Er hat die Männer beschimpft und verflucht, bis er mit dem Kopf unter Wasser war. Es war nichts Freundliches mehr in diesem alten Mann. Er verflucht wahrscheinlich den Teufel selbst, wenn er in der Hölle gelandet ist.«

Ich fühle mich plötzlich erschöpft.

»Was wirst du jetzt tun?«, fragt Pearlie.

»Ich weiß es nicht. Zuerst einmal abwarten, bis die Schusswunde verheilt ist, schätze ich. Die andere könnte den Rest meines Lebens benötigen, um abzuheilen.«

»Ich meine wegen dem Haus. Malmaison.«

»Wie meinst du das?«

Pearlie zuckt die Schultern. »Na ja, es gehört doch jetzt dir.«

»Wie bitte?«

»Ich dachte, du wüsstest es. Dr. Kirkland hat immer gesagt, dass Miss Gwen nicht mal auf sich selbst Acht geben könnte, geschweige denn auf den Reichtum, in den sie geboren wurde. Das ist der Grund, aus dem Billy Neal dich so sehr gehasst hat. Du erbst alles. Das ganze Vermögen.«

Es dauert eine Weile, bis ich ihre Worte verarbeitet habe. Ich habe keine Ahnung, was alles zum Besitz meines Großvaters gehört, doch er muss riesig sein.

»Und? Was wirst du jetzt tun?«

»Alles verkaufen«, sage ich.

Pearlie gibt ein undeutliches Geräusch von sich. »Auch die Insel?«

»Warum nicht? Ich will sie nie wieder sehen.«

»Wenn du diese Insel verkaufst, Mädchen, dann haben die Leute, die dort unten wohnen, nichts mehr, wo sie hingehen könnten. Es gehört alles dir. Die Häuser, einfach alles. Sie sind nur Mieter.«

Einige Minuten lang huschen Bilder von der Insel durch

meinen Kopf. Doch ich kann den Schmerz, der damit verbunden ist, einfach nicht ertragen. »Sie können sie haben, Pearlie. Die ganze verdammte Insel. Sie gehört sowieso ihnen.«

»Meinst du das im Ernst? Die Insel ist ein Vermögen wert.«

»Es ist mir vollkommen egal. Ich werde gleich die Anwälte beauftragen, die entsprechenden Papiere vorzubereiten. Du und Jesse, ihr könnt alles fair unter den anderen aufteilen. Mit Ausnahme von Louise Butler.«

Pearlie versteift sich. »Was ist mit Louise?«

»Louise bekommt die Lodge.«

Pearlie ächzt. »Das große Haus? Das ist nicht dein Ernst! Die anderen Frauen auf der Insel hassen Louise!«

»Es gehört ihr, Pearlie. Von diesem Augenblick an.«

Die alte Frau gibt eine Reihe von Geräuschen von sich, die ich nicht verstehe. Schließlich sagt sie: »Ich schätze, du weißt, was du tust.«

»Zum ersten Mal im Leben glaube ich es zu wissen, ja. Kannst du Michael irgendwo sehen? Ich möchte weg von hier.«

»Wir brauchen keinen Michael. Ich kann diesen Stuhl genauso gut schieben wie jeder Mann.«

Sie tritt hinter mich und packt die Griffe mit ihren kräftigen Händen. Während sie mich herumdreht, erhasche ich einen letzten flüchtigen Blick auf den Fluss, der breit und majestätisch im Regen liegt. Das Wasser dort draußen wird schon bald an DeSalle Island vorbeifließen, dann an Baton Rouge und schließlich an New Orleans, bevor es in den Golf von Mexiko strömt. Wo ich dann sein werde, weiß ich jetzt noch nicht. Doch die Kette von Elend und Unglück, durch die Generationen meiner Familie hindurch geschmiedet, ist endlich zerrissen.

Ich habe sie zerrissen.

Das ist so ungefähr der beste Neuanfang, den ich mir nur denken kann.

Pearlie schiebt mich zum Weg zurück, wo Michaels Wagen wartet. Als wir uns nähern, steigt Michael aus und winkt. Ich lege eine Hand auf meinen Unterleib und schließe die Augen. Es ist nicht die Wunde, die ich betaste, sondern eine Stelle tiefer unten. Ich brauche jetzt keinen Drink mehr. Ich brauche überhaupt nichts. Und zum ersten Mal im Leben habe ich das Gefühl, dass ich selbst entscheide, was ich will.

»Für dich wird alles anders werden«, flüstere ich leise und streichle behutsam über meinen Bauch. »Deine Mama weiß, was Liebe ist.«

Danksagungen

Zuerst möchte ich den Frauen und Männern danken, die offen über private Dinge mit mir gesprochen haben. Aus nahe liegenden Gründen werde ich ihre Namen an dieser Stelle nicht nennen. Berichte über Kindesmissbrauch sind ein heikles und schwieriges Thema, selbst in schriftlicher Form. Über persönliche Erfahrungen zu berichten ist tapfer, ja heldenhaft. Nur wenige Verbrechensopfer müssen so schwere Schlachten schlagen wie Menschen, die über sexuellen Missbrauch in ihrer Kindheit berichten. Viel zu oft weigern sich Familienangehörige und die Öffentlichkeit, ihren Behauptungen Glauben zu schenken, nicht einmal angesichts überwältigender Beweise. Keiner von uns möchte über die qualvollen Verbrechen nachdenken, die unschuldige Kinder in ihrem eigenen Zuhause über sich ergehen lassen müssen. Bitte ignorieren Sie kein Kind und keinen Erwachsenen, der behauptet, sexuell missbraucht worden zu sein. Hören Sie zu und kontaktieren Sie jemanden, der professionelle Hilfe bieten kann. Warten Sie nicht. Ignorieren Sie Ihre Instinkte nicht. Weitere Informationen über den Missbrauch von Kindern finden Sie unter http://www.gregiles.com.

Wie bei allen meinen Romanen bin ich auf das Wissen von Experten angewiesen, um meine Geschichten realistischer erscheinen zu lassen. Ich möchte folgenden Personen herzlich für ihre Beiträge zu dem vorliegenden Roman danken:

Polizeiliche Expertise: O'Neil DeNoux, ehemaliger Detective beim Morddezernat und selbst ein talentierter Schreiber.

Zahnärztliche Expertise: Dr. Carrie Iles.

Medizinische Expertise: Dr. Jerry W. Iles, Dr. Michael Bourland, Dr. Thom Carey, Dr. Geoff Flattman, Dr. Andrew Martin.

Natchez City Cemetery: Don Estes, Maypop, Martin Anderson.

Fachkenntnisse des Leichenbestattergewerbes: Charles Laird, Dickey Laird.

Verschiedenes: Nancy Hungerford, Jane Hargrove, George Ward, Clint Pomeroy, Tammye Hoover, Lisa Bunch.

Manuskriptleser: Ed Stackler, Mike Henry, Betty Iles, Carrie Iles, Ann Paradise.

Mein besonderer Dank geht an Geoff Iles, ohne dessen unschätzbare Hilfe diese Romane viel weniger wären, als sie sind.

Besonderer Dank auch an Selah Saterstrom für die Erlaubnis, aus ihrem faszinierenden Werk *The Pink Institution* zitieren zu dürfen.

Dank auch an Kim Barker, die zuerst das Blut an der Wand bemerkt hat. Sie ist eine wundervolle Autorin mit einer großartigen Fantasie. Ich bin froh, dass sie das Lachen der Angst vorzieht. Woo-hoo!

Sämtliche inhaltlichen Fehler gehen auf mein Konto.